달빛조각사

달빛 조각사 4

ⓒ 남희성, 2007

발행일 2024년 9월 20일 초판 2쇄 | 발행인 김명국 | 발행처 주식회사 인타임 출판 등록 107-88-06434 (2013년 11월 11일) 주소 서울시 구로구 디지털로31길 38-21 이앤씨벤처드림타워 3차 507호 전화 070-7732-2790 팩스 02-855-4572 이메일 in-time@nate.com | ISBN 979-11-03-32690-6 (04810) 979-11-03-32686-9 (세트) | 이 책은 주식회사 인타임이 저작권자와의 계약에 따라 발행한 것이므로 내용의 전부 또는 일부를 사용하려면 반드시 양측의 동의를 받으셔야 합니다. 잘못된 책은 구매처에서 바꿔 드립니다.

달빛조각사 4

남희성 게임 판타지 소설

The Legendary Moonlight Sculptor

INTIME

contents

황금 조각상

처음 유로키나 산맥에 왔을 때, 마판에게는 마땅히 할 일이 없었다. 상인으로서 전혀 모르는 지역에서 자리를 잡기는 그만큼 힘든 것이었다.

하지만 그는 금방 적응했다.

"세상에 돈을 벌 수 없는 곳이란 없어!"

돈에 대한 감출 수 없는 탐욕!

위드를 따라다니며 뿌리내린 놀라운 적응력이 활동을 개시한 것이다.

"교역을 하자. 여러 마을들을 오가면서 물품을 사서 판매하는 거야."

유로키나 산맥에는 마을이 상당히 많다.

오크나 다크 엘프의 마을.

평원으로 간다면 유배자의 마을들도 있다.

마판은 이들 마을을 오가면서 마차에 짐을 가득 싣고 교역을 개시했다.

"자, 물건을 삽니다. 각종 동물의 가죽에서부터, 사냥을 통해 얻은 잡템들 모두 삽니다!"

일단 유배자의 마을에서는 닥치는 대로 잡템들을 구입했다.

유배자들은 사냥을 통해서 삶을 영위한다. 가죽이나 잡템, 덫이나 밧줄 같은 야영 도구는 수량도 많고 값도 저렴한 편이었다.

유배자의 마을들을 돌며 마차 5대에 실을 정도로 물품을 구매한 다음, 마판은 다크 엘프의 마을로 이동했다.

다크 엘프들은 상당히 뛰어난 손재주를 자랑한다. 드워프만큼은 아니더라도, 이들이 만든 각종 장비와 도구들은 내구력이 높고 쓸 만한 것들이 많았다.

마판은 이곳에서도 최대한 물품을 구매했다. 유배자의 마을에서 산 가죽을 팔고, 가지고 있는 재산까지 몽땅 다 털어서 물건들을 샀다.

그런 후에는 오크 마을로 갔다.

오크 로드 불취가 있는 마을!

오크 종족 퀘스트가 해결되면서, 유로키나 산맥에서 새로 시작한 사람들이 생겨났다.

"난 오크다. 취췻!"

"모름지기 오크라면 콧소리를 낼 수 있어야지. 취이익! 모두 따라 해 봐."

"오빠, 정말 위엄이 넘쳐요. 취취췻!"

"에르취야, 침 튄다. 취췻."

막 기본적인 장비들만 착용한 오크들이 엄청나게 많았다.

명예의 전당에 올라온 오크 카리취의 퀘스트를 본 이들은 오크라는 종족에 대단한 매력을 느꼈다.

무조건 숫자!

닥치고 물량!

무식할 정도의 번식력으로 험한 유로키나 산맥의 주인이 된 오크들!

강하고 매력적이고 흉포한 오크들과의 모험을 꿈꾸는 이들이 대거 오크를 자신의 종족으로 선택했다.

조악한 마을의 동쪽 입구 근처에도 1,000마리가 넘는 오크들이 모여 있었다. 아직 베르사 대륙의 시간으로 4주가 지나지 않아서 마을을 벗어나지 못한 이들까지 합친다면, 아마 오크 유저는 어마어마할 것이다.

"사냥하자, 췩!"

"여긴 몬스터 천국. 취취췟."

"크췩췩, 잡을 놈들이 많다."

이들은 파티를 이루고 삼삼오오 떼를 지어서 마을 근처에 있는 늑대들을 때려잡았다. 무식한 몽둥이를 깎아 들고, 심지어 부러진 나뭇가지를 무기로 쓰기도 했다.

나뭇가지는 내구력이나 공격력이 형편없어서, 중앙 대륙의 왕국들이 아니라 로자임 왕국의 유저들도 보통 공격용 무기로 사용하지 않는 것이었다.

뻐걱!

에르취라는 암컷 오크를 택한 유저의 나뭇가지가 늑대의 머리통을 강타했다. 그런데 그 소리가 예사롭게 들리지 않았다.

"잘했다. 에르취. 취익."

"힘이 넘쳐흘러요, 오빠. 취취칫."

인간들은 처음 토끼나 여우를 사냥할 때도 고전을 면치 못하는데, 이들은 늑대를 그리 어렵지 않게 때려잡고 있었다.

오크들은 인간처럼 섬세하게 싸울 필요가 없다. 웬만한 공격은 생명력으로 참아 낸다. 방어구가 없는 상태에서도, 피부가 두꺼워서 나오는 기본 방어력 자체가 만만치 않았다.

덤으로 강력한 힘까지!

인간들이 잘 다루지 못하는 대형 무기들까지 자유롭게 다루는 오크들의 싸움은 간단했다.

한 대 맞고, 한 대 팬다.

그런데 그 한 대가 엄청나게 강력했던 것이다.

"나는 유로키나 산맥의, 크취취취취! 1마리 오크닷!"

"오크, 오크, 오크!"

"푸취익! 푸취칫! 다 죽이자!"

오크들은 크고 육중한 몸으로 쿵쾅거리며 뛰어다녔다. 그러면서 눈에 띄는 족족 몽둥이를 들어 늑대를 사냥했다.

초반의 성장은 압도적으로 빠를 수밖에 없는 오크의 위용이었다.

마판은 그 오크 마을에서 장사를 개시했다.

"자, 여행 도구 팝니다! 상처를 보호하고 감싸는 데 반드시 써야 하는 붕대, 짐을 넣는 데 필요한 배낭 팝니다. 간단한 무기도 있습니다. 엘프들이 만든 최고의 무기입니다. 지겨운 오크들의 요리! 소금도 없이 힘드셨죠? 여기 엘프들이 쓰는 각종 조미료들이 있습니다."

"취취췩!"

"가진 돈 다 드립니다. 취췩! 무기 하나만 팔아 주세요."

오크들은 물건 하나를 구매하기 위해 줄을 서야 했다.

오크 마을은 다 좋지만, 상점만큼은 최악이라고 해도 좋을 정도였다. 녹슨 글레이브 하나까지도 10만 골드가 넘는 마당에, 그들이 사서 쓸 수 있는 무기는 없었던 것이다.

그런데 신이 내린 것처럼 마판이 물품을 마차 가득 싣고 나타났다. 꼭 필요한 물건들만, 그것도 독점 판매였다.

"자, 줄을 서세요! 물건은 많이 있습니다."

마판은 구매해 온 물건들을 신나게 팔아 치웠다.

구매했던 가격의 2배, 3배는 기본이었고, 무기류는 10배까지도 붙여서 팔았다.

남들은 폭리를 취한다고 비난할지 모른다. 하지만 마판은 위드에게서 다음과 같이 배운 적이 있었다.

고객이 만족한다면 그것은 바가지가 아니다!

초보자용 물건들이니 이윤이 좀 적다지만, 이 정도로 잘 팔린다면 얘기는 달라진다.

약간 아쉽지만 마판의 주머니를 두둑하게 만들어 줄 정도는 되었다. 무엇보다 오래 기다리지 않아도 되는 빠른 판매가 장점이었다.

오크들이 환호하면서 사 가는 모습에, 상인으로서 뿌듯한 마음도 들었다.

"취칙!"

그러나 오크들이 머리를 불쑥불쑥 들이밀 때마다, 심약한 마판의 가슴은 철렁철렁 내려앉곤 했다.

'크헉!'

못생긴 오크 카리취!

그 잔재가 또렷하게 남아 있었다.

오크 카리취의 퀘스트를 보고 매료되어 오크를 선택한 유저들은 캐릭터를 생성할 당시에 용모를 조금씩 바꾸었는데, 문제는 전부 나쁜 쪽으로만 변형시켰다는 것이었다.

"얼굴에 칼자국을 만들어 주세요."

"애꾸눈도 괜찮습니다."

"이마는 좀 튀어나오고 입술은 터진 게 좋겠죠."

"이빨을 최대한 키웠으면 해요. 가능한 한 입 밖으로 많이 튀어나오도록."

"말할 때 침이 많이 튈 수 있는 구강 구조로……."

"코가 얼굴의 절반을 덮게 해 주세요!"

안 그래도 도저히 평범하다고는 볼 수 없는 오크들의 외모!

얼굴에 안대나 칼자국은 기본적으로 달고 살았다. 거기에다가 개인적인 취향까지 듬뿍 들어간 오크들의 모습은, 가히 꿈에 볼까 두려운 것이었다.

어쨌든 마판은 오크 마을에서 물건을 잔뜩 판매해서, 이제 명성도 제법 오르고 있었다.

오크 상인 마판!

적어도 오크들 가운데에는 마판을 모르는 유저가 없게 되었다.

'오크들은 매우 빨리 성장해. 그게 초반이 지나고 중후반이 되면 달라지지만.'

오크들은 마법이나 손재주가 취약하다. 함정을 해제할 줄도 모르고, 신성력도 가지고 있지 않았다. 오크 샤먼이나 오크 주술사는 있지만, 상처 치유보다는 전투력을 이끌어 내는 쪽에 치우쳤다.

'지능이나 지혜가 낮아도 육체적인 능력은 발달한 오크들. 이들이 성장하면 나의 이윤도 더욱 커질 것이다. 다른 경쟁자들이 없는 곳에서의 독점! 이거야말로 상인의 꿈과 같은 것이지.'

마판은 부푼 희망을 갖고 거래를 하고 있었다.

마을에서 물품을 다 판 후에는 오크 유저들에게 잡템을 구입했다.

"자! 삽니다, 사요! 모든 잡템들을 삽니다."

"여기요! 취췻."

"취익! 제 걸 사 주세요."

마판은 잡템도 한꺼번에 사들였다.

오크들 수천에게서 사들이는 잡템!

독점 거래로 가격을 후려쳐서 깎고, 즉각적으로 판매하며 수익을 거두는 것이다.

거상이 되려는 마판의 꿈이 조금씩 이루어지고 있었다.

    유로키나 산맥을 활기차게 뛰어다니는 오크들의 활약에 따라서 마판이 챙기는 수입은 더욱 많아질 것이다. 지금도 오크들을 택하는 사람들이 꾸준히 늘어나고 있으니 상인으로서 장밋빛 인생이 활짝 열렸다.

    이때 웬만한 상인이라면 나태해질 수도 있다.

    '이만큼 돈을 벌어 놨으니 조금 쉬어도 괜찮겠어.'

    그런데 여기서도 마판은 위드의 영향을 제대로 받았다.

    '돈은 벌 수 있을 때 벌어야 돼. 바짝 허리띠를 졸라매서 더 가격을 후려치고, 더 열심히 사들이자.'

    오크 마을과 유배자들의 마을을 오가는 마차에서도 마판은 쉬지 않았다.

    마부석에 앉아서 부지런히 손을 놀렸다. 손재주 연마를 위해서 조각칼을 든 것이다.

    "역시 상인은 배우고 익혀야 돼. 부자가 되기 위해서는 뭐라도 해야 된다."

    마판은 열심히 조각품을 깎았다. 기초적인 조각술은 로자임 왕국에서 배워 두었다. 일차적인 목표는 재봉과 보석 세공이었다. 손재주가 일정 수준 이상이 되면 그때부턴 다른 생산 스킬도 익힐 수 있다.

    상인인 마판이 가죽을 사서 재봉을 해서 되팔고, 보석 등을 세공할 수만 있다면 이윤은 2배, 3배로 늘 것이다.

    조각사의 직업을 택한 것처럼 스킬의 숙련도가 오르지는 않았고, 손재주도 느리게 늘었다. 그래도 마판은 더욱 열심히 조각칼을 놀렸다.

세에취는 일단은 여자였다. 하지만 그녀의 종족은 오크다.

"취이익!"

암컷 오크!

기본적으로 오크들은 인간의 기준에 따르면 현저히 못생겼다. 그렇기에 여자들은 오크를 선택하는 것 자체를 매우 기피했다.

전체 오크들 중에서 암컷이 차지하는 비중이 10%도 안 되는 것이 그 사실을 증명했다.

하지만 세에취는 달랐다.

"여, 역시. 오크가 최고야. 취췩!"

세에취는 자신의 변한 모습을 보며 매우 만족했다.

늘씬한 허벅지 대신에 오동통하고 굵은 다리. 사슴처럼 가늘고 긴 목은 두꺼운 통나무처럼 변했다. 어디 그뿐이던가. 군살 한 점 찾아보기 힘들던 복부에는 볼록하게 튀어나온 배가 출렁거리고 있었다.

캐릭터를 생성할 당시, 외모는 어느 정도 선까지 변경할 수 있다. 하지만 오크를 택하면서는 종족적인 특성까지도 추가하는 것이 가능했다.

허리에 굴곡 따위는 없는 절구통 몸매, 펑퍼짐한 엉덩이, 뒤룩뒤룩 겹쳐진 뱃살.

그리하여 세에취는 당당한 암컷 오크로 거듭난 것이다.

"너무 편해. 외모에 대해 신경 쓸 것도 없고 말이지. 취췻!"

세에취는 자신의 모습에 완전히 만족했다.

날씬한 몸매를 유지하기 위하여 먹고 싶은 것을 참고, 꾸준히 운동을 해야 했다. 그 고통과 정신적인 압박이 완전히 사라지는 기분이었다.

"그나저나 서윤이는, 췍. 어디에 있는 거지? 취취췻!"

세에취의 정체는 바로 새마을 갱생 병원의 차은희 정신과 박사였다.

얼음 여왕이라고 불리던 그녀가 오크로 다시 시작한 것에는 까닭이 있었다.

서윤의 캡슐에 저장된 동영상을 매일 보고 있던 차에, 그녀가 우는 걸 보았다.

'감정을 표출시킬 수 있다니 다행이야. 상처가 조금이나마 아물었겠구나.'

세에취는 서윤을 어서 만나고 싶었다.

지금까지는 서윤이 혼자 돌아다니도록 놔두었다. 아직은 억지로 누군가와 함께 다닐 때가 아니라는 판단에서다.

하지만 오크 카리취와 같이 다닐 정도라면 이제는 별 무리가 없으리라.

눈물을 흘리고, 웃으면서 이야기하는 과거의 서윤으로 한시바삐 되돌리고 싶었다.

"서윤아, 어디로 간 거니. 취익!"

세에취는 발을 동동 구르기만 했다.

4주간 마을 밖으로 나갈 수 없는 제한이 이제는 풀렸다.

서윤이 있는 곳은 어떤 계곡과 숲이었다. 캡슐에 저장된 동영상을 볼 수는 있어도, 그 장소를 정확하게 찾아서 가긴 힘들었다.

오크로 다시 태어났다고 해도 어딘가에 있을 서윤을 만나기까지는 쉽지가 않다.

'서윤이를 빨리 찾아야 되는데. 어디로 가야 하는지 알 수가 있어야지.'

그때 뒤에서 누군가 말을 걸어왔다.

"췈췈. 저기요!"

돌아보니 웬 뚱뚱한 수컷 오크가 서 있었다. 녹이 슬어, 버려도 될 것 같은 글레이브를 들고 당당하게 서 있는 수컷 오크.

그 옆에는 다른 오크들도 서넛이 더 있었다.

"취취췻!"

"푸취췈!"

"취잇. 우린 넷인데 함께할래요?"

오크들이 돼지처럼 두툼한 볼을 푸들거리며 반가움의 인사를 했다.

파티에 동참하라는 제안!

오크들은 인간과는 다르게 파티를 구성하는 데에 훨씬 자유롭다. 통솔력이 높지 않아도 얼마든지 대규모 파티를 만들 수 있다. 10마리, 20마리가 하나의 파티를 꾸려도 경험치의 페널티가 부여되지 않는다. 무조건 집단행동인 것이다.

그런 이유로 오크들은 다들 파티로 활동을 했다. 혼자 다니는 경우는 극히 드물었다.

세에취는 몽둥이를 세워 들었다.

모락모락 피어오르는 살기!

"같이해요. 취취칫!"

"잘됐네요. 칙칙!"

세에취는 그 오크들과 함께 사냥을 하기로 했다.

'어차피 서윤이를 당장 볼 수 있는 건 아니니까. 험한 산맥을 뛰어다니려면 체력이라도 좀 키워 놓는 편이 나을 거야.'

오크들과 세에취는 마을 근처에 있는 늑대들을 향해 다가갔다.

컹컹컹!

늑대들이 미친 듯 짖으며 덤벼들었다. 오크들 못지않게 늑대들도 집단행동을 하는 몬스터들이다. 공격은 약하지만 단체로 움직이기에, 사냥하는 와중에 죽는 오크들도 많았다.

"위험하다. 취칫!"

"그쪽, 어서 피해요. 취이익!"

오크들이 막 전투에 돌입하려고 할 때, 1마리 늑대가 세에취를 향해 뛰어올랐다. 세에취는 그림과도 같은 동작으로 옆으로 비켜섰다. 각종 호신술로 단련된 몸이 저절로 반응한 것이다.

이미 〈로열 로드〉를 해 봤기에, 아주 고레벨 유저까지는 아니더라도 상당히 많은 전투 경험을 가지고 있다는 것 또한 도움이 되었다.

까다롭지 않은 일직선의 공격을 일삼는 늑대에게 곤란할 수준은 아니다. 세에취는 옆으로 비켜서면서 동시에 몽둥이를 하늘을 향해 추켜올렸다. 그러고는 내려찍었다.

"이야합!"

몽둥이가 떨어진 곳은 정확하게 늑대의 정수리.

빠직!

몽둥이에 금이 갈 정도의 강력한 일격이었다.

늑대는 땅바닥을 한 바퀴 구른 후에 일어났지만, 감히 세에취에게 다시 덤벼들지 못했다.

이번에는 세에취가 늑대를 향해 달려갔다.

육중한 몸 때문에 땅이 쿵쿵 울린다.

'역시 스트레스 해소에는 몽둥이가 최고야!'

세에취의 손에서 몽둥이가 춤을 추었다.

그녀는 오크라는 종족이 갈수록 마음에 들었다. 단순하고 과격하고, 복잡하게 계산하지 않는 것만큼 편한 게 없다.

"다, 다 덤벼. 취취취취췻!"

세에취는 풍풍한 몸을 이끌고 늑대들 사이를 신들린 듯 헤집고 다녔다.

⁂

카라카의 숲.

페일과 제피, 수르카는 바짝 긴장했다.

"허허허허."

"요놈들 참 귀엽구나."

"제법 까부는데요, 스승님."

"이거야 손맛이 상당한걸."

검둘치, 검삼치, 검사치, 검오치의 전투를 처음으로 제대로 본 것이다.

놀라운 몸놀림과 임기응변.

검치 들이 휘두르는 검은 믿기 어려울 만큼 정확했다. 몬스터의 허점들만을 날카롭게 공략했다.

> 치명적인 일격을 가하였습니다.

> 급소를 파괴하였습니다.

> 몬스터의 눈을 공격하였습니다.
> 적 몬스터의 시야가 줄어듭니다.

> 적 몬스터의 다리 힘줄을 끊었습니다.
> 몬스터의 이동력이 둔화됩니다.

검둘치가 휘두르는 검은 몬스터들을 능숙하게 요리하고 있었다.

상대방의 방어력이 단단한 부위는 절대로 치지 않았다. 방어력이 높은 곳은 쳐 봐야 큰 피해를 입히기 힘들다. 약한 관절 부위나, 목이나 눈처럼 공격하기는 힘들어도 성공했을 경우에는 큰 피해를 줄 수 있는 곳만 노렸다.

초반의 싸움에는 결정타를 날리지 않으며, 야금야금 몬스터들을 제압해 나간다.

어떤 면에서는 잔인하다고 해도 좋을 정도였다.

카라카의 숲은 타락한 홉 고블린의 성채와 딱정벌레 동굴, 드레드 울프 서식 지역 등으로 나뉘어 있다.

그중 홉 고블린들을 상대로 믿을 수 없는 무력을 보여 주고 있는 것이다.

"어떻게 저럴 수가 있죠?"

수르카의 말에 페일도 제피도 확실한 대답을 하지 못했다. 직접 전투를 약간은 할 줄 아는 화령도 할 말이 없는 건 마찬가지였다.

수르카는 크게 한숨을 쉬었다.

"몬스터의 움직임을 아예 읽고 있는 것 같아요."

모든 전투 계열 직업들의 꿈!

그것은 치명적인 일격에 있었다.

몬스터들의 약점들을 공격하고, 절대라고 할 수밖에 없는 빈틈을 공격한다. 정상적인 공격의 2배, 3배나 되는 타격을 입히는 재미가 있었다.

같이 파티를 이루어서 사냥을 할 때에도 치명적인 공격을 성공시키면 다 같이 축하를 해 줄 정도로, 그리 쉬운 일이 아니다. 그런데 그러한 공격들을 검둘치나 검삼치, 검사치, 검오치들은 매번 익숙하게 펼치고 있는 것이다.

또한 어떤 상황에서도 미꾸라지처럼 이리저리 빠져나오면서, 절대로 적들에게 둘러싸이지 않았다.

제피가 물끄러미 자신의 낚싯대를 보았다.

"정말 싸울 맛이 안 나는군요."

페일이 어깨를 으쓱했다.

"그건 저도 마찬가지입니다."

스스로에 대해 자신감을 가지고 있던 페일이나 제피로서는 더욱 한숨밖에 나오지 않는 일이었다.

페일과 제피, 수르카의 공격력이 약한 건 아니다. 스킬의 숙련도를 충분히 올려서, 비슷한 수준의 유저들 가운데에서는 꽤 강한 편이다.

그런데도 치명적인 일격들을 연방 터트리는 것을 보면서 스스로의 전투 능력에 대해 실망감이 들었다.

호롬 산을 오르면서 이미 함께 예티와 싸워 봤지만, 당시에는 몬스터들이 그렇게 많지 않았다. 때문에 사각지대에서 치명적인 공격을 가하는 게 훨씬 쉬웠다.

예티의 생명력이 워낙 많고 두꺼운 가죽 덕분에 방어력이 좋은 편이라서, 치명적인 일격을 가해도 크게 티가 나지 않았던 것이다.

그런데 레벨이 비슷하고 생명력이 적은 홉 고블린들을 상대로 전투를 벌이니, 검치 들의 위력이 적나라하게 드러났다. 레벨이 훨씬 높은 페일의 공격력과 맞먹을 정도였다.

마나를 써야 하는 스킬을 사용할 때에는 페일이나 제피의 공격력이 훨씬 강하지만, 일반적인 근접전으로는 가히 비교할 수가 없었다.

다만 검치 들은 몸에 걸친 방어구들이 없는 탓에 방어력은 거의 전무하다. 인내력이나 맷집, 흔한 방어 스킬도 없었다.

애초에 안 맞으면 된다면서 배우지를 않은 것이다. 그래서 몬스터에게 제대로 서너 대만 맞아도 빈사지경에 빠질 정도였지만, 사전에 공격을 피해서 거의 맞지를 않았다.

공격을 당하더라도 대부분의 힘은 흘린 채, 피해를 최소화

했다.

비범한 전투 능력!

전투를 읽을 줄 아는 눈과, 육체를 제어할 수 있는 힘이 있는 쪽이 그런 외적인 조건보다는 더 강하다. 검치 들은 전투에 대해서는 모두 달인의 경지에 올랐던 것이다.

그러나 정작 검치 들의 상황이 보기만큼 썩 좋은 것만은 아니었다.

'으, 살 떨려. 이놈들한테 딱 다섯 대만 제대로 맞으면 영락없이 죽겠구나.'

'아이들 앞에서 창피하게 죽을 수는 없다.'

'체면이 있지! 이런 홉 고블린들 따위에게 죽는다면 무슨 수치냐.'

검치 들은 방어 스킬을 하나도 올려놓지 않은 것을 뼈저리게 후회하고 있었다.

귀찮다고 방어구도 착용하지 않고, 레벨 업을 하며 얻은 스탯은 힘을 위주로 올렸다. 스킬도 당연히 공격력과 관련된 것만 향상시켰다.

그 덕분에 사냥 속도는 굉장히 빠른 편이었다. 비정상적으로 공격력이 발달한 것이다. 그러나 정작 싸우는 순간마다 삶과 죽음의 갈림길을 오가고 있었다.

몬스터의 일반 공격, 체술이나 무기류의 공격은 먼저 보고 회피할 수 있다. 거의 달인에 달한 움직임이었다. 하지만 여러 마리의 몬스터에 포위되어 피할 공간이 없을 때에는 꼼짝없이 죽는다.

포위망을 벗어나기도 전에 잠깐 동안 난타를 당하고 처참하게 죽을 수밖에 없는 운명!

검치와 검둘치, 검삼치, 검사치, 검오치는 눈을 마주쳤다.

'포위당하지 않도록 조심해라.'

'내 뒤로 오는 몬스터가 있으면 맡아 줘야 해.'

'몬스터를 조금씩 유인하고, 분산시켜서 싸워야 된다.'

'여러 마리 몬스터가 몰려들면 죽기 살기로 도망쳐.'

철저하게 동료들의 눈치를 보면서 몬스터의 움직임에 주의를 기울였다.

하지만 일반 공격은 움직여서 피하더라도, 주술이나 마법들까지 완전하게 피할 수 있는 건 아니다. 그 탓에 검치 들은 사력을 다해서 싸우고 있었다. 미리 방어력에 투자해 놓지 않은 사실을 매번 후회하면서!

"이쯤이야 아주 가뿐하군."

검치의 말에 검둘치가 씩 웃었다.

"그럼요. 이런 정도야 식후 해장거리도 안 되죠."

검삼치도 한마디 거들었다.

"이런 놈들이라면 한 10마리쯤 더 와도 되겠는데요."

검사치는 말도 못 할 지경이었다.

아주 잠깐 사이에 몬스터들에게 둘러싸여서 처참하게 밟혔다. 그 결과 목숨이 위태로울 뻔했다. 그래도 이빨을 드러내며 웃었다.

이 정도야 가뿐하다는 웃음.

이리엔이 검치 들의 남은 생명력을 확인하고 활짝 웃었다.

"와, 대단하세요! 위드 님보다 훨씬 뛰어나요! 정말 아슬아슬하게 안 죽을 정도로 싸우셨네요. 인내력을 올리기 위해서 이렇게 싸우시는 거죠?"

검오치가 씩씩하게 고개를 끄덕였다.

"물론이죠. 원래 다 그런 겁니다."

"역시!"

순진한 이리엔은 전투의 달인들을 보며 어쩔 줄 몰라 했다.

위드가 매번 위험한 순간까지 맞았던 것은 든든한 방어력이 있기 때문이었다. 그와는 완전히 무관한 검치 들은 사내의 체면 때문에 내색을 하지 못할 뿐, 실제로는 매 전투마다 고비를 간신히 넘겼다.

'죽어서는 안 된다.'

'잠깐도 한눈팔 수 없지.'

그렇게 검치 들은 체면을 지키기 위해서 온 힘을 다해서 싸웠다.

장거리 공격 스킬에 의존해서 마나를 소모하는 전투는 어린 아이들이라도 할 수 있다. 그러나 근접전을 하면서 틈틈이 스킬을 사용한다면, 전투의 난이도는 훨씬 오르지만 그만큼 오랜 시간을 쉬지 않아도 된다.

레벨이 훨씬 더 낮고 장비가 열악하다고 해도, 검치 들은 공격력만으로 홉 고블린들과 막상막하로 연속해서 싸웠다. 매번 목숨이 위태로웠지만, 주변에서 보기에는 그저 환하게 웃으며 전투를 즐기고 있을 뿐이었다.

레벨 270대의 홉 고블린들을 각개전투로 싸우다가, 때때로는 교차하며 협공을 펼친다.

검둘치와 검삼치의 순간적인 연합!

페일과 수르카는 눈을 부릅떴다.

짧은 순간이었지만, 홉 고블린들의 움직임이 서로에게 장애가 되었다. 그 틈을 이용해서 검둘치와 검삼치는 일방적인 공격을 가했다.

키에엑!

비명을 흘리며 쓰러지는 홉 고블린들!

검둘치와 검삼치는 자신들의 위치와 홉 고블린들의 진형을 교묘하게 이용하면서 전투를 펼친 것이다.

"에잇!"

수르카가 주먹을 불끈 쥐고 전투에 뛰어들었다. 그녀는 홉 고블린들의 약점을 집요하게 노리기 시작했다.

'조금씩 타격을 주는 걸로는 안 돼.'

위험하지만 적의 급소를 노린다. 몬스터의 약점을 살피고, 보다 확실한 한 방을 찾는다. 수르카도 조금씩 전투에 눈을 뜨게 된 것이다.

제피나 페일도 자신의 역할을 찾았다. 낚싯대를 이용해서 적을 한곳에 몰아넣어 광범위 공격을 펼치고, 화살을 쏘아 적의 움직임을 머뭇거리게 만든다. 그 틈을 타서 수르카나 검치 들에게 기회를 열어 주는 것이다.

혼자만의 공격이 아니라, 동료를 이용할 줄 아는 자세!

일행은 검치 들의 행동을 보며 많은 영감을 받았다.

'몬스터를 저렇게 후려 패야 아픈 거구나.'

'홉 고블린의 약점은 다섯 가지 정도로 알려져 있었는데, 지금 보니 여덟 곳은 되네.'

일행은 검치 들과 더불어 조금씩 전투를 즐기고 있었다.

위드는 예술가들의 조합에서 나왔다.

로디움의 예술가로 등록을 하기 위해서는 조각품을 만들어야 한다. 거리의 예술품을 하나 만들어 주면 되는 것이다.

"하지만 실패해서는 안 돼."

현재 위드의 조각술은 고급의 경지다. 이 정도라면 아무거나 만들 수는 없다.

초대형 사자상이나, 빙룡상!

거대 조각품을 만든다면 뛰어난 작품이 나올 확률이 더 높아진다. 그러나 이곳은 로디움이다.

도시 내에서 대형 조각품을 만드는 것은 무리일뿐더러, 그럴 만한 자리도 마땅치 않다. 재료를 가져오는 것도 문제였다.

"적당한 크기의 훌륭한 작품을 만들어야 돼. 일단은 좀 더 알아봐야겠지."

위드는 우선 상점이 밀집한 거리로 향했다.

로디움에는 상업이 그리 발달하지 않아서, 무기점이나 방어구점은 별 볼일이 없다. 액세서리를 전문적으로 파는 가게나 교역소에도 쓸 만한 물건은 없었다. 대장간의 기술력도 뒤처져서, 좋은 물품들이 나오지 않는 것이다.

그럼에도 예술가들의 도시답게 갖출 것은 갖추었다.

조각 재료점!

웬만한 왕국의 수도에도 없는 상점이 로디움에는 자리를 잡고 있었다.

위드는 조각 재료점 안으로 들어갔다.

"룰루루."

예쁜 종업원이 조각 재료들을 진열하고 있었다. 그녀는 나무들과 돌 종류 그리고 특이한 금속류들을 따로 분류했다.

"휴, 이걸 언제 다 팔 수 있다는 거야?"

그녀의 상점에 산더미처럼 쌓여 있는 재료들! 의욕 있게 조각 재료점에 취직을 한 것은 좋았지만, 손님이 영 없었다.

"이러다간 이번 급료도 거의 못 받겠네."

재료점에서 일한 지도 이미 사흘째. 그러나 그동안 찾아온 손님은 딱 5명이었다.

그들은 상점을 훑어보고 부러운 듯이 말했다.

"나무 하나에 1골드가 넘어."

"언제쯤이면 조각품으로 1골드 이상의 가치를 가진 물품을 만들 수 있을까?"

"아서라. 지금은 3쿠퍼도 못 받는데."

손님들은 낙담하면서 돌아갔다.

좀 무리해서 좋은 재료를 쓰겠다고 마음먹어도, 최소 50쿠퍼는 넘는다. 어쩔 수 없이 길가에 굴러다니는 돌이나 나무를 가지고 조각을 해야 하는 신세였다.

따라서 지난 사흘간 실제로 팔린 물건은 전혀 없었다.

"빵값도 비싼데, 이 일로 옷이라도 한 벌 사려면 대체 얼마나 일해야 하는 거야."

종업원 샤린은 연방 한숨을 내쉬었다.

돈을 못 벌어도 빵은 매일 먹어 줘야 된다. 물은 분수대에 가서 마신다지만, 음식값은 들었다. 그런데 조각 재료들이 전혀 팔리지 않는다.

급료는 절대로 그냥 나오는 게 아니었다. 최소한의 기본임금은 지불되지만, 그 이상을 벌기 위해서는 실적을 쌓아야 했다.

파는 만큼 많이 버는 구조!

샤린이 고뇌할 수밖에 없는 상황이었던 것이다.

"에휴, 고민하면 뭐 해. 손님이 없는걸. 먼지나 털어야지."

그녀는 열심히 청소를 했다. 진열된 조각 재료들의 먼지를 닦아 내고, 가게를 깨끗하게 청소했다. 그러던 와중에 상점의 문이 열렸다.

딸랑!

샤린은 활짝 웃으며 인사를 했다.

"어서 오세요, 손님!"

위드가 가게 안으로 들어가자, 청소를 하던 여종업원이 인사를 하더니 빠르게 말을 쏟아 냈다.

"여긴 조각 재료점입니다. 무기점이나 방어구점은 오른편에 있으니, 잘못 찾아오신 거라면 위치를 알려 드릴까요?"

위드는 고개를 저었다.

"아니요."

"아, 조각 재료들을 구경하러 오셨군요! 귀중한 조각 재료들도 있으니 구경은 눈으로만 해 주세요."

샤린은 지금까지 왔던 몇 안 되는 손님을 대하던 그대로 했다. 워낙에 조각 재료를 구입하는 사람이 없었기에 당연한 태도였다.

실상 현재 위드의 옷차림은 가난을 연상시키기에 딱 좋았다.

예티의 털가죽을 벗고 나서 입은 것은 색이 바랜 오래된 여행복! 막 〈로열 로드〉를 시작했을 때에 주어진 초심자용 복장을 그대로 입고 있었던 것이다.

초심자용 복장은 방어력이 거의 없다. 하지만 어차피 상점에 팔아 봐야 돈도 안 나오고 무게도 상당히 가벼워서 가지고 있었던 건데, 요긴하게 잘 입고 있었다.

위드는 여종업원이 유저임을 어렵지 않게 짐작할 수 있었다. 그렇지 않다면 높은 명성 때문에 어떤 식으로든 반응을 했을 것이다.

위드는 천천히 조각 재료들을 구경했다.

매우 비싼 광석이나 무늬를 가진 돌들이 있었다. 금이나 은으로 된 재료들, 대륙의 갖가지 진귀한 나무들도 보였다.

조각에 필요한 웬만한 재료들은 거의 갖춰져 있었다. 예술가의 도시 로디움이 아니고서야 불가능한 일이리라.

'이런 재료들을 기초로 조각품을 만든다면 성공 확률이나 가치가 훨씬 높아지겠군.'

확실히 로디움은 그 자체로만 놓고 보자면, 예술가들에게 필요한 기반이 굉장히 잘 닦여 있는 도시였다.

위드가 한참 재료들을 살피고 있자, 샤린이 다가왔다.

"손님."

"예?"

"청소도 다 했고, 할 일도 없어서 그런데 재료들을 설명해 드릴까요?"

샤린은 무척이나 심심했다. 어차피 찾아오는 사람들도 드물어서 시간도 남는다. 위드를 상대로 해서 며칠이지만 조각 재료점에서 익힌 지식을 이야기해 볼 셈이었다.

위드는 고개를 끄덕였다.

"말씀해 보세요."

샤린은 껍질이 연하고 두꺼운 나무토막을 들어 보였다.

"이건 나베목이라고 하는 건데요, 강도가 아주 뛰어나고 한 번 가공하고 나면 여간해서는 망가지지 않아요. 초보 조각사들이 다루기에 좋은 나무죠. 그런데 비싸서 쓰시긴 힘들 거예요. 그리고 이쪽은 보라목. 특유의 향이 있어서 찾는 사람이 많아요. 이걸로 조각품을 만들면 향수가 따로 필요 없다고 해요. 다만 크기가 그만큼 작아야겠지만요."

일반적으로 많이 쓰이는 조각 재료들 중 나무는 저마다의 특성을 가지고 있다. 참나무 하면 단단함을 떠올리듯이, 특수한 옵션이 달린 조각 재료들도 많이 있었다.

샤린은 가게의 구석에 세워진 금괴 쪽으로 위드를 인도했다. 높이가 3미터는 되고, 너비도 만만치 않은 금괴 더미가 쌓여 있었다.

"이건 우리 가게의 자랑이에요. 참 대단하죠? 조각 재료용 금으로, 화사하고 단단한 편이에요. 이걸로 조각품을 만들었을 때 옵션이 어떤 게 붙는지는, 저도 잘 모르겠네요. 가격은 다 해서 7,000골드. 정말 엄청난 금액이죠."

위드는 금괴들을 살펴보았다. 금 특유의 화사하고 고귀한 광채가 흐른다.

'이걸로 조각한다면 괜찮은 물건이 나오겠군.'

위드는 내심 어떤 걸 사야 할지 점찍었다.

"음, 그리고 이쪽의 것은 터키석으로……"

샤린은 상당히 많은 조각 재료들에 대한 지식을 가지고 있었다. 처음에는 의욕적으로 배웠고, 나중에는 시간이 없어서 호기심에 알아본 것들이었다.

위드는 그녀의 설명을 다 들은 후에 말했다.

"조각 재료를 구입하도록 하겠습니다."

"네? 정말요? 고맙습니다."

샤린은 허리까지 숙여서 인사를 했다. 위드가 정말로 재료를 산다면, 그녀가 일을 하면서 최초로 판매에 성공하는 것이다.

'제일 싼 것 하나 정도 사 주시겠지.'

그런데 위드의 말은 그녀의 예상을 완전히 초월했다.

"상점에 있는 나베목 전부, 보라목 전부 그리고 조각용 금괴를 사겠습니다."

"네? 그러면 가격이… 나베목이나 보라목은 그렇다고 치더라도, 금괴는 개당 10골드가 넘는데요."

샤린은 계산조차 되지 않았다. 한동안 재고들을 조사해 보고 나서 황당함에 눈이 동그랗게 변할 정도였다.

"말씀하신 물품을 모두 사시면 18,000골드나 돼요. 아니, 잠깐만요. 이건 본래의 물품 가격이고, 누구에게 파느냐에 따라서 가격이 조금씩 달라지니까 제대로 계산을 해 봐야겠어요."

샤린은 나베목과 보라목 그리고 금괴를 계산대에 올려놓았다. 그러자 값이 훨씬 줄어들었다. 교역 스킬은 없더라도 명성치가 굉장히 높은 위드였기 때문에, 상점에서 구입을 하는 물품의 가격이 많이 낮아진 것이다.

게다가 이렇게 특정 재료에 대한 가격 할인은 조각술의 경지에 따라서도 차이가 난다. 위드는 명성이 높고 고급 조각술을 터득했기 때문에, 가격이 무려 30%나 하락되었다.

조각 재료를 구입하는 데 있어서는 웬만한 상인보다도 훨씬 저렴할 정도다.

'무슨 할인 폭이 이렇게나 커!'

샤린은 숨이 막힐 지경이었다. 알고 보니 그의 눈앞에 있는 사람은 대단한 명성을 가지고 있었다. 조각술 스킬도 보통은 아닐 것으로 짐작이 됐다. 이제야 비로소 진정한 대박이 찾아왔음을 그녀는 알 수 있었다.

그러나 아무리 실력이 뛰어나고 명성이 높다고 해도, 돈이 없다면 허탕이다.

샤린은 침을 삼키고 물었다.

"18,000골드에서 30%를 빼면 12,600골드예요. 이대로 전부 구입을 하시겠어요?"

"구입하겠습니다."

위드는 망설임 없이 답했다.

부자는 망해도 3년은 간다.

피라미드 제작으로 큰돈을 벌었고, 불사의 군단 퀘스트 이후에도 호롬 산 등에서 사냥을 하면서 모은 돈이 있었다. 과거와는 비할 바가 아니라고 해도, 아직 12,000골드 정도의 여력은 있었던 것이다.

"꿀꺽!"

샤린은 놀라서 침을 삼켰다.

이렇게 많은 조각 재료를 판다면 그녀에게 떨어지는 마진의 폭도 보통은 아니다.

'최소한 2,500골드는 남겨 먹을 수 있어. 내게 이런 행운이 생기다니. 아아!'

샤린은 감격으로 어찌할 줄을 몰랐다. 초보에게 2,500골드란, 그야말로 돈벼락이 아니던가!

그러나 위드는 생각보다 호락호락한 인물이 아니었다.

"자, 그러면 이제부터 본격적인 협상을 해 볼까요? 다 알아보고 왔습니다."

샤린은 무슨 말인지 잠깐 이해할 수가 없었다.

"뭘 알아보고 왔다는 말씀이세요?"

"얼마까지 깎아 주실 겁니까?"

"네?"

설마하니 눈앞의 거물 조각사가 지금 가격을 놓고 흥정을 하는 걸까? 상상조차 할 수 없는 일이었다.

"그냥 2,500골드 정도 깎아 주시죠."

인정사정없는 가격 후려치기!

샤린의 눈매가 변했다. 조금 전까지 최고의 손님이, 이제는 파렴치한 도둑으로 보일 뿐이었다.

"그렇게 팔면 제게 남는 게 하나도 없어요!"

"2,499골드."

"절대 안 돼요!"

"2,490골드. 다 알고 왔다니까요. 이렇게 팔아도 10골드나 남지 않습니까. 할인해 주세요."

그러면서 위드는 돈주머니를 꺼내 놓았다. 미리 알아보고, 현금으로 바로 결제한다. 값을 후려치는 비법이었던 것이다.

"흑흑! 있는 사람이 더한다더니."

샤린은 눈물을 머금고 재료들을 팔아야 했다.

조각 재료점에서 물품들을 싹쓸이한 위드는 배낭의 무게가 무거워졌음을 느꼈다.

어지간한 힘으로는 거의 들 수도 없을 정도였다. 무게를 최대 4배까지 줄여 주는 마법 배낭인데도 이만큼이나 무겁다.

위드는 배낭에서 상당히 묵직한 흑색 덩어리를 꺼냈다.

"감정!"

흑색으로 뭉쳐진 제련 재료

금속들의 결정체. 서로 다른 여러 금속들이 조악한 실력을 가진 대장장이에게 맡겨졌다. 과거의 순수한 상태로 돌아가지 못하고 한꺼번에 뭉쳐져 있다. 이것을 되돌리기 위해서는 매우 뛰어난 대장장이에게 맡겨야 할 것 같다. 미스릴과 흑철, 강철이 뒤섞여 있다.

내구력: 100/100

"여기서 이걸 녹여야겠군."

위드는 이 흑색 덩어리로 방어구를 만들 생각이었다.

과거에 가지고 있던 장비들은 레벨이 많이 오른 지금 쓰기에는 너무나도 부족한 아이템들이다.

그동안은 오크 카리취로 대충 입고 살았지만, 이제 인간으로 돌아온 마당에는 너무 커서 입을 수가 없다. 그러니 새로 장만해야 했다.

위드는 묵직한 흑색 덩어리를 눈으로 대충 가늠해 보았다.

'방어구 5개 정도는 만들 수 있겠어.'

미스릴의 무게는 극히 가볍다. 이것으로 부츠와 헬멧을 만든다면 무게가 많이 줄어드는 효과가 있다. 결과적으로 움직임과 민첩성이 크게 늘어 전투를 할 때에 훨씬 편해질 것이다.

오크 카리취 시절처럼 살을 주고 뼈를 깎는 강한 공격보다, 제대로 된 검술을 발휘하기에 좋다.

사실 갑옷이라면, 위드도 이미 가지고 있는 것이 있었다.

프레야의 교단에서 받은 유니크급의 아이템, 탈로크의 믿음 갑옷!

대륙의 명성 높은 드워프 대장장이가 만들었고, 방어력이 무려 85나 된다.

정상적으로는 레벨 350이 되어야 입을 수 있는 갑옷이었다. 하지만 대장장이들은 스킬이 한 단계 오를 때마다 아이템 착용 제한이 2%씩 줄어든다.

현재 중급 2레벨에 달한 대장장이 스킬로 인해서, 위드는 지금도 탈로크의 갑옷을 입는 것이 가능했다.

"흐흐흐."

위드의 입가에 음흉한 미소가 맺혔다.

탈로크의 믿음 갑옷의 아이템 정보를 확인할 때마다 기분이 좋아졌다.

이 비싸고 귀한 갑옷의, 말 그대로 엄청난 값어치!

이것보다 더 좋은 방어구들도 많이 있겠지만, 적어도 지금까지 획득한 물품 중에서는 최상급이라고 할 수 있다. 성자의 지팡이나 네크로맨서의 마법서보다도 훨씬 상품 가치가 높은 것이다.

다만 로디움에서는 이 갑옷을 입을 수가 없다.

번쩍번쩍 빛나는 미스릴 갑옷을 입고 다닌다면, 모든 사람의 주목을 끌게 될 것이다.

특히 거지들! 미스릴을 보고 달려들 거지들을 생각하면 로디움에서는 절대로 입어서는 안 될 일이다.

위드는 근처에서 대장간을 발견하고는 안으로 들어갔다. 드워프들이 활발하게 일을 하고 있었다.

깡깡깡!

드워프들은 풀무질을 하고 달구어진 검신을 망치로 두들기고 있었다. 유저가 아닌 주민들. 중앙 대륙에서도 도시마다 일하는 드워프들을 보는 것이 그리 어렵지 않았다.

접대를 맡은 드워프가 잰걸음으로 다가왔다.

"인간, 무슨 일로 왔는가?"

"이것을 녹여 주십시오."

위드는 품에서 흑색 덩어리를 꺼내 주었다.

"가능하겠습니까?"

"잠깐만 기다려 보게. 오, 이것은……!"

"뭡니까?"

드워프의 반응에, 위드는 혹시라도 그가 확인하지 못한 특별한 무언가가 있을지도 모른다고 기대했다.

감정 실력이 높아지더라도, 대장장이들이 쓰는 재료들처럼 전문적인 지식이 필요한 분야에서는 완전한 정보를 얻어 내지 못하는 경우가 있다. 이번에도 혹시 그런 경우가 아닐지 희망을 가진 것이다.

드워프는 놀란 표정을 숨기지 않고 말했다.

"이건 완전히 엉망이군. 여러 금속들이 제멋대로 섞여 있어."

"……."

기대를 했더니 역시나 별로 특별한 것은 없는 모양이다. 하지만 드워프는 흑색 덩어리가 마음에 든 눈치였다.

"이걸 우리에게 팔게. 값은 후하게 쳐주지. 아니면 이걸 말끔하게 녹여서 원하는 무기나 방어구로 만들어 주겠네."

"거절하겠습니다. 그냥 녹여만 주세요."

"알겠네. 이런 훌륭한 금속을 사용할 수 없다니, 영 아쉽군."

드워프는 입맛을 다시면서 작업에 착수했다.

만약 드워프에게 제작을 맡긴다면, 조금 더 좋은 방어구가 나올지도 모른다. 위드도 중급 2레벨의 대장장이 스킬을 가지고 있지만, 드워프들의 실력을 무시할 수는 없기 때문이다.

하지만 위드는 스킬의 성장까지 감안을 해야 했다.

'대장장이 스킬을 올릴 수 있는 좋은 기회니까.'

기본적으로 위드는, 장비에는 크게 의존하지 않았다. 아무리 좋은 갑옷을 만들 수 있다고 해도 스탯과 스킬이 더 중요하다고 판단했다.

갑옷은 더 좋은 것이 생기면 바꿀 수도 있지만, 스탯과 스킬은 꾸준히 성장하는 것이기 때문이다.

화르르륵!

드워프는 고열의 화로에 흑색 덩어리를 집어넣고 풀무질을 했다. 시간이 지나면서 조금씩 덩어리가 녹아, 비중이 다른 금속들끼리 차츰 분리되었다.

위드도 흑색 덩어리를 녹일 수는 있지만, 스킬의 수준이 낮아서 비중이 다른 금속들을 원래 상태로 분리하기는 무리였다.

드워프는 강철을 먼저 꺼내고, 그다음에는 흑철, 마지막에 미스릴을 꺼냈다.

"여기 있네. 수고비는 본래 700골드지만, 자네는 미래가 매우 밝은 모험가로 보이니 50골드 깎아 주지. 그리고 좋은 재료를 가져왔으니 20골드 더 깎아 주겠네."

"고맙습니다."

위드는 한참을 기다려서 분리된 미스릴과 흑철, 단련된 강철을 얻을 수 있었다.

조각술은 조각품만이 아니라, 주변의 환경에도 밀접한 영향을 받는다. 어떤 장소에, 어떤 조각품을 세우느냐에 따라서 그 가치가 하늘과 땅 차이로 달라지는 것이다.

"좋은 장소가 필요한데……."

위드는 명당을 찾기 위해서 로디움을 돌아다녔다. 넓은 거리마다 조각품과 미술품들이 다양하게 전시되어 있었다.

"여기에는 내 조각품을 놔둘 수 없고."

처음에 위드는 중앙 광장 쪽으로 향했다.

거지들이 들끓는 그곳! 하지만 가장 많은 예술품들이 있는 곳이기도 했다. 희귀한 나무와 꽃, 풀들이 자라고 공원처럼 꾸며져서 연인들에게도 인기 만점이다.

아침저녁으로 공연이 벌어지기도 했다. 거의 모든 로디움의 예술가들이 자신의 예술품을 세우기를 바라는 그런 장소인 것이다.

맑은 물이 떨어지는 분수대 근처에는 여행을 온 사람들로 넘쳐 나고 있다. 이런 장소에 조각품을 세운다면 그 가치를 쉽게 인정받을 수 있을 것이다.

하지만 위드는 미련 없이 중앙 광장을 포기했다.

'세상에 믿을 놈 하나 없지!'

금으로 된 조각상을 사람들이 많은 곳에서 만들 수는 없는 것이다. 더군다나 그에게 돈이 있다는 사실이 알려진다면, 얼마나 많은 거지들이 달라붙겠는가.

황금 조각상의 자태

위드는 생각을 달리해서 골목길로 들어갔다. 거미줄처럼 복잡하게 얽혀 있는 로디움의 골목길! 각종 상점들이 자리를 잡고 있었다.

그중에서도 아주 깊은 곳, 상가도 별로 없는 주택가에는 오가는 사람들이 거의 없다.

위드는 하루 동안 정찰을 해 본 끝에 전혀 사람이 다니지 않는 길을 발견할 수 있었다.

"좋아. 이곳이라면 적당하군."

로디움에는 개인 주택을 가진 사람이 거의 없다.

주택을 가지고 있으면 아이템을 보관하거나 휴식을 취할 수 있지만, 그에 따른 세금도 내야 한다. 하지만 로디움에는 주택을 가질 정도로 돈이 많은 사람이 없으니 당연한 결과였다.

조각품을 만들 곳을 정한 위드는 소형 화로를 꺼내서 불을 피웠다. 그러고는 금괴를 넣어 녹였다.

"먼저 판형부터 만들어야겠지."

위드는 찰흙으로 세밀하게 형틀을 만들어 갔다. 이번에 만들려는 조각상은 금을 이용하는 것이다. 금을 녹여서 쓰기 위해서는 대장장이 스킬이 있어야 했다.

다양한 조각품을 만들기 위해서도 반드시 필요한 대장장이 스킬!

위드는 중요한 형틀을 흙으로 먼저 완성하고, 그런 다음에 그 안에 금을 녹여 부었다. 맑은 금물이 형틀 안으로 흘러 들어갈 때마다 위드의 가슴은 찢어지도록 아파 왔다.

"이게 대체 다 얼마인데."

조각사란 직업에 대해서 새삼 드는 후회!

초반부터 돈을 벌기는 지지리도 힘든 직업이었다. 그런데 뭔가 좀 본격적으로 만들어 보려니 엄청난 돈이 드는 것이다.

돈을 벌어 주지는 못하고, 오히려 쓰기만 하는 상황이었다.

"이래서 예술은 안 돼! 예술은 정말 밥 먹고 살기 힘들어."

위드는 아픈 가슴을 달래며 형틀 속에서 금이 자리를 잡기를 기다렸다. 그러면서 잡다한 광석들과 망치, 모루 등을 꺼냈다. 대장일을 동시에 하려는 것이었다.

"우선은 숙련도부터 올리는 것이 좋겠지."

오크 카리취로 사냥을 하면서 모아 온 광석들이 매우 많이 있었다. 유로키나 산맥의 질 좋은 광석들.

오크들은 퀘스트 보상품도 보통 보석이나 광석들로 준다. 그 덕분에 배낭에 상당히 많이 쌓여 있는 광석들을 처분해야 할 상황이었다.

철광석, 동광, 구리 광석, 간혹 아주 조금 금이나 은이 섞여 있는 경우도 많다.

"이걸 모두 만들어서 사람들에게 팔면, 대충 조각상값은 벌 수 있겠군."

위드는 광석들을 옆에 잔뜩 쌓아 두고 작업을 개시했다.

일단은 광석을 녹여 쇳물로 만들었다. 그리고 쇳물이 일정량 모이면 틀에 부었다.

치이익!

검신의 모양으로 철이 자리를 잡는다.

깡깡깡! 깡깡깡!

위드는 망치로 그 강철을 두들겼다.

경쾌한 소리와 타격. 대장장이들은 조각사만큼 심혈을 기울여서 담금질을 하지 않아도 된다. 하지만 잘 때릴수록 내구력이 좋고, 검의 균형이 잘 잡힌다. 그렇게 완성된 검에는 상당한 웃돈이 얹혀 팔리는 경우도 있었다.

이것도 역시 가상현실을 기반으로 한 〈로열 로드〉이기 때문에 가능한 일이다.

무게중심이 엇나간 검을 휘두르는 것은 상당히 힘들기 때문이다.

"그럭저럭 형은 잡힌 것 같군."

위드는 물을 뿌려 붉게 달아오른 검신을 식혔다. 그러는 와중에도 화로에 지속적으로 광석을 넣어 쇳물을 조금씩 뽑아내고 있었다. 대장장이 스킬을 써서, 지금까지 모아 온 광석들로 모조리 장비를 만드는 것이다. 위드는 구조가 복잡한 방어구들보다는 검 위주로 제작을 했다.

　방어구들은 구조가 복잡한 대신에 담금질을 크게 신경 쓰지 않아도 되는 장점을 가지고 있다. 그러나 검을 만들 때에는 무게중심을 잘 잡아야 한다.

　위드는 어느 정도 완성된 검을 몇 번 휘둘러 보는 것만으로도 무게중심이나 균형을 알 수 있으니, 이게 훨씬 편했다.

> 대장장이 기술의 숙련도가 0.1% 상승하였습니다.

> 대장장이 기술의 숙련도가 0.3% 상승하였습니다.

> 대장장이 기술의 숙련도가 0.4% 상승하였습니다.

> 대장장이 기술의 숙련도가 0.1% 상승하였습니다.

　검이 완성될 때마다 숙련도가 조금씩 상승했다.

　'검을 오백 자루쯤 만들어야 대장장이 스킬의 레벨이 한 단계 오르는 것인가?'

　대장장이 스킬은, 초반에 익히는 법은 쉽다. 조각술이 직접 손으로 조각을 해야 한다는 점에 비교한다면 엄청나게 쉽게 배울 수 있다.

　하지만 스킬의 레벨이 오를수록 숙련도의 상승은 만만치가 않다. 중급 대장장이 2레벨밖에 안 되었는데도 이미 상당한 노가다라고 할 수 있었다.

　'그래도 철로 만든 검들이니까.'

아마 대장장이 스킬의 경우도 좋은 재료를 쓰거나, 걸작이나 명작 같은 것을 만들면 숙련도가 더 많이 상승할 것이다. 대신 그만큼 스킬 레벨의 성장도 만만치는 않을 테지만.

쨍그랑.

위드는 완성한 검들을 한쪽에 쌓아 놓았다.

구태여 일일이 정보를 확인할 필요는 없다. 어차피 공격력 20에서 45 사이의 물품들이 나오게 될 테니까.

일반적인 재질로 만든 검들은 그것이 한계였다. 물론 드워프들에 의해 알려진 소문에 의하면, 고급 대장장이 스킬을 가지면 공격력 60짜리 철검도 만들 수 있다고 한다.

하지만 중급 대장장이 스킬을 가지고 보통의 재료로 만드는 이상 어쩔 수 없는 일이었다.

'개당 100골드 정도는 무난히 받을 수 있겠지.'

옵션들이 제각각일 테니, 검마다 가격 차이가 심하게 날 것이다. 그래도 평균적으로 100골드 정도는 받을 수 있다. 고급 손재주를 가진 위드가 만든 검들은 유별나게 내구력이 높았던 것이다.

일반 검사들은 내구력이 높은 검을 선호했다. 가죽이 두꺼운 몬스터들과 싸우다 보면, 검의 내구력도 금방 떨어지기 때문이다.

위드는 검을 만드는 한편으로는 다른 일도 했다.

화로에 넣은 광석들이 쇳물로 변하는 사이, 가죽들을 가지고 옷을 만들었다.

철저한 부업 정신!

기다리는 시간을 최대한 없애야 한다.

'내가 잠깐이라도 쉬는 사이에 다른 놈들은 사냥을 해서 강해지고 있겠지!'

위드는, 진정한 노가다는 같은 일을 반복하는 것만으로는 이루어지지 않는다고 생각했다.

노가다란 잠시도 쉬지 않아야 한다. 오늘 하루 죽도록 일했다고 해서, 그다음 날 쉬면 안 된다. 그러면 하루 동안 일한 것이 아무 의미가 없어진다. 이것은 정말 기초적인 것이었다.

그다음의 경지는, 하나의 일을 꾸준히 하면서 중간에 잠깐이라도 남는 시간에는 다른 일을 하는 것이다.

사냥을 하면서 생명력과 마나를 채울 때에는 조각을 하고, 좀 더 시간이 남을 때에는 대장일이나 재봉을 한다.

이것이야말로 위드의 스킬이 빠른 속도로 오른 이유였다.

위드는 지금까지 챙겨 놓았던 가죽류들을 이용해서 옷을 만들었다. 가죽을 자르고, 바느질을 하는 것은 너무나도 익숙했다. 손이 슥슥 지나가면 바늘이 꿰이고 단추가 달린다. 가히 전광석화를 방불케 하는 속도!

"소싯적에 단추 10만 개, 인형 눈알 100만 개를 붙인 나다. 이 정도야 쉬운 일이지."

위드는 검을 만드는 중간에 쉬는 시간을 통해 가죽들을 전부 처리할 수 있었다.

> 재봉 스킬의 레벨이 중급 3으로 상승했습니다.
> 재봉용 풀들을 이용해서 옷을 염색할 수 있습니다.

특정한 풀은 단단한 몬스터의 가죽을 부드럽고 연한 재질로 바꾸는 데에 도움을 줍니다.

재봉이 끝날 즈음에는 검을 만드는 일도 대충 끝나 가고 있었다.

대장장이 스킬의 레벨이 중급 3으로 상승했습니다.
만들어진 아이템들의 공격력과 방어력이 일정 수치만큼 증가합니다. 보다 효율적인 공성 무기를 제작할 수 있습니다.

작업을 마치자 재봉과 대장장이 스킬이 한 단계씩 올라, 중급 3레벨이 되었다. 그리고 위드의 주변에는 옷가지와 검이 수북하게 쌓여 있었다.

"이제부터 본격적인 시작이로군."

위드는 흑철과 미스릴을 꺼냈다. 이것을 이용해서 직접 사용할 방어구를 제작해야 했다.

"감정!"

흑철

광석을 제련해서 얻은 금속. 담금질의 용도로 이용되어 다양한 물품을 제작할 수 있다. 어떤 형태로도 가공할 수 있지만, 잘 깨어지지 않아 주로 방어구를 만드는 데에 사용한다. 흑철을 다루기 위해서는 중급 대장장이 스킬이 필요하며, 매우 희귀한 탓에 많은 양을 구하기란 어렵다. 다른 물품과 섞어서 사용할 시에는 물체의 색이 검게 변한다. 2등급 대장장이 아이템.
내구력: 30/30
옵션: 물리적인 공격에 대한 방어력이 뛰어나다.

흑철은 2등급 대장장이 아이템으로, 구하기 힘든 물품이다.

상점에서는 거의 판매도 하지 않고, 설혹 판다 해도 그 양이 극히 적어서, 구하게 되면 꼭 필요한 데에 섞어 쓰는 정도였다.

이어 위드는 미스릴을 손에 올렸다. 흑철과는 다르게 몇 킬로 되지도 않는 무게였다.

"감정!"

미스릴

극상의 대장장이 아이템. 모든 대장장이들이 사용하기를 원한다. 하지만 자연 상태의 미스릴을 얻기란 매우 힘들어서, 극소량만을 구할 수 있다. 적은 양이라도 검이나 방어구에 섞으면 성능을 크게 향상시켜 준다. 순수한 은이라고 할 정도로 맑은 광채를 띠며, 마법으로부터의 보호 능력을 가지고 있다. 미스릴을 다루기 위해서는 최소한 중급 대장장이 스킬을 가지고 있어야 한다. 제대로 사용하기 위해서는 고급 대장장이 스킬이 필요하다. 1등급 대장장이 아이템.

내구력: 50/50

옵션: 물리력과 마법 저항력을 상승시켜 준다. 명성 증가, 기품을 더해 준다.

위드는 형틀에 흑철과 미스릴을 섞어 넣었다. 그런 후에 틀을 잡아 망치로 사정없이 두들겼다.

쾅! 쾅! 쾅!

흑철이나 미스릴 둘 다 지극히 단단한 금속이기에, 여간한 힘을 가해서는 가공할 수 없다. 생산직인 대장장이라고 해도 상당한 힘이 필요한 직업이었던 것이다.

그러나 위드의 힘은 굳이 오크로 변하지 않더라도 발군이었다. 조각술로 올라간 힘은 거의 없다고 하더라도, 레벨을 올릴 때마다 힘과 민첩에만 투자했던 것이다.

생명력은 낚시를 배우면서 터득한 생존술로 키우고, 방어력은 몬스터에게 맞아 늘린 인내력으로 충당했다.

예술 스탯은 여러 생산직들을 전전하면서 키운 것으로 보충했다.

덕분에 힘과 민첩의 수준이 매우 높았다.

위드는 이윽고 헬멧을 완성시켰다.

대장장이 기술의 숙련도가 7% 상승하였습니다.

"감정!"

고귀한 기품이 어린 검은 헬멧
상당히 재주가 좋은 대장장이가 만든 작품! 감탄밖에 나오지 않는 손재주로 인해 흠을 잡기 어려울 정도로 꼼꼼하게 만들어졌다. 다만 미스릴을 다루기에는 미숙한 실력으로 인해 완성도가 높진 않은 것이 흠이다. 새카만 광택과 조형미로 인해 상당한 예술성을 가졌다. 그럼에도 뛰어난 방어력은, 어지간한 몬스터라면 때리다가 지칠 정도이리라.
내구력: 150/150
방어력: 32
제한: 힘 300. 레벨 300.
옵션: 민첩 +30. 매력 +70. 예술 +20. 지혜 +20. 지력 +10. 명성 +200. 통솔력 +30%. 혼란 마법에 대한 면역. 마법 저항 +15%.

꽤 괜찮은 아이템이 나왔다.

미스릴이 섞여 있기에 위드의 대장장이 스킬이 조금만 높았더라면 더 좋은 장비가 되었겠지만, 어쩔 수 없는 일이었다.

위드는 이제 부츠를 만들었다. 소므렌 자유도시에서 사람들의 의뢰를 받을 때에 부츠도 숱하게 만들어 본 적이 있어서 그리 어렵지는 않았다.

부츠의 가치는 무엇보다 민첩성에 크게 좌우된다. 그렇기에 남아 있는 미스릴을 몽땅 사용했다.

> 대장장이 기술의 숙련도가 8% 상승하였습니다.

"감정."

가볍고 귀한 검은 부츠

발을 완전히 보호할 수 있는 부츠. 미스릴이 많이 들어가 가볍다. 아무리 오래 신어도 파괴되지 않을 것 같다. 상당히 재능이 있는 대장장이가 만들었을 것으로 짐작이 되지만, 부족한 실력으로 인해 미스릴을 제대로 다루지는 못하였다. 결과적으로 미스릴이 일부 고르게 퍼지지 못하여, 생각만큼 튼튼하지는 않다.

내구력: 130/130
방어력: 14
제한: 힘 150. 민첩 300. 레벨 300.
옵션: 이동속도 15% 증가. 단 마나가 소모된다. 민첩 +70. 예술 +20. 명성
　　　+100. 장거리 이동 시에 체력의 저하를 막아 준다. 험한 지형에서도 쉽게
　　　걸을 수 있다.

리치 샤이어가 착용하고 있던 쿠르달의 신발에는 비할 바가 아니지만, 제법 괜찮은 부츠가 나왔다.

"자고로 부츠는 민첩과 이동속도지."

위드는 크게 만족했다.

부츠의 경우에는 이동속도를 올려 주는 옵션 하나만 있더라도 가격이 몇 배나 뛴다.

전투 중에 남들보다 빨리 움직일 수 있다는 것!

그 장점은 엄청난 것이다. 공격을 피하기도 쉽고, 적에게 다가가기도 훨씬 편해진다. 검사들의 경우에는 원거리 공격을 하

는 궁수나 마법사에게 더 빠른 접근이 가능하다.

반대로 도망칠 때에도, 이동속도가 빠르다면 죽을 확률이 훨씬 줄어든다.

그런 이유로 인해서 이동속도 증가 옵션이 붙은 부츠들은 가격도 비싸고 수량도 부족한 편이다.

쿠르달의 신발처럼 이동속도를 무려 30%나 올려 주는 게 아니라도, 상당히 쓸 만한 아이템인 것이다.

북부 원정대!

차가운장미 길드가 주축이 되어, 드디어 탐험을 위한 만반의 준비를 갖춘 원정대가 결성되었다.

원정대의 규모는 무려 1,300을 헤아렸다.

최초 오베론과 그의 측근들에게, 이렇게 많은 인원을 모을 생각은 없었다.

사람의 숫자가 늘수록 관리는 더욱 어렵게 된다. 필요한 물자도 많아지고, 여러모로 곤란한 상황들이 일어날 가능성도 커진다. 어느 정도 규모를 키울 생각을 하긴 했지만, 이만큼은 아니었다.

보통 원정대라고 하면 50명에서 100명 사이가 많다. 던전 평정이나 점령을 목적으로 한 원정대도 200명을 넘는 경우란 거의 없다.

오히려 아주 위험한 곳으로 떠날 때에는 7명이나 8명, 마음이 맞는 사람들끼리만 어울리기도 했다. 사람이 몇 명 안 되면 위험을 미리 살피고 기민하게 회피할 수 있기 때문이다.

규모가 커지면 상대적으로 안전하다는 장점이 있긴 하지만, 얻게 되는 단점이 더욱 만만치 않았던 것이다.

오베론은 측근들과 대화를 나누었다.

"원정대에 참여하겠다는 사람들이 너무 많아. 좀 줄일 필요가 있을 것 같은데."

"줄이기가 힘듭니다."

부길드장 베로스는 난색을 표했다.

"저마다 인맥을 통해서 요청을 해 오는 터라 거절할 수도 없습니다."

"그래도 우린 위험한 곳으로 가야 된다. 어중이떠중이들까지 다 끌고 갈 수는 없어."

"아주 소수의 모험가들, 베르사 대륙 최고 수준에 있는 사람들이 북부의 지형 등을 알아 왔습니다."

"그러니 더욱 정예들만 추려서 가야지."

"하지만 북부에서 버티는 것은 그들도 실패했습니다. 그러니 우리들은 아예 생각을 바꾸어서, 최대한 많은 사람들을 데려갈 필요가 있습니다."

오베론은 베로스의 마음을 알 수 있었다.

"아예 든든한 부대를 편성해서 가잔 뜻인가?"

"틀린 말도 아니지요. 북부에서는 어떤 일이 벌어질지 모릅니다. 그곳에 이미 진출한 소수의 모험가들도, 자기들이 알아 낸 정보 중 중요한 것은 절대로 공유하려 들지 않습니다. 우리들이 알고 있는 것은 아주 대중적이고 별달리 쓸모도 없는 것들이죠."

"그건 그렇지."

오베론은 곧바로 동의했다.

북부를 탐험한 이들은 정말로 쓸모없는 정보들만 공개했다. 마을의 이름이나 도로명, 북부에 있는 매우 위험한 지형에 대한 정보!

직접 가 본다면 얼마든지 알 수 있는 것들이다.

"그런 부족한 정보로는 원정대가 매우 위험합니다. 북부에 있는 몬스터 세력들에 대해서도 전혀 모르지 않습니까?"

"베로스, 그건 이미 끝난 이야기다. 정찰대를 일일이 보내서 확인하고 이동한다면 시간이 너무 오래 걸려."

"제 생각도 그렇습니다. 하지만 정예들만 데려가서는 전멸할 상황도, 사람의 숫자가 많다면 버텨 낼 수 있을 겁니다."

오베론은 회의적이었다.

"과연 저들이 도움이 될까? 어두운 새벽에 습격하는 몬스터 무리도 있을 것이고, 절대적으로 위급한 상황도 있을 거야. 그럴 때에 진정 도망가지 않고 동료들을 지키며 싸우려 들까?"

베로스도 그 점은 그다지 자신할 수 없었다.

"동료로서의 신의를 바라기는 무리입니다. 그래도 자기들 밥값은 하는 친구들이겠지요. 그리고 동맹 길드의 참여나 우리들의 터전 근처에 있는 세력들의 참여는 거절하기 힘든 부분이 있습니다."

이번에 오베론을 비롯한 차가운장미 길드 주력의 대부분이 북부로 떠나게 되었다. 그 공백기를 이용해 주변의 세력들이 욕심을 낼지도 모른다. 길드가 소유한 성이나 마을들이 높은 성벽과 병사들로 보호를 받는다고 해도, 주력이 빠져나간 틈을 타서 공격을 해 올 수 있는 것이다.

하지만 그들도 눈치만 볼 뿐, 딱히 구체적인 행동으로 옮기기에는 무리가 있었다. 우선은 세력들이 다들 고만고만했다. 차가운장미 길드보다 한 단계 이상 전력이 부족했기에, 오베론이 돌아올 때를 고려하지 않을 수 없었다.

오베론의 신망이나 신용 때문에 그를 따르는 무리가 한둘이 아니었다.

드워프 워리어 오베론!

그는 각 왕국을 돌아다니는 모험가이며 용병이었다.

몬스터에게 점령당한 마을에서는 약한 유저들을 보호하면서 죽음을 무릅쓰고 끝까지 싸우고, 다른 유저들을 돕고 보살피면서 모험을 즐기기도 했다.

약자들을 돕고 어려운 상황에 빠진 이들에게 손을 내민다!

따라서 그에게는 친구도 많고, 그중에는 큰 세력을 이끄는 이도, 사냥터에서 혼자 돌아다니는 전사도 있었다.

드워프 워리어로서 너무나 유명세를 타고 있기에, 그를 따라서 오베론이라고 이름을 붙인 자들만 해도 수만 명이 넘는다.

실제로 차가운장미 길드는 오베론과 그의 추종자들에 의해서 결성된 것이나 다름이 없었다.

차가운장미 길드의 전력은 중상위권에 속하는 정도지만, 베르사 대륙에 오베론을 꺾을 자신을 가진 사람은 100명도 채 되지 않는다.

그렇기에 눈치 싸움만 치열하게 벌어질 뿐, 먼저 나서서 차가운장미 길드의 세력권을 넘볼 만큼 간 큰 자가 없었다.

결국 이럴 바에야 다들 차라리 차가운장미 길드와 함께 북부 탐험을 떠나겠다고 신청을 한 것이다.

"그들을 받아들여 주지 않는다면 원성을 사게 될 겁니다. 그리고 우리들이 없는 사이에 무슨 꿍꿍이를 부릴지도 모르고요. 별로 가능성은 높지 않다고 해도, 괜히 후방에 위험 요소를 남겨 놓을 필요는 없지 않겠습니까?"

"결국 받아들여야 하는 거군."

오베론은 베로스의 말에 일리가 있다고 판단했다.

원정대에 속하려는 이들을 무조건 내치다 보면 원망을 들을 것이다. 주위의 신망을 중요시하는 오베론으로서는 계속 거절할 수만도 없게 되었다.

정예들만 발탁하려는 초기의 계획은 무너지고, 어느 정도 일정한 기준을 따르는 이들은 모두 받아들였다. 특정 길드에서 보낸 전사들이나 모험가들. 이들의 참여로 인해서 대폭 숫자가 늘어난 것이다.

베로스와 드럼은 아예 이번 기회를 널리 활용하기로 했다.

"대장은 너무 순진하게만 생각해."

"모험. 탐험. 개척. 다 좋지. 명예를 얻을 수 있는 기회지만, 실리부터 챙기는 게 좋아."

베로스는 드럼과 의미심장한 눈빛을 교환했다. 서로의 마음이 맞았다.

"역시 이번 기회를 잘 활용해야 해. 우리 차가운장미 길드의 이름으로, 오베론의 이름으로 각 길드들을 뭉치는 거야. 원정대에 가능한 한 많은 사람들을 받아들이자."

일은 베로스의 의도대로 이루어졌다.

베로스는 변방 왕국의 길드들도 받아들였다. 그런 덕분에 인원이 이만큼이나 늘어나게 된 것이다.

차가운장미 길드와 그 동맹 길드들. 그들은 거대한 평원에서 세력을 과시하고 있었다.

무려 1,300명이나 되는 사람들이 줄을 맞춰서 서고, 수만 명의 사람들이 멀리서 구경을 하고 있었다.

출정식은 성대할 수밖에 없었다.

베로스나 드럼이 의도적으로 이것을 유도했다. 세력을 과시하면서 길드의 명성을 널리 알리기 위함이었다.

며칠 전부터 출정식을 떠들썩하게 광고했고, 자리도 일부러 사람들이 많은 성 근처로 잡았다.

그 덕분에 구경꾼은 이루 말할 수 없이 많았다.

대대적인 출정식이다.

이번에 북부로 떠나는 사람들과 최소한 몇 달은 만나지 못한다. 관중 사이에는 원정대와 친분이 있는 사람들이 유독 많았다. 그들은 이별의 인사를 나누었다.

"무사히 다녀와."

"기념품 꼭 챙겨 오고⋯⋯."

"걱정하지 말고 기다려."

먼 곳으로 떠나는 사람을 보기 위해서 일부러 배웅을 나온 것이다.

차가운장미 길드 전원과 동맹 길드들 전원, 기타 소문을 듣고 모여든 관중으로 인해서 평원은 번잡하기 짝이 없었다.

동맹 길드의 수장들은 자신의 차례가 돌아올 때마다 열심히 연설을 했다.

"우리는 안정된 이곳을 떠나서 모험의 대지로 갑니다. 위험은 곧 기회입니다. 우리들이 바라는 것을 쟁취하기 위하여 떠납시다!"

"우와아!"

"우리는 새로운 땅의 흙을 밟으려고 하고 있습니다. 우리의 신발이 새 땅의 흙을 묻히고 돌아올 때, 우리는 달라져 있을 것입니다. 새로운 경험을 하게 될 것이고, 남들에게 이야기할 수 있는 추억이 생겨날 것입니다. 그리고 우리들의 행동은 널리 퍼져 전설이 될 것입니다. 우리가 전설의 주인공이 되는 것입니다."

"와와!"

1명 1명, 발언이 끝날 때마다 원정대원들의 환호로 평원이 떠나갈 듯했다.

입에 발린 소리, 귀에 듣기 좋은 말들뿐이라고 할지도 모르나 실제 탐험은 상당히 위험하고 처절하다. 혹독한 추위에 맞서 북부를 돌아다녀야 하고, 제대로 된 정보도 없어 밤에 쉴 곳도 마땅치 않았다.

그런 탐험에 앞서, 지금의 성대한 출정식은 원정대원의 사기를 높여 주는 효과가 있다. 허례허식처럼 보이지만, 절대로 빠뜨릴 수 없는 행사였다.

동맹 길드의 수장들이 다들 한마디씩을 한 후, 마침내 오베론의 차례가 왔다.

오베론은 널찍한 단상에 올라서 주위를 둘러보았다.

"……."

원정대원과 관중이, 숨을 죽이고 그의 말이 나오기를 기다리고 있었다.

큰 길드를 이끄는 대장이며, 신의를 지키는 워리어!

사람들 사이에 절대적인 유명세를 떨치고 있는 오베론이 무슨 말을 할까 긴장하는 것이다.

오베론의 말은 길지 않았다.

"우리는 더위를 잊어버릴 것이다. 우리는 추운 곳으로 간다. 더위를 없애기 위해서 가자!"

그것으로 끝이었다.

원정대원과 관중은 황당함에 눈을 부릅떴다.

여기 모인 인원만 해도 최소한 수만 명이다. 동영상이 퍼지면 100만 명이 넘는 사람이 이 광경을 보게 된다. 탐험이 성공한다면 1,000만 명 이상이 이 출정식을 찾게 되리라. 얼굴을 알릴 둘도 없는 좋은 기회였다.

멋진 대사를 10분 넘게 발언할 수도 있는데도, 오베론은 지극히 짤막한 말들로 끝낸 것이다.

하지만 원정대원들의 가슴속에는 그 마음이 더욱 크게 남았다.

'베르사 대륙의 더위를 물리친다.'

'우리가 북부로 떠난다!'

오베른의 발언이 남긴 깊은 여운이 원정대원 전원의 가슴을 가득 채웠다.

오베론의 말을 끝으로 출정식의 모든 행사는 종료되었다. 푸짐한 음식을 먹었고, 친분이 있는 이들과의 작별 인사도 마무리가 되었다.

히히힝!

원정대는 각자 말에 올라탔다.

상인들은 물자를 가득 실은 마차를 이동시키고, 다크 게이머들이 그 마차의 지붕에 올라갔다.

"휴, 덥군."

볼크가 손으로 자신의 얼굴을 부채질하며 말했다. 출정식이 성대한 만큼 다크 게이머들에게는 상당히 지루했던 것이다. 그나마 오베론의 말이 짧았기에 다행이었다.

"역시 의뢰를 받아서 하는 일은 성가신 행사가 많다니까."

볼크의 말에 다크 게이머들 30여 명은 다들 고개를 끄덕였다. 의뢰에 참여할 때마다 매번 비슷비슷한 행사들을 겪어 보았으니 다들 동감하는 것이다.

그렇지만 다크 게이머들도 조금씩은 흥분하고 있었다.

이렇게 대규모 탐험 행렬에 끼는 것은 그들도 처음이다.

과거 동부에 있는 브렌트 왕국이나 로자임 왕국을 개척할 때를 제외하고는, 이러한 규모의 원정대가 결성된 전례도 별로 없었던 것이다.

역사의 한 주인공이 될 수 있다는 사실에 다크 게이머들도 다들 고무된 상태였다.

"출발한다."

"가자!"

이윽고 원정대원들은 모든 준비를 완료하고, 북쪽을 향해 말을 달리기 시작했다.

성문 근처의 평원에서 출정식이 있었기에, 아직 먼 곳을 갈수 없는 초보들은 부러운 눈으로 이들을 지켜보았다.

"우리는 언제쯤에나 저런 곳에 낄 수 있을까?"

"휴, 멀었지. 저런 원정대에 속하려면 고수가 아니고서는 불가능하니까."

"그래도 지금 우리들도 나쁘진 않잖아. 가진 것도 없고 능력도 약하지만 힘을 모아서 싸우고 있고, 성에서 퀘스트를 하거나 주민들과 친해지는 것도 재미있으니까."

"그야 그렇지. 어서 사냥하고 엘린이 만들어 주는 수프를 먹고 싶다."

"귀족들의 파티는 참 재밌어. 모험가로 그곳에 끼면, 맛있는 음식도 먹고 예쁜 여자들도 많이 만나 볼 수 있지. 참, 보라둔! 너는 명성이 100이 못 넘어서 파티에 못 낀다고 했었지?"

"이번에 여우 꼬리를 모아 오는 퀘스트만 하면 나도 100을 넘을 수 있어."

"명성이 중요하니까 열심히 퀘스트를 해."

"알아. 나도 노력하고 있어."

"그럼 어서 하고, 식사나 얻어먹으러 가자."

초보들은 부러워하면서도 자신들이 할 일을 했다.

⊰❁⊱

위드는 남아 있는 흑철들을 녹이고 제련을 하는 동안, 잠깐 씩 생기는 기다리는 시간에 조각술을 펼쳤다. 지금까지 만들어 놓은 검과 방어구들에 특유의 조각을 하나씩 새긴 것이다.

꼬리가 9개 달린 구미호!

띠링!

> 아이템의 속성이 변경되었습니다.

> 조각술 스킬의 숙련도가 향상되었습니다.

> 손재주 스킬의 숙련도가 향상되었습니다.

고급 조각술은 완성된 아이템에 세 가지씩의 스탯을 더해 주었다. 과거에는 1이나 2 정도밖에 되지 않았지만, 이제는 힘을 10 올려 준다거나 민첩을 10씩 올려 주었다.

"완성된 아이템의 수준에 따라 차이가 조금 있는 모양이군."

아무리 조각술이라고 해도 볼품없는 철검에는 효과가 적었다. 진짜 뛰어난 능력은, 좋은 물건에 조각을 할수록 더 잘 부여되었다.

"잘하면 이런 식으로 숙련도를 올릴 수도 있겠어."

고레벨 유저들일수록 자신의 아이템에 갖는 애착이 남다른 편이다.

처음에는 누구나 아이템에 대해서는 단순하게 생각하여, 그저 좋은 수치와 옵션을 달고 있는 무기를 찾게 된다.

하지만 위험한 던전에서 막다른 길에 몰렸을 때, 동료들이 하나 둘 죽어 나가면서 혼자 싸울 수밖에 없는 경우에 처하는 경우가 있다.

그럴 때에 믿을 것은 무기와 방어구뿐이다. 마지막에 목숨을 잃을 때까지, 가지고 있는 검과 방어구들에 의존해서 싸워야 하는 것이다.

한 번쯤 그런 경험을 하고 난 다음부터는, 자신의 무기를 수족처럼 아끼게 된다. 무기에 거금을 투자하고, 보다 좋은 방어구를 구하는 데에 시간을 아끼지 않는다.

무기의 색깔이나 방어구의 디자인에 대해서 관심을 쏟는 무리도 상당히 많다.

이런 생명 줄과도 같은 아이템들을 업그레이드해 줄 수 있다면 상당한 돈을 벌 수 있을 것이다.

'조각술로 부업을 하나 더 개시할 수 있겠군.'

뭘 해도 돈과 관련되는 부업부터 개발하는 위드!

다만 아이템에 새기는 정도로는 조각술의 숙련도가 그다지 오르지 않았다. 고급 조각술에 오른 이후로는, 그야말로 아무리 장비를 조각하더라도 티도 안 날 정도였다.

장비에 예술성을 조금 더하더라도, 기본적인 형상이나 쓰임새를 완전히 뒤바꾸는 것은 아니기 때문이다.

게다가 과도하게 조각술을 펼치다 보면 능력이 하락하는 경우도 상당히 있었다. 검에다가 했다면 아마 공격력이 하락했으리라.

"어디까지나 무리하지 않는 선에서만 해야겠군."

경험이 쌓이게 되자 위드는 적당한 수준으로 조각술들을 펼쳤다. 가지고 있는 검과 방어구, 재봉으로 만든 옷들을 전부 조각했다.

그 결과 검이나 옷, 흑철로 만든 방어구들에서는 그렇게까지 큰 옵션들이 나오진 않았다.

다소 쓸모가 없는 매력이나, 여우와의 친화력을 올려 주는 경우도 있었다. 하지만 미스릴이 섞인 부츠와 헬멧은 상당히 많은 스탯이 올랐다.

힘 30에 민첩 20, 명성 120까지!

좋은 장비일수록 상승의 폭이 높다는 것이 증명된 셈이었다.

대장일과 재봉 일을 마무리 짓고, 이제 위드에게는 하나의 일만이 남았다. 조각품을 만드는 것.

금으로 된 조각품을 완성할 시간이었다.

"잘 나왔어야 할 텐데."

위드는 흙으로 만든 형틀을 떼어 냈다. 그러자 찬란한 빛 무리가 어린 금 조각상이 나왔다. 막 완성되어서 더욱 화려한 자태를 간직하고 있는 금 조각상.

"이게 재룟값으로 7,000골드나 들어간 조각상!"

위드는 가슴이 아파서 눈물이 흐를 것만 같았다.

금으로 만든 조각상. 금괴가 부족해서 크기는 조금 작았다. 그래도 도금이 아니라 순수한 금을 녹여서 만든, 그야말로 돈을 발라서 만든 조각상이었다.

하지만 아직은 완성된 것이 아니다.

"마지막 작업을 해야지."

위드는 얼굴이나 귀, 손가락 등을 세심하게 작업했다. 형틀로는 기본적인 부분만 만든 것이다. 옷이나 손가락 마디처럼 세밀한 표현이 필요한 부분들이 많았다.

부족한 부분들이 다듬어지면서 조각상의 윤곽이 점점 드러나기 시작했다.

무언가를 조각하고 있는 모습이었다.

예술의 도시 로디움에 남기는 조각품. 그것은 금으로 된 조각사였던 것이다.

> 만든 조각품의 이름을 정해 주십시오.

위드는 별로 고민도 하지 않고 생각나는 대로 답했다.

"돈 많은 조각사."

최악의 작명 감각!

무수한 예술가들이 울고 갈 이름이었다.

> 〈돈 많은 조각사〉가 맞습니까?

"맞다."

띠링!

대작! 〈돈 많은 조각사〉상을 완성하였습니다!

눈부신 재료는 예술의 가치를 더욱 높여 준다. 순수한 금으로 만들어진 조각상! 사물을 깎는 것에 그치지 않고, 제련을 통해 조각상을 완성해 낸 놀라운 시도라고 할 수 있다. 조각사의 영광과 도전을 상징하는 이 작품은 예술의 도시를 더욱 빛나게 할 것이다.

예술적 가치: 7,100

옵션: 〈돈 많은 조각사〉상을 본 이들은 생명력과 마나 회복 속도가 하루 동안 30% 증가. 사냥 시 아이템을 획득할 확률이 하루 동안 15% 증가. 행운 스탯 60 상승. 두 가지 속성이 10% 상승. 상인들의 회계 스킬이 한 단계 오른다. 모험가들의 미술품 감정 스킬이 한 단계 오른다. 조각상이 위치한 왕국이나 도시 부근에 돈을 밝히는 마물들의 출현 빈도가 높아진다. 다른 조각품과 중복으로 적용되지 않는다.

지금까지 완성한 대작의 숫자: 3

조각술 스킬의 숙련도가 향상되었습니다.

손재주 스킬의 숙련도가 향상되었습니다.

각품에 대한 이해의 스킬 레벨이 1 상승하였습니다.

명성이 520 올랐습니다.

예술 스탯이 19 상승하였습니다.

지구력이 3 상승하였습니다.

서윤을 조각했을 때와 가족을 조각했을 때, 그리고 이제는 금 조각상이 대작이 된 것이다.

본래 대작은 이렇게까지 흔하게 나오는 것이 아니다.

그러나 최초는 무엇이든 가치가 있는 법!

대장장이 스킬을 이용하여 조각한 것을 상당히 인정받았다고 볼 수 있었다.

다음번에는 다시 대장장이 스킬을 이용한다 해도, 매우 뛰어난 완성품이 아니고서야 이렇게 대작이 나오기는 상당히 어려우리라.

수천 개를 만들면서, 그 노력의 결실에 따라 걸작, 명작, 대작이 나온다. 고난 끝에 작품을 완성하는 것은 생산직이나 예술직들만이 얻을 수 있는 즐거움이라고 할 수 있었다.

'고생한 보람이 있군.'

위드는 회심의 미소를 지었다.

보통 사람들은 조각사가 무언가를 깎는 직업이라고 착각을 한다. 하지만 실제 조각사는 입체적인 무언가를 만들어 내는 예술가다.

대장장이 스킬을 비롯하여 모든 것들이 조각의 기법이 될 수 있다. 그러므로 조각사들은 2차 전직도 상당히 다양하게 하는 편이다.

금속 조각사, 목 조각사, 석 조각사, 대지 조각사, 동굴 조각사…….

왕궁이나 도시에 취직하는 경우를 제외하더라도, 수십 가지 다른 형태의 조각사가 될 수 있었던 것이다.

달빛 조각사의 경우에는 숨겨진 직업이라서, 2차 전직도 일반적인 경우와는 다를 수밖에 없다. 그 레벨의 제한이나 스킬의 요구 조건이 훨씬 높은 데다 직업 자체가 알려지지 않은 것처럼, 전직할 수 있는 퀘스트도 공개되지 않은 상황이었다.

띠링!

로디움의 예술가 퀘스트 완료

훌륭한 조각사는 자신의 걸작으로 이야기한다. 완성된 조각품은 그가 도시의 예술가로 받아들여지기에 충분함을 증명하였다. 예술가 조합에서 도시의 예술가로 등록을 할 수 있다.

보상: 조합으로 돌아가면 예술가 등록이 가능하다. 로디움에서 조각사와 관련된 퀘스트들을 받아 볼 수 있다.

퀘스트 성공!

하지만 고생한 것에 비해서 별다른 보상품은 없는 퀘스트였다.

보통 수준이 낮은 조각사라면, 대충 아무것이나 하나 만들어 주고도 로디움에서 활동할 수 있다. 위드의 경지가 너무 높은 편이라서 좀 더 고생을 한 것이다.

단 하나의 조각품도 대충 만들어서는 안 되는 직업!

조각사란 어떤 면에서 보면 굉장한 파급효과를 가진 직업이라고 할 수 있었다.

직접 전투 능력은 떨어지고, 모험을 하는 데 조각품들이 유용한 것도 아니다. 당장 필요한 것이 있어도 조각품으로 해결하기는 상당히 어렵고, 또 조각을 하는 데에는 많은 시간을 필요로 하기 때문이다.

그렇지만 좋은 조각품이 많은 왕국과 도시는 발전한다. 조각품들이 사람을 불러 모은다. 문화가 발달하면 국력이 강해지는 것이다.

로자임 왕국도 대형 사자상과 피라미드 덕분에 관광객들이 몰리고, 주변의 던전도 미어터질 지경이라고 한다.

예술품 하나로 미래의 국력을 좌우하는 직업!

이것이야말로 진정한 조각사의 위력인 것이다.

그렇지만 위드는 국가적인 일에는 관심이 없었다. 오로지 사심이 중요했다.

"내 조각품으로 남 좋은 일을 할 수는 없지. 조각품에 생명 부여!"

위드는 금 조각상의 머리를 쓰다듬었다.

키와 몸이 사람보다는 조금 작은 조각상이다. 전적으로 금괴가 모자랐기 때문이다.

후우우웅!

금이 뜨겁게 달아올랐다. 딱 녹지 않을 정도로 달아오른 금 조각상이 유연하게 몸을 움직였다.

조각품에 생명을 부여하였습니다.

조각품의 능력은 현재 설정된 예술 스탯 762에 따라 레벨에 맞춰 351로 변환됩니다. 하지만 위대한 대작 조각품의 효과로 인해서 20%의 레벨이 추가되어 420으로 늘어납니다.

생명체에 세 가지의 속성이 부여됩니다. 조각품의 모양과 수준에 따라 부여되는 속성의 수준과 능력치가 다릅니다. 화염의 속성(50%), 금속의 속성(100%), 물의 속성(60%).

* 금속의 표면은 대다수의 마법을 무시할 수 있습니다. 다만 재질이 무른 금의 속성으로 인해 방어력은 뛰어나지 않습니다.

* 무제한의 불을 일으킬 수 있습니다. 그러나 지나친 화염은 스스로의 몸도 녹이게 할 것입니다.

* 액체로 변할 수 있습니다. 화염으로 녹아든 몸은 다양한 형태로 변할 수 있고, 적을 공격하는 데 유용하게 쓰일 수 있습니다. 그러나 액체로 변할 때마다 신체의 일부가 사라질 수 있습니다.

마나가 5,000 사용되었습니다.

예술 스탯이 10 영구적으로 줄어듭니다. 줄어든 스탯은 조각품 제작이나 다른 예술 관련 활동을 통해 보충할 수 있습니다.

레벨이 2 하락합니다. 레벨 하락에 따라서 가장 최근에 올린 스탯이 10 줄어듭니다. 줄어든 스탯은 레벨을 올리게 되면 다시 부여할 수 있습니다.

생명이 부여된 조각품을 소중히 다루어 주십시오. 목숨을 잃으면 다시 생명을 부여해야 합니다. 완전히 파괴되었을 경우에는 되살릴 수 없습니다.

조각사의 꿈!

대작으로 완성된 조각품에 생명을 부여하니 레벨이 무려 420이나 되었다.

같이 싸운다고 해서 경험치가 오는 것도 아니고 한번 파괴당하면 끝이라고 해도, 굉장한 전력인 것이다.

'서윤의 조각상도 나중에 생명을 부여해야겠군.'

위드는 언젠가 유노프 협곡으로 돌아가서 최초로 만들어진 대작, 서윤의 조각상에도 생명을 부여하기로 결심했다.

다만 조각품에 생명을 부여하는 것은 그렇게 자주 써먹을 만한 기술은 아니다.

레벨 2개와 예술 스탯 10개가 사라질뿐더러, 기왕에 생명을 부여할 것이라면 좀 더 예술 스탯이 올라간 나중에 하는 편이 좋았다. 일단 생명을 부여한 다음에는 인위적으로 조각품을 성장시키기가 쉽지 않았던 것이다.

키이잉!

금 조각상이 눈을 뜨고 깨어났다.

조각상은 본능적으로 위드를 보았다. 아버지를 보는 듯한 눈빛이었다.

기분이 좋기도 할 것이다. 기본적으로 재질이 금이었고, 대작으로 생명이 부여되었으니 기쁠 수밖에 없는 것이다.

금 조각상이 황금으로 번쩍이는 누런 이를 드러내며 말했다.

"골골골골! 이름을, 저의 이름을 정해 주십시오."

위드는 즉시 그의 이름을 지어 주었다.

"금인으로 하자."

"금인. 금인. 골골골!"

금인이는 자신의 이름을 무척이나 마음에 들어 했다.

"어떤 적과도 함께 싸우겠습니다, 주인!"

위드는 절대적인 충복을 하나 얻은 것이다.

비록 파괴되면 생명을 잃어버린다는 조건이 달려 있지만, 죽지만 않는다면 최후의 순간까지도 충성심을 바치는 것이 조각품이었다.

끄아아아악!

창공에 굉음이 울려 퍼지고 있었다.

하늘을 가로지르면서 나는 와이번들!

6마리의 와이번들이 편대를 이루어 북서쪽으로 날아가고 있었다. 웅장한 위용. 고위 몬스터인 와이번의 이동이었다.

리치 샤이어에게 격추된 4마리를 제외하고, 살아남은 나머지 와이번들이 위드가 있는 곳으로 날아가는 것이었다.

본래 생명이 부여된 조각상들은 주인을 애타게 그리게 되어 있다. 따라서 이들의 행동은 본능에 따른, 지극히 당연한 것이었다.

와일이, 와둘이, 와삼이, 와오이, 와육이, 와칠이.

조각품에 생명을 부여할 때마다 예술 스탯이 소멸되기 때문에 이름이 빠른 순서대로 조금씩 강했다.

끄아악!

와이번들은 가끔씩 지상으로 내려가서 말이나 동물들을 잡아먹어 배를 채웠다. 밤에는 절벽 위나 큰 동굴 속에서 잤다.

타고난 강철 같은 체력으로 인해서 조금만 쉬어도 되었으니, 하루에 날아가는 거리는 어마어마했다. 날개를 한 번 펄럭거릴 때마다 매우 빠른 속도로 이동을 하고 있었다.

하지만 그들의 사정은 결코 좋지 못했다.

"하늘을 나는 것이 너무 힘들다!"

와칠이가 불만을 토로했다.

"몸에 부딪는 바람이 너무 세."

와이번을 비롯한 조류들의 몸은 대부분 날렵한 유선형으로 이루어져 있다. 공기의 저항을 최소화하기 위함이었다.

하지만 위드는 시간이 모자라다는 핑계로 그들을 대충 만들었다.

얼굴이 각진 와이번! 몸통도 배가 불룩하게 튀어나와 있었다. 그야말로 하늘을 나는 데에는 최악의 구조!

날갯짓을 할 때마다 얼굴과 몸에 부딪는 바람이 장난이 아니다. 그 덕분에 속도가 나지 않았고, 쉽게 지친다.

그래도 열심히 날아온 덕에 위드가 있는 곳까지는 며칠 남지 않았다.

와이번들은 날개를 활짝 펼치고 하늘을 활강했다. 대지 위로 마을과 땅들이 빠르게 스쳐 지나가고 있었다.

북부 원정대

이혜연에게는 얼마 전부터 이현에게 알려야 할까 말까 고민되는 일이 있었다.

한국 대학교의 수시 입학 지원.

과학 특기생으로 지원을 했다. 시에서 주최하는 경시 대회에 나가서 상을 타, 지원 자격이 생긴 것이다. 그 결과 서류 전형에 통과하고, 그녀도 면접만이 남았다.

"굳이 일찍부터 말할 필요는 없겠지? 떨어질 가능성도 있으니까."

괜히 먼저 말을 해서 나중에 실망감을 안겨 줄 필요는 없겠다 싶었다.

'꼭 합격해서 돌아올게.'

이혜연은 그래서 혼자서 면접을 보러 갔다. 이미 이현과 같이 와 본 적이 있었기에 찾는 것은 그리 어렵지 않았다.

면접 시간 30분 정도.

그녀는 긴장된 얼굴로 무사히 면접을 마쳤다.

합격만 하면 된다면 이렇게까지 긴장하진 않을 것이다.

'무슨 수를 써서라도 장학금을 받아야 해.'

이현과의 약속이었다.

이혜연이 장학생으로 한국 대학교에 합격한다면, 이현도 대학에 다니겠다고 했다.

이혜연은 이제 그 결과를 기다리고 있었다.

북부 원정대는 가는 곳마다 큰 소란을 몰고 다녔다. 그들은 명실 공히 북부로 떠나는 최초의 대규모 원정대였다.

"꼭 더위를 물리쳐 주세요!"

"북부에서 벌어지는 모험을 기다리고 있겠습니다."

사람들이 부러워하고 축하를 해 주면서, 원정대원들의 사기는 크게 올랐다.

원정대의 규모도 더욱 늘어 있었다.

방문하는 도시마다 필요에 의해서 몇 명씩 더 받아들이고, 오베론의 친구나 과거에 전투를 함께했던 동료들이 동참한 것이다.

그 와중에 대장장이 트루만과 재봉사 카드모스의 동참은 원정대에도 큰 힘이 되어 주었다.

중급 7레벨 대장장이 트루만. 그는 베르사 대륙에서도 다섯 손가락 안에 꼽히는 인물이었다.

몬스터는 여우 이상 사냥을 해 본 적이 없다. 그나마 그것도 호기심에 잠깐 잡아 봤을 뿐이다.

여우를 사냥하고 나서 트루만은 허허 웃었다고 한다.

"역시 나는 직접 무기를 들고 싸우는 것보다, 동료들이 싸우는 데 도움이 되도록 무기를 만들어 주는 것이 어울려."

오로지 대장일에만 매달린 트루만은 숱하게 많은 무기들을 제작한 바가 있다.

검신이 칠흑처럼 검다고 해서 이름 붙인 다크 소드.

푸른 하늘을 닮은 것처럼 아름다운 검신을 가지고 있지만, 실제로는 적을 꽁꽁 얼려 버리는 프리즌 소드.

방어구로는 어떤 무기를 잡아도 10%의 공격력을 올려 주는 대미지 글러브를 제작하기도 했다.

장인 업계의 명인, 트루만이 원정대에 가입하기 위해서 왔다고 했을 때 오베론은 활짝 웃었다.

"환영하네! 앞으로 잘 부탁하네. 우리 원정대의 모든 장비는 자네에게 맡기지."

트루만과 오베론은 약간 친분도 있었다.

과거 트루만은 대장장이 퀘스트를 하면서 어떤 무기를 만들어야 했는데, 그 재료가 리자드 맨의 소굴에 있었다.

리자드 맨은 레벨은 높지 않으나 독침을 쏘고, 여러모로 까다로운 몬스터다. 당시는 다들 레벨이 낮은 시기라서, 용기 있게 리자드맨의 소굴로 들어가는 사람이 없었다.

그때 오베론이 나서서 재료들을 구해 준 것이다.

그 인연이 여기까지 이어져서 트루만은 원정대의 대장장이

가 되어 주기로 하고 따라나섰다.

그에 비하면 카드모스는 상당한 괴짜였다.

"어떤 옷이든 만들어 봐야 해. 입기 편한 옷, 실용적인 옷, 어떤 환경에서도 입을 수 있는 옷을 만들고 싶다."

카드모스는 북부의 대지에서 자신의 재봉 실력을 시험해 보고 싶었던 것이다.

중급 재봉 6레벨의 스킬!

단추 하나도 그냥 만들지 않는다는 카드모스는, 재봉계에서는 세 손가락 안에 꼽히는 거물이었다.

이처럼 이미 이름이 널리 알려진 트루만과 카드모스의 합류는 원정대에 희망을 불어넣어 주었다.

그렇게 무려 1,500명까지 늘어난 원정대가, 이제 로디움을 바로 앞에 두고 있었다.

오베론과 그의 원정대는 로디움이 훤히 내려다보이는 언덕 위에 말을 정지시켰다.

"여기서 최종적으로 몇 명을 데려가면 되는 건가?"

오베론의 질문에 드럼이 고개를 끄덕였다.

"예, 전에 말씀드렸던 것처럼 건축가나 요리사들을 데려가면 될 것 같습니다. 바드들도 많이 있다면 여행에 도움이 되겠죠."

"바드라면 길드 내에서도 충분히 구할 수 있을 텐데 굳이 로디움에서 데려갈 필요가 있을까?"

베로스가 의문을 달았다. 바드는 다른 직업들만큼 희귀하지는 않았다. 길드에서도 바드를 구할 수 있고, 외인이라고 할 수 있는 사람들을 데려오는 것보다는 훨씬 나을 것이다.

"진짜 실력 있는 바드들은 로디움에 많습니다. 우리 길드에서는 주로 전투 실력 위주로 뽑아 놓아서, 제대로 된 바드는 드문 편이거든요."

"하기야, 싸움을 잘하면 바드가 아니긴 하지."

베로스는 쉽게 긍정을 표시했다.

바드라면 노래를 부르고 악기를 연주하는 직업이다. 편안한 휴식을 취하는 데에 도움이 되고, 아군의 능력치를 상승시켜 준다.

그런데 길드에 있는 바드들은 전투형에 가까웠다.

전투형 바드!

자유자재로 노래를 하며 악기를 다루기보다는 무기술과 전투에 능한 바드였던 것이다.

"예술 계열의 직업들을 몇 명 추려서 데려가 볼 작정입니다."

드럼은 오베론의 허락을 구했다.

"마음대로 하게."

오베론은 간단히 허락을 해 주었다. 아예 이번 일에 대한 전권을 맡겼다.

"드럼, 자네가 알아서 구하도록 해."

인원 숫자가 이미 예정보다는 많이 늘어나 있었다. 몇 명쯤 더 받아들이더라도 별로 상관이 없을 것 같았다.

오베론은 천성이 워리어였다. 몬스터의 숨결이 느껴지는 데서 싸우고 동료를 지켜 주는 것이 좋았다. 예술이란 머리만 아프고, 봐도 무엇인지 잘 모르는 사내였던 것이다.

자신이 잘하지 못하는 일은 잘할 수 있는 사람에게 믿고 맡긴다.

하지만 오베론은 주의를 주는 것도 잊지 않았다.

"북부 탐험은 험하기 짝이 없을 거야. 예술가들에게도 확실히 미리부터 일러두도록 해. 괜한 바람을 넣어서 데려갔다가 나중에 후회하지 않도록 말이야."

"알겠습니다."

"그럼 이제 도시로 들어가지. 베로스."

"예, 대장."

"이제 북부에 많이 가까이 왔지?"

"그렇습니다. 아직 진정한 북부라고 볼 수는 없어도, 중앙 대륙에서는 많이 벗어났죠. 여기서부터는 텔레포트로 이동하려고 합니다."

"어디까지 이동할 수 있을까?"

"고라스 언덕까지는 갈 수 있을 겁니다."

북부의 중앙부에 있는 언덕의 이름이 고라스였다. 모험가들에 의해서 이름과 좌표가 밝혀진 장소다.

오베론이 고개를 끄덕였다.

"탐색은 그곳부터 하면 되겠군."

"그렇습니다."

"그럼 마법사들을 데리고 텔레포트를 할 수 있는 마법진을 만들게."

"준비하겠습니다. 마법진은 여기 평원에 만들도록 하지요."

"좋아. 한 번에 이동할 수 있는 인원은 몇 명이나 되지?"

"150명 정도를 보낼 수 있습니다. 체력과 마나의 소모가 극심하니, 하루에 세 번 마법진을 활성화한다면 450명 정도가 되겠죠."

"모든 인원이 이동하려면 사흘에서 나흘 정도는 걸리겠군."

"그렇게 보시면 대충 맞을 겁니다."

텔레포트 마법진!

좌표나 지역을 설정하면 대규모의 인원이 한꺼번에 이동할 수 있는 것이다.

대략 한 번에 150여 명이 약간의 짐을 가지고도 이동할 수 있을 정도.

다만 마법진을 설치하고 발동시키는 데에는 많은 시약과 마나석이 들어간다. 재료도 구하기 어렵고 값도 비싼 시약들과 마나석을 이용해야 했던 것이다.

북부에 가는 것뿐만 아니라 돌아오는 것까지 감안한다면 차가운장미 길드의 기둥뿌리가 휘청거릴 정도의 타격이었다.

애초에 이렇게까지 돈이 들도록 계획을 한 것은 물론 아니었다. 그런데 준비하는 과정에서 일이 점점 커졌다.

사람이 늘어나고 준비해야 할 물자들이 많아졌다. 그 결과 이제 실패하기라도 한다면 차가운장미 길드는 거의 파산이라고 할 수밖에 없는 상황에 몰릴 것이다.

'속전속결밖에는 답이 없다.'

오베론과 그의 측근들은 서로 눈을 마주쳤다.

중앙 대륙에는 그들의 터전이 있다. 길드의 주축이 되는 사람들이 오래 비워 둘수록 성과 마을들이 위험해질 것이다.

빠르면 1달, 늦어도 2~3달 내로는 원정을 마쳐야만 했다.

데어린과 볼크를 비롯한 다크 게이머들도 로디움으로 들어
갔다. 그들에게도 최소한 하루에서 사흘 동안의 휴식 시간이
생긴 것이다.

"그럼 여기서 이만."

"나중에 보도록 하죠."

다크 게이머들은 짤막하게 인사를 나누고 헤어졌다.

각자 장비를 점검하고 원정에 참가할 마지막 준비를 하기 위
해서였다.

다크 게이머의 목숨값은 이루 말할 수 없다.

생명과 육체가 바로 자산이었다. 거기에다 제대로 활약을 하
지 못한다면 그다음 퀘스트에서 몸값이 떨어진다. 그 때문에
다크 게이머들은 어떤 전투에서도 철저하게 준비를 한다.

그 결과 대부분의 전투에서 마지막까지 살아남는 것도 다크
게이머들이었다.

"저녁에 술이나 한잔하지."

"로디움에는 예술의 술집이 있다던데. 거기서 만나도록 해."

"나쁘지 않군."

몇몇 친분이 있는 다크 게이머들은 저녁의 술 약속을 했다.
값이 저렴하고 안주가 많은 것으로 이름난 술집이었다. 실내
장식이나 분위기 때문에 비싼 술집은 절대 가지 않았다.

"그런데 술값은?"

"당연히 각자 부담이다."

"그럼 저녁에 만나지."

다크 게이머들은 탐험 준비를 하고도 시간이 남을 것이기에, 알아서 정보를 습득하기 위해서 흩어졌다.

볼크나 데어린도 손을 마주 잡고 걸었다.

"이곳은 참 예쁘군."

볼크가 오랜만에 목소리를 나직하게 깔았다.

성기사라고 볼 수 없을 만큼 흉험한 인상을 가진 그였지만, 때론 이런 낭만적인 모습도 있었다.

"그러네요. 예술의 도시답게 화려해요."

데어린도 활짝 웃으면서 길을 걸었다. 전투에서는 몬스터가 코앞까지 달려들어도 눈 하나 깜짝하지 않는 담대한 성직자였지만, 이처럼 서정적인 면이 있었다.

"돈 좀 주세요!"

"한 푼만 주세요!"

"제발 도와주십쇼!"

로디움의 거지들이 원정대원들에게 달라붙는 것을 보는 것도 상당한 재미였다.

어디를 가더라도 멋진 장비와 높은 레벨 덕분에 선망의 대상이 되었던 원정대원들. 그런데 여기서는 오로지 돈을 가지고 있는 물주로밖에 안 보이는 것이다.

거지들이 우르르 몰려다니면서 구걸을 하고 있었다. 원정대원은 적지 않은 돈을 그들에게 적선해 주었다.

물론 다크 게이머들은 본래 행색 자체가 크게 눈에 띄지 않았기에 조용히 묻어 갈 수 있었다.

"우리 좀 쉬다 가요."

"그럴까?"

볼크와 데어린은 근처에 있는 의자에 앉았다.

도처에 많은 미술품들이 있었다. 불어오는 바람에 꽃잎들이 휘날린다. 멀리 있는 분수대에서 쏟아지는 물방울들은 햇빛을 받아 반짝이고 있었다.

볼크가 맞잡은 손에 힘을 더했다.

"미안해."

"네?"

"신혼여행도 못 가고……."

"전 괜찮아요. 이렇게라도 여행을 할 수 있잖아요."

데어린이 볼크의 어깨에 살짝 머리를 기댔다.

두 사람이 결혼을 했을 때는 가진 돈도 별로 없었다. 간신히 전셋집을 마련할 수 있을 정도였다. 성대한 결혼식은 물론이고, 신혼여행도 가질 못했다. 그렇지만 조금도 아쉽지 않았다.

둘이 함께 베르사 대륙에서 더 많은 곳을 돌아다녔다.

중세의 성과 마을, 위험한 던전들을 다니면서 더욱 친해졌다. 따로 신혼여행을 가고 싶다는 마음이 들지 않을 정도였다.

실제로 베르사 대륙으로 신혼여행을 오는 부부들도 많았다. 돈이 없는 어린 부부들인 경우도 있지만, 정식으로 여행사를 끼고 오는 부부들도 있었다.

여행사에서는 베르사 대륙의 관광지들을 발굴해서 안내한다. 물론 안내원도 〈로열 로드〉를 하는 유저였다.

위험 지역을 같이 여행하면서 둘만 있는 것이야말로 진정한 신혼여행이라고 할 수 있지 않겠는가.

초창기에 모험이 주를 이루던 베르사 대륙은 3년차를 맞아서 다시금 변화하고 있었다.

휴양을 목적으로 한 관광객들이 비약적으로 늘어나면서 상업이 발달한 것이다. 예전에도 관광객들은 있어 왔지만, 이제는 본격적으로 단체 관광을 온 사람들이 많아졌다.

현실에서는 맛볼 수 없는 자유로움과 대자연!

여기서 흠뻑 쉬고 가려는 사람들이 많아진 것이다.

넓은 베르사 대륙에서 어떤 절경과 휴식처를 개발하느냐가 여행사의 경쟁력이 된 시대였다.

〈로열 로드〉는 비즈니스에서도 큰 변혁을 이끌어 냈다.

무수히 많은 상담과 주문이 베르사 대륙에서 일어났다. 영업 사원들이 고객들을 베르사 대륙으로 초대한 것이다.

기존의 술이나 음식을 사는 접대 방식으로는 고객의 마음을 열 수 없다. 베르사 대륙은 고객을 흔들어 놓기에 가장 좋은 수단이었다.

몬스터가 있는 땅, 그곳에서 새로운 세상을 보여 준다.

이것만으로도 고객은 상당한 호감을 갖기 마련이었다.

베르사 대륙과 〈로열 로드〉에 대한 것이 매일 텔레비전을 통해 나오고는 있다. 하지만 직장 일이 바쁘거나 아니면 아이들이나 하는 것이 게임이라는 인식으로 인해서 접하지 않았던 이들도 상당히 많았다. 그런 이들을 〈로열 로드〉로 초대하고 또 다른 세상을 보여 준다.

힘과 마법이 정의인 세상!

그곳에서 아이템을 선물하고, 몬스터를 물리치면서 보살펴 준다. 생명력이 최하로 떨어져서 목숨을 잃을 위기에서 구출해 주기도 하고.

어찌 감동하지 않을 수 있겠는가.

현실에서 최고급 외제 차를 선물한다면 뇌물로 여기고 오히려 경각심을 갖게 된다. 그런데 베르사 대륙에서 쓸 수 있는 아이템을 선물로 주면 매우 고맙게 받아들인다.

뇌물이란 인식도 없고, 초보자들에게는 스스로의 능력치가 눈에 보이게 늘어나기 때문에 훨씬 유혹적이었다.

직접 몸을 움직여야만 하는 〈로열 로드〉에서, 좋은 검 하나는 최고의 선물이다. 예전까지는 감히 엄두도 내지 못하던 몬스터를 신나게 후려 패 주는 쾌감!

영업 사원들은 이것을 미끼로 삼아서 수많은 계약을 체결해 냈다. 그 결과, 전혀 다른 직종에 근무하는 영업 사원들이 〈로열 로드〉를 홍보하는 역할을 해 준 셈이다.

〈로열 로드〉는 결혼 정보 업체에도 많은 영향을 끼쳤다.

젊은 남녀들을 비슷한 레벨끼리 묶어서 모험을 시킨다. 현실에서는 절대 있을 수 없는 일이지만, 베르사 대륙에서는 가능했다.

이렇게 한번 모험을 하고 나면 서로에 대해 숨김없이 알 수 있고, 쉽게 정이 들었다.

〈로열 로드〉야말로 커플 제조기라는 말이 불릴 정도로 엄청난 역할을 해내는 것이다.

볼크와 데어린도 비슷한 과정을 겪었다.

시작은 볼크의 짝사랑이었지만, 같이 사냥하고 모험하면서 더욱 친해졌다. 결혼 후에도 거의 붙어 다니면서 사랑을 키워 나갔다. 그래서 최고의 금슬 좋은 부부로 인정받고 있었다.

어떤 상황에서도 헌신하면서 자신을 지켜 주려는 남자를 싫어하는 여자는 없는 법이다.

'내가 남자 하나는 잘 골랐지.'

볼크는 데어린의 머리를 쓰다듬었다.

"편해?"

"응."

데어린은 볼크의 품으로 더욱 깊이 파고들었다. 손으로 허리를 감싸고 그대로 따뜻함에 푹 취하고 싶었다.

볼크가 불현듯 말했다.

"당신, 내가 나무로 된 꽃다발을 선물한 것 기억나?"

"그럼요. 당신이 그 꽃다발을 주면서 저한테 청혼했는데 그걸 어떻게 잊을 수 있겠어요."

데어린은 여전히 그 꽃다발을 보관하고 있었다. 현실에서의 다이아몬드 반지는 아니더라도, 평생 잊을 수 없는 청혼 선물이었던 것이다.

"그때는 돈이 없어서 그런 것밖에 준비하지 못했지만, 결혼 1주년 선물은 더 좋은 걸로 줄게."

"전 그 꽃다발로도 충분해요. 하지만……."

"하지만? 뭐 바라는 거라도 있어?"

볼크가 궁금하다는 듯이 물었다. 그녀가 바라는 것이라면 뭐든지 다 해 주고 싶었다.

"꽃다발보다는, 당신과 나를 조각한 것을 가지고 싶어요. 이제 우린 하나가 아니라 둘이니까요."

"여보!"

볼크와 데어린은 서로에게 감격했다. 그윽한 눈빛으로 서로를 바라보는 부부!

이래서 다크 게이머들도 일부러 둘은 저녁의 술자리에 초대하지 않았던 것이다.

그러다가 볼크가 아쉽다는 듯이 말했다.

"그런데 그 꽃다발을 조각했던 조각사를 찾을 수가 없어."

"로자임 왕국에 있다고 하지 않았어요?"

"세라보그 성에 있었지. 당신에게 청혼을 한 이후로 보답이라도 할까 해서 한번 찾아봤는데, 이미 떠난 후더군. 수소문을 해 봤지만 찾을 수가 없었어. 나중에 나타나서 대형 사자상과 피라미드를 만들었다고 해."

"그 소문은 저도 들었어요. 그 피라미드를 만든 조각사가 바로 제 꽃다발을 만들어 주었군요."

"그럼. 나름대로 최고의 조각사를 찾은 거야."

"너무 아쉬워요. 우리 둘의 조각품을 주문하고 싶은데 그를 다시 만날 수 없다니요."

"나도 그래. 하지만 그런 특별한 인연은 쉽게 다시 만나지 못하는 게 인생 아니겠어. 나와 당신이 그런 것처럼 말이야."

"어쩌면 그럴지도 모르겠어요."

볼크와 데어린이 다정하게 이야기를 나누고 있는 장소, 위드는 바로 그 앞에서 검과 가죽 방어구들을 산더미처럼 쌓아 놓고 팔고 있었다.

"내구력 높은 검 팝니다. 웬만해서는 수리하지 않아도 됩니다. 가죽 갑옷 팔아요. 질겨서 오래 씁니다. 특별히 원하신다면, 가져오신 가죽으로 즉석에서 옷도 만들어 드립니다."

데어린이 볼크를 향해 물었다.

"그런데 그 조각사가 어떻게 생겼죠?"

"그건… 음, 우선은 나름대로 고집 있게 생겼어. 그리고 조각사라는 직업을 택했으면서도 꽤나 돈을 밝히는 인물이야. 장사를 굉장히 잘하는 편이지."

"저 사람처럼요?"

데어린은 장사에 빠져 있는 위드를 가리켰다.

위드는 한창 물건들을 팔고 있었다. 번쩍번쩍하게 빛나는 검과 가죽옷들! 검 갈기와 다림질 스킬을 적극 활용해서 물품을 팔아 치운다. 물론 스킬의 효과 때문에 아이템의 성능도 올라 있었다.

"좋은 숫돌로 잘 갈린 검입니다. 정상품일 때보다 무려 20%나 공격력이 상승! 최소한 이틀은 대단히 강력한 위력을 발휘할 수 있습니다. 이틀이면 몬스터를 최소한 400마리는 후려잡을 수 있는 시간이죠. 튼튼하게 만들어져서 내구력도 높아요. 새 검이 아니라면 찾기 힘든 기회. 자! 이런 검이 싸다, 싸! 개당 120골드에 저렴하게 모십니다. 딱 40자루 한정 판매! 지금 이 기회를 놓치면 다시는 이런 검을 찾으려고 해도 없습니다."

술술 풀려 나오는 대사들.

고객들을 적극 끌어들이기 위한 홍보 방침이었다.

검 갈기 스킬의 절대적인 위력! 남들과 차별화되는 판매!

위드의 주변에는 사람들이 구름처럼 몰려들고 있었다.

볼크는 무릎을 쳤다.

"맞아! 저 사람처럼! 아주 장사를 잘하는 편이지. 한 푼이라도 더 벌기 위해서 노력하는 사람이야."

"어떻게 만났는데요?"

"장사를 하고 있었지. 로자임 왕국에서 저 사람처럼 사람들에게 조각품을 팔고 있었어. 그 주변에 몰려든 인파가 참 많았지."

볼크는 위드가 판매하는 검이나 가죽옷들을 보았다.

'꼼꼼한 솜씨군. 초보자들이 쓰기에는 과분할 정도로 괜찮은 물품이야.'

하지만 볼크의 눈에는 차지 않았다. 그래도 꽤나 잘 만든 검과 가죽옷이라고 인정할 수는 있었다. 그러다가 문득 위드의 얼굴이 낯익다는 사실을 깨달았다.

"설마… 그 조각사가?"

"왜요?"

볼크는 고개를 저었다.

"아니야. 그렇게 찾을 때도 못 만났는데 이런 장소에서 마주칠 리가 없잖아."

눈앞에서 위드를 보면서도, 볼크는 부정하고 있었다.

만나 본 지 시간이 오래 흘러 얼굴은 정확히 기억나지 않지만 일단 분위기는 상당히 흡사했다. 술술 풀려 나오는 언변까지도!

그러나 당시에는 조각품을 팔고 있는, 틀림없는 조각사였다. 하지만 지금은 검과 가죽옷을 파는 대장장이와 재봉사가 되어 있으니, 도무지 조각사라고는 연상이 되지 않았던 것이다.

'절대 동일인일 리가 없겠지.'

위드는 광장에서 무거운 검과 가죽 갑옷들을 전부 처분했다. 인기가 워낙 높아서, 물품을 처분하는 데에 따로 큰 시간이 들지는 않았다.

'7,400골드 정도 벌었군.'

호주머니에 조금씩 쌓여 가는 돈!

위드에게 활력소가 되어 주는 것이었다.

이제 위드는 한결 가벼워진 발걸음으로 예술가의 조합으로 향했다.

중년인이 자리에서 벌떡 일어나며 맞이했다.

"놀랍군! 대단합니다. 벌써 로디움 내에 소문이 파다하게 퍼졌습니다. 그렇게 훌륭한 조각품을 만들다니, 역시 손재주가 뛰어나신 분이군요. 당신의 무궁무진한 가능성이라면, 앞으로 우리 예술가들도 자신감을 찾을 수 있을 것입니다."

위드를 담당했던 중년인뿐만 아니라, 조합 내의 모든 사람들이 위드를 우러러보는 것이었다.

여기까지는 그런대로 괜찮았다.

주변에는 다른 사람도 없어서 들킬 일도 없고, 혹시나 어떤 퀘스트와 관련이 있는 건 아닌지 기대마저 품고 있었던 것이다.

그런데 중년인이 위드의 손을 덥석 붙잡고 말했다.

"이런 분이 나타나시기만을 우리는 기다려 왔습니다."

"……?"

"궁핍함에 빠진 로디움! 빈민들이 들끓고 예술의 함성이 울려 퍼지지 않는 로디움에 대해서 귀인께서는 얼마나 알고 계십니까?"

"그야 조금은…….."

"과거에는 이렇지 않았습니다. 섬세한 미적감각을 가진 예술가가 작품을 만들면 모두들 기뻐하고 축하해 주었습니다. 도시는 예술로 가득 차 밥을 먹지 않아도 배가 부르고, 잠을 자지 않아도 피곤하지 않았습니다."

슬슬 불안해지기 시작했다.

'감이 좋지 않아.'

안 먹어도 배가 부르고, 안 자도 피곤하지 않다니. 이처럼 허황된 말을 듣고 있자니 무언가 나쁜 일이 벌어질 것만 같은 예감이 닥쳐왔다.

아니나 다를까, 중년인은 활짝 웃으며 힘주어 말했다.

"모두가 도시에 주인이 없기 때문입니다! 훌륭한 예술가가 다스리는 도시는 무한히 발전할 수 있습니다. 재능이 뛰어난 예술가시여, 부디 로디움의 주인이 되어서 우리들을 이끌어 주십시오!"

띠링!

예술가 조합의 제안, 로디움의 주인.

거저 줘도 가지지 않는 로디움의 주인 자리. 예술가 조합은 지금까지 만들어진 작품 중에서 압도적으로 뛰어난 작품을 만든 예술가에게 로디움을 맡기려고 합니다. 로디움의 주인이 되겠습니까?

로디움이 주인이 되면 도시 내의 모든 병사와 공공기관을 소유할 수 있으며, 법령과 정책을 만들 수 있습니다. 매달 거두는 세금으로 기술과 상업의 발달, 군사력의 강화를 이룩할 수도 있습니다. 다른 도시나 성을 무력으로 점령하는 것도 가능하며, 일정 규모 이상으로 인구와 영토를 넓히면 국왕이 될수도 있습니다. 수락하겠습니까?

"수락하……."

자신의 도시나 성을 가진다는 것은 굉장히 매력적인 제안일 수밖에 없다.

위드도 혹해서 그대로 받아들일 뻔했다. 하지만 금세 다른 생각이 들었다.

'아무도 갖지 않던 로디움의 주인!'

만약의 사태를 대비해서 확인부터 해 봐야 했다.

위드는 날카롭게 눈을 빛냈다.

"매달 도시의 적자가 얼마입니까?"

"……."

"병사들의 숫자는?"

"……."

"기술의 발전도나 상업적인 가치를 가진 도시의 특산품은?"

"……."

중년인은 어떤 것 하나도 대답을 하지 못했다.

로디움은 빛 좋은 개살구에 불과했다. 로디움을 갖게 된다면 오히려 엄청난 적자를 감당해야만 했다.

위드의 머릿속에는 순간적으로 많은 상념들이 스쳐 지나갔다. 그리고 마음을 정리했다.

"저는 조각사로서 진정한 아름다움을 찾고 싶습니다. 그리고 이제야 그 첫 발걸음을 떼었다고 할 수 있습니다. 가야 할 길이 한없이 멀기만 한데, 어느 한 곳에 정착해서 누구를 이끄는 것은 무리입니다."

로디움의 주인이 되는 것을 거부하였습니다.

중년인은 울상을 지으며 답했다.

"정 그렇다면 어쩔 수 없지요. 도시를 이끌어 주는 것도 중요하지만, 진정한 예술을 찾는 것도 큰일이니까요."

이렇게 아찔한 위기를 넘길 수 있었다.

이제 위드가 물었다.

"사실 저는, 조각사로서 찾고 싶은 것이 있어서 로디움에 왔습니다."

"찾고 싶은 것? 어떤 조각품 말입니까?"

위드는 고개를 저었다.

"좋은 조각품은 저에게 영감을 줄 수 있겠지요. 그러나 제가 찾고 싶은 것은 달빛 조각술에 대한 것입니다."

"달빛 조각술!"

"알고 계십니까?"

중년인은 무언가를 회상하는 듯한 얼굴로 천장을 올려다보았다.

"소수의 위대한 조각사들이 이룩했던 경지라고만 알려져 있지요."

"그것을 얻으려면 어떻게 해야 합니까?"

"저도 자세한 것은 알지 못하지만… 그 길을 알려 줄 수는 있을 겁니다. 달빛 조각술은 조각사의 전설과도 같은 것! 달빛 조각술에 대한 것들은 여기 로디움에 있는 다른 길드들에서 물어보도록 하십시오. 충분한 정보를 모아서 조각사의 길드로 간다면 그 해답을 얻을 수 있을 것입니다."

띠링!

달빛 조각술의 비밀

조각사가 얻을 수 있는 매우 뛰어난 조각술! 하지만 조각사의 입지가 많이 줄어든 현재에는 그 존재를 믿는 사람조차 그리 많지 않다. 로디움에 있는 길드들을 돌며 정보를 모으면, 달빛 조각술에 대해 알 수 있을 것이다. 그 후 조각사의 길드에 가서 달빛 조각술을 배울 수 있다.

난이도: 직업 퀘스트

제한: 조각사 한정. 동시에 수행할 수 있는 퀘스트의 숫자에 관계없이 진행할 수 있다. 고급 조각술을 사전에 익혀야 한다. 일정 수준 이상의 명성과 친화력이 있어야 한다. 예술 스탯이 마이너스이거나 공포, 악명을 가지고 있다면 퀘스트를 수행할 수 없다.

달빛 조각술

위드는 예술가의 조합을 나와서 다른 길드들로 향했다. 조합
에 들어갔다 나오는 사이에 도시의 분위기가 한층 더 북적거리
며 붐비고 있었다.

"북부로 탐험을 가실 예술가들을 모집합니다!"

"차가운장미 길드에서 안전을 보장합니다. 설혹 길드가 전멸
하는 경우가 있더라도, 마지막까지 예술가들을 지켜 드립니다."

차가운장미 길드에서 본격적으로 생산직들과 예술가들을 모
집하는 것이었다.

'북부 탐험이라⋯⋯.'

위드는 과거에 모라타 지방에서 사냥을 했던 일을 떠올렸다.
목숨을 걸고 진혈의 뱀파이어와 싸우던 때!

위드에게도 어여쁜 여자 2명이 한꺼번에 달라붙었다.

"혹시 예술가세요?"

"예술가의 조합이란 곳에서 나오셨으니 예술가가 맞죠?"

"그게⋯⋯."

위드가 대충 얼버무리려고 하는 사이에 그녀들은 위드의 양쪽에서 팔짱을 끼었다.

"저희와 함께 북부 탐험을 가지 않으시겠어요? 척박한 땅에 예술을 퍼뜨리는 것이야말로 예술가의 숙명과도 같은 것이잖아요."

"모험과 기회! 좀 더 넓은 세상을 보고 안목을 크게 해 보세요. 우리 길드와 함께 떠난다면 높은 레벨을 가진 사람들과의 인맥도 넓힐 수 있거든요."

두 여자들은 유난히 친근감을 표시했다.

평범한 외모를 가진 위드에게 이런 경험은 처음이었다. 물론 오크 카리취처럼 흉악한 모습을 했을 때에도 화령이나 이리엔 들은 좋아했지만, 그녀들과는 이미 알고 있던 사이였다.

위드는 팔뚝에 닿는 그녀들의 부드러운 살결을 느끼며 몸을 떨었다.

태어나서 처음 있는 경험이었다.

원치 않게 독신으로 살아온 무려 20년이 넘는 시간 동안, 이성의 살결을 처음 느껴 본 것이다.

"같이 북부로 떠나실 거죠?"

"으음⋯⋯."

"고민하실 것 없다니까요. 얼굴이 선하시네요."

"⋯⋯."

"착한 일을 많이 하신 것 같아요. 복 받으실 거예요. 참. 직업이 어떻게 되세요?"

"조각사입니다."

위드는 선선히 대답을 해 주었다. 팔뚝에 닿는 느낌 때문임을 부정할 수 없으리라.

위드의 대답에 그녀들은 눈을 마주쳤다.

"조각사라면……."

"벌써 3명이나 구했잖아. 게다가 그중 1명은 거의 중급 조각술에 가까운 경지랬어."

"에휴, 그럼 조각사는 더 구할 필요 없는 거잖아."

"괜히 시간만 낭비했네."

그녀들은 위드를 붙잡고 있던 팔들을 떼어 냈다.

처음 위드를 보았을 때에는 대박이라고 생각했다. 전형적인 예술가의 모습을 하고 있었던 것이다.

가난과 궁상, 궁핍함!

그녀들은 다가왔을 때처럼 빠르게 떨어졌다.

"그럼 즐거운 모험 하세요."

"예쁜 조각품도 많이 깎으세요."

위드는 허탈하게 거리에 서 있을 수밖에 없었다. 그러다가 정신을 차리고 예술가들의 길드가 있는 곳으로 향했다.

맨 처음에 들어간 곳은 다소 대중화된 길드였다.

음유시인들이 모여 있는 곳. 이른바 바드 길드!

길드 내부는 무척이나 붐볐다. 예비 음유시인들이 가득 들어차 노래를 배우고 있었다.

"괜찮은 곳이군."

위드는 길드의 내부를 찬찬히 둘러보았다.

다른 길드와는 다르게 규모가 큰 주점처럼 꾸며져 있었다. 좋은 여행자이며, 음유시인을 꿈꾸는 젊은 바드들이 중앙에서 노래를 한다.

라. 라라라. 라. 라라

악기들과 가사 없이 부르는 노래지만, 맑은 소리를 낸다.

"잘 불렀어!"

"한 곡 더 불러 보라고!"

"목소리가 아주 맑군."

그러면 놀러 온 손님들이 노래를 평가해 주고, 또 돈도 던져 주는 식이었다.

손님들에게 많은 돈을 받거나 반응이 좋으면 약소하나마 그만큼 명성도 얻을 수 있다.

단, 공연을 하는 데에는 최소한의 자격이 필요했다. 일정한 레벨과 노래 스킬이 있어야 했다.

노래와 관련된 스킬이 높으면 원하는 대로 노래에 여러 가지 효과가 부여되어 듣기 좋아지며, 매력 스탯이 높으면 얼굴과 몸매가 아름다워진다.

그래서 바드에게는 매력 스탯도 중요한 부분을 차지한다.

관중의 반응을 위해서 가능한 한 예쁠수록 좋다는 건 두말할 필요도 없는 사실.

이러한 이유로 인해서 바드들 중에는 선남선녀들이 많았다.

그대여 꿈꾸지 마세요

이제 내가 여기 이곳에

당신의 앞에서 노래를 하고 있으니까요

키 작은 소녀가 중앙의 홀에 서서 가사처럼 노래를 하고 있었다.

기본적으로 바드들이라고 할지라도 어느 정도의 노래나 악기 연주 실력을 갖추고 있다. 〈로열 로드〉에서는 스킬에 모든 것을 의존하는 경우가 드물기 때문이었다.

최소한 직접 몸을 움직여야 하고, 스스로 판단하고 행동해야 한다. 더군다나 조금이라도 예술과 관련이 있는 분야에서는 더욱더!

위드는 1층은 그대로 제쳐 두고 2층으로 올라갔다.

바드 길드 교관도 무척이나 어여쁜 여자였다. 턱선이 가늘고, 상당히 늘씬한 몸매를 가지고 있었다. 그런 덕분에 주변에 많은 남자 바드 수련생들이 있었다.

바드라는 직업은 모험도 많이 다닐 수 있기에 여자에게나 남자에게나 인기 있는 직종이었던 것이다.

물론 위드는 그녀의 외모에 그리 끌리지 않았다.

이미 화령이나 서윤과 같이 다니면서 예쁜 얼굴이라면 숱하게 봐 왔던 것.

위드는 차례를 기다려서 교관에게 질문을 던졌다.

"달빛 조각술에 대해서 묻고 싶습니다."

세레나라는 교관은 살포시 미소를 지었다.

"달빛 조각술요? 거기에 대해서는 아주 오래전에 들은 적이 있었죠. 하지만 저희 바드 길드에서 굳이 답해 드릴 의무는 없는 것 같네요."

위드는 재빨리 세레나의 외모를 살폈다.

"아주 아름다우십니다."

"그런 정도로 저를 유혹하려면 멀었어요. 수많은 바드들이 도전했지만 어림도 없었던 걸요. 당신 정도의 매력을 가지고 있는 사람이라면 무리예요."

위드는 매력 스탯이나 행운 들에는 한 번도 스탯을 분배하지 않았다.

매력 스탯이 오르면 용모가 고와지고, 행운 스탯이 오르면 치명적인 공격을 당할 확률이 줄어든다. 때때로 마법 공격을 당했을 때의 피해가 최소화될 수도 있다. 아이템을 획득할 확률도 조금은 올려 주지만, 레벨 200 이상이 사용하는 레어급 이상에는 해당되지 않는다.

그로 인해서 위드는 행운 스탯에도 전혀 투자를 하지 않았던 것이다.

"목소리도 고우시고, 노래도 잘 부르실 것 같습니다."

"바드로서 당연한 것일 뿐이죠."

"손도 예쁘시고, 눈빛이 아주 맑으십니다."

"호호, 당신은 참 기분 좋게 말을 할 줄 아는군요. 어떤 것이 궁금하다고 하셨죠?"

세레나는 매력적으로 눈을 반짝이며 물었다.

위드는 이때다 싶었다.

"달빛 조각술에 대해서 알고 싶습니다."

"그렇군요. 그러면 먼저 제 노래를 들어 주시겠어요?"

"물론입니다."

세레나는 하프를 연주하면서 고운 목소리를 내기 시작했다.

당신이 잃어버린 희망이 이곳에 있어요

고향에서 기다리고 있는 소녀의 꿈

당신을 그리워하고 있네요

어떤 적과 싸우고 있더라도 소녀를 잊지 마세요

꿈을 꾸듯이, 노래를 하듯이

당신의 행복이 있는 장소로 갈 수 있을 거예요

세레나가 노래를 부르자, 주변으로 바드들이 우르르 몰려들었다.

"그녀가 노래를 부르고 있어."

"이게 얼마 만이지?"

"이야! 역시 그녀의 노래는 정말 좋아."

그러면서 하나같이 감탄을 토해 낸다.

세레나의 음성은 맑고 청량해서, 가슴까지 씻어 내려 주는 것 같았다.

넓게 퍼지는 그녀의 음성에 바드들은 눈을 감았다.

> 〈귀환병의 노래〉를 감상하였습니다.
> 투지가 10% 상승합니다. 지력이 5% 상승합니다. 생명력이 최저까지 떨어
> 졌을 때 불굴의 의지를 보일 수 있습니다. 노래의 지속 시간 사흘. 다른 바드
> 의 노래와 중복되지 않습니다.

세레나는 한참 후에 노래를 마치고 나서 위드에게 물었다.

"제 노래가 어땠어요?"

"매우 듣기 좋았습니다."

위드는 별달리 과장할 것도 없이 솔직하게 대답했다. 그만큼 훌륭한 노래였다.

아부에도 공식이 있었다.

마음이 전해지는 칭찬!

간단하며 진실 어린 대답만큼이나 확실한 아부는 없다.

'아부, 아첨이라고 해서 만만히 보아서는 안 되지. 아부에도 경지가 있다. 내가 진짜 좋다고 느끼지 않는다면, 그것은 아부로서 아무런 효과가 없어.'

나중에는 생각이 어떻게 뒤집어지게 될지 몰라도, 당사자와 이야기를 나누는 순간만큼은 지상에서 그를 가장 존경하는 사람이 되어야 한다. 그 사람이 하는 사소한 행동마저도 훌륭하게 받아들여야 한다.

그러면서 무심코 내뱉는 것 같은 담백한 말 한마디가 중요하다.

"과연 세레나 님이십니다."

"이 정도쯤은 세레나 님에게는 아무것도 아닌 거죠."

"겉으로 흐르는 기품에 놀랐는데, 역시 노래도……."

여운을 남기는 말 한마디. 상상의 여지를 남기면서도 입가에 미소가 맺힐 수밖에 없게 만드는 것이다.

위드는 적어도 자신만큼 아부를 잘하는 사람이 없다는 데 대해서는 언제나 자부심을 갖고 있었다.

"호호호!"

세레나는 입가를 가리면서 웃었다. 매우 만족한 듯싶었다.

"제 노래를 들어 주셨으니 기념으로 이 하프를 팔죠."

"예?"

"1,500골드예요."

"그게 무슨……."

"이 하프를 사시면 당신이 궁금해하는 걸 알려 드릴게요."

위드는 눈물을 머금고 주머니에서 돈을 꺼냈다. 역시 세상은 아부로만 돌아가지는 않는 것이다.

뇌물!

인간관계를 증진시키는 데에는 뇌물 이상의 것이 없었다.

위드는 거금을 지불하고 받아 든 하프를 살펴보았다.

"감정!"

세레나의 하프

바드 길드의 교관이 소유하고 있던 하프. 그녀를 사모하는 드워프가 만들어 주었다. 정확하게 조율된 줄들은 맑은 음을 낸다. 연주하면서 노래를 부르기에 적당한 하프. 초심자용으로, 바드가 아닌 이들도 사용할 수 있다.

내구력: 50/50

공격력: 15

달빛 조각사

하프의 성능은, 썩 좋다고는 볼 수 없는 것이었다.

세레나는 하프를 판매하고 나서 말했다.

"예전에 달빛 조각품을 본 적이 있어요. 그런데 볼 때마다 그
느낌이 조금씩 달랐어요. 완성된 조각품이란 그 빛이 서로 다
르다더군요."

"예?"

"아쉽지만 더 말할 게 없네요. 제가 아는 것은 그뿐이에요."

위드는 어쩔 수 없이 바드 길드를 나와서, 그길로 바로 다른
길드로 향했다.

미용사 길드!

베르사 대륙을 통틀어도 열 곳이 넘지 않는 희귀 길드였다.
머리를 염색할 수 있으며, 헤어스타일을 변경할 수도 있다.

일반적으로 볼 때 예술가로 분류하기는 조금 어렵지만, 솜씨
가 극상에 이르면 미모를 더욱 뽐낼 수 있다. 그래서 소수의 마
니아들 사이에서 인기를 끌고 있는 직종이었다.

위드가 들어서자마자, 미용사 길드의 교관은 다짜고짜 그를
붙잡아 의자에 앉혔다.

"이렇게 더부룩한 머리로 다니시다니 너무 안타깝군요. 걱정
하지 마세요. 예쁘게 깎아 줄게요."

"별로 자르고 싶지 않…은 건 아닙니다. 꼭 자르고 싶습니다.

그런데 가격이 얼마죠?"

"100골드랍니다. 무척 저렴하지 않나요?"

위드는 거의 강제적으로 머리를 깎고 돈을 내야 했다.

예술 스탯이 일시적으로 3% 상승하였습니다.
다양한 생산 활동을 할 때에 적용됩니다. 다만 특수 조각 스킬을 사용할 때
에는 해당되지 않습니다.

매력 스탯이 사흘 동안 5% 상승합니다.

머리카락을 자른 대가로 미용사 교관은 한마디를 해 주었다.

"달빛 조각술이라. 저도 직접 본 적은 없어요. 하지만 그 대
단함을 들어 본 적은 있죠. 조각품의 역사를 아세요? 조각품을
발전시키기 위해서 끊임없이 노력해 온 역사. 그 역사와도 관
련이 있다더군요."

미용사 길드 다음으로 방문한 댄서 길드에서 위드는 교관과
함께 춤을 추어야만 했다.

"발을 이쪽으로… 거기서는 한 바퀴 도세요."

춤을 추고 나서는 강습비로 80골드를 냈다.

민첩이 2% 상승하였습니다.
사망하거나, 육체의 피로도가 절반 이상이 되면 상승한 민첩은 원래대로 돌
아갑니다.

즐거운 춤을 추며 매력 스탯이 1 올랐습니다.

교관과 함께 춤을 추고 나니 매력과 민첩성이 올라 있었다.

"달빛 조각술이라. 한때 어떤 조각품 아래에서 춤을 추었던 적이 있죠. 몸이 가볍게 느껴졌어요. 춤을 끝내고 난 이후에 조각품을 보니, 왠지 한결 멋지게 느껴지더군요. 그건 단순히 저의 착각이었을까요?"

이제 위드는 대략적으로 퀘스트에 대해서 이해할 수 있었다.

'예술이나 생산 계열의 다양한 효과를 직접 체험해 보라는 뜻이었군.'

다만 그 와중에 소모되는 돈이 무시할 수 없을 정도였다.

향수 제작사 길드에서는 교관이 직접 향수를 판매하고 있었다. 위드는 제일 싼 향수를 3개 구입했다. 그 대가로 교관의 이야기를 들을 수 있었다.

"조각품은 보는 각도에 따라서 느낌이 달라지기도 하죠. 그 다른 느낌들은 서로 다른 감정들을 불러일으켜요. 그런데 같은 방향에서 보더라도 시간에 따라서 또 다르다고 하더군요. 그 이유를 알겠어요?"

위드는 서예가 길드, 고미술품 감정사 길드, 공예가 길드 들을 돌았다. 그러면서 배낭에 쌓여 가는 물품들도 산더미 같아졌다.

서예가 길드에서는 글씨가 쓰인 현판을 구입하고, 고미술품 감정사 길드에서는 기원을 알 수 없는 항아리를 구입했다. 공예가 길드에서는 유리로 만든 액세서리를 샀다.

그러고 나자, 차마 건축가 길드에는 들어가 볼 자신이 생기지 않았다.

'자칫 집이라도 사라고 하면 큰일이지.'

이제 위드는 만만한 화가 길드로 향했다.

화가와 조각사는 언뜻 비슷하게 보이지만, 전혀 다른 방법으로 경지를 추구하고 있었다. 그렇기 때문에 서로에 대해서 더욱 잘 알 수밖에 없으리라.

화가 길드의 교관은 위드를 보며 감탄을 금치 못했다.

"굉장한 예술성을 가진 사람이군! 그래, 궁금한 것이 무엇인가?"

"달빛 조각술에 대해서 알고 싶습니다."

"달빛 조각술이라… 그 전에 먼저 이야기를 하나 해 주어야겠군. 조각사는 입체적으로 제작하고, 화가는 평면적으로 그 모습을 그리지. 과거에 조각사와 화가가 대결을 펼친 적이 있다네. 이 이야기를 들어 보았는가?"

"대결요?"

"하나의 사자를 만들어 내는 것이었지. 그 사자를 누가 더 똑같이 표현하는가를 놓고 대결을 벌인 거야."

"궁금합니다. 누가 이겼습니까?"

위드는 가능한 한 조각사가 이겼기를 바랐다.

안 그래도 이래저래 치이는 직업이 조각사였는데, 화가에게도 졌다면 그것은 정말 비통한 일임에 틀림없을 것이므로.

"화가는 그렸고, 조각사는 깎았다네. 화가가 그린 그림은 금방이라도 화폭에서 튀어나올 것처럼 생동감이 넘쳤고, 조각사가 만든 조각품은 당장이라도 움직일 것만 같았지. 결국 승부는 나지 않았어. 애초에 대결이 되지 않았던 것이지. 화가와 조각사란 근본적으로 표현하는 방식에 차이가 있는 것을. 과거에는 조각사가 그림도 그리고, 그림을 그리는 사람들이 조각품도 깎았다더군. 둘 사이의 구분이 모호했던 거지."

화가는 말이 대단히 많았다. 그러나 그런 데에는 다 목적이 있었다.

"그러니 조각사와 화가도 남이 아니라고 할 수 있네. 이건 매우 아끼는 그림이지만⋯⋯."

그러면서 한 폭의 수채화를 내밀었다.

위드는 눈물을 머금고 물었다.

"싸게 좀 안 되겠습니까?"

"내 자네를 보아서 1,500골드까지 해 주지."

위드는 덜덜 떨리는 손으로 돈을 냈다.

'내 다시는 로디움에 오지 않으리라.'

이제 남은 돈은 7,000골드도 안 되었던 것. 숨겨 둔 비상금도 없이 정말 궁핍한 신세가 되고 말았다.

하지만 그 덕분에 달빛 조각술에 대해서도 들을 수 있었으니 꼭 손해라고 할 일은 아니었다.

"조각품이란 자연과, 환경과 더불어 존재하는 것. 그 조각품이 어두운 곳에 있다면 당연히 어둡게 보이겠지. 그런데 조각품이 빛을 낸다면 어떻게 되겠는가?"

"빛을 내다니요?"

"빛을 머금고 또 발산할 수 있는 조각품. 빛을 자유자재로 다룰 수 있는 조각술의 신기. 이것이 바로 달빛 조각술이라네!"

띠링!

달빛 조각술에 대한 정보를 모두 모았습니다.
조각사 길드로 가서 달빛 조각술을 배울 수 있습니다

위드는 그대로 조각사 길드로 향했다. 의외로 많은 사람들이 모여 있었다.

웅성웅성.

"일반 나무보다는, 무늬가 있는 재료를 이용한 조각품들의 예술성이 높게 나오는 것 같아."

"희귀한 나무들은 숙련도를 더 많이 올려 주는 게 확실해."

"그런 나무들은 값이 비싸잖아."

"어쩔 수 없지. 남작이나 상인들이 내놓는 조각품 의뢰를 하면서 돈을 벌어야지."

"하아, 조각사는 정말 돈도 안 모이는 직업이야."

아직 풋내기 조각사들!

위드가 로자임 왕국에서 벌인 일 때문에 조각사를 선택하는 사람들이 꽤 많아졌다. 하지만 다른 곳에서는 여전히 조각사를 보기 힘들다. 이곳이 로디움이기 때문에 이렇게 많은 조각사들이 있는 것이다.

조각사들은 자신이 가진 정보들을 교류하면서 조각술을 발전시켜 나가고 있었다.

위드는 그들을 지나쳐서 곧바로 2층으로 올라갔다.

1층에서는 교관에게 기본적인 조각품 다루는 법을 배운다. 나무를 깎는 법, 조각칼을 놀리는 법, 조각술의 의미에 대한 공부였다.

하지만 2층에서는 길드에 들어온 특별한 의뢰를 받거나 스킬을 전수받을 수 있다.

위드는 2층에 있는 접수계로 다가갔다.

"달빛 조각술을 배우고 싶어서 왔습니다."

접수계에 있는 노인은 눈을 끔벅였다.

"무슨 조각술요?"

"달빛 조각술 말입니다."

"달빛 조각술? 어디선가 들어 본 것도 같은데. 원체 오래된 일이라 기억이 나지 않는군. 아니, 들어 본 적이 없던가?"

접수계의 노인은 도무지 모르겠다는 표정이었다.

"로디움에서 벌어지는 조각품 의뢰는 웬만큼 알겠지만, 이런 이야기는 나보다 더 잘 알고 있는 사람을 소개시켜 주는 수밖에 없겠군."

"그게 누구입니까?"

노인은 구석에 앉아 있는 중년인을 가리켰다.

"저분이 로디움에서 제일 뛰어난 조각사이지. 조각술에 대해서 궁금한 것이 있다면 물어보도록 하시오. 하지만 조각술밖에 모르는 사람이라서, 웬만큼 말을 걸어서는 대답도 하지 않을 거라오."

"감사합니다."

위드는 조각사에게 다가갔다. 그는 조각칼로 나무토막을 깎는 중이었다.

"요즘 젊은이들은 참 문제야. 끈기가 없어, 끈기가! 조금만 귀찮고 힘들면 금방 포기해 버리고 마니, 조각술의 깊은 경지를 어디 맛볼 수나 있을까? 에잉, 쯧쯧!"

그러면서 계속해서 한심하다는 듯이 중얼거리고 있었다.

아마도 최근에 조각사를 지원하는 사람들이 많아졌는데, 이들이 조각사에 대해서 알고 난 이후 금방 다른 직업으로 전직해 버리기 때문인 듯했다.

이처럼 조각사는 불평을 쏟아 내면서 주변의 일에 대해서는 관심을 보이지 않았다. 사람이 다가가는데도 고개조차 들지 않았던 것이다.

위드는 곧바로 아부를 개시했다.

"조각술이 뛰어나시군요."

"그런 말 많이 들었네. 매번 들으니 지겹더군."

조각사에게는 최고의 칭찬이라고도 할 수 있는 말에도, 꿈쩍도 하지 않았다.

위드는 그의 손안에서 점점 형상을 갖춰 가는 나무토막을 보았다.

"재료가 엘프목이로군요."

"오호! 재료를 대번에 알아맞히는 걸 보니 조각술에 대해서 조금쯤은 아는 모양이군."

조각사의 말투에 미미하게 호감이 묻어났다. 그러나 여전히 조각술에 전념하느라 고개를 들진 않았다.

'이걸로는 부족한가?'

위드는 그가 깎고 있는 엘프목을 자세히 보았다. 그도 여러 번 사용해 본 재료였다. 가격이 조금 비싸지만 굵고 단단하다.

'재료 자체는 별 볼일 없는 것이고.'

둥그런 엘프목은 조각사의 손에 의해 깎여 나가면서 작은 그릇이 되고 있었다.

"형태를 보니 세상에 필요한 물건을 만드시는군요."

"응? 그게 무슨 소리인가?"

"사람도 아니고 예술품도 아닌, 그릇을 만들고 계시지 않습니까?"

"그런 편이지. 자네는 조각술로 그릇을 만드니, 하찮은 짓이라고 여기고 있겠지?"

"아닙니다. 조각술이란 본래 그런 것이었지요. 예술로 시작한 것이 아니라, 인간에게 필요한 것을 만들기 위해 생겨난 것이니까요."

"필요한 것이라. 뭔가를 알긴 아는 것 같군. 이리 와서 앉게."

조각사는 선뜻 자신의 옆자리를 내주었다.

세상으로부터 그다지 인정을 받지 못하는 예술을 하는 이들일수록 자존심만 높은 경우가 많다. 그런데 무릇 예술이란, 처음부터 예술 그 자체로 시작했던 것은 아니다. 그림이나 음악이나 조각이나, 필요에 따라 시작되어 예술로 승화된 것이다.

용도에 따라서 천하고 귀한 것은 없다.

조각술에 대해서 제대로 된 가치를 아는 듯한 위드의 말에 조각사와의 친밀도가 형성되었다. 하지만 위드에게는 당연한 것이었다.

한 푼이라도 아끼기 위해서 요리 도구 중에 어지간한 것은 직접 조각칼로 깎아서 만들었다. 나무 식기와 나무 주걱, 돌판 프라이팬! 조미료를 담는 통마저도 모두 조각술로 만들었다.

조각사는 조각하던 손짓마저 멈추고 위드를 똑바로 보았다.

"왠지 자네와는 말이 통할 것 같군. 같은 길을 걷는 동료로서 이야기 상대가 되어 주지."

"감사합니다. 한 가지 질문을 드리고 싶은데요. 조각술에 대한 것입니다."

정중하게 청하는 위드의 말에, 조각사는 선뜻 답했다.

"조각술이라면 알려 줄 수 있는 한 가르쳐 줘야지. 내게 묻고 싶은 것이 무엇인가?"

"혹시 달빛 조각술에 대해서 알고 계십니까?"

"달빛 조각술? 조각술의 경지가 절정에 이르면 얻을 수 있는 것이지. 조각품의 빛을 찾아야 하는 기술. 다만 조각술을 무시하는 사람들은 허무맹랑하다면서 믿질 않아."

"허무맹랑한 이야기요?"

"그렇지. 이제는 찾아보기 힘든 조각술의 하나인데… 달빛 조각술을 배우고 싶다면 우선 그것이 무엇인지부터 알아야 하지. 그리고 한 가지가 더 있어."

"말씀하십시오."

조각사는 자신의 배낭에서 흰빛이 도는 수박만 한 광석을 꺼내 위드에게 내밀었다.

"이 광석을 깎아 내서 소중한 조각품을 만들어야 해. 워낙 단단한 광석이라서, 깎는 게 쉽진 않을 거야. 와중에 수백 개의 조각칼이 무뎌질지도 모르네. 그러나 스스로 익히고 싶어 하는 것이 무엇인지 안다면, 그리고 자신만의 빛을 만들어 낼 수 있다면 달빛 조각술을 알게 될 것이네."

띠링!

잃어버린 빛을 찾아서

빛을 다루는 조각술. 광석을 깎아 조각품을 만들도록 하라. 그 조각품에 잃어버린 빛을 비춰 준다면 달빛 조각술을 터득할 수 있다.

난이도: 직업 퀘스트.

제한: 조각사 한정. 동시에 수행할 수 있는 퀘스트의 숫자에 관계없이 진행할 수 있다. 사전에 고급 조각술을 익히고 있어야 한다. 일정 수준 이상의 명성과 친화력이 있어야 한다. 예술 스탯이 마이너스이거나 공포, 악명을 가지고 있다면 퀘스트를 수행할 수 없다.

조각은 근본적으로 직접 손을 움직여서 깎는 것이다. 달빛 조각술이 어떤 것이든지 간에, 스스로 알고 이용할 줄 알아야 한다.

그러므로 마지막 관문도 광석을 깎아서 달빛 조각술을 깨칠 수 있도록 하는 것이었다.

꽃무늬

이제 위드는 로디움에서의 용무를 모두 마치고, 프레야의 교단으로 향했다. 번영과 풍요로움을 상징하는 프레야의 교단은 로디움에도 매우 큰 신전을 가지고 있었다.

위드는 교단의 성물들을 반환한 인연 덕분에, 베르사 대륙의 모든 프레야 교단에서 텔레포트 게이트를 이용할 수 있었다.

"어서 오십시오, 교단의 은인이시여."

고위 신관들은 위드를 반갑게 맞이하였다.

"텔레포트 게이트를 이용하려고 합니다."

"알겠습니다. 준비하도록 하겠습니다. 그런데 은인이시여, 대신관님께서 찾고 계시다는 사실을 알고 계십니까?"

"대신관님이요?"

위드는 고개를 갸웃했다. 헤레인의 잔은 이미 반납을 마쳤다. 구태여 대신관이 그를 찾을 이유가 없는 것이다.

"혹시 무슨 일 때문인지 알 수 있겠습니까?"

"대신관님께서는 죽음의 계곡을 찾아 그곳에 묻힌 왕의 명예를 되찾아야 한다고 말씀하셨습니다."

"왕의 명예라니, 무슨……?"

"모욕과 비난 속에 떠나 버린 충신들, 맹세 속에 깃들어 있는 왕의 명예를 깨워야 합니다. 대신관님께서는 전설로 남을 정도의 모험가만이 해낼 수 있는 일이라면서, 위드 님을 찾고 계십니다."

"저는 그런 대단한 모험가가 아닙니다."

"대신관님은 그리 생각하지 않으시는 것 같았습니다. 게다가 위드 님께서는 이미 한차례 북부로 떠나셨던 적이 있으니, 그 경험이 도움이 될 것입니다."

지금의 설명만으로도, 위드는 그것이 어느 정도 난이도일지 충분히 짐작할 수 있었다.

'최소한 A급 퀘스트겠군.'

대신관은 불사의 군단과 싸웠던 것 같은 대단한 의뢰를 다시 한 번 부여하기 위하여 그를 기다리고 있는 것이다.

'아직 그런 퀘스트를 하기는 무리지. 불사의 군단을 깰 때도 고생을 얼마나 심하게 했는데. 좀 더 레벨을 올리고 조각술도 키워서 천천히 하는 게 나을 거야.'

위드는 즉시 고개를 저었다.

"관심 없습니다. 그보다, 절망의 평원으로 가고 싶습니다."

일행이 있는 장소로 돌아가려는 것이다.

고위 신관들과 사제들은 마나를 모아서 텔레포트 게이트를 작동시켰다.

⁂

차가운장미 길드는 로디움에서 많은 사람들을 원정대에 받아들였다.

무려 160명!

예술가 30명과 장인들을 제외하더라도, 전투 계열 직업 또한 120명 정도나 되었다.

"성공이 보장되지도 않은 위험한 모험인데, 그래도 떠나겠다는 사람이 정말 많군."

오베론이 혀를 내둘렀다.

초보 때에는 어디를 가더라도 상관이 없다. 그러나 고레벨 유저 소리를 듣게 되면, 누구나 안정을 찾기 마련이다. 확실한 사냥터에서 레벨을 올리고 아이템을 얻기 위해 애쓰지, 위험한 탐험에 나서는 사람은 드문 것이다.

드림도 뜻밖의 소득을 거두어서 기쁜 얼굴이었다.

"덕분에 원정이 성공할 확률은 더욱 높아지지 않았습니까?"

"그렇다고 볼 수 있지. 아무튼 용병들이 대거 가입해서 원정대의 사기가 높아."

"산전수전 다 겪어 본 용병은 유사시에 큰 도움이 되겠지요."

"아무래도 레벨만 높은 이들보다는 경험이 많은 이들이 도움이 될 때가 있으니까."

새로 받아들인 이들은 차가운장미 길드에서 거액을 걸고 데려온 것이 아니었다. 순수하게 같이 모험을 하자면서 참여한 것이다. 그 덕분에 원정대의 전력은 더욱 향상되었다고 할 수 있었다.

"그런데 대체 어디서 그런 자들이 한꺼번에 나타났을까?"

오베론이 의아해할 때에, 부길드장 베로스가 설명했다.

"요 근래에 베르사 대륙을 떠들썩하게 만든 도전자들에 대해 아십니까?"

"도전자? 아, 자기보다 강한 사람들만 찾아서 도전한다는 그 사람들?"

"맞습니다. 그들입니다."

검육치에서 검오백오치까지.

그들 중 일부는 여전히 도전자들을 찾아다니기도 했지만, 상당수는 심산유곡에 틀어박혔다.

사람을 상대로 싸울 필요만은 없는 것이다.

깊은 산에 출몰하는 위험한 몬스터, 맹수, 그리고 대자연과 싸웠다.

바람이 불고 폭풍이 치는 날, 절벽 위에서 검을 휘두른다. 몬스터를 상대로 지치도록 검을 휘두르면서 검을 다루는 법을 배웠다.

현실에서의 검과는 당연히 차이가 있다.

일차적으로 힘의 스탯에 따라 파괴력이 달라지고, 민첩에 따라서 속도와 반응의 정도가 차이 난다. 그럼에도 더욱 다양한 검을 터득할 수 있었다.

육체적인 조건이 좀 더 좋아졌을 때에 쓸 수 있는 검.

또한 숱한 전투를 치르면서 검의 움직임을 익혔다.

대련과는 다른, 생존을 위한 검!

허수아비를 1달 내내 때려도 익히지 못할, 전투를 통해 단련하는 검!

그런 식으로 사냥을 통해서 레벨이 높아진 검치들도 다수 있었다. 그들 중 몇십 명이 로디움에 와서 원정대에 가입한 것이다.

"긍정적인 일이군."

오베론은 함박웃음을 지었다.

처음 소문을 들었을 때에도 한번은 만나 보고 싶었던 무리가 원정대에 다수 포함되었다니.

"베로스."

"예, 대장."

"그럼 출발하기 위한 준비는 모두 끝난 건가?"

"물자 준비는 끝났습니다."

"텔레포트 마법진은?"

"다 그렸습니다. 예정대로 출발하기에 아무런 무리가 없습니다."

"그러면 1시간 후부터 선발대를 보내도록 하지. 선발대는 우리 길드의 주력부대로 한다."

"모범을 보여야 할 테고, 또 원정대의 주도권을 잡아야 하니 당연한 조치입니다."

북부 원정대!

마법사들이 로디움 앞 평원에서 거대한 마법진을 그렸다. 그리고 첫 번째 선발대가 마법진 위로 올라갔다.

부길드장 베로스가 이끄는 150명의 전사들! 대장장이나 건축가들도 몇 명 끼어 있었다.

"그럼 북부에서 뵙겠습니다."

"조심하게."

"걱정하지 마십시오. 우선 주변을 탐색하고, 부대가 쉴 수 있는 집을 지어 놓겠습니다."

"그럼 8시간 후에 만나지."

"예. 기다리도록 하죠."

하루에 세 차례씩 최대 450명까지 보낼 수 있다. 그러므로 11개 정도로 부대를 나누어서, 그 첫 번째가 움직이는 것이다.

선발대의 임무는 거점을 만드는 것과 인근을 탐색하는 것, 두 가지였다.

오베론은 남아 있는 원정대를 관리해야 하기에 가장 마지막에 떠나기로 했다.

"그럼 시작해라. 원정대원을 북부로 보내."

"텔레포트!"

마법사들이 마법진을 발동시켰다.

정해진 곳으로 이동하게 되어 있는 게이트와는 달리, 내부에 있는 사람과 물자를 일정한 좌표로 한꺼번에 보내는 마법진이었다.

베로스와 전사들!

그들은 길드에서도 정예 중의 정예였다.

호기심이 강하고 싸움을 좋아한다. 웬만한 던전에서는 겁도 먹지 않는 이들만 추려서 보낸 것이다.

그들이 빛 때문에 눈을 감았다 떴을 때에는 주변의 풍경이 확 변해 있었다.

대지는 흰 눈으로 뒤덮여 있고, 공기는 극히 차가웠다.

입에서 김이 모락모락 날 정도였다.

"에취!"

"뭐가 이렇게 추워!"

원정대원들은 곧바로 모포를 뒤집어썼다.

혹시 모를 일이라서 준비하기는 했다. 하지만 모포를 챙길 때에도 다들 웃고 있었다.

"이렇게 더운데……."

"모포는 그냥 잠잘 때나 덮으면 되겠지."

그런데 북부에 도착하자마자 추위 때문에 모포가 없으면 안 될 지경이었다.

휘이이잉!

칼날처럼 불어오는 찬 바람!

딱딱딱!

원정대원의 이빨이 미친 듯이 부딪쳤다.

인근 탐색은커녕 추위로 인해서 거의 제대로 운신을 하기도 힘들 정도였던 것.

"이…러다가 감기가 걸리겠군."

베로스는 우선 모닥불부터 피우려고 했다. 하지만 얼어붙은 땅에서는 땔감으로 쓸 만한 나무를 구하기도 쉽지 않았다.

고라스 언덕.

그곳은 온통 눈으로 뒤덮여서, 뭘 찾을 수 있을 만한 장소가 아니었던 것이다.

언덕 위에서 주변을 둘러보니 완전히 허허벌판이었다. 하지만 겨우 감기 정도를 걱정하고 있을 수만도 없게 되었다.

저 멀리서부터 눈송이들이 날리고 있었다. 지상의 눈과 얼음들을 빨아올려서 사정없이 내리꽂는다.

빛과 얼음의 향연.

극도로 아름다운 대자연의 힘.

북부만의 지역적 특색이라고 할 수 있는 빙설의 폭풍이 다가오고 있었던 것이다.

구덩이 던전!

카라카의 숲에 있는 보스 몬스터!

페일이나 제피, 화령 등 일행은 킹 스네이크를 잡기 위해 온 숲을 뒤졌다. 그러나 도저히 발견할 수가 없었다.

그러던 차에 검사치가, 웬 알록달록한 무늬가 있는 나무가 쓰러져 있는 걸 보았다.

"이런 독특한 나무라면 조각용으로도 나쁘지 않아 보이는데. 위드에게 이걸 주면 좋아할까?"

검사치는 일단 머릿속에 어떤 생각이 들면, 오래 시간을 끌며 고민하지 않았다. 곧바로 행동에 옮기고 나서 그 후에 따져 본다.

찌이이익!

바로 검을 꺼내서 나무를 베었다. 그러나 잘리지 않았다!

두꺼운 가죽을 그은 것처럼 흠집만 났을 뿐이다.

"어라, 이게 뭐지?"

검사치가 의아해서 더욱 열심히 칼질을 할 때였다.

퍼서서석!

낙엽이 부서지는 소리가 주변에서 들려왔다. 그리고 뒤쪽에 커다란 뱀의 머리가 나타났다.

슈루룹, 후룩!

길쭉한 머리에 두 갈래로 갈라진 혀를 날름거리는 킹 스네이크!

"어리석은 놈들. 나의 매끈한 몸을 베다니."

킹 스네이크는 보로차라는 이름까지 가지고 있었다.

그때부터 일행은 킹 스네이크와 전투를 벌였다.

놈은 10미터가 넘는 동체를 가지고 있다고는 믿을 수 없을 만큼 빠르게 움직였다. 땅바닥을 기어서 달릴 때에는 거의 쫓아가지 못할 정도였다.

지독한 맹독을 살포하고 숨어 있다가, 단숨에 나타나서 몸을 조른다. 킹 스네이크의 주 무기는 독과 이빨 그리고 황소의 허리도 부러뜨릴 정도의 완력이었던 것이다.

이빨도 엄청나게 뾰족해서, 물리면 그대로 갑옷을 뚫을 정도였다.

과거였더라면 킹 스네이크를 잡지 못했을지도 모른다. 하지만 일행의 전투 감각은 그사이 엄청나게 발전했다.

"파이어 필드!"

로뮤나가 주변에 불을 질렀다.

뱀이 싫어하는 불!

직접 킹 스네이크를 공격하지 않는 대신, 녀석이 움직이는 범위를 축소시킨 것이다. 하지만 그 때문에 일행도 고스란히 피해를 입었다.

"거칠게 타오르는 불길로부터 우리들을 보호해 주세요. 물의 가호! 까아악!"

이리엔이 비명을 질렀다.

그녀의 주특기는 즉각적인 생명력 회복이었다. 축복 계열이나 방어 계열은 아무래도 조금 모자란 편이다. 부족한 스킬 레벨의 물의 가호로는 로뮤나의 주특기인 화염 마법을 어찌할 수가 없었다.

이리엔은 일행의 떨어지는 생명력을 채워 주느라 모든 신성력을 발휘해야 했다.

제피는 아끼던 미끼를 던져서 킹 스네이크를 유인하고, 화령은 춤을 추었다.

"혼란의 춤!"

적의 정신력을 무너뜨려서 균형 감각을 상실하게 만드는 춤이다. 공격을 받으면 깨어나는 매혹의 춤과는 달리, 전투를 치러도 균형 감각은 정상으로 돌아오지 않는다. 일종의 강력한 저주인 것이다.

화령은 불규칙적인 동작으로, 스스로 혼란에 빠진 것처럼 뇌쇄적으로 춤을 추었다. 옷소매에 매달린 천들이 너풀거리고, 그녀는 마치 헤어날 수 없는 미로에 갇힌 것처럼 혼돈에 빠진 듯한 얼굴로 춤을 추었다.

댄서들의 스킬이 춤만으로 이루어진 것은 아니다.

그런데 화령은 워낙에 춤추는 것을 좋아하기에, 모든 스킬을 최대한 비슷한 춤으로 만들었다.

춤이 스킬의 효과를 조금 더 늘려 주는 효과도 있었다.

"오, 화령 님이 춤을 춘다."

"이번의 춤은 더 예쁘군."

"아름답다는 말로는 표현할 수 없을 정도로……."

"저 잘록한 허리에, 사슴 같은 목선은……."

검둘치, 검삼치, 검사치, 검오치는 열심히 화령의 춤을 구경했다. 전투가 벌어지거나 말거나, 화령이 춤을 추기만 하면 거기에만 관심을 쏟았다.

"커험!"

검치는 체통을 지킨다면서 한 발자국 뒤에서 그녀의 춤을 지켜보고 있었다.

남자는 아무리 나이를 먹어도 변하지 않는다. 숟가락 들 힘만 있으면 여자를 밝힌다는 속설이 괜히 있는 게 아닌 것이다.

츄루루루룹!

킹 스네이크가 큰 머리를 좌우로 흔들며, 긴 혓바닥을 날름거렸다. 푸른 맹독이 주변으로 넓게 퍼져 나갔다. 혼란에 빠져서 엉뚱한 곳만 공격하다가, 신체의 이상을 느낀 것이다.

스스로를 보호하기 위한 본능적인 행동.

"포이즌 큐어!"

이리엔이 그 독성을 중화해서 중앙에 길을 만들었다.

"우리들이 활약할 시간이구나. 가자."

"예, 스승님."

검치, 검둘치, 검삼치, 검사치, 검오치는 열린 길을 따라서 돌진해 적의 몸을 난자했다.

"아이스 블레이드!"

"강검."

"벤 곳 또 베기!"

검둘치와 검삼치, 검사치가 각자 스킬들을 시전했다.

킹 스네이크의 몸통은 워낙 두꺼워, 스킬을 쓰지 않으면 피해를 주기 힘들다.

다른 수련생들에게는 스킬 사용을 최소화해서 검이 전하는 말을 들으라고 하였지만, 그들만큼은 예외였다. 단순한 몬스터의 행동이나 대응을 보며 검을 발전시킬 시기는 이미 지났다.

어떤 상태에서도 검을 활용할 수 있는 사범들은 더욱 열심히 스킬을 시전했다.

'스킬의 운용! 힘의 집중! 이것에 따라서도 조금씩 차이가 있군.'

'어느 때에 어떤 스킬을 사용하느냐. 스킬의 연속적인 운용이나 적의 약한 고리를 파괴하는 것! 치명적인 일격을 스킬로 사용한다면 더 강한 타격력을 줄 수 있다!'

몇 가지 스킬들을 연속해서 운용하면서 새로운 경지에 다다를 수 있었다. 보다 강해지는 방법이 오직 더 높은 스킬 숙련도나 레벨에만 있는 것은 아닌 것이다.

권투 선수들을 보더라도, 반드시 체격 조건이나 힘의 강함에 따라 승부가 결정되는 것은 아니다. 어떻게 싸우느냐에 따라서도 결과가 달라진다.

검둘치와 검삼치, 검사치가 스킬들을 시전할 때에 검오치는 검 두 자루를 들고 덤벼들었다.

"난도질!"

마구 휘젓는 연환 공격!

근육질의 검오치가 휘두르는 검의 속도는 너무나 빨라, 마치 2개가 아니라 수십 개인 듯했다.

"더블 스트라이크!"

수르카도 무지막지한 힘으로 몸통을 타격했다. 그녀는 날카로운 너클을 착용해서 킹 스네이크의 두꺼운 가죽에 타격을 주고 있었다.

작은 키의 그녀였지만 검치 들 사이에서 열심히 주먹을 뻗었다.

킹 스네이크가 몸부림을 칠 때마다 땅이 들썩이고 나무들이 뽑혀 나갔다.

그렇게 힘겨운 사냥 끝에 일행은 카라카의 숲의 보스 몬스터인 킹 스네이크를 잡고, 다크 엘프의 성으로 돌아왔다.

위드가 절망의 평원에 와서 다크 엘프의 성으로 올라가고 있을 때, 일행은 이미 카라카의 숲 정벌을 마치고 휴식을 취하는 중이었다. 뒤늦게 절망의 평원을 달려온 메이런도 도착해서, 화기애애한 이야기를 나누었다.

그러던 와중에 뜬금없이 메이런이 말했다.

"페일 님."

"네?"

"사흘 뒤가 무슨 날인지 아세요?"

"글쎄요. 우리들이 만난 지 64일째 되는 날?"

"저 회사 쉬는 날이에요."

메이런의 은근한 말투!

그것을 알아듣지 못한다면 남자가 아니리라.

페일은 망설임 없이 고개를 끄덕였다.

"마침 보고 싶은 클래식 공연이 있었는데, 같이 보면 되겠 군요."

"그럼 저녁은 제가 살게요."

페일과 메이런은 금세 데이트 약속을 잡았다. 이리엔이나 로뮤나는 배가 아프다는 표정을 지었다.

"페일이 저렇게 느끼하게 변하다니."

"난 언제쯤 든든한 남자 친구가 생길까."

검둘치나 검삼치, 검사치, 검오치는 안타까웠다.

든든한 남자 친구라고 하면 바로 자신들이 아니던가. 싸움도 잘하고, 키나 체격도 꿀리지 않는다. 그런데 어떤 여자들도 그들을 좋다고 하지 않는 것이다.

'대체 이유가 뭘까?'

'역시 여자들은 근육을 싫어하는 걸까?'

'격투기나 운동을 잘하는 게 흠은 아닌데……'

검둘치나 검삼치 등은 사내다운 호쾌한 매력이 있었다. 음식을 밝히고 여자를 좋아하긴 하지만, 그것은 현실에서 이루지 못한 욕망 때문이다.

현실에서 그들은, 육체를 최상의 상태로 유지하기 위하여 단백질이 많은 닭 가슴살을 주로 먹는다. 아무런 조미료나 양념도 없이, 물에 삶은 닭 가슴살을 밥과 함께 꾸역꾸역 삼키는 것이다!

막 삶은 닭 가슴살에서는 묘한 비린내가 난다. 이빨도 잘 들어가지 않을 정도로 퍽퍽하다. 그것을 밥과 같이 먹으니 구역질이 치미는 것은 당연한 노릇.

'참고 먹어야 해.'

'먹어야만 강해질 수 있다.'

그나마 닭 가슴살은 먹을 만한 음식이라고 할 수 있다. 억지로 먹는다면 못 먹을 정도는 아니다.

문제는 계란 흰자였다.

계란 흰자만 수십 개씩 삶아서 먹노라면, 정말 미칠 지경이었다. 입이 질리는 것을 떠나서, 나중에는 그 이상야릇한 냄새만 맡아도 속이 울렁거릴 정도가 된다.

하지만 엄청난 운동량을 소화하는 그들이기에 고단백의 음식이 필요했다. 든든하게 음식을 먹지 않으면 몸이 버텨 내질 못한다.

일반적인 도장이었다면 운동을 많이 하는 정도로 체력을 보충하면 되지만, 그들은 최고가 되어야 했다. 많은 도전자들을 꺾어야 했기에 자기 관리를 더욱 철저히 할 수밖에 없었다.

그렇게 오롯이 검만을 벗 삼아 살아왔다. 덕분에 여자들과는 친해질 기회가 없었다.

그때 수르카가 불쑥 말했다.

"우리 이렇게 이야기만 할 게 아니라, 단체로 만나면 어때요?"

"응?"

이리엔이 이마를 좁혔다.

"지금 만나고 있잖아?"

"이런 식으로 만나는 것 말고, 현실에서 다 함께 만나 보자고요! 우리 모두 같이 연주회 보러 가요, 네?"

"그건 별로 좋은 생각이 아닌 것 같은데."

페일이 서둘러 거절을 하려고 했으나, 검둘치가 크게 고개를 끄덕였다.

"아주 멋진 계획이야! 그렇지 않으냐, 삼치."

"맞습니다. 우리들이 다 같이 만나 보는 것도 괜찮겠군요."

현실에서의 만남.

이리엔, 로무나, 메이런, 수르카, 화령까지!

검치 들에게는 무려 5명의 여자들과 가까운 곳에서 오붓하게 대화를 할 수 있는 기회인 것이다.

나이 어린 수르카나 남자 친구가 있는 메이런은 논외로 치더라도, 흔치 않은 기회였다.

커피를 마시고 햄버거를 먹는다. 게다가 여자들과 같이 시내를 걷는 것만으로도 유쾌한 일이 아닐 수 없다.

검삼치는 검오치를 보며 물었다.

"오치야."

"예, 사형."

"넌 클래식 연주회 가 봤냐?"

"사형, 저 노래방 가 본 것도 6년이 지났습니다."

"……"

"이번에 꼭 가 보고 싶습니다."

페일과 메이린은 둘만의 오붓한 계획을 방해받는 것이 싫었지만, 한편으로는 기대도 되었다.

그동안 화령이나 제피, 검치 들과는 상당히 많이 친해졌다. 이들을 현실에서 직접 만나 대화도 나누고 즐거운 시간을 보내는 것이 나쁘지는 않을 것이다.

로뮤나 이리엔은 두말할 것도 없이 찬성이었다.

"재밌겠네요."

"저도 클래식 들어 본 지 꽤 오래됐어요."

"화령 언니, 우리 만나는 거 괜찮죠?"

수르카가 바싹 다가가서 묻자, 화령도 선선히 고개를 끄덕였다.

"응. 나도 만나는 거 좋아."

사실 화령은, 사람들과 만나는 것을 조금 꺼리고 있었다. 게임에서 만난 사람들이 그녀가 연예인인 것을 알게 되면 오히려 멀어질지도 모르기 때문이다.

'그래도 이 사람들과는 괜찮을 거야.'

화령의 허락은 받았고, 수르카는 제피에게 물었다.

"제피 오빠도 나올 거죠?"

"그야 물론이지."

제피도 망설이며 시간을 끌거나 하지 않았다.

나이트에서 부킹을 한 횟수만 무려 1만 번은 넘을 것이다. 모르는 사람과도 3분이면 친해지고, 6분이면 연락처를 받아 낼 수 있다. 그리고 30분이면 같이 밥 먹으러 나가는 그런 전설적인 바람둥이인 것이다.

대인 관계에서는 그처럼 원만(?)한 제피였기에 만나는 것을 어색하게 받아들이지 않았다. 함께 보낸 시간에 비한다면 너무 늦게 만나는 감도 없지 않아 있었다.

위드가 다크 엘프의 성에 도착한 것은 바로 그때였다.

"다들 모여 계셨군요."

제일 바쁜 마판을 제외하고 일행은 다들 한자리에 뭉쳐 있었다.

평소라면 음식을 만들어 달라고 투정부터 부릴 수르카가 눈을 빛내며 물었다.

"위드 님! 아니, 위드 오빠!"

"응?"

"우리 다 같이 만나기로 했어요. 검치 아저씨들이랑 화령 언니, 제피 오빠 그리고 이리엔 언니, 로뮤나 언니, 페일 오빠, 메이런 언니! 다 같이 만나서 클래식을 들으러 갈 건데, 오빠도 나와요. 네?"

"……."

위드는 썩 마음이 내키지 않았다.

'클래식이라… 고작 음악을 듣는 것치고는 티켓이 너무 비싸잖아.'

문화생활에 돈을 쓰는 것은 질색이었던 것이다.

진정한 문화란 무엇인가.

멋진 공연이나 전시회, 연극만이 문화가 아니라고 생각하는 위드였다.

돋보기 하나만 있으면 개미 1마리를 관찰하며 놀 수도 있다.

남는 시간에 채소를 심어서 가꾸어도 된다. 그 채소를 뽑아 먹으면 따로 시장을 안 봐도 되고, 무공해 채소를 돈도 안 내고 먹을 수 있는 것이다.

집 청소를 해도 되고, 설거지를 깨끗하게 해도 된다.

노동의 가치는 무한했다.

그에 비해서 대중문화란 모든 것을 소비로만 결정짓는다.

돈. 돈. 돈!

누구를 만나러 가는 것부터 시작해서 음식을 먹든 뭘 하든 돈이 드는 것이다.

거기다가 위드의 가계부는 냉혹하리만큼 엄격했다.

1달 용돈 2,000원!

식비를 제외하고 오직 여흥만을 위하여 책정된 금액이었다.

하지만 위드도 막상 거절을 하기는 힘들었다. 이미 그를 제외하고는 모두 만나기로 한 마당에, 혼자서만 빠지기도 힘든 것이다.

그때 검삼치가 나서서 위드의 입장을 변호해 주었다.

"위드는 바쁘지. 바쁜 사람을 억지로 나오게 할 필요는 없어."

검사치도 고개를 끄덕였다.

"암! 위드는 할 일이 많잖아. 우리와는 다르게 스킬도 많이 익혀서 해야 할 일도 여러 가지고."

강력한 경쟁자인 위드를 제외하고 그들끼리 놀려는 계획을 세운 것이다. 그런데 화령이 실망스럽다는 듯이 입을 열었다.

"위드 님이 안 나오신다면 저도 그냥 안 나갈래요."

이리엔이나 로뮤나도 딱히 내키지 않는 듯했다.

"위드 님이 없으면 별로 재미없을 것 같아요."

"클래식 공연보다는, 우리들끼리 다 같이 만나서 어울리는 데 의미가 있죠. 한 사람이 빠지느니 아예 안 만나는 게 나아요."

제피도 낚싯대를 어깨에 걸치며 말했다.

"뭐, 위드 님이 안 오신다면 저도 괜히 나갈 필요는 없겠군요. 본래 클래식은 별로 좋아하는 편도 아니고."

방금까지 현실에서 만나는 것을 계획하면서 즐겁게 이야기를 나누던 이들의 마음이 한순간에 바뀌었다.

위드는 은연중에 일행의 중심이 되어 버린 것이다.

위드가 없으면 뭘 해도 허전하고, 즐겁지도 않다. 그만큼 위드의 비중은 컸다.

검둘치가 서둘러 말을 바꾸었다.

"위드야, 그래도 이렇게 우리들끼리 만나는 데에도 의의가 있지 않겠느냐."

"매일 도장에서 만나지 않습니까?"

"어허! 그것과 어찌 같을 수 있단 말이냐."

검삼치도 슬그머니 거들었다.

"클래식. 그 오묘한 고전적 화음. 격정적인 음악에 흠뻑 빠져 볼 기회지."

검오치도 씩 웃었다.

"진정한 사나이란 말이다, 동료들 간의 신의! 우애! 이런 것을 지켜야 하는 법이란다."

검둘치, 검삼치, 검사치, 검오치 들이 다시 만나자고 부추기고 있었다. 화령이나 페일, 이리엔도 말은 안 하지만 다 같이 만나고 싶어 하는 눈치였다.

위드도 정말 더는 거절하기 난처했다.

"좋습니다. 그럼 사흘 후라고 하셨죠?"

"아마… 그럴 것이다."

검둘치가 슬쩍 페일의 눈치를 보고는 고개를 끄덕였다.

"그러면 그때까지 던전을 탐험하죠."

"던전?"

"구덩이 말입니다. 현실 시간으로 사흘이면, 그날 당일은 제외하더라도 베르사 대륙의 시간으로는 최소한 여드레가 되죠. 그 시간 동안 구덩이를 완전히 탐험하고 몬스터들을 모두 사냥할 수 있다면 저도 나가겠습니다. 이거라면 괜찮겠죠?"

위드의 제안에 수르카는 울상을 지었다.

"어떻게 던전을 여드레 만에 정복할 수 있어요? 너무해요, 위드 오빠!"

메이런도, 도저히 말도 안 되는 소리라고 고개를 저었다.

'어지간한 던전도 최소한 보름은 걸리는 게 평균이야. 게다가 여긴 지도만 완성하는 데도 열흘은 필요할 텐데, 여드레는 절대 무리일 거야.'

그러면서도 메이런은 영문을 알 수 없었다. 위드의 말에 화령과 제피, 그들의 다리가 마구 떨리고 있었던 것이다.

물론 다 까닭이 있었다. 화령과 제피는 바스라 마굴에서의 그 처절했던 사냥을 떠올리지 않을 수 없었다.

'그 극악의…….'

'지독한 사냥을…….'

'먹고, 사냥하고, 붕대 감고…….'

'그리고 계속 사냥을 했지. 마음대로 죽지도 못하던 그 괴로움의 시간!'

29시간 동안 쉬지도 않고 사냥을 했다. 생전 처음 해 보는 경험이었다. 몬스터들이 무섭지도 않고, 그저 육체적 정신적 한계에 부딪혀 기계적으로 싸울 정도의 상황이었다. 그런 다음에 마을에 다녀와서 잡템을 팔고 다시 사냥을 하잔 말에 얼마나 놀랐던가!

물론 며칠 되지도 않는 시간에 레벨은 어마어마하게 올랐지만 말이다.

이제 그 지독한 사냥의 부활이었다.

<hr />

썩은 리치 던전의 최초 발견자가 되었습니다!

혜택: 명성 400 증가. 일주일간 경험치, 아이템 드랍률 2배. 첫 번째 사냥에서 해당 몬스터에게 나올 수 있는 것들 중에서 가장 좋은 물건 아이템이 떨어진다.

위드와 일행은 그랑벨에게 킹 스네이크를 사냥했음을 증명하고 구덩이로 향했다. 그곳에서 던전을 최초로 발견할 수 있었다.

위드는 입구에서 검과 방어구, 활 등을 전부 수거해서 스킬을 시전해 주었다.

"검 갈기, 방어구 닦기, 다림질!"

생산 스킬에 의한 부가적인 효과!

던전에 들어오기 전에 다들 배불리 음식까지 먹었다.

이런저런 생산 스킬들을 합치니 웬만한 바드나 샤먼의 축복을 능가하는 수준이었다. 탁월한 손재주 덕분에 어지간히 싸워서는 내구력이 줄지 않아 수리가 자주 필요하지 않은 것도 장점이다.

"이야! 이제부터 불타는 사냥이네요."

수르카가 손가락을 풀었다.

"그럼요. 우리들도 이번에 레벨 300을 달성해야겠습니다."

페일은 열심히 사냥을 한 덕분에 레벨이 296이 되었다. 비슷하게 성장을 한 수르카나 로뮤나, 이리엔의 레벨도 거의 그 정도였다.

그런데 그의 여자 친구인 메이런의 레벨은 310이 넘는다. 여자 친구 앞에서 당당해지고 싶고, 강한 모습을 보여 주고 싶은 것은 모든 남자들의 공통점!

'더 강해져야지.'

페일은 메이런이 없을 때에 사냥을 쉬지 않았다.

궁술은 많이 쏠수록 늘어난다. 그래서 궁수와 관련된 각종 스킬들을 단련하면서 실력을 향상시켰다.

검치 들의 조언도 큰 도움이 되었다.

굳이 몬스터의 몸을 맞히려고 하지 않고, 화살로 그 움직임을 억제한다. 공격당하고 있는 몬스터의 아주 짧은 순간을 노려서!

검이 몬스터를 베는 그 찰나의 순간에, 화살이 적중하면 놈은 더 큰 피해를 받는다.

이제 메이런이 왔으니 그동안의 성과를 보여 줄 기회였다.

그때 던전의 초입으로 해골 기사들이 나타났다. 순찰을 돌던 몬스터들이리라.

"인…간."

"살아… 있는… 죽어라!"

뼈로 된 기사. 유령 말인 팬텀 스티드를 타고 해골 기사 3마리가 돌진해 왔다.

히히힝!

형체가 확실치 않은 유령 말의 오싹한 울음소리.

"파이어 피스트!"

수르카가 정면으로 뛰어가 불길로 타오르는 주먹을 날렸다.

해골 기사들과의 격돌!

위드는 힘이 부족한 수르카가 무리한 전투를 벌이는 것이 아닌지 걱정이 되었다. 하지만 그런 우려는 기우였다.

정면의 해골 기사와 부딪친 수르카가 부드럽게 공중제비를 돌면서 뒤로 넘어간 것이다.

"이야합! 연환권!"

이어 팬텀 스티드의 뒤쪽에 걸터앉아 해골 기사의 후방을 공격했다.

"호오!"

위드는 조금 감탄했다.

권사로서 싸움을 하다 보면 몬스터와 달라붙어 싸우게 되니 몸이 유연해지지 않을 수 없다. 자연히 사각지대를 공격하는 법을 터득하게 되고, 날쌔게 움직여서 적의 공격을 피하는 게 기본이 된다.

빠른 판단력과 민첩이 없다면 성공하기 힘든 직업이 바로 권 사다.

사정거리가 긴 스킬이나, 마나 소모가 큰 범위 스킬들만 사용하는 권사들은 몬스터들이 다가왔을 때에 속수무책으로 당하고 만다. 중요한 성직자나 마법사를 지키는 역할을 하지 못하는 것이다.

그러나 수르카의 판단력은 매우 뛰어났다. 해골 기사가 돌진하는 속도가 더 빨라지기 전에 다소의 피해를 감수하고서라도 미리 가서 막고, 적의 공격을 이용해 사각지대로 몸을 날렸다.

물론 해골 기사가 몸을 돌리면 수르카를 공격할 수는 있다. 하지만 동료들이 있었다.

페일과 메이런이 동시에 화살을 시위에 메기어 쏘았다.

슈슈슈슉!

연사로 쉬지 않고 날아가는 화살.

정확히 수르카가 때리고 있는 해골 기사를 향해서였다.

크…르…르르!

목표가 된 해골 기사는 화살들을 쳐 내느라 바빠서, 수르카의 공격을 그대로 맞을 수밖에 없었다.

제피는 화령, 검둘치와 검삼치와 함께 왼쪽의 해골 기사를 담당하고, 검치와 검사치, 검오치가 오른쪽의 해골 기사를 맡았다.

일행은 그동안 검치 들과 같이 싸우면서 발전된 모습을 아낌없이 보여 주고 있었다.

"나도 놀고만 있을 수는 없지."

위드 또한, 드디어 아껴 두었던 탈로크의 갑옷을 배낭에서 꺼냈다.

은근하게 발하는 갑옷의 광채!

본래 미스릴이라면 거의 흰색에 가까운 은색 계열이다. 하지만 라호만 지방에서 나오는 미스릴은 빛을 흡수하는 재질로 이루어져 있다. 그 때문에 탈로크의 갑옷은 검은색으로 변해 있었다.

사실 과거 위드의 갑옷들도 대부분 검은색이었다.

그러나 그것은 오래 입어서 때가 탔던 것!

내구력의 한계까지 수리하고 고쳐 가며 입었으니 때가 덕지덕지 끼어서 새카맣게 변했던 것이다.

하지만 탈로크의 갑옷은 일단 뭔가 있어 보이는, 그리고 굉장히 비싼 듯한 검은색이었다.

위드는 천으로 조심스럽게 갑옷을 닦았다.

"방어구 닦기."

슥삭슥삭.

갑옷을 문지르는 손에는 경건함마저 어려 있다.

그도 그럴 수밖에 없는 것이, 남들은 그냥 방어구 하나라고 할지 모른다. 하지만 이 갑옷을 판매한다면 최소한 1,000만 원은 받는다.

주인만 잘 만난다면 그 이상도 충분히 가능했던 것!

위드에게는 보물이나 다름없는 아이템이었다.

> 갑옷을 때가 묻은 곳 없이 깨끗하게 닦았습니다.
> 갑옷의 방어력이 20% 증가합니다.

위드는 탈로크의 갑옷을 입었다. 미스릴로 이루어진 몸체에, 붉은 프레야 교단의 문양이 가슴에 있었다.

> 탈로크의 갑옷을 착용하였습니다.
> 방어력이 102 증가합니다. 경건한 마음에 신앙심이 100 오릅니다. 고귀한 명성이 300만큼 올랐습니다. 힘이 40 증가합니다. 민첩이 30 늘었습니다. 매력이 25 오릅니다. 어떤 적과도 싸울 수 있도록 투지가 40만큼 늘어납니다. 마나의 최대치가 15% 늘어납니다. 마법의 피해가 10% 감소합니다. 혼란과 두려움으로부터 면역이 생겼습니다. 대단한 갑옷을 착용함으로써 드워프들이 좋아할 것입니다.

유니크급 아이템의 찬란한 위용!

전투 지역에서 조금 뒤떨어져 있던 화령은 그 모습을 구경하다가, 숨길 수 없는 감탄을 토해 냈다.

"멋있어요. 갑옷이 참 예쁜데요!"

위드는 조금 실망했다.

'댄서에게는 역시 전투와 관련된 옵션이 그다지 중요하지 않은가 보군.'

이번에는 이리엔을 보았다. 성직자인 그녀는 전투에 대해서 잘 알고 있으리라.

"많이 맞아도 든든하겠는데요!"

이리엔도 기대를 배신하긴 마찬가지였다.

'좀 더 섬세하게 감탄의 말을 해 줄 수는 없는 건가?'

위드는 나직이 한숨을 내쉬고, 얼음의 검신을 가진 로트의 검을 뽑아 들고 전투에 나섰다.

"조각 검술!"

적의 방어력을 무시하고 본체를 조각내 버리는 무시무시한 검술.

위드와 해골 기사의 검이 서로 엇갈렸다.

방어는 도외시하고 상대를 치기 위한 공격을 펼친 것이다.

까아앙!

해골 기사의 검이 위드를 베는 순간이었다.

그 찰나의 순간에 위드가 눈을 감았다.

눈 질끈 감기 스킬을 사용하였습니다.
아무것도 보이지 않지만, 고통과 아픔도 사라집니다.

해골 기사의 검은 위드의 갑옷을 강하게 두드렸다. 막대한 인내력과 새로 생긴 맷집, 눈 감기 스킬에 의해서 큰 타격은 입지 않았다.

"인…간, 눈을 떠라!"

"싫다. 너쯤이야 눈을 감고도 충분해."

"감…히 기사를… 모욕하다니."

해골 기사는 분노로 더욱 힘을 냈다.

언데드의 격앙!

본신의 능력을 무려 10%에서 20% 정도 더 발휘할 수 있게 해 주는 것이었다.

질끈.

위드는 해골 기사가 때릴 때마다 눈을 감으며, 검을 마구 휘둘렀다.

전투법이 바뀌었다.

해골 기사의 어깨 뼈다귀가 움직이는 것을 본다. 팔과 손목이 향하는 곳을 확인한다. 그다음에는 눈을 감았다.

'가슴을 치겠군.'

적의 공격을 예상해야만 했다. 그래야만 이쪽의 공격도 적중시킬 수 있기 때문이다.

"데몬 슬레이드!"

해골 기사의 검에 악마의 형상이 씌워졌다. 스킬을 발휘한 것이다.

악마의 힘으로 저주를 걸어, 상처 부위에서 지속적으로 피가 흐르게 만드는 기술.

해골 기사가 빠르게 휘두르는 검이 3개의 잔상과 함께 위드의 전면으로 다가왔다.

'위, 아래. 둘 다 허상! 어깨의 움직임은 중앙을 찌르고 있음이 확실하다. 내 목을 노리고 있군.'

위드는 눈을 감은 채로 판단하고 행동했다.

언데드의 스킬은 정확히 보고 판단해야 했다. 자칫 잘못하면 역공에 말려서 큰 피해를 입는다.

아무리 무식하게 인내력을 올려놓고 맷집 스탯마저 생겨났다고 해도, 치명적인 공격을 당하는 것은 곤란했다.

레벨 차이, 힘 차이가 심하게 날 경우에는 단순히 생명력만 크게 하락하는 것으로 끝나지 않는다. 말 그대로 치명상을 입어서 일시적으로 육체가 마비되거나, 팔이나 다리를 쓰지 못하게 되는 경우도 있기 때문이다.

'내 목이 틀림없다.'

위드는 눈을 감은 채로 어깨를 추켜올려 상대의 검을 맞아 주었다.

> 해골 기사의 공격으로 생명력이 630 줄어듭니다.

탈로크의 갑옷이 없었다면 3~4배의 피해는 입었을 것이다.

눈 감기 스킬은 막강한 방어력을 기반으로 한 갑옷이 없으면 쓸 수 없는 기술이다. 워리어들도 구태여 익히려고 하지 않는 사장된 스킬.

눈을 감고 싸우는 것 자체가 무모하기 짝이 없을뿐더러, 그와 관련된 맷집 스탯은 맞아야만 오르게 되어 있다. 이런 것을 구태여 고생해서 올리는 사람은 드물었다.

하지만 위드는 전투와 관련된 것이라면 사소한 것이라도 놓치지 않았다.

'눈을 버림으로써 더 큰 방어력을 얻을 수 있다. 지금은 그렇게 큰 효과를 발휘하지 못한다고 해도, 스킬의 숙련도가 올라가게 되면 다를 거야. 어차피 인내력과 맷집도 키워야 하니 최대한 맞아 준다. 눈을 감고 맞을 뿐.'

누가 본다면 처음 전투를 해 보는 초보라고 착각을 해도 어쩔 수 없는 상황! 그러나 실제로는 굉장히 어려운 눈 감기 스킬을 쓰고 있는 것이다.

전투 중에 눈을 감다니, 웬만한 담력으로는 펼치기도 어려운 기술이다.

수르카가 감탄하며 말했다.

"위드 님의 전투는 더 무식해지셨어. 역시 최고야."

제피도 동감할 수밖에 없었다.

"맞은 만큼 그 이상으로 갚아 주다니. 역시 적이 되면 안 되는 사람이군."

검치는 흐뭇하게 웃었다.

처음에 눈을 감을 때에는 혹시나 나쁜 버릇이 든 건 아닌가 싶어서 걱정도 되었다. 하지만…….

'여전히 잘 성장하고 있는 녀석이로군.'

전투를 하면서 눈을 감다 보면 적의 움직임을 놓치게 된다. 그래서 위기에 빠지기 쉽다.

하지만 의도적으로 눈을 감는다면 어떨까.

적의 움직임을 오히려 더 잘 알게 된다. 적의 공격이 어느 곳을 향할 것인지, 자신의 공격은 적의 어떤 부위를 타격하게 될 것인지를 파악할 수 있다. 시력에 의존하지 않는 대신에 오감이 발달하게 되는 것이다.

검사치나 검오치는 아무 생각이 없었다.

"사냥이다."

"이렇게 쉬운 걸로 만나는 일을 결정하다니, 역시 위드는 착해."

검삼치도 검을 휘두르며 빙긋 웃었다.

"이까짓 던전이야, 몬스터가 한 6,000마리쯤 되려나? 금방이지, 뭐."

검둘치는 아예 던전에 들어오면서부터 밝은 표정이었다.

"겨우 여드레 정도라면 밤새우고 해도 무방하지. 자, 어서 가자!"

검둘치, 검삼치, 검사치, 검오치!

전투란 밥을 먹는 것처럼 익숙했다. 여드레간의 지독한 사냥이라고 하지만, 그들에게는 잠시 즐기는 정도밖에 되지 않는 것이다.

검치 들과 위드를 제외한 일행은, 여드레 만에 몬스터를 다잡는 건 도저히 힘들 것이라고 생각했다. 하지만 다들 스스로 놀랄 정도로 과거와 달라져 있었다.

검치 들의 눈부신 활약이야 그렇다고 치더라도, 페일이나 수르카, 화령, 제피 들의 전투 실력도 엄청나게 발전했다.

"이번엔 해골 기사! 다섯입니다!"

페일이 정찰하고, 위드가 주변을 확인한 후 결정을 내렸다.

보통 때에는 페일이 파티를 이끄는 대장이지만, 위드가 있으면 사정이 조금 달라진다. 위드에게 일단 모든 것을 맡겨 버리는 것이다.

뛰어난 검술로 인한 공격력과 탁월한 인내력은, 위드를 전투의 선봉에 세웠다.

궁수보다야 아무래도 직접 적과 맞붙어 싸우는 사람이 파티를 통솔하기에 편하다. 그리고 음식과 아이템 수리를 해 주고, 감정, 붕대 감기 등 여러 효율적인 스킬을 가지고 있는 위드는 못하는 게 없었던 것!

"화령 님이 2마리만 재워 주세요. 공격!"

"매혹의 춤!"

화령이 춤을 춰서 해골 기사들을 잠들게 만든다. 그사이에 나머지 일행이 깨어 있는 해골 기사들을 사냥했다.

초기에는 썩은 리치 던전의 위험도를 파악하기 위해서 나름 대로 느리게 전진했다.

해골 기사나 키메라, 언데드들은 일행의 레벨로 상대하기에 벅찬 몬스터들이었다. 최하 300에서, 심한 경우에 360 정도의 레벨들을 가지고 있었다.

불사의 군단의 근거지였던 만큼 상당한 수준의 던전인 것이 당연한 일이리라.

일단 위드의 생산 스킬로 전체적인 능력을 상승시켰다. 일행의 공격력과 방어력은 최소한 10%에서 20% 정도가 늘어난 상태!

화령의 춤이 있어서 적당한 숫자만을 상대할 수 있는 것도 큰 도움이 되었다.

해골 기사들 7마리나 8마리가 들이닥친다면, 웬만한 파티는 궤멸을 하고 만다. 그래서 상급 던전을 탐험할 때에는 각별한 주의를 기울여야 한다. 그런데 댄서가 있다면 몬스터의 주의를 돌리는 데 큰 역할을 한다.

물론 때때로 댄서들도 춤을 실패할 때가 있다.

춤을 추다가 넘어지는 경우다. 감당하기 힘든 힘이 밀려들거나 순간적으로 균형감을 상실하면 그렇게 된다. 몬스터의 레벨이 자신보다 높을수록 그러한 힘이 더욱 크게 작용한다.

그러나 화령은 춤을 추는 도중에 잘 넘어지지 않았다. 다리가 비틀거리고, 아픔이 느껴져도 꿋꿋하게 춤을 추었다.

가끔 실패할 때는 키메라나 전염병 걸린 좀비를 상대하는 경우 정도였다.

키메라들의 레벨은 최소 350이 넘는다. 따라서 물론 레벨의 차이도 있지만, 선천적으로 아름다움을 보는 눈이 결여되어 있었던 것이다.

늑대의 몸에 오우거의 머리를 가지고 있는 키메라를 만든 것은 리치다.

"인간. 먹을 거다!"

음식으로만 보였으니 유혹당할 리가 만무했다.

댄서의 춤이 통하는 것은 인간과 비슷한 종족이나 한때 인간이었던 몬스터에 한정되었다. 어떤 면에서 보자면 상당히 제약이 많은 스킬이다.

"경험치가 정말 많이 들어오네요."

한동안 사냥을 하던 이리엔이 정보 창을 확인해 보고 깜짝 놀랐다. 평상시 같은 시간 사냥했던 것보다도 3, 4배쯤 많았다.

던전을 발견해서 2배의 경험치를 받고 있다고는 해도, 보통 때보다 경험치의 습득이 훨씬 빨랐다.

'위드 님과 검치 님들 덕분이겠지.'

이리엔은 선망의 눈길로 위드와 검치 들을 보았다.

성직자의 공격력은 사실 그리 믿을 게 못 된다. 턴 언데드 스킬이 있긴 하지만, 사냥용으로 쓰기에는 부족함이 많았다. 따라서 든든한 전사들이야말로 성직자와 궁합이 잘 맞기 마련!

위드가 말했다.

"이 지역에 나오는 몬스터들은 대충 파악이 끝난 것 같군요. 이제부터는 전투의 속도를 조금 올리겠습니다."

"헉!"

"드디어 시작이구나."

제피의 눈앞이 캄캄해졌다. 화령은 숨이 막혀 왔다.

그간은 어느 정도 편안하게 사냥을 해 왔다고 할 수 있다. 그러나 위드가 저렇게 말한 이상, 이제부터가 진짜 전투다!

파티의 사냥 속도가 조금씩 빨라졌다.

지금까지 충분한 휴식을 취하고 이동을 하던 것과는 달리, 전투가 끝나고 나서도 큰 부상이 없으면 바로 다음 사냥터로 움직였다.

그런 식으로 몇 차례 진행되고 나서부터는, 전투가 종료된 후에 정비가 필요하거나 한 사람은 자리에 앉아 있는 것으로 의사를 표시했다. 일어설 수 있으면 무조건 전투 요원으로 분류되어서 다음 사냥 지역으로 이동하는 것이다.

이동과 전투가 무섭게 반복되었다. 문제는 그 속도가 조금씩 빨라지고 있다는 점이다.

전투와 전투 사이의 간격, 그 호흡이 줄어들고 있었다.

위드가 이끄는 급박한 사냥에 맞춰서 일행은 점점 빨리 움직여야 했다. 그러면서 경험치와 아이템도 무시무시한 속도로 들어왔다.

"레벨이 올랐습니다."

페일이 기쁘게 말했다.

일행은 빠르게 응답했다.

"축하드려요."

"저도 곧 올라요."

"그럼 이제 이동!"

휴식 따위란 이제 없었다.

이리엔의 신성력과 마나를 절약하기 위해서 다들 몸으로 버텼다. 최대한 치료를 받지 않고 몬스터와 싸운다. 생명력이 30% 미만으로 떨어져서 정말 위험한 순간에만 이리엔이 치료를 해 주었다.

전투에서 살아남기만 하면 위드가 어떤 식으로든 치료를 해 준다. 고급 붕대 감기. 이제 곧 마스터의 경지를 바라보는 붕대 감기는, 상처 따위는 순식간에 낫게 해 주었다. 붕대를 감는 그 짧은 시간만이 휴식이라고 생각할 수도 있었다.

제피와 화령은 그걸 이용해서 꾀를 부렸다.

"커헉!"

"곧 죽을 것 같아요! 위드 님, 붕대 좀."

일부러 큰 부상을 입고 쓰러진 것이다.

해골 기사의 스킬. 어둠의 창!

그 암흑의 창에 일부러 어깨를 꿰뚫렸다.

아픔이야 있지만, 편안하게 누워서 쉴 수만 있다면 그 정도는 감수할 수 있다. 심장이나 머리를 맞는다면 치명상이 되어서 이리엔의 치료를 받아야 한다. 미안한 마음이 들기도 했지만, 위드가 붕대를 감아 주는 편이 더 오래 쉴 수 있다는 계산.

치명상은 피해서 생명력을 하락시킬 수 있는 부위에 창을 맞은 것이다. 제피나 화령이나, 이미 위드의 사냥을 겪어 보았기에 거의 동시에 비슷한 생각을 했다.

그렇게 두 사람이 창을 맞고 쓰러진 후, 즉시 해골 기사들을 잡고 사냥은 종료되었다.

'됐어.'

'이제 한동안 쉴 수 있어.'

제피와 화령이 은근한 미소를 나눌 때였다.

위드가 붕대를 들고 달려오며 소리쳤다.

"페일 님!"

"예!"

"붕대를 다 감는 데 걸리는 시간은 45초. 그 정도면 화령 님과 제피 님이 죽지 않을 정도는 될 겁니다. 시간에 맞춰서 몬스터를 유인해 오세요."

"킥!"

제피와 화령은 부상을 당해서 누워 있는 사이에도 신음을 흘렸다.

'이 빠져나갈 수 없는 개미지옥.'

'진짜 제대로 걸렸구나.'

속전속결!

사상 유례없는 초고속 사냥이 이루어지고 있었다.

오크로 다시 태어난 세에취!

초반의 오크는 많은 장점을 가졌다.

바바리안들처럼 뛰어난 체력과 생명력, 방어력을 가지고 있고, 죽음에 대한 페널티도 훨씬 적다. 오크들은 죽더라도 레벨이나 스킬의 하락 폭이 미미했던 것이다.

게다가 약간씩의 호의만 베풀어 주어도, 오크 주민들을 부하로 거느릴 수 있다.

자고로 자주 싸우고, 죽고, 동료들을 규합해서 화끈하게 숫자로 밀어붙이는 것이 오크들의 성장 방식이었다.

오크 마을에는 유저들이 우글거렸다.

오크 주민, 오크 아이들을 부하로 거느린 유저들이 사냥을 위한 파티를 구성했다.

"췩췩췩! 여우 잡으러 가자."

"여우. 췩익! 고기 맛있다."

마을의 유저들이 늘어나면서, 오크들은 빠르게 번식을 하고 있었다.

상점에 판매하는 고기류들은 오크들의 식량이 된다. 그만큼 새로운 어린 오크들이 많이 태어나면서, 마을은 무섭게 확장되어 갔다.

유로키나 산맥 곳곳에 새로운 오크 마을들이 탄생했다.

인간의 마을은 커져 가는 데 시간이 걸리지만, 오크들은 식량만 있으면 금세 숫자를 불리고 새로운 마을을 만들어 냈다.

세에취는 오크들과 같이 성장하는 것을 단념하고, 서윤을 찾기 위해서 유로키나 산맥을 헤맸다.

넓은 산맥에서 한 사람을 찾아내는 것은 거의 불가능에 가까운 일이다. 그렇지만 세에취에게는 비장의 무기가 있었다.

"저긴 눈에 익은 곳인데. 서윤이가 자주 이용하던 길이야."

캡슐에 저장된 서윤의 플레이 영상을 볼 수 있다는 것!

그렇기에 조금씩의 시차는 있어도, 서윤이 갔던 곳이나 사냥터를 고스란히 따라갈 수 있었다.

중간에 재수 없게 몬스터를 만나기도 서너 차례!

목숨을 잃어버리기도 했지만, 마침내 서윤을 볼 수 있었다. 그녀는 유로키나 산맥에 있는 매우 호전적인 오우거 부대를 도륙하고 있었다.

세에취는 가능한 한 부드럽게 말하려고 애썼다.

"서윤아. 취취취췩!"

그러나 무섭게 콧소리를 내고야 마는 오크의 구강 구조!

어쨌든 세에취는 웃으며 말했다.

"같이하자. 나 차은희. 췻췻!"

웃는다고는 해도 상당히 위화감이 드는 미소였다. 코를 벌름거리면서 눈알은 뒤룩뒤룩 굴리며 말했던 것이다.

"……."

서윤은 아무 대답도 하지 않았다. 그러나 세에취는 그것이 거절이 아니라는 것을 알았다.

단호한 거절의 뜻이었다면 혼자 다른 곳으로 걸어가 버렸으리라. 그러나 서윤은 친한 사람의 부탁을 거절할 정도로 모질거나 매정하지 못했던 것이다.

"췩췩. 잡템도 팔고, 퀘스트도 하자꾸나."

세에취는 서윤과 붙어 다녔다. 말을 하지 않는 서윤의 입이 되어서 다크 엘프들과 대화를 하고 퀘스트를 받았다.

이제까지 계속 혼자 싸우다 보니, 서윤에게는 지금 누군가가 지켜보고 있다는 사실이 너무나 위안이 되었다. 위험한 전투 지역에서 싸우고 죽고를 반복하다 보면, 철저하게 혼자라는 게 가슴이 아플 때가 있다.

그런데 세에취가 있음으로 인해서 서윤은, 너무 위험한 전투는 하지 않게 되었다. 약한 그녀가 죽지 않도록 보살펴 주기 위함이었다.

세에취는 회심의 미소를 지었다.

'좋아. 이제 조금씩이나마 마음이 풀어져 가는구나.'

마음의 상처를 치료하는 것은 시작이 어렵다. 단단히 벽이 만들어진 상태에서는 어떤 치료도 소용이 없다.

그런데 실컷 울면서 마음의 화를 풀어 낸 이후부터는, 서윤의 감정이 좀 더 풍부해진 것을 느낄 수 있었다.

"퀘스트에 필요한 붉은 열매는 저쪽에 있었어. 취, 췻! 어서 구해서 돌아가자. 취이익."

다크 엘프 노인이 죽기 전에 먹고 싶다던 붉은 열매!

세에취는 퀘스트에 대한 정보를 미리 습득해서 서윤을 이끌었다.

서윤도 웬만한 퀘스트는 거절하지 못하는 성격이다.

대부분 아주 어려운 사정을 이야기하면서 부탁을 해 오기 때문이다. 듣지 않았을 때야 그냥 지나가면 되지만, 세에취와 함께 그들의 사정을 알고 난 이후에는 퀘스트를 수행하는 수밖에 없었다.

"저쪽의 몬스터가 경험치와 아이템을 많이 줬어. 저곳을 사냥하고 쉬자."

세에취는 몬스터를 사냥해서 나온 잡템이나 병장기들을 들어 주고, 서윤을 이끌었다.

서윤과 함께 약 30개 정도의 퀘스트를 진행했을 때였다.

띠링!

> 위대한 오크들.
> 뿔뿔이 흩어져 있을 때에는 연약한 존재이지만 그들이 종족적인 특성을 이루었을 때에는 어마어마한 세력이 됩니다. 뭇 오크들은 강력한 지도자를 원하고 있습니다. 패도 넘치며 다정다감한 오크 로드를! 1차로 오크 지휘관이 되어 오크 로드가 되기 위한 길을 걷겠습니까?

오크 지휘관의 직업!

오크 중에는 중무기를 다루는 전투 계열 직업들이 많다. 그 중에서도 오크 지휘관이란, 조금은 특수한 직업이었다.

세에취는 직업도 구하지 않았다. 그런 와중에 전직을 할 수 있는 기회가 열린 것이다.

그녀는 사냥보다는 퀘스트에 집중을 했다.

레벨도 직접 사냥을 해서 올린 게 아니라, 거의 서윤이 사냥을 할 때 경험치를 얻어 받았다.

레벨 차이가 많이 나기 때문에 같은 파티라고 해도 서윤이 사냥을 해서 얻는 경험치의 극히 미세한 양만을 받을 수 있었다. 혼자서 사냥을 하는 것이 레벨을 올리는 데에는 더 유리한 상황!

그러나 파티의 리더가 되어 서윤을 이끌면서 다닌 덕분에 오크 지휘관이 될 수 있는 기회가 열린 것이다.

"그렇게 하겠다. 췍췍!"

세에취는 오크 지휘관으로 전직을 하고 나서도 여전히 서윤과 함께 퀘스트를 하고 돌아다녔다. 오크 마을과 다크 엘프의 성을 왔다 갔다 하면서 정보를 얻고 사냥을 했다.

서윤의 외모는 대번에 눈에 띌 정도였지만, 평소에 마을이나 성에 가면 하던 것처럼 투구의 안면 보호대를 내려서 얼굴을 감추었다.

서윤이 얼굴을 가리는 건 세에취도 찬성이었다.

지나치게 예쁜 얼굴로 사람들의 관심을 끄는 것은 좋지 않다. 조금씩 사람들과 친해질 필요가 있었다.

그러던 와중에 특수한 정보를 얻었다.

그랑벨이라는 다크 엘프를 통해서였다.

"세에취, 넌 오크지만 우리들과 상당히 친하게 지냈다. 사실 우리 다크 엘프의 기준으로는 혐오스럽게 생긴 오크지만, 이제는 친구로 인정하도록 하지."

그동안 세에취는 자신의 전공을 여기서도 듬뿍 살렸다.

정신분석학 박사!

심리학이라는 것이 꼭 타인이 하고 있는 생각을 알아맞히는 것은 아니다. 그러나 사소한 행동만으로도, 그 사람의 숨은 생각이나 자아를 꿰뚫어 볼 수 있었다.

심리 치료를 전문으로 하는 세에취에게 웬만한 마을 주민들의 성향 파악은 금방이었던 것이다.

다크 엘프들에게 아부하는 암컷 오크!

세에취는 심리학에 대한 천부적인 자질을 주민과의 친밀도를 쌓는 데 적극 활용하고 있었다. 그랑벨이 소녀를 좋아하고 아부를 즐긴다는 것을 알아내는 것쯤은 그녀에게 어려운 일이 아니었던 것이다.

　다크 엘프 그랑벨은 빙긋 웃으며 말했다.

　"내 친구가 죽기 전에 붉은 열매를 먹을 수 있어서 아주 기뻐하고 있다. 네가 베풀어 준 그 호의에 나 역시 고맙게 생각하고 있지. 추후에도 다크 엘프들을 괴롭히지 않겠다고 한다면 좋은 사냥터를 알려 주지. 사냥을 하고 싶다면 동쪽의 구덩이로 가 보도록 해. 그 구덩이는 우리들을 괴롭히는 언데드들의 근원이지. 넌 히드라를 퇴치한 적도 있으니, 충분히 사냥을 할 수 있을 거야."

　세에취의 명성이나 레벨은 아직 초보 수준이었다.

　오크의 초반 성장이 빠르다고는 해도, 어느 정도 한계는 있었다. 그렇지만 서윤의 명성이나 레벨이 높아 많은 퀘스트를 해냈다. 그 덕에 사냥터에 대한 정보도 얻어 낸 것이다.

　세에취는 두말없이 서윤과 같이 구덩이로 향했다. 최초로 발견하는 사냥터!

　"2배의 경험치. 취칙! 그게 있다면 더 빨리 레벨을 올릴 수 있을 거야."

　오크로 태어나기 전까지만 해도, 세에취도 상당한 레벨을 가지고 있었다. 오크가 워낙 재미있기에 선택을 후회하는 건 아니었지만, 한때는 꽤나 인정받을 정도의 수준이었기에 어서 빨리 강해지고 싶었다.

2배의 경험치.

어느 정도 레벨이 올라가고 나면 서윤과의 격차도 줄어들어서 한결 빠르게 레벨을 올릴 수 있으리라.

그런데 세에취와 서윤이 구덩이에 도착했을 때였다.

"어라. 취취췻!"

최초로 발견했다는 메시지가 뜨지 않았다.

"설마. 취췩."

세에취는 갑자기 기대감이 들었다.

'여기에 누군가가 와 있다는 이야기인가? 그러면 혹시 그 사람이……..'

서윤과 단둘이 사냥을 했던 오크 카리취!

오크들에게는 전설이 되어 버린 존재.

명예의 전당 동영상과 KMC미디어의 방송을 통해 단번에 최고의 유명 인사가 되어 버린 인물.

"빨리 가 보자. 취이익!"

세에취는 서윤을 이끌고 구덩이 안의 길을 달려 들어갔다. 이미 몬스터들이 깨끗하게 정리된 지역만 골라서 안으로 안으로 계속 들어갔다.

그리고 마침내, 위드와 페일을 비롯한 파티를 만났다.

"오크다."

수르카와 이리엔 들은 오크가 벌써 이곳까지 진출한 것을 신기해했다. 옆에는 1명의 여자까지 동행하고 있지 않은가.

세에취도 놀랐다. 이렇게 많은 사람들이 사냥을 하고 있었을 줄은 몰랐던 것이다.

세에취가 곤란한 듯이 말했다.

"이미 파티가 있는지는 몰랐는데. 취익. 최초의 발견자 분들이신가요? 췩췩."

"그렇습니다."

페일이 위드의 눈치를 보다가 나섰다. 위드가 아무 말도 하지 않았던 것이다.

"그러면 저희들은 이대로 나가야 되나요? 췻췻췻. 정말 어렵게 여기까지 왔는데."

세에취가 처량한 얼굴을 했다. 오크의 얼굴이 험악하게 일그러진 것이지만, 그 마음은 일행에게 충분히 전해졌다.

'여기까지 오기도 힘들었을 텐데.'

'오크. 그 옆 사람은 꽤 고레벨 유저로 보이긴 하지만, 이런 곳까지 오는 퀘스트를 하기는 상당히 힘들었을 거야.'

'카라카의 숲에서 우리들도 킹 스네이크를 잡느라 애를 먹었는데.'

충분히 고생을 하며 이 구덩이에서 사냥할 자격을 얻었으리라. 그런데 이미 사냥을 하고 있는 파티가 있다고 내쫓긴다면, 억울할 수밖에 없는 상황이다.

페일이 고개를 저었다.

"그러실 필요는 전혀 없습니다. 이 던전이 그렇게 작은 것 같지도 않으니 얼마든지 사냥하시지요."

"맞아요. 여기서 사냥하세요. 몇 사람이 늘어도 충분히 넓은 사냥터예요."

수르카도 말을 거들었다.

일행의 순수한 호의였다.

베르사 대륙에서는 어렵게 발견한 던전이나 가치가 큰 사냥터의 경우, 독점하기 위해 살인도 서슴지 않는다. 그런 만큼 미리 사냥을 하고 있던 파티의 허락을 얻지 못하면 쫓겨나는 경우도 비일비재했다.

역으로 힘과 세력에서 밀린다면 기존에 사냥을 하던 파티가 쫓겨나는 경우도 많았다.

세에취는 감격한 표정을 지었다.

"고맙습니다. 취췻!"

"그런데 어디서 사냥하실 건가요? 혹시 두 분만 오신 거라면 저희들과 같이 사냥하셔도 됩니다. 위드 님, 그래도 괜찮죠?"

페일의 말에 세에취는 미소를 지었다. 베르사 대륙에서 이렇게 순수하고 착한 사람들을 본 적도 참 드물었다.

오크라면 도저히 레벨이 높을 수가 없다. 이 구덩이에서 사냥을 하기에는 현저히 약할 수밖에 없는 것이다. 그런데도 같이 사냥하자고 마음을 써 주다니, 웬만큼 타인을 배려할 줄 아는 사람이 아니고서는 불가능하다.

"잘했다, 페일."

"암! 사내라면 그렇게 살아야지."

"어려움에 처한 이를 돕는 것이 사내지요."

"허허허! 언제나 정의로움을 잃어서는 안 되는 거지."

검둘치와 검삼치, 검사치, 검오치가 일제히 페일을 칭찬했다. 그들에게는 오로지 여자와 한 파티가 된다는 생각밖에 없으리라.

오크마저 가리지 않는 심미안!

사실 가리고 말고 할 처지가 아니었다.

오직 여자면 고마운 검둘치와 검삼치, 검사치, 검오치였다.

'좋은 사람들이군.'

세에취는 활짝 웃으며 답했다.

"제 이름은 세에취. 취취취취! 이쪽은 서윤. 잘 부탁해요."

'저 여자가 또 어떻게 이곳까지!'

위드는 서윤을 보는 순간 깜짝 놀랐다.

안면 보호대를 착용하고 있지만, 서윤을 몰라볼 수는 없는 것이다.

전체적인 분위기! 걸치고 있는 갑옷과 들고 있는 검만 보아도 서윤임을 알 수 있었다.

문제는 그가 만든 조각상이 서윤에게 이미 발견되었다는 것이다.

'설마 날 쫓아온 건 아니겠지. 절대로 내가 오크 카리취라는 사실을 들켜서는 안 돼.'

위드는 동료들에게 메시지를 보냈다.

> ─제가 오크 카리취였다는 사실은 비밀입니다.
> ─네, 알겠어요.

동료들은 쉽게 위드의 뜻을 받아들여 주었다.

오크 카리취는 명예의 전당에도 오를 정도로 유명하다. 쓸데없는 소란에 휩싸이지 않기 위해서 굳이 밝히고 싶지 않아 하는 위드의 마음을 헤아렸다.

하지만 위드는 단지 공개되는 사실이 무서울 뿐이었다.

지은 죄가 있었으니 두려울 수밖에 없다.

저 무자비한 서윤이 검을 들고 덤벼들지도 모른다는 곤혹스러움. 몬스터를 잡듯이 그렇게 맞을까 봐 걱정이 되었던 것뿐이었다.

남자로서의 체면, 위신!

이런 것은 안 맞을 때나 지킬 수 있으니까.

위드는 서윤과 눈도 마주치지 않으려고 하면서 사냥 속도를 더욱 올렸다.

애초에 세에취나 서윤이 일행과 대화를 나눌 시간마저 없도록 유도한 것이다.

한편 위드를 제외한 일행은, 두 사람을 받아들일 때 걱정을 많이 했다.

'전투나 제대로 할 수 있을까?'

'내가 지켜 줘야겠군.'

검둘치와 검삼치, 검사치는 경쟁적으로 흑심을 품었다.

몬스터로부터 공격을 당하고 있을 때에 도와주는 용감한 기사! 이것이야말로 베르사 대륙에서 쉽게 친해지는 최고의 방법이었다. 제피나 이리엔 들도 나름대로 서윤과 세에취를 보살펴 주기 위해서 진형을 짰다.

그런데 해골 기사들이 덤벼들었을 때였다.

서윤이 빛살처럼 앞으로 뛰어나가며 검을 뽑았다.

콰과과광!

검에서 뿜어져 나오는 강력한 힘!

전방을 초토화시키는 엄청난 위력이었다.

마나의 소모가 막대하다고는 해도 그만큼 쉽게 찾아보기 힘든 범위 공격 스킬이다.

꾸에에엑!

"나의… 사랑스러운 뼈가……."

해골 기사들이 무참히 쓰러진다.

위드나 검치 들이 여러 대를 때려야 하는 놈들을, 서윤은 너무나도 쉽게 잡았다.

"……."

검둘치와 검삼치가 입을 떠억 벌렸다.

그나마 가진 희망!

싸움으로 자신들을 과시할 기회가 사라지고 말았다.

위드는 서윤의 무력에 대해서 익히 알고 있었기에 놀라지 않았지만, 일행이 받은 충격은 이만저만이 아니었다.

최고 수준의 고레벨 유저를 최초로 본 것이다.

지치지 않는 체력.

끊임없이 몬스터와 싸우는 광전사의 기질.

서윤이 동참함으로 인해서 사냥은 훨씬 더 빨라졌다.

사악한 주술을 이용하는 다크 샤먼.

강한 죽음의 투사 본 브레이커.

강대한 암흑의 투기를 발산하는 본 워리어.

흑마법을 사용하는 데드 메이지.

고위 언데드들의 향연과도 같은 이곳에서 일행은 쉬지 않고 전투를 펼쳤다.

"헉헉. 힘들다."

페일이 가쁜 숨을 내쉬었다.

"차라리 죽는 게 낫겠어."

메이런은 삶을 포기하고자 할 정도였다. 그러나 이미 화령과 제피가 어떤 식으로 살아났는지를 알기 때문에 죽을 수도 없었다. 이리엔이 눈에 시퍼렇게 불을 켜고 있었던 것이다.

'내 허락 없이는 아무도 죽게 만들지 않을 거야.'

성직자의 최고 덕목!

전투 중에 죽는 사람이 나오지 않게 만든다.

그런데 지금은 사정이 조금 달랐다. 다들 눈빛으로 제발 죽여 달라고 애원을 하고 있다. 그런데 이리엔이 이를 거부했다.

몬스터들이 다가오지 못하도록 철저히 보호를 받고 있는 이리엔은 마음대로 죽을 수도 없었다. 본인이 죽을 수 없으니 함께 고생하는 동료를 1명이라도 늘려야만 한다는 절박한 심정!

보통 1시간에 열 번 정도 몬스터와 싸우면 충실하게 사냥을 했다고 본다. 휴식도 취하고 잡담도 적당히 하면서 여유롭게 사냥한다.

하지만 위드는 달랐다.

휴식은 거의 없이, 사냥은 쉬지 않고 한다.

각종 이동과 몬스터들의 등장을 고려하고, 사냥하는 시간까지 안배한다. 생명력과 마나, 체력, 피로도 등도 위드가 철저히 관리하고 있었다.

마나가 없으면, 붕대를 충분히 감고 생명력을 가득 채워서 몸으로 버틴다. 스킬을 사용하지 않고 철저히 육박전으로 몬스터를 때려잡았다.

스킬을 안 쓰면 사냥이 몇 배는 어려워진다. 1시간에 몇 번의 전투를 치르는지도 모르고, 아슬아슬한 삶과 죽음의 경계를 수없이 넘나든다.

먹는 것도 이동 중에, 혹은 전투 중에 먹을 수 있도록 육포나 빵 종류로 대체했다.

기록 단축.

숨 가쁜 전투가 쉼 없이 이어졌다.

페일이나 이리엔 들은 난생처음으로 진짜 제대로 된 사냥을 경험하고 있었다.

〈마법의 대륙〉에서 위드가 지나간 곳은 몬스터의 시체밖에 남지 않았다고 한다. 그 역사가 이곳 베르사 대륙에서 다시 쓰이고 있었다. 그리고 일행은 불행히도 그 산증인이 되어 버린 것이다.

하루가 지났을 때에는 다들 미칠 지경이었다.

"인간이 어떻게……."

하지만 이틀이 지났을 때부터는 더 이상 불평도, 불만도 나오지 않았다. 그럴 힘이 있다면 조금이라도 쉬어야 했다. 엄청난 속도로 진행되는 사냥을 따라가기 위해서는 최대한 체력을 비축해야 했던 것이다.

그렇게 사흘, 나흘을 버텨 냈다.

나중에는 오기가 생겨나서, 지금까지 해 온 것이 아까워서라도 억지로 참아 냈다.

그리고 정확히 이레째 되는 날.

> 썩은 리치 던전의 모든 몬스터들을 사냥하였습니다.
> 리치 던전의 사냥꾼이라는 칭호를 부여받을 수 있습니다.

> 명성이 100 증가합니다.

> 최초의 발견자로서 2배의 경험치와 2배의 아이템을 획득하는 권리가 사라집니다.

단 이레 만에 썩은 리치 던전의 몬스터들을 모조리 잡는 위업을 달성한 것이다.

위드는 레벨을 5개나 올리고 검술 스킬을 한 단계 상승시킬 수 있었다.

그러나 일행의 부작용은 심각했다.

"커허허헉!"

단말마의 비명을 지르며 제피가 쓰러져서 다시는 일어나지 않았다.

페일과 메이런, 화령, 수르카 들도 차례대로 쓰러졌다. 너무나도 피곤해서, 그대로 로그아웃을 해 버렸다.

위드와 세에취, 서윤, 검치 들만이 남았다.

세에취 역시 말할 힘도 없었다. 레벨이 낮아서 짐꾼 역할을 하고 있었지만, 그녀도 상당한 양의 경험치를 획득했다.

'이런 짐승들!'

위드와 검치 들을 보는 눈빛도 완전히 달라져 있었다.

위드야 원래 이런 사람인 줄 알고 있었지만, 검치 들의 단호함이나 사내다움에 약간의 끌림을 느꼈었다.

검치 들은 방어력도 약한데, 레벨이 낮은 세에취를 많이 지켜 주려고 애썼다. 오크의 외모를 가지고 있는데도 조금도 꺼리지 않고 그녀를 보살펴 준 것이다.

요즘 세상에 흔한 약한 남자가 아니라, 결심을 하면 진정으로 움직이는 사내.

하지만 지금의 이런 무식한 사냥은…….

"그럼 다음에 봐요. 취췩!"

세에취가 먼저 로그아웃을 하고, 서윤도 곧 아무 말도 하지 않고 접속을 종료했다. 몬스터와 싸우는 것으로 스트레스를 해소하는 그녀라고 할지라도, 이건 너무 심했다.

일행이 모두 사라지고 난 뒤에 위드가 검치를 보며 말했다.

"스승님."

"응?"

"우리끼리도 조심하면 사냥할 수 있을 것 같습니다. 던전의 지도를 아니까, 몬스터들이 조금 나오는 곳만 찾으면 되겠죠."

"음, 그렇겠지. 붕대는 넉넉하게 있느냐?"

"아껴 쓰면 될 것도 같습니다."

클래식 연주회

이현은 새벽처럼 일어나서 시장을 돌았다. 여동생에게 신선한 음식을 해 주기 위한 배려!

동생에게 아침을 차려 주고 난 후에는 명예의 전당에 접속했다. 썩은 리치 던전에서의 사냥 동영상을 올리기 위함이었다.

"이번에는 얼마나 봐 주려나."

그리 대단한 기대는 하지 않았다. 퀘스트가 아닌 사냥 동영상은 큰 인기가 없다.

치열한 전투를 보면서 즐거움을 얻는다.

나름의 장점을 갖고는 있지만, 다른 유저들도 사냥 동영상을 아주 많이 올리기 때문이다.

"제일 올리기 쉬운 것이니까."

사람들의 관심 속에 선다는 것은 모두가 바라는 일. 그런 만큼 경쟁이 더욱 치열해서, 인기를 끌긴 어려웠다.

"그래도 안 올리는 것보단 낫겠지."

퀘스트 동영상은 KMC미디어에 팔기로 했고, 사냥 동영상은 명예의 전당에 그냥 올리면 된다.

이현은 이번에도 이틀간 사냥한 동영상을 통째로 올렸다.

꾸르르릉!

고물 컴퓨터가 이상한 굉음을 내고 있었다.

캡슐에 저장된 영상을 가져와서 인터넷에 올리는 것뿐인데도 컴퓨터에는 심각한 무리가 갔다.

고장이 날 때마다 여기저기서 주워 모은 부품들로 수리한 컴퓨터이다 보니, 이만큼 오래 버텨 준 것도 용한 상황이었다.

"그래도 2년은 더 쓸 수 있겠지."

이현은 정오가 조금 지날 때까지 컴퓨터로 정보를 검색했다. 〈로열 로드〉에서는 정보에 뒤처지면 안 된다. 지금 이 순간에도 대륙 어딘가에서 무슨 일이 벌어지는지 모르는 것이다.

이현은 일단 다크 게이머의 홈페이지에 접속했다.

다크 게이머들의 숫자는 굉장히 많다. 베르사 대륙의 한 축이라고도 할 수 있는 세력인 것이다.

—북부 원정에 참여한 사람의 후회
—대륙의 더위를 어떻게 이겨 낼 것인가

우선 제일 크게 눈에 들어오는 게시 글들이었다.

'북부 원정이 어렵나 보군.'

이현은 대충 게시 글을 읽어 보았다.

처음 북부의 황량한 대지로 이동한 것까지는 좋았다. 그러나 상상도 못 할 추위와 빙설의 폭풍이 원정대를 급습했다.

이현도 경험해 보았지만, 빙설의 폭풍은 미리 대비하지 않고서는 감당하기 힘들다. 수박만 한 얼음에 맞아 죽거나, 아니면 추위 때문에 얼어 죽는다.

원정대는 그래도 포기하지 않고 북부를 탐험하고 있다고 한다.

그러나 일단은 지독한 추위로 인해 육체적인 능력이 정상이 아니다. 북부의 사나운 짐승들과 몬스터들과 맞서 싸우면서 이동하고 있기에 이탈자들도 속출하고 있다고 한다. 출발 당시의 높은 사기는 사라지고 이제는 거의 거지를 연상시킬 정도로 고생을 한다는 글이었다.

반응 또한 썩 좋은 편이 아니었다.

> ┗ 우리 다크 게이머들은 돈을 우선시해야 합니다. 그런데 무모한 퀘스트에 전념하는 것은 올바른 선택이 아닙니다.
> ┗ 대륙에 아무리 큰 위기가 찾아오더라도, 저는 몬스터를 사냥하고 아이템을 줍겠습니다.

철저히 개인주의적인 다크 게이머들의 댓글이었다.

이현은 다른 몇 개의 글을 더 읽었다.

> ─새롭게 공개된 마법 계열 직업, 네크로맨서의 모든 것을 파헤친다
> ─전투 계열 직업, 그 한계와 강함
> ─전체적인 균형이 좋은 직업
> ─혼자서 사냥하기에 적당한 직업
> ─어떤 직업을 선택해야 돈을 많이 벌 수 있을까
> ─모험가에게 3년 후의 베르사 대륙은?
> ─아이템을 잘 주는 몬스터 목록

다크 게이머들의 인기를 독차지하는 건 단연 아이템과 관련

된 게시물이었다. 하지만 직업에 대한 글들의 조회 수도 굉장히 높은 편이었다.

네크로맨서에 대한 글에서는, 이미 그 직업에 대한 정보가 꽤나 많이 밝혀져 있었다.

네크로맨서들은 스킬 하나를 익힐 때에도 매우 까다로운 퀘스트들을 수행하여야 한다. 언데드를 만들고 일으키기 위해서 필요한 시체와의 친화도 때문에 무덤가에서 며칠을 야영하기도 한다.

또한 여러 번 죽음으로써 죽음을 다루는 능력이 배가된다는 것이다.

쉽게 할 수 없는 일이지만, 강력한 언데드 군단을 거느릴 수 있다는 점에서는 매력적이다.

'다행이야. 마법서를 비싸게 팔 수 있겠군.'

이현은 아직 리치 샤이어를 잡고 얻은 마법서를 판매하지 않았다.

초창기에는 어떤 물품들이 네크로맨서용으로 가치가 있는지 확실하지 않다. 시세 자체가 형성되어 있지 않은 것이다.

네크로맨서로 전직한 마법사들도 다들 초보라서 어떤 마법이 유용한지도 모르고, 아직은 그리 좋은 아이템을 필요로 하지도 않는다.

추후 시간이 좀 더 지나고, 네크로맨서들이 자리를 잡으면 그때쯤이나 마법서의 적당한 가격이 매겨질 것이다.

'2~3달 정도 지나면 팔 수 있겠지.'

이현은 다른 전투 계열 직업들에 대한 글도 꼼꼼히 읽었다.

각 직업에 대한 찬양 글들!

서로 자신의 직업들이 좋다면서 장점을 나열하며 광고를 하고 있었다. 그러나 아직까지 생산직을 추천하는 사람은 아무도 없다.

다크 게이머들 가운데에는 모험가도 굉장히 희귀한 편이다. 대부분이 전투와 관련이 깊은 직업이고, 혼자서 간단한 치료나 마법을 쓸 수 있는 성기사들이 많았다. 정령을 소환하여 싸우는 정령사들도 꽤나 각광받는 편이었다.

이현은 마지막으로 몬스터들에 대한 정보를 검색하고, 자리에서 일어나 외출할 준비를 했다.

오늘은 금요일.

여동생은 학교에서 일찍 돌아와 있었다.

"혜연아, 같이 갈래?"

이현은 집에서 텔레비전을 보며 쉬고 있는 여동생에게 물었다.

"어디 가는데?"

"〈로열 로드〉에서 알게 된 사람들을 만나러 가는데."

"저번에 밥 먹으면서 말한 그 사람들?"

"그래. 같이 무슨 공연 보러 가기로 했거든."

"재밌겠다."

이현은 때때로 〈로열 로드〉에 대한 이야기를 여동생에게 해 주었다.

〈로열 로드〉는 최고의 인기를 얻고 있는 게임이다. 여동생의 관심도 컸기에 그에 대해서 조금씩 알려 주었던 것이다.

그러나 이혜연은 아쉽다는 듯이 말했다.

"난 그냥 집에서 쉴게."

"그래? 문단속 잘하고 있어."

"응. 걱정 말고 다녀와."

평소라면 바로 따라 나올 여동생이 웬일인지 집에서 쉬겠다고 했다.

'공부하느라 많이 피곤한 모양이군.'

이현은 조용히 집을 나섰다.

이혜연은 그가 문을 닫고 나가는 것까지 확인한 후에 자리에서 벌떡 일어나 초조하게 주위를 서성였다.

"오늘 결과가 발표되는 날인데."

한국 대학교의 합격자 발표 날이었다. 오후 5시에 인터넷에 공개가 되고, 전화로도 조회가 가능하다.

이혜연은 그 결과를 기다리고 있었다.

다만 불합격이 될지 몰라 아직까지도 이현에게 말하지 않은 것이다.

카페 다붐.

유동 인구가 많은 대학가에 위치해서 손님들이 끊이지 않는 장소였다.

하지만 이곳이 더욱 인기가 있는 이유는 따로 있었다. 〈로열 로드〉에서 만나서 결혼을 한 커플이 차린 카페!

그 덕에 〈로열 로드〉에서 친분을 쌓고, 최초로 만나는 사람들은 대부분 이곳을 택한다.

이미 하나의 명소가 된 지 오래였다.

"크흠!"

"아가씨, 여기 파르페 하나 더요."

"왜 이렇게 목이 타지."

"어허, 가만히 있어라. 느긋해 보여야 하는 것이야."

관장 안현도.

사범 정일훈, 최종범, 마상범, 이인도.

평생 검만을 수련해 온 그들이 먼저 도착해, 카페에서 일행이 오기만을 기다리고 있었다.

헤어스타일은 무스를 발라서 올백으로 뒤로 넘기고, 터질 듯한 근육에 정장을 입고 있었다.

정일훈이 더운 듯이 옷소매를 걷었다.

"여기보단 도장이 훨씬 익숙하고 편합니다."

이인도도 비슷한 생각을 하고 있었다.

"정글에서 수련을 할 때도 이렇게 불편하진 않았는데."

"무슨 사람들이 이렇게 많은지 모르겠군요. 게다가 저렇게 노출이 심한 옷들이라니."

최종범은 눈 둘 곳을 몰라 했다.

날씬한 여성들의 노출. 그것이 그의 얼굴을 달아오르게 했다.

그때 안현도가 말했다.

"그럼 도장으로 돌아갈까?"

"……."

그 말에 대답을 하는 사람은 아무도 없었다.

불편하고 어색한 자리였지만, 다들 이곳에 앉아 있는 쪽을 택했다.

한참 시간이 지났다.

정확히 약속 시간이 되기 10분 전.

오동만이 신혜민과 손을 잡고 같이 나타났다.

베르사 대륙에서는 페일이라는 이름으로 익숙한 오동만, 그리고 메이런으로 불리는 신혜민이었다.

"안녕하세요."

"반갑습니다."

오동만과 신혜민은 허리를 숙여서 인사했다.

친근하게 인사를 하고 싶었지만, 건장한 체격과 얼굴을 보니 저절로 허리가 굽혔다.

그 자리에 없었던지라 귓말을 받고 온, 마판이라는 닉네임을 쓰는 강진철은 그들을 보며 아예 화들짝 놀랄 정도였다.

"어서 와라."

안현도와 사범들은 느긋하게 어린 동료들을 받아 주었다.

그 후에는 다른 사람들도 속속 나타났다.

"인영아, 이쪽이야!"

화사한 흰색 원피스를 입고 카페로 들어온 김인영은 안현도와 정일훈 등에게 일일이 허리를 숙여서 인사했다.

"안녕하세요."

"그래. 네가 이리엔이지? 실물이 좀 더 낫구나."

"고맙습니다."

"그런데 네 이름이?"

"김인영이에요."

그리고 다소곳하게 자리에 앉았다.

베르사 대륙에서는 로뮤나와 수르카로 불리는 박희연과 박수연도 들어와서 인사를 했다.

"안녕하세요."

"잘 부탁드립니다."

다들 활기차게 들어와서 안현도와 눈이 마주친 후 깜짝 놀랐다.

'무섭다!'

'눈빛이 저렇게 살벌하다니.'

그러다가 시선이 조금 옮겨졌다.

정일훈!

위엄이 있지만 꽤나 사납게 생긴 얼굴. 여기까지는 그래도 참아 줄 만하다.

최종범. 마상범. 이인도.

여기까지 오면 저절로 허리를 굽혔다.

본능적인 결과였다.

제피라는 낚시꾼으로 활동하는 최지훈도 카페에 들어와서는 순한 양처럼 얌전해졌다.

"형님들, 반갑습니다."

어쩔 수 없이 정중한 인사를 하게 만드는 얼굴!

그런데 정작 본인들은 전혀 눈치를 못 챘다. 지금까지 살아오면서 쭉 그래 왔기에.

그렇게 만나서 이야기를 하고 있는데, 입구가 소란스러워졌다.

"정효린이다."

"가수잖아."

"연예인이 이곳에 오다니……."

"설마 그녀도 〈로열 로드〉를 했던 거야?"

주변을 소란스럽게 만들면서 등장한 그녀!

선글라스와 모자로 가렸지만 사람들은 쉽게 알아봤다.

정효린이 카페 내로 들어온 순간, 다들 대화를 멈추고 그녀에게만 시선을 집중시켰다.

푹 눌러쓴 모자에 야구 점퍼, 청바지 차림이었는데도 불구하고 그 자유로운 복장은 그녀를 위해 만들어진 것처럼 조화롭게 어울렸다.

옷 위로 가슴과 허리, 몸매의 굴곡이 은은하게 드러나서 유혹적이었다. 거기에 흰 목선은 시선을 뗄 수가 없게 만들었다.

정효린은 카페를 둘러보더니 안현도와 정일훈 등이 있는 곳으로 걸어왔다.

꿀꺽!

"저 여자가 이… 이곳으로 오는데요, 사형?"

"왜, 왜 오는 거지?"

"사형, 우리가 무슨 실수라도……."

최종범이나 마상범, 이인도는 심하게 몸을 떨었다. 그런데 정일훈은 영문 모를 미소를 짓고 있을 뿐이었다.

"녀석들, 아직도 모르겠느냐?"

"사형, 이유를 아십니까?"

"우리들에게도 좀 알려 주세요!"

"그건 말이다."

정일훈은 어깨를 으쓱했다.

"당연히 나의 멋진 근육에 반한 것이 아니겠느냐? 하하하!"

"……!"

도저히 인정할 수 없는 말.

최종범은 고개를 돌려 버리고 말았다. 마상범은 혀를 찰 정도였다.

'매번 여자에게 차이더니 드디어 정신을 놓았군.'

정일훈의 오해에도 불구하고 정효린은 사뿐사뿐 걸어와서 인사를 했다.

"안녕하세요. 딱 시간에 맞춰서 나오려고 했는데 제가 조금 늦었나요? 참, 위드 님은 아직 안 오셨죠?"

그러면서 빈자리에 덥석 앉았다.

그제야 오동만이 눈을 크게 떴다. 안절부절못하며 물었다.

"저, 저기요."

"네?"

"혹시… 화령 님입니까?"

"맞아요."

정효린이 크게 고개를 끄덕였다.

아직 오지 않은 여성이라고는 화령밖에 없었기에 대충 찍어 본 건데, 그것이 맞아떨어졌다.

'세상에… 우리가 정효린과 함께 게임을 했다니!'

오동만과 신혜민도 제법 놀랐지만 티를 내진 않았다.

〈로열 로드〉는 누구든 즐길 수 있다. 연예인이라고 해서 하지 말란 법은 없었다. 어떤 사람이 나오든지 웃으며 받아들여 주는 것이 관행!

박수연이 정효린의 손을 덥석 잡았다.

"언니, 저 팬이에요."

"그래? 고마워."

"실물이 훨씬 더 예뻐요. 그런데 외모가… 조금 다르네요?"

"그렇지? 시작할 때 얼굴만 집중적으로 수정했어. 많이는 수정이 안 되지만, 눈매나 콧날만 바꿨는데도 전체적인 인상이 달라져서 사람들은 못 알아보더라."

"몸매는요?"

"거기서 무지 먹었지. 맛있는 걸 먹으니까 살이 쪄서… 활동량이 엄청 많은 댄서가 아니었다면 돼지가 됐을지도 몰라."

이렇게 정효린은 박수연과 같이 엄청난 수다를 시작했다.

김인영이나 박희연의 얼굴에는 긴장이 스쳐 지나갔다.

'엄청난 경쟁자가 나타났군.'

'〈로열 로드〉에서는 위드 님을 노리고 있었는데 설마 여기서도……!'

'아닐 거야. 그래도 연예인이고 가수인데.'

한 남자를 사이에 둔 불꽃 튀는 대결!

정일훈, 마상범, 최종범은 꿔다 놓은 보릿자루가 되었다. 여자들이 수다를 시작하니 전혀 끼어들 수가 없었던 것이다.

오동만은 신혜민에게만 관심이 있었고, 최지훈 정도만이 능숙하게 여자들과 대화를 나누고 화제를 이끌어 갈 정도였다.

최종범이 이인도에게 귓속말을 했다.

"참 예쁜 아가씨지."

"그렇죠, 사형. 정말 예쁘네요."

정효린이 가수라는 사실도 모르고 있는 사내들.

다수의 인원이 참석하는 모임이다 보니 테이블 2개를 하나로 붙여 놓았다.

여자들과 남자들이 적당히 섞인 쪽의 분위기는 밝았다.

안부를 묻고 정다운 이야기를 나누는 재잘거림!

그러나 안현도를 비롯하여 5명의 사내들이 모여 앉은 쪽의 자리는 무거웠다. 한마디도 하지 않고 경직된 자세로 그저 앉아만 있었다.

〈로열 로드〉에서는 적당히 어울렸다. 그런데 직접 얼굴을 대하니, 나이 차이도 심하게 날뿐더러 도저히 대화가 안 통했다. 더군다나 주변의 시선들이 워낙 따가웠다. 불량배로도 보이는 그들이 단체로 앉아 있으니 시선이 모일 수밖에 없었다.

그때 이현이 카페로 들어왔다. 그는 〈로열 로드〉에서 외모를 수정하지 않았기에 다들 쉽게 알아봤다.

"이쪽이에요!"

박수연이 손을 흔들었다.

이현은 천천히 다가와서 인사했다.

"안녕하세요. 이현입니다."

안현도나 정일훈 등과는 이미 잘 아는 사이. 처음 본 사람들과는 따로 인사를 나누었다.

"오동만입니다."

"신혜민이에요."

"최지훈입니다, 형!"

워낙에 〈로열 로드〉에서 많이 보아 왔기에 다들 너무나도 쉽게 이현을 받아들였다.

이현은 처음에는 정효린 옆에 앉으려고 했다. 비어 있는 자리이고 입구에서 가까웠기에, 아무 생각 없이 한 행동이었다.

정효린이 유명한 가수라는 것. 이현도 안현도 들처럼 그 사실을 전혀 모르고 있었다.

사실 이현의 기준에 의하면, 냉정히 말해서 정효린은 여자로서 평균 이하였다.

'딱 봐도 비싼 옷을 입고 있군. 목걸이에 귀걸이, 팔찌까지 차고 있잖아. 사치가 심하겠어!'

단순한 기준에 따른 마이너스 200점!

"현아."

자리에 앉으려고 하는데 최종범이 불렀다.

"예, 사형."

"이쪽 자리도 비었구나. 이쪽에 앉는 편이 더 좋지 않을까?"

이현은 최종범의 제안을 거절하지 못하고 어쩔 수 없이 그의 옆자리에 앉았다.

"사형들, 일찍 오셨군요."

"조금 서둘렀지. 그런데 넌?"

"전 버스가 막혀서 늦었습니다."

그때부터는 분위기가 조금이나마 밝아졌다.

정일훈이나 최종범의 무서운 얼굴에, 처음 말을 걸기가 힘들었을 뿐이다. 게다가 주먹이 날아올 것처럼 경직된 분위기에 말을 건네는 것조차 무서울 정도!

그러나 이현이 오고 나서부터는 정일훈도 최종범도, 편하게 말을 했다. 그러면서 부담감을 떨쳐 버릴 수 있었다.

오동만이 자리에서 일어났다.

"이제 시간이 된 것 같습니다. 지금 출발하면 딱 맞춰서 공연장에 들어갈 수 있을 것 같은데, 다들 가시죠."

그 말을 듣고 저마다 서둘러 자리에서 일어났다.

그런데 이현이 갑자기 허리를 숙였다.

"이런, 신발 끈이……."

"……."

〈로열 로드〉에서와 전혀 다를 바 없는 모습!

계산은 결국 가장 연장자인 안현도가 하고 공연장으로 향했다.

클래식 공연장.

굉장히 유명한 프랑스 오케스트라의 공연이기에 자리가 가득 차는 것은 금방이었다.

오동만과 신혜민이 예매한 좌석은 중간 정도에 있었다. 방송 계통 일을 하는 신혜민이 어렵게 구한 자리였다.

이현을 비롯한 이들은 차례대로 앉았다.

이윽고 지휘자의 인사와 함께 공연이 시작되었다.

프랑스에서도 인정받는 신예 지휘자. 그는 세계 각국을 돌아다니며 자신의 이름을 단 콘서트를 개최하면서 자신감이 최고조에 다다른 상태였다.

'문화적으로 뒤떨어진 한국에서의 공연. 적당히 기본만 보여

줘도 관객들은 새로운 세상을 경험했다고 놀라겠지.'

　엄숙하게 시작된 공연은 비장한 분위기를 연출했다. 그런데 공연이 시작된 지 10분도 되지 않아 들려오는 소리.

　드르렁.

　쿠울!

　안현도나 정일훈 들이 코를 골며 곯아떨어진 것이다.

　오동만은 슬쩍 주위를 돌아보았다. 다들 이쪽을 보며 웃고 있었다.

　"창피해 죽겠네."

　오동만의 얼굴이 붉어졌다.

　정효린도 다른 사람들이 알아볼까 봐 고개를 숙였다.

　박희연은 불만을 토해 냈다.

　'이런 곳에서 잠들다니. 정말 교양도 없어.'

　그런데 10여 분이 지나고 난 후였다.

　"으하암!"

　최지훈은 심하게 눈꺼풀이 무거웠다.

　"공연이 생각보다 지루한데."

　그러면서 주변을 둘러보니 다들 자고 있었다.

　오동만을 비롯하여 김인영이나 박희연, 신혜민도 곤히 잠들어 있었다.

　연속된 사냥을 하면서 피로가 많이 누적되었다. 긴장감이 풀리면서 편안하게 잠이 든 것이다.

　"그러고 보니 나도 졸린 것 같고."

　최지훈도 슬그머니 잠이 들었다.

단체로 와서 잠든 무리!

정효린은 클래식을 듣던 도중에 옆에서 코를 고는 소리에 돌아보고는 깜짝 놀랐다. 모두들 자고 있었다.

"다들 깨워야 되지 않을까요?"

조심스럽게 자신의 옆에 앉은 이현에게 속삭였다. 그러나 아무런 대답도 없었다.

"설마?"

정효린은 이현의 팔을 잡고 흔들었다. 그런데 그대로 흔들리면서도 반응이 없다. 공연을 보면서 눈을 뜬 채로 잠이 들어 버리고 만 것이다.

"휴우, 주무시는구나."

정효린은 한숨을 쉬었다. 결국 그녀도 눈을 감았다.

"음냐. 내, 내가 최고다."

안현도는 꿈을 꾸었다.

행진곡이 거리에 울려 퍼진다. 전쟁에서 승리를 하고 개선문을 통과하여 들어오는 위대한 영웅!

"저와 한 곡 춤을 춰 주세요."

"너무 잘생기셨어요."

정일훈 등 사범들도 비슷한 꿈을 꾸고 있었다.

중세의 궁전에 화려한 음악이 흐른다. 홀을 가득 메운 미모의 귀족 가문의 여성들! 그들은 미래가 촉망받는 기사나 귀족이 되어서 뭇 여인들의 인기를 한 몸에 끌었다.

　오동만은 배를 타고 먼 항해를 나가는 꿈을 꾸었다.
　그는 후추와 보석을 가득 싣고 고향으로 돌아오는 선장이었
다. 위대한 부자가 되어서!
　그러나 신경이 둔한 것은 이들뿐이었다.

　'모, 몬스터!'
　'이 지긋지긋한 놈들.'
　'또 나온다.'

　나머지는 던전 내에서 끊임없이 사냥을 하는 악몽을 꾸고 있
었다. 괴로운 얼굴로 식은땀을 흘리는 이들! 안현도나 정일훈,
마상범 등의 입가에 흡족함이 어려 있는 것과는 완전히 대비되
는 상태였다.
　이현은 죽은 듯이 잠을 잤다.
　언제나 긴장을 놓을 수 없는 상황. 1시간이라도 잠을 덜 자
면 그만큼 경험치를 모으고, 스킬의 숙련도를 향상시키며 레벨
을 올릴 수 있다. 매달 나가는 〈로열 로드〉의 이용료 때문에라
도 마음대로 쉬지도 못한다.
　그런 이현에게 지금의 연주회는 소중한 휴식의 시간이 되었
던 것이다.
　아기처럼 새근새근 잠든 이현은, 자신도 모르게 정효린의 어
깨에 기댄 채였다. 정효린은 자신의 몸에 닿는 기척을 느끼고

는 이현의 머리카락을 부드럽게 쓰다듬었다.

한편, 젊은 지휘자는 분노하고 격앙됐다.

'어떻게 나의 음악을 들으면서 잠들 수가! 도저히 있을 수 없는 일이야. 나의 음악이 이렇게 부족했단 말인가?'

지휘자는 혼신의 힘을 다해서 오케스트라를 지휘했다.

격정적인! 전율이 흐를 정도의, 최고의 음악!

그것은 단지 잠이 든 사람들을 깨우기 위한 것이었다.

⁂

공연장에서 나온 이들은 너나없이 기지개를 켰다.

"참 좋은 공연이었어요."

"피곤이 쑥 내려가는 듯한……."

"몸이 상쾌한."

"아, 잘 잤다!"

시원하게 잠을 자고 나니 배가 고팠다.

"밥은 제가 사죠."

최지훈이 나서서 근처의 고기 뷔페 집으로 안내했다.

각자 먹을 만큼 덜어 오는 고기 뷔페 집.

그곳에서는 아예 고기를 그릇에 가득 담아서 통째로 가져와 구워 먹었다. 음료수를 마시고, 고기를 구워 먹으며 잡담을 나누는 것.

특별한 것은 없지만 다들 웃으면서 만족했다.

푸짐하게 식사까지 하고 가게에서 나오니 어느덧 밖은 캄캄하게 변해 있었다.

"헤어지려니 아쉽네요."

오동만의 말에 다들 공감했다.

조금은 아쉬운 이별의 시간.

갑작스러운 만남이라서 오늘은 얼굴을 보는 정도로만 족하기로 했다. 그런데 실제로 만나 보니 헤어지기가 싫었다.

"그래도 이젠 언제든지 만날 수 있을 테니까요. 그럼 다음에 뵙죠."

"좋은 시간이었어요."

"다음에 또 봐요."

"우선 썩은 리치 던전에서 만나야죠."

"그 잡템들은 꼭 저에게 팔아 주셔야 됩니다."

전화번호와 이름들을 교환하고 나서 후일을 기약하며 각자 집으로 향했다.

이현은 버스를 타고 집으로 돌아왔다. 그런데 집에 오니 이혜연이 컴퓨터 앞 의자에 앉아 눈물을 닦고 있었다.

"무슨 일이야?"

이현은 분노로 몸을 떨었다.

과거에도 몇 번 이혜연이 운 적이 있었다.

부모님이 없다고 놀리던 애들.

"그게……."

이혜연은 컴퓨터를 조작해서 한국 대학교의 사이트를 열었다. 그곳에는 합격자 명단이 있었다.

"나도 대학교에 합격했어."

이현은 모니터를 눈으로 빠르게 훑어보았다.

"이… 이게 정말 한국 대학교 합격자 명단이야? 틀림없지? 틀림없이 이번에는 네가 합격한 거지?"

"응. 거기 이름 적혀 있잖아."

"장, 장학금은?"

"좀 전에 전화로 연락 왔어. 약속대로 장학금을 받고 다니게 됐어."

이현의 몸이 부들부들 떨렸다. 그는 너무나도 기뻐서 흘리는 눈물도 있다는 사실을 처음 알았다.

'그런데 왜 하필이면 장학금을 받아서…….'

여동생과의 약속!

장학금을 받으면서 대학교에 다니게 되면 이현도 대학교에 가기로 한 것이다.

"오빠도 약속대로 대학교에 가는 거지?"

"그래. 약속은 지켜야지."

이현은 입맛이 무척이나 썼다.

여동생을 대학에 보내는 것은 좋지만, 그마저 대학에 다닌다면 막대한 돈이 들어간다. 하지만 이미 약속한 것을 번복할 수도 없는 노릇이다.

한편으로는 홀가분한 기분도 들었다.

걱정해 왔던 대학 합격이 이루어졌다. 이제는 마음껏 돈만 벌면 된다.

이현은 책 사이에 숨겨 두었던 통장을 꺼내서 이혜연에게 내밀었다.

"네 학비로 쓰려고 모아 놓은 돈이야. 사고 싶었던 옷이나 해 보고 싶은 게 있었다면 그 돈으로 해. 한 번쯤 해외여행을 다녀오는 것도 괜찮겠지."

"오빠."

"괜찮아. 대학생이 되면 다시 열심히 공부를 해야 될 텐데, 그때까지 이 돈은 네가 쓰고 싶은 곳에 써. 지금까지 해 보고 싶은데 꼭 참았던 일도 분명 몇 가지쯤 있었을 텐데. 이번 기회에 마음껏 해 보는 거야."

이현은 돈을 쓰는 법도 가르쳐 주고 싶었다.

어려서부터 아끼기만 한 사람은 돈을 쓰는 법도 알지 못한다. 무덤에 가져갈 수 있는 돈도 아닌데, 무작정 아끼는 것은 미련한 짓.

돈은 꼭 써야 할 곳에는 아끼지 말고 써야 했다.

이현이 악착같이 돈을 모은 것도 가족을 위해서였다.

"고마워."

이혜연의 눈이 붉게 충혈되었다.

조심스럽게 통장을 열어 보니 무려 3,000만 원이라는 거액이 들어 있었다. 자신의 대학교 학비를 위해서 오빠가 꾸준히 모아 온 돈이다.

본인은 버스비도 아끼기 위해서 걸어 다니면서 이 돈을 선뜻 내준 것이다.

'내가 해 보고 싶은 일, 내가 하고 싶은 일에 쓰라고?'

이혜연은 돈을 들고 한동안 고민을 했다.

막상 거금이 생기니 어디에 써야 할지를 알 수 없었다.

그대로 저축을 해서 대학교를 다닐 때에 조금씩 꺼내어 쓸 수도 있다. 하지만 그녀도 대학생이 되면 경제적으로는 자립을 할 작정이었다.

학비는 장학금을 받게 될 테고, 과외라도 해서 용돈과 책값에 보태면 된다.

'내가 하고 싶고, 경험해 보고 싶은 일은⋯⋯.'

이혜연은 갈등 끝에 결정을 내리고 캡슐을 주문했다.

강제 퀘스트 발동

프레야 교단!

몇 명의 유저들이 오늘도 성수를 구입하고 축복을 받기 위해 줄을 서 있었다.

"어제 소식 들었어?"

"무슨 소식?"

"헤르메스 길드가 무려 3개의 성을 차지했다더군. 발키스, 기덴, 오르말."

"발키스마저 함락되었다고?"

"그래. 제법 오래 버티긴 했지만 헤르메스 길드의 총공격을 이기지 못해 무너지고 말았다는 거야."

성과 도시의 차이는 컸다.

성에서는 군사력을 양성할 수 있다. 돈과 시간, 인구가 있다면 궁병이나 보병을 조련하는 것이 가능했다.

이에 반해 마을이나 도시에서는 발달한 상업으로 재정적인 이득을 취할 수 있다.

따라서 군사력이 막강한 성은, 번성한 도시만큼이나 중요한 역할을 했다.

"하벤 왕국의 노른자위 성들을 다 차지한 셈이군. 이제 왕국을 통째로 점령한 건가?"

"아직은 아니야. 변방의 마을 몇 개와 도시들이 남아 있지."

"그래도 그런 마을이나 도시들이 버텨 낼 수 있을 리가 만무하잖아."

"그야 그렇지. 중요한 성들이 다 헤르메스 길드의 손에 떨어졌으니까."

"바드레이는 스스로를 왕이라고 칭하면서 국왕의 자리에 올랐다고 해. 그 성대한 대관식에 무려 6,000명이 넘는 하객들이 참석했다는데."

유저들 사이에서는 바드레이와 헤르메스에 대한 화제가 끊이지 않았다.

베르사 대륙의 공인된 최강자이며 최초로 왕의 자리에 오른 자. 그는 진정한 의미의 왕의 길을 걷고 있었다.

다만 바드레이에 대한 평판이 그리 좋은 것은 아니었다.

지금의 자리에 오르기까지 그는 많은 전투를 승리로 이끌었다. 항복을 받아들이지 않는 잔인함! 승리가 결정된 이후에도 살육전을 펼쳐서 반항 세력을 철저히 소탕했다. 레벨이 낮은 이들이나, 투항하는 적대 길드들도 서슴없이 짓밟았다.

그 탓에 악명도 꽤나 높아진 상태였다.

"발키스에서도 처절한 살육전이었다는군."

"역시. 그래도 헤르메스 길드의 미래가 밝아 보이진 않아."

"맞는 말이지. 이미 반反헤르메스 길드의 깃발 아래 몇 개의 길드들이 뭉쳤다더군."

"나도 들었어. 철혈 기사단과 고독한 용병, 적마법사들이 연합을 이루었다지."

"대전쟁이 벌어지겠군. 헤르메스 길드의 지금까지 특성으로 보아, 완전한 연합이 갖추어지기 전에 빠르게 진격할 텐데?"

"아니야. 헤르메스 길드도 그동안의 전쟁으로 모아 놓은 돈을 다 써서 이제 내정에 전념할 수밖에 없다고 해."

"하기야. 그동안 워낙 전쟁을 많이 벌이긴 했지. 그러면 수성전을 펼쳐야겠군."

"빼앗는 것보다 지키는 게 어렵지."

"전쟁이 끊이지 않겠어."

이처럼 사람들이 대화를 나누고 있을 때였다.

프레야를 상징하는 문양을 든 성기사단들이 신전 안으로 들어가고 있었다.

사람들은 저마다 대화를 멈추고 그들을 주시했다.

대규모로 움직이는 프레야의 성기사단!

"무슨 일이야?"

"또 뭔가가 벌어지려는 모양이군."

위드가 접속을 했을 때에는 다들 이미 자리에 모여 있었다.

오크 세에취나 서윤도 어김없이 와 있었다.

"……."

위드는 서윤을 볼 때마다 가슴이 철렁했다.

허락도 없이 그녀의 조각을 남긴 것이 자신임이 들통 나서 언제 앙갚음을 당할지 모른다!

살인자 서윤에 대한 느낌은 확실하게 가슴 속에 박혀 있었다. 함부로 검을 휘두르지 않는 성품이라는 것은 그동안 같이 하면서 알게 되었지만, 그래도 두려운 것은 두려운 것이었다.

"그럼 다들 모였으니 사냥이나 할까요?"

위드가 사냥을 재개하려는데, 검치가 문득 손을 들었다.

"먼저 할 말이 있다."

"말씀하시지요, 스승님."

"우리는 파티에서 탈퇴해서 따로 사냥을 하려고 한다."

"…혹시 무슨 마음에 들지 않으신 일이라도 있으십니까?"

"그런 이유가 아니다. 그냥 우리들끼리 사냥을 좀 해 보고 싶구나."

위드는 검둘치와 검삼치, 검사치, 검오치와 눈을 마주쳤다.

"모두들 같은 생각이십니까?"

끄덕끄덕.

검치 들은 이미 자기들끼리 이야기를 하여 결정을 내린 후였다.

이렇게 모여서 단체로 사냥을 하는 것은 즐거웠다. 하지만 한계도 깨닫게 되었다.

움직임으로 피할 수 있는 적의 공격에는 한계가 있다.

공격력만을 발달시킨 기형적인 성장! 마법이나 저주에는 대단히 취약할 뿐만 아니라, 어쩌다 맞게 되는 몬스터의 공격에도 사경을 헤맬 지경이다.

'우리들의 체면이 있지. 잘못하면 아이들 앞에서 죽는 모습을 보여 주게 생겼구나.'

검치 들은 잘못하면 고개를 들고 다니지 못하게 된다는 생각에 바짝 긴장이 되었다. 공격력은 강해도 방어력이 너무 약해서, 파티의 사냥을 따라가기가 솔직히 쉽진 않았다.

그러던 와중에 서윤을 보았다. 몸놀림으로는 어찌해 볼 수 없는 레벨을 가진 그녀!

'놀랍다! 레벨과 스킬 덕분이라지만, 우리들이 생각할 수 없는 움직임을 보여 주는군.'

'대쉬. 단순하게 적을 향해 뛰어가는 스킬이다. 현실에서는 저렇게 폭발적인 속도를 발휘하기 힘들지. 스킬의 운용. 이것은 이 〈로열 로드〉에서만 통하는 가짜라고 할 수 있다. 그래도 강하구나.'

'이 대륙에서 가장 강한 사람이 되는 것도 나쁘지 않겠군.'

검치나 검둘치, 검삼치, 검사치, 검오치는 여태까지 장난처럼 〈로열 로드〉를 해 왔다. 실제 수련생들은 검술에 나름대로 얻는 소득이 있는 모양이지만, 검치나 다른 사범들에게는 그저 유희거리에 불과했다.

그런데 처음으로 진지한 마음이 들었다.

비록 제한된 공간에서만 쓸 수 있는 레벨과 스킬이라고 할지라도 최고가 되고 싶었다.

아니, 〈로열 로드〉는 틀림없이 가상현실의 세상이었다. 그런데 만질 수 있고, 볼 수 있고, 느낄 수 있다.

또 다른 현실.

여기에서도 최고가 되고 싶었다.

그들이 가지고 있는 승부사 기질 때문에라도 남들보다 약한 것은 견디기가 힘들었다.

물론 이러한 결론을 내리는 데에는 검삼치의 의견이 절대적으로 작용하긴 했다.

"흠흠! 스승님, 사형 그리고 사제들아. 먼저 우리들의 현실을 제대로 보아야 할 것 같구나."

"무슨 말씀이십니까? 부족한 방어력 때문입니까? 그거라면 위드에게 쓸 만한 방어구를 좀 만들어 달라고 하면 되지 않을까요?"

검오치의 의견에 검삼치는 고개를 저었다.

"내 생각은 그리 단순한 것이 아니다. 너희들도 알다시피, 이 베르사 대륙은 하나의 세상이라고 할 수 있다."

"맞습니다. 광대한 하나의 세상이라고 표현해도 틀리지 않을 정도입니다."

"그리고 많은 연인들이 탄생하고 있지. 페일도 이곳에서 여자 친구를 만났다. 어제 가 본 카페에서도, 연인들끼리 만나는 경우가 한둘이 아니더구나."

"그렇다면 검삼치 형님의 의견은……."

"여기서 최고가 되는 것이다! 최고가 되면 엄청난 인기를 끌 수 있을 것이다. 너희들도 보았지 않느냐?"

검사치가 흥분으로 몸을 떨었다.

"봤습니다. 세라보그 성에서 유명한 길드가 나서면 사방에서 사람들이 모여들었죠!"

"레벨 높은 유저들과 같이 사냥하고 싶어 하는 사람들도 한둘이 아니죠. 최고가 되면 우리들도 인기를 끌 수 있을 것입니다."

검오치도 덩달아 신이 났다.

강해져서 힘으로 여자와 아이들을 지켜 준다. 단순한 검사치와 검오치 들에게 이보다 더 확실한 것은 없었다.

"사형, 제 생각이 어떻습니까?"

"좋은 생각이구나, 삼치야."

검둘치도 묵직하게 고개를 끄덕였다. 그러나 아직 결정이 난 것은 아니었다. 검치의 허락이 떨어지지 않는다면 포기해야 할 문제였다.

사범들이 일제히 검치를 보았다.

오랜 독신.

검을 벗 삼아 살아오면서, 가정도 이루지 못하였다. 말 그대로 검에 미쳐 왔기에 남들과 같은 행복은 누리질 못했다.

'지금이라도 여인을 만날 수 있단 말인가? 하긴, 이 베르사 대륙에 10대나 20대 여자들만 있는 건 아니지.'

검치는 고개를 크게 끄덕였다.

"좋은 생각이다, 검삼치야."

검치 들의 이탈은 그렇게 결정이 되었다. 물론 대외적으로는 '진정으로 강해지기 위해서' 떠나기로 했다.

땅! 땅! 땅!

위드는 검치 들이 입을 기본 방어구들을 만들었다.

"가볍고 활동하기 편한 것으로. 방어력이 아주 높을 필요는 없다. 다만 마법 저항력은 조금 있었으면 좋겠구나."

"알겠습니다."

위드는 썩은 리치 던전에서 사냥을 하며 얻은 가죽과 철광석들을 이용해서 갑옷과 부츠, 헬멧 들을 제작했다.

평범한 재료들이었지만 중급 3레벨의 대장장이 스킬을 가지고 있는 위드가 만들었기에 무난하게 레벨 250 정도가 쓸 만한 방어력의 장비들이 나왔다. 고급 손재주의 효과로 내구력도 상당히 높았다.

"그리고 이건 선물입니다. 사냥할 때 필요하실 겁니다."

재봉 스킬과 붕대 감기 스킬의 조합!

위드는 긴 천을 찢어 붕대를 만들었다. 빠르게 출혈을 멈추게 할 수 있고 생명력도 올릴 수 있는 붕대였다.

위드는 배낭을 붕대로 가득 채워 줬다. 딱히 치료술을 가지고 있지 않은 검치 들에게는 붕대야말로 생명 줄과도 같았다.

검치 들이 떠나고 난 이후 위드는 일행과 같이 다크 엘프의 성으로 돌아갔다. 마판을 만나서 잡템들을 처분하고, 보급품을 챙기고 장비들을 점검한 후에 다시 사냥을 떠나기 위해서였다.

반복되는 사냥의 연속!

유로키나 산맥의 지리나 몬스터들이 나오는 구역에 대해서는 위드가 상세히 알고 있었다.

일행의 레벨도 모두 300이 넘어서 이제는 어느덧 고수라는 소리를 들을 정도가 되었다.

'이제부터 시작이야.'

위드는 주먹을 불끈 쥐었다.

미친 듯한 사냥의 시간.

아이템을 획득하고, 경험치를 모은다. 각종 생산 스킬의 높은 효율 덕분에 훨씬 빠르게 사냥을 할 수 있다. 위드는 바로 이런 때만을 기다려 왔다고 할 수 있다.

그런데 다크 엘프의 성에 돌아가니 불청객들이 기다리고 있었다. 교황 후보 알베론과 프레야 교단의 성기사들. 웬만해서는 신전을 떠나지 않는 고위 사제들도 모습을 보였다.

성기사들이 한쪽 팔을 가슴 앞에 올리며 위드에게 예를 취했다.

"교단의 은인을 뵙습니다."

무려 100명의 성기사들이 기사의 예법에 맞게 인사를 올리는 것이었다.

"와아, 멋있다!"

수르카의 방심을 온통 뒤흔들어 놓을 만큼 멋진 광경이었다.

환한 대낮에 기사의 복장을 입은 성기사들이 쭉 도열해 있다. 고위 사제들도 엄숙한 자세로 자리를 잡고 있었다.

평범한 신관복을 입고 있는 차기 교황 후보 알베론이 한 걸음 앞으로 나왔다.

"프레야 교단에서는 위드 님을 만나기 위해서 얼마나 고생을 했는지 모릅니다."

"……."

위드는 아무 말도 하지 않았다.

당사자는 가만히 있는데 주위가 난리법석이었다. 한 사람을 청하기 위하여 프레야 교단의 성기사단이 출동한 것이다.

"아아, 프레야 교단의 성기사들!"

이리엔이나 로뮤나는 놀라서 구경하기에 정신이 없었다.

"역시 위드 님이세요!"

화령은 다시금 위드에 대해 감탄했다.

함께 사냥을 하고 있지만, 위드의 명성은 거대하다는 말로도 부족할 정도였다.

〈마법의 대륙〉에서 이루었던 절대적인 무력.

그 후로 베르사 대륙에서 써 나가고 있는 무수한 역사들.

들으면서 절로 가슴이 설레었던 모험들!

그 위드와 같이 있다는 사실이 가끔은 믿기지 않을 정도다.

'프레야 교단의 성기사단이 움직이다니. 그리고 저 신관은, 모르긴 해도 교단에서 굉장히 높은 사람일 텐데.'

메이런 또한 놀란 토끼 눈이 되어서 위드를 보았다.

그 담담한 얼굴. 입가에 맺혀 있는, 어쩐지 귀찮아하는 듯하기까지 한 미소.

마치 이 정도쯤이야 당연하게 여기는 듯한 여유로움이 아니던가.

'정말 위드 님은 대단하구나. 모험가로서 저런 여유가 있기에 힘겨운 퀘스트들을 할 수 있었던 거야.'

제피가 감탄하며 말했다.

"프레야 교단의 성기사들이 위드 님을 모시기 위해서 이곳까지 왔군요."

그러나 실제는 판이하게 달랐다.

위드는 당장이라도 어디로든 도망치고 싶었다. 그렇지만 성기사단은 매우 빠른 속도로 다가와 위드와 일행을 포위해 버린 것이다.

억지로 짓고 있던 썩은 미소!

'왜 이곳까지 쫓아와서……'

위드는 인상을 찌푸리면서 알베론을 향해 물었다.

"무슨 일이지?"

"추위와 몬스터의 땅 모라타. 진혈의 뱀파이어족들이 퇴치된 이후에 모라타 지방에는 성기사들이 파견되어서 치안을 확립하고 있었습니다."

"그런데?"

모라타 지방은 위드가 진혈의 뱀파이어족을 퇴치하면서 한동안 머물렀던 곳이다.

황량한 얼음 대지가 펼쳐진 땅.

마지막에 본 것은 돌로 변해 있던 사람들이 깨어난 모습이었다.

"북부의 역사에 대해서 알고 계십니까?"

"북부의 역사?"

"아주 오래된 이야기입니다. 이미 사라져 버린 니플하임 제국의 역사."

이쯤 듣자 대충 감이 왔다.

'무언가 어려운 퀘스트가 벌어지려고 하는구나.'

명성이 높은 부작용!

퀘스트를 거절하려고 해도 알아서 찾아온다는 점이다.

"죽음의 계곡을 정화하여, 왕의 명예와 니플하임 제국의 보물을 찾아야 합니다."

"왕의 명예와 보물?"

"그렇습니다. 지금 북부로 떠나야 합니다."

알베론의 지시에 따라 사제들이 즉석에서 텔레포트를 준비했다.

빼도 박도 못하고 다시금 모험을 떠날 수밖에 없는 상황!

위드는 애처롭게 물었다.

"이번에도 동료는 데려갈 수 없는 것인가?"

혼자서 죽을 수는 없다. 어떻게든 동료들을 데려가야 한다. 맨땅에 헤딩을 하는 것도 정도가 있지, 북부는 얼음 땅이다. 그 추위를 견디면서 혼자만 지낼 수는 없다.

"혹시 데려가실 동료 분이 있습니까?"

"그렇다."

위드가 일행을 한차례 돌아보았다.

물귀신을 방불케 하는 눈빛!

'고생은 나눠야 돼! 타인의 괴로움이 나의 편안함인 것이지.'

페일이나 제피는 몸서리를 쳤다.

'안 돼! 제발 나만은……! 이제 조금 편하게 쉴 수 있을 줄 알았는데.'

'모진 놈 옆에 있으면 이런 식으로 당하는구나!'

반면 메이런은 모험에 대한 기대로 불타오르고, 화령도 마음이 설레었다.

'모험이다! 사냥만 하면서 성장한 내가 이제야 드디어 진짜 모험을 해 보는 거야. 그것도 위드 님의 모험! 대륙을 떠들썩하게 만드는 그런 모험이다.'

'위드 님과 같이한다면 어디든 갈 수 있을 거야. 아무리 힘든 곳이라도.'

혹한과 무더위라고 할지라도, 화령은 위드와 함께라면 견딜 수 있는 각오가 되어 있었다.

그런데 알베론이 고개를 저었다.

"모두 데려갈 수는 없습니다. 믿을 수 있는 사람 1명밖에 데려가지 못합니다."

"1명이라."

위드가 누구를 데려가야 할지 고민할 때, 서윤이 앞으로 걸어 나왔다. 실제로는 세에취가 힘껏 떠밀어서 어쩔 수 없이 밀려 나온 것이지만.

"그런!"

위드는 엄청나게 놀랐다. 왜 하필이면 살인자 출신의 저 여자란 말인가! 유일하게 꺼리는 여자가 나오고 말았다.

그러나 대놓고 거절하기도 힘들다.

서윤의 무서움!

게다가 가장 강한 서윤을 데려가는 편이 도움이 될 거란 생각도 들었다. 그렇게 잠깐 동안 머뭇거리는 사이에 알베론이 말했다.

"이것으로 인원은 결정되었군요. 그럼 북부로 이동하겠습니다."

텔레포트 마법진을 형성한 채로 대기하고 있던 고위 사제들이 마법진을 발동시켰다.

환한 빛이 성기사와 사제들, 위드와 서윤을 뒤덮었다.

⁂

와삼이!

각진 턱을 가진 와이번은 사납게 포효했다.

끄어어어어억!

와이번들은 미칠 지경이었다. 기껏 로디움까지 날아갔더니 그들의 주인은 유로키나 산맥으로 돌아갔다!

그리하여 와이번들은 금인이를 태우고 다시 유로키나 산맥으로 날아갔다. 햇빛을 듬뿍 받아 몸뚱이가 뜨겁게 달구어지는 것도 감수하면서 말이다.

마침내 유로키나 산맥으로 다시 돌아왔을 때, 와이번들은 완전히 기진맥진해 있었다. 그래도 향긋한 꽃 냄새를 맡으면서 기분이 좋아졌다.

게다가 유로키나 산맥에는 와이번들이 좋아하는 짐승들이 유독 많았다.

사슴이나 멧돼지!

가장 좋아하는 음식인 말처럼 맛있지는 않아도, 상당한 진미라고 할 수 있다.

더구나 산맥의 안쪽으로 조금만 들어가면 켄타우로스가 다수 나온다. 하체는 말이고, 상체는 인간인 몬스터.

활과 창을 잘 다루어서 사냥하기는 어렵지만, 와이번들이 레벨을 올리기에는 최적의 몬스터였다.

그런데 그들의 주인은 또다시 멀리 떠났다.

이번에는 북부 대륙!

로디움보다도 훨씬 먼 곳이었다.

끄룩끄룩!

와일이가 분노에 차서 목을 떨었다. 그러나 충성스러운 와이번들은 곧 자신들의 주인을 떠올렸다.

"그래도 우리에게 생명을 준 주인이다."

"그 못난 조각사를 지켜 주어야 한다."

"우리들이 지켜 주지 않으면 안 되는 무능한 주인."

"연약한 주인을 보호하러 가자."

와이번들은 다시금 하늘로 날아올랐다.

멀고 먼 북부.

와이번들은 치를 떨 정도로 싫어하는, 끔찍한 추운 지방을 향해 일직선으로 날았다. 와일이의 몸통 위에는 금으로 번쩍이는 조각상이 있었다.

골골골!

＊＊＊

차가운장미 원정대!

부푼 꿈을 안고 떠난 1,650여 명의 원정대는 북부에서 별별 고생을 다 겪었다.

우선 선발대는, 고라스 언덕에 도착하자마자 빙설의 폭풍을 겪었다.

베르사 대륙의 자연이 낳은 대재앙!

건축가 파보는 빙설의 폭풍을 보자마자 삽으로 땅을 파냈다. 땅바닥은 오래된 얼음덩어리라서 파는 것이 쉽지 않았다. 그래도 죽는 것보단 훨씬 나으니 죽을힘을 다해서 파 들어갔다.

눈치 빠른 원정대원들도, 가지고 있는 무기를 이용해서 땅을 팠다.

그러나 일부 원정대원들은 그대로 서서 빙설의 폭풍이 다가오는 것을 지켜만 보고 있었다.

"땅에 두껍게 쌓여 있던 눈들이 폭풍을 따라 하늘로 솟구치고 있어."

"하늘에서 뭉쳐진 눈과 얼음 조각들이 떨어지는군."

"이토록 맑은 하늘에서 만들어진 얼음 폭풍. 저것이 빙설의 폭풍인가?"

칼날처럼 매서운 바람이 점점 거세어지는데, 그걸 아는지 모르는지 빙설의 폭풍이 다가오는 것을 태연히 기다리고 있었던 것이다.

"차가운 것으로부터의 보호. 몸을 따뜻하게 덥히고 그 온도를 잃지 않도록 하라. 냉기로부터의 저항!"

마법사들이 보호 마법을 펼쳤다.

"빙설의 폭풍을 직접 겪어 보게 될 줄은 몰랐군."

"북부까지 와서 얻은 좋은 추억이 될 거야."

"다른 사람들에게 자랑스럽게 이야기할 수 있는 멋진 모험담이 되겠지."

근거를 알 수 없는 대책 없는 자신감!

그사이 예술가, 생산직의 직업들, 전투 계열 직업을 가진 원정대의 대다수는 구덩이를 파고 그 안에 몸을 숨겼다.

"으으, 춥다!"

이가 딱딱 부딪칠 만큼의 추위!

가스톤과 파보는 확실히 북부로 왔다는 사실을 다시금 느낄 수 있었다. 잠시 후, 어렴풋이 지상에서 벌어지는 소란이 들렸다.

"어, 이 폭풍… 조금 위험해 보이는데? 아직 영역권에 다가오지도 않았는데 굉장한 위력이다. 땅이 뒤흔들리잖아!"

"바람이 엄청나게 거세지고 있어."

"온도가 급속도로 낮아진다."

"얼음 조각! 으아악! 얼음 조각이 날아온다."

"할룬! 할룬이 죽었다!"

"으아아악! 살려 줘!"

빙설의 폭풍은 선발대가 있는 고라스 언덕을 무섭게 몰아쳤다. 차가운 바람과 얼음덩어리, 눈이 평지에서도 두껍게 쌓이고 흩어지기를 반복했다.

약 4시간 정도!

구덩이를 파고 숨어 있던 원정대원들이 추위에 떨면서 기다려야 했던 시간이다.

딱딱딱딱!

가스톤과 파보는 구덩이 속에서 심한 추위에 시달렸다. 가만히 있어도 생명력이 매우 빠르게 떨어졌다. 체력이 약한 예술이나 생산직 직업들일수록 바로 감기에 걸리고 말았다.

북부의 위험에 대해서 잘 알지 못했던 대다수 원정대원들의 상황 또한 비슷비슷했다.

"추, 추워 죽겠다."

"날씨가 이렇게 추울 줄이야."

그렇게 힘든 시간이 지나고 빙설의 폭풍이 완전히 떠나간 후, 언덕 위에는 눈이 두껍게 쌓여 있었다.

그때부터 1명, 2명 눈을 헤치고 일어났다.

"으, 우리가 정말 살아 있긴 한 건가?"

"정말 춥군. 아직도 몸이 눈 속에 파묻혀 있는 것 같아."

"땀이 그대로 얼어붙을 정도의 추위라니."

가스톤과 파보의 얼굴은 시퍼렇게 변해 있었다.

체력이 약한 예술이나 생산직 유저들은 대다수 상황의 심각함을 인식하고 땅을 파고 숨었다. 그런데 그 추위가 너무나도 지독해서 거의 다 얼어 죽었다.

하지만 가스톤은 건축가 파보 덕에 살 수 있었다. 파보가 깊고 튼튼하게 땅을 파서 내부가 그럭저럭 버틸 만했던 것이다.

파보가 삽을 들고 얼어붙은 입술을 간신히 움직였다.

"거의 전멸지경이군."

"다시는 겪고 싶지 않은 추위야. 아직도 손발이 제대로 안 움직여."

가스톤은 약한 체력 때문에 몸을 오들오들 떨었다. 말을 할 때마다 수염에 작은 얼음 조각이 붙어서 덜렁거렸다.

빙설의 폭풍이 지나가고 난 이후, 고라스 언덕 위는 매우 분주해지기 시작했다.

"살아남은 사람이 몇 명인지 확인해라."

"성직자들은 어서 치료를!"

"여기 위급한 환자가 있습니다!"

선발대에 속해 있던 성직자들은 7명. 그중 살아남은 2명의 성직자들이 분주하게 뛰어다니면서 사람들을 치료했다.

그러나 살아남은 사람은 많지 않았다.

자신의 강함을 믿고, 빙설의 폭풍에 정면으로 저항해 보려고 했던 이들은 죽음을 면치 못했다. 눈덩이에 두들겨 맞고, 날카로운 얼음덩어리에 꽂혀 맞이하는 처참한 죽음이었다.

구덩이를 파는 쪽을 선택한 것은 130여 명가량!

그러나 어설프게 급조한 구덩이로는 빙설의 폭풍을 견디기 힘들었다.

사나운 바람이 등줄기를 할퀴고, 얼음 조각들이 내리꽂힌다. 구덩이를 깊게 파고, 그 내부에 굴을 만들어 놓지 않은 경우는 거의 죽거나, 목숨을 잃기 직전까지 갔다.

그나마 기사, 전사 등의 직업을 가진 이들은 상황이 훨씬 나았다.

예술 계열의 직업들은 가스톤, 파보를 제외하고 거의 죽고, 체력이 약한 마법사들도 대다수가 죽었다.

결국 빙설의 폭풍이 지나간 이후 최종적으로 살아남은 것은

65명!

"이럴 수가! 시작부터 너무 큰 피해구나."

베로스의 눈가에 착잡함이 어렸다. 그러나 좌절하고 있을 수만도 없었다.

"다들 힘을 내자. 후속 부대가 도착할 때까지 살아남아야 한다."

선발대는 지친 몸을 일으켰다. 살아 있는 사람들끼리 힘을 합칠 수밖에 없는 상황이었다.

"4시간 정도만 버티면 후속 부대가 온다. 그때까지만 참자. 어쌔신들은 레인저들과 함께 주변 정찰을 가도록 하라."

"알겠습니다."

"몬스터를 도발하거나 하진 말고, 순수하게 정찰만 하고 오도록."

전투 요원들이 상당수 죽거나, 전투 불능 상태에 빠졌다. 그 덕분에 만약 몬스터들의 무리가 습격을 하기라도 한다면 부족한 전력으로 싸워야 했다.

추위와 괴로움, 굶주림까지!

몸 상태가 정상이 아니다 보니 생명력과 체력의 회복 속도도 평상시의 절반도 안 되었다.

후속 부대가 도착할 때까지는 피를 말리는 시간을 보내야 했던 것이다.

선발대는 주변을 정찰하면서 조심스러운 시간을 보냈다. 다들 몬스터들이 나타나기라도 할까 봐 굉장히 두려워했다.

하지만 시간이 흘러도 다행히 몬스터의 습격과 같은 불행한 사태는 일어나지 않았다.

북부의 몬스터들은 매우 포악하며 강하다고만 알려져 있지만, 사실은 지능도 꽤 뛰어났다. 빙설의 폭풍이 지나가는 곳에서는 활동을 하지 않는 덕분에, 몬스터의 습격에 대해서는 안심할 수 있었다.

그리고 시간이 흘러 후속 부대가 도착하고 난 이후에는 본격적인 진영 설치 작업이 진행되었다.

건축가들은 천막을 세우고, 얼음덩어리를 쌓아서 임시로 집을 만들었다.

얼음으로 만든 집은 당연히 추울 것이라고 생각하는 사람들이 많다. 하지만 안에 불을 피워 놓으면 의외로 공기가 따뜻해서 살 만한 곳이 된다.

"더 높게 쌓아!"

빙설의 폭풍을 겪고 살아남은 선발대는 특히 마음 놓고 머무를 수 있는 안전한 장소를 원했다.

고라스 언덕은 원정의 출발지였다.

유사시에는 다시 이곳으로 돌아와서, 최후의 몬스터의 침입을 막아 내야 한다. 그러려면 이곳의 설비 또한 방어에 도움이 될 수 있어야 했다.

그러나 지지부진한 작업량!

차가운장미 길드의 정예들. 남들이 부러워하는 고레벨 유저들이었지만, 얼음을 잘라 내고 쌓는 일에는 익숙하지 않았다.

큰 얼음덩어리를 떨어뜨리거나 엉터리처럼 집을 쌓기 일쑤였다.

설상가상 삽으로 땅을 파는 것도, 다들 어색하기 짝이 없었다.

그들이 언제 삽질을 해 보았겠는가.

몬스터와 싸우는 것은 익숙해도, 집을 짓고 삽질을 하는 건 이번에 처음 해 보는 경우가 많았다.

"좀 비켜 보쇼!"

후속 부대에 속해 고라스 언덕에 온 검삼백육십사치가 삽을 들고 나섰다.

"자네는?"

"내가 하는 거나 제대로 보고 따라 하시구려. 에잇!"

검삼백육십사치는 삽을 땅에 가볍게 대고, 발에 체중을 실어 힘차게 밟았다.

그러자 가볍게 파고 들어가는 삽!

파바바바박!

무시무시한 기세였다. 마치 살아 있는 생명처럼 삽이 움직일 때마다, 땅이 푹푹 파였다.

최적의 효율을 찾아서 움직이는 삽.

"삽질은 요령이라니까."

검삼백육십사치의 말에 원정대원들은 고개를 끄덕일 수밖에 없었다.

검삼백육십사치에게는 얼음을 쌓는 것도 쉬운 일이었다. 피라미드를 만들면서 비슷한 종류의 일을 해 보았다.

게다가 삽질과 벽돌 쌓기!

남들이 가지고 있지 않은 건축 계열 스킬들이 있었기에 작업의 효율은 훨씬 높아졌다.

카드모스가 이끄는 재봉사들도 열심히 원정대가 입을 옷을 바느질했다.

"따뜻한 것을 최우선으로 한다. 옷감 재료는 물에도 잘 젖지 않는 소재로 해."

상상을 초월하는 추위에 필요한 것은 보온이었다.

재봉사들이 만들어 주는 옷을 입고 원정대는 더욱 힘을 낼 수 있었다.

바드들은 악기를 연주하며 노래 불렀다.

찬 바람이 불어오는 곳

얼음이 내리는 땅

어떤 전설과 모험이라도 나는 사랑해

모험과 낭만이 머무르는 그라스 언덕

10명이 넘는 바드들의 합창.

생명력과 활기를 불어넣기에 충분한 것이었다.

"유혹의 춤!"

댄서들은 추위에도 불구하고 과감하게 배꼽을 드러낸 옷차림으로 춤을 추었다.

격정적이고 매력적인 춤.

그 존재만으로도 원정대에 용기를 불어넣어 줬다.

요리사들도 바쁘게 움직였다.

"나물은?"

"로디움에서 손질해 온 것들이 있습니다."

"추운 곳이라서 체력이 더 빨리 떨어지는 것 같으니 푸짐하게 먹을 수 있게 해. 고기도 아끼지 말고, 있을 때 듬뿍 넣어."

요리사들은 추위를 이길 수 있도록 얼큰한 탕을 만들었다. 그 탕을 마시고 나니 추위를 버티는 데 훨씬 도움이 되었다.

뎁스는 조각칼을 들고 얼음덩어리를 노려보았다. 조각 재료를 보면서 머릿속에 떠오르는 형상을 구체화시킨다.

그때 파보가 추위에 떨면서 걸어왔다.

"뎁스라고 했던가?"

"예, 어르신."

뎁스는 공손하게 인사를 했다. 아직은 어린 소년인 뎁스에게, 파보는 한참이나 어른이었던 것이다.

"지금 뭘 하려는 거지?"

조각사인 뎁스가 얼음덩어리를 보고 있으니 원정대원들은 다들 궁금하게 생각하고 있었다. 그러던 차에 파보가 궁금증을 해결하기 위해 와서 물어본 것이다.

"조각품을 만들려고 합니다."

"조각품? 오오, 그랬군."

어떤 극한의 환경에서도 조각품을 만들겠다는, 조각사의 의지!

파보는 건축가였지만 충분히 이해할 수 있었다.

"그럼 수고하게. 옆에서 지켜봐 주고 싶지만 여긴 너무 추워서 난 원정대원들이 있는 곳으로 돌아가야겠네."

"그렇게 하시지요."

"빨리 조각품을 만들고 자네도 오게."

"예, 저도 금방 갈게요."

파보는 눈밭을 헤치고 원정대원들이 있는 곳으로 돌아갔다.

불과 30미터도 되지 않는 거리였지만, 언덕의 정상인 이곳에는 무시무시한 바람이 불었다.

체력과 생명력이 낮은 파보가 견디기는 힘든 날씨였다.

"그럼 시작해 볼까."

뎁스도 무척이나 추웠지만, 주변에 조각 재료들이 널려 있는 것을 보니 참을 수가 없었다.

'부족한 내 실력으로 잘될지는 의문이지만.'

로디움에서는 그럭저럭 명성을 날리고 있는 조각사 뎁스! 그러나 그의 조각술 스킬은 겨우 초급 8레벨에 불과했다.

'해 보지도 않고 실패를 말할 수는 없지.'

그래도 포기하지 않고 얼음덩어리에 조각칼을 대어 깎아 내리기 시작했다.

사각사각!

대부분의 조각품들에는 구체적으로 정해진 형상이 있다.

동물, 식물, 사물.

뎁스도 지금까지는 구체적인 형상을 가지고 있는 것들을 조각했다. 그러나 이번에 만드는 것은 달랐다.

맨 처음에는 평범한 독수리를 만들었다. 생생하고 날카로운 눈빛을 가지고 있는 독수리였다.

그러나 그 독수리는 입을 찢어져라 벌리고 있었다.

맛있는 먹이를 먹기 위함은 아니었다.

독수리 스스로도 어쩔 수 없는 상황에 빠졌다.

배 속에서 들끓는 뜨거움을 주체할 수 없는 상황!

독수리가 크게 벌린 입에서부터 화염이 뿜어져 나온다.

처음에 만든 독수리는 그저 조각품의 멋을 살리기 위한 구성품에 불과했다. 진정한 조각품은 불!

이글거리면서 뜨겁게 타오르는 불길!

거친 바람에도 꺼지지 않고 흩날리는 불을 조각하는 것이었다.

뎁스는 고라스 언덕의 세찬 바람에 흔들리면서 피어나는 불을 완성했다.

손을 대면 금방이라도 데일 것 같은 뜨거움!

얼음으로 만드는 불의 형상.

띠링!

걸작! 〈대륙의 불〉을 완성하였습니다!

황량한 북부의 땅. 얼음과 몬스터들로 가득한 이곳. 매서운 추위 속에서 미천한 예술가의 작품이 완성되었다. 꺼지지 않는 열정의 조각품! 풍부한 상상력을 단단한 얼음으로 빚어낸 조각품은 매우 조악한 솜씨로 만들어졌다. 조각술의 매력에 대해서 간신히 깨달음을 얻으려고 하는 예술가의 작품. 알려지지 않은 그의 작품은 대륙 어느 곳에서도 찾아보기 힘들다.

예술적 가치: 340.

옵션: 〈대륙의 불〉을 본 이들은 생명력과 마나 회복 속도가 하루 동안 7% 증가한다. 추위에 대한 내성 15% 상승. 빙계 마법에 대한 특별 저항력. 모닥불의 불꽃이 오래 지속된다. 불을 다룰 수 있는 종족들의 생산력이 증대된다. 다른 조각품과 중복으로 적용되지 않는다.

지금까지 완성한 걸작의 숫자: 1

뎁스는 대륙의 불을 완성하고 나서 깜짝 놀랐다.

"내… 내가 해냈다!"

그의 인생에서 첫 번째 걸작품!

뎁스가 만든 조각품은 원정대원들에게 가뭄 속의 단비와도 같았다.

원정대원들은 완성된 조각품을 보며 경악을 금치 못했다.

"얼음으로 조각품을 만들다니! 저런 조각품은 처음 봤는데, 대단하군."

"그보다도 추위가 줄어들었잖아."

"이제 살 만해졌다!"

"떨어졌던 체력이 원상태로 돌아오고 있어."

극도의 추위 속에서 허덕이던 원정대원들은 그제야 한숨을 돌릴 수 있었다.

사람들은 예술 계열 직업이나 생산직들이 다수 원정대에 참여했다고 했을 때, 그리 큰 기대는 하지 않았다.

아예 없는 것보다는 조금 나은 정도? 어떤 결정적인 능력을 보여 주리라고는 믿지 않았다.

평상시에 조각사에 대해서는 이야기만 많이 들었다.

굉장히 고되고 힘든 직업이라고. 돈도 안 되고, 전투력도 떨어져서 무시당하기 일쑤라고 했다.

게다가 예술의 도시 로디움에서 워낙 빈곤하게 지내는 예술가들을 많이 봐 와서 조각사에 대해서는 나쁜 인식까지 가지고 있었다.

그런데 그 조각사의 조각품은 만만히 볼 수 없는 것이었다.

"조각품에 능력이 있었다니."

"이제부터는 조각사를 달리 봐야겠군."

"차라리 우리들보다 훨씬 낫잖아?"

조각품 하나로 열악한 환경을 극복할 수 있는 직업.

이제는 조각사에 대한 환상마저 심어졌다. 어떤 곳에서라도 실력을 발휘할 수 있는 고귀한 예술가로 보였다.

다른 직업군들도 저마다 다양한 분야에서 작업을 하면서 능력을 과시했다.

　

⁂

　

오베론을 마지막으로, 모든 원정대원들이 고라스 언덕에 도착했다.

북부를 탐험하기 위해서 온 1,650여 명의 대인원.

이전까지는 생산 직업과 예술 직업들이 은근히 무시를 당했었다. 그런데 정작 북부에 오고 나니 바로 그들의 활약 덕분에 원정대가 편할 수 있었다.

오베론은 전혀 달라진 원정대의 모습을 보면서 고개를 끄덕였다.

"정말 잘한 선택이었어."

베로스도 드물게 얼굴을 펴고 웃었다.

"그렇죠. 로디움에서 저들을 받아들인 덕분에 원정이 훨씬 쉬워질 것 같은 예감이 듭니다."

쓸모없다고 천시받던 직업들이었지만 정말 놀라운 활약을 해 주고 있었다.

"다음부터는 조각사들도 원정대에 반드시 포함시켜야겠군."

예술가들에 대해 별로 기대하지 않았던 오베론마저 그런 다짐을 할 정도였다.

원정대는 이제 본격적으로 움직일 준비를 갖췄다.

오베론은 고라스 언덕을 중심으로 사방으로 탐험대를 파견했다.

10명씩 조를 짜서 보내는 탐험대!

모험가와 기사, 레인저, 성직자 등이 인근에 있을지도 모를 마을과 성을 찾기 위해서 움직였다. 마을을 발견하게 되면 퀘스트와 정보를 얻기 위하여, 명성이 높은 이들도 1명씩은 꼭 끼었다.

몬스터들이 많은 북부에서 목숨을 걸고 나서는 탐험이었다. 그러나 모든 일이 순조롭게 이루어지지만은 않았다.

상상도 할 수 없는 추위에 체력이 저하되고, 식량을 구하지 못해서 굶주렸다. 길을 잘못 들어서 눈과 얼음 기둥밖에 없는 땅에서 헤매기도 했다. 그래도 얼음 계열을 전문적으로 익힌 마법사들은 신이 났다.

"아이스 볼트!"

추위 덕분에 위력이 훨씬 강해진 빙계 마법!

그러나 곧 강한 반발에 부딪혔다.

"빙계 마법 쓰지 마!"

"우릴 다 얼려 죽일 셈이야?"

전사들과 기사들은 체온이 더욱 내려가서 죽을 맛이었던 것이다.

거기에 북부의 몬스터들은 추위에 대한 내성이 워낙 강해서, 전투에서는 생각만큼 강력한 위력이 발휘되지 않았다.

얼음 동굴!

모험가들이 간신히 발견한 얼음 동굴에서는 굉장한 한기가 흘러나왔다. 표면을 덮고 있는 얇은 얼음을 깨고 나서야 들어갈 수 있는 동굴이었다.

"뭔가 있을 것 같다."

"들어가 보자."

무시무시한 몬스터들이 들끓는 장소로 멋모르고 들어가서 다수의 원정대원들이 죽기도 했다.

아무리 원정대가 강하다고 해도, 추위의 힘이 극대화되는 이곳에서는 얼음 계열의 몬스터들이 더욱 강한 힘을 발휘했던 것이다.

간신히 던전을 점령하고 약간의 보물을 찾기도 했지만, 그것으로 위로가 되진 않았다.

그렇게 열흘 정도 고생을 했을 무렵부터 불만이 터져 나왔다.

"괜히 와서 고생만 하잖아."

"난 벌써 두 번이나 죽었어."

"너무 추워. 땅에 쌓인 눈 때문에 걷기도 힘드네."

어디든 움직이려면 무릎 높이까지 쌓인 눈을 치우고 가야
했다.

설상가상으로 원정대에서 준비해 온 말들은 모두 얼어 죽고
말았다. 육체적인 피로가 극에 달할 것은 두말할 필요가 없는
노릇!

"가도 가도 눈이야."

"언제까지 걸어야 하는 거야. 정확한 위치도 모르면서."

지루하고 괴로운 원정에 싫증을 내는 사람들이 속출했다.

시원한 전투와 모험을 기대했건만 식량이 부족해서 굶주리
고, 몬스터들은 일부러 찾아다녀야 할 판이었다.

그나마 발견하는 몬스터들은 너무 강하거나 너무 약했다. 정
보가 부족한 탓이었다.

탐험대를 파견해서 주변의 지리를 파악하고 수집하고 있었
지만, 무슨 이유에서인지 중간에 연락이 끊어지는 이들이 속출
했다.

"이럴 바에는 그냥 돌아가는 편이 낫겠어."

"눈이라면 지긋지긋해."

분열과 혼란!

각 길드들은 패거리를 이루어서 독자적인 활동을 개시했다.

차가운장미 길드가 원정을 이끌었다고는 해도, 이미 몇 번의
실패로 인해 신뢰를 잃었다.

급속하게 무너진 원정대의 조직력.

저마다 개별적인 활동을 하면서부터 원정대는 거의 와해 직
전이었다.

많은 고레벨 유저들이 뭉쳐서 온 원정이 실패로 돌아가고 있
었다.

죽음의 계곡

휘이이잉!

잠시 후 눈을 떴을 때, 위드는 텔레포트 게이트가 있는 동굴 안에 있었다. 동굴 입구에서부터 찬 바람이 불어왔다.

"으으, 추워!"

매우 익숙하기만 한 상황!

추위 속에서 벌벌 떨면서 살았던 경험이 있기에 강한 찬 바람에도 동요하지 않을 수 있었다.

"결국 이곳에 다시 오고 말았군."

북부. 그것도 험난한 이곳에 서윤과 같이 오게 되고 만 것이다.

위드는 감기에 걸리기 전에 서둘러 옷을 갈아입었다.

예티의 두꺼운 털가죽으로 만든 옷!

겉으로는 별로 좋아 보이지 않지만 보온만큼은 확실하다.

'역시 겨울에는 따뜻한 게 최고야.'

멋을 내기 위해서 얇은 옷을 입는 사람들.

위드는 그들을 보며 비웃었다.

'저렇게 추운 옷을 입고 어딜 돌아다닌다고.'

자고로 옷은 두꺼운 게 좋다. 찬 바람은 일절 들어오지 않을 정도로 따뜻한 옷.

얇고 좋은 소재로 만든 옷들은 유행이 지나고 나면 바꿔야 한다. 하지만 그가 입는 옷은 매우 특별했다.

털과 솜이 가득 들어 있는 옷.

이른바 바닷가에서 배를 타는 아저씨들이 많이 입고 다니는 그런 것이었다. 가장 두꺼운 옷. 이것보다 두꺼운 옷이 없기에 매년 그대로 입을 수 있다.

다만 부작용이라면, 이런 옷을 입으면 도저히 젊은 청년으로는 안 본다는 점! 17살에 우유 배달을 하면서 최초로 아저씨라는 소리를 들어 본 적이 있었던 것이다.

끔찍한 기억, 다시는 되돌리고 싶지 않은 아픔.

"크흠."

위드가 주변을 살펴보니 알베론과 서윤이 있었다.

교황 후보 알베론. 레벨이 높고 고위 신성 마법도 많이 익히고 있어 데리고 다니기 무척 편했다. 알베론이 없었더라면 진혈의 뱀파이어족도 이길 수 없었으리라.

이번에는 북부에서 덩그러니 알베론과 서윤에게 의지하면서 퀘스트를 수행해야 했다.

위드는 알베론을 향해 명령했다.

"춥다. 우선 모닥불이나 피워 봐라."

"네."

알베론은 공손하게 대답을 한 후에, 주변의 나무들을 모아서 불을 피웠다. 착하고 순수한 알베론은 시키는 일이라면 군소리 없이 잘했다.

그사이에 서윤의 입술은 시퍼렇게 변해 있었다.

교황 후보 알베론이야 냉기가 침범하지 못하는 사제복을 입고 있다. 위드도 예티의 가죽을 입어서 어느 정도의 추위는 견딜 수 있었다. 하지만 서윤에게는 특별히 보온과 관련된 옷이 없으니 상당히 추울 수밖에 없다.

위드는 배낭에서 바느질 도구와 가죽을 꺼냈다.

당분간은 어쩔 수 없이 서윤과 함께 다녀야 하니 옷을 직접 만들어 주려는 것이다. 다행히 검치 들의 옷을 만들어 주고 남은 가죽이 있었다.

위드는 가죽을 자르고 평소보다도 꼼꼼하게 바느질을 했다.

띠링!

여성용 가죽옷
오래 산 검은 수태지의 가죽으로 만든 옷. 굉장한 감수성을 가진 재봉사가 중급 이상의 재봉용 재료를 써서 만든 옷이다. 팔과 다리를 자유롭게 움직일 수 있으며, 두껍지 않아서 활동하기에 편하다.
내구력: 80/80
방어력: 25
제한: 레벨 250
옵션: 민첩 +20. 화살이 잘 박히지 않는다. 댄서가 입을 경우에 춤의 효과가 3% 증가한다.

이윽고 위드는 옷을 완성해서 서윤에게 내밀었다.

"입어…요."

나오지 않는 존댓말을 억지로 하면서!

위드가 만든 옷은 기본적인 가죽옷이다. 갑옷 안에 얼마든지 받쳐 입을 수 있다.

마법사나 성직자들은 힘이 약해서 불가능하지만, 갑옷을 입을 수 있는 이들은 이런 가죽옷 위에 추가로 입기 때문에 더욱 뛰어난 방어력을 갖는 것이다.

서윤의 체형에 대해서는 조각품을 만들면서 이미 알고 있었으니 맞춤옷을 제작할 수 있었다.

그런데 서윤은 옷을 받지 않았다.

"……."

그저 물끄러미 위드가 내민 옷을 보고만 있는 것이다.

위드의 머릿속에 스쳐 가는 생각.

'잘 모르는 사람이 주니 부담스러워하는구나.'

오크 카리취로서 며칠간 동행한 적이 있지만, 그것은 그녀는 모르는 일이었다. 아주 예전에 교관의 통나무집에서 바비큐를 같이 먹었던 적밖에 없으니 충분히 부담스러워할 수도 있다.

위드는 그런 생각에, 호의를 가득 실은 미소를 보냈다.

"괜찮아요. 입어도 됩니다. 일부러 입으라고 만든 옷이니, 어서 받으세요."

그러나 서윤은 아무 말 없이 고개를 저었다.

'왜 그러지?'

위드는 의아해하면서 그녀의 시선을 살폈다. 서윤은 위드가 입고 있는 예티의 가죽옷을 무표정하게 보고 있었다.

'설마……!'

순간 스쳐 지나가는 생각!

위드는 서윤의 위치를 확인했다. 그녀는 모닥불 바로 앞에 서 있었다. 조금만 더 다가가면 불에 델 정도로 가까운 거리.

'추위를 싫어하는 거야. 그럼 이 옷을 받지 않은 이유도…….'

부담감 때문에 호의를 거절한 것은 아니었던 것이다. 좀 더 따뜻한 옷이 필요하다는 무언의 요구.

위드가 만든 옷은 여성복답게 적당히 노출도 되어 있고, 가죽을 아끼기 위해서 여러 겹으로 만들지도 않았다. 그것을 날카롭게 확인하고 다른 옷을 바라는 것이다.

위드는 어쩔 수 없이 새로 옷을 만들어 주어야 했다. 남아 있는 가죽을 다수 사용해서 여러 겹으로, 노출 부위가 없도록 두꺼운 옷을 만들었다.

그때에야 서윤은 선뜻 옷을 받아 들고 바위 뒤에 가서 갈아입고 나왔다.

대충 추위를 이겨 낼 준비를 마치고 나서 위드는 알베론에게 물었다.

"죽음의 계곡이 어디지?"

"센데임 계곡이라고 합니다."

"원래 지명이 있군. 혹시 그곳도 불사의 군단과 관계있나?"

위드가 경험한 큰 퀘스트는 대체로 불사의 군단과 연관이 있는 경우가 많았기에 던진 질문이었다.

그러나 알베론은 고개를 저었다.

"바르칸이 지휘하는 불사의 군단은 교단에서 조사를 하고 있습니다. 이번 일은 불사의 군단과는 다른 것으로 알려져 있습니다. 오래전 니플하임 제국과 관련된 일입니다. 센데임 계곡에 대한 정보는 모라타 마을의 장로에게서 얻으실 수 있을 것입니다."

"그렇군."

위드는 동굴 밖으로 나왔다.

멀리 보이는 흑색의 거성!

진혈의 뱀파이어와 싸웠던 그곳, 모라타 성이었다.

과거에는 폐허가 되어 있던 성 앞마을의 집들도 이제는 제법 번듯하게 보수를 마친 모습이었다. 여기저기 주민들도 돌아다니고 있었다.

"그럼 가자."

위드는 터벅터벅 모라타 마을을 향해서 걸었다. 그러자 알베론과 서윤이 조용히 따라왔다.

마을 주민들은 위드를 크게 반겼다.

"용사여! 이곳에 돌아오신 것을 환영합니다. 우리의 생명을 구해 주신 은혜를 결코 잊지 않을 것입니다."

퀘스트를 깨면서 모라타 마을이 되살아났다.

위드의 마을에 대한 공헌도는 최고 수준! 그 덕분에 마을 주민들의 호의를 잔뜩 받을 수 있었다.

위드는 마을 장로부터 찾아갔다.

과거에는 다 부서지고 뼈대밖에 남아 있지 않던 가장 큰 집이 멀쩡하게 고쳐져서 장로의 집이 되어 있었다. 벽난로에는 장작이 활활 타올라, 온 집 안에 훈훈한 공기가 감돌았다.

"용사여, 어려운 때에 다시 이곳을 찾아 주셔서 진심으로 감사드립니다."

"그렇지 않아도 꼭 와 보고 싶었습니다. 장로님이나 주민들이 모두 무사한 것을 보니 저도 기쁘군요."

"프레야의 기사님과 사제님들이 지켜 준 덕분이지요."

몬스터가 들끓는 마을은 언제라도 침략을 당할 수 있다.

바란 마을이 그랬던 것처럼 사람들이 몬스터에게 끌려가거나 노예로 부려질 수도 있다. 하지만 프레야 교단 덕분에 이 마을은 무사할 수 있었다.

장로는 김이 모락모락 나는 고구마를 바구니 한가득 담아 왔다.

"마침 식사 시간인데, 함께 드시겠습니까?"

"사양하지 않겠습니다."

위드는 식탁에 앉아서 고구마의 껍질을 벗기기 시작했다. 서윤도 그 옆에 앉아서 묵묵히 고구마의 껍질을 벗겨 먹었다.

과거에도 이런 식으로 교관의 통나무집에서 함께 식사를 했던 적이 있었다.

'볼 때마다 뭔가를 같이 먹게 되는군. 이런 것도 인연이라면 인연일까?'

모닥불에 넣어서 구운 고구마. 김이 모락모락 올라오는 밤고구마는 속살이 보기 좋은 노란색으로 잘 익었다.

위드는 고구마를 한 입 베어 먹었다.

고소하면서도 달콤한 그 맛!

'김치가 있다면 딱 좋을 뻔했군.'

김치를 만들 수 있는 요리 스킬은 있었다. 배추나 그와 비슷한 재료들도 존재한다.

하지만 김치를 먹고 싶을 때마다 김장을 할 수는 없는 노릇이었다. 그래서 김치처럼 특별한 음식은 일반적으로 상당히 비싸게 팔리는 편이다.

세계적인 음식으로 널리 퍼진 이후로는 서양인들도 김치를 잘 먹게 되어서, 웬만한 식당에서도 쉽게 찾아볼 수 있었다.

요리사들이 맨 먼저 배우는 것도, 김치처럼 사람들이 즐겨 찾는 음식이었다.

위드는 부지런히 고구마 껍질을 벗겨 먹었다. 북부에 온 이후에는 그다지 먹은 것이 없어서 허기진 상태였던 것이다.

알베론도 처음에는 조심스럽게 맛만 보더니, 허겁지겁 먹어대기 시작했다. 그는 한때 위드와 함께 있으면서 음식의 맛을 알게 되었다.

바구니에 가득 담겨 있던 고구마가 빠른 속도로 줄어들어 갔다. 주로 위드나 알베론이 먹고 있었지만, 서윤이 먹어 치우는 양도 은근히 만만치는 않았다.

그때 위드는 장로의 표정을 살폈다. 빌붙어서 먹고사는 인생이란, 언제나 물주의 마음을 살펴야 한다.

좁혀진 미간과 찌푸린 눈!

아니나 다를까, 줄어드는 고구마에 대해서 민감하게 반응하고 있었다.

위드는 고구마를 내려놓으며 물었다.

"센데임 계곡에 대한 정보를 듣고 싶습니다."

퀘스트를 받지 않더라도 죽음의 계곡으로 가면 몬스터나 보물을 찾을 수는 있다. 그러나 필요한 정보를 얻고 보상도 받기 위해서는 퀘스트를 받는 편이 좋았다.

장로는 고구마에 대한 미련을 버리려는 듯이 먼 창밖을 보았다. 사방이 온통 흰 눈으로 덮여 있었다.

"과거 우리 니플하임 제국의 영광에 대해 알고 계십니까?"

"알지 못합니다."

위드는 베르사 대륙의 역사에 대해서도 별도로 공부를 했다. 각 왕국의 흥망성쇠와 영웅들의 이야기.

배경 지식을 이해하고 있어야 중요한 퀘스트를 받는 데 도움이 된다. 그러나 이런 때는 모른다고 하는 편이 나았다. 그래야 더 많은 이야기를 들을 수 있고, 그것은 어쩌면 퀘스트에 대한 중대한 힌트가 될 수도 있기 때문이다.

장로는 슬픈 얼굴을 했다.

아마도 그 슬픔에는 줄어가는 고구마가 큰 몫을 차지하리라. 그는 위드와 일행을 초대한 것을 후회하고 있는지도 모른다.

"우리들이 사악한 저주에 걸려 돌로 변하기 얼마 전까지만 해도, 니플하임 제국은 번성하던 국가였습니다. 지금처럼 춥지도 않고, 참으로 살기 좋은 땅이었지요. 저는 니플하임 제국의 변방 귀족 중 하나였습니다."

모라타 지방의 마을 주민들은 모두가 과거의 역사 속의 주인공들이라고 할 수 있다. 어떤 면에서 볼 때에는 굉장히 많은 퀘스트를 가지고 있을 수밖에 없는 중요한 마을이었다.

아마도 북부가 본격적으로 개척되기 시작한다면 모라타 마을은 모험가들로 들끓을 수밖에 없으리라.

"그런데 제가 어릴 때에 갑작스러운 몬스터의 침입으로 수도가 불타고, 주민들이 떼죽음을 당했습니다. 명예를 지키며 살아가기로 맹세했던 황제는, 자신의 목숨이 경각에 달하자 비겁하게도 호위병들과 함께 황궁과 수도를 버리고 도망쳐 버렸습니다. 몬스터들은 도주하는 황제를 쫓아갔고, 결국은 따라잡았다고 전해집니다. 그곳이 바로 센데임 계곡이었지요."

"황제는 죽었겠군요."

"아마도 그랬을 것입니다. 황제의 비겁한 죽음으로 인하여 제국은 정통성을 잃고 사분오열되어 귀족들끼리 권력 쟁탈전을 펼치다가 자멸하고 말았습니다. 그러나 이 모든 것은 불확실한 소문일 뿐! 진실은 알 수 없습니다. 그러므로 당시에 일어났던 일이 진정 무엇이었는지, 그 진실을 찾아 주셨으면 합니다."

띠링!

진실과 영광

니플하임 제국의 황가에서는 영광된 기사들을 많이 배출하였다. 황제 이벤 니플하임 6세는 뛰어난 기사였고, 물러설 줄 모르는 전사였다. 하지만 죽음 앞에서 그의 기사답지 못한 행동은 많은 비난을 받았다. 센데임 계곡에서 벌어진 역사의 진실을 찾아라.

난이도: A

보상: 니플하임 제국의 보물.

제한: 정의로운 자만 임무를 맡을 수 있다. 극도의 추위를 이길 수 있어야 한다.

또다시 A급 난이도의 퀘스트가 나왔다.

위드는 안도의 한숨을 쉬었다.

'그래도 A급으로 그쳤기에 다행이다.'

A급 이상의 퀘스트, 존재한다고만 알려져 있는 S급의 퀘스트가 나오지 않은 것만으로도 가슴을 쓸어내릴 수 있었다.

위드는 은근슬쩍 서윤을 보았다.

맑은 눈망울과 투명하고 맑은 피부.

예쁘다는 말조차 실례가 되는 건 아닌지 우려될 정도의 아름다움을 가진 그녀. 거기에 형언하기 힘들 정도로 신비로운 매력까지 뿜어내고 있었다.

위드가 만든 단순한 가죽옷을 입고 있지만, 단아함이 흘러나온다. 어떤 옷을 걸치든지 명품을 만들어 버리는 절대적인 미모를 가진 서윤이었다.

그러나 위드가 보는 건 단순한 싸움꾼이었다.

'이번에도 꽤 어려운 퀘스트를 받은 것 같지만, 도와줄 사람이 하나 있으니 괜찮겠지.'

그동안 지켜본 바에 의하면 서윤의 전투력이야말로 장난이 아니었다. 강력한 스킬, 엄청난 생명력, 지치지 않는 체력과 놀라운 공격력까지!

전투 계열의 직업으로는 장점만 모아 놓았다고 할 수 있다.

위드나 검치 들 또한 매우 뛰어난 근접전 능력을 보여 주지만, 서윤처럼 적당히 스킬 위주로 싸우는 것도 그렇게까지 나쁜 선택은 아니었다.

여성 특유의 유연하고 부드러운 움직임.

정확한 시점에서 사용하는 높은 숙련도의 스킬까지!

마나만 있다면 더 안전하고 빠르게 사냥할 수 있는 것이다.

거기에다가 서윤은 전투를 하다 보면 어느 순간부터 돌변한다. 눈에서 붉은 빛을 뿜어내면서 싸우는데, 이것이야말로 광전사의 특징이었다.

광전사가 되면 몬스터를 죽일 때마다 생명력과 마나가 보충된다. 그 양이 미미하긴 하지만, 몬스터들로 가득한 곳에서 싸운다면 결과는 엄청나게 달랐다.

검치 들이 택한 무예인이 소수의 강한 적과 싸우기에 좋다면, 광전사라는 직업은 다수의 몬스터를 쉬지 않고 때려잡는데 가장 특화된 직업인 것이다.

그런 서윤이 있으니 위드는 퀘스트에 대한 부담감을 훨씬 덜 수 있었다.

"센데임 계곡으로 가서 그때의 일을 조사해 보겠습니다."

퀘스트를 수락하였습니다.

흔쾌히 퀘스트를 받아들이고 나니, 장로는 무척이나 좋아했다.

"고맙습니다. 우리들을 위해서 이렇게 어려운 일을 해 주시다니⋯⋯."

"아닙니다. 당연히 제가 해야 할 일이었습니다. 오히려 먼저 찾아오지 못한 점을 사과드리고 싶습니다. 앞으로도 어려운 일이 있다면 언제든지 저를 찾아 주세요."

사냥도 좋지만, 퀘스트로 얻는 수익도 만만치 않다!

명예의 전당에 올려서 광고 수익을 얻거나 방송사와의 계약을 통해 돈을 벌 수 있었으니 나쁜 조건은 아니었다.

위드는 적당히 친밀도를 쌓아 두기 위해서 작업성 멘트까지 날렸다. 그것이 상당한 효과를 발휘하였는지, 장로의 얼굴에는 존경심마저 어렸다.

"지금까지 진실을 알고자 하는 이들이 수없이 센데임 계곡으로 탐험대와 기사들을 파견했지만 아무도 돌아오지 않았습니다. 센데임 계곡은 그 후, 죽음의 계곡으로 불리게 되었지요."

"……."

장로의 말을 들은 위드는 비명을 지르고 싶었다.

'그런 사실은 미리 좀 알려 줘야 할 것 아니야!'

하지만 사실 A급 난이도의 퀘스트였기에 그런 정도의 고난은 이미 예상한 바다. 언제나 맨땅에서부터 시작했으니 두려울 것도 없었다. 지금 와서 마음이 바뀔 만한 이유가 없는 것이다.

장로가 이어 말했다.

"그러면 이분도 같이 가시는 건지요."

서윤을 칭하는 것이었다.

추운 북부로 와서 더욱 냉정한 얼굴을 하고 있는 그녀!

그러나 퀘스트를 공유받기 위해서는 파티에 참여해야 했다.

위드가 손을 내밀었다.

"내 파티에 가입하세요."

서윤 님을 파티에 초대하였습니다.

세에취와 있을 때에는 그들의 파티를 그대로 흡수하는 식으로 이루어졌기 때문에, 개별적으로 파티에 초대하는 것은 처음이었다.

그런데 서윤은 그저 가만히 있을 뿐이었다.

위드는 불길한 예감이 들었다.

'설마 여기까지 와서 파티에 가입을 안 한다는 건 아니겠지.'

퀘스트를 안 받고 위드 혼자서만 고생을 하라고 내버려두는 상황!

충분히 그럴 수 있다고 여겨졌다.

물론 서윤은 겉으로 보이는 태도만큼 냉정한 사람은 아니다.

전투를 좋아하지만 따로 욕심을 내진 않는다. 매우 희귀하게 나오는, 좋은 아이템을 주는 몬스터라고 해도 먼저 덤벼들지 않는 한 싸우지 않는 것만 보아도 그쯤은 알 수 있었다.

하지만 서윤은 주변의 일에 대해서는 철저히 무관심했다.

오크 카리취로 따라다닐 때에도 한마디의 말도 건넨 적이 없었던 만큼, 위드의 퀘스트도 무시해 버릴 수 있는 것이다.

그렇게 위드가 불안해하고 있을 때, 서윤이 자신의 손을 위드의 손 위에 가볍게 올렸다.

파티에 새로운 동료를 받아들였습니다.

서윤은 스스로도 자신의 마음을 이해할 수가 없었다. 누군가와, 그것도 잘 모르는 남자와 이렇게 따로 돌아다니리라고는 꿈에도 생각지 못했다.

물론 세에취가 떠민 덕분에 갑자기 이루어진 일이었지만, 그렇다고 해도 본인이 원하지 않았더라면 여기서라도 따로 행동했을 것이다.

'이상하게 불편하지 않아.'

서윤은 의아해졌다.

교관의 통나무집에서 만나 본 게 전부인 사람이었다. 그런데도 왠지 모르게 위드가 친숙하게 느껴졌다.

세에취를 비롯한 다른 동료들과 다 같이 사냥을 할 때부터 전해져 온 느낌이었다.

서윤은 한마디 말도 하지 않았다. 생명력이 떨어져 있다고 해도 입 밖으로 그것을 표시하지 못한다. 그럴 때마다 위드가 미리 살피다가 치료를 받을 수 있도록 해 주었다.

전투가 끝나면 붕대를 감아 주기도 하고, 무기나 방어구의 수리도 해 주었다.

이런 느낌은 예전에도 가졌던 적이 있었다.

유노프 협곡에서 동행했던 오크 카리취의 느낌.

얼굴은 지독하게 못생겼지만 눈빛이 참 선하던 오크 카리취.

무기를 수리하고 돌보아 주는 것까지 상당히 비슷했다.

말을 하지 않는 그녀이기에 사람을 볼 때에는 표정이나 눈빛을 더욱 세심히 살핀다. 한마디의 대화도 나누었던 적이 없지만, 서윤은 그 때문에 더욱 다른 사람의 분위기나 기질을 잘 파악했다.

위드에게서는 그때의 오크 카리취의 느낌이 났다.

서윤이 밝힌 적 없는 그녀의 마음을 이해해 주고, 언제나 뒤에서 지켜 주던 그 든든한 오크의 모습이, 위드를 보면서 떠올랐다.

말이 아닌 마음과 느낌을 믿었다.

그 때문에 서윤은 위드와 함께 다닐 수 있었다.

장로의 집에서 나온 위드는 모라타 마을을 돌아다니면서 정보들을 수집했다. 주민들이나 프레야의 성기사들, 사제들이 그 목표가 되었다. 프레야의 성기사들은 이 모라타 마을을 지켜 주기 위해서 그대로 남아 있었던 것이다.

위드는 우선 여행 물품을 구입하면서 상점 주인들에게 센데임 계곡에 대해서 질문했다.

"센데임 계곡? 죽음의 계곡으로 더 잘 알려진 곳이지. 그곳에는 다수의 몬스터들이 있다고 해."

"어떤 몬스터인지 알 수 있을까요?"

"음… 아이스 트롤이 있을 거야. 죽음의 계곡 같은 곳에서는 아이스 트롤들이 많이 출몰하거든."

아이스 트롤!

뛰어난 신체 재생 능력을 가지고 있고, 추위를 이용하는 능력이 탁월해서 상대하기 쉬운 몬스터는 아니다.

그러나 위드가 이런 정도의 위협에 굴복할 리는 없었다.

어쨌거나 던전이 아닌 계곡이라면 1마리씩 유인해서 사냥할 수 있다. 시간이 꽤 걸리겠지만, 활로 유인해서 하나하나 잡는다면 불가능한 일은 아니다.

물론 덧붙여 지독한 노가다를 해야 하겠지만, 그쯤이야 늘 해 왔던 것이니 무서울 게 없었다.

'아이스 트롤의 피는 아주 고가에 팔리지. 웬만한 약초보다도 효과가 좋고 포션의 재료로 쓰이기도 하니까.'

매사에 견적부터 뽑아 버리고 마는 위드!

강한 몬스터가 무서운 것이 아니라, 가죽밖에 남기는 것이 없는 몬스터가 제일 두렵다. 그나마 그 가죽마저도 싸구려라면 그 이상 끔찍한 몬스터가 없는 것이다.

'계곡이라면 지형지물이 상당히 중요하겠군.'

계곡의 위쪽에서 아래로 화살을 쏠 수만 있다면, 생각보다 상당히 쉬운 사냥이 될지도 모른다.

'하지만 아이스 트롤들이 계곡 위쪽을 장악하고 있다면 점령 전을 펼쳐야 하는데, 그러면 훨씬 까다로워질 거야.'

위드도 점령전에 대한 경험은 없었다.

몬스터들이 장악한 지역에 대한 탈환 작전!

실질적인 공성전이나 다를 바가 없는 것이다.

과거에 알베론과 몇몇 성기사들을 데리고 모라타 성에서 진혈의 뱀파이어족과 싸웠던 것과는 상황이 많이 달랐다. 그때는 뱀파이어들의 숫자도 적었고, 공성전다운 느낌도 없었다.

위드는 다른 마을 주민들에게서도 정보를 얻었다.

"죽음의 계곡이라면 여기서 꽤 먼 곳이야. 최소한 1달은 가야 할걸. 왜 그렇게까지 오래 걸리냐고? 니플하임 제국의 영토는 광활하기 때문이지."

"아이스 트롤? 물론 아이스 트롤도 있기야 하겠지. 하지만 몬스터만 위험하냐면, 그것은 아니야. 나도 할아버지에게 들은 이야기인데, 그곳에는 원래 니플하임 제국의 보물 창고가 있었다더군. 그래서 위험한 함정들이 대단히 많을 걸세."

몬스터와 함정으로 가득 찬 죽음의 계곡!

"아침마다 어떤 지독한 기운이 솟구쳐 나온다고 해. 그 때문에 죽음의 계곡 근처에서는 어떤 식물도 자라지 못한다지."

"새하얀 무언가가 죽음의 계곡 근처에서 날아다니는 걸 보았다는 사람들도 있어."

"나는 잘 모르지만, 그 날아다니는 것은 굉장히 컸다고 하더군. 몸뚱이가 무려 300미터가 넘는다던데. 말도 안 되는 일이지. 아마 본 사람의 착각일 거야."

성기사들도 한마디씩 했다.

"죽음의 계곡요? 그곳은 굉장히 위험합니다. 아이스 트롤뿐만 아니라 다른 몬스터들도 다수 있습니다."

"교단에서 추측하기로는, 아마도 몬스터 밀집 지역이 아닐까 합니다."

"그렇게 많은 몬스터들이 한곳에 모여 있는 것은 누가 보더라도 비정상적인 상황일 수밖에 없지요. 아마도 그들을 이끄는 보스 몬스터가 있으리라 짐작됩니다. 수백 년간 몬스터들을 장악해 올 정도라면 보통 몬스터가 아닐 테니 각별히 주의하셔야 됩니다. 가능하다면, 보스 몬스터만큼은 무슨 수를 써서라도 피하시는 편이 좋겠지요."

"프레야 여신님의 가호가 함께하고 있으니 용기를 잃지 마시기를."

위드는 정보를 모으면서, 죽음의 계곡에서의 일을 어느 정도 머릿속에 그릴 수 있었다.

프레야 교단의 성기사들은 웬만한 일에는 두려워하지 않는다. 그런 성기사들이 무서워할 정도의 보스 몬스터라면 상당한 수준임에 틀림없다.

'쉽지는 않겠군.'

그러나 모든 것은 직접 가 봐야만 알 수 있는 일이다. 확실하지도 않은 것 때문에 움츠러들 필요는 전혀 없었다.

'무언가 해법이 있겠지.'

죽음의 계곡에 대한 정보도, 그 인근 마을에서는 보다 상세히 얻을 수 있을 것이다. 이런 식으로 멀리 떨어진 곳에서는 아주 단편적인 정보밖에는 얻을 수 없다.

그렇게 서윤과 알베론을 이끌고 모라타 마을을 돌아다니던 차에, 위드는 작은 소녀를 만났다.

프리나!

뱀파이어 로드 토리도에 의해 석상으로 변했던 소녀였다.

작고 귀엽던 프리나는 하얀 포대를 들고 있었다.

"아저씨, 아저씨가 절 구해 주셨죠?"

여지없이 듣고야 마는 아저씨 소리.

그러나 위드는 함박웃음을 지었다.

"그래. 잘 돌아다니는 것을 보니 나도 기쁘구나."

"고마워요. 돌로 변해 있다는 것은 참 슬픈 일인 것 같아요. 심장이 뛰지 않고 피도 흐르지 않고, 딱딱해진 자신의 몸속에 갇혀 지내면서… 참! 혹시 꽃에 관심이 있으세요?"

"꽃?"

물론 위드는 꽃에 전혀 관심이 없었다. 그러나 곧이곧대로 대답할 수도 없는 노릇.

"꽃에는 좋은 향기가 있지. 예쁘게 피어난 꽃들 사이로 나비와 꿀벌들이 날아다니는 그런 평화로운 풍경을 나는 사랑한단다. 풀밭에 누워서 시원한 바람을 맞으면 한없이 행복하지."

실제로는 어두컴컴한 던전에서 횃불 하나 들고 몬스터 사냥에 열중하는 위드였다.

탁한 공기, 역겨운 냄새, 안으로 들어갈수록 무엇이 나올지를 알 수 없는 동굴. 이런 곳에서 미친 듯이 사냥을 하는 것이야말로 위드의 즐거움이었다.

메마른 감수성!

그러나 프리나를 대할 때에는 매우 조심스러웠다. 아직 어린 소녀의 꿈을 깨고 싶지 않았던 것이다.

프리나는 박수를 치며 기뻐했다.

"그래요? 참 잘됐어요. 그러면 저의 작은 부탁을 한번 들어 주시겠어요?"

"얼마든지 말해 보렴."

"죽음의 계곡으로 가신다고 들었어요. 그곳에 이 씨앗을 좀 뿌려 주실 수 있을까요? 악과 죽음의 기운으로 가득한 그곳에 희망의 꽃들이 피었으면 하거든요. 이 작은 씨앗들이 자라나서 꽃을 피우는 데에는 많은 노력이 필요해요. 꽃들이 피면 얼마 전에 사귄 제 친구가 기뻐할 거예요."

띠링!

위드는 망연자실하게 프리나가 내민 씨앗들을 보았다.

그녀가 땅에 질질 끌고 다니던 포대! 그 안에는 씨앗들이 가득 담겨 있었던 것이다.

개수로 헤아리기도 어려울 정도의 씨앗.

이것으로 죽음의 계곡을 꽃밭으로 만들라는 의뢰다.

온 세상을 꽃으로 뒤덮어 버리고 싶어 하는 소녀의 야망!

'굉장히 힘든 의뢰로군.'

몇 송이의 꽃을 심는 것은 취미 생활이다.

수백 송이의 꽃을 가꾸는 것도, 힘들지만 할 수 있다. 그러나 수만, 수십만 송이의 꽃이라면 이것은 보통 일이 아니다.

거기에다가 꽃이 자랄 때까지 몬스터로부터 보살펴 주려면 정말 만만치 않은 일이었다.

'죽음의 계곡에서 씨앗을 뿌려야 하다니, 왜 난이도 A인지 알 수 있겠군.'

위드는 고개를 저으면서 거절하려고 했다. 난이도가 높은 것은 둘째 치고, 번거로운 일이 너무 많이 생길 것 같았다.

그런데 가만히 따라다니던 서윤이 덥석, 씨앗이 담긴 포대를 받았다.

"고마워요, 언니!"

파티 동료인 서윤이 퀘스트를 수락하였습니다.

서윤은 늘 그래 왔다. 말을 해서 적극적으로 퀘스트를 받아들였던 적은 없지만, 사람들의 부탁을 거절하진 않았던 것이다.

결국 위드도 어쩔 수 없이 퀘스트를 받아들이기로 했다.

"꽃을 심고 가꾸는 일은 나도 무척 좋아하지. 이렇게 기쁜 일을 시켜 주어서 고맙구나."

퀘스트를 수락하였습니다.

얼굴은 울고 있지만, 입가에는 억지로 띠는 미소!

썩은 미소는 시간이 갈수록 발전하고 있었다.

이혜연은 부푼 기대를 안고 〈로열 로드〉에 접속했다.

캐릭터의 이름은 유린이라고 지었다.

여성스럽고 앳되고 귀여운 이름. 발랄할 것 같아서 지은 이름은 당연히 아니었다.

유린은 일종의 약자였던 것이다.

인권 유린!

"몬스터들! 모조리 괴롭혀 주겠어."

유린은 큰돈을 벌고 싶었다. 아이템도 가능한 한 많이 얻을 수록 좋다. 대학에 입학하기 전까지는 시간이 상당히 많이 있으니, 열심히 레벨을 올릴 작정이었다.

일단 유린이 선택한 도시는 로디움이었다. 잘하면 위드를 만날 수 있을 것이라는 기대 때문이었다.

"마을 앞에서 저희들과 같이 사냥하실 분."

"성직자 구해요!"

"조각사가 파티 찾습니다. 공격력 7짜리 조각칼 가지고 있습니다."

"치유의 노래 익힌 레벨 35 바드가 파티 가입 원합니다. 일주일 정도 함께 사냥할 수 있는 파티라면 좋겠습니다."

로디움의 중앙 광장은 여전히 사람들로 붐비고 있었다.

한쪽에는 엄청난 숫자의 걸인들도 있었지만, 일부에서는 사냥을 하기 위해서 파티를 결성하고 있었다. 다양한 복장을 차려입은 수천 명이 멋진 조각품이 있는 광장에 몰려 있는 것은, 한편으로는 꽤나 대단한 장면이었다.

유린처럼 대학교에 수시 합격한 고등학교 3학년들인 듯, 초보용 복장을 하고 있는 앳된 얼굴들도 다수 보였다.

하지만 아쉽게도 위드는 이미 로디움을 떠난 후였다.

유린은 차라리 잘됐다고 여겼다.

"좋아. 상관없어. 어차피 처음부터 신세 지면서 하고 싶은 마음도 없었으니까."

유린은 두 팔을 걷어붙이고 돈을 벌기 위해 일자리를 구했다. 〈로열 로드〉를 시작하고 첫 4주 동안은 도시 밖으로 나가지 못한다. 그사이에 돈을 벌려는 것이었다.

"요리에 관심이 많은 식당 보조 구합니다."

"제 아이가 책을 참 좋아해요. 멋진 영웅들의 책을 읽어 주실 분이 계실까요?"

"흠, 요즘 내 가게에 파리들이 너무 많아. 파리들을 5시간 동안 쫓아 줄 수 있을까? 그러면 내가 20쿠퍼를 주지."

유린이 구할 수 있는 일자리는 겨우 이 정도가 전부였다.

위드처럼 체력 단련을 위하여 묵묵히 허수아비를 칠 수도 있다. 그러나 그렇게 늘어난 스탯들은 결국 육체와 관련이 있는 것들.

'난 예쁜 소녀 마도사가 되어야지.'

유린이 꿈꾸는 것은 절대적인 마도사였다.

대규모 광역 마법으로 수백 마리의 몬스터들을 먼지로 만들어 버린다. 마른땅에 비를 내리게 하며, 절벽을 무너뜨리고, 성을 일거에 박살 내는 마도사!

모라타의 밤

달이 떠오른 밤에 위드는 국자를 휘젓고 있었다.

과거에 진혈의 뱀파이어족이 거주하고 있던 을씨년스러운 흑색 거성을 배경으로, 모라타 마을의 한복판에서 요리를 하는 것이다.

북부에서 밤중에 이동하는 것은 자살행위나 다름없다.

확실히 아는 지역이 아니고서는 강한 몬스터들이 우글거리기에 움직이지 않는 편이 좋다. 낮과는 비교할 수 없을 정도로 살인적인 추위를 견디기도 힘들다.

마을 장로에게서 고구마를 얻어먹기는 했지만 시간이 지나면서 포만감이 사라지고 허기가 졌다. 그리하여 위드는 모라타 마을에서 음식을 만들기로 했다.

"얼큰하고 시원한, 추위를 물리칠 수 있는 음식을 만들어야겠다."

유로키나 산맥에서 사냥했던 다양한 짐승들의 고기와 야채,

조미료를 넣고 끓이는 잡탕찌개!

"원래 잡탕이 더 맛있는 법이지."

모닥불을 크게 피우고, 그 위에 솥을 걸어 놓았다.

자글자글 끓는 국물.

위드는 불빛에 의존해서 고기를 썰어 솥에 듬뿍 넣었다.

건더기가 풍성하게 들어간 국물은 불그스름하게 변했고, 매콤한 냄새가 주변에 퍼졌다.

꿀꺽.

알베론의 침 넘어가는 소리가 들렸다. 프레야의 사제라고 해도 식욕만큼은 참기 힘든 모양이었다.

'이번에야말로 진짜 먹을 만한 요리를 해 줄 수 있겠군.'

위드는 힐끗 서윤을 보았다. 그녀는 가만히 불가에 쪼그리고 앉아서 국물이 끓는 것을 물끄러미 보고 있었다.

과거에는 급하게 유로키나 산맥으로 돌아가느라 제대로 된 요리를 할 겨를이 없었다.

오크 카리취일 때에는 손재주도 조금 약화되어서 요리 실력이 제대로 살지도 않았다. 그저 고기를 구워서 조미료를 뿌려 먹는 정도에 족했다.

그 구운 고기도 얼마나 맛있게 먹던 서윤인가.

그 후로 다시 만나서는 사냥을 하느라 바빠서 요리를 하지 못했다. 미리 대량으로 만들어 놓았던 빵을 나눠 먹기만 하였던 것이다.

'이제 이 음식이면 나도 미안한 마음을 덜 수 있겠어.'

숱하게 조각했던 서윤에게 사과의 뜻으로 요리를 만들어 주려는 것이었다.

그런데 위드가 요리를 만드는 주변에는 프레야의 성기사들과 사제들이 몰려 있었다.

근엄한 얼굴로 신성력을 발휘하는 성기사들! 그리고 고결한 사제들은 재료들이 섞인 잡탕국을 보며 군침을 흘렸다. 하지만 품위를 지켜야 한다는 생각에서인지 다가오진 않았다.

그때 모라타 마을 주민들이 잠도 자지 않고 집 밖으로 나왔다.

"이런 구수한 냄새가……."

"얼마 만에 맡아 본 건지 모르겠어."

탐욕스러운 눈길로 솥을 바라보는 주민들! 어린아이들은 배를 부여잡고 있었다.

하지만 위드는 어림도 없다는 듯이 고개를 저었다.

'아무에게도 줄 수 없지.'

조미료와 요리 재료들을 구하려면 돈이 든다. 그런 만큼 절대로 나눠 주고 싶은 마음 따위는 없었다.

그때 아이들이 울음을 터트렸다.

"엄마, 나 배고파!"

"조금만 참아. 내일이면 아빠가 돌아오실 거야."

"또 풀이야?"

"그래. 좀 더 남쪽으로 내려가서 씹기 좋은 나무껍질이나 풀뿌리들을 뽑아 오신다고 했으니 조금만 참으렴."

"으아아앙!"

아이들은 서러운 울음을 터트렸다.

폐허였던 모라타 마을은, 되살아나기는 했지만 엄청나게 가

난했다. 추위로 인해 농작물을 키울 수도 없고, 주변의 마을들과 연계되지 않아서 상업도 발달하지 않았다.

그저 근근이 살아가는 정도!

프레야 교단의 배급에 의하여 겨우 죽지 않고 먹고살 정도의 마을에 불과했다. 마을 장로가 자신들이 먹을 고구마를 나누어 주었던 것도 실은 굉장한 호의에 의한 행동이었던 것이다.

위드는 인상을 찌푸렸다.

'왜 하필이면 이렇게 가난한 곳들만 오게 되는 건지.'

과거에 성기사들을 간신히 먹여 살렸던 기억이 떠올랐다.

그들을 배불리 먹이기 위하여 얼마나 많은 고생을 했던가!

보통 때라면 절대로 인정을 베풀어 줄 리가 없다. 하지만 아이들이 굶주리고 있었다.

과거에 위드도 굶었던 적이 있다. 밥을 먹기 싫어서가 아니라, 쌀이 떨어졌기 때문에 어쩔 수 없이 굶주린 배를 움켜쥐며 살았다.

그런 경험을 한 이후로는 다른 것은 다 참아도 굶주림만큼은 참을 수 없었다.

위드는 아쉬움에 눈물을 삼키며 아이들을 불렀다.

"얘들아, 요리가 다 된 것 같다. 그러니 와서 먹으렴."

"정말 먹어도 돼요?"

"그럼. 이 아저씨가 너희들에게 주려고 정성을 가득 담아서 만든 것이란다."

"고맙습니다!"

위드는 잡탕찌개에 쌀과 약초를 듬뿍 넣어서 나누어 주었다.

와구와구!

며칠은 굶은 듯이 허겁지겁 먹어 대는 아이들.

마을 주민들도 천천히 다가왔다. 차마 말은 하지 못하지만 음식을 주면 좋겠다는 애처로운 표정이었다.

위드는 크게 갈등했다.

'저들을 다 배불리 먹이려면 아까운 음식 재료들과 조미료가 엄청나게 필요한데.'

말할 것도 없이 막대한 손실이었다. 식량 배급에는 금전적으로 이루 말할 수 없는 아픔이 뒤따른다.

'차라리 요리를 배우지 않았더라면 이런 마음고생을 안 해도 될 텐데!'

이때만큼 요리 스킬을 익힌 것을 후회했던 적이 없었다.

그렇지만 모라타 마을의 주민들은 심하게 굶주리고 있었다.

최소한의 인정, 도리, 양심!

이런 것과는 전혀 무관하게 살아왔다고 자부했다. 하지만 프레야의 성기사나 사제들이 지켜보고 있었다.

알베론이 다가와서 말했다.

"어려운 이들에게 식사를 만들어 주다니, 위드 님은 정말 훌륭하십니다."

"……."

"한 끼의 식사라도 제대로 하게 되면 희망이 생기지요. 뭐든 해 볼 수 있다는 희망. 가슴속에 희망이 없다면 살아도 산 것이 아닙니다. 신앙심 또한 희망과 함께합니다. 저와 성기사들, 사제들 그리고 모라타 마을의 주민들은 위드 님의 은혜를 절대로 잊지 않을 것입니다.”

“…….”

위드는 쓸데없는 말을 하고 있는 알베론의 입을 틀어막고 싶었다.

사제들이나 성기사들은 그를 굉장히 존경하고 있었다.

마을의 은인이며, 프레야의 성물을 찾아 준 대단한 모험가!

위드의 눈가가 파르르 떨렸다.

‘결국 이곳에서 이런 식으로 또 손해를 보는구나.’

어차피 돈을 쓰기로 한 이상 망설일 필요가 없었다.

위드는 국자를 저으며 기쁜 듯이 환하게 웃었다.

“나에게 꿈이 있다면 이 대륙을 떠돌면서 어려운 이들을 구원하고 몬스터들을 퇴치하는 것이야. 베르사 대륙의 평화와 번영을 위해서 내가 할 수 있는 일이 있다면 당연히 해야지.”

“역시 위드 님이십니다.”

알베론과 성기사들, 사제들의 존경심이 더욱 커졌으리라.

위드는 가지고 있는 음식 재료들을 모두 꺼냈다. 유로키나 산맥에서 사냥을 하면서 모았던 고기들과, 먹을 수 있는 풀과 채소들.

“조금만 기다리세요. 모두가 충분히 배불리 먹을 수 있는 음식을 만들어 드릴 테니까요.”

위드는 그 재료들을 가지고 요리를 시작했다.

멸치를 삶고 적당히 조미료들을 섞어 걸쭉한 육수를 만들고, 고기를 듬뿍 넣은 탕을 끓였다.

탕이 끓을 때마다 가슴이 찢어지는 고통!

주르륵.

위드의 두 눈에서 눈물이 흘러내린다.

"위대한 성자의 눈물이다!"

"우리를 위해서 눈물까지 흘리시다니."

"이 대륙의 평화를 위해 노력하는 진정한 기사야!"

모라타 마을 주민들이 놀라서 외쳤다.

돈이 아까워서 흘러내리는 눈물을 그렇게 착각하고 있는 것이다.

'이 아까운 내 돈.'

위드는 도저히 참지 못하고 작은 종이를 꺼냈다. 그리고 빠르게 글을 썼다.

모라타 마을에서 굶주린 사람들을 위해 매우 비싼 고급 요리를 듬뿍 해 줌.

조미료: 7골드 47실버 98쿠퍼.

고기: 베르사 대륙 평균 시세에 따라 38골드 80실버 7쿠퍼.

각종 야채: 9골드 10실버.

요리를 하는 데 든 노력: 20골드.

모라타 주민들을 먹이는 데에 쓴 음식 재료들의 값을 적어 놓은 것이다.

위드는 억울함과 안타까움에 땅을 치고 싶었다.

'이렇게 지출한 돈을 벌기 위해서라도 더 열심히 일해야겠구나.'

지출 내역서를 보면서 더욱 열심히 돈을 벌어야겠다는 다짐을 하게 되었다. 앞으로도 사냥을 하면서 지치거나, 퀘스트를 하는 도중에 포기하고 싶을 때에는 이것을 꺼내 보면서 더욱 힘을 낼 수 있으리라.

목적은 그것만이 아니었다.

이렇게 좋은 일을 하면서 가만있을 수는 없다. 은근히 길을 걷다가 이 종이를 떨어뜨려서 사람들의 관심을 모을 수 있다.

특히 페일이나 다른 일행과 파티를 하는 도중에 이 종이를 떨어뜨리는 것이다.

"어, 이게 왜 떨어졌지?"

그러면서 무언가에 쫓기듯이 서둘러서 황급하게 종이를 줍는다. 당연히 동료들은 궁금해할 수밖에 없으리라.

위드는 절대 바로 보여 줄 용의가 없었다.

숨기고, 숨길수록 정보의 가치는 더욱 커진다.

별것도 아니라면서 일단은 거절한다. 그러다가 호기심이 절정에 이르렀을 때 어쩔 수 없다는 듯이 품에 손을 넣는다. 이때에도 세 번쯤은 망설이다가 은근슬쩍 꺼내서 보여 주는 지출 내역서.

그런 식으로 동료들에게 자랑을 하기 위해서 따로 작성을 해 놓는 것이었다.

기름진 고기가 들어 있는 탕을 받은 마을 주민들은 무척이나 즐거워했다.

"과연 우리 마을의 은인이십니다."

"고맙습니다. 이 은혜를 어찌 갚아야 할지요."

주민들은 1명씩 감사의 인사를 하고 지나갔다. 위드는 아무렇지도 않게 미소로 답했다.

"뭘요. 그저 제가 지금까지 걸어온 길이 늘 이랬는데요. 이제는 이것이 제 운명이라고 생각합니다. 어려운 사람을 돕기 위해서 제가 할 수 있는 일은 무엇이든 한다면, 그것이 바로 후회 없는 삶이 될 것입니다."

"역시 위드 님이십니다."

기왕에 음식을 퍼 주는 것이었기에, 위드는 아부를 한마디라도 더 하는 사람들에게 더 많이 담아 나누어 주었다.

하지만 그를 잘 아는 동료들이 현재 위드의 모습을 보았다면 절대로 믿지 않았으리라.

과거에 피라미드를 만들 때였다.

피라미드가 완성되고 난 이후에 세라보그 성에는 기쁨의 눈물을 흘리는 이들이 많았다. 그것도 레벨이 낮고 돈이 없는 초보들이 대다수였다. 풀죽으로 착취된 노동의 끝에 영양실조에 걸린 이들이 드디어 퀘스트를 완수하고 돈을 받을 수 있어서 기뻐한 것이다.

최소한 빵이라도 사 먹을 수 있을 테니까!

그렇게 살아온 위드였는데, 지금의 모습은 한없이 자연스럽기만 했다. 평소에 자선사업을 한 번도 안 하던 이들이 더 능숙한 법이었다.

알베론이나 프레야 교단의 성기사들, 사제들은 감탄을 금치 못했다.

"프레야의 가호가 위드 님에게 향할 것입니다."

성기사나 사제들의 호의적인 태도는, 더 이상 좋을 수가 없을 정도였다. 정의로움과 대가 없는 베풂을 실현하는 위드를 보면서 한없는 존경심을 갖게 된 것.

사제들이 권유했다.

"프레야 교단에서는 많은 사람들을 필요로 합니다. 위드 님의 신앙심은 이미 우리 모두가 알고 있으며 교단을 위해 훌륭한 일들도 하셨습니다. 비록 정식으로 신앙의 길을 걷지는 않으셨지만 자격은 충분하다고 봅니다. 이제 저희의 주교가 되어서 교단의 일에 본격적으로 참여해 보지 않으시겠습니까?"

띠링!

종교 직책을 제안받았습니다.
프레야 교단의 주교. 관할하는 지방의 신전들을 다스릴 수 있으며, 재정을 총괄하고 정책을 펼칠 수 있습니다. 성을 다스리는 성주나 도시의 시장과 비슷한 자리이지만, 교단의 일을 관할한다는 점에서 차이가 있습니다. 신전에 배속된 성기사들과 사제들을 육성할 수 있고, 헌금을 기반으로 토지를 구입하거나 새로운 신전을 건립할 수 있습니다.
주민들의 신앙심이 높아질수록 교단에서는 더 큰 직위를 내릴 것입니다. 하지만 공성전을 펼쳐서 성이나 마을을 획득한다면 막대한 악명을 얻게 됩니다. 가진 힘을 이용해 사악한 행동을 일삼을 경우에는 이단 심판관의 방문을 받을 수도 있습니다.
담당하게 될 지방은 교단의 공헌도나 명성, 신앙심에 따라 결정됩니다.
주교의 자리를 받아들이겠습니까?

프레야 교단의 주교는 존재 자체조차 세상에 알려진 바가 없는 특수한 자리였다.

교단의 중요 직책을 맡아서 성기사들과 사제를 부릴 수 있는 권한!

누구에게도 공개된 적이 없었던 직책이 위드에게 나타났다.

교단의 성물들을 되찾아 오고, 불사의 군단과의 전쟁을 통해 착실히 쌓아 온 공헌도, 높은 신앙심과 명성을 바탕으로 주교의 자리를 권유받은 것이다.

숭고한 종교의 길을 걸을 수 있는 기회!

하지만 위드는 고개를 저을 뿐이었다.

"저에게 프레야 교단을 위하여 봉사할 수 있는 기회가 온 것은 영광입니다. 하지만 제가 아니더라도 교단을 위해서 봉사할 사람들은 많이 있습니다. 저는 낮은 곳에서 지금보다 더 어려운 사람들을 위해 살겠습니다."

프레야 교단의 주교 직책을 거부하였습니다.

사제들은 성호를 그었다.

"위드 님의 훌륭한 마음을 프레야 여신님께서도 꼭 알아주실 것입니다."

아까운 기회였지만 위드가 거절한 이유는 간단했다.

주교가 되면 지금처럼 남들을 위해서 살아야 하는 경우가 많아질 것이다. 명성이나 영향력은 늘어날지 모르지만, 위드는 돈벌이가 중요하였으니 일고의 가치가 없었던 것이다.

"그럼 맛있게 드세요."

위드는 주민들에게 뜨거운 국물과 밥을 퍼 주면서 활짝 웃었다.

슬픈 눈빛으로 눈물을 흘리면서 억지로 입을 벌려서 웃는 웃음!

고통과 좌절, 체념, 원망, 분노가 압축되어 썩은 미소가 한 단계 발전하였다.

그럼에도 사람들에게는 정 많은 사람처럼만 보였다.

그러던 차에 붉은 옷을 입고 있는 한 주민이 그릇을 받아 들고 말했다.

"혹시 니플하임 제국의 기사복을 만들어 보셨습니까?"

"예?"

"기사복은 기사들이 궁전에 들어갈 때에 입던 복장입니다. 활동하기도 좋고 전투에도 적합한 옷이죠. 만들기 까다로운 편이고 특수한 재료들이 있어야 하는데, 제가 그 방법을 알고 있습니다."

마을 주민은 책자 한 권을 위드에게 건네었다.

"은인에게만 드리는 물건입니다."

니플하임 제국 기사복 재단법이 담긴 책을 습득하였습니다.

재봉 아이템!

친밀도의 상승으로 기사복을 만드는 비법서를 받을 수 있었던 것이다.

모라타 지방은 과거에 상등품의 가죽과 천이 나오는 곳으로, 실력을 가진 재봉사가 주민으로 있었다.

"뭘 이런 걸 다……."

위드는 손사레를 치면서도 책은 재빨리 품에 넣었다.

"그러면 저희는 이걸 드리겠습니다."

다른 마을 주민들은 2등급 사슴 가죽이나 재봉용 천을 주었다. 음식을 받은 대가로 좋은 재봉용 아이템을 제공한 것이다.

"죽음의 계곡으로 가시려면 파헬 강을 따라가세요. 1년 내내 강물이 두껍게 얼어 있는 곳으로, 몬스터들이 잘 나오지 않는 편이죠."

"과거에 북쪽으로 사흘쯤 올라가면 사비암 마을이 있었습니다. 그곳에서는 대대로 특이한 장인의 비법이 전수되어 내려오는데, 무언가를 깎아 내고 조각하는 일을 좋아한다더군요. 위험한 길을 지나쳐야 되겠지만 장인이 되려면 꼭 가 보시는 편이 좋을 겁니다."

"죽음의 계곡에서 가장 가까운 요새는 벤트 성입니다. 한때에는 니플하임 제국 기사단이 상주하던 번성한 곳이었는데, 지금은 어찌 되었을지 모르겠습니다."

마을 주민들로부터 추가적인 정보도 얻을 수 있었다.

위드는 생각했다.

'절대로 우연이 아니다. 역시 나처럼 착하고 순진무구하게 살아온 사람에게는 이런 복이 오는 거야.'

위드는 신바람이 나서 요리를 했다.

그러나 한두 그릇도 아니고 수백 그릇을 만드는 것은 쉬운 일이 아니다. 아무리 음식 재료가 넉넉하다고 해도 손이 모자라기 마련!

음식을 만드는 데에는 신속함이 생명이다. 자칫 음식이 끊어지기라도 하면 못 먹은 이들의 아우성이 감당할 수가 없을 정도니까. 적당한 허기는 최고의 반찬이 되어 주기도 하지만 지나칠 경우에는 폭동으로 번질 수도 있다.

그렇다고 해서 서윤이나 알베론에게 도와 달라고 할 수도 없었다.

요리 스킬이 모자란 이가 나선다면 맛도 심하게 떨어질 수 있다. 평소라면 알베론에게 설거지라도 시킬 테지만, 지금은 성기사나 사제들이 보고 있어서 함부로 부려 먹을 수도 없다.

하지만 위드에게는 충분한 경험이 있었다.

토벌대 등을 따라다니면서 많은 사람들의 음식을 마련했던 경험!

모라타에서도 성기사들을 먹이기 위해서 만만치 않은 양의 음식을 준비했던 적이 있기에 음식을 대량으로 만드는 건 익숙했다.

'잡탕찌개만으로는 안 되겠다. 빨리 만들 수 있는 메뉴를 추가해야겠어!'

큰솥에 재료를 듬뿍 넣고 한꺼번에 휘젓는다. 화력을 높여 팔팔 끓이고 물의 양을 조절했다. 그러면서 밥을 대량으로 지어서 덮밥을 만들어 배급해 주었다.

그러자 주민들은 훨씬 푸짐하게 먹을 수 있었다.

서윤이나 알베론도 따로 위드가 챙겨 주어서 넉넉하게 음식을 받았다. 위험한 곳에 같이 가야 하는 동료를 더욱 챙기는 것은 당연한 일.

그런데 배부르게 먹은 마을 주민들이 눈물을 흘리는 것이 아닌가.

"이렇게 먹어 본 것이 언제인지……."

"몬스터의 침입 이후로는 처음인 것 같아요."

"다시 예전으로 돌아갈 수 있을까."

저마다 슬픔에 잠겨서 하소연을 토했다.

마을 장로가 한마디 했다.

"가능할 것이네. 우리 모두 힘을 합친다면 충분히 과거처럼 배부르게 먹으면서 살 수 있을 것이야."

"그런 날이 정말 오면 좋겠습니다."

"꼭 올 것이네. 그보다 우리 마을은 몬스터로부터 풀려난 이후로 한 번도 기쁨을 나누었던 적이 없었군. 이토록 기쁜 날 가만히 있을 수만은 없지. 축제를 벌이자. 우리 마을의 재건을 기념하는 축제야."

"우와아아!"

띠링!

모라타 마을에 밤 축제가 벌어졌습니다!
모라타 지방 고유의 밤 축제. 밤새도록 노래를 하고, 춤을 추고, 기쁨과 희망을 나누는 축제입니다.
마을 주민들의 생산력이 추후 1달간 300% 증대됩니다. 마을의 문화와 기술력이 일정 시간 동안 빠르게 진보합니다. 상점에 진열되어 있는 물품의 가격이 일주일간 마진 없이 판매됩니다.
밤 축제가 지나면 일정 시간이 흐른 후에 마을에 어린아이들의 숫자가 대폭 증가합니다. 주민들의 성향이 근면, 성실하게 변화합니다.
축제에 참여하고 즐길 수 있습니다.

밤 축제!

큰 도시나 성에서는 정기적으로 축제나 행사가 벌어지지만,

이렇게 작은 마을에서 벌어지는 축제는 흔치 않았다.

배불리 먹은 마을 주민들이 모닥불가에 모여서 축제를 벌였다. 여자들은 흥겨운 노래를 부르고, 남자들은 북을 두드렸다.

둥! 둥! 둥!

북소리에 맞춰서 마을 주민들은 춤을 추었다. 바람이 불 때마다 휘청거리는 모닥불에 의해 주민들의 춤은 몽환적으로 보인다.

여인들은 옷을 한 꺼풀씩 벗었다. 그러면서 속옷 차림으로 춤을 추었다.

추운 북부지만, 축제의 열기가 추위마저 잊게 만든다.

그 덕에 위드는 매우 좋은 구경을 할 수 있었다.

'역시 축제란 나쁘지 않군.'

남자들과 여자들이 춤을 추고, 음악이 흐른다. 즐거운 분위기 속에서 환상적인 밤이 지나고 있었다.

"휴, 이제 끝났다."

위드는 설거지를 부리나케 끝내고 자리에 앉았다.

수많은 사람들이 먹을 음식을 마련하느라 무척이나 피곤했다. 정작 자신은 얼마 먹지 못해서 배도 고팠다.

하지만 서윤을 본 순간 그 굶주림마저도 잊어버리고 말았다.

대낮에 밝은 곳에서 가까이서 봐도 서윤의 미모는 흠잡을 곳이 없었다. 늘 차가운 표정을 짓는 것이 조금 아쉬울 뿐, 신비롭고 순수한 매력은 가슴을 설레게 만들기에 충분했다.

그런데 지금은 달빛과 모닥불 빛에 의해 적당한 분위기와 조명까지 갖추어졌다. 이때에 드러난 서윤의 미모는 가히 위드조차도 깜짝 놀라게 만들었다.

몇 번이나 그녀의 조각상을 만들고, 세밀한 부분까지 눈을 감고도 떠올릴 수 있을 것이라고 믿어 왔는데 그 믿음이 깨어질 정도였다.

'아름답다.'

위드는 새삼 그녀의 미모에 대해서 찬사를 보내지 않을 수 없었다.

서윤은 다리를 감싼 자세로 앉아 있었다. 그런데 평소와는 달리 매우 부드러운 눈빛으로 주민들의 축제를 구경하고 있는 것이 아닌가.

'지금을 놓치면 기회란 없다.'

위드는 서윤이 축제에 완전히 몰입하고 있는 것을 보고는 배낭에서 자하브의 조각칼과 로디움의 조각사 길드에서 받은 광석을 꺼냈다.

"감정!"

작게 속삭이듯이 위드는 물품의 정보를 확인했다.

달의 광석

흰빛이 도는 광석. 빛을 흡수하여 발산하는 특수한 재질로 이루어져 있다. 매우 단단해서 어지간해서는 부서지거나 깨지지 않는다. 조각술을 연마하는 이들이 사용하는 도구로 알려져 있지만, 웬만큼 뛰어난 솜씨로는 다루기가 불가능하다. 만약 그래도 깎고 싶다면 좋은 조각칼이 필요할 것이다.

내구력: 1,000/1,000
제한: 조각사 전용. 퀘스트 아이템.
옵션: 다양한 빛깔을 뿜어낸다. 세기의 조각품을 만들 수 있다. 특수한 옵션이
　　　 걸려 있다.

달빛 조각술을 얻기 위한 퀘스트 아이템!

내구력이 무려 1,000이나 되었다. 이것을 웬만한 조각칼로 다듬려 한다면 수도 없이 이가 나가서 못쓰게 될 것이다.

"괜찮겠지. 내게는 자하브의 조각칼이 있으니까."

조각사라면 모두가 탐낼 만한 유니크 아이템!

아무리 단단한 광석이라고 해도 못 깎을 이유가 없다.

위드는 드디어 이 광석을 깎아서 만들 대상을 정한 것이다.

서윤!

달의 광석을 조각해서 그녀의 모습을 한 뼘 정도 되는 크기로 만들어야 한다.

'무리하게 욕심을 부릴 필요 없어. 지금의 느낌을 그대로 살리는 거야.'

위드는 발각되기만 하면 큰일이란 것을 알고 있었다. 더불어서 지금까지 그녀의 조각상을 몰래 깎아 왔단 사실이 걸리면 엄청난 보복을 당할 수도 있다.

후환이 두렵기도 했지만 작은 조각상을 깎는 것이라 손으로 잘 가린다면 알아보긴 힘들 것이라 판단했다.

'구체적인 얼굴 형태를 보이기 전에는 뭘 깎는지 모르겠지.'

설혹 알아차리게 되더라도 지금 서윤의 분위기는 조각품으로 만들 만한 가치가 있었다. 현재의 느낌이 사라지기 전에 서둘러야 했다.

위드는 달의 광석에 조각칼을 대고 꾹 눌렀다. 워낙에 단단한 광석이라 보통 힘을 주어서는 어림도 없다.

'한 번에 다 하려고 해서는 안 된다. 조금씩, 조금씩 하는 거

야. 아직 밤은 길어.'

큰 힘과 세밀한 감각이 필요한 작업!

능숙함도 필수적이다.

위드는 달의 광석을 끄트머리에서부터 조금씩 잘라 냈다.

일단 욕심내지 않고 사람의 형체를 만든다.

지금 갑옷을 입고 있는 서윤을 그대로 만들면 그것은 눈에 띌뿐더러 분위기가 어울리지 않는다.

위드는 흰 드레스를 입고 있는 서윤의 모습을 상상했다. 그녀는 이곳 눈이 뒤덮고 있는 땅이 아니라, 벌과 나비가 날아다니는 꽃밭에 있었다.

많은 사람들에게 둘러싸여 행복한 웃음을 터트리는 소녀!

서윤과는 도저히 어울리지 않는 분위기였지만, 지금 위드가 그녀에게서 느끼는 열망이 바로 이런 것이었다.

위드의 조각칼이 점점 빠른 속도로 움직였다.

완전한 몰입!

머릿속으로 무엇을 깎아야 한다고 계산하지 않았다.

손이 움직이는 대로, 서윤에게서 전해지는 느낌대로 광석을 깎아 냈다.

파아앗!

달의 광석이 깎여 나갈 때마다 환한 빛이 일어났다. 마치 오래 묵은 때를 벗어 버리는 것처럼 광석 내부는 밝게 빛났다.

위드가 조각칼을 놀릴 때마다 좀 더 밝은 빛을 발하는 광석!

달이 비치는 밤에 주민들이 춤을 추고 있다. 그 축제의 한가운데에서 빛을 끌어안듯이 조각품을 만드는 것이다.

영롱한 빛 무리가 광석에 어렸다.

거의 환상적인 광경이었다.

위드가 조각칼로 작품을 만드는 것은 마치 빛의 구체를 다루는 것처럼 보였다.

"와, 저게 뭐야?"

"조각품을 만들고 있다."

마을 주민들과 성기사들이 한마디씩 하며 위드의 근처로 모여들었다. 하지만 그들은 일정 거리 이상 가까이 다가오지 않았다. 조각품을 만드는 데에 조금이라도 거슬리지 않도록 주의하는 것이리라.

다행스럽게도 서윤은 모닥불 근처에서 벌어지는 축제를 구경하느라 위드에게는 관심이 없었다.

아름다움의 극치.

달빛 조각사!

그러나 위드에게는 고역이 따로 없었다.

'안 그래도 잘 깎이지도 않는 광석인데!'

조각품이 눈이 따가울 정도로 빛을 내고 있었으니, 이것을 깎아 내야 하는 입장에서는 엄청나게 어려울 수밖에 없었던 것이다.

조각술에는 이제 어느 정도 익숙해졌다고 자부했다. 매일 상당한 숫자의 조각품을 만들었으니, 지금까지 만든 조각품들을 다 합친다면 어마어마한 개수이리라.

그럼에도 눈으로 세밀한 부분을 확인하지 못하니 깎는 것이 힘들었다.

한마디로 폼은 나지만, 실은 죽을 고생을 해야 한다는 것!

> 조각칼을 잘못 움직여서 손가락을 다쳤습니다.
> 생명력이 30 줄어듭니다. 일시적으로 손재주가 3% 하락합니다.

> 조각칼을 잘못 움직여서 팔목을 다쳤습니다.
> 생명력이 100 줄어듭니다. 손이나 무기를 쓰는 공격력이 일시적으로 8% 하락합니다.

평소에는 하지 않던 실수를 해서 손을 베이는 경우도 있었다. 어지간하면 이 정도까지는 다치지 않겠지만, 광석이 워낙에 단단하여 많은 힘을 주어야 했으니 조금만 엇나가더라도 다칠 수밖에 없는 것이다.

위드는 비로소 이 퀘스트의 난이도를 깨달았다.

'조각품을 만들면서 달빛 조각술을 습득하는 것은 절대로 쉽지 않다. 작은 실수는 괜찮지만 큰 실수를 하면 안 돼.'

로디움에서 정보를 모아 조각사 길드에 간 것으로 퀘스트가 끝난 줄 알았다.

하지만 마지막에 이 광석을 이용해서 조각품을 완성하는 것이야말로 퀘스트의 절정이라고 할 수 있었다.

달의 광석은 엄청난 내구력을 가지고 있어 단단하기 그지없다. 하지만 조각칼을 놀리다 보면 자칫 실수를 할 수도 있다. 제대로 보이지도 않고, 과도한 힘을 주어야 했으니 작품이 망가질지도 모를 일.

목이나 허리처럼 중요한 부분을 망가뜨린다면 아득해질 수밖에 없다.

단 하나밖에 없는 광석을 잃어버린다면 영영 달빛 조각술을 터득하지 못할 수도 있는 것이다.

'역시 이놈의 직업은 쉬운 게 하나도 없어!'

다른 직업들도 상위 스킬을 얻거나 직업 전문 스킬을 익히기 위해서는 일정한 시험을 통과해야 하는 경우가 많다. 혹은 필요한 아이템을 구해야 한다.

하지만 어떤 직업도 조각사만큼 아찔하지는 않았다.

다시 도전할 수 없을지도 모른다는 절박함이라니!

조각술 마스터의 비기를 습득하는 것도 그랬지만, 달빛 조각술을 익히는 것도 만만치는 않았다.

위드의 마음이 흔들렸다.

'이렇게 서두르다가는 조각품을 망가뜨릴지도 모른다.'

기회를 날려 버릴 수도 있다. 시간을 두고 차근차근 연구하면서 형태를 만들어 간다면 실수를 줄일 수 있으리라.

하지만 위드는 고개를 저었다.

'아니야. 조각품을 기계적으로 만들 수는 없는 것. 확실한 느낌이 있을 때에 만드는 편이 나을 거야.'

나중에 다시 도전할 때에는 머릿속에 생각이 너무 많아지게 된다. 실수를 해서는 안 된다는 강박관념 때문에라도 여유가 사라진다.

차라리 다소의 미흡함은 있을지라도 한번 손을 댄 이상 지금 끝내는 편이 낫다는 판단이 내려졌다.

'조심해서… 나는 할 수 있다!'

조각칼을 잘못 움직여서 손가락에 큰 상처가 났습니다.
생명력이 250 줄어듭니다. 손이나 무기를 쓸 때마다 피해가 커지게 됩니다.

의욕을 키우자마자 어김없이 터지고 마는 사고!

조각칼이 광석을 깎아 내고도 남은 힘으로 튀어 오른 것이었다.

하지만 위드는 광석이 아닌 다른 방향으로 꺾어서 작품을 손상시키지 않을 수 있었다.

그 후로도 조각품을 깎으면서 끊임없이 실수를 했다.

조금씩 줄어가는 생명력!

이러다가는 조각품을 만들다가 죽은 최초의 조각사가 될지도 모른다.

위드는 긴장을 풀기 위해 애썼다.

'최악의 경우에 죽으면 되는 거야. 레벨이 낮아지고 스킬의 숙련도가 낮아지겠지. 어렵게 익힌 각종 생산 스킬들의 숙련도가 전체적으로 낮아지는 거야.'

갈수록 비관적인 전망들!

입안에 마른침이 고인다.

위드는 조각품을 손으로 어루만지면서 형태를 확인하고 조각품을 깎았다.

그나마 다행인 것은 만들고 있는 조각품이 서윤이라는 사실이다.

크기는 다르지만 많이 만들어 보아서 익숙한 조각품이 아니었다면 완성하는 것이 더욱 힘들어졌을 수도 있었다.

위드는 그야말로 장인 정신으로 빛을 끌어안고 조각칼로 광석을 깎았다.

그리고 마침내 원하던 형태를 만들 수 있었다.

띠링!

달의 광석을 깎아 조각품을 만들었습니다.

명성이 450 올랐습니다.

조각품에 대한 이해의 스킬 레벨이 1 상승하였습니다.

조각술 스킬의 숙련도가 향상되었습니다.

손재주 스킬의 숙련도가 향상되었습니다.

예술 스탯이 60 상승하였습니다.

벅차오르는 감동.

조각품의 완성!

달의 광석은 맑고 행복한 웃음을 짓고 있는 서윤의 조각품으로 변했다.

눈이 부실 정도의 광채를 뿜어내던 조각품은 시간이 지나면서 점점 빛이 사그라졌다.

은은하고 맑은 빛을 내는 조각품.

그저 광석을 깎았다면 조각품의 매끈한 결이나 형태만을 보앉으리라. 하지만 스스로 빛을 내고 있기 때문에 더욱 고귀해 보였다.

띠링!

잃어버린 빛을 찾아서 퀘스트 완료

빛을 다루는 신비의 조각술. 자신의 감각을 통해 빛을 조율하고 다스릴 줄 알아야 한다. 소수의 조각사들에게만 전승되었다고 하는 이 기술은 매우 위험하며, 동시에 뛰어난 것이다.

보상: 스킬의 습득

달빛 조각술을 습득하였습니다.

달빛 조각술 1 (0%)

조각사 직업 상위 스킬. 조각품이 빛을 낼 수 있다. 단, 빛의 색깔이나 형상은 재료에 따라 달라진다. 완성된 조각품은 시간이 지날수록 남겨진 세월의 흔적에 따라 가치를 더해 간다.

일상생활에서도 빛을 다룰 수 있다. 빛을 뿌려서 적을 공격하거나, 자신의 몸에 빛을 씌워 방어의 목적으로 활용할 수 있다. 일정 수치의 마나를 사용하며, 물리적인 공격보다는 마법을 막는 데 도움이 된다. 자연 계열의 보호막으로, 마법사들의 쉴드보다 약하지만 마나 소모는 훨씬 적은 편. 특수한 곳에 빛을 가둘 수 있다. 어두운 곳을 밝힐 수 있다.

빛과의 친화도가 3%가 되었습니다.

빛의 조각술을 펼칠 수 있습니다. 루미나리에. 환상적인 빛의 입체감을 이용한 조각품은 다수의 보석을 필요로 합니다.

조각 검술 스킬이 변형되었습니다.

조각사 직업 상위 스킬인 달빛 조각술의 영향으로 조각 검술이 달빛 조각 검술로 발전하였습니다. 마나의 소모가 3배로 늘어납니다. 빛을 이용한 공격이 가능해집니다. 달빛이 비치는 곳에서는 공격력이 배가됩니다. 기존에 있던 조각 검술의 숙련도가 절반으로 줄어든 상태로 발전하게 됩니다.

현재 달빛 조각 검술의 숙련도는 중급 2레벨 43%입니다.

고대하던 달빛 조각술의 습득!

이제야 진정한 달빛 조각사로 거듭날 수 있었다.

퀘스트의 완료로 한 가지 이해할 수 있는 사실이 더 있었다.

'왜 굳이 달빛 조각술인지 알겠군.'

완성된 조각품은 빛을 발산한다.

위드가 만든 조각품도 고귀한 빛을 발산하고 있었다.

이 은은한 빛은 조각품의 가치를 더욱 높여 줄 수 있는 것임에 틀림없다. 만약 그 빛이 태양처럼 강렬하다면, 그것은 조각품으로 볼 수가 없다.

적당한 빛이야말로 조각품의 품위를 더욱 올려 주는 것. 너무 밝으면 조각품의 신비함이 떨어지게 되고 마는 것이다.

북부의 달빛 아래에 완성된 조각품!

위드는 환하게 웃고 있는 서윤의 조각품을 품에 간직했다.

❧❦❧

새마을 갱생 병원의 차은희 박사는 열심히 모니터를 보고 있었다. 서윤의 캡슐 속에서 진행되는 영상을 지켜보는 것이다.

북부의 작은 마을에서 벌어지는 축제.

사람들이 웃음을 터트리고, 노래를 하며 춤을 춘다.

그 낭만적인 정취.

모험이란 이런 것이 아니겠는가!

차은희는 아쉬웠다.

'오크 카리취와 함께 여행을 떠날 수 있는 기회였는데.'

위대한 명성을 가진 모험가인 위드.

위드와 단둘이 모험을 떠날 수 있다면 누구도 망설이지 않으리라.

오크 세에취로서의 화끈함!

암컷 오크가 되어서 벌이는 전투나 행동도 물론 마음에 들었다. 산이 많은 곳에서 마음껏 뛰어다닐 수 있는 유쾌함이란 이루 말할 수 없는 것이었다.

하지만 차은희 박사는 북부의 모험이 더욱 흥미로웠다.

북부의 마을에 도착하자마자 벌어지는 사건들!

차은희는 부럽기 짝이 없었다.

식량 획득 작전

위드는 축제의 밤을 마치고 서윤과 알베론과 함께 모라타 마을을 나왔다.

"지금부터 본격적인 여행인가?"

목표로 하는 지역의 정보 등은 사전에 최대한 입수해 놓았다. 움직여야 할 방향이나 반드시 거쳐 가야 하는 길목들도 꼼꼼하게 알아 두었다.

하지만 당장 필요한 것은 바로 식료품이었다.

"어디 보자, 식량이 얼마나 남았지?"

배낭을 뒤져 보니 늘 일정 규모 이상 채워져 있던 식료품들이 하나도 없었다.

어디서도 꼭 필요한 음식이 하나도 남아 있지 않았던 것!

축제에서 모라타 마을 주민들이 푸짐하게 먹고 마시느라 모두 써 버리고 만 것이었다.

그러나 다행스럽게도, 술병들은 그대로 가지고 있었다.

유로키나 산맥을 떠나기 전에 땄던 야생 포도로 담근 와인들!

그것이 묵묵히 숙성되고 있는 것이다.

하지만 위드는 고개를 저었다.

"술로는 포만감을 채울 수 없지."

와인으로 배를 채울 수는 없다. 물론 어느 정도 포만감이 들기는 하겠지만, 그 이상으로 취기가 올라온다.

힘과 민첩성의 하락. 더 심한 경우에는 전투 불능 상태까지!

최악의 경우에는 지나친 음주로 인하여 죽을 수도 있다.

'그래도 나중에 한 잔씩 마시면 괜찮겠지.'

생활에는 전혀 무용지물일 것 같은 술!

그러나 술에도 장점은 있었다.

〈로열 로드〉에서는 공격을 당하면 일시적인 생명력의 하락으로만 끝나지 않는다. 즉각적인 치료를 하거나 아니면 약초나 포션을 바르고 붕대를 감아 주어야 한다.

이것도 저것도 없을 때 상처 부위에 술을 붓게 되면, 소독의 효과가 있어서 추가적인 피해를 막는 데 도움이 된다.

더군다나 술은 추위에도 좋은 약이다. 추울 때 술을 한 잔정도 마셔 주면 추위를 견디는 데 훨씬 도움이 된다.

'아까운 와인을 쓸 수는 없어. 이대로 숙성시키면 제법 돈을 받을 수 있을 텐데……'

와인은 일단 그대로 배낭에 넣어 두고, 위드는 식량을 구하기 위해 나섰다.

사락.

흰 눈을 밟는 테로스는 감회가 새로웠다.

"드디어 부활의 시작이구나."

당당한 바바리안 워리어 플라인이 미간을 살짝 찌푸렸다.

"여긴 너무 춥군."

로브로 얼굴을 가리고 있던 데인이 말했다.

"괜찮아. 싸우다 보면 금방 더워질걸."

테로스는 자신을 믿고 이곳까지 따라와 준 동료를 보며 고개를 끄덕였다.

"우리가 싸울 일이 반드시 있게 될 것이야."

스콜피온 왕의 무덤 퀘스트!

그 사건으로 인해 진홍의날개 길드는 해체되었지만, 그 핵심을 구성하고 있던 사람들이 다 떠난 것은 아니다.

적염의 마녀 프시케와 도광 마커.

돌격대장 바스텐.

진홍의날개 길드의 정예들이 이름을 속이고, 갑옷을 바꿔 입고 차가운장미 길드의 원정대에 참여했다.

물론 처음부터 다른 길드의 원정대에 섞여서 오고 싶은 마음은 추호도 없었다. 진홍의날개에서 직접 원정대를 꾸리려고 했다. 하지만 안 좋은 일들은 한꺼번에 일어난다는 말처럼, 상황은 계속해서 악화됐다.

동맹 길드의 이탈, 보유한 성과 마을에 대한 전면 공격, 스콜

피온 왕의 무덤 때문에 썼던 자금의 압박까지.

이런 안 좋은 일들은 베르사 대륙에서 10위권 내의 길드이던 진홍의날개를 추락시키기에 충분했다. 그 결과 어쩔 수 없이 길드가 해체되었다.

끝까지 남아서 사수하자는 부류도 있었지만, 서서히 무너져 가는 길드를 두고 볼 수만은 없었다.

'그러나 우린 반드시 일어설 것이다.'

테로스는 명예를 회복하고 진홍의날개를 되살리고 싶었다.

'북부가 그 장소가 될 것이다.'

모든 것을 되돌리고 길드를 부활시키기 위한 원정!

'대륙을 정상으로 되돌리는 것은, 누구에게도 넘겨줄 수 없는 우리의 몫이다.'

테로스는 차갑게 웃었다.

차가운장미 길드가 이끄는 원정대는 여전히 난항에 빠져 있었다. 대규모의 인원을 데리고 자신 있게 왔지만 온갖 문제점들이 속출했던 것.

요리사들을 대거 데려온 원정대!

원정의 초창기에는 일이 잘 풀리지 않았다. 그때에 원정대원들의 사기를 올려 주기 위해서 많은 음식들을 만들었다. 맛있는 음식을 먹고 기운을 내라는 차원에서였다.

오베론이나 드럼 들은, 보급 물자는 충분히 가져왔으니 별다른 무리는 없을 것으로 보았다. 그런데 원정대원들이 소모하는 음식 재료의 양은 상상을 초월했다.

추운 곳에서 딱히 할 일도 없던 이들.

요리사들이 가져다주는 음식을 먹으면서 스트레스를 해소했던 것이다.

"맛있네."

"역시 어딜 가도 좋은 음식을 먹어야 해."

"그렇지. 원정대를 따라오길 잘했군. 차가운장미 길드가 괜히 유명한 것이 아니었어."

원정대원들은 이름 있는 길드는 과연 이유가 있다면서 고마워했다.

요리사들도 신바람이 났다.

"우리가 만든 음식을 맛있게 먹어 주는 사람이 있어."

"이 기회를 잘 살려서 우리 요리사들이 매우 중요한 직업이라는 걸 각인시키자고."

"그래야지. 우리 음식 재료도 아니니까 마음껏 쓰자!"

요리사들은 풍부한 음식 재료 덕분에 안심하고 평소에는 만들 엄두도 내지 못하던 고급 요리들을 개발해 냈다.

"송이버섯과 꽃게 요리!"

"벌꿀에 버무린 달팽이 요리!"

좋은 음식을 만들어 낼수록 요리의 숙련도가 향상된다. 그러므로 요리사들은 재료를 아끼지 않고 음식을 만들었다.

맛있는 음식들은 원정대원들로부터 큰 호응도 있었으니 망설이지 않았다.

빠르게 소모되는 음식 재료들.

적어도 그때에는 보급품을 관리하는 사람들이 저지를 했어야 했다. 하지만 차가운장미 길드의 보급품 관리 담당들도 마음을 푹 놓고 있었다.

"음식 재료야 또 구하면 되는 거니까."

"오베론 대장도 사기를 올리기 위해서 보급품을 푸짐하게 풀라고 지시했어."

음식 재료들이 한참이나 줄어들고 있는데도 손을 쓰지 않았던 것이다.

그렇게 남은 재료가 거의 3할 정도로 줄어들었을 때에야 분위기가 조금 변했다.

"이제부터 식량을 좀 아껴 먹어야겠군."

"음식 재료들도 구해야겠어."

"재고는 넉넉하게 채워 두는 편이 좋으니까 말이지."

그런데 여기서 크나큰 문제가 발생했다.

추운 북부에서는 음식 재료를 구하는 것이 굉장히 힘들었다.

중앙 대륙의 산에서는 밤이나 도토리, 사과와 같은 열매들을 쉽게 구할 수 있고, 심지어는 사냥을 해도 된다. 식량이 모자라더라도 체력이 하락하거나 움직임이 둔해지는 경우는 있어도, 굶어 죽는 경우는 드물었던 것이다.

돈만 있다면 지나가는 여행객으로부터 음식 재료를 사는 것도 가능했다.

하지만 북부에서는 추위 때문에 열매를 구할 수가 없었다. 여행객들로부터 음식을 구하는 것도 안 된다. 부득이하게 사냥에 의존할 수밖에 없는데, 이것도 만만치는 않았다.

몬스터들이 주로 출몰하는 지역은 한정되어 있다. 사냥으로 인원 숫자가 많은 원정대가 먹을 음식을 모두 마련하는 것은 무리였던 것이다.

식량의 중요성을 간과한 탓이었다.

음식 재료가 빠르게 줄어들면서 원정대의 사기도 추락했다. 음식의 질이 하락한 것은 물론이고, 나중에는 음식을 아껴 먹어야 하는 상황까지 도래했다.

"배고파요."

"먹을 것 좀 가져다주세요."

굶주림에 허우적거리는 원정대원들!

처음부터 가난하게 시작했다면 모를까, 잘 먹다가 도중에 굶는 것이 더욱 힘들었다.

차가운장미 길드원들도 솔선수범을 보인다면서 굶었다.

그러나 그러는 와중에도 굶지 않는 이들이 있었다.

차가운장미 길드의 정예들이 아니었다. 의리나 신망이 높은 오베론이 몰래 음식을 챙겨 먹도록 허락했을 리가 없었다.

바로 검치 들!

검삼백육치는 배낭에 숨겨 두었던 보리빵을 꺼내서 몰래 씹어 먹었다. 오래되고 차가워서 딱딱하게 언 빵이었지만, 침을 묻혀서 살살 녹여 먹었다.

"역시 보리빵 맛이 최고야."

숱하게 굶어 죽은 이후로 절대로 허기에 시달리지 않겠다는 결심을 했다. 그러면서 배낭에 넉넉하게 보리빵을 가지고 다닌 것이다. 검치 들은 〈로열 로드〉를 하면서 기본적으로 보리빵과 떼려야 뗄 수 없는 관계였다.

하지만 대다수의 원정대원들은 주린 배를 움켜쥐고 참을 수밖에 없었다.

그런 실패 끝에 깨닫게 된 사실.

'북부에서는 식량을 구하기가 어렵다. 음식 재료를 최대한 아껴야 한다!'

위드는 식량을 모으는 일에 착수했다.

"먹을 수 있는 건 최대한 모아야겠지."

조미료는 충분히 남아 있었으므로 음식 재료만 모으면 된다.

"역시 사냥을 하는 수밖에 없겠군."

위드는 예전부터 식량은 철저히 현지에서 조달한다는 원칙을 세워 놓았다. 따로 돈을 지불하지 않아도 되고, 신선한 재료들을 구하기도 쉽다. 음식 재료도 오랫동안 쌓아 놓기만 하면 썩어서 먹을 수 없게 되는 법이다.

"알베론, 가자!"

"예."

알베론을 부하처럼 부리면서 위드가 움직인 곳은 모라타 마을의 뒷산이었다.

컹컹컹!

아우우우우!

모라타 마을의 뒷산에 흔하게 돌아다니는 혼을 잃어버린 늑대들!

야생의 본능을 번뜩이며 무리 지어 활동하면서 근처의 동물들을 잡아먹는 늑대들은 위드의 등장에 몸을 떨었다.

'저 독한 놈이…….'

'나를 식량으로 보는 눈빛.'

'우리의 부모님들을 잡아먹은 놈이다. 우리 엄마는 저놈의 손에 의해 가죽마저 남기지 못했어. 컹컹.'

'우리 형은 통째로 삶겼지. 저놈이 다시 돌아왔다.'

위드의 높은 투지!

그것은 자신과 레벨이 비슷하거나 혹은 더 낮은 몬스터들의 사기를 꺾어 놓는 효과를 가지고 있었다.

게다가 늑대들은 이미 위드가 많이 사냥했던 몬스터였다.

몬스터들치고는 지성이 제법 높은 늑대들은, 기억력도 뛰어난 편이다. 사냥을 해서 뼈와 살을 추려 가고, 가죽까지 벗겨서 재봉해 버리는 위드의 잔혹한 손 속을 잊지 못하는 늑대들은 공포에 치를 떨었다.

'그래도 우리는 늑대들이다.'

'자존심을 지키자.'

컹컹컹!

늑대들이 무리 지어서 달려들었지만, 위드는 가볍게 검을 뽑아 들었다.

"달빛 조각 검술!"

강화된 조각 검술의 결정판!

은은한 빛의 검.

사정거리까지 길어진 빛의 검을 휘두르며 위드는 늑대들을 도륙해 나갔다. 위드의 레벨이 예전과는 비교도 할 수 없을 정도였으니 늑대들은 애초에 상대가 아니었다.

"도축!"

잡은 늑대는 바로 그곳에서 뼈와 살 그리고 가죽을 발라 버렸다.

그 모습을 서윤은 그저 보고만 있었다.

위드는 그녀를 살살 구슬렸다.

"보고만 있지 말고 좀 도와요."

"……."

서윤은 아무 말도 하지 않았다. 하지만 그녀의 눈빛을 통해 미안한 마음이 전달되었다.

이 추운 날씨에 위드 혼자 고생을 하고 있으니 안쓰럽기 짝이 없었다. 하지만 먼저 덤비지 않으면 사냥을 하지 않는 그녀로서는 늑대를 공격할 수가 없었다.

위드가 고개를 저었다.

'이래서는 동료라고 할 수 없어.'

어떻게든 서윤을 통해서 전력을 향상시켜야 할 입장인데, 싸울 때마다 팔짱을 끼고 보고만 있다면 도움이 안 된다. 그렇다고 해서 강요할 만한 처지도 아니었다.

힘이 없는 것이 죄라는 말처럼, 전투 능력은 서윤이 위드보다 더욱 뛰어나니까.

위드는 아직도 레벨 300대의 초반에서 허우적거리고 있었다. 퀘스트를 진행하기 위하여 부득이하게 조각품에 생명을 부여하다 보니 레벨이 잘 오르지 않았다.

'그놈의 퀘스트와 조각품에 생명 부여만 하지 않았어도.'

사냥을 열심히 했지만 최근 몇 달간 레벨이 오르지 않은 이유였다.

그래도 각종 스킬의 숙련도는 상당히 상승했다. 몬스터에게 틈틈이 맞아서 맷집도 많이 늘었다.

스탯과 스킬의 숙련도를 충실히 올려서 내실을 다지는 것이 위드의 방식이었으니, 아예 소득이 없다고는 말할 수 없는 처지였다. 스탯이나 스킬들은 몬스터를 사냥할 때에 확실히 도움이 되니까.

하지만 추측건대 서윤의 레벨은 적어도 300대 후반이었다.

'어쩌면 400을 넘었을 수도 있다.'

헤르메스 길드의 바드레이는 즉위식에서 자신의 레벨을 공개했다.

놀랍게도 그때 밝혀진 레벨은 무려 412!

〈로열 로드〉와 인터넷이 한바탕 난리가 났다.

레벨이 300대 후반으로 알려졌을 때보다 시간이 꽤나 흘렀다는 점을 감안해도 상당히 빠른 레벨 업 속도였다.

'아마도 길드에서 몬스터를 몰아주기 때문이겠지. 헤르메스 길드의 수장으로서 각종 혜택을 다 받고 있을 테니까.'

소모품이나 장비를 비롯하여 수집된 사냥터의 정보들을 적극 활용한다. 그를 위한 대장장이나 신관, 바드들이 언제나 대기하고 있으며, 또한 대부분의 전투에서 몬스터에게 최후의 일격을 날리는 것은 바드레이였다.

그렇게 든든한 지원을 받고 있으니 여전히 레벨을 올리는 속도가 빠른 것도 무리는 아니다.

원래 바드레이는 다른 게임에서도 유명한 게이머였다고 한다. 그를 추종하는 세력들도 상당수.

〈마법의 대륙〉에서도 바드레이를 따르는 사람들이 굉장히 많았다. 위드와 맞부딪치지 않았던 것은 바드레이가 먼저 게임을 그만두었기 때문이다.

바드레이는 〈마법의 대륙〉에서도 다섯 손가락 안에 꼽히는 전사였고, 그가 이끄는 길드는 그곳에서도 최강의 세력이었다.

확인되지 않은 소문으로는 실제 그의 재산도 갑부 소리를 들을 정도로 어마어마하게 많다고 한다.

그런 바드레이가 즉위식에서 레벨을 공개한 장면은 명예의 전당에서도 큰 화제를 불러왔다. 그뿐만이 아니라, 모든 게임 방송사에서 주요 뉴스로 다룰 정도의 사안이 되었다.

심지어는 베르사 대륙에 있는 술집들의 매출마저 단번에 5배 이상 늘었다고 한다.

"그놈은 뭘 해도 잘하는군."

"우리는 천천히 걸어가고 있는데 놈은 완전히 훨훨 날아가고 있잖아."

"난 아직도 레벨 357인데. 언제 400을 넘지?"

지독한 속 쓰림!

소위 염장이 아파서 술로 해결하려는 무리가 많았다.

현재까지 알려진 바로는, 바드레이는 모든 이들의 주목을 받고 있었다.

대륙의 왕.

황제라는 이름에 공식적으로 도전을 하고 패권을 장악하기 위한 밑그림을 그릴 능력을 가진 것이다.

물론 헤르메스 길드는 그 규모의 방대함이나 세력만큼이나 적들도 많았다.

넓은 베르사 대륙에는 바드레이보다는 못하지만 그를 견제할 수준의 유저들이 최소한 수십 명은 된다. 헤르메스를 긴장시킬 수 있는 길드들도 제법 많은 편이었다.

단일 길드로 맞설 수 있는 것은 7개 정도지만, 연합 길드까지 감안한다면 15개 이상이 헤르메스와 패권을 다툴 수 있을 정도다.

그렇기에 원하는 대로 되지는 않겠지만 현재 베르사 대륙의 거의 모든 유저들이 바드레이에게 이목을 집중하고 있다.

모든 이들이 부러워하는, 대륙에서 가장 강한 이. 그런 사람이 바로 바드레이이니까.

'다크 게이머 연합에서 공개된 전투 동영상들. 레벨 380대 후반의 용병과 비교해 본다면 서윤이 더 강해. 그 용병은 꽤 오랫동안 사냥했던 몬스터를 서윤은 순식간에 해치웠어.'

전투 방식이나 주로 사용하는 스킬에 따라 사냥 속도는 차이가 생길 수밖에 없다. 그러나 그런 점들을 감안하더라도 위드 자신보다는 서윤이 훨씬 강했다.

'최소 390에서 400을 넘는 사이. 아마 그 범위를 크게 벗어나지는 않을 거야.'

위드가 직접 예상한 것이었다.

몬스터들을 기준으로 전투 능력을 비교한 것이니 아마도 틀리지 않으리라. 전투 능력을 보는 눈은 어긋났던 적이 거의 없으니까.

그런 만큼 서윤을 매사에 힘으로 이래라저래라 할 수는 없다. 자발적으로 도움을 받을 수 있는 동료로 만들어야 하는 것이다.

'여자한테 맞으면 정말 비참하니까!'

위드는 넌지시 지나가는 말투로 슬쩍 이야기했다. 마치 보신용 음식을 파는 장사꾼처럼!

"여기 북부 늑대 안 먹어 봤죠?"

"……?"

"깡말라서 살은 별로 없죠. 뼈다귀도 쓸데없이 튼튼하기만 해요. 그런데 그렇다고 맛이 없냐면, 그건 절대 아니라는 이야기!"

"……."

"단단하면서도 오밀조밀 뭉쳐 있는 살점, 그것을 조심스럽게 뼈에서 발라 먹을 때의 쾌감!"

위드는 두 손으로 직접 갈비를 뜯는 모습을 재현해 주었다. 실제로 양념에 버무린 늑대 갈비 요리는 그야말로 맛이 일품이었던 것. 흉내를 낸 이후에는 입맛을 다시는 것도 잊지 않았다.

위드는 거기에 마지막 한마디를 덧붙였다.

"그리고 뼈는 나중에 푹 고아 두면 그 진미가 우러나오기도 하죠. 그 따끈따끈한 육수를 한 모금만 마시면 추위가 확 풀리는 것이 아주 그냥……."

스윽.

거기까지 들은 서윤이 검을 뽑아 들고 늑대들을 향해 움직였다. 사냥을 하기 위함이었다. 티 없이 맑은 눈빛과 백옥 같은 피부의 미녀라고 해도 정말 이슬만 먹고 살진 않는 것이다.

그때부터는 서윤이 나서서 늑대들을 사냥하고, 위드는 그 늑대들의 몸에서 가죽과 고기, 뼈를 채취했다. 이처럼 적당한 분업이 이루어지면서 빠른 속도로 음식 재료를 모을 수 있었다.

"이 정도라면 한참 먹을 수 있겠군."

위드는 배낭에 찬 늑대 고기를 보며 만족스러운 미소를 지었다.

과거에는 수십 명의 성기사까지도 먹여 살린 경험이 있었다.

석상화되어 있던 성기사들의 해방!

1명씩 늘어나는 입을 감당하기 위하여 사냥을 늘려야 했고, 그러면서 고기를 많이 얻을 수 있는 위치를 알아냈다. 그 기억이 지금 도움이 되고 있었다.

위드는 늑대 고기만 모으진 않았다.

"한 가지만 너무 오래 먹으면 질릴 수 있지."

입맛을 잃어버릴 우려가 있다.

요리가 주는 효과도, 같은 재료로 만든 음식만 먹다 보면 그 효능이 줄어들고 만다.

늑대 고기 요리는 만드는 법이 단순했다. 탕으로 끓이거나 구워 먹는다. 늑대 고기 요리를 먹으면 생명력이 300 정도 증가하고, 힘과 민첩이 20씩 늘어난다. 평소보다 2% 정도 빠른 체력 회복, 투지 향상이라는 장점도 있다.

하지만 이런 비슷한 음식만 계속 먹다 보면 요리의 효과가 줄어서 겨우 포만감만 올려 주게 되어 버리는 것이다.

그럴 때에는 입맛을 돋우기 위한 별미도 마련해야 된다.

"이쪽으로."

위드는 서윤과 알베론을 데리고 뒷산을 넘어갔다. 그곳에는 매우 넓은 얼음의 길이 있었다.

흙과 돌로 이루어진 대지가 아닌 순수한 얼음의 길!

원래는 거대한 강물이 흐르고 있던 구역이리라.

하지만 너무 낮은 온도 탓에 그 위에 두꺼운 얼음이 뒤덮인 것이다.

"자, 그럼 먹을 것을 장만하러 갑시다."

위드는 서윤과 알베론과 함께 얼음의 중심부로 걸어갔다.

"……?"

서윤이나 알베론이나 궁금한 것은 마찬가지였다.

기본적으로 음식 재료는 상점에서 구한다. 그곳에서 넉넉하게 구입하는 것이 보통이었다. 요리 스킬을 익혔다고 해서 위드처럼 야생에서 재료들을 구하는 사람은 거의 없었다.

게다가 두꺼운 얼음판에 풀이나 열매가 있을 리 만무했다.

설상가상으로 인근에는 몬스터 1마리 보이지 않았다. 그러니 이런 곳에서 음식을 장만하겠다는 소리가 허황되게만 들렸던 것이리라.

쏴아아아아!

바람만 엄청나게 불고 있었다.

쿠르르르.

땅이 미세하게 울리기도 하였다.

'이건 뭐지?'

알 수 없는 일이었다.

베르사 대륙에 지진이 일어나지 않는 것은 아니다. 하지만 주변의 상황은 너무나도 평화로워 보였다. 조금 전에 내려왔던 산은 조금도 흔들리지 않는데, 그들의 몸만 조금씩 미세하게 흔들리고 있었다.

'설마.'

서윤은 고개를 아래로 내려 보고는 그만 얼굴빛이 창백해지고 말았다. 밟고 있던 두꺼운 얼음의 아래에는 급류가 흐르고 있었던 것!

거대한 강줄기가 얼음 밑에서 무서운 속도로 흐르고 있다. 그 물살에 의해 지면의 얼음 층까지 조금씩 흔들렸다.

알베론과 서윤은 본능적인 공포에 휩싸였다.

꼭 몬스터에게 맞아야만 죽는 건 아니다. 얼음이 깨져 저 강물 아래로 떨어지기라도 한다면 꼼짝없이 얼어 죽는 것이다.

'저 아래는 굉장히 추울 거야.'

지금 있는 곳도 살을 에는 듯한 추위가 밀려드는데 강물 아래의 온도는 말할 필요도 없다.

서윤과 알베론이 바짝 긴장을 하고 있을 때였다.

끄그그그극!

위드가 조각용 정과 끌을 꺼내서 둥글게 원을 그리며 얼음판을 긁었다. 그런 다음에는 대장장이용 망치를 꺼내더니 바닥을 사정없이 내려치는 것이 아닌가.

쾅! 쾅! 쾅!

위드가 망치를 내려칠 때마다 얼음이 크게 울렸다.

서윤과 알베론의 얼굴에서 핏기가 싸악 가셨다.

'자살을 하고 싶으면 혼자 하지.'

'프레야 여신이시여, 저를 구원해 주소서.'

그때 위드가 중얼거리는 소리가 들렸다.

"아주 꽝꽝 얼어서 잘 안 깨지는군. 그럼 더 큰 힘으로……."

이 말까지 들은 서윤과 알베론에게는 무지막지한 공포가 찾아왔다.

이윽고 위드는 전력을 다해서 망치를 휘둘렀다. 정확하게 자신이 만든 원의 중심부를 향해서 힘을 집중시켰다.

콰아아앙!

콰아아아아아앙!

위드가 망치를 내려칠 때마다 서윤과 알베론은 아찔한 기분이 들었다. 온몸에 소름이 돋을 지경이었다.

둘은 서로를 보며 고개를 끄덕인 뒤에 안전한 곳을 찾아서 한참이나 뒤로 물러났다.

그러는 사이 위드가 몇 차례 망치를 휘두르자, 마침내 얼음이 깨져 나가고 둥근 원이 만들어졌다. 맨 처음에 조각칼로 만든 경계선 부분! 그곳에 큰 구멍이 생겼다.

차가운 강물이 흐르는 구멍!

위드는 자리에 쪼그려 앉아 주섬주섬 배낭에서 물건들을 꺼냈다. 긴 낚싯대와 냄비, 물고기를 담을 수 있는 망.

"그럼 어디 잡아 볼까?"

위드는 얼음 구멍 속으로 낚싯대를 드리웠다.

한겨울에 하는 빙어 낚시.

낚시 스킬까지 익힌 위드는 생존을 위해서라면 이런 곳에서도 식량을 조달할 수 있었던 것이다.

얼음을 깨니 강바닥이 투명하게 보였다. 강물 속에서는 빙어들이 활기차게 헤엄치고 있다.

"대어다!"

위드는 바쁘게 낚싯대를 움직였다.

크기 20센티의 은어를 낚았습니다.

크기 22센티의 빙어를 낚았습니다.

크기 57센티짜리 민물 장어를 낚았습니다.

크기 120센티짜리 골드 피시를 낚았습니다.
낚시의 역사에 남을 만한 대물!

낚시의 숙련도가 상승하였습니다.

행운 스탯이 1 올랐습니다.

경쟁자가 없는 낚시터!

완전히 무방비 상태에서 노닐고 있는 물고기들을 잡아 올렸다. 세찬 급류를 거슬러 오를 정도로 힘찬 놈들!

위드의 근처 얼음 바닥 위에는 힘차게 파닥거리는 물고기들로 가득했다.

"감정!"

은어
몸이 가늘고 납작한 어종. 맑은 물에만 산다. 어두운 청색을 띠고 있다. 다양한 방법으로 포획할 수 있으며, 상당히 넓은 지역에 번식하고 있다. 은어는 흔한 편이지만 그 맛을 본 사람은 잊을 수 없다고 한다. 음식 생선 재료 3등급.

빙어
몸이 가늘고 납작한 편. 유선형의 매끈한 몸을 가지고 있다. 담백하고 비린내가 적어서 회를 떠 먹기에 좋음. 겨울에 맛이 좋은 생선. 다양한 방법으로 요리할 수 있다. 음식 생선 재료 2등급.

민물 장어
남자의 체력에 대단히 좋은 장어! 흔한 어종이지만 효능과 맛 때문에 찾는 사람이 많다. 보통 겨울에는 잡히지 않으나 때때로 돌연변이가 있다. 뼈가 많아 손질하기가 까다롭지만 양념을 해서 먹으면 굉장히 맛있다. 식당에 비싼 가격으로 팔 수 있음. 음식 생선 재료 2등급.

골드 피시
피부가 황금색으로 빛나는 희귀한 물고기. 잡는 사람에게 행운이 따른다. 자연이 살아 숨 쉬는 곳에 서식하며 차가운 곳을 좋아한다. 어떤 요리를 해도 맛있으며, 체력을 1만큼 올려 주고 해독 작용에 도움을 준다. 모든 낚시꾼들이 평생에 한 번이라도 잡아 보기를 소원하는 귀한 어종이다. 음식 생선 재료 1등급.

생기 있게 팔딱거리는 생선을 보며 위드의 입가에는 흐뭇한 미소가 가득했다.

대장일이나 재봉용 아이템의 희귀함과는 비교할 수가 없지만 그래도 나름대로 귀한 물고기들을 낚아 올렸다. 골드 피시의 경우에는 체력도 영구적으로 1만큼 올려 주니 그 귀함이야 이루 말할 수 없는 것이었다.

위드는 일단 건져 올린 생선들의 내장을 빼내고 별도로 저장했다.

식량이 귀한 북부에도 장점이 한 가지쯤은 있었으니, 온도가 너무 낮아서 잘 상하지 않는다는 것이었다. 유통기한이 길어서 오랫동안 보관이 가능하니 식량을 모을 수 있는 한 최대한 모아 두어야 했다.

그때그때 불을 피울 수 있도록 마른 나뭇가지도 별도로 모았다.

불은 음식을 하는 데에도 필요하지만, 눈을 녹여서 물을 만들 수 있다. 어디에나 눈이 있으니 수통에 물은 조금만 채우고 그 대신에 나뭇가지를 배낭에 넣은 것이다.

낚시로 익힌 생존술!

식량을 조금만 먹으면서도 오랫동안 버틸 수 있는 비장의 비법.

어떤 곳에 던져지더라도 살아나는 잡초 같은 생명력!

위드의 진가가 드러나고 있었다.

위드가 낚시를 하면서 분주하게 식량들을 만들어 낼 때, 서윤과 알베론은 안전을 확인하고 천천히 다가왔다.

"……."

서윤이나 알베론도 이제는 낚시에 상당한 관심을 가지게 되었다.

낚싯대를 차가운 물속에 넣으면 얼마 지나지 않아 팔뚝만 한 물고기들이 잡혀 나온다. 그 행동이 사뭇 신기하기도 했거니와 물고기들이 상당히 아름다웠다.

일반 신관이었다면 살상에 반대하겠지만, 알베론은 아름다움과 풍요를 따르는 프레야 여신을 믿는 사제!

맛있고 예쁜 것들을 좋아하였으니 알베론은 물고기들을 보며 군침을 삼켰다.

서윤도 파닥거리는 물고기들을 호기심 어린 눈으로 내려다보았다.

베르사 대륙에서 해산물은 값이 상당히 비싼 편이다.

돈이 없는 것은 아니었지만 일부러 음식을 골라 먹어 본 적도 없다. 그녀는 〈로열 로드〉에서 생선을 먹어 본 경험이 없었던 것이다.

위드가 하얗게 쌓인 눈으로 냄비를 닦으며 물었다.

"배고프면 먹을 것을 만들어 드릴까요?"

"……."

서윤은 잠시 생각하더니 고개를 끄덕였다. 크게 배가 고프지는 않았지만, 어떤 요리를 만들어 줄지 기대되었다.

"그럼 조금만 기다려요. 약간 시간이 걸리니까."

위드는 미리 주워 온 나뭇가지들을 모아 불을 피웠다.

강물 위에서 요리를 하는 것이니 혹시나 모를 위험에 대비해서, 열을 차단할 수 있게 입고 있던 망토를 벗어서 바닥에 깔았다.

뱀파이어의 망토!

능력치는 썩 좋지 않아도 화염 계열에 강한 속성 덕분에 불을 피우는 깔판으로 쓰이고 있는 것이다.

불은 금세 크게 피어올랐다.

위드는 큰 냄비를 불 위에 올리고 그 안에 기름을 듬뿍 담았다.

"……?"

생선을 요리하는 것인데 냄비를 꺼내 저런 식으로 쓰다니 이해할 수 없는 일이었다. 매운탕을 끓인다면 여러 재료들을 넣어야 하는데 그 대신에 기름을 채워 넣다니.

위드는 냄비 안의 기름의 온도가 높아지는 동안에 열심히 새로 낚은 신선한 빙어들의 회를 떴다.

뼈를 발라내고 살점들만 따로 추려 놓는 것.

다음으로 그 살점들에 튀김 가루를 발라 냄비 속에 넣었다.

자글자글자글!

기름에 노랗게 튀겨져 가는 생선 살점들.

'이게 무슨 요리지?'

서윤은 고개를 갸웃했다.

위드가 만들려는 음식은 다름 아닌 생선튀김이었다. 그것도 보통 일반적인 생선튀김이 아니다.

살점을 분리해서 매우 얇게 튀긴다. 그 아삭함과 고소함이 그대로 남도록.

부담스러운 튀김 부분을 최대한 줄이는 것이다.

"자, 이제 먹어요."

요리는 금방 완성되었다. 얇은 살점을 가볍게 튀기는 것이므로 그리 오랜 시간을 필요로 하지 않았다.

서윤은 조심스럽게 생선튀김을 입에 넣었다.

'맛있다. 정말 맛있어.'

가볍고 산뜻한 튀김이 생선과 절묘하게 어우러지는 맛.

생선은 잡은 지 얼마 안 되었을 때에 먹는 것이 가장 신선하다. 게다가 이곳은 추운 바람이 불어오는 야외라서 더욱 분위기가 있었다.

평소에 튀김을 싫어하던 서윤이었다. 하지만 이번에는 무려 8마리나 먹은 후에야 포만감에 배가 불러왔다.

"……."

서윤은 얼굴을 붉히고 말았다.

'내가 무슨 짓을 한 거야.'

너무 맛있어서 정신없이 먹어 버린 것이다.

서윤은 슬그머니 위드의 눈치를 보았다. 그런데 아무 말도 하지 않는다.

'다행이야.'

하지만 위드는 내심 회심의 미소를 짓고 있었다.

'역시 맛있게 먹는군.'

이제 앞으로는 서윤과 다니기 훨씬 편해졌다. 적어도 요리를 해 주는 이상은 그를 습격하거나 죽이지 않을 테니까.

몸과 장비가 재산인 위드에게 있어서 살인자의 존재는 그만큼 두려운 것이었다.

하지만 그 외의 수확도 있었으니, 이제 서윤이 보다 적극적으로 몬스터들과 전투를 할 것이라는 점이었다. 어떤 몬스터가 나타나더라도 맛을 알게 된 이상은 철저히 사냥을 하게 될 테니까.

잘 먹이고, 잘 부려 먹는다.

어느새 서윤은 검치 들과 비슷한 대접을 받고 있었다.

북부의 불가사의

서윤은 매일 일정한 시간이 되면 꼬박꼬박 접속을 종료했다. 식사를 하고 산책을 하는 등 정해진 일과에 따라 움직이기 위해서였다.

그에 비해서 위드는 아침 일찍 시장을 보고 밥을 한다. 도장에 가서 육체를 단련하고 잠을 자는 등의 시간은 사회생활을 하는 데에 있어서 정말로 꼭 필요한 것들만 추려 최소한으로 줄인 것이다.

그렇게 꼭 필요한 시간을 제외하면 거의 〈로열 로드〉에서 보내고 있었다.

그 덕분에 위드는 서윤이 없는 틈을 이용할 수 있었다.

그는 서윤이 없는 사이에, 모라타 마을의 고산지대로 향했다.

위드만의 숨겨진 비밀의 장소.

"바로 이곳에 그것이 있지."

위드는 상당히 감회가 새로울 수밖에 없었다.

최초로 만든 거대한 조각물!

북부의 자연을 이용하여 만든 위대한 조각품.

북부의 불가사의.

바로 명작 빙룡 조각상이 있는 곳이다.

모라타 마을에 왔을 때부터 여기에 오고 싶었다. 하지만 그러지를 못했다. 서윤이 있기 때문에!

빙룡상을 만들기 전에 서윤을 모델로 해서 얼음 미녀 상을 만들었다. 그것이 바로 옆자리에 있을 테니 차마 서윤과 함께 올 수는 없었던 것이다.

위드는 설레는 마음에 뛸 듯이 그곳으로 올라갔다.

'빙룡 조각상! 드디어 내가 왔다.'

큰 기대가 들었다.

이 지독한 추위도 빙룡상을 본다면 상당 부분 감소하여 견딜 수 있게 되리라. 그야말로 위드가 만든 조각술의 결정체라고 할 수 있는 몇 안 되는 물품이었다. 그런데 언덕 위로 올라갔을 때 위드의 눈에 띈 것은 오직 거대한 산뿐이었다.

매우 가파른 경사를 가지고 있는 얼음산!

과거에는 절대로 존재하지 않았던 얼음산이다.

높이는 낮다고 할 수 있지만, 너무나도 가팔라서 매우 큰 얼음덩어리 같기도 했다.

"이럴 수가! 틀림없이 여기는 빙룡상이 있던 위치인데?"

주변을 아무리 둘러보아도 빙룡상은 보이지 않았다.

"여기에 있었는데……."

다시 찬찬히 기억을 더듬어 보아도 이곳이 정확했다. 다른 곳을 잘못 알고 왔을 리는 없다. 많은 시간을 여기서 보냈던 만큼 잊을 수 없는 장소였다. 그런데 빙룡상은 없었다.

'설마 누군가 내 조각품에 생명을 부여해서 데리고 갔을까?'

위드는 고개를 저었다.

가능성이 있는 일이기는 하다. 최근에 대륙에 조각사들의 숫자가 상당히 많아지긴 했으니까. 하지만 수준급에 이른 조각사는 얼마 되지 않는다.

우연이라도 그런 실력을 가진 조각사가 이곳에 왔을 리도 없고, 조각품에 생명을 부여하는 기술을 가지고 있으리라 보기도 힘들다.

타인이 만든 조각품에도 생명을 부여할 수는 있지만, 그건 상당히 큰 페널티가 뒤따른다. 다른 조각사의 작품을 파괴한 것이나 다름이 없어서 평판이 나빠지고 악명이 상승한다.

추가적으로 예술 스탯이나 행운이 줄어들 수도 있으니 여간해서는 타인의 예술품을 건드리는 경우가 없었다.

그러던 차에 얼음 미녀 상을 발견했다.

상당히 많은 눈에 뒤덮여 있는 얼음 미녀 상!

만약에 얼음산이 눈보라를 막아 주지 않았다면 그대로 눈에 푹 파묻혔을 수도 있으리라.

"그렇다면 설마……."

위드는 신음했다. 그러다가 불현듯 얼음산을 보았다.

"그럼 이게 빙룡 조각상?"

잘 살펴보니, 얼음산 뒷부분으로 빙룡의 꼬리가 삐져나와 있었다. 오랫동안 방치되어 있던 사이에 눈과 얼음에 덮여서 형체를 알아보기 힘들게 변해 버린 것이다. 엄청난 눈과 얼음이 조각상 위에 쌓여서 크기도 2~3배로 늘어나 있었다.

그는 얼음산의 앞에 섰다.

"그렇게 된 일이었군. 어쨌든 되찾았으니 된 거지. 나의 소중한 조각품이여. 숭고한 예술혼으로 만들어진 너에게 내 생명을 나누어 주노니, 이제 그 오랜 잠에서 깨어나 나와 함께하라. 조각품에 생명 부여!"

위드는 얼음산을 부드럽게 어루만졌다.

쩌저적!

외부의 얼음들이 마구 갈라지고 균열이 갔다. 그 속에서 무언가가 움직였다.

쿠르르르르.

거센 진동!

조각품에 생명을 부여하였습니다.
조각품의 능력은 현재 설정된 예술 스탯 812에 따라 레벨에 맞춰 382로 변환됩니다. 뛰어난 명작 조각품의 효과로 인해서 10%의 레벨이 추가되어 420으로 늘어납니다. 하늘을 날 수 있는 날개를 가진 몬스터이기 때문에 레벨의 10%가 페널티로 줄어듭니다. 얼음으로 이루어진 특수한 재질로 인하여 레벨의 15%가 더해집니다. 대신 그만큼 체력이나 생명력은 약화됩니다.
생명체에 세 가지의 속성이 부여됩니다. 조각품의 모양과 수준에 따라 부여되는 속성의 수준과 능력치가 다릅니다. 물의 속성(100%), 얼음의 속성(100%), 마법의 속성(100%).
* 물은 어떠한 것에도 굴복하지 않습니다. 매우 강한 투지를 가졌으며, 높은 방어력과 마법 방어 능력을 갖추었습니다.
* 빙한의 힘을 이용해 상대방을 얼릴 수 있습니다. 아이스 계열의 마법을 자유롭게 사용할 수 있습니다. 추운 지방에서는 자신의 능력을 최대 30% 이

상 확장시키는 것도 가능합니다. 하지만 반대로 따뜻한 기후의 땅에서는 힘이 약해지게 됩니다.

* 높은 지성을 이용하여 마법을 사용할 수 있습니다. 어떤 계열의 마법도 사용할 수 있지만, 자신과 비슷한 속성의 마법을 사용할 때에는 추가적인 대미지가 더해집니다.

북부의 불가사의가 되었던 거대한 형체를 가진 조각품이기에 특수한 능력이 부여됩니다. 아이스 브레스! 하루에 한 차례만 쓸 수 있으며, 가장 강력한 공격 수단이 될 것입니다.

마나가 5,000 사용되었습니다.

예술 스탯이 10, 영구적으로 줄어듭니다. 줄어든 스탯은 조각품 제작이나 다른 예술과 관련된 활동을 통해 보충할 수 있습니다.

레벨이 2 하락합니다. 레벨 하락에 따라서 가장 최근에 올린 스탯이 10 줄어듭니다. 줄어든 스탯은 레벨을 올리게 되면 다시 부여할 수 있습니다.

생명이 부여된 조각품을 소중히 다루어 주십시오. 목숨을 잃으면 다시 생명을 부여해야 합니다. 완전히 파괴되었을 경우에는 되살릴 수 없습니다.

쿠르릉! 쿠르릉!

얼음산의 진동이 끊이지 않았다.

위드는 그 앞에서 이제나저제나 빙룡이 일어나기만을 기다렸다.

그리고 뜻이 전해졌다.

"주인이여, 나에게 생명을 준 주인이여. 그곳에 있는가?"

"그래. 내가 여기 있다."

위드는 뿌듯함을 느꼈다.

와이번이나 금덩이로 조각한 것과는 다르게, 빙룡상의 지능은 상당히 높아 보였기 때문이다. 하나 그다음에 이어진 말은 위드를 좌절시키기에 충분했다.

"나를 구해 다오. 이곳을 빠져나갈 수가 없다. 내 몸 위로 두껍게 언 얼음 때문에 움직일 힘이 없어."

"이런 무능한 놈!"

순간 위드는 빙룡 조각상을 놔두고 그대로 돌아 나가는 것을 심각하게 고려했다.

'내가 미쳤지. 어쩌자고 저런 것에 생명을 부여해서는……'

알고 보니 몸집만 컸지 힘은 약했던 것!

'하지만 버리고 가기에는 아까운데.'

위드는 어쩔 수 없이 직접 움직였다. 밧줄에 몸을 의지해서 빙룡상을 오르내리며 눈과 얼음을 치워야 했다. 거의 하루를 꼬박 들인 작업 끝에 빙룡 조각상의 머리가 나타났다.

위엄 어린 용의 얼굴.

사납고 힘이 어린 눈매.

길게 뻗어 나온 흰 수염.

빙룡 조각상의 멋진 외모였다.

"주인, 빨리 내 몸을 덮고 있는 얼음도 치워 다오. 어서 자유로움을 맛보고 싶다."

"알았다. 좀 기다려 봐라."

위드는 서윤이 접속할 때에는 그녀가 있는 곳에 가서 식량을 마련하고, 남은 시간에는 빙룡상의 눈을 치웠다.

단순하고 반복적인 노가다!

높은 곳에 매달려서 차가운 바람을 실컷 맞으면서 하는 일이었다.

빙룡은 운신이 자유로운 머리만 온종일 움직이고 있었다.

위드는 자신의 처지를 한탄했다.

"이젠 하다 하다 별 노가다를 다 하는구나."

그렇게 얼음과 눈을 치우다 보니 마침내 빙룡상의 몸체의 삼 분의 일 정도를 자유롭게 만들 수 있었다.

"주인."

"왜."

위드는 퉁명스럽게 받았다.

"이제는 내 힘으로 나갈 수도 있을 것 같다."

"그래?"

위드는 빙룡의 몸에서 내려와서 조금 물러섰다. 빙룡이 자유 로워지는 것을 보려는 듯.

크워어어어어!

빙룡상이 광폭하게 포효했다. 그러면서 몸을 움직여 얼음 더 미에서 빠져나오려고 했다.

끄으으으응!

혼신의 힘을 다하는 노력에 찬 소리!

위드는 손에 땀이 날 정도로 긴장이 되어 그 광경을 바라보 았다.

'제발 빠져나와라.'

빙룡이 혼자서 빠져나오지 못한다면 더욱 많은 얼음과 눈을 치워야 한다. 더 이상은 고생을 하고 싶지 않으니 간절하게 희 망을 품고 있는 것이다.

빙룡 조각상의 몸체는 상체가 두껍고 하체로 갈수록 얇은 편. 거기에 두 다리는 상대적으로 빈약한 편이라 잘하면 스스 로의 힘으로 빠져나올 수 있을 듯했다.

크롸롸롸롸롸롸롸롸롸!

포효하는 빙룡상!

주변 일대의 얼음들에 실금이 그어지고, 눈들이 마구 휘날릴 정도의 위력을 품고 있었다. 몬스터들도 빙룡 조각상의 높은 투지에 얼어붙고 말았다.

이것이야말로 말로만 듣던 드래곤 피어!

진짜 드래곤과는 모든 면에서 비교할 수 없지만, 그래도 외견상으로는 얼추 크게 다르지 않은 느낌이었다.

'역시 나의 조각상이다.'

위드는 주먹을 불끈 쥐었다. 어디에 내놓아도 모자람이 없는 부하가 생긴 것이다.

언제까지 부하만 만들 수도 없다. 당분간 조각품에 생명을 부여할 생각이 없었기에 더욱 소중했다.

하지만 그것도 잠시였다.

콰당!

빙룡 조각상은 다리 힘이 풀려서 그대로 주저앉고 말았다.

바닥에 배를 깔고 누운 빙룡 조각상!

"주인, 다리에 힘이 하나도 없다."

큰 몸을 감당하기에는 부족한 레벨을 가지고 태어난 것이었다.

일종의 몸만 크고 힘은 약한 기형아!

빙룡 조각상은 한참을 휴식한 뒤에 몸을 일으켰다.

"주인, 내 이름을 지어 다오."

"네 이름은……."

위드는 갑자기 회의가 들었다. 이름을 붙여 준다고 해도 제대로 구실이나 할지 의문이었다.

"어쨌든 빙룡이로 하자."

여전히 외우기 쉬운 단순한 이름!

"고맙다, 주인."

빙룡은 매우 기뻐하였다. 그러면서 얼굴 형태가 활짝 웃는 모습으로 바뀌었다. 조각상의 상태였다면 절대로 얼굴이 바뀌지 못할 테지만, 생명이 부여된 이상 표정도 변할 수 있다.

"주인, 나에 대해서 그리 실망하지 않아도 된다. 나의 힘이 점점 솟아오르고 있다."

"그게 무슨 말이지?"

"이 땅, 이 기운들이 나의 힘이 되어 주고 있다."

얼음으로 되어 있는 빙룡의 몸이 더욱 희고 투명하게 바뀌었다.

추위를 흡수하는 빙룡의 육체!

더욱 강화된 힘을 낼 수 있었다.

팔다리에 힘이 실려서 상체를 일으키고, 수십 미터나 되는 날개를 활짝 펼쳤다.

그러자 쌓여 있던 눈들이 단번에 사방에 흩뿌려졌다.

거침없는 빙룡의 위용!

위드는 고개를 끄덕였다.

'비록 북부에서밖에 쓸 수 없는 녀석이라고 해도 이 정도라면 그럭저럭 괜찮겠군.'

힘이나 생명력은 제법 약해도 마법과 브레스를 내뿜으며 창공에서 전투를 벌이는 빙룡!

상당히 뛰어난 부하가 생긴 셈이다.

서윤과 알베론은 조용히 낚싯대와 사냥에 필요한 도구들을 챙기고 있었다. 한동안 열심히 식량을 모으던 작업이 드디어 끝난 것이다.

여행을 위한 준비를 마치고 난 후에, 위드는 깊은 한숨을 쉬었다.

"정말 어쩔 수가 없군. 세상에 이런 일이 벌어질 줄이야."

"……?"

알 수 없는 말에 서윤이 고개를 갸웃했다.

알베론은 직설적으로 물었다.

"무슨 문제라도 있으십니까?"

위드는 바람이 불어오는 곳으로 몸을 돌렸다. 그러자 망토가 심하게 펄럭거렸다.

"꼭 자랑하려고 하는 건 아니지만… 그냥 편하게 보도록 해. 너무 놀랄 필요도 없어. 내게는 아무것도 아닌 일이니까. 후후, 정말 이런 정도의 일은 내게는 평범한 일상과도 같은 것이지."

"예?"

"빙룡아!"

위드가 크게 소리를 질렀다. 그의 부하인 빙룡을 부르려는 것.

"주인, 지금 간다."

빙룡은 저 멀리 산의 뒤편에서 웅크리고 있다가 하늘로 날아올랐다.

대지에서 솟아오르듯이 나타난 거대한 빙룡!

정해진 위치에서 부를 때까지 대기하다가 나타난 것이다.

바람이 불고 눈이 내리는 곳에서, 얼음으로 된 용이 날개를 활짝 폈다.

직접 만들고 또 보았던 위드조차도 등줄기에 소름이 돋았다. 온몸에 전율이 흐를 정도의 모습.

크기로 똑똑히 보여 주는 그 압도적인 위압감과 카리스마!

산이 움직이는 것만 같았다.

저물어 가는 해에 하늘은 울긋불긋한 석양이 지고 있었다.

그 하늘을 가르며 움직이는 빙룡.

얼음으로 만들어진 몸은 이루 말할 수 없는 신비로움을 자아 낸다.

스르릉.

서윤이 한 발자국 앞으로 나서려고 했다.

빙룡이 다가오는데도 겁 없이 싸우려는 것이다.

위드는 팔을 내밀어서 그녀를 가볍게 저지했다. 그녀가 돌아 보니 말없이 고개만 끄덕였다.

그때 빙룡이 입을 쩌억 벌렸다.

크롸라라라라라!

가공할 포효였다.

아직 한참이나 떨어져 있는 위드나 서윤의 몸이 떨릴 정도로 엄청난 포효성!

그러면서 사전에 연출된 각본대로 빙룡은 힘차게 하늘을 날았다. 수십 미터나 되는 날개를 펄럭일 때마다 엄청난 풍압이 일어난다.

빙룡은 빠른 속도로 움직여서 위드와 서윤, 알베론의 앞에 묵직하게 내려앉았다.

몸체만 하여도 300미터가 넘는 드래곤의 등장이었다.

"크흠!"

위드는 헛기침을 하며 빙룡에게로 다가갔다.

실상 보여 주는 것만큼의 위용은 없다. 허우대는 좋지만 실속이 부족하다. 몸집은 과도하게 크지만 힘과 체력이 약한 탓에 조금만 걸어도 가쁜 숨을 내쉰다. 오래 서 있으면 후들후들 떨리는 다리에, 날개를 펼치는 것도 힘겨워할 때가 있다.

그나마 이곳이 북부가 아니었다면 마음대로 움직이지도 못했으리라.

자기 몸 하나 추스르는 것만으로도 벅찰 정도였으니 실질적으로 육체적인 능력은 많지 않다 할 수 있었다.

그럼에도 불구하고 빙룡이 주는 존재감은 보통이 아니다.

"모두 놀라지 말도록 해. 내 부하니까."

위드는 가볍게 빙룡의 몸을 타고 위로 올라갔다. 단지 빙룡의 위로 올라갔을 뿐인데도 시야가 확 트였다.

서윤과 알베론이 조그맣게 보였다. 그들은 고개가 꺾어지도록 한참 치켜들고 위드를 보고 있었다.

"후후후."

위드는 오만한 미소를 지었다.

현재의 자기 모습이 상당히 멋질 것이란 생각이 들었다.

빙룡을 타고 있는 위드!

망토는 유난히 펄럭거리고, 탈로크의 갑옷도 광채를 더하고 있다.

거기에다가 석양이 지면서 하늘은 붉게 물들어 있었다. 장소도 좋았고 이른바 조명발에 아이템발까지 받쳐 주는 상황이다. 아래에서 올려다보면 위드의 모습이 멋지게 보일 수밖에 없다.

물론 위드 1명을 태운 것만으로도 무거워하는 빙룡의 사정은 전혀 감안하지 않은 것이었지만.

위드는 불현듯 흥취가 일었다.

"이런 장소에서 한 곡 연주하지 않을 수 없지."

로디움에서 구입했던 세레나의 하프를 꺼냈다.

띠리리링!

위드의 손길이 하프 위를 부드럽게 움직였다.

맑은 음을 내면서 연주되는 하프.

석양으로 지는 노을에, 빙룡 위에 앉아 부드러운 음악을 연주한다.

가히 영웅의 풍모가 아닌가!

술 취한 음유시인들의 이야기에서나 나올 법한 아름다운 장면이었다.

위드는 힐끗 서윤을 보았다.

'이 정도면 나에 대한 환상을 품을지도 모르겠군.'

이런 능력과 장면을 보여 주었다면 당연히 그럴 수 있다. 게다가 이토록 멋진 광경이라면 어쩌면 그녀의 마음까지도 넘어올지 모른다.

띠링링. 띠리리리!

위드는 저물어 가는 해를 보며 하프 연주를 계속했다. 즉흥적으로 분위기에 도취되어서.

위드의 하프 솜씨는 그리 나쁜 편이 아니었다. 예전부터 가지고 있던 하프로 몇 곡을 연습하면서 실력이 부쩍 늘어난 덕분이었다.

그렇게 하프를 연주하고 난 후에 위드는 미소를 지었다.

가슴이 크게 뛰고 있었다. 이토록 멋있는 장면의 주인공이 되다니, 설레는 기분이 들었다.

위드는 아래에 있는 알베론과 서윤을 향해 외쳤다.

"이제 죽음의 계곡으로 가지요. 모두 이 빙룡을 타세요!"

"……."

서윤은 한마디의 말도 없었다. 그저 위드와 빙룡을 번갈아서 바라보며 고개를 저을 뿐이었다.

위드는 다시 한 번 권했다.

"괜찮습니다. 내 부하이니 걱정하시는 일은 벌어지지 않습니다. 두려워하지 않아도 돼요. 안심하고 타셔도 됩니다!"

빙룡을 타고 단숨에 죽음의 계곡으로 날아간다. 이것이 바로 위드가 세운 이동 계획이었던 것!

알베론이 가볍게 빙룡 위로 올라왔다.

하지만 서윤은 그 자리에 그대로 서서 오르려고 하지 않았다.

"흠!"

위드는 사뭇 아쉬운 생각이 들었다.

'동료로 데려간다면 많은 도움이 될 텐데.'

전투에 돌입해서 보여 주는 광전사의 모습!

몬스터들을 학살해 가던 그 광경은 잊을 수가 없다. 하지만 굳이 서윤이 필요할까 하는 생각도 들었다.

'난 지금까지 아무리 어려운 퀘스트라도 혼자서 해냈다.'

물론 오만 고생들을 다 경험해야 했다. 맨땅에서 시작해서 어떻게든 퀘스트를 완수하기 위해 쏟아부었던 노력들이 머릿속에서 스쳐 지나간다.

라비아스에서 데스 나이트와 싸우면서 프레야의 성물을 되찾았던 추억과, 진혈의 뱀파이어족을 퇴치하기 위하여 몇 달간이나 성기사들을 먹여 살리고 보살펴 주어야 했던 기억. 절망의 평원에서 오크들을 지휘해서 불사의 군단과 싸웠던 짜릿한 순간들.

마판의 간접적인 도움은 있었지만 중요한 순간에는 언제나 혼자였다. 서윤이 없다고 해서 좌절할 필요는 없는 것이다.

위드는 마음을 접었다.

'원하지 않는다면 억지로 데려갈 필요는 없겠지. 조금 아쉽긴 하군.'

본인이 함께할 수 없다고 한다면 강제로 구속할 수도 없는 일이다.

결정을 내린 위드가 서윤을 향해 말했다.

"모라타 마을에서 휴식을 취하고 있어요. 금방 끝내고 돌아올 테니… 가자, 빙룡!"

그 말을 끝으로 빙룡이 날개를 활짝 펼쳤다. 그렇지 않아도 빙룡은 서 있는 것이 힘이 들었다.

팔다리에 힘이 없다 보니 차라리 하늘을 나는 편이 훨씬 편했던 것.

위드와 알베론을 태운 빙룡이 광풍과 함께 날아올랐다.

약 3시간 후!

"에취!"

"콜록!"

위드와 알베론은 덜덜 떨리는 몸으로 빙룡을 타고, 왔던 곳으로 돌아왔다.

> 중증 감기에 걸렸습니다.
> 신체 능력이 45% 저하됩니다. 스킬의 효과가 60% 감소합니다. 감기는 다른 합병증을 유발할 수 있습니다. 생명력과 마나의 최대치가 감소합니다. 조각술 스킬을 사용할 시, 감기로 인해서 조각품이 망가질 가능성이 있습니다.

다시는 걸리지 않을 것이라고 결심했던 감기마저 제대로 걸리고서!

일이 이렇게 된 이유는 단순한 것이었다.

빙룡은 하늘에서만큼은 제법 빠른 편이었다. 문제는 그러면서 그 위에 타고 있는 위드나 알베론은 추위에 떨어야 했다는 것이다.

가만히 있어도 추운데 엄청난 속도로 하늘을 날았다. 고도를 높일수록 온도는 더욱 낮아지고, 미칠 듯한 바람이 불었다.

결국 참다 못해서 왔던 곳으로 돌아오고야 말았다.

서윤은 마치 그럴 줄 알았다는 듯이 그 자리에서 그대로 모닥불을 피워 놓고 기다리고 있었다.

"에취!"

위드는 기침을 하며 모닥불에 가까이 다가갔다.

역시나 머리가 나쁘면 몸이 고생이었다.

서윤은 모닥불을 피우며 생각했다.

혼자서 하는 야영 생활은 상당히 익숙했다. 주변에 몬스터가 있는지를 살피면서 나무들을 모아 불을 피우고 먹을 수 있는 요리를 한다.

요리는 교관의 통나무집에서 그의 아내에게 배웠다. 위드와 처음 만났을 때의 일이었으니 나름대로 인연이 깊다고 할 수 있다.

혼자 해 먹는 요리.

허기를 사라지게 할 정도로 적은 양만 먹는 그녀였기에 매번 약간의 요리만 하면 되었다.

재료도 단순해서, 사냥 중에 획득한 것들을 위주로 했다. 그것이 질릴 때에는 상점에서 사 온 빵을 먹거나 나무 열매들을 주워 먹었다.

그 탓에 그녀의 요리 스킬은 초급 3레벨을 넘지 못했다.

그러던 차에 위드가 해 주는 요리를 먹으면서는 그녀도 상당히 과식을 하게 되었다.

'맛있다.'

대충 허기를 때우기 위한 것이 아니라 누군가의 정성스러운 음식을 먹는 기분은 나쁘지 않았다.

'픕.'

그런 생각을 하며 모닥불을 피우고 있던 도중에 위드와 알베론이 나타난 것을 보고, 서윤은 그만 웃음을 터트릴 뻔했다.

얼굴과 몸에 온통 하얀 서리가 끼어 있었다. 얼어붙은 생쥐 꼴로 돌아온 것이다.

제아무리 서윤이라도 웃음이 절로 입술을 비집고 튀어나올 듯한 몰골이었다.

위드는 서윤, 알베론과 같이 죽음의 계곡을 향해 걸었다.

모라타 마을에서 얻어 낸 정보를 통해 안전한 지역만 골라서 움직였다.

몬스터와 싸우는 것을 즐기는 편이지만 모든 일에는 때가 있다. 어느 지역에서 어떤 몬스터가 나오는지도 알지 못하는 마당에, 사냥을 하면서 길을 지체할 까닭이 없었다.

낮에는 음식을 먹고 걸으며, 밤에는 추위를 피해 동굴을 찾아 숨어들거나 천막을 쳐 놓고 쉬었다.

고난의 행군!

감기 기운이 남아 있었으므로 늑대 가죽 옷을 몇 겹이나 겹쳐 입었다. 그리고도 모자라서 치열한 신경전이 펼쳐졌다.

위드가 한 걸음 뒤로 물러났다.

"콜록! 이곳의 경치는 참 좋군. 앞서서 가도록 해. 난 천천히 구경을 하면서 가지."

투명한 얼음들이 우후죽순 세워져 있다.

넓은 벌판의 얼음들은 신비롭기 짝이 없었다. 얼음과 눈이 날리는 대지에는 혹한의 삭풍이 불어온다.

위드는 알베론의 등 뒤에 붙어서 걸어가려고 했다.

알베론이 말했다.

"프레야 여신께서는, 에췩! 저에게 겸손하라고 하셨습니다."

그러면서 세 걸음 물러났다. 은근슬쩍 위드의 등 뒤로 숨어 버리는 알베론.

"프레야 교단의 사제라면 남들에게 길을 열어 주어야 할 처지일 텐데."

"저의 임무는 위드 님을 돕는 것입니다. 죄송하지만 앞에 설 수는 없습니다."

"크흠!"

위드는 크게 헛기침을 했다.

사실 지금은 바람이 정면에서 불어오고 있었다. 제일 앞에 서는 사람이 가장 추울 수밖에 없으니, 서로 뒤에 서려고 하는 것이다.

하지만 방향이 바뀌어서 이제는 뒤에서 바람이 불었다.

알베론이 발걸음을 서둘렀다.

"프레야 여신님께서 저에게 길을 열라고 하셨습니다."

"나도 그 말씀을 들은 것 같아, 알베론."

"그래도 사제인 저만큼의 의무는 가지고 있지 않을 것입니다."

"무슨 소리. 몬스터들이 나타날지도 모르니 내가 앞에서 가겠다.”

주위는 황량하기 짝이 없었지만, 위드는 위험을 핑계로 앞에서 내달렸다. 알베론도 찬 바람을 피하기 위해서 부지런히 쫓아온다.

서윤만이 가끔 황당하다는 듯이 그들을 보며 묵묵히 걸을 뿐이다.

바람이 차가웠다.

“에취!”

빠르게 달리면서 체력 소모를 하면 더욱 추위가 몰려오기 마련.

위드와 알베론은 사서 고생을 하고 있었다.

그렇게 상대적으로 기온이 올라간 낮에는 길을 걷고, 밤이면 동굴이나 바람이 심하지 않은 언덕 아래를 찾았다.

매일 밤마다 위드의 요리 솜씨가 빛을 발했다.

“마늘을 듬뿍 넣은 생선 스튜!”

말로만 들어서는 끔찍하지만 실상은 매우 담백한 맛을 내는 스튜. 따끈한 온기에 몸이 풀려 나가는 기분을 전해 주는 스튜였다.

이런 음식마저도 없다면, 감기에 걸린 상태에서 이동을 한다는 것은 미친 짓이었으리라.

가끔 유독 추워서 감기 기운이 심해지는 날에는 와인에 절인 고기를 먹기도 했다.

유난히 맑은 하늘에서는 수없이 많은 별들이 반짝거린다. 식사 시간만이 일행에게는 고된 여행의 피로를 조금이나마 덜 수 있는 시간이었다.

그러던 어느 날이었다.

동굴 안에서 식사를 마치고, 위드는 평소처럼 그릇을 챙기려고 했다.

달그락.

그런데 서윤이 갑자기 그릇을 먼저 채 가듯이 잡는 것이었다. 위드가 직접 제작하여 특별히 베르사 대륙에서 통용되는 돈의 그림이 새겨져 있는 나무 그릇을! 밥을 먹을 때에도 돈을 벌어야 한다는 사실을 잊지 않기 위해서 특별히 파 놓은 그림이었다.

위드는 퍼뜩 고개를 들었다. 서윤의 투명한 눈동자가 그를 보고 있었다.

"……."

위드는 가슴이 아파 왔다.

'이런 식으로 내 소중한 그릇을 강탈해 가는구나. 역시 보는 눈은 있어 가지고.'

상점에서 판매하는 최고급 은 그릇, 금 그릇 세트는 아니다. 단순히 음식을 담기에 좋은 나무 그릇들.

소문에 의하면 보석이 박혀 있는 그릇도 있다고 한다.

가격이 무려 6,000골드가 넘는 그런 부르주아 그릇들!

돈이 넘치도록 많은 사람이 아닌 한 사용할 수 없는 그릇들이다.

이렇게 대놓고 좋은 그릇은 비싼 경우가 많았다.

위드는 그 돈마저 아끼기 위하여 직접 그릇을 만들었는데,

서윤이 눈독을 들이고 잡은 것이다.

하지만 그것은 위드의 착각이었다.

서윤은 그릇을 자신의 것으로 챙기지 않았다. 말없이 들고 동굴 밖으로 나가서 눈으로 슥슥 문질렀다.

웅크리고 앉아 설거지를 하는 서윤!

매번 얻어먹기만 하였으니 나름 성의를 보이는 것이었다.

⁂

빙룡!

그는 우아하게 날개를 떨쳐 주변의 하늘을 날았다. 그러면서 몬스터를 발견하면 지상으로 내려가서 닥치는 대로 공격했다.

크라라라!

하늘에서 뚝 떨어져서 포악하게 발로 짓밟거나 아니면 물어 뜯었다. 빙룡이 습격한 곳에는 지상의 몬스터들이 거의 남아나질 않았다.

사냥을 해서 먹기 위한 것도 있지만, 그보다는 경험과 전투 능력을 향상시키고자 하는 이유가 더욱 컸다.

"나보다 강한 놈이 있다는 것을 참을 수 없다! 이 대지와 하늘에서 나의 날개를 편안히 펴기 위해서는 힘을 길러야 해."

빙룡은 스스로를 위대한 존재로 알고 있었다. 그런데 힘이 약해서 몸도 제대로 가누기 힘들다는 사실이 뼈저리게 괴로웠던 것!

빙룡의 투지가 굉장히 높은 편이었기 때문에, 어지간한 몬스터들은 그대로 얼어붙는다. 빙룡은 그런 몬스터들이라고 해도 봐주지 않고 부지런히 사냥했다.

몬스터들을 도륙하면서 점점 각 스킬의 숙련도와 경험치를 모은다.

생명을 부여받은 이후로는 노력의 여하에 따라 더욱 성장할 수 있었기에 빙룡은 쉬지 않았다.

"더 강한 몬스터! 나를 성장시키기 위해서는 보다 강한 적이 필요해! 나타나라, 나의 심장을 울리게 만들 수 있는 상대여!"

빙룡의 포효가 얼음의 대지를 뒤흔든다.

북부의 강력한 몬스터들.

각 얼음산의 주인들이나 보스급의 몬스터들이 다수 있었다. 레벨로 치자면 400을 넘는 놈들이 여기저기에 숨어 있었던 것이다.

심지어 살육의 숲이라고 이름 붙여진 곳은, 웬만해서는 만나 보기 힘든 강한 몬스터들이 먹이사슬을 이루어 생존하고 있는 장소였다.

크워워워!

얼음산에서 약한 몬스터들만 짓밟고, 보스급 몬스터가 정말로 등장하면 빙룡은 날개를 활짝 폈다.

"그럼 다음에 보자."

빙룡은 덩치에 맞지 않게 겁이 많았다. 그리하여 정말 자신과 비견되거나 혹은 위협을 가할 정도의 적이 나타나면 그대로 줄행랑을 치면서 성장하고 있었다.

위드는 부지런히 눈을 치우면서 걸었다.

"알베론, 조금만 더 힘을 내라."

"예."

지난밤에는 눈이 엄청나게 많이 내렸다. 그 바람에 아침부터 눈이 무릎까지 쌓여 있어서 걷기가 힘이 들었다.

중증 감기는 웬만해서는 낫지 않았다. 덕분에 체력이 일찍 떨어져서, 번갈아 가면서 전진을 하고 있었다.

"위드 님, 죄송합니다. 더는 가지 못하겠습니다."

위드나 서윤은 그럭저럭 버틸 만하였지만 사제인 알베론은 금방 지쳤다.

"어쩔 수 없지. 잠시 쉬도록 하자."

알베론 때문에 전진이 자꾸 늦춰졌다.

춥고 얼어붙은 땅에서는 걷는 것도 체력을 많이 소모한다. 원래 체력이 약한 사제인 알베론은 많은 거리를 걷지 못했다. 그런데 눈까지 제법 쌓여 있으니 더욱 힘들어하는 것이다.

주변에는 혼을 잃은 늑대들만이 식량을 찾아 어슬렁거리고 있었다.

'분명 뭔가 방법이 있을 텐데. 좀 더 빨리 이동할 수 있는 방법. 이동 수단이 필요해.'

베르사 대륙에서는 수많은 이동 수단을 활용할 수 있다.

가장 대중적으로 쓰이는 것은 말!

마을이나 도시에서 흔히 거래되며, 심지어는 전문적으로 말을 조련하는 사람들도 있다.

주인의 말을 알아듣는 명마나, 달리는 속도가 비호처럼 빠른 말.

전투에도 동원이 가능한 말들로 인하여 사냥터나 마을 사이의 이동 시간을 단축시킬 수 있는 것이다.

'이런 북부에서 말이라면 모두 얼어 죽고 말겠지. 설혹 살아 있는 말이라고 해도 잘 달리진 못할 거야.'

말은 기본적으로 초원을 잘 달리게 되어 있다. 눈과 얼음이 쌓인 땅에서 잘 달리기는 무리이리라.

그때 위드의 머릿속에 스쳐 지나가는 생각!

'바로 그거야! 왜 진작 이 생각을 못 했지? 꿩 대신 닭이라는 말이 있다.'

혼을 잃어버린 늑대들이 사방에서 어슬렁거린다. 서윤이나 위드와 눈이 마주칠 때면 슬그머니 다른 곳으로 향하지만, 유독 이 근처에는 늑대들이 많았다.

위드는 서윤에게 부탁했다.

"이 주변에 있는 늑대들을 잡는 데 도움을 주셨으면 합니다."

서윤은 두말하지 않고 검을 뽑아 들었다. 고기를 얻으려는 생각이리라는 판단.

하지만 위드의 부탁은 조금 다른 것이었다.

"죽이지 않고 생포해야 됩니다. 그런데 가능한 한, 죽는 것이 나을 정도로 심하게 패 주세요."

"……."

서윤은 칼을 뽑아 들고 늑대들을 적당히 후려 패 주었다. 늑대들 따위를 사냥하는 데에는 스킬도 필요하지 않다.

컹! 컹!

지능이 있는 몬스터라면, 도저히 이길 수 없을 적을 만났을 때에는 도주를 택한다. 생명력이 떨어지자 겁에 질린 늑대들이 도망을 치기 시작했다.

서윤은 여전히 거침없이 움직이며 늑대들의 다리를 부러뜨렸다. 움직일 수 없도록 한 것이다.

빙판 위에 나뒹구는 늑대들.

전투 불능 상태가 되어 놈들은 오로지 다가올 죽음만을 기다리고 있었다.

그때 위드가 다가왔다.

"아이고, 불쌍한 녀석들! 많이 아프지 않으냐?"

늑대들은 경계의 눈빛을 보냈다.

인간이었다. 그들을 이렇게 만든 인간과 같은 무리에 속해 있는 인간이 다가오고 있었다.

하지만 위드는 늑대들을 죽이지 않았다. 상처에 약초를 발라 주고, 붕대로 다친 곳을 감아 주었다.

크르릉!

웬만한 동물이라면 고마움을 느끼리라.

그럼에도 늑대들은 흉성을 버리지 않았다. 몸이 회복되니 위드를 물어뜯기 위해서 이빨을 드러내는 것.

야생동물답게 인간을 믿지 못했다.

위드는 조용히 물러났다.

"이제 다 나은 것 같으니 난 다른 곳으로 가 봐야겠구나. 너희들의 동족이 또 고통을 당하고 있을지도 모르니 말이야."

보통 때라면 신나게 늑대들을 사냥했으리라. 그러나 위드는 웬일로 욕심을 내지 않고 멀찌감치 물러났다.

크르르, 끙끙끙!

늑대들은 힘들게 바동거리며 네 다리로 일어서려고 했다. 자신들의 본거지로 돌아가기 위함이었다.

그때 서윤이 다시 나타났다. 그리고 말없이 늑대들을 팼다.

깨개갱!

그런 식으로 늑대들이 매타작을 당하고, 위드가 치료해 주는 것이 몇 차례나 반복되었다. 일단 1명은 때리고, 1명은 치료해 주면서 고마움을 느끼게 만든다!

할짝할짝.

어린 늑대가 위드의 손을 부드럽게 핥았다.

"그래. 착하지."

위드는 늑대의 머리를 쓰다듬어 주었다. 특별히 말린 생선도 던져 주었다.

이제 끙끙대면서 대부분의 늑대들이 꼬리를 흔들었다. 몸을 뒤집어서 배를 보여 주기도 했다.

어느새 길들여진 것!

위드를 따르게 된 것이다.

하지만 끝까지 반항하는 늑대들도 몇 마리는 있었다. 나름대로 무리를 이끄는 대장 격의 늑대들이었다. 그런 녀석들은 위드가 조용히, 하지만 단호하게 목덜미를 움켜쥐고 언덕 뒤로 갔다.

"허허허, 이런 착한 녀석들. 많이 아프구나. 그러면 더 잘 치료를 해 줘야지. 여기보다는 저쪽에서 치료를 해 주는 편이 좋을 것 같아."

부드러운 미소와 애정이 충만한 눈빛!

늑대들의 시선이 미치지 않는 곳에서 무슨 일이 벌어졌는지는 알 수 없다. 다만 위드가 돌아왔을 때에는 배낭이 조금 더 두둑해져 있었다. 고기와 가죽의 양이 늘어난 것이다.

늑대들에게는 가히 악몽과도 같은 일이 벌어지고 있었다.

끼끼끼!

돌아온 위드를 향해 멋모르고 애교를 부리는 늑대들.

알베론이나 서윤은 섬뜩함을 느꼈지만, 위드는 천사와 같은 미소를 지을 뿐이었다.

"그래. 귀엽기도 하구나."

어느새 위드의 손길에, 그리고 음식에 익숙해져 버린 늑대들이었다.

"많이 먹어라."

위드는 늑대들에게 넉넉하게 음식을 던져 주었다. 그리고 늑대들이 음식을 먹는 사이에 목재와 몬스터의 힘줄을 이용해서 무언가를 만들었다.

"바닥에는 철로 된 날을 만들어야지. 앞으로 잘 나갈 수 있게. 그리고 힘줄은 늑대들이 빠져나오지 못하도록 매듭을 세 번씩 해 두어야겠군."

대장장이와 재봉사의 재능을 한껏 이용해서 제작한 그 무엇!

늑대들은 자신들에게 몸 줄을 씌울 때에도 전혀 저항을 하지 않았다.

그러면서 완성품이 만들어졌다.

늑대들이 이끄는 썰매!

마차와는 모양이 달랐다.

늑대들 수십 마리가 앞에서 단체로 이끌고, 썰매는 얼음 위를 미끄러지며 달리도록 되어 있었다. 타는 위치가 낮아서 바람의 저항을 덜 받고, 바퀴가 없으므로 얼음 위를 달릴 수 있다.

북부에서 탈것을 만들어 낸 것이다.

위드는 늑대들을 지휘하여 앞으로 나아가도록 했다.

썰매가 눈과 얼음 위를 미끄러지며 빠르게 앞으로 달려 나간다. 말이나 다른 탈것과는 비교할 수 없을 정도의 즐거움을 주었다.

적당히 빠른 속도와 안정감!

알베론이나 서윤도 한결 편하게 경치를 둘러볼 여유를 가질 정도가 되었다.

그러나 아무리 썰매라고 해도 밤에 달리는 것은 무리다. 강한 몬스터들이 돌아다닐 뿐만 아니라, 베르사 대륙의 대자연은 변덕스럽기 짝이 없어서 자칫 빙설의 폭풍에라도 휘말리면 살아남기가 힘들다.

그럴 때에는 아늑한 동굴 안에서 쉬어야 했다.

아우우우!

밤마다 울려 퍼지는 늑대들의 서러운 울음소리.

그렇게 나흘 동안 달린 후, 일행은 죽음의 계곡에 도착할 수 있었다.

위드는 우선 계곡의 지형부터 살펴보았다.

"높다. 그리고 지나치게 험악해."

중앙의 계곡을 사이에 두고, 경사가 심한 절벽이 있었다. 그 계곡을 넘어가면 멀리 우뚝 치솟은 커다란 산이 나온다.

비록 유로키나 산맥처럼 첩첩산중의 험한 산은 아니더라도 꽤 높고, 눈과 얼음으로 뒤덮인 산이었다. 또한 죽음의 계곡이 란 말이 괜히 붙은 것이 아니라는 것을 증명하듯이 절벽 위에 는 몬스터들이 들끓었다.

크커커커!

신체 재생력이 뛰어나고 육체가 추운 환경에 최적화되어 있 는 아이스 트롤. 보통 1~2마리가 독자적으로 활동하는 아이스 트롤들이 이곳에는 수백 마리가 넘게 모여 있었다.

피부색이 녹색인 보통의 트롤들과는 달리 이곳의 아이스 트 롤들은 눈처럼 하얀색이었다. 하지만 팔이 땅에 닿을 정도로 길고 흉한 근육질의 몸을 가진 것은 동일했다.

아이스 트롤은 레벨이 320를 넘는 것으로 알려진 상당한 고 위 몬스터다. 게다가 추운 지방에 살기 때문에 아직 잡아 본 사 람이 드물고, 트롤 특유의 생명력으로 인해서 사냥하기 까다로 운 몬스터다.

캬오! 캬오!

크아악!

아이스 트롤들은 위드와 서윤을 발견하고는 안타까움의 괴 성을 질러 댔다. 흉악하고 살육을 즐기는 아이스 트롤들은 위 드와 서윤과 싸우고 싶었다.

하지만 절벽의 경사가 너무 가파르기 때문에 내려오지 못하고 고함만 치는 것이었다.

"이리 오세요. 이쪽으로 올라와요. 제가 안아 드릴게요. 저와 함께 유혹의 밤을 보낼 자신이 있나요? 그렇다면 어서 오세요."

"우리와 깊은 밤을 보내요. 여긴 너무 추워요. 저를 당신의 따뜻한 품에 안아 주세요."

인간 여성의 몸을 하고 있는 라미아!

환하고 고혹적인 미소를 지으며 위드와 알베론을 유혹하고 있었다. 고운 손가락을 들어서 자신을 가리킨다. 남자들의 어떤 꿈이라도 이루어 줄 것처럼!

그러나 정작 아래쪽으로 시선을 옮기면 고개를 저을 수밖에 없었다. 라미아의 하반신은 뱀과 같았던 것이다.

점점 두꺼워지는 뱀의 몸체에 긴 꼬리!

라미아는 거의 아이스 트롤 급에 육박하는 전투력을 가지고 있고 지능이 높아서 상대하기 극히 까다로운 몬스터였다.

이처럼 라미아와 아이스 트롤만 있는 것도 아니다.

리저드맨들과 이들을 이끄는 리저드 킹!

죽음의 계곡을 지키는 악령 병사!

하수인, 악령의 추종자, 디베스의 사제 등 지역 토종 몬스터들도 다양했다.

"역시 나는 되는 일이 없어."

위드는 자신도 모르게 중얼거렸다.

계곡의 윗부분을 장악하고 아래에 모여 있는 몬스터들을 학살하는 그런 즐거운 일이 벌어질 리가 없는 것이다. 오히려 역으로 계곡 위에 있는 몬스터들을 공격해야 했다.

위드와 서윤은 죽음의 계곡 주변에 대한 정찰부터 했다. 그러면서 계곡으로부터 멀리 떨어지지 않은 곳에 지어진 성을 발견할 수 있었다.

니플하임 제국의 벤트 성!

모라타 마을의 주민들이 이야기하던 곳이 틀림없었다.

'제국의 기사단이 상주하고 있었다고 했지.'

오래된 성은 네모난 바위를 쌓아 지은 것이었다. 세월의 흔적 때문에 무너진 곳이 적지 않았지만 보수한 흔적이 있었다.

위드와 서윤이 다가가려고 하자, 성에서 화살이 날아왔다.

"다가오지 마라!"

성벽 위에서 갑옷을 입은 병사가 외쳤다. 아직도 인간이 살고는 있었던 것이다.

병사의 갑옷은 다 헐어서 부서지기 일보 직전이었다. 위드도 저런 누더기 갑옷을 입었던 적이 있었으므로 알 수 있었다.

"다가오면 죽인다!"

"저희는 여러분을 돕기 위해서 왔습니다!"

위드가 외쳐 보았지만, 병사는 들은 척도 하지 않았다.

"어떤 몬스터인지 몰라도 더 이상 속지 않는다!"

"저희는 인간으로, 일단 성에 들어가고 싶습니다."

"닥쳐라! 더 다가오면 공격하겠다."

그때 성내에 급박한 종소리가 울렸다. 그리고 성벽에 고개를 내민 병사들이 위드와 서윤을 향해 활을 겨누었다.

"……."

위드는 할 말을 잃고 말았다. 전혀 믿음을 심어 주지 못하는 것이다.

이럴 때에 필요한 직업이 사제!

위드가 은근슬쩍 알베론을 보았다. 알베론이 그 눈빛을 받고 앞으로 나섰다.

"저는 프레야 교단의 사제로, 치유술과 축복을 전문적으로 익혔습니다. 제가 이분들의 신분을 보장하겠습니다."

"프레야 교단? 우리는 아무도 믿지 않는다. 더 다가오면 공격하겠다."

벤트 성에서는 완고하게 접근을 허락하지 않았다.

위드의 명성이 아무리 높다고 해도, 외부와의 소통이 전혀 이루어지지 않는 마을이나 성에까지 유명한 것은 아니다. 명성이란 최초에 그것이 상승하게 된 사유가 있다면, 그곳을 기반으로 사람이나 물자가 움직이는 곳을 위주로 퍼지는 것이기 때문이다.

외부와 아무런 소통이 없는 벤트 성에서는 명성이 아무리 높다고 해도 무용지물이다. 대신에 벤트 성에서 올린 명성이 있다면 그만큼 큰 가중치를 받을 수 있다.

괜히 모험가들이 각 성과 마을들을 발견하기 위하여 안간힘을 쓰는 것이 아닌 것이다.

'여긴 들어갈 수 없겠군.'

위드는 벤트 성을 내버려두고서 깨끗하게 물러날 수밖에 없었다. 사실 들어갈 방법을 찾아보자면 못 찾을 것도 없다. 하지만……

'어차피 가난한 성이야. 무리해서 들어가더라도 모라타 마을에서처럼 뜯기기나 하겠지.'

위드는 다시 죽음의 계곡 근처로 돌아와서, 공략을 개시할 준비를 했다. 그때 반가운 부하들이 찾아왔다.

꾸와아아아아아악!

추위로 인하여 미친 듯이 울부짖는 와이번들!

비싼 금으로 만들어진 금인이까지 하늘을 날아서 도착했다.

"그래. 수고 많았다."

위드는 그들을 어루만져 주었다. 그러면서 모아 두었던 늑대 가죽을 이용해 와이번들의 몸을 덮을 수 있는 옷을 만들어 주었다.

다만 떠나지 않는 감기 기운으로 인하여, 완전한 상태에서 만드는 옷보다는 현저하게 수준이 낮을 수밖에 없었다.

와일이, 와둘이, 와삼이, 와오이, 와육이, 와칠이!

본래 와이번들은 흉포한 심성을 가지고 있지만, 조각술에 의하여 탄생한 놈들은 뭔가 달랐다.

"내 옷이 더 예쁘다!"

"내 우아한 가죽옷의 색상을 좀 봐!"

예술적인 감수성이 뛰어난 와이번들답게 저마다 입고 있는 옷을 자랑하고 있었다.

제대로 재봉되지 않은 늑대 가죽!

찢어지고 헐거워진 하급 가죽으로 만든 누더기 옷!

염색도 되지 않아서 허름한 옷을 입고 와이번들은 매우 기뻐하였다.

"역시 우리 주인이 최고다!"

이 먼 북부까지 날아오게 만든 위드에 대한 원망이 깨끗하게 사라지고, 옷을 만들어 준 데 대한 고마운 마음이 들었다.

사실 위드는 늑대 가죽으로 옷을 만드는 내내 불평을 쏟아 놓았다.

"조금 춥다고 활동도 하지 못하다니, 역시 쓸모없는 놈들!"

와이번들의 정상적인 활동을 위하여서는 옷부터 만들어 줘야 되었다. 그래서 억지로, 성의 없이 대충대충 만든 것이었다.

"골골골."

몸이 황금으로 이루어져 있는 금인이도 나름대로 복장을 갖춰 입었다.

위드가 과거 초보 시절에 입었던 옷들!

내구력이 극한까지 떨어져서 수리에 수리를 거듭하면서 겨우 살려 왔던 검과 옷을 금인에게 주었다.

대대로 물려받는 장비들.

쩨쩨하고 소심한 주인을 만난 와이번들과 금인이의 불쌍한 모습이었다.

그럼에도 와이번들은 머리를 꼿꼿하게 치켜들었다.

"내 옷이 가장 예쁘다!"

"내 옷이야. 내 옷이 더 예쁘다!"

"어디 한판 붙어 볼래?"

"좋다. 싸우자!"

서로 자기 옷이 좋다며 싸우려는 흉포한 와이번들!

"내 옷이 제일 예쁘다. 골골골!"

금인이도 자존심 싸움에서 지지 않기 위해 두 자루의 검을 뽑았다.

한 자루는 클레이 소드였다. 위드가 라비아스에서 구입하여 매우 요긴하게 사용했던 검!

다른 하나의 검은 사뭇 대단한 것이었다.

프레야 교단에서 받은 아가사의 거룩한 검!

한 자루는 경매로 팔아 치웠지만, 나머지 한 자루는 금인이에게 주었다.

두 자루의 검을 가지고 전광석화처럼 상대를 공격하는 것이 금인이의 주특기였던 것이다.

위드의 부하들이 서로 자존심을 걸고 다투려고 하는 그때였다.

크롸롸롸롸롸!

가공할 포효 소리와 함께 나타난 빙룡!

수백 미터에 이르는 육중하고 기다란 몸뚱이.

당장이라도 브레스를 뿜어낼 것처럼 쩍 찢어진 주둥이!

섬세하게 표현된 수염.

빙룡은 긴 꼬리를 좌우로 흔들며 빠른 속도로 하늘을 날아왔다.

크롸롸롸롸!

다시 한 번 장대한 포효를 터트렸다.

한순간의 박력으로, 와이번들이나 금인이는 꼼짝도 할 수 없었다. 와이번의 거체도 빙룡에 비하면 어린아이의 장난감처럼 작아 보일 지경이었다.

빙룡이 점점 다가올수록 와이번들이나 금인이는 머리를 숙였다. 서열상으로 완전히 빙룡을 최고로 인정하고 만 것이다.

쿠우웅!

빙룡은 묵직하게 지상에 내려앉았다.

엄청난 몸집의 빙룡이 땅에 내려오니 주변이 지진이라도 난 것처럼 흔들렸다. 일부러 보란 듯이 위세를 떨친 것이다.

그 당당함과 호기로움!

하지만 빙룡의 다리가 몸무게를 이기지 못했다.

철퍼덕!

땅에 그대로 널브러진 빙룡!

짧은 다리를 바동거린다. 날개를 퍼덕거리며 일어나려고 하였지만 쉽지 않았다. 바닥이 미끄러울 뿐만 아니라 거대한 육체에 비해서 힘이 현저하게 부족했기 때문이다.

순간 차가워진 분위기!

와이번들과 금인, 빙룡이 모여 있는 곳에서는 끝도 없을 한기가 흘렀다.

정벌전

위드는 하루를 휴식하고, 해가 떠오른 아침부터 죽음의 계곡 공략을 시작했다.

감기로 인하여 평소보다 20% 정도 몸 상태가 저하되어 있지만, 충분한 휴식을 취하기에는 마음의 여유가 모자랐다.

"감기야 늘 걸리곤 하는 것이지. 북부에서 감기를 피하려고 하는 건 사치야. 알베론!"

위드가 맨 처음에 돌아본 곳에는 알베론이 자리를 잡고 있었다.

언제나 든든하고 믿을 수 있는 동료!

알베론은 교황 후보답게 막대한 신성력을 가졌다. 능력에 비해 드물게 착하고 말도 잘 들으니 언제나 활용 가치가 높았다.

"예."

"우리는 지금 중요한 전투를 앞두고 있다. 와일이, 와둘이, 와삼이, 와오이, 와육이, 와칠이, 금인이, 빙룡이에게 축복을 걸어 주도록 해."

"예, 알겠습니다."

위드는 조각품 생명체들의 이름을 일부러 하나하나 불러 주었다.

이 세심한 배려!

그러나 실제로는 이기심 많고 질투가 심한 생명체들이 삐치기 때문이었다.

'어쩌자고 저런 것들을 만들어 놓아서.'

위드는 자신이 만든 조각품들을 볼 때마다 한숨밖에 나오지 않았다.

덜떨어진 지능!

음식에 대한 탐욕!

돈과 아이템에 대한 욕심!

도저히 믿을 수가 없는 부하들이었다.

하지만 조각품들도 어쩔 수 없었다. 자식은 부모를 닮는 법이다. 예술 스탯이 높아서 레벨은 비교적 높게 나오지만, 위드의 지혜나 지식은 현저하게 낮은 편이다. 그 덕분에 무식하고 단순한 놈들밖에 나오지 않았다.

알베론이 신성 마법을 펼쳤다.

"악의 무리로부터 그를 해하는 힘이 약하게 하라. 성스러운 가호. 사악한 악에 맞서 싸우는 그의 능력이 최고조에 이르도록 해 주십시오. 블레스!"

알베론의 몸에서 흰빛이 뿜어져 나와 와이번들과 금인이, 빙룡이에게까지 두루 미쳤다.

방어력을 높여 주고 힘을 크게 해 주는 사제 특유의 스킬. 각종 원소 저항력들도 향상시켜 주었다.

알베론은 여기에 신성 마법을 하나 더 펼쳤다.

"삶의 숨결이 그를 떠나지 않도록 도와주소서. 생명의 손길."

생명력을 크게 추가해 주는 스킬까지!

못 보던 사이에 알베론은 더욱 강해졌던 것이다.

'역시 쓸모가 많아.'

위드는 아쉬운 얼굴을 했다.

과거에 모라타에 왔을 때와 비교하여 시간이 많이 흘렀으니 그만큼 강해져 있었다. 하지만 알베론과는 특정 퀘스트에서밖에 함께할 수 없는 사이. 퀘스트를 마치면 부려 먹을 수가 없으니 안타까운 일이었다.

"주인, 공격하겠다."

와일이가 날개를 퍼덕거렸다. 각종 축복 마법을 받고 나니 힘이 남아돌아 전투를 즐기는 흉포한 본성을 드러내고 있었다.

위드도 굳이 말리지 않았다.

"알았다. 다만 조심해라. 금인이."

"주인, 왜 부르나. 골골골."

"넌 와일이 위에서 싸워라."

"몹시 춥다. 그냥 모닥불 근처에서 쉬면 안 되겠나. 골골골."

몸이 황금으로 만들어진 금인이. 비싼 몸을 가지고 있는 녀석답게 무척이나 게을렀다.

위드는 진심을 상당히 담아서 말했다.

"싸우지 않으면 녹여 버린다."

"주인의 말을 잘 따르겠다. 골골골."

"이 활을 가지고 가라."

위드는 무장하고 있던 활까지 넘겨주었다.

파다닥!

조금 경박한 소리를 내며 6마리의 와이번들이 일제히 하늘로 솟구쳤다.

불사의 군단과 싸워서도 살아남은 숙련된 와이번들.

와이번들이 위엄 있게 창공을 빙글빙글 돌았다. 사냥감을 노리는 독수리가 그렇듯이, 순간적인 빈틈을 노리면서!

그러나 와이번들은 금방 생각을 바꿨다.

"추워 죽겠다. 공격하자."

아침이라고는 해도 대기가 차가운 탓에 와이번들의 육체적인 능력을 상당히 구속하고 있었다. 그러므로 와이번들은 무리해서 하늘을 돌지 않기로 했다.

와일이를 필두로 하여 하늘 높이 솟구친다. 그리하여 그대로 계곡 위의 몬스터들을 향해 급강하했다.

아찔한 속도로 내려오면서 와이번들이 공격한다. 무쇠보다 단단한 발톱을 이용하여 아이스 트롤이나 라미아를 할퀴었다.

"죽이자!"

"이곳은 우리의 땅!"

"싸우자!"

아이스 트롤들은 고함을 지르며 끝이 세 갈래로 갈라진 창으로 찌르고, 라미아는 혓바닥을 날름거리며 마력을 발산했다.

"유혹의 눈빛!"

라미아의 마력. 종족을 초월하여 모든 사내들의 힘을 약화시킨다.

계곡 아래에 서 있던 위드는 아차 싶었다.

"라미아들에게 저런 능력이 있었던가?"

라미아는 보통 희귀 몬스터로 분류되어서, 그 능력이 어떤지는 알려진 바가 없다. 레벨만이 대략 200대 후반 정도로 알려져 있을 뿐, 어떤 방식으로 전투를 하는지는 공개되어 있지 않은 것이다.

지금 라미아가 쓰는 마법은 저주의 일종이지만, 신성 마법으로도 여간해서는 해소되지 않아 더욱 상대하기 까다로웠다. 이것이 바로 알려지지 않은 라미아의 특성인 것이다.

그런데 와이번들은 조금도 영향을 받지 않았다.

"왜 우리는 피해가 없지?"

"모르겠다."

"우리가 대단한 존재라서 그런 것이 아닐까."

"맞는 말이야. 너무 뛰어난 우리이기에 저런 저주에 걸리지 않는 걸 거야."

"잠깐만! 그런데 우리가 암컷이냐, 수컷이냐?"

불현듯 터져 나온 와삼이의 말에 와이번들 중 아무도 대답하지 못했다.

위드는 그제야 깨달았다.

'저놈들 중에는 수컷이 없다!'

와이번들을 조각할 때는 불사의 군단과의 전쟁으로 한창 바쁜 시기였다. 시간이 너무 없어서 부득이하게 대충 조각술을 펼쳐야 했다.

불룩한 배와 각진 얼굴!

그렇게 조급하게 조각술을 펼치며 성별을 특정 지을 수 있는 무언가를 만들었을 리가 없는 것이다.

덕분에 와이번들은 암수가 구분되지 않는 몸이었다.

그렇다면 금인이는?

금인이의 경우에는 얼굴부터 뚜렷하게 남성형으로 만들어져 있다. 그런데 금인이도 라미아의 유혹에는 걸려들지 않았다.

금인이는 어느새 거울을 꺼내 들고 자기 얼굴을 보느라 바빴다.

"빛나는 광채. 이 누런 얼굴. 나보다 잘생긴 사람은 이 세상에 없을걸."

스스로를 미남이라고 여기며 자아도취에 빠져 버린 것!

결국 라미아의 유혹에는 누구도 넘어가지 않았다.

"유클라의 독!"

라미아들은 자신들의 마력이 통하지 않자, 허공에 맹독을 뿌려 대었다. 일부는 독침을 쏘기도 했다.

푸른 독연이 바람을 타고 퍼져 나가고, 아이스 트롤들이 사방으로 창을 휘두른다. 와이번들은 창공을 날며 때로는 하강하여 발톱과 부리로 라미아와 아이스 트롤들을 쪼아 대는 식으로 공격하고 있었다.

막강한 축복의 효과로 인해 와이번들은 신체적인 능력이 비약적으로 늘어났다. 아이스 트롤 1~2마리와는 호각으로 싸울 정도의 수준!

그러나 아이스 트롤들은 수십 마리가 넘었다.

"이 더러운 새들! 죽어라!"

"저쪽이다!"

와이번들이 지상에 가까이 와서 공격할 때마다 아이스 트롤들이 우르르 몰려왔다. 와이번들은 그럴 때마다 집중된 공격을 피하기 위해 하늘 위로 솟구쳤다.

"비겁한 새들!"

"다시 내려와라. 싸우자!"

아이스 트롤들이 분노에 찬 고함을 질렀다.

오크들이었다면 틀림없이 내려와서 정정당당하게 전투를 벌였으리라. 그런데 와이번들은 성격이 매우 나쁘고 비열했다.

"날 줄도 모르는 미련한 놈들."

"너희들이 이쪽으로 올라와 봐!"

약삭빠르게 발톱으로 할퀴고, 공격하는 와이번들!

아이스 트롤들에게 큰 피해는 주지 못했다.

트롤 특유의 막대한 신체 재생력! 웬만한 상처는 눈에 보이는 속도로 아물어 버린다. 심지어는 팔다리가 잘리더라도 다시 생겨날 정도로 대단한 생명력을 가지고 있었으니, 와이번들이 아이스 트롤들을 죽이는 건 무리였다.

"저쪽으로 날아간다!"

"어서 죽이자!"

와이번들이 지상에 근접할 때마다 아이스 트롤들이 지치지도 않고 우르르 몰려온다.

오크보다는 훨씬 키가 큰 트롤들.

그 건장한 몸으로 전력 질주를 하다가 눈길에 미끄러져서 넘어지는 경우가 허다했다. 수십 마리의 아이스 트롤들이 넘어지면 그들끼리 엉켜서 한동안 일어나지 못할 정도였다.

그럴 때에 와이번들은 맹렬하게 발톱으로 할퀴고 부리로 쪼았다.

아이스 트롤들의 상처는 금방 치유되었지만 달리고 넘어지는 덕분에 체력 소모는 극심하게 이루어지고 있었다. 오히려 이것이 직접적인 공격보다 아이스 트롤들의 전력을 약화시키는 요소였다.

금인이는 땅에 쓰러져 있는 트롤들만 골라서 정확하게 화살을 쏘아 댔다.

큰 와이번들이 날아다니며 일으키는 바람으로, 계곡의 골짜기에 쌓여 있던 눈이 우르르 쏟아진다.

반대편 골짜기에는 리저드 킹이 이끄는 리저드맨들, 악령 병사, 하수인, 악령의 추종자 등이 진을 치고 있었다.

"한쪽씩 상대하면 되겠군."

위드는 의도적으로 와이번들을 아이스 트롤과 라미아가 있는 곳으로만 보냈다.

절벽 위에 무수히 들끓는 몬스터들과 한꺼번에 싸우기는 무리였다. 하지만 죽음의 계곡의 지형적인 요소 덕분에 모든 적들을 동시에 상대할 필요는 없었다.

어느 한쪽의 적들과만 싸우면 된다.

이른바 각개격파!

"주인, 우리로서는 이길 수 없다."

그때 와일이가 구원을 청해 왔다.

하늘을 날 수 있다는 와이번들의 특성상 위험한 상황에 처하는 경우는 드물다. 날개가 멀쩡하다면 날아서 도망칠 수 있기 때문!

하지만 지상에 가득한 몬스터들을 상대로 치명적인 공격을 가하기도 무리다.

얼마 되지 않는 와이번들로서는, 하강할 때마다 5~6마리의 아이스 트롤들이 덤벼드니 이들을 떨쳐 내는 것만도 벅찼다.

"빙룡, 이제 네가 활약할 시간이다."

"알겠다, 주인."

마침내 기다리고 있던 빙룡이 위드의 명령을 받고 날개를 활짝 펴더니 날아올랐다.

크라랴랴랴랴!

가공할 만한 드래곤 피어로 아이스 트롤과 라미아들을 위축시킨다.

포효하던 빙룡은 날아가서 아이스 트롤들을 밟았다.

푸드득!

엄청난 무게가 곧 공격력이었다. 발로 밟아서 트롤들을 눌러 버린 빙룡!

날개로 후려치고 발길질을 가할 때마다, 아이스 트롤들과 라미아들이 그대로 나가떨어졌다.

힘이 없다고 구박당하던 빙룡이었지만, 그것은 자신의 몸이 너무 무겁기 때문! 상대적으로 가벼운 적들에게는 엄청난 위력을 담고 있었다.

빙룡이 날개나 다리를 움직일 때마다 아이스 트롤들이 여지없이 맞아서 굴러떨어졌다.

크롸라라라라라라라!

가끔씩 괴성을 지를 때마다 주변이 쩌렁쩌렁 울렸다.

알베론의 축복을 받고 힘이 상승한 빙룡은 상당히 분전하고 있었다.

"죽이자."

"저 얼음덩어리를 없애 버리자!"

아이스 트롤들이 무섭게 돌격을 해 왔다. 그들끼리 미끄러져서 쓰러지는 경우도 많았지만, 5마리 이상이 빙룡의 몸에 달라붙어서 창과 도끼를 휘두른다.

그리고 죽음의 계곡 안쪽에서부터 아이스 트롤들이 다수 나타났다.

그 숫자가 100마리 이상!

지금까지 상대하고 있는 것보다도 훨씬 다수의 트롤들이 등장한 것이다. 괜히 이곳이 죽음의 계곡이라고 불리는 것이 아니었다.

그때 빙룡이 날개를 활짝 떨치며 하늘로 날아올랐다. 그러면서 숨을 크게 들이마셨다.

후우우웁!

대기가 빙룡의 큼지막한 콧구멍으로 빨려 들어간다. 그렇지 않아도 볼록하게 튀어나온 배가 사정없이 부푼다. 그러면서 얼음으로 이루어진 육체는 점점 하얗게 변해 갔다.

그러던 어느 순간, 빙룡이 입을 쩌억 벌렸다.

푸와아아악!

아이스 브레스!

하루에 단 한 번만 쓸 수 있는 빙룡 최대의 기술을 시전한 것이다.

마구 뛰어 달려오던 아이스 트롤들의 몸이 그 자리에서 얼어붙었다. 땅에 굳어 결빙되어 버린 것이다.

"피해라."

"도망쳐라!"

아이스 트롤이나 라미아들은 난리가 났다.

빙룡의 숨결에 직접 얻어맞은 몬스터들은 거의 목숨을 잃을 지경이었고, 그 주변에 있던 놈들도 몸이 얼어서 움직임이 현저하게 느려졌다.

막대한 위력을 떨치는 빙룡의 위용.

하지만 아쉽게도 하루에 두 번은 쓸 수 없는 기술이다.

상당히 많은 몬스터들이 얼어붙었지만, 그보다 더 많은 아이스 트롤들이 모습을 드러내면서 빙룡은 방어에 급급했다.

"빙룡, 놈들을 아래로 떨어뜨려라."

마침내 위드가 명령을 내렸다.

죽음의 계곡에 몰려 있는 몬스터는 한둘이 아닌데, 끊임없이 등장하는 놈들을 빙룡이나 와이번들에게만 맡겨 둘 수도 없는 노릇이었다.

"주인이여, 그대의 명령을 따르겠다."

비좁은 절벽 위에서 빙룡이 설칠 때마다 아이스 트롤들은 밀려서 아래로 굴러떨어진다.

꾸에에엑!

절벽 아래로 떨어진 아이스 트롤들은 위드나 서윤의 몫이었다.

에취!

위드는 감기로 몸을 휘청거리면서도 앞으로 나섰다.

"정말 죽겠군."

몸에 열이 나고 있었다.

죽음의 계곡은 인간적으로 너무 춥다. 몬스터 때문만이 아니더라도 기온이 너무 낮았다. 살아 있는 모든 것들이 얼어붙을 정도로 세찬 바람이 불었던 것이다. 계곡의 중심부에서 불어오는 바람은 위드와 알베론의 감기를 잠깐 사이에도 악화시키고 있었다.

위드는 다리가 휘청거리는 것을 참으며 검을 뽑았다.

"최선을 다하는 수밖에. 달빛 조각 검술!"

신성한 빛이 흐르는 검술.

위드가 검을 휘두를 때마다 빛의 궤적이 오래도록 남았다. 일직선으로 적을 베거나 찌르는 것이 아니라 손목과 발목, 몸과 검을 일체화시켜서 자유롭게 풀어 주는 검!

위드가 수없이 수련해 온 검술이 사라지지 않고 빛이 되어서 나타나는 것이다.

휘청!

손과 발에 힘이 풀릴 때마다 아이스 트롤들이 위협적으로 다가왔다.

상처 입은 아이스 트롤들.

흉성이 폭발해서 창과 도끼를 들고 짓쳐들어왔다.

캬오!

아이스 트롤이 거친 숨을 내뱉으며 도끼를 휘두른다.

'위험하다.'

위드는 일단 몸을 숙여 도끼를 피했다. 그러면서 앉은 상태 그대로 앞으로 구르며 무릎을 베고 지나쳤다. 보통 때에는 하지 않는 전술이지만 그만큼 급했던 것이다.

절벽 아래로 떨어진 아이스 트롤들이 10마리도 넘었다.

생명력은 상당히 떨어져 있다고 해도 공격력까지 하락한 것은 아닌 상태!

레벨도 위드보다 높았으니 최대한 주의를 기울여야 했다.

"크르르. 비겁한 놈."

"크르. 우리에게 죽는다."

아이스 트롤들이 숨을 씩씩거렸다. 놈들이 거칠게 숨을 토해 낼 때마다 입에서 하얀 김이 나왔다.

'너무 많아.'

위드의 눈빛이 낮게 가라앉았다. 위험이 닥칠수록 상황을 냉정하고 객관적으로 바라보게 된다.

몸이 정상이라면 어떻게든 극복할 수 있겠지만 현재는 복합 감기로 인하여 힘과 민첩, 생명력이 전반적으로 하락해 있다. 전투 스킬의 숙련도까지 낮아져 있으니 위드가 가진 남다른 장점은 모두 사라진 셈이었다.

"그래도 포기할 수 없지. 물러설 수 없다."

위드는 검을 바로 들었다.

단기전으로 끌고 갈 수 없다면 조금 위험해도 장기전으로 싸우는 수밖에 없다. 약간씩 피해를 입더라도 1마리씩 처치하면서 틈을 노려야만 한다.

"알베론을 죽일 수는 없으니까."

위드의 뒤에는 도망치는 속도가 느린 알베론이 있다. 그러니 무슨 수를 써서라도 버텨야 했다.

퍼석!

그때 아이스 트롤들 사이로 검광이 번뜩였다. 서윤이 자신에게 다가온 몬스터들을 처리하고 도움을 준 것이다.

포위망을 구성하던 아이스 트롤들의 일각이 그대로 무너졌다.

크르르!

"우리의 동료를 죽인 인간 여자가 있다."

"여자부터 죽여라."

아이스 트롤들이 서윤에게 덤벼들면서 위드는 한숨 돌릴 수 있었다.

'이제부터야.'

몸이 정상이 아니었지만 위드는 계속 전투에 참여했다.

날카롭고 섬세한 빛의 선들이 겹쳐지면서 오묘한 아름다움을 자아낸다.

공격적인 모습의 달빛 조각술!

본래 예술 계열의 직업답게 검술마저도 아름답기 짝이 없었다.

그에 비하면 서윤은 훨씬 단조로운 공격을 했다.

춤을 추듯 세련된 동작으로 몬스터들의 무기를 피한다. 그러다 빈틈이 보이면 단번에 적을 베어 버린다. 트롤의 막대한 생명력 때문에 잘 죽지 않는 경우에는 다시 목을 쳤다. 잔인한 수

법이었지만, 사실 위드에 비하면 양호하다고 할 수 있었다.

어느 정도 아이스 트롤이 정리되고 나니 배짱이 생겼던 것.

위드가 아이스 트롤들에게 말했다.

"나를 때려 봐."

"크아아!"

분노에 찬 아이스 트롤들이 위드를 공격한다. 그럴 때마다 위드는 지그시 눈을 감았다.

> 눈 질끈 감기 스킬의 숙련도가 상승하였습니다.

> 맷집이 1 올랐습니다.

아이스 트롤들이 때리는 것을 이용해서 스킬을 올리는 위드!

생명력이 최저치까지 하락했을 때에야 아이스 트롤들을 사냥했다.

그리고 아이스 트롤을 잡으면 즉시 나무로 깎은 잔을 몸에 가져다 댔다.

"이 아까운 피! 피야, 쭉쭉 나와라."

아이스 트롤의 피는 상처 치료를 위한 포션을 만들 때에 중요한 재료로 사용된다. 돈으로 따지자면 거의 한 병당 1골드에 육박하는 고급 아이템이었다.

원하는 사람들은 많지만 파는 사람이 없어서 무척이나 귀한 아이템.

그런 포션의 재료를, 이곳에서는 거의 트롤 3~4마리를 사냥할 때마다 한 병씩 채울 수 있었다.

다크 게이머들의 돈벌이를 위한 필수 수집 목록의 각종 재료부 최상위에 위치한 트롤의 피.

그야말로 마지막에는 피까지 빨아내서 팔아먹는 것이 간악한 위드의 사냥법이었다.

⁂

유린은 돈을 벌기 위해서 가볍고 자잘한 퀘스트들을 수행하고 있었다.

"1시간 안에 그릇을 깨끗하게 씻어 주면 3쿠퍼 더 주지."

유린이 취직한 식당에는 설거지가 산더미처럼 쌓여 있었다. 음식 찌꺼기들이 역겹게 달라붙어 있고 고약한 냄새까지 난다. 도저히 씻을 엄두가 나지 않을 정도.

"어디 한번 해 보는 거야."

유린은 그릇을 박박 문질러 닦았다. 말끔하게, 광이 흐를 정도로 닦아 냈다.

'돈을 벌자. 미래를 위해, 스킬 북을 살 수 있도록 한 푼씩 차곡차곡 모으는 거야.'

유린은 누구보다 멋지고 당당한 길을 가고 싶었다.

그녀의 목표는 대규모 마법으로 몬스터 수만 마리를 학살하는 대마도사!

광대한 벌판을 불길로 뒤덮고, 홍수를 일으켜서 적들을 휩쓸어 버린다.

꿈만 같은 이야기였지만 실제로 불가능한 것도 아니었다.

〈로열 로드〉의 초창기에 유니콘 사에서 광고하던 내용에도 수만 마리의 몬스터 대군을 맞아 싸우는 마도사의 모습이 있었던 것이다. 그 덕분에 마법사를 선택하는 사람들은 상당히 많은 편이다.

전사들보다 육체적인 능력은 약하다. 맞아도 잘 죽지 않는 끈질긴 생명력도 없다. 몬스터가 가까이 달라붙기만 해도 도망치기 바쁘며, 재수 없이 함정 하나에 걸려도 순식간에 죽어 버리는 게 마법사였다.

오히려 현실보다도 힘이 약한 편이라서, 적당히 물건이 든 배낭도 제대로 짊어지지 못할 정도다.

전사 계열처럼 멋진 갑옷을 걸치고 폼을 잡지도 못하고, 얇은 가죽 로브에 지팡이를 짚고 다녀야 하는 불쌍한 직업!

그럼에도 무한한 마법의 힘으로 최고의 공격력을 자랑하는 것이 마도사였다.

띠링!

> 깨끗하게 그릇을 닦아 명성이 1 오릅니다.
> 무사히 심부름을 완수하여 설거지를 잘하는 사람으로 이 지역에 이름이 조금 알려지게 됩니다.

식당 주인이 다가왔다.

"수고 많았네. 약속대로 3쿠퍼 더 쳐주지."

"휴. 고맙습니다."

유린은 환하게 웃으며 돈을 챙겼다.

이후부터는 보다 쉽게 다른 일감을 구할 수 있었다.

"자네가 그렇게 청결을 중요시 여긴다면서? 우리 도구점에 있는 물품들에는 먼지가 많이 쌓여 있지. 마른걸레로 청소를 좀 해 주겠나? 5시간 내로 끝내 주면 좋겠어. 1시간에 30쿠퍼 주도록 하지."

"네. 맡겨만 주세요."

유린은 그다음의 일자리를 도구점으로 옮겼다.

도구점에 있는 다양한 물품들, 주로 사람들이 잘 찾지 않는 물품들의 먼지를 닦아 내는 업무였다.

유린은 청소를 하면서 모르고 있던 다양한 물품들에 대한 공부도 했다.

대충 보이는 부분의 먼지만 닦아 낼 수도 있다. 그러나 유린은 철저하게 각 물품들을 청소했다. 마른 천을 수십 번이나 빨아 가면서 밤새도록 먼지를 닦아 낸 것이다.

띠링!

> 도구점 물품들의 먼지를 완전하게 청소하였습니다.
> 명성이 2 올랐습니다.

도구점의 주인은 반들거리는 도구들을 보며 무척이나 기뻐했다.

"이렇게 확실하게 일을 처리해 준 사람은 자네가 처음이군. 내 특별히 2할을 더 쳐주지."

"고맙습니다."

"참, 일자리를 하나 소개시켜 줄까? 저쪽 맞은편에 방어구 상점 있지? 장사가 무척 잘되는 편이지만 그래도 안 팔리는 물품들은 있는 모양이야. 안 팔리는 물건들도 잘 닦아서 진열해 놓으면 찾는 사람이 생길지도 모르지. 사람을 구하고 있다고 들었으니 찾아가 보게나. 내 소개라면 거절하진 않을 거야."

"네, 감사합니다."

유린은 발랄하게 인사를 하고 방어구 상점으로 들어갔다. 그곳에서도 일은 별다를 게 없었다.

창고로 가서 오래된 방어구들을 닦아 내는 일이었다. 이제 쓸고 닦고 청소하는 일에는 이골이 났다.

"생명을 지켜 주는 갑옷이나 방패는 다루는 데 매우 조심해야 해."

"네. 주의해서 다루도록 할게요."

"좀 미심쩍지만 내가 잘 아는 친구의 부탁이니 믿고 맡겨 보도록 하겠어. 금속이 물기에 젖지 않도록 조심해서 하도록 해. 보수는 1시간에 50쿠퍼를 줄 텐데, 하는 일에 비하면 적은 액수는 아니지? 팔아야 할 물건이 많으니 하루 안에 끝내면 추가금을 좀 더 얹어 주지. 어차피 해야 할 일은 정해져 있으니 부지런히 일하도록 해."

방어구 상점 주인은 수염이 덥수룩하고 깐깐한 거한이었다.

유린은 그곳에서도 성공적으로 일했다. 먼지 하나 남겨 놓지 않을 정도의 깔끔함을 떨면서 방어구들을 닦아 낸 것이다.

로디움에는 유독 거지들이 많다. 뛰어난 예술품들과 주변의 경관을 보기 위해 온 여행객들에게 한 푼이라도 받아 내서 편하게 돈을 벌려는 이들!

그것도 나쁜 선택은 아니었다.

로디움 자체가 관광도시화되다 보니 사람들의 후한 인심을 기대할 수도 있었던 것이다.

예술은 배고픈 직업이라는 인식 덕분에 거지가 되어도 웬만한 심부름을 하는 만큼의 돈은 벌 수 있었다.

하지만 그래서야 고정된 액수밖에는 벌지 못한다.

갈수록 더 큰 일을 맡아 가면서 돈을 벌기 위하여 유린은 닥치는 대로 일을 했다.

'마법서를 사고, 마력을 올려 주는 반지도 사야지. 로브도 있으면 좋겠지만 그것까지는 무리일 거야.'

마도사가 되려면 돈이 많이 든다.

그래서 유린은 미친 듯이 일을 했다. 잡다한 일을 도맡아하면서 돈을 버는 수단으로 삼았다. 가게의 점원이 되면 좀 더 편안하게 돈을 벌 수도 있지만, 그런 자리는 월급을 많이 주지 않는다.

그리하여 위대한 마도사를 꿈꾸며 힘든 노동의 길로 뛰어들었다.

그러던 어느 날이었다.

이제 웬만한 상점 주인들과는 골고루 친분도 쌓아 두었고, 명성도 올랐다. 한창 설거지를 하고 있는데 식당 주인이 불러서 말했다.

"유린, 내가 부탁할 게 있는데……."

유린은 활짝 웃으며 답했다.

"네. 뭐든 말씀하세요. 더 치울 것이 있나요?"

"아니야. 그런 것이 아니라, 저쪽 강가로 가면 달이 떠오르는 밤마다 혼자 나오는 노인이 있거든. 그 노인에게 빌린 물건이 있는데, 이걸 좀 돌려주겠나?"

식당 주인은 책을 내밀어 보여 주었다.

"이게 뭐죠?"

"최신 그림들과 왕국에서 유행하는 화풍에 대해서지. 며칠 전에 빌려서 읽었는데, 나는 식당 일이 바빠서 가져다줄 수가 없군. 자네가 좀 가져다주었으면 좋겠어."

띠링!

요리사 발론의 부탁

발론은 매우 자존심이 강한 요리사다. 그는 아무에게나 음식을 만들어 주지 않는 것으로 유명하다. 헤스니 강으로 가서 발론이 말하는 사람을 찾아 책을 전해 주도록 하자.

난이도: E

보상: 30쿠퍼.

제한: 발론이 믿을 수 있는 사람.

동굴에서

작고 허름한 동굴 안.

위드의 몸은 열로 펄펄 끓었다.

> 중증 감기가 심하게 악화되고 있습니다.
> 몸살이 났습니다. 신체 능력이 62% 저하됩니다. 전투 스킬을 사용하실 수
> 없습니다. 체력과 스태미나의 저하로 인하여 움직일 수 없습니다. 현기증이
> 일어납니다. 적절한 치료를 받지 못하면 사망할 수 있습니다.

북부는 중앙 대륙보다 현저하게 온도가 낮았다. 일주일에 사흘은 눈이 내리고, 살을 에는 듯한 강풍이 불었다. 죽음의 계곡의 온도는 더욱 낮은 편이었는데, 무리하게 여행과 전투를 하면서 체력이 바닥났다.

죽음의 계곡 퀘스트.

그것은 몬스터뿐만 아니라 기후마저도 극복해야 하는 어려움이 있었다.

멀쩡한 상태에서도 버티기 힘든데 감기 기운을 안고 있었으

니 금방 몸 상태가 악화되었다. 감기가 갈수록 심해져 이제는 움직일 수도 없게 된 것이다.

벌써 이마와 등은 땀으로 흥건했다. 부들부들 떨리는 몸은 제대로 가눌 수가 없을 지경이었다.

'이런 식으로 또 죽는구나.'

위드는 절규라도 하고 싶은 심정이었다.

위험한 몬스터와 싸운 것도 아니고 한낱 감기에 걸려서 죽다니!

평소라면 알베론의 신성 마법으로 체력이라도 회복시킬 수 있었으리라. 체력이 회복되면 감기를 이겨 낼 수 있는 확률이 더욱 높아진다. 하지만 지금은 그마저도 불가능했다.

콜록콜록.

알베론은 연방 기침을 하며 몸을 웅크리고 있었다. 위드와 같이 심한 감기에 걸려서 마찬가지로 사경을 헤매고 있었던 것. 제아무리 교황 후보라고 해도 감기는 피해 가지 않았다.

'이제는 정말 죽는구나.'

생명력과 체력의 하락으로 인해서 손가락 하나 들 힘도 없었다.

주변에는 얼음과 눈뿐이다. 그나마 죽음의 계곡 인근의 동굴로 들어오기는 했지만 추위를 막아 주는 데에는 그리 큰 도움이 되지 않았다.

이런 곳에서 심한 감기에 걸린다면 꼼짝없이 죽어야만 한다.

접속을 종료해도 병에 걸린 육체는 그대로 남아서 얼어붙어 가니, 죽음을 피할 길은 없어 보였다.

'너무 방심했어.'

뒤늦게 자책해 보지만 이미 지나간 일.

질병에 사용할 만한 약초들도 다 써 버려 하나도 없었다. 감기에 도움이 되는 약초들은 모라타 마을에서 탕을 끓일 때 덤으로 넣어 버린 것이다.

'이제는 정말 어쩔 수가 없군.'

위드는 가만히 눈을 감았다.

바위로 된 땅바닥이 얼음장처럼 차가웠다.

사방에서 추위가 몰려들고 있었다. 이렇게 추운 곳에서는 감기가 낫지 않고 심해질 수밖에 없다. 이미 손발의 감각이 마비되며 죽음이 다가오고 있었다.

'왜 하필이면 몸이 아파서… 서럽다.'

위드는 눈을 감은 채로 과거를 회상했다.

어릴 때부터 돈을 벌기 위해서는 어떤 일이라도 가리지 않고 했다. 시장에 나가서 일하는 할머니를 돕기 위해서, 남들은 친구들과 놀 때 미성년자라도 받아 주는 곳에서 일했다.

불법이었으므로 근로조건은 당연히 열악하기 짝이 없었고, 돈도 제때 받아 본 적이 없다.

그래도 방학에는 숙소 생활도 하면서 밤낮을 가리지 않고 일해 약간이나마 돈도 모을 수 있었다. 하지만 경험해 본 적이 없는 일들을 하며 매일 과로하니, 몸이 남아날 리가 없었다.

"어린놈이 약아빠져 가지고, 일하기 싫어서 꾀병이나 부리고 있어? 그딴 식으로 일할 거면 당장 그만둬!"

무려 3주나 일당을 지급하지 않은 사장이 신경질을 부리며 화를 냈다. 몸에서 식은땀이 줄줄 흐르고 눈가가 까맣게 죽어 있는데도 아프다고는 조금도 인정하지 않았다.

그 당시에는 어리고 못 먹어서 남들보다 체력이 더 약한 탓에 그곳에서도 매번 구박의 대상이었다. 사장은 물론이고 다른 직원들까지도 무슨 사고만 벌어지면 그를 탓했다.

"일도 못하는 놈."

"그렇게 멍청해서 어디 쓸모나 있겠냐?"

"너처럼 주변에 피해나 주는 놈은 차라리 없는 게 나아."

"쓰레기 같은 놈! 너 때문에 우리가 할 일만 많아지잖아. 차라리 어디 나가서 도둑질이라도 하든지."

무수한 비난들을 들을 때마다 묵묵히 견뎌 냈다.

그날도 웬만하면 일어나서 일을 하고 싶었지만 몸이 도저히 움직이지도 못할 정도였다. 하지만 그 누구도 병원에 가라고 걱정해 주긴커녕 약도 주지 않았다.

어릴 때, 너무나도 아파서 아무도 없는 구석에서 몸을 웅크린 채로 흘렸던 눈물.

그날 이후로는 가장 싫어하는 것이 몸이 아픈 것이었다. 동생을 책임져야 할 처지에는 그것도 사치였다. 하지만 아플 때마다 서러움이 밀려드는 것은 어쩔 수 없었다.

"젠장."

위드는 자신의 눈가가 축축해짐을 느꼈다.

'흘리는 눈물만큼 약해지는 거야. 나는 울지 않아.'

이를 악물고 울지 않기 위해서 버텼다. 이제 이 고통의 순간도 얼마 남지 않았다.

몸이 점점 아프고, 생명력이 하락하고 있었다. 엄청난 인내력 덕분에 버티고는 있었지만, 곧 목숨을 잃게 되는 것이다. 완전히 죽을 때까지 약간의 현기증 속에서 기다리기만 하면 된다.

다만 문제는 죽음이 끝이 아니라는 것.

즉각적으로 블러드 네크로맨서의 특수 스킬이 발동된다.

언데드로의 재탄생.

레벨과 스킬의 숙련도에 따라서 언데드로 되살아나는 것이다. 흑마법과 죽음의 힘을 다루는 언데드 병사로.

하지만 어쨌든 죽게 되면 감기 같은 상태 이상은 사라질 것이다.

'레벨과 숙련도를 다시 복구하려면 한동안은 정신이 없겠군.'

눈을 감은 채로 죽음을 기다렸다.

사냥도 하지 않으며, 조각술도 펼치지 않고 완전히 편안하게 쉬는 것은 거의 처음이었다. 전투 도중에 체력과 생명력을 채울 때에도 조각품을 만들면서 쉬곤 했던 것.

위드의 빠른 성장은 그만큼 집중과 노력을 했기 때문이었다.

그런데 시간이 지나도 죽지 않았다.

'이게 무슨 일이지?'

위드가 실눈을 떴다.

몸이 욱신욱신 쑤시고 현기증이 일어났지만 주위의 상황부터 확인하려고 했다.

그리고 볼 수 있었다.

서윤!

어디론가 떠났던 그녀가 그야말로 산더미 같은 장작들을 구해 온 것이었다.

'쉽지 않았을 텐데…….'

이 부근에는 땔감으로 쓸 수 있는 나무들이 없다. 나무들을 구하기 위하여 눈보라를 뚫고 먼 곳까지 다녀온 것이리라.

서윤이 장작들을 쌓아 놓고 모닥불을 피웠다. 공기가 훈훈해지면서 위드는 약간의 따뜻함을 느낄 수 있었다.

이어 서윤은 자신의 소지품 중에서 작은 양철통을 꺼냈다.

요리용으로 까맣게 그을린 양철통. 잡화점에서 4쿠퍼 정도에 판매하지만, 성 근처의 여우를 잡아도 나오는 아이템이다.

초보자들도 쓰지 않는 물건이었다.

힐끗.

서윤은 위드가 있는 곳으로 시선을 던졌다. 마치 초보용 양철통을 꺼낸 것이 무척 부끄럽다는 듯한 태도.

위드는 다시 살짝 눈을 감았다. 몸에 열이 올라서 현기증이 심해지고 있었기 때문이다.

'목이 탄다.'

심한 갈증과 괴로움.

위드는 들끓는 열로 인해서 목이 말랐다. 그런데 한참 후에 그의 입가에 무언가가 닿았다.

'이게 뭐지?'

알 수 없는 향이 났다.

위드는 입을 벌렸다. 그러자 무언가가 입안으로 조금씩 흘러 들어왔다.

죽이었다.

서윤이 자신이 익히고 있는 요리 스킬을 사용해서 죽을 만들어 먹여 주고 있었다.

문제는 그 죽이 굉장히 짜고 맵다는 점!

'제발 그만 먹여!'

위드는 속으로 절규했다.

전혀 간이 맞지 않는 최악의 죽을 억지로 먹이고 있었다. 게다가 죽에서는 비린내가 심하게 났다.

위드는 대충 재료를 짐작할 수 있었다.

'빙어를 넣었구나.'

서윤은 가지고 있던 비상용 쌀을 물에 풀어서 죽으로 만들고, 빙어의 살점들을 넣었다. 빙어 튀김을 하듯이 그렇게 만든 죽. 손질을 잘하지 못해 비린내가 그대로 남아 있었다.

설익은 밥알들은 잘 씹히지 않고 간도 맞지 않는다. 그런 죽을 서윤은 강제로 먹인다.

"우으읍!"

위드가 입을 다물어 보아도 서윤은 그의 입을 억지로 벌리고 죽을 흘려 넣었다.

말을 할 기력이 조금이라도 남아 있다면 말렸으리라. 하지만 위드의 체력은 그야말로 숨이 넘어가기 직전이라, 한마디도 할 수가 없었다.

한 숟가락, 두 숟가락 받아먹다 보니 어느새 허기는 가셨다.

먹는 것이 괴롭기 짝이 없었지만 어쨌든 갈증이 해소되고 배는 부른 것이다.

하지만 서윤은 먹이는 것을 그치지 않았다.

위드는 그제야 깨달았다.

'이 살인자!'

그동안 고분고분 말을 잘 들으며 착한 척을 했던 것은 모두 거짓임에 틀림없었다.

'과연 기회를 노리고 있었구나. 내가 저항하지 못하는 순간에 이런 식으로 나를 괴롭히려는 계획을 가지고 있었던 거야.'

통탄할 수밖에 없는 상황이었다.

전혀 무방비 상태에서 서윤의 횡포에 당하고 있어야만 했다.

한 숟가락 두 숟가락, 억지로 입속으로 들이미는 죽!

엄청난 위기가 찾아온 것이다.

'차라리 깔끔하게 죽자. 죽으면 돼. 그러면 모든 게 다 끝나겠지.'

위드는 이제 죽었으면 했다.

열과 현기증으로 고생하는 것은 질색이다. 언데드로 다시 살아나면 레벨이나 스킬 숙련도는 떨어지겠지만 훨씬 편해지리라. 하지만 지금은 죽고 싶어도 죽을 힘도 없었다.

'누가 좀 죽여 줘.'

위드의 두툼하게 부풀어 오른 볼 안쪽에는 음식물이 가득 차 있었다.

서윤은 무려 150숟가락 정도나 되는 죽을 떠먹여 주었다.

밥그릇으로는 거의 네 그릇 반 분량!

푸짐하다 못해서 배가 터지기 직전까지 먹인 것이다.

밥은 적정량을 초과할 경우 한 숟가락도 더 먹기 싫은 것인데, 무작정 먹였으니 얼마나 괴로웠는지 모른다.

저벅저벅.

그리고 그녀가 알베론이 있는 쪽으로 걸어가는 발소리가 들렸다.

열로 인해 현기증이 심하지만 그 소리만큼은 똑똑하게 들을 수 있었다. 그를 괴롭히던 악마가 떠나는 소리이니 못 들을 수가 없는 상황이었다.

위드는 기도했다.

'아멘. 알베론, 너도 좀 고생해라.'

이 와중에도 타인의 불행은 위드의 행복이었다.

위드는 실눈을 뜨고 서윤이 알베론에게 죽을 먹이는 모습을 지켜보았다.

조심스럽게 입속으로 흘려 넣는 죽.

위드는 치를 떨었다.

'정말 잔인하구나. 인간의 탈을 쓰고 저럴 수는 없어.'

조금도 흘리지 않고 다 먹이려는 그 동작에서는 간악함이 묻어 나올 정도였다. 서윤의 손이 움직이는 걸 보니, 독을 다루는 조심스러운 손길을 연상시킬 정도였다.

하지만 알베론에게 죽을 먹이는 데에는 그리 오랜 시간이 걸리지 않았다. 위드에게는 살살 저어서 바람을 불어 식혀서 먹였지만, 알베론에게는 그저 떠먹여 줄 뿐이었다.

또한 양도 그리 많지 않았다. 거의 삼분의 이 이상을 위드가 먹어 버려서 알베론은 얼마 먹지 않아도 되었다.

위드는 속으로 생각했다.

'역시 주요 목표는 나였군. 나를 더 괴롭히고 싶었던 거야.'

죽은 먹었지만 아직은 몸에 힘이 하나도 없다. 열과 현기증도 더욱 심해졌다.

악성 감기. 독감보다도 더한 이것은 움직일 능력을 완전히 앗아 가 버린다.

몬스터들이 많은 곳에서 이런 상태에 처했다면 금방 죽었으리라. 하지만 동굴 안에 들어온 이후로 쓰러졌기 때문에 빨리 죽지도 않았다.

그나마 음식을 먹어서 체력은 조금 회복되었지만 중증 감기는 그 정도로는 낫지 않는다는 듯이 기승을 부려 댔다.

더욱 심한 현기증에, 위드는 견디지 못하고 눈을 감았다.

'역시 몸이 아픈 것만큼 서러운 것이 없지.'

그렇게 눈을 감은 채로 휴식을 취하던 도중에 스르륵 잠이 몰려왔다.

목숨을 잃게 될 것이라는 확신 때문이었는지 차라리 마음이 편했다. 아무것도 할 수 없었으니 긴장이 풀어져서 잠이 든 것이었다.

〈로열 로드〉에서는 원한다면 수면을 취할 수도 있다. 경치가 좋은 곳에서 살랑거리는 바람과 새들이 지저귀는 소리를 들으며 잠을 청하는 사람들도 많았다.

가상현실의 활용 가치는 무궁무진했지만 위드가 잠을 자는 건 처음이었다. 지금까지는 쉴 시간 없이 매번 무언가를 해야만 했으니까.

절대로 일어날 리가 없는 행복한 꿈을 꾸었던 것은 바로 그런 이유에서이리라.

누군가가 아픈 위드를 간호해 주었다. 그녀는 밤새도록 눈을 녹여서 물을 만들고, 천에 적셔서 이마에 대어 주었다. 열로 인해 현기증이 심한 위드는 잠깐씩 잠에서 깨어날 때마다 누군가의 보살핌을 느낄 수 있었다.

거의 한계까지 다다른 생명력이 아슬아슬하지만 떨어지지 않았다.

어머니의 손길처럼 따뜻하게 위드를 보살펴 주는 사람.

지상에서 가장 아름답고 사악한 여인.

서윤이 그를 치료해 주고 있었던 것이다.

❧❀❦

요리사 발론의 부탁을 들은 순간 유린은 가슴이 벅차올랐다.

'이런 게 진짜 퀘스트로구나!'

사소한 인연이 이어져서 의뢰를 맡게 된다. 비록 그 보상은 대단한 것이 아니더라도 유린은 첫 번째 퀘스트라는 생각에 무척이나 감동했다.

"책을 꼭 전해 주겠어요."

> 퀘스트를 수락하였습니다.

유린은 그날 밤이 될 때까지 다른 퀘스트들을 하면서 기다렸다.

"오늘은 달이 떴으니 그 노인이 있겠군. 그럼 가 볼까."

유린은 책을 들고 경쾌하게 헤스니 강으로 발걸음을 옮겼다.

환하게 켜져 있는 불빛.

그림과 조각품들이 길가에 장식되어 있었다.

멀리서 바드들의 노랫소리도 들려왔다.

로디움의 환상적인 밤. 예술가들의 밤답게 각별한 정취를 보여 주고 있었다.

로디움의 중심부를 가로지르는 헤스니 강은 매우 맑고 깨끗했다. 밤이면 연인들이 많이 찾아오고, 산책을 하는 사람도 적지 않았다.

'노인이라.'

쉽게 찾으리라는 예상과는 달리, 헤스니 강에는 노인들이 상당히 많았다. 강가에 앉아서 대화를 나누며 낚시를 즐기는 이들이 제법 되었던 것이다.

'발론 님이 말한 사람은 혼자 나온다고 했어.'

유린은 일단 혼자 있는 노인들을 찾았다. 그래도 꽤나 여러 명의 노인들이 있었다.

가지고 있는 책은 단 한 권!

엉뚱한 사람에게 주었다가는 퀘스트를 실패하게 된다.

유린은 차분히 살펴보다가 이윽고 한 사람을 점찍었다. 흐르는 강물을 하염없이 바라보고 있는 노인. 한없이 고독해 보였으며 슬픔을 간직한 듯한 노인이 있었던 것이다.

'왠지 이 사람일 것 같아.'

유린은 천천히 다가가서 노인에게 말을 걸었다.

"저기요, 발론 님을 알고 계세요?"

노인은 뒤도 돌아보지 않고 답했다.

"발론? 그런 사람은 알지 못해."

왠지 축 늘어지고 힘이 빠진 목소리였다.

'이 사람이 아닌가?'

유린은 그래도 포기하지 않고 물었다.

다른 노인들과는 다르게 무언가 묵직한 분위기가 있었기 때문이다.

"발론 님은 저쪽에서 여행자를 위한 식당을 하시는 분인데, 그래도 모르세요?"

"아, 그 친구. 그 주방장이라면 알고 있지."

"발론 님이 전해 드리라는 책을 가지고 왔어요."

"아, 이건 내 책이군. 빌려주었던 책인데 이제야 돌려주는 모양이네."

유린은 두 손으로 공손하게 책을 전달해 주었다.

"이렇게 수고해 주어서 고맙군. 발론에게 책은 잘 받았다고 전해 주게."

띠링!

요리사 발론의 부탁 퀘스트 완료
노인은 자신의 책을 받았다. 발론에게 돌아가면 보상을 받을 수 있을 것이다.

보상은 발론의 식당으로 돌아가서 받으십시오.

경험치나 명성도 오르지 않는 간단한 의뢰였다. 보상으로는 무료로 밥을 먹을 수 있는 정도에 불과한 의뢰.

유린은 퀘스트를 끝내고도 노인의 옆에 가만히 앉아 있었다.

'쓸쓸해 보여.'

노인 혼자 강가에 앉아 있으니 처량해 보였다. 거기에다가 노인이 강물을 멍하니 바라보는 이유가 궁금하기도 했다.

유린이 조심스럽게 물었다.

"뭘 보고 계세요?"

"아가씨는 오랜만에 내게 관심을 가져 주는 사람이구만. 예전에는 나에게 말을 거는 사람들을 귀찮다고 거절했지만, 책을 가져다주었으니 특별히 대답을 해 주지. 내가 뭘 보고 있냐고? 종이를 보고 있지."

"종이요?"

아무리 살펴봐도 강물에서 종이를 찾을 수는 없었다.

"종이가 어디에 있는데요?"

"물이 종이지. 나는 오래전에 그림을 그리면서 이런 생각을 했던 적이 있어. 왜 그림은 종이 위에만 그려야 하는지. 대지와 돌, 어느 곳에나 그림은 그릴 수 있는 거야. 자연을 화폭에 담고 싶어 한다면 세상과 어우러지는 것이야말로 화가의 기본적인 자질이거늘."

유린은 노인의 직업이 화가임을 알 수 있었다.

노인이 심각한 표정으로 물었다.

"아가씨, 아가씨도 내 생각이 틀렸다고 여기는 건가?"

유린은 단호하게 고개를 저었다.

"아니에요. 그렇지 않아요. 어디에나 그리고 싶은 곳에 그리는 것이 그림이라고 생각해요."

"역시 그렇지? 진정한 자연과 어우러지는 그림이야말로 자연을 새롭게 표현할 수 있는 법이거늘. 한평생 그림에만 매달려 왔어. 정해진 종이의 여백에만 무언가를 그려 넣으려고 하던 시간들. 아가씨, 부탁이 있네."

"말씀하세요."

"우리 화가들 사이에서는 전설이 하나 내려오지. 흐르는 강물 위에 그림을 그렸다는 위대한 화가의 전설. 그 이야기가 사실인지를 좀 조사해 줄 수 있겠는가?"

"하지만 저는 잘하지 못할 것 같은데요."

유린은 자신이 없었다.

이것도 일종의 의뢰라고 할 수 있는데, 어디서부터 알아봐야 할지 난감한 것이다.

"아니야. 그렇게 힘든 일은 아닐 것이야. 나는 늙어서 돌아다니기 힘드니 이 로디움에서 그 소문을 조사해 줘. 많진 않지만 내가 가지고 있는 돈을 조금 줄 수도 있으니 수고해 주게."

띠링!

나이 든 화가의 부탁

화가들 사이에는 황당무계한 소문이 전해진다. 강물 위에 그림을 그린 화가에 대한 전설. 그 소문의 진위를 조사하라.

난이도: E

보상: 3실버.

제한: 발론의 음식을 전해 주고, 나이 든 화가의 이야기를 경청해 준 사람.

일종의 연계 퀘스트!

유린은 막대한 보상에 눈이 멀었다.

'3실버라면 설거지를 15시간은 해야 벌 수 있는 돈이야.'

레벨이 높아진 이후의 3실버는 몬스터 1마리만 잡아도 나오는 돈이다. 하지만 초반에 3실버는 상당히 큰돈이었다.

작은 모자를 하나 살 수 있으며, 파이어 볼트가 적힌 마법서를 구입할 수도 있는 금액.

"꼭 알아 올게요."

> 퀘스트를 수락하였습니다.

노인은 고개를 끄덕였다.

"고맙군. 반드시 진실을 알 수 있다면 좋겠어. 그 소문이 사실이라면 내가 살아온 시간이 헛되지 않은 것이 될 테니."

노인과 헤어진 유린은 곧바로 화가 길드로 향했다. 적어도 어디서부터 정보를 모아야 할지에 대해서 약간의 지식은 있었던 것이다.

'화가 길드의 교관을 찾아가서 물어본다면 사실을 알 수 있지 않을까?'

로디움에서 여러 일거리를 맡아서 해 온 덕분에 화가 길드를 찾는 것은 어렵지 않았다. 하지만 교관과 대화를 나눌 수는 없었다.

"미안하군. 난 화가도 아니고 이름도 없는 사람과 이야기를 나눌 만큼 한가하지 않아."

유린은 어쩔 수 없이 화가 길드의 다른 사람들에게 말을 걸어 보았다.

그렇지만 유린과 이야기를 나누어 준 것은 문지기 한 사람 뿐이었다. 문지기는 유린의 질문을 듣고는 한참 동안 고민하다가 조심스럽게 말했다.

"그런 소문을 나도 듣긴 했지. 하지만 너무 오래전에 있었던 일이라서 잘 기억은 나지 않아. 아마 벨로페 할머니라면 진실을 알고 계실지도 모르겠는걸. 유명한 그림 수집가라서 모르는 게 없는 분이시지."

"벨로페 할머니는 어디에 살고 계세요?"

"키암 가문의 저택. 그곳으로 가면 만날 수 있을 거야."

"고맙습니다."

유린은 키암 가문의 저택을 찾았다. 로디움의 번화가 뒤편, 웅장한 저택들이 몰려 있는 곳이었다.

이곳에서도 유린은 저택 안으로 들어가는 것을 거부당했다. 유명하지도 않고 아무런 안면도 없는 사람을 저택 안으로 들여보낼 수는 없다는 이유에서였다.

하지만 유린은 물러나지 않고 한마디를 했다.

"벨로페 할머니에게 그림에 대해서 말씀드릴 것이 있어서 왔어요."

"그림이라? 벨로페 할머님께서는 그림에 대한 애정이 각별한 분이시지. 들어가게. 지금은 정원에 계실 거야."

문지기는 유린을 통과시켜 주었다. 그림이 저택 안으로 들어갈 수 있는 암호나 다를 바가 없었다.

벨로페 할머니는 정원에서 꽃들을 돌보고 있었다.

유린이 가까이 다가갔다.

"안녕하세요. 처음 뵙겠습니다. 강물 위에 그림을 그렸다는 소문에 대해서 알고 계신지 여쭤어 봐도 괜찮을까요?"

"강물 위의 그림? 흘흘, 아주 오래전에 떠돌던 소문을 듣고 찾아온 사람이 다 있구나. 나는 젊어서 직접 그 환상적인 모습을 보았어."

"그러면 그 소문이 진실이라는……."

"당연히 진실이고말고. 내 두 눈으로 똑똑히 보았으니 거짓일 리가 없어. 그 놀라운 붓놀림이나 그림의 경향은 평생 동안 잊을 수 없을 거야. 그림을 모으는 내 취미도 그때부터 생긴 거지. 흐르는 물에 그려진 그림. 이제 다시 그 그림을 볼 수는 없지만 물감의 어우러짐이나 구도는 완벽한 것이었어. 흘흘, 로디움의 그림 중에서도 그만한 감동을 주는 작품은 없었지. 아마 그런 작품을 다시 보기는 힘들 거야."

유린은 의아했다.

"그림이라면 언제든지 꺼내서 볼 수 있어야 하잖아요. 그런데 지금은 남아 있지 않는 작품이라니 그렇게 높은 평가를 받기에는 무리가 아닐까요?"

"아직 어린 아가씨, 시간의 힘이란 매우 거대한 것이야. 행복한 추억이 없는 인간에게 현재와 미래는 삭막하기 짝이 없겠지. 영원한 시간 속에, 한순간의 기억 속에 그려 놓은 그 사람의 작품의 가치는 나에게는 매우 큰 것이었어."

띠링!

이것으로 무사히 의뢰를 완수했다.

경험치를 획득한 덕분에 레벨도 오를 수 있었다.

'휴우, 2단계나 되는 연계 퀘스트였는데 잘 마칠 수 있었네.'

유린의 긴장감이 조금 풀어지는 순간이었다.

이것으로 끝이 난 줄 알았던 순간, 벨로페 할머니가 수심 어린 얼굴로 말했다.

"하지만 더 이상은 그런 멋진 광경을 보기가 힘들어져서 안타까워. 그림이란 반드시 종이에 그려야만 한다는 고정관념을 가진 사람들이 너무 많아서. 아직 어린 아가씨, 혹시 내가 죽기 전에 다시 한 번 그런 광경을 볼 수 있을까?"

유린은 화가로 전직할 것이라고는 단 한 번도 생각해 본 적이 없었다.

그러나 벨로페 할머니가 눈물을 글썽이며 부탁하자 고개를 끄덕이고 말았다.

"다시 한 번 그 그림을 그려 드릴게요."

그리고 유린은 빛에 휩싸였다.

물빛의 화가로 전직하였습니다.

그림 그리기 스킬을 습득하였습니다.

그림 그리기
무엇이든 그릴 수 있다. 화가가 보여 주는 모든 예술의 기본이 되며, 훌륭한 작품을 만들면 명성과 능력을 올릴 수 있다.

물감 칠하기 스킬을 습득하였습니다.

물감 칠하기
필요한 곳에 색을 칠할 수 있다. 스킬의 레벨이 오를수록 더 세밀한 색의 분화가 가능. 꽃이나 풀로부터 물감을 추출할 수도 있다.

낙서하기 스킬을 습득하였습니다.

낙서하기
자신의 얼굴이나 몸에 흉한 낙서를 해서 적을 공포에 질리거나 위축되게 할 수 있다. 밤이면 그 위력이 배가된다. 다만 매우 심약한 몬스터가 아니라면 큰 효과는 없다.

빠른 손놀림 스킬을 습득하였습니다.

빠른 손놀림
스쳐 지나가는 장면을 그대로 받아서 그릴 수 있을 정도가 되려면 손이 빨라야
한다. 마나를 소모하는 대신에 손의 움직임이 빨라지며 전투 시에도 사용하는
것이 가능.

미술품 감정 스킬을 습득하였습니다.

미술품 감정
기본적인 미술품들의 가치를 판별할 수 있다.

그림 이동술 스킬을 습득하였습니다.

그림 이동술
물빛의 화가에만 전해져 내려오는 비전의 스킬.

남자의 로망

위드가 눈을 떴을 때에는 근처에 모닥불이 크게 타오르고 있었다.

"죽지 않고 살아남은 건가?"

육신에 힘이 없고 생명력이 여전히 낮지만, 죽지는 않았다.

> 감기를 이겨 냈습니다.
> 신체 능력이 36% 저하된 상태입니다. 스킬의 효과가 40% 감소되어 있습니다. 차후 지속적인 휴식과 안정을 취하면 정상으로 돌아옵니다. 감기 기운이 아직 몸에 남아 있습니다. 무리할 경우, 재발할 가능성이 높습니다.

죽는 줄만 알았던 감기를 극복해 냈다.

훈훈하게 데워진 공기로 가득한 동굴.

'찬 공기가 들어오지 않아?'

동굴의 입구를 보니 천장이 무너져 내린 채였고, 입구는 큰 바위들로 완전히 틀어막혀 있었다.

"이 흔적은?"

위드는 천장을 확인해 보고는 공포에 몸을 떨었다.

강한 스킬에 통째로 부서진 자국.

'나를 생매장하려고 작정했구나!'

음식으로 괴롭힌 것으로도 모자라서, 아예 산 채로 파묻어 버리려고 했던 것이 확실하다.

위드는 가슴을 쓸어내렸다.

"아무튼 살았으니 됐다. 빠져나가는 것은 그리 어렵지 않으니까."

조각술 덕분에 바위나 금속은 매우 쉽게 자를 수 있다. 입구가 완전히 막혀 있다고 해도 조금씩 잘라 내고 빼낸다면 뚫고 나가는 것이 불가능하진 않으리라.

최악의 경우에는 동굴 밖에 있을 빙룡을 불러내서 입구를 치우는 방법도 있으니까. 빙룡이 아무리 나약하다고 해도 바위 따위를 못 치울 정도는 아니었다.

바위로 막혀 있는 지역의 일부분에는, 사람이 통과할 정도는 아니어도 충분히 숨을 쉴 수 있을만큼 공기가 통하고 있었다.

위드는 불현듯 다른 걱정거리가 생겼다.

"알베론! 알베론은 어찌 된 거지?"

자신과 마찬가지로 심한 감기에 걸렸던 알베론.

다양한 스킬과 능력으로 많은 도움을 주는 사제.

하지만 그는 프레야 교단의 교황 후보였다. 만약에 그가 죽었다면 여간 심각한 일이 아닐 수 없다.

퀘스트의 달성은 물론이고, 프레야 교단의 공헌도도 추락하는 것이다.

그야말로 최악의 상황!

"절대 죽어서는 안 되는데!"

위드가 동굴 안을 조사해 보니 알베론은 근처의 바닥에 누워서 잘 자고 있었다.

"살아 있었구나."

위드는 몸 상태를 살펴보고는 안심했다.

알베론의 얼굴에는 미소가 걸려 있는 것이, 마찬가지로 감기를 이겨 낸 듯했다. 감기라고 해서 절대 무시할 수 있는 것이 아니었다.

그런데 이상한 형체가 하나 더 발견되었다.

위드는 그것을 발로 툭툭 건드려 보았다.

"이건 대체 뭐지?"

오래되어 때가 덕지덕지 낀 커다란 망토. 못 보던 망토였는데 그 안에 불룩한 뭔가가 들어 있었다. 사람처럼 큰 물체의 윤곽이었다.

"몬스터는 아닌 것 같은데?"

위드는 망토를 슬쩍 들춰 보고는 깜짝 놀랐다.

망토를 덮고 식은땀을 흘리며 쓰러져 있는 것은 바로 서윤이었던 것!

위드는 추측했다.

"나를 생매장하려던 게 아니었어. 살려서 두고두고 괴롭히려고 했던 거야."

완전한 감금 상태로 놓아두면 원하는 때에는 언제든 괴롭힐 수 있다.

사악하고 잔인한 수법!

사실은 감기에 걸린 위드와 알베론을 보살펴 주던 도중에 서윤은 무리를 하고 말았다.

장작을 구하기 위해 눈보라가 몰아치는 곳으로 나가서 고생했다. 죽을 만들어 위드와 알베론에게 먹이느라 본인은 아무것도 먹지 못했고. 그러다 신체적인 능력이 약해지고 감기가 옮은 것이다.

경미한 감기 기운.

그때라도 내버려두고 쉬었더라면 몸져누울 정도로 몸 상태가 악화되진 않았으리라.

그러나 알베론은 어느 정도 괜찮아졌지만, 위드는 사경을 헤맬 정도라 밤을 새우고 간호를 했다. 차가운 천을 계속 갈아 이마에 얹어 주고, 모닥불을 크게 피웠다.

편히 쉬지 못해 감기는 더욱 심해져서 서윤은 쓰러지기까지 이른 것이다.

이 모든 상황들을 위드는 하나로 정리했다.

"나를 괴롭히려고 했음이 틀림없어!"

어쨌든 살았으니 됐다.

위드는 배낭에서 요리 도구들을 꺼냈다. 아직 부족한 체력을 보완하기 위한 음식을 만들려는 것이다.

이런 때를 위한 요리가 있다.

위드는 장어와 골드 피시, 빙어 등을 이용해서 수프를 만들었다.

부야베스. 장어와 여러 생선들을 이용해 수프로 만드는 프랑스 명물 요리였다. 보양식으로는 제법 뛰어난 편이고, 소화하기가 좋아서 이럴 때 먹기는 딱 좋다.

제대로 격식을 갖춘 집에서는 풍부한 해산물을 맛볼 수 있지만 재료가 부족해서 완전한 요리는 아니었다.

위드는 아파서 누워 있는 알베론과 서윤을 보며 부야베스를 입에 넣었다.

"이제 좀 살 것 같군."

철저한 이기주의!

음식이란 혼자 먹어서는 맛이 없다. 자기 혼자 밥을 차려 먹으면 입맛도 없고, 기분도 살지 않아 맛있게 먹기 힘들다.

다른 사람들을 놔두고 혼자 먹는 음식이 진미!

세상이 멸망한다면 사과나무를 심는 것이 아니라, 사과나무의 열매를 혼자서 다 따 먹을 사람이 바로 위드였다.

> 체력이 회복되었습니다.
> 생명력이 차오릅니다. 부야베스의 효과로 감기에 대한 내성이 15% 증가합니다.

위드는 일단 본인의 배부터 채우고 나서 알베론에게도 부야베스를 나누어 주었다.

"많이 먹고 빨리 감기가 나아라. 그래야 또 부려 먹을 수 있을 테니."

그다음은 서윤이었다.

"받은 것은 반드시 갚아 줘야지."

도저히 먹기 힘든 요리를 먹인 것에 대한 보복.

위드는 남아 있는 부야베스에 후추와 소금, 고추장, 마늘을 잔뜩 뿌리려고 했다. 그러나 서윤의 얼굴을 보니 마음이 약해져서 그럴 수 없었다.

감기에 걸려서 의식을 잃은 듯이 잠들어 있는 얼굴마저도 너무나 아름답다.

잡티 하나 없이 맑은 피부.

오뚝한 콧날과 붉은 입술.

땀이 송골송골 맺혀 있는 코와 이마.

아찔한 목덜미와 쇄골 라인까지!

어느 것 하나 미운 구석이 없다.

완전한 조화를 이루어 최고의 아름다움을 내뿜고 있었다!

현기증으로 인해서 살짝 뜨여 있는 눈에서마저도 매력이 흘러넘쳤다.

잠든 것도 요정처럼 아름다운 서윤이었던 것이다.

위드도 남자였다.

'일단은 참는다. 어쨌든 만들어 준 음식을 먹고 내가 살았으니까. 그리고 귀한 조미료를 쓸데없는 곳에 낭비할 필요도 없겠지.'

서윤의 상체를 살짝 일으켜서 부야베스를 숟가락으로 조금씩 흘려 넣어 주었다. 눈을 감은 채로 맛있게 받아먹는 그녀를 보면서 위드는 속이 쓰렸다.

'그냥 보복해야 하는데. 그 지독한 음식을 먹여야 하는데.'

그날은 음식을 먹고 휴식을 취했다.

병 때문에 떨어진 체력을 다시 보충하기 위해서였다.

위드가 하루를 푹 쉬고 일어났을 때는 몸 상태가 많이 좋아져 있었다. 하지만 서윤과 알베론은 심한 고열로 인해 여전히 누워 있었고, 위드도 아직 활동할 수 있을 정도는 아니었다.

'이놈의 지독한 감기. 아직도 떨어지지 않는군.'

죽음의 계곡의 위력.

몬스터뿐만이 아니라 결국 추위와 싸워야 하기 때문에 더욱 어려웠다.

일단은 몸이 정상으로 돌아올 때까지 조금씩 음식을 만들고, 조각품을 깎으면서 휴식을 취한다.

아늑한 동굴에서 서윤의 잠든 모습을 보며 조각품을 깎는 낭만.

'이것도 나쁘지 않아.'

위드는 나름대로 만족했다. 서윤처럼 예쁜 여자의 잠든 모습을 아무 때나 훔쳐볼 수 있는 기회도 흔한 건 아니니까.

미소녀와 한공간에서 잠을 자고, 또 그녀의 세 끼를 머리를 받치고 직접 먹여 주는 행복함. 남자들이라면 누구나 상상하는 그런 상황을 위드는 만끽하고 있었던 것이다.

어느 정도 정신을 차렸을 때, 서윤은 부끄러움 때문에 먹지 않으려고 했다. 양 볼을 붉게 물들이고 눈을 빠른 속도로 깜박인다. 거부하는 의사를 명백하게 표시하는 것이었지만 위드는 물러서지 않았다.

지금까지 당한 것이 있었던 만큼 호락호락한 사람으로 보이고 싶지 않았던 것이다.

"아까는 받아먹었잖아요."

"……."

이미 저질러 버렸으니 어쩔 수 없다!

남자가 여자에게 숱하게 늘어놓는 설득 중의 하나였다. '손만 잡고 잘게.'의 연장선으로 써먹으면 효과가 탁월한 전법이었다.

서윤은 입술을 조금 벌려서 떠먹여 주는 음식을 먹었다. 그렇게 몇 번을 먹여 주다 보니 이젠 음식을 먹이는 것도 익숙해졌다.

'옛날에는 자주 먹여 주고 그랬는데.'

위드는 또다시 과거를 회상했다.

부모님들이 돌아가신 이후로 여동생을 직접 업어서 키웠다. 여동생보다 나이가 그리 많은 건 아니었지만 그래도 어릴 때에는 차이가 크다.

여동생이 어릴 때 가장 큰 문제가 밥이었다. 변변한 반찬이 거의 없었고, 심할 때에는 밥에 소금을 뿌려 먹었던 적도 있다.

보통 이 정도로 가난한 가정의 경우에는 정부나 사회복지시설의 도움을 받기 마련이다. 최소한 기본적인 삶을 영위할 수 있는 지원을 해 주는 것이 보통이다.

하지만 정부에서는 아주 기본적인 쌀 정도만 지급했다. 경제적 능력이 열악한 할머니와 어린 남매가 같이 사는 것을 회의적으로 보았던 것이다.

그리하여 고아원에 보내거나 입양으로 따로 떼어 놓기 위하여 거의 지원을 해 주지 않았다.

그래서 먹을 수 있는 것은 밥과 소금밖에 없었다.

당연히 여동생은 먹지 않으려고 들었다.

"먹어. 이거라도 먹으면 배가 좀 부를 거야."

그러면서 밥을 떠서 먹여 주었다. 굉장히 밥을 먹기 싫어하던 여동생이었지만, 입에 넣어 주면 먹었다.

서윤에게 밥을 먹여 주는 것은 그때를 돌이키게 만드는 일이었다.

위드는 자신도 모르게 자상하게 음식을 먹여 주었다. 머리를 쓰다듬어 주기도 했다.

"많이 먹어요."

"……."

순간 경직되어 버린 서윤!

그녀는 아무 말도 하지 않고 음식을 먹은 후에 돌아누워 잠을 청했다. 벽을 향해 있는 그녀의 얼굴이 홍시처럼 붉게 달아오른 것은 두말할 필요가 없는 일이리라.

—오빠, 지금 뭐 하고 있어?

그때 여동생으로부터 귓속말이 전해졌다.

위드는 죄를 짓다가 들킨 사람처럼 깜짝 놀랐다. 서윤의 존재 때문이었다.

퀘스트 때문이라고 하더라도 그가 여자와 있는 것은 상상도할 수 없는 사건이었으니까.

여자를 만나면 돈이 든다. 사치와 향락, 과소비로 가는 지름

길인 것이다.

'한 푼이라도 더 모으려면 평생 독신으로 살아야 돼.'

위드의 인생관이었다. 그만큼 여자를 멀리하면서 살아왔던
것이다.

위드는 동생의 말에 답했다.

> ―탐험 중이야.

일반적으로는 직접 만나서 친구 등록을 해야만 귓속말을 보
낼 수 있다. 하지만 가족들 사이에서는 곧바로 귓속말을 주고
받는 것이 가능했다.

> ―탐험? 퀘스트와 관련이 있는 거야?
> ―그래.
> ―무슨 퀘스트인데?

유린은 깊은 흥미를 드러냈다.

그녀는 〈로열 로드〉에 발을 들여놓은 지 얼마 안 되어서 퀘
스트에 푹 빠져 있었던 것.

> ―음. 별것 아니야. 북부에서 좀 돌아다니고 있어.
> ―북부? 아직 그곳까지 갈 수 있는 사람이 거의 없다고 들었는데. 여기 사
> 람들이 그러던데? 무지 추워서 견딜 수 없는 곳이라고. 괜찮아, 오빠?
> ―그럼. 이까짓 추위쯤이야. 더워서 웃옷을 벗고 다니고 있는걸. 오전에는
> 얼음을 깨고 들어가서 목욕도 했지. 에취!

> —오빠, 지금 기침한 거 아냐?
> —아니야. 무슨 소릴! 더워서 이마에 땀이 줄줄 흐른다.

위드는 모닥불을 피운 곳으로 가까이 다가앉으며 말했다.

허풍과 허세.

곧 죽어도 여동생에게 약한 모습을 보일 수는 없다. 강한 오빠의 인식을 심어 주고 싶었던 것이다.

> —그렇구나. 북부에서 퀘스트를 하면 힘들겠다.
> —아니야. 이쯤이야 뭐. 늘 이 정도 어려운 퀘스트는 하고 있었지. 후후'

위드는 거만하게 웃었다.

> —그럼 어떤 퀘스트를 하고 있어?
> —북부의 어딘가에 있는 죽음의 계곡을 찾아 그 안에 있는 비밀을 조사하고, 씨앗을 심는 거지. 그보다도, 너도 이제 4주가 지나서 성 밖으로 나갈 수 있을 때가 되지 않았어?
> —응. 오늘로 4주째야.
> —축하한다. 이제 넓은 베르사 대륙을 마음껏 돌아다니면서 구경할 수 있겠구나. 토끼라고 얕보지 말고 조심하도록 해. 여우는 강하니까 초반에는 건드리지 말고.
> —고마워, 오빠. 조심할게.
> —그런데 직업이 뭐야?

위드는 은근슬쩍 기대를 품었다.

요즘 시대가 어떤 시대이던가. 다들 맞벌이가 보통이 되었다. 혼자 벌어서는 살 수 없는 세상!

사실 위드 혼자서도 여동생을 대학에 보내고, 조금씩 저축할 정도의 돈은 벌고 있었다. 짠돌이 정신을 발휘하여 필요한 물건들은 직접 만들고, 모아 둔 아이템은 판매한다. 퀘스트와 명예의 전당을 통해서 광고 수입도 거두고 있으니 지금의 수입은 꽤 많은 편이었다.

그래도 맞벌이를 하면 지금보다 더 많은 돈을 기대할 수 있었다.

'나처럼 이상한 직업만 아니면 좋겠는데.'

여동생이 답했다.

—내 직업! 어떤 연계 퀘스트로 생긴 무척 특이한 인연 덕분에 얻었어. 설거지를 하다 보니 식당 주인이 내준 퀘스트로 시작되었지 뭐야.
—그랬구나.

불현듯 교관이 주었던 퀘스트가 떠올랐다. 교관의 도시락을 얻어먹으면서 받게 되었던 연계 퀘스트.

—그래서 얻게 된 직업은 물빛의 화가야.

위드의 얼굴이 흙빛으로 변했다.

—물빛의 화가?
—응. 숨겨진 직업이야.

위드는 억장이 무너지는 것만 같았다.

'이놈의 팔자는 정상적인 직업을 얻지를 못하는구나!'

물빛의 화가.

이름만 들어도 떼돈을 벌 수 있는 직업과는 거리가 멀어 보였다.

하다못해 모험가 계열의 직업인 도굴꾼도, 운이 좋다면 아이템과 돈을 벌 수 있다. 그런데 1명도 아니고, 오누이가 전부 예술 계열의 직업을 갖고 만 것이다. 그것도 여동생은 전설이라는 수식어조차 붙어 있지 않았다.

'돈은 나 혼자 벌어도 돼. 처음부터 큰 기대를 했던 건 아니니까. 재밌게 즐길 수 있는 직업이면 괜찮겠지.'

그래도 예술 계열의 직업은 평범하지 않은 재미가 있으니 여동생이 즐겁게 진행할 수 있으면 충분했다.

—그보다도 난 추운 건 질색인데, 내가 그곳으로 가긴 무리겠지?
—아무래도 힘들 거야. 여긴 생명력이 낮으면 금방 얼어 죽어 버리니까.
—그렇구나.
—그래도 실망하지는 마. 너한테 도움이 될 만한 사람들을 알려 줄게.
—누군데?
—검치 들. 그 사람들이라면 많은 도움을 줄 수 있을 거야.

대륙을 떠돌아다니며 수행을 쌓고 있는 검치 무리. 그들에게 연락을 한다면 만사를 제쳐 놓고 달려와서 도와주리라.

—그분들이 기초적인 초보자 장비 정도는 맞춰 줄 수 있을 거야. 나중에 내가 갚을 테니 부담 갖지 말고 받아.
—응, 알았어. 그런데 오빠, 주로 같이 사냥 다니던 동료들도 있다고 하지 않았어?
—페일 님이나 이리엔 님, 수르카 들을 말하는 거야?
—응. 그 사람들도 소개시켜 줘.
—당연히 소개시켜 줘야지. 나중에 연락하라고 할게. 거리가 멀어서 당분간 얼굴 보기는 힘들겠지만 말이야.

여동생과의 대화를 마친 위드는 발소리도 내지 않으려고 조
심하면서 장작을 가져와서 모닥불이 꺼지지 않도록 유지했다.
음식을 만들 때에도 소리를 내지 않으려고 신경을 썼다. 조각
품을 깎을 때만 미약한 소리가 날 정도였다.

그렇게 노심초사하면서 이틀이 지났을 때에 알베론이 몸을
회복했다.

"위드 님, 면목이 없습니다."

"아니야. 괜찮다."

"제 체력이 어느 정도 회복되어 신성력을 발휘할 수 있을 것
같습니다."

"그래. 다행이구나."

위드는 고개를 끄덕였다. 사제의 치유 마법이 있다면 질병은
쉽게 물리칠 수 있다.

"프레야 여신이여, 여기 당신을 믿고 의지하는 이들의 고통
과 괴로움을 씻어 주소서. 큐어 디지즈."

알베론은 우선 위드에게 질병 치료 마법을 펼쳤다.

감기가 나으면서 덤으로 약간의 영구적인 내성까지 생겼다.

알베론은 서윤과 자신에게도 똑같은 질병 치료 마법을 펼쳤다. 그들은 위드보다 감기 기운이 좀 더 심했기에 바로 완쾌될 정도는 아니었다.

하지만 몸에 좋은 음식을 먹고 하루 정도 휴식을 취하니 자리에서 일어날 수 있었다.

"지긋지긋한 감기였어."

위드는 동굴의 입구를 막고 있는 바위들을 치웠다.

이제 죽음의 계곡의 몬스터들에게 쓴맛을 보여 줘야 할 시간이었다.

제피가 크게 하품을 했다.

"으하암! 심심하다."

화령이 머리를 두 갈래로 땋으며 말했다.

"그래도 사냥은 실컷 하고 있잖아요."

"예전만큼은 못하죠. 위드 님이 있었을 때가 진짜 즐거웠는데."

"그건 그래요. 끊임없는 돌파의 연속이었죠."

"그때만 떠올리면 아직도 제 몸에 붕대가 감겨 있는 것 같습니다."

위드와 검치 들이 있을 때 했던, 여드레간의 죽음의 사냥!

몸서리쳐지던 노가다의 기억이, 시간이 조금 흘렀다고 미화

되어 있었다. 그 후로는 웬만큼 사냥을 해도 힘들다는 생각조차 들지 않았다.

해골 기사 한 무리가 달려오는 것을 보며 로뮤나는 코웃음을 쳤다.

"이쯤이야 금방이지."

수르카도 앙증맞은 주먹을 뻗어 해골 기사의 안면에 꽂으며 말했다.

"예전만큼의 긴장감이 없어요."

등줄기와 목덜미가 서늘할 정도의 긴박감!

그것이 사라져 있었다. 이제는 몬스터를 잡으면서 잡담을 나누고, 휴식 시간에 갑자기 나온 몬스터를 보면서도 놀라지 않는다.

마법사인 로뮤나는 몬스터들 사이를 돌아다니면서 수인을 맺고 마법을 캐스팅한다. 페일의 활은 백발백중이었고, 동시에 3개의 화살을 쏴서 각자 다른 목표에 완벽히 적중시킬 정도가 되었다. 화령의 경우에는 몬스터와 싸우면서도 댄서의 특기인 화장을 고칠 정도였다.

제피가 말했다.

"이리엔 님, 심심한데 몬스터나 축복해 주세요. 지루해서 잠이 올 것 같아요."

"네, 그럴게요. 마침 스킬 숙련도 때문에라도 쓰려고 그랬어요. 의지를 불태우는 힘이여, 한계를 극복하는 힘을 내도록 하라. 파티 스트렝스 업!"

이리엔이 몬스터의 힘을 단체로 상승시켜 주었다. 본신의 능력보다도 무려 20%씩이나 힘을 키워 버린 것이다.

성직자가 몬스터의 힘을 높여서 잡는다고 해서 경험치나 전리품이 더 떨어지는 것은 아니다.

단지 재미를 위해.

전투의 흥미를 높이기 위하여 몬스터들을 강화해 버리는 이리엔과 동료들.

세에취의 얼굴은 퍼렇게 질려 버리고 말았다.

'이 괴물들!'

그녀 또한 어디에서도 스스로가 남들보다 떨어진다고 여겼던 적은 없다. 하지만 해골 기사들은 평균 레벨 320이 넘는 파티가 사냥을 해도 쉽지 않다.

그런 몬스터들을 상당히 위험하게 잡고 있는 무리였다.

세에취는 정신이 바짝 들 수밖에 없었다.

"언니, 지금이에요."

"응, 알았어! 취췩!"

수르카의 신호에 따라, 세에취는 목숨을 걸고 해골 기사들 틈으로 뛰어들었다. 아직 레벨이 낮은 그녀가 할 수 있는 것은 잡템을 줍는 정도에 불과했다.

해골 기사들 사이를 돌파하면서 아이템을 줍는 것!

워낙 많은 몬스터들이 튀어나와서 쉴 틈이 많지 않았다. 매번 사냥에 성공할 수는 없으니 전리품들은 그때그때 얻어야 했던 것이다.

명색이 오크 지휘관이라는 직업을 가지고 있었지만, 레벨 차이가 너무 커서 그녀의 카리스마나 통솔력은 일행에게 그다지 큰 영향을 주진 못했다. 육체적인 전투 능력을 3% 향상시키고, 회복 능력을 2% 증가시키는 정도!

오크들을 거느리고 있었다면 더 큰 능력을 보일 수 있겠지만 아쉽게도 이곳에서 오크는 세에취 그녀 혼자였다. 그러므로 해골 기사들과 싸울 때에는 아이템을 줍는 정도의 간단한 일을 맡았다. 그러면서 도망치는 능력과, 무기를 피하는 기술만 눈부시게 늘어나고 있었다.

오크 지휘관은 어차피 다른 오크들보다 공격력이나 방어와 관련된 스킬이 적고 힘도 약하다. 그렇기 때문에 차라리 버거워도 이 파티에 그대로 머무르는 편이 이득이었다.

세에취는 정말 목숨을 걸고 파티에 적응했다. 실제로 몇 번 죽기도 했는데, 큰 피해는 아니었다. 오크라는 종족적인 특성 때문에 죽어도 잃어버리는 것이 그리 많지 않았던 것이다.

그렇다고 파티가 매번 해골 기사의 사냥에 성공한 것은 아니라서, 때때로 간발의 차이로 도망치는 것도 나름대로 즐거움이 있었다.

해골 기사들을 향해 낚싯대를 휘두르던 제피가 문득 생각났다는 듯이 말했다.

"참, 얼마 전에 위드 님의 여동생이 〈로열 로드〉를 시작했다면서요."

이리엔이 그의 말을 받았다.

"그랬죠."

"어떤 분일까요?"

제피의 말에 침묵이 흘렀다.

위드의 여동생을 상상하고 있는 것.

그러다가 신음처럼 한마디씩을 내뱉었다.

"위드 님의 여동생."

"여동생이라니."

"정말 상상이 안 가요."

"어떤 면에서는 좀 두려울 정도로군요."

"······."

검치 들이 얼마나 무식하고 단순하던가. 그들에 대한 추억을 잊지 못하는 일행으로서는 두려워할 수밖에 없는 일이었다.

전투가 끝나고 나서, 잠깐의 휴식 시간에 페일이 말했다.

"그럼 귓속말을 보내 볼까요? 심심하던 차에 어디 있는지 물어보고, 가서 우리가 도와줄 수 있는 게 있다면 도와드리죠."

화령이 고개를 끄덕였다.

"그게 좋겠어요. 우선 인사라도 해 두는 편이 좋겠죠."

페일은 유린에게 귓속말을 보냈다. 위드를 통해서 친구 등록이 되어 있었던 것이다.

> ─안녕하세요. 저는 페일이라고 합니다.

유린은 로디움 근처에서 그림을 그리고 있었다.

그녀의 주변에는 수백 명의 사람들이 몰려 있었다.

스스슥.

유린의 손이 움직일 때마다 흰 도화지에 선이 그어지고, 그림이 그려진다.

투구를 눌러쓰고 있는 차가운 인상을 가진 사내의 그림!

"다 그렸습니다."

유린은 다 그려진 그림을 사내에게 주었다.

"고맙습니다."

사내는 받아 든 그림을 확인하지도 않았다. 그저 묵묵히 값을 치를 뿐이었다.

"어머, 그림값은 2실버인데요. 10실버나 주셨어요."

"8실버는 그대를 향한 저의 마음입니다."

"고맙습니다!"

유린은 사내에게 환한 웃음을 보여 주었다.

맑고 순수한 미소.

풋풋함과 발랄함이 사내의 애간장을 녹여 놓았다.

'너무 귀엽다. 저런 동생이 딱 1명만 있었더라면.'

소녀의 앳된 모습이 좋았다. 유린이 섬섬옥수를 들어서 그림을 그리는 것을 보고 있는 것이 행복하다.

무릇 남성들이라면 꿈꿔 봤을 소망. 자신에게 귀여운 여동생이 있었다면 어땠을까 하는 기대를 여지없이 충족시켜 주고 있는 것이다.

사내는 10실버를 지출한 것을 조금도 아까워하지 않았다.

"다 그렸으면 어서 비켜!"

"그래. 뒤에서 기다리는 사람들이 있잖아."

사내의 뒤에서 불평들이 쏟아져 나왔다. 유린의 그림을 받기 위해서 수백 명이 줄을 서서 기다리고 있었던 것.

"그럼 다음 분은 어떤 그림을 그려 드릴까요?"

이번에 유린의 앞에 선 사람은 통통한 상인이었다.

달빛 조각사

"저는 믿음직스러운 남자로 그려 주십시오. 그러니까 최대한 근육질에, 건장한 모습으로 해 주시면 좋겠습니다."

"지금의 모습이 딱 좋은데요? 헤헤. 하지만 말씀하신 대로 그려 드릴게요."

"고맙습니다."

초상화를 그려 주면서 돈을 벌고, 그림의 숙련도를 올린다!

초반부터 죽을 고생을 했던 위드와는 다르게 유린은 훨씬 편하게 돈을 벌고 있었다. 유린의 귀여움에 반한 남자들이 구름처럼 몰려든 것이다.

"저는 북쪽 이리스 첨탑을 배경으로 그려 주세요."

"네, 알겠습니다."

"2명도 같이 그려 주실 수 있죠?"

"그럼요. 가족 그림도 얼마든지 환영한답니다."

기념품처럼 간직하는 조각품과는 달리, 그림이라는 특성도 약간은 고려되었다. 보통 자신과 닮은 조각품을 가지고 다니려고 하는 사람은 드물지만, 그림 하나 정도는 간직하려는 사람들이 많다.

특히 로디움을 방문한 여행객들은 추억으로 남기기 위해서 풍경이 어우러진 그림을 주문하는 경우가 많은 편이었다.

그렇다고 하더라도 결정적으로 유린의 발랄한 미모 때문이 아니라면 이토록 사람들이 몰릴 까닭은 없었지만!

유린은 해가 질 무렵에 그림 도구들을 정리하고 자리에서 일어났다. 이제는 주변이 어두워져서 그림을 그리기가 쉽지 않았던 탓이다.

"휴, 그럼 오늘은 여기서 마감할게요. 모두들 고맙습니다."

"내일 또 나오시는 거죠?"

"그럼요. 아침에 해가 뜨면 나올게요."

"그럼 미리 예약합니다. 내일은 로디움을 떠날 예정이라, 저녁이 되기 전에 제 그림을 그려 주셨으면 좋겠습니다."

"저도 예약할게요."

"헤헤헤, 그럼 내일 꼭 오세요."

유린을 찾는 사람들은 대단히 많았다.

손님들을 헤치고 나온 그녀는 도구점과 무기점, 방어구점을 차례대로 들렀다. 그림으로 번 돈으로 그녀의 레벨에 맞는 좋은 장비들을 산 것이다.

"역시 도구가 좋아야 한다니깐."

윤기가 줄줄 흐르는 가죽 갑옷을 입은 그녀.

강철 검을 사고 싶었지만 아쉽게도 힘이 부족해서 제대로 사용할 수가 없다. 그래도 대신 파괴력을 올려 주는 장갑을 착용하고 있었다.

유린은 토끼에게 다가갔다.

"빠른 손놀림!"

토끼를 무식하게 후려갈겨 대는 유린의 주먹. 순간 주먹이 5~6개로 보일 정도였다.

앙증맞은 토끼를 사정없이 패는 모습에서 누가 여동생 같은 소녀 화가를 연상할 수 있겠는가.

"죽어. 죽어!"

토끼가 저항을 하니 유린은 발까지 사용하면서 흠씬 패 주었다.

낮에는 돈을 벌고, 밤에는 사냥을 한다.

밤마다 사냥을 하는 것도 더 많은 경험치를 얻기 위함이었다. 하지만 화가인 그녀의 체력과 공격력은 시원찮아서, 토끼 1마리 잡기도 버거울 지경이었다.

"사냥이 쉽지 않네."

유린은 간신히 토끼를 잡은 후에 휴식을 취했다.

레벨이 더 오르기 전에는, 혼자서는 장비가 좋은 편이라고 해도 사냥이 힘들었다.

그때 페일로부터 귓속말이 들려왔다.

> ─안녕하세요. 저는 페일이라고 합니다.
> ─네, 안녕하세요.

유린은 공손하게 인사했다. 일단 잘 모르는 사람에게는 언제나 조신하게 대했다.

> ─위드 님의 여동생 되시죠? 저는 위드 님과 초보 시절 때부터 같이 사냥을 다닌 동료입니다.
> ─아, 그 활을 잘 쏘신다던 분이세요!
> ─하하하! 위드 님이 저에 대해서 이미 이야기를 하셨나 보군요. 활을 잘 쏘다니, 과찬의 말씀입니다. 뭐 다른 말씀은 없었나요?
> ─예, 절대 놀리지 말라고 하셨어요. 무지 소심하시다고.
> ─아, 그러셨군요. 제가 좀 소심한 편이긴 하죠. 그 외에 다른 말씀은…….
> ─가끔은 혼자 땅파기 놀이도 하신다던데요.
> ─커억!

유린은 오빠와 함께했던 동료와 이야기를 나누는 것이 즐거웠다. 자상하고 부드러운 말투는, 착한 사람이라는 느낌을 주었다.

'그래도 오빠랑 사냥을 하다니. 나도 아직 못 해 봤는데.'

왠지 샘이 좀 나서 페일에게 악의 없는 장난을 쳤다. 하지만
즐거움에 생글생글 웃고 있었다.

> ―아무튼 지금 어디에 계시나요?
> ―로디움요.
> ―예술가들의 도시에 계시는군요. 저희는 지금 유로키나 산맥에 있는데. 그
>   곳까지 가려면 한 이주일 정도 걸릴 것 같습니다.
> ―이쪽으로 오시게요?
> ―당연히 가야죠. 저희가 도울 수 있는 게 있다면 뭐든 도와드리겠습니다.
> ―오지 않으셔도 되는데. 제가 갈게요.
> ―예?
> ―그곳의 풍경을 좀 설명해 주시겠어요?

유린은 종이와 목탄을 꺼내서 그림을 그릴 준비를 했다.

페일은 황당함에 어이가 없었다.

로디움에서 유로키나 산맥까지 거리가 얼마던가. 몬스터들
이 다수 나오기 때문에 초보가 올 수 있는 지역은 아니었다.

그럼에도 페일은 순순히 유린의 묻는 말에 답했다.

> ―저희 뒤에는 큰 나무가 두 그루 있습니다. 그 앞에는 바위가 있군요. 약한
>   회색을 띠고 있는 평범한 바위입니다.
> ―주변의 땅은 어때요?
> ―발 디딜 틈이 없이 잡초들이 무성한 편입니다. 야생화들도 피어 있는데,
>   오른쪽에 꽃들이 좀 많군요. 멀리 보이는 산의 경사는 완만한 편이고, 역
>   시 나무들이 많습니다. 다크 엘프의 성은 산을 2개쯤 넘으면 있죠.
> ―날씨는요?

─맑습니다. 구름들이 조금 떠다니고 있네요.

페일은 설명을 해 주면서도 의아하기 짝이 없었다.

로뮤나가 물었다.

"페일, 뭐 하는 거야?"

"나도 몰라. 유린 님이 이곳의 풍경을 설명해 달라고 해서 말하고 있어."

"이곳이 그렇게 궁금한가?"

로뮤나가 고개를 갸웃했다.

풍경으로 치자면 확실히 보기 드문 장소이기는 했다.

아침과 저녁마다 해가 뜨고 지는데, 장관이 따로 없다. 안개가 끼거나 비가 내릴 때에는 운치도 있었다. 숲에서 내리는 비를 보면서 사색에 잠길 수 있는 것이다.

감수성이 예민한 사람들에게는 하염없이 시간을 보낼 수 있는 장소임에 틀림없었다.

제피가 슬쩍 페일에게 다가왔다.

"그런데 목소리는 어떻죠?"

"예?"

"목소리가 고운 편인가요?"

제피는 아직 여자 친구가 없는 남자답게 유린에게 호기심을 갖는 것이었다.

'위드 님의 여동생이라면 생활력만큼은 대단할 거야. 어떤 상황에서라도 나를 굶기진 않겠지.'

지금까지 많은 여자들을 만나 보았다.

아름답고, 자신감 넘치는 여자들!

　그렇다고 한들 제피의 배경을 알고 나면 모두 자신의 연락처를 주기에 바빴다.

　제피는 이제 그런 여자를 만나고 싶지 않았다. 재력이나 지위가 아닌 마음으로 통할 수 있는 여자. 막 연애를 시작한 남자처럼 순수한 마음으로 여자 친구를 사귀고 싶었던 것이다.

　페일이 측은하다는 듯이 제피를 보았다.

　수려한 얼굴과 지적인 눈빛, 화려한 언변으로도 안 되는 것이 있었다.

　"죄송합니다, 제피 님."

　"예?"

　"이럴 때를 대비해서 검삼치 님이 말씀하셨습니다."

　제피의 가슴이 철렁 내려앉았다. 검삼치의 각진 얼굴과 근육질이 떠오른 것이다.

　〈로열 로드〉보다 실물이 더 무서운 남자.

　현실에도 오크가 있다면 충분히 때려잡을 수 있는 사내가 바로 검삼치였다.

　"뭐라고 하셨는데요?"

　"그대로 전해 드리겠습니다. 유린이를 건드리는 놈이 있다면 죽인다."

　"……."

　"검사치 님도 말씀하셨습니다. 유린이를 울리는 남자가 있다면 척추를 끊어 놓는다고요."

　"……."

"검오치 님부터 검오백오치 님까지도 모두 다 한마디씩 하셨는데……."

제피는 귀를 틀어막고 싶어졌다.

"차, 차마 들을 수가 없겠습니다."

페일이 딱하다는 눈빛으로 그를 보았다.

"저도 말하기 힘들었습니다. 기억하고 싶지도 않고요. 그래서 한마디씩 들을 때마다 그냥 숫자를 더했습니다."

"숫자요?"

"사망 309회, 식물인간 68회, 전치 30주 이상은 92회, 하반신 불수 30회, 차마 표현할 수 없는 방식의 죽음이 2회입니다. 살아도 산 게 아니고 죽어도 죽은 게 아닌! 그래도 원하신다면 유린 양의 목소리가 어땠는지 알려 드릴 수는 있습니다만."

"커헉!"

제피는 깨끗하게 유린을 포기할 수 있었다. 차마 검치 들의 공동 여동생이나 다름없는 유린에게 접근할 자신이 사라진 것이다.

더군다나 다시 잘 생각해 보니 유린은 위드의 친동생이다. 검치 들처럼 단순한 보복이 아니라, 두고두고 후환이 밀려올 것을 감안한다면 어떤 일이 있어도 건드려서는 안 되는 요주의 인물이었다.

유린은 페일이 설명한 것을 바탕으로 화폭에 그림을 그렸다.

분명 잘 그리는 솜씨는 아니었다. 미술이나 음악 같은 예술 분야보다는 공부에만 전념해 온 그녀였던 것.

특출한 재능이나 감각은 없었지만 세밀하게 묘사를 했다.

그림을 부분 부분이 아니라 전체적으로 살피면서 구도를 잘 잡는다. 여성다운 섬세하고 유려한 선이 따뜻한 색감으로 그려진다.

그리고 페일이 말한 그대로의 풍경화를 완성했다.

유린은 어렵게 완성한 그림 위로 두 팔을 쫙 펼쳤다.

"그림 이동술!"

물빛 화가의 비기.

종이에 그려진 풍경이 일렁이기 시작했다.

> 그림 이동술 스킬을 사용하였습니다.
> 마나의 최대치가 사흘간 절반으로 감소합니다.

대륙의 어떤 곳이라도 정확한 지형을 알 수 있다면 움직일 수 있는 환상의 기술.

유린은 풍경에 자신의 모습을 그렸다. 그림을 그릴 때마다 그녀의 육체가 신비롭게 로디움의 평원에서 사라지고 있었다.

다리와 몸을 그리고 마침내 머리까지 다 그렸다.

유린이 잠시 눈을 감았다가 떴을 때에는 페일이나 이리엔, 로뮤나, 화령 들을 만날 수 있었다.

그들은 갑자기 나타난 유린을 보며 경악을 금치 못하였다.

제피나 세에취 들이 보기에는 그저 느닷없이 솟듯이 나타난 것으로밖에 보이지 않는 신비의 기술.

물빛의 화가만이 펼칠 수 있는 그림의 비기였다.

위드는 일단 죽음의 계곡 인근부터 확실히 정찰하기로 했다.

"정공법으로 퀘스트를 단숨에 해결할 수는 없어."

서윤과 알베론이 있기에 큰 기대를 했다. 그럼에도 역시 쉽게 해결하는 데에는 무리가 있었다. 아이스 트롤들이 강한 이유도 있지만, 기후와 지형이 극도로 나빴던 것이다.

"최소한 이곳의 지형 정도는 파악해 둬야겠군."

위드는 추위를 감수하면서 빙룡을 타고 죽음의 계곡 위로 날아올랐다.

높은 하늘 위로 날아오르니 죽음의 계곡이 한눈에 보였다.

눈과 얼음이 지평선 너머까지 활짝 펼쳐져 있다.

산과 강물, 얼어붙은 도시와 마을들.

북부의 하늘에서만 볼 수 있는 절경이라고 할 수 있었다.

북부는 미개척지가 많다. 이런 마을들이나 성을 방문해서 받을 수 있는 퀘스트들은 모험가들에게는 천국과도 같은 일이 아닐 수 없다.

"이 추위를 견딜 수 있다면 말이야."

위드는 망토로 몸을 최대한 감쌌다.

빙룡에게 천천히 날도록 지시했음에도, 불어오는 바람이 장난이 아니다. 재차 감기에 걸리지 않으려면 최대한 빨리 정찰을 끝내야 한다.

위드는 죽음의 계곡에 정신을 집중했다.

길고 긴 뱀 2마리가 늘어선 것처럼 형성된 산줄기의 중심부가 죽음의 계곡이었다.

산줄기에는 아이스 트롤을 비롯한 다수의 몬스터들이 마치 성을 지키는 병사들처럼 도열해 있다. 저들을 격파해야만 퀘스트를 완수할 수 있으리라.

"계곡의 종착점은 뱀의 머리가 서로 맞닿은 곳이군."

육안으로 살핀 것이지만 대략적인 길이는 1킬로미터 정도에 불과했다.

그리 큰 계곡이라고는 할 수 없다. 그리고 계곡의 삼분의 이 지점을 지나가면 얼어붙어 있는 병사들과 기사들이 보였다.

"니플하임 제국의 병사들이야."

병사들의 부근에는 녹슨 병장기들이 다수 떨어져 있었다.

휘이이잉!

더 이상의 정찰은 힘들 듯했다. 얼음 알갱이들을 머금은 바람이 불어와서 몸 상태가 악화되려고 했기 때문이다.

"어쨌든 상황은 충분히 알았군."

위드는 거기에서 정찰을 마쳤다.

위드는 인근의 언덕에서 와이번들이 머무를 수 있을 만한 조금 큰 동굴을 발견했다. 죽음의 계곡을 정벌할 때까지 거처가 될 수 있는 곳이었다.

살을 에는 듯한 추위!

눈이 언제 내릴지도 모르고, 더욱 단단하게 얼어붙은 대지는 움직이는 것에조차도 제약을 준다.

거기에 밤이 되면 더욱 강력해지는 몬스터들.

와이번이나 빙룡도 일종의 몬스터로 분류되어 밤이면 훨씬 더 강해진다. 다만 빙룡은 얼음으로 이루어진 육체로 인해 추위에 무관하지만, 와이번들은 싸울 수가 없었다.

위드는 고개를 저었다.

"역시 쉬운 퀘스트가 아니야."

아이스 트롤이나 라미아에 대한 대처법은 어느 정도 익힌 상황이었다. 지금도 빙룡과 와이번들을 이용해서 조금씩 아이스 트롤들을 사냥하고 있다.

하지만 저녁이 되면 전투를 중단할 수밖에 없으니, 결국 아이스 트롤들에게 시간을 주고 마는 것이다.

하루가 지나면 다시 바글바글하게 늘어나 있는 몬스터들. 무식한 생명력만큼이나 번식력도 뛰어났다.

그래서 밤에는 추위와 무관한 빙룡만 싸우고 위드와 서윤, 알베론, 와이번들은 동굴 안으로 들어왔다.

서윤은 매번 그렇듯이 밤이 되거나 일정한 시간이 되면 휴식을 취하기 위해서 〈로열 로드〉의 접속을 끊었다.

그럴 때면 알베론이나 와이번들과 같이 위드는 동굴 안에서 할 일이 없었다.

"알베론."

"예."

"모닥불을 관리해라."

"알겠습니다."

알베론은 모닥불이 꺼지지 않게 하기 위해 장작을 일정하게 넣었다. 활활 타오르는 모닥불 주변에 날개를 접고 쪼그려 앉은 와이번들.

"너무 춥다."

"나는 낮에 싸우다가 얼어 죽는 줄 알았어."

와이번들은 처량한 이야기를 나누며 불가에서 몸을 녹였다.

크라라라라!

멀리 동굴 밖에서는 가끔 빙룡의 울부짖음이 전해져 왔다.

'워낙에 추위에는 강한 녀석이고, 생명력도 엄청나니 괜찮겠지.'

위드는 빙룡에 대한 걱정은 조금도 하지 않았다.

알고 보니 빙룡은 굉장히 소심하고 겁이 많았던 것.

큰 몸체와 위엄을 가지고 있지만 실제로는 조금만 생명력이 떨어지거나 위험하다고만 느껴도 도망을 쳐 버린다.

그렇기 때문에 여간해서는 위험한 지경에 이르는 경우가 거의 없었다. 최대 생명력의 20%만 떨어져도 알베론의 주변으로 와서 떡하니 내려앉아 딴청을 피우는 것이 빙룡이었던 것이다.

위드는 냉정하게 상황을 분석했다.

'이대로 퀘스트를 깬다는 것은 불가능해.'

낮에 아무리 아이스 트롤들을 줄여 놓는다고 해도, 밤이 되면 다시 그만큼의 숫자가 불어나 버리고 만다.

죽음의 계곡에는 엄청난 숫자의 몬스터들이 있는데, 아이스 트롤을 상대로 이토록 고전한다면 퀘스트를 해결할 길은 요원하기만 했다.

사냥을 하고 부하들을 성장시키는 데에는 좋지만 영원히 이곳에서만 전투를 할 수도 없는 일이다.

'어쨌든 이 추위를 극복해야 돼. 그럴 수만 있다면 의외로 답은 가까이 있을지도 몰라.'

아이스 트롤과 라미아, 그 외 각종 몬스터들까지도 추위 때문에 제대로 된 능력은 보여 주지 못했다.

위드는 늑대의 가죽을 모조리 써서 두꺼운 누더기 옷을 만들고, 든든하게 음식을 먹었다.

와인 은어 볶음.

그러나 음식으로도 추위를 잊기에는 무리였다.

재봉과 요리로는 한계가 있다.

위드는 조각칼을 들었다.

달빛 대작

"드디어 조각술을 시작해야 할 때군."

조각 재료는 동굴 내의 큰 바위였다.

고급 조각술에 오른 이후로는 웬만한 재료로는 명성을 많이 획득하기 힘들다. 얼음을 선택할 수도 있지만 아무래도 제약이 많고, 섬세한 표현에는 약점이 있을 수밖에 없으므로 무난한 바위를 택한 것이다.

위드는 바위를 노려보며 가만히 서 있었다.

"무엇을 만들어야 할까."

옛날이라면 망설이지 않았으리라.

불!

혹은 따뜻한 무언가를 만들었으리라.

단순하고 직접적인 무언가를 만들어 내는 것은 효과가 확실하니까. 어떤 옵션이 붙을지 모르는 조각품을 깎는 데에 있어서 가장 편한 방법이었다.

그러나 경험이 쌓이고, 보는 눈이 달라졌다.

"조각품은 그냥 존재하지 않아. 그 조각품이 존재해야 하는 상황이 더욱 중요해."

추운 대지에 모닥불을 조각한다고 한들, 그것은 아주 작은 따스함만 전해 줄 수 있을 뿐이다.

조각품이란 그렇게 단순한 게 아니다.

진정한 열정과 예술 혼으로 만들어지는 것!

위드는 본인의 실력이 그러한 장인의 경지에 오르지 못했음은 인정하고 있었다. 하지만 조각품을 만드는 상황이 얼마나 중요한지는 안다.

"어떤 조각품이든 감정이 담겨 있지 않다면 죽은 것이나 다름없어."

현실에서 할머니의 조각상을 깎았던 적이 있다. 평생을 함께 늙어 온 부군의 앞에서.

물론 그의 조각 실력이야 일천하기 짝이 없었다. 가상현실에서 수백, 수천 번을 만들어 왔다고 해도 현실에서의 느낌은 다른 것이니까.

미묘한 손끝의 느낌만으로도 전혀 다른 것을 만들어 낼 수 있는 것이 조각술임을 감안한다면 상당히 위험한 시도였다.

실제로 완성된 조각품에는 결점들이 잔뜩 존재했다.

자세히 뜯어보면 제대로 마무리가 되지 않은 곳이나, 무리하게 힘을 가해서 긁히고 실금이 간 곳도 많았다.

조각품으로서는 치명적인 결점!

그럼에도 사람들에게 감동을 줄 수 있었다. 왜냐하면 그 조각품에는 할머니의 인생이 담겨 있기에.

상황을 전혀 모르는 사람이라면 그저 할머니를 조각한 것이라고 느낄 뿐이다. 그러나 평생을, 수십 년이라는 시간을 온갖 고난을 겪으며 함께 살아온 노인에게는 다르게 느껴질 수밖에 없다.

이제는 친숙하다 못해서 삶의 일부가 되어 버린 부인의 얼굴.

조각품이 서서히 완성되어 가면서 처녀 시절과는 다르게 세월의 흔적이 녹아 있는 얼굴은 노인에게 무수한 감회를 안겨 주었던 것이다.

제아무리 거장의 조각품이라고 해도 이유 없이 기교만으로 만들어진 것은 사람들에게 감동을 안겨 주지 않는다.

조각품에는 그만한 시간과 인생이 녹아 있다.

그러므로 조각품에는 그에 맞는 상황이 중요했다.

'역시 설정을 무시할 수는 없는 법이지. 가능한 한 나의 인생을 담아야 한다. 현재 내가 처해 있는 상황을 진솔하게 담아내는 조각품이 필요해.'

그때 위드의 머릿속에 떠오르는 것이 있었다.

차갑고 대지가 얼어붙는 북부에 한 사내와 여인이 무리에서 낙오되어 떨어졌다.

극도의 추위 속에 괴로워하는 연인들.

대자연은 가혹하기 짝이 없었다.

매일 눈보라가 치며 굶주린 늑대들이 울부짖는다.

아우우우!

"이쪽으로 오시오."

남자는 여인을 보호할 의무가 있었다.

천신만고 끝에 안전한 동굴을 찾아서 흉악한 늑대들을 피해 그 안에 숨었다. 그러나 위험한 적은 피했어도 굶주림과 추위만큼은 여전히 그들을 따라왔다.

한없이 아름답고 착한, 세상에 단 하나뿐인 그녀가 남자에게 말한다.

"추워요."

남자는 슬픈 눈으로 그녀를 바라볼 수밖에 없었다.

가진바 능력이 너무나도 미약해서 사랑하는 그녀를 지켜 주지 못한다. 목숨마저 위태로운 상황에 빠지고 만 것이다.

내 생명을 바쳐서라도 이 여자를 구할 수만 있다면!

남자는 틀림없이 그렇게 했으리라. 하지만 현실은 그럴 수가 없었고, 여자도 그 사실을 알고 있었다.

여자는 남자를 원망하지 않았다.

"그래도 고마워요."

"뭐가 말이오?"

"이렇게 끝까지 곁에 있어 줘서 고마워요. 그리고 사랑해요."

여자의 고백은 평생을 선량하게만 살아온 남자에게 최고의 선물이 되었으리라.

와락!

남자는 여자를 두 팔로 가득 안았다.

"나도 사랑하오."

하늘과 땅이 춥다고 해도 연인의 마음까지 얼어붙게 하진 못한다. 연인들은 서로를 안으면서 한 줄기 온기를 느낄 수 있었으리라.

"역시 이런 설정이 좋겠군."

위드는 조각칼을 꺼내어 바위로 다가갔다.

스스슥.

수북하게 떨어지는 돌가루들.

바위의 둘레를 깎아 내면서 조금씩 형체를 만들어 갔다.

상대를 걱정해 주고 안쓰러워하는 연인들의 느낌을 살려 조각품을 만든다.

물론 사실과는 다른 면이 상당히 많았다.

위드와 서윤이 북부에 떨어진 것은 사실이다. 하지만 둘만이 고립된 것은 아니다. 알베론이 같이 왔고, 와이번이나 빙룡도 주변에 있었다.

"제대로 싸우지 못해! 이 무능한 놈들, 전혀 쓸모없는 놈들!"

빙룡과 와이번들을 마구 괴롭힌 위드!

고결한 사제인 알베론은 있는 대로 부려 먹었다. 하지만 그런 사실들은 싹 감춘 것이다.

그리고 뒤바뀐 진실은 그뿐만이 아니었다.

나약하며 보호 본능을 일깨우는 여인과 서윤은 한참이나 거리가 멀었다. 웬만한 몬스터들은 순식간에 해치워 버리는 강한 여전사 서윤.

굶주린 늑대들의 등장만큼은 진실이었지만, 그들이 우는 이유는 다른 것이었다.

제발 살려 달라는 간절한 울부짖음.

놈들은 발견하는 족족 잡아먹어 버리는 맛있는 식량에 불과했다.

어떤 곳에 떨어지더라도 절대로 굶지 않고, 오히려 적응해 버리는 것이 위드였던 것이다.

"예술이란 때때로 현실을 무시해 줄 필요도 있는 거니까."

국가를 위기에서 구한 위대한 영웅이라고 해도 화장실은 간다. 그곳에서 전쟁을 승리로 이끌 원대한 구상을 했을지도 모르지만, 그런 장면을 화폭에 담거나 조각품으로 만들 수는 없었다.

위드가 조각칼을 움직일 때마다 바위가 잘려 나갔다. 기본적인 형상이 깎여 나간다.

그때 서윤이 접속하고, 아침이 되었다. 밤낮에 따라 주기적으로 전투가 벌어지니 서윤은 사냥을 할 때만 맞춰서 접속을 했던 것이다.

동굴 밖에는 환한 빛이 비치면서 밤새 기온이 조금이나마 높아져 있었다.

"그럼 사냥을 하러 가자."

위드는 와이번들과 함께 죽음의 계곡으로 나섰다.

해가 떠오를 때에는 사냥을 하고, 해가 지면 조각품을 깎는다. 그렇게 며칠 정도가 흐르면서 조각품은 윤곽을 드러냈다.

남자와 여자는 미칠 듯한 슬픔에 울음을 터트릴 것 같은 표정으로 서로를 안고 있었다.

그런데 위드는 미진함을 느꼈다.

"단순히 끌어안는 것으로는 부족해."

조각상의 연인들은 서로를 안고 있지만 느낌이 우러나지 않았다. 막연한 슬픔과 고통만이 묻어 나오는 연인들이었다.

위드는 부족한 점이 도대체 무엇인지 곰곰이 생각해 보았다.

"내가 정말 그 남자였다면 어땠을까."

절박하고 애가 탔을 것이다. 점점 체온을 잃어 가면서 죽어가는 연인을 보면서 안타까웠으리라. 본인도 더 이상 버틸 수 없음으로 인해 사랑하는 그녀와 이별을 해야 한다는 점 때문에 가슴이 무너지고 있을 것이다.

이별과 죽음.

가족을 잃어버린 경험이 있기에 그 마음이 얼마나 슬픈지를 잘 안다.

위드는 판단을 내렸다.

"이건 실패작이야."

며칠간 고생한 것이었지만 미련 없이 포기했다. 실패작인 것을 알면서도 억지로 만들 수는 없다.

위드는 다른 바위를 찾아 조각술을 펼쳤다.

이번에도 두 사람이 서로를 안고 있는 것은 비슷했다. 괜히 쓸데없이 시간만 쓴 것처럼 종전과 크게 다를 바가 없었다. 비슷한 형상의 조각품을 또 만든다고 해서 숙련도가 크게 향상될 만큼 위드의 조각술이 형편없지는 않았던 것이다.

다만 달라진 점이 있다면, 남자나 여자나 환하게 웃고 있었다.

상대에게 보여 주는 가장 아름다운 웃음.

"이 세상을 떠날 때에는 웃어야지. 그것이 내가 사랑하는 사람에게 보여 줄 수 있는 마지막 모습이라면 말이야."

부모님은 위드가 어릴 때에 돌아가셨다. 병원의 수술실로 들어갈 때에 본 모습이 부모님의 마지막이었다.

그때 위드는 눈물을 펑펑 흘리면서 울었다. 너무나도 슬펐기에 흐르던 눈물.

하지만 그 후에 얼마나 후회했는지 모른다.

"웃었어야 했어. 가장 멋진 웃음을 보여 드렸어야 했는데."

괜찮다고, 여동생과 할머니와 함께 잘 살겠다고 웃어 주었어야 했다. 그러지 못한 것이 못내 한으로 남았다.

"웃음이야말로 가장 좋은 거지."

위드는 조각상이 서로를 향해 가장 행복한 웃음을 짓도록 했다.

충만한 애정과 믿음이 담긴 웃음.

그럼에도 어딘가 슬픈, 묘한 분위기가 흐른다.

두 팔로는 서로를 최대한 끌어안았다. 자신의 온기를 조금이라도 더 나누어 주고자, 영원히 떨어지지 않기 위해.

만든 조각품의 이름을 정해 주십시오.

위드는 조각칼을 떼어 내며 말했다.

"따뜻한 연인들."

단순하게 추운 곳에서 상대를 안고 있으므로 정한 이름이었다. 하지만 조각품의 분위기와 맞물려서 묘하게 마음에 드는 이름이 나왔다.

〈따뜻한 연인들〉이 맞습니까?

"맞아."

사실은 이름을 지으면서 위드는 내심 찔리는 감이 없지 않아 있었다.

남자와 여자의 얼굴 때문이다.

처음에는 몰랐지만 남자의 얼굴은 위드를 많이 닮아 있었다. 감정적이 되어 과거의 후회를 돌이키면서 조각을 했기에 어느새 보니 스스로의 얼굴을 거의 그대로 조각하고 말았다.

지금은 고생을 너무 많이 해서 웃음이 꾸밈없이 밝진 못하다. 그래도 썩은 미소가 아닌, 가족들에게만 보여 주었던 든든하고 환한 미소를 조각해 놓은 것.

남자만 위드를 닮았다면 상관이 없다. 하지만 문제는, 여자의 얼굴도 서윤을 고스란히 옮겨 온 것처럼 똑같이 생겼다는 것이다.

서윤의 미모는 절대적이라고 해도 부족함이 없을 정도다. 웬만한 취향이나 선호도를 따질 필요조차 없을 정도로 서윤은 아름답다. 그녀를 여러 번 조각하면서 눈을 감아도 그대로 떠오를 정도가 되었으니 자연스럽게 조각을 하고 만 것이다.

'난리 났군.'

뒷감당이 쉽지는 않겠지만 위드는 일단 그냥 두기로 했다. 뭣보다 다 만들고 난 조각품이 상당히 마음에 들었다. 이렇게 완성된 조각상을 이제 와서 수정할 수도 없는 노릇이니까.

서윤의 얼굴은 동굴 벽 쪽을 향하고 있어서 일부러 가까이 다가가서 보지 않는 한 발견하기 어려웠다.

띠링!

달빛 조각 대작! 〈따뜻한 연인들〉상을 완성하였습니다!

숨결마저 얼어붙고 마는 대지의 연인들. 죽음도 갈라놓을 수 없는 연인들의 뜨거운 사랑이 묘사된 작품. 놀라운 표현력으로 왕실 박물관이나 궁전에 전시해도 아깝지 않은 작품이다. 위대한 작품은 시간이 흐를수록 가치를 더해 갈 것이 틀림없다. 창조적이고 예술성이 높은 조각사가 달빛 조각술이라는 잊힌 기술을 습득하고 복원해 냈다. 이 작품은 대륙의 조각 역사에 이름을 남기게 될 것이다.

예술적 가치: 뛰어난 조각사 위드의 작품. 12,600

옵션: 〈따뜻한 연인들〉상을 본 이들은 생명력과 마나 회복 속도가 하루 동안 20% 증가한다. 추위에 대한 내성 40% 상승. 생명력 최대치 25% 상승. 전 스탯 20 상승. 손을 대면 델 정도로 조각상이 뜨거운 열기를 뿜어낸다. 파티가 습득하는 경험치 6% 증가. 조각상 앞에서 연인들이 포옹하면 따뜻한 연인들의 가호를 받을 수 있다. 다른 조각품과 중복으로 적용되지 않는다.

지금까지 완성한 달빛 대작의 숫자: 1

고급 조각술 스킬의 레벨이 2로 상승했습니다.
조각술이 놀랍도록 섬세하고 세밀해집니다.

손재주 스킬의 숙련도가 향상되었습니다.

조각품에 대한 이해 스킬의 레벨이 1 상승하였습니다.

명성이 460 올랐습니다.

예술 스탯이 30 상승하였습니다.

매력이 7 상승하였습니다.

〈따뜻한 연인들〉상이 조각품의 역사에 이름을 남기게 되었습니다.
재능 있는 조각사들이 이 조각품을 본다면 조각술을 수련하는 데에 약간의
도움이 될 것입니다.

달빛 대작 조각품을 만든 대가로 전 스탯이 4씩 추가로 상승합니다.

───※───

　서윤은 여느 때처럼 밤이 물러갈 시간에 접속을 했다.

　식사를 한 이후에 설거지를 하느라 도와줄 때나 사냥한 가죽
들의 분류가 밀려 있지 않다면 꼬박꼬박 정해진 시간에 접속을
했다.

　과거에는 접속하지 않았던 적도 많았다. 하지만 위드와 함께
북부에 온 이후로는 정해진 시간에 늦은 적이 없었다.

　차갑고 서늘한 공기가 흐르는 곳.

　그런데 오늘은 동굴 안에서 따뜻한 바람이 불어왔다.

　"......?"

　서윤은 주위를 둘러보다가 전에는 없던 조각상을 발견했다.

　추워 보이는 복장을 한 남자가 있었다. 이곳의 기온과는 어

울리지 않는 반팔 차림을 한 남자가 여자를 안고 있는 조각상이었다.

'멋진 조각상이다.'

서윤이 있는 곳에서는 여자 조각상의 등과 남자의 얼굴이 보인다. 남자의 얼굴은 위드를 상당히 닮아 있었다.

'어떻게 저런 웃음을 지을 수 있을까.'

서윤은 고개를 갸웃했다.

조각상은 얇은 옷밖에 입고 있지 않지만 마음까지 따뜻해지는 미소를 머금고 있었다.

바람은 그 조각상에서부터 불어왔다.

"……."

서윤은 하염없이 조각상을 바라보았다.

'정말 잘 만든 조각상이다.'

표현이나 세밀함이, 돌로 만든 것이라고는 믿을 수 없을 정도였다. 은은한 빛까지 발산하고 있는 조각상은 참으로 아름다웠다.

얼굴은 웃고 있지만 조금이라도 서로를 더욱 깊이 안기 위해 애쓰는 모습. 가슴 깊이 정이 흐르게 만드는 조각상이었던 것이다.

'이런 조각상은 마음이 따뜻한 사람밖에 만들 수 없을 거야.'

서윤은 부러운 시선으로 조각상 옆에 잠들어 있는 위드를 보았다.

굉장히 다재다능한 사람이었다. 요리도 잘하고, 생존법도 뛰어나다. 한 푼이라도 더 벌고 아끼기 위해서 애쓰는 짠돌이. 그러면서도 사람들이 쉽게 갖지 못한 것을 가지고 있었다.

따뜻한 마음.

좋은 사람이라는 생각이 들었다.

그때 위드가 자리에서 벌떡 일어났다.

"그동안 고생했더니 깜박 잠이 든 모양이군. 그녀는 아직 안 왔겠지? 커억!"

그러고는 서윤을 발견하고 귀신을 보기라도 한 듯이 얼굴이 창백하게 질리는 것이었다. 몸까지 부들부들 떨었다.

"어, 언제 와서……."

위드는 두려움이 그치지 않았다. 서윤이 조각상의 얼굴들을 확인했다면 가만히 있지 않을 테니까!

하지만 서윤은 무표정하게 서 있을 뿐이었다. 내심은 위드가 대단하다고 여기고 있었지만, 그런 감정들을 겉으로 드러내지 않았다.

'나는 누구에게도 사랑받지 못하는 사람이야.'

서윤은 언제나 가슴이 아팠다.

몇 년간이나 사람들과 대화를 하지 않으면서 지내 왔다. 말을 걸고 싶고, 대화를 나누고 싶다. 하지만 두려움이 앞섰다. 마음에 상처를 입을지도 모른다는, 사랑받지 못한다는 아픔.

감정을 드러내지 않는 것에 익숙했다. 누구에게도 자신을 보여 주지 않으면 그나마 덜 아플 수 있었다.

그래도 위드와는 꽤 많은 시간을 같이 다녔다고 할 수 있다.

행복했던 모라타 마을의 축제.

동굴 속에서의 시간들.

서윤은 적어도 위드를 불편해하지는 않았다. 그럼에도 그 감정들을 내색하기는 힘들었다. 얼마 되지 않는 아는 사람들 중의 1명이기에 더욱 자신을 숨겨야 했던 것이다.

'휴우, 못 본 모양이로군.'

위드는 서윤의 반응을 보면서 그녀가 조각상의 여자 얼굴을 확인하지 않은 걸 알 수 있었다. 그래서 서둘러 말했다.

"사냥하러 가죠!"

서윤도 거절할 의사는 없었기에 동굴 밖으로 향했다.

동굴을 나가기 전, 서윤은 뒤를 돌아보았다.

다시 조각상을 눈에 담고 싶었다.

환하게 웃으면서 여자를 안고 있는 위드의 얼굴을.

한국 대학교

이혜연은 검술 도장으로 들어갔다.

도장 안에서는 수백 명의 수련생들이 검을 휘두르고 있었다.

도복을 입은 채로 진지하게 목검을 휘두르는 이들!

오후 검술 훈련 시간이었던 것이다.

평상시에는 가벼운 모습을 보이지만, 목검이라도 들면 생사 대적을 만난 것처럼 진지하기 짝이 없다. 검에 인생을 걸기로 한 승부사들의 모습이었다.

마침 수련생들을 가르치고 있던 최종범이 이혜연을 발견하고 다가왔다.

"어서 오너라. 그런데 네 오빠는 아침에 수련을 마치고 집에 갔을 텐데."

"오빠를 만나러 온 게 아니에요."

"그럼?"

"조금 상의드릴 일이 있어서요."

"그래? 무슨 일인지는 들어 보면 알겠지. 휴게실로 들어가 있어라. 이놈들 수련이 끝나면 금방 갈 테니까."

"네."

이혜연은 손님 휴게실 쪽으로 향했다. 그때였다. 믿는 것은 힘밖에 없던 정주강이 손에서 목검을 떨어뜨렸다.

"사범님."

"왜?"

"오늘은 몸이 너무 안 좋아서……."

"……."

"휴게실에서 좀 쉬면 안 될까요?"

정주강은 어지러운 듯이 이마를 감싸 쥐었다. 처음 있는 일이었다. 그러자 주변의 다른 수련생들도 한마디씩 했다.

"아, 요즘에는 떨어지는 낙엽만 봐도 눈물이 왈칵 쏟아질 것 같습니다."

"바람이 이 몸을 흔드니, 검도 갈피를 잡기 어렵군요. 사범님, 좀 쉬고 하면 안 될까요?"

"검이 저에게 말하는 것을 이제는 조금 알 것 같습니다. 그 이야기를 듣기 위해서 휴게실에서 잠깐만 머리를 식히고 싶습니다."

"사실 제 몸이 아파서……."

이글이글 타오르는 눈동자들!

수련생들은 저마다 어떻게든 휴게실에서 쉬기 위한 핑계를 대고 있었다.

자칫 500여 마리의 늑대들에게 둘러싸일지도 모르는 이혜연이었다. 결국 최종범은 이혜연을 직접 사범실로 데리고 갔다.

정일훈은 차를 직접 끓여 주었다.

"마시거라."

"고맙습니다."

이혜연이 있는 사범실에는 정일훈을 비롯해서 3명의 사범들과 20명의 수련생들이 자리를 잡고 있었다. 수련생들도 이혜연을 동생처럼 좋아해서 한자리에 있고 싶어 한 것이다.

이혜연은 차를 깨끗이 비웠다.

"차가 참 맑아요."

"예전에 가르쳤던 애가 수행을 나가서 보내온 것이란다. 그보다, 할 말이 있다고?"

"네."

"이현에 대한 이야기겠지?"

정일훈은 날카롭게 물었다.

안현도는 장차 이현을 정식 제자로 삼을 계획을 세우고 있었다. 즉 정일훈에게는 막내 사제가 된다. 그러면 한식구나 다름이 없으니 민감하지 않을 수 없었다.

이혜연은 고개를 끄덕였다.

"맞아요."

"무슨 일인데?"

"오빠의 생일 때문이에요."

"생일?"

"네. 이제 오빠의 생일이 1달도 남지 않았거든요. 생일 파티를 벌여 주고 싶어요."

"……."

이혜연은 오빠의 생일 파티를 계획하고 협조를 구하기 위해서 도장에 온 것이었다.

이현은 지금까지 한 번도 생일을 챙긴 적이 없다. 어려운 살림에, 따로 생일을 기억하는 것조차 사치였다. 하지만 동생과 할머니의 생일은 꼭 잊지 않고 작은 선물이라도 마련해 왔다.

이혜연은 이번에야말로 이현을 위한 깜짝 생일 파티를 준비해 주고 싶었던 것.

정일훈이나 최종범, 마상범, 이인도는 눈을 크게 떴다.

"생일 파티라니, 텔레비전에 나오는 그런 걸 하잔 말이냐?"

"태어난 날은 그냥 미역국 먹는 걸로 끝나는 게 아니던가?"

"여덟 살 때 엄마가 해 준 이후로는……."

"생일은 보험사에서 감사 전화 오는 날인데……."

검에 평생을 바친 이들!

다들 생일을 제대로 보내 본 적이 드물었던 것이다.

그나마 대사형으로서 동생들을 돌보는 정일훈조차도 생일 파티에는 부정적이었다.

"우리에게 생일을 챙기는 건 어울리지 않는단다."

최종범이 맞장구쳤다.

"암요. 생일보다야 검술 대회의 우승이 훨씬 더 낫죠."

마상범도 고개를 끄덕였다.

"대회 우승이 생일보다는 훨씬 값진 거죠. 스스로 익힌 검을 세상에 펼쳐 보일 수 있으니까요."

모두들 반대 의견들을 말하고 있었다.

아무리 동생처럼 귀여운 이혜연이 말을 하더라도 기념일을 챙기며 사는 방식은 그들에게 어울리지 않았다. 평상시에 왜 여자들에게 인기가 없는지 알 수 있는 대목이었다.

이렇게 해서 생일 파티 계획은 없던 일로 끝날 것만 같았다.

하지만 이혜연이 입을 여는 순간 모든 상황이 바뀌었다.

"제가 대학에 가면 언니들 많이 소개시켜 드릴게요."

"여, 여대생?"

"네. 예쁜 언니들 소개시켜 드릴게요. 미팅 어때요?"

"미팅이라니. 드라마에나 나오던 그것?"

정일훈이 이를 악물었다. 그러면서 사제들을 돌아보았다.

최종범이 힘 있게 고개를 끄덕이고 있었다.

"사형, 생일 파티 합시다! 이현을 위해서 그쯤이야 못 해 주겠습니까?"

이인도는 자리에 일어날 듯이 엉덩이를 들썩였다.

"준비해야죠. 처음 여는 생일 파티인데 제대로 해 줘야 하지 않겠습니까."

사범들의 열렬한 찬성. 수련생들은 말할 것도 없었다.

"살아생전 여대생과 미팅을 해 보는 날이 올 줄이야."

"잘되는 건 바라지도 않아. 하루만이라도 남들처럼 데이트를 할 수 있었으면……."

수련생들은 고독에 몸부림치고 있었다.

검을 수련하다 보니 본의 아니게 여자들과는 너무 동떨어진 인생을 살게 되었다. 말 한마디를 나누는 것도 어색하고, 편안하지 않다. 차라리 폭력배들과 싸우는 것이 훨씬 익숙한 삶이었다.

남들은 여자와 사귀고 헤어지는 것이 익숙할지 모르지만, 이들에게는 평생의 추억으로 남을 만한 일이었다.

이혜연은 약속했다.

"생일 파티를 도와주시면 단체 미팅 시켜 드릴게요."

"오오오!"

수련생들은 환호했다. 그러면서 1달 후에 있을 이현의 생일 파티에 대한 계획을 수립했다.

철저히 그들만의 방식으로!

"어서 오세요."

"신입생 여러분을 환영합니다."

한국 대학교의 정문에는 일찌감치 후배들을 선점하려는 각 동아리들이 행사를 나와 있었다.

이현은 조용히 고개를 숙인 채로 정문을 향해 걸었다.

'동아리 따위에 쓸 시간은 없어. 학교생활을 하느라 쓸 시간도 아깝다.'

학교를 다니면서부터는 〈로열 로드〉에 투자할 수 있는 시간이 지금보다 현저하게 줄어든다. 그러니 대학생이라고 남들처럼 동아리 활동까지 할 수는 없었다.

조각사라는 직업은 시간이 흐를수록 많은 장점을 보여 주고 있긴 하지만, 남들보다 훨씬 많은 시간을 투자해야 했다.

이현은 대학교에 입학하더라도 동아리에는 들지 않을 작정이었다.

타다다닥.

이현은 비장한 마음을 품고 빠르게 걸었다. 하지만 아무도 그를 붙잡지 않았다. 대부분의 신입생들이 선배들에게 붙잡혔지만 이현에게 접근하는 자는 없었다.

'휴우! 다행이다.'

이현은 신입생들을 위한 설명회가 있는 본관을 향해 갔다.

그때 정문에서 나누는 대화 소리가 잠깐 들렸다.

"언니, 저 사람은 안 잡아요?"

"내버려둬. 얼굴 보면 몰라? 예비역일 거야."

한국 대학교에서는 신입생들을 위한 설명회를 열었다. 대학에 입학하기 전에 기본적인 이야기를 해 주는 자리였다.

입학식이 2달 가까이 남아 있기 때문에 신입생들은 대부분 참석하지 않는다. 하지만 이현은 일부러 시간을 내서 왔다.

'혜연이에게 알려 주어야 하니까.'

자식 교육에 대해서는 극성스러운 부모들처럼, 순전히 여동생을 위해서 온 자리였다.

설명회는 대강당 같은 곳에서 이루어졌다.

이현의 옆에는 조금 촌스러운 옷을 입은 남자가 앉아 있었다. 그가 먼저 말을 건네 왔다.

"안녕하세요. 이번에 신입생이신가 봐요?"

이현은 그를 보면서 고개를 끄덕였다.

"예."

"한국 대학교는 참 좋네요. 저는 학교 때문에 시골에서 올라왔는데. 가상현실학과의 박순조라고 합니다."

"그러셨군요. 제 이름은 이현입니다. 저도 가상현실학과를 선택했죠. 동기인데 말 편히 놓으세요. 아니, 우리 말 놓자."

"그래도 될까요? 저보다 나이가 더 많으신 것 같은데."

박순조가 슬그머니 이현의 눈치를 보면서 물었다. 이현은 고개를 가로저었다.

"그럴 리가. 나도 스무 살이야."

"얼굴이 아닌데……."

"흠흠!"

이현은 헛기침을 하여 심기가 불편함을 알려 주었다. 그 덕분에 난관을 무사히 넘길 수 있었다.

"그래, 뭐! 현아, 앞으로 잘해 보자."

박순조가 말하면서 이현의 어깨를 가볍게 두들겼다.

동시에 이현과 박순조의 주변으로 상당히 많은 사람들이 다가왔다.

"저도 가상현실학과인데. 이름은 이유정이에요. 잘 부탁합니다."

"저도요. 전 민소라예요."

"난 최상준. 잘 부탁해."

이현과 박순조는 같은 학과의 친구들과 가벼운 인사를 나누었다. 그런 후부터는 한자리에 모여서 설명회를 들었다. 설명회에 참석한 첫날부터 이른바 패밀리라는 것이 결성된 것이다.

설명회의 쉬는 시간마다 친구들 사이에서는 열띤 토론이 벌어졌다.

"〈로열 로드〉에서 쓰인 가상현실 모션 시스템은 사용자 레벨에 따라 다른 신체적인 움직임을 가능하게 만들어 주고 있어."

"기초적인 오감뿐 아니라 그 이상의 잠재력을 발휘할 수 있게 하는 걸 보면, 역시 뇌에 대한 연구를 바탕으로 했을 거야."

"방대한 데이터를 저장하기 위해서는……."

이현은 그들끼리 나누는 대화에는 끼어들지 않았다.

'알고 보면 간단한 문제인데.'

그는 〈로열 로드〉를 하기 전에 가상현실에 대한 각종 논문들을 읽었다. 모르는 단어들도 다수 있었지만, 그런 때는 통째로 외웠다. 그런 만큼 가상현실에 대한 이현의 지식은 웬만한 학생 수준을 능가하는 것이었다.

〈로열 로드〉가 막 탄생했을 무렵에는 안정성에 대한 우려가 높았다. 이현에게는 그 점이 가장 부담스러웠다. 본인이 잘못되는 것은 괜찮지만, 남은 가족들이 힘들어지기 때문. 그로 인해 가상현실에 대해서 공부를 했던 것이다.

"그런데 소라야, 넌 무슨 직업을 가지고 있어?"

"나? 난 인챈터야. 바람과 전격을 부여하고 있어."

"와! 희소한 직업이네."

인챈터는 어떤 사물이나 생명체에 힘을 부여하는 직종이다. 원리는 성직자들의 축복 마법과 비슷하지만, 시간이 지나도 부여된 힘이 사라지지 않는다는 점에서 차이가 있다. 주로 보석을 가공해서 목걸이나 귀걸이, 반지 등을 만들고 마법을 부여하는 직업이었다.

초반에 키우기는 상당히 어려워도 대성했을 경우에는 떼돈을 벌어들이는 업종의 하나였다.

"그러는 넌?"

"난 평범한 검사야. 레벨은 216."

"그 정도면 평범하지 않아. 꽤 높은 편이잖아. 난 아직 140밖에 안 되는데."

"인챈터는 전투형 직업이 아니니까 비교할 수는 없지. 그래도 나중에 사냥이나 같이 다니자."

"응, 그래."

여자들이 먼저 레벨과 직업을 밝히자 남자들도 자신들의 캐릭터를 공개하는 분위기였다.

먼저 최상준이 말했다.

"나도 검사야. 길드에 속해서 사냥을 열심히 따라다닌 덕분에 레벨은 278이지."

"무슨 길드인데?"

"흑사자."

"아, 톨렌 왕국에서 가장 유명한 길드!"

이유정은 놀라움을 숨기지 않았다.

대형 명문 길드는 가입하는 것부터가 상당히 어려웠다. 그런 길드에서 활동할 수 있는 사람도 제한적이지만, 다들 좋은 길드에 가입하고 싶어 했다. 공성전이나 사냥터를 놓고 다투는 길드전에 참여하거나 아이템을 빌리기 쉽다는 혜택이 있기 때문이다. 좋은 아이템을 대여할 수 있다는 것은 엄청난 특권인 것이다.

그뿐만이 아니라 실질적인 활동을 계속한다면 몇 골드씩 월급이 나오기도 했다.

하지만 이러한 특혜가 아니더라도 명문 길드들은 그들만의 자부심이 있었다. 필드나 도시, 성에만 가면 모든 이들이 길드의 마크를 알아본다. 사람들로부터 존경과 추앙을 받고, 심지어는 상당한 양보를 이끌어 낼 수도 있다.

때론 무리한 일을 벌이더라도 추궁조차 받지 않는다.

베르사 대륙은 힘이 지배하는 세상이었고, 명문 길드들은 이 힘의 원천이었던 것이다.

"별것 아니야. 우리 친형이 흑사자 길드의 창립 멤버거든. 최초 30명 중의 1인이라서 가입하게 됐어."

"그럼 형은 레벨이 장난이 아니겠다."

이유정이 부럽다는 듯이 보았다.

최상준은 고개를 크게 끄덕였다.

"나한테도 레벨을 알려 주지 않지만, 적어도 340은 넘을걸? 나야 형을 따라다니면서 조금 쉽게 올린 편이야."

"와, 정말?"

여자애들이 부러워할 때 이현은 다른 생각을 하고 있었다.

'남들이 하는 대로 편하게만 성장했군. 그러면 나중이 될수록 힘들어질 텐데.'

〈로열 로드〉에서는 스킬의 수준이 굉장히 중요하다.

경험치만 빨리 모아서 레벨을 올린다면 나중에 고생을 하기 마련이었다. 더욱이 누군가를 따라다니면서 편하게 올린 레벨이라면, 진짜 위험한 사냥이 벌어졌을 때 한 사람의 몫을 다할 수 있다고 보기도 어렵다.

민소라와 이유정의 관심은 아직 직업을 공개하지 않은 이현과 박순조에게 향했다.

"순조야, 너는 직업이 뭐야?"

민소라가 눈을 깜빡이며 묻자, 박순조는 머리를 긁적이며 대답했다.

"나? 레벨 342인데, 직업은 도둑이야."

"……."

인상이 순박한 박순조의 레벨은 크나큰 파장을 일으켰다.

〈로열 로드〉는 겉보기만으로 알 수 없다. 얼마나 많은 몬스터를 잡고, 던전에서 시간을 보냈느냐에 따라서 결정되는 것.

박순조는 얌전한 성격 같았지만 승부욕이 있어서 던전에서 살다시피 하면서 몬스터를 잡았던 것이다.

마지막으로 민소라는 이현을 보았다.

"이현, 넌 직업과 레벨이 어떻게 돼?"

이현은 딱히 숨기고 싶은 마음은 없었다. 그러나 일부러 자랑을 하고 싶지도 않다. 가상현실을 즐기는 사람들에게는 레벨이 자랑거리일 수 있지만, 다크 게이머들에게는 자신의 전부를 노출시키는 것과 다를 바가 없다.

'어차피 자세히 물어보지도 않겠지.'

지금까지의 경험으로 살펴보아서 충분히 그럴 것이다.

이현은 차후 벌어질 일들을 짐작하며 느긋하게 입을 열었다.

"조각사."

"응?"

"내 직업은 조각사야."

"저런."

사람들의 눈빛이 동정으로 바뀌는 것은 한순간이었다.

최상준이 이현의 어깨를 두들겼다.

"열심히 해 봐. 요즘에 조각사들도 많이 선택하긴 한다더라."

"그래."

이렇게 때때로 잡담을 나누면서 설명회를 들었다.

이현은 중요한 부분은 따로 준비해 간 수첩에 기록도 했다. 학교생활을 위해 사전에 공부해 두면 좋은 과목들이나 해외 유학에 대한 정보들, 장학금 혜택에 대한 것들이었다.

공부야 애초에 고등학교를 중퇴한 이후로 담을 쌓고 지냈다. 검정고시에 합격하긴 했지만 대학의 학과 과정에서 장학금을 받기란 불가능에 가까운 일.

그래도 참고삼아 적어 두는 것이다.

마침내 설명회가 끝나자, 친구들이 자리에서 일어났다.

"아, 이제 끝났네. 배고프다."

"우리 뭐라도 먹으러 가자."

"그래. 학교 식당에서 밥 먹자."

친구들의 의견에, 이현도 따라나섰다.

'학교 식당을 경험해 보는 것도 나쁘지 않겠지.'

식당은 캠퍼스 내에 있었다.

한식과 양식 등의 여러 음식들이 요일에 따라 다른 메뉴로 나오는 방식이었다.

여자들은 한식을, 남자들은 양식을 택했다.

"맛있겠다."

"어서들 먹자."

한식은 밥과 국 그리고 다섯 가지 정도의 반찬이 나왔다. 양식은 돈가스나 생선가스 등이 나오고 샐러드와 간단한 면이 같이 나왔다.

민소라가 밥과 반찬을 먹어 보고는 빙긋 웃었다.

"먹을 만하네."

최상준이나 박순조도 돈가스를 잘라 입에 넣고 그 맛을 음미했다.

"학교 밥도 나쁘지 않구나."

"앞으로 학교 다닐 맛 나겠다."

모두들 즐거워할 때, 이현은 홀로 얼굴을 찌푸린 채로 밥을 먹었다.

'재료들이 형편없군.'

당연한지도 모르지만, 돈가스는 직접 만든 것이 아니었다.

냉동식품!

그것도 요리한 지 한참이나 되어서 신선도가 떨어져 있었다.

'이럴 바에야 도시락을 싸는 편이 낫겠어.'

가격도 2,500원 정도로, 그리 싸지 않았다. 시장에서 구입한 신선한 재료들로 맛있는 도시락을 싸서 다니는 편이 훨씬 영양가가 높으리라.

이현은 최고의 도시락을 쌀 생각을 하며 식사를 마쳤다.

그때 학생 식당으로 우락부락한 사내들이 한꺼번에 몰려왔다. 무도학과 출신의 학생들이었다.

땀에 젖어 있는 건장한 체격의 학생들이 밥을 먹으려다가 이현을 발견했다. 그러고는 허리를 숙였다.

"형님께 인사드립니다!"

선두에 있던 한 학생이 허리를 숙이자, 다른 수십여 명의 학생들도 따라서 인사를 했다.

"형님께 인사드립니다!"

이현은 무표정한 얼굴로 가만히 있었다. 은근슬쩍 고개를 다른 쪽으로 돌리기도 했다. 서윤에게 배운, 딴청 피우면서 외면 신공을 사용한 것이다.

하지만 무도학과 학생들은 그의 주변을 떠나지 않은 채로 허리를 숙이고 있었다.

"……."

옆에서 오늘 사귄 친구들이 입을 크게 벌린 채로 놀라고 있었다.

최상준은 입으로 파리가 들어가도 모를 지경.

건장한 체격의 무도학과 학생들이 인사를 하니 당황스럽지 않을 수 없었다.

이현은 조금 꺼리는 태도였지만, 학생들의 인사를 자연스럽게 받아들이고 있다. 네 사람은 그 사실이 너무도 당황스러워서 무도학과 학생들과 이현을 번갈아 보는 중이었다.

이현은 한숨을 쉬며 인사를 받았다.

이현과 그의 친구들.

이제는 숨겼던 나이가 탄로 나서 동생이 되어 버린 이들과 이현이 멀리 떠나자, 무도학과 학생들은 난리가 났다.

"상철이 형, 저 사람이 대체 누굽니까? 누군데 그렇게 인사를 하십니까?"

사실 대다수의 학생들은 영문도 모르고 인사를 했다. 그들의 선배인 한상철이 갑자기 인사를 하니 덩달아서 한 것이었다.

한상철은 이마에 땀까지 흘리고 있었다.

"내가 저번에 말했잖아."

"예?"

"내가 무슨 도장에 다니고 있는지는 얘기했지?"

"그럼요. 그곳에 다니고 있지 않습니까?"

학생들이 말하는 그곳은 바로 안현도가 관장으로 있는 도장이었다.

세계 검술 대회 우승자를 연달아 배출한 명문 도장.

검 하나만 들면 무서울 것이 없다는 괴물들이 대거 모여 있는 장소로, 정식 수련생이 아닌 입문 수련생만도 무려 5,000명이 넘는다. 한상철은 그 입문 수련생들 가운데 1명이었다.

"저분이 그곳의 수련생… 아니, 관장님의 정식 수제자야."

"헉! 수제자라고요?"

"아마도. 거의 확실할 거야. 사범님들이 주로 가르치시지만 가끔씩은 관장님과 대련도 할 정도니 맞겠지."

"하지만 나이도 우리와 비슷하거나 조금 어린 것 같은데, 그 정도까지 저자세를 취하실 필요는 없었지 않습니까?"

학생들은 고개를 갸웃거렸다.

무도를 수련하는 사람들일수록 자존심이 강하다. 도장에서 자기보다 높은 위치에 있다고 해도 머리를 숙이는 것은 있을 수 없는 일이었다.

한상철은 심한 한기라도 든 것처럼 몸을 떨었다.

"너희들은 보았어야 했다."

"……?"

"나라고 처음부터 이렇게 대했을 것 같냐? 처음에는 나도 인정하지 않았지. 겨우 1년. 검을 배운 지 1년밖에 안 되는 인간이 관장님의 수제자가 될 것이라는 이야기를 들었을 때에는 엄청나게 억울했다. 난 3년도 넘게 도장을 다녔는데 정식 수련생도 안 되었으니까. 건방진 놈이라고 생각했지."

"그러면 두들겨 패서 정신이라도 차리게 해 줬으면 될 거 아닙니까?"

"그러려고 했지! 굴러온 돌이 박힌 돌을 뺀다는 그런 말들을 하면서. 그러다 목검을 들고 싸우는 모습을 봤다."

"대체 어땠기에……."

"싸우고, 싸우고, 또 싸우더라. 잘못 맞으면 뼈가 부러지는 목검을 앞에 두고 조금의 두려움도 없었다. 그러면서 휘두르는 일 검에는 목숨이 담겨 있었다."

"그게 그렇게 대단한 겁니까? 원래 검을 휘두를 때에는 두려워하지 말아야 하고, 생사를 걸 수 있어야 하는 게 정상이지 않습니까?"

"대단한 거지. 아주 대단한 거다. 그때 난 알았다. 신체적인 부분은 훈련으로 메울 수 있지만, 정신적인 강함만큼은 타고나야 한다는 것을. 요즘 세상에 믿음이 있다고 해서 정말로 목숨을 걸고 싸울 수 있는 사람이 몇이나 되겠냐?"

"……."

"믿음에 따라서 목숨을 던질 수 있는, 정신적으로 강한 인간. 신체적인 조건을 떠나서 그 마음이 세상에서 가장 강한 것이라는 것을 나는 그제야 알았다. 그 이후로는 내 검술도 많이 강해졌지."

한상철의 후배들은 비로소 이해할 수 있었다.

진심 어린 마음을 담아서 휘두르는 검.

그런 검을 쓰는 사람이라면 배움의 기간이 길고 짧음을 떠나서 허리를 숙일 수 있다.

'엄청난 독종이었군.'

'얼굴을 외워 두고 절대로 건드리지 말아야겠다.'

한상철이 다짐을 받기 위해 후배들에게 말했다.

"그렇지 않아도 도장의 사형들로부터 말씀이 있었다. 앞으로는, 내가 없을 때라도 만나면 무조건 인사해라. 안 하면 내가 죽는다."

"옛."

뿌려진 씨앗

위드는 〈따뜻한 연인들〉상 덕분에 추위의 영향을 훨씬 덜 받게 되었다. 여전히 차가운 바람이 느껴졌지만 그래도 중증 감기에 걸려 몸 상태가 나빠질 정도는 아니었던 것이다.

그런 만큼 사냥도 훨씬 쉬워질 수밖에 없었다.

위드는 서윤, 알베론과 함께 베르사 대륙의 시간으로 오십일 가까이 아이스 트롤들만 사냥했다.

"죽여도 죽여도 끝이 안 나는군."

아이스 트롤들은 무서운 재생 능력을 가졌다. 팔다리가 하나씩 잘려 나가도 금방 멀쩡해진다. 생명력이 바닥까지 떨어져도 다시 차오르는 것이 불과 몇 분 사이에 이루어진다.

그러므로 1~2마리라면 모를까 대규모로 싸운다면 가히 무적의 군대라고도 할 수 있는 것이다.

그나마 절벽으로 인해 아이스 트롤들이 마음껏 내려오지 못하는 게 다행이었다.

"왜 난이도가 높은지 알겠어."

불사의 군단과 싸울 때에는 시원하게 한 번의 싸움에 전부를 걸었다. 그런데 아이스 트롤들은 다른 차원에서 상대하기 힘든 적이었다.

위드는 작전을 바꾸었다.

"뭉쳐 있으면 곤란한 아이스 트롤들을 흩어지게 만드는 거야. 와이번들은 아이스 트롤들을 잡고 하늘로 날아올라! 그런 다음에 이쪽에서 떨어뜨려."

아이스 트롤들을 1마리씩 절벽 아래로 끌고 와 잡았다. 포션 병에 생명력 회복에 도움을 주는 트롤의 피를 잔뜩 받으면서!

각개격파!

병법에도 나오는 훌륭한 작전을 위드는 본능적으로 구사하고 있었던 것이다.

"역시 말 안 듣는 놈들은 으슥한 곳으로 데려가서 한 놈씩 패야 돼!"

위드는 어릴 때부터 몸으로 그 진리를 체득하고 있었다.

집단행동을 하는 몬스터들은 무리와 떨어지는 것만으로도 능력치가 상당히 하락한다. 아이스 트롤은 그런 류의 몬스터는 아니었지만, 동료들이 없다면 집중 공격을 해서 사냥하기가 훨씬 쉬웠다.

막강한 회복 능력이 발휘되기 전에 때려잡으면 되는 것이다.

"달빛 조각 검술!"

위드가 검을 추켜올렸다.

처음에는 아름답고 화려한 검술을 이용해서 아이스 트롤들을 제압했다. 하지만 이젠 전투하는 방법이 바뀌었다.

웬만큼 때려서는 안 된다. 회복하기 전에 매우 빨리 때려야 아이스 트롤을 죽일 수 있다.

크오오오!

썩은 도끼를 휘두르며 저항하는 아이스 트롤을, 몽둥이로 흠씬 두들겨 팬다.

삭막하고 무식한 몽둥이 검법.

"눈 질끈 감기!"

아이스 트롤의 공격은 눈을 감고 흘리거나 받아 냈다.

발군의 전투 감각이 없다면 불가능한, 위드만의 전투 방식이었다.

빠르고 단호하게 몬스터를 잡는 방법!

"으아아! 죽어라. 죽어!"

눈을 감은 채로 몽둥이질을 하듯이 마구 휘두르는 검법.

초보자들도 하지 않을 정도로 무식해 보이는 짓이었다. 사상 최악의 추태나 다를 바가 없었다.

서윤이 검을 휘두를 때마다 검은 빛이 스쳐 지나간다.

광전사의 권능으로 아이스 트롤들을 죽인다.

피를 보고, 살육을 할수록 공격력이 강해지는 직업!

오랫동안 싸우지 않으면 전투 능력이 약해지며, 자주 싸울수록 힘이 솟구치는 직업. 전투로 아픔을 잠시나마 잊으려고 했던 서윤에게는 최고의 직업이었다.

그런데 그 서윤의 얼굴에 팽팽한 긴장감이 어려 있었다. 그녀는 절대로 위드가 있는 곳을 쳐다보지 않았다.

'안 돼, 봐서는…….'

위드를 보고 싶지 않았다.

그가 싸우는 모습을 보면 웃음이 나올 것만 같았다. 그 때문에 필사적으로 고개를 돌렸다.

위드는 눈을 감고 싸우고, 서윤은 고개를 돌리고 싸웠다. 알베론은 묵묵히 와이번들과 빙룡, 금인이의 생명력이 떨어질 때마다 신성 마법을 펼쳤다.

죽음의 계곡에서 사냥을 한 지도 어언 오십여 일! 드디어 아이스 트롤의 씨가 말랐다. 와이번들이 아무리 잡아 오려고 해도 허탕만 치고 있었던 것이다.

위드는 안타까움에, 맑기만 한 하늘을 노려보았다.

"벌써 다 사라져 버리고 말다니!"

양계장의 병아리들처럼 많던 아이스 트롤이 눈을 씻고도 찾기 힘들 정도가 되었다. 그만큼 부지런히 사냥을 한 탓이었지만, 아쉽기만 했다.

"이제 확실한 돈이 되는 트롤의 피를 구하지 못하겠군."

몬스터들이 많을 때에는 어떤 의미로는 행복했다. 들판에 잘 자란 곡식을 보는 농부의 마음처럼 풍요롭기만 했던 것이다. 다만 그 곡식에 깔려 죽을 수도 있었지만!

위드는 5,300개에 달하는 병마다 아이스 트롤의 피를 가득가득 채울 수 있었다.

급속 회복 포션. 외상 회복에 탁월하며 생명력도 올려 주는 포션도 대량으로 양산해서 배낭에 가득 쌓아 두었다. 공급이 극히 제한된 포션이니만큼 좋은 값에 팔 수 있으리라.

일반적으로 사냥을 할 때 포션을 이용할 정도로 간 큰 사람은 드물지만, 공성전이나 길드전을 할 때에는 요긴하게 쓰일 것이다.

"흐흐흐."

트롤의 피를 보며 웃고 있는 위드! 가만히 있어도 배가 부를 정도로 행복했다.

"……."

알베론과 서윤은 그런 그를 보면서도 아무 반응 없었다. 하루 이틀 봐 온 것이 아니다. 위드의 웬만큼 이상한 행동에는 반응을 하지 않을 정도로 단련이 된 덕분이었다.

위드는 금방 본래의 태도로 돌아왔다.

"그럼 슬슬 다시 사냥을 해 볼까, 알베론?"

"예."

"신성 마법을 펼쳐라. 지금까지와는 다른 본격적인 전투를 펼칠 것이다."

"알겠습니다."

알베론은 빙룡과 와이번을 축복해 주었다.

위드는 우선 빙룡과 와이번들을 보내서 라미아를 공격하도록 지시했다. 지금까지는 아이스 트롤들만 골라서 피를 뽑아 먹는 방식이었다면 이제부터는 죽음의 계곡을 점령하는 작전으로 전략을 바꾸었다.

위드의 레벨은 현재 312다.

와이번이나 빙룡들도 처음 탄생했을 때보다는 스킬과 레벨이 상당히 올랐다. 이제 라미아 정도는 어렵지 않게 제압할 수준이 되었다.

워드가 최초로 300레벨을 넘은 건 이미 한참이나 예전이었지만, 여러 번 조각품들에 생명을 부여하느라 제대로 레벨을 올리지 못했다. 그나마도 페일 등과 함께 여드레간 죽도록 사냥을 해서 300 초반까지 복구해 놓았다. 그리고 죽음의 계곡의 전투를 통해서 나머지를 올린 것이다.

워드의 눈이 빛났다.

'드디어 본격적으로 죽음의 계곡을 정벌할 때다!'

빙룡이나 와이번들은 훌륭하게 싸우고 있었다. 까다로운 몬스터인 아이스 트롤들이 없으니, 방어력이 약한 라미아들을 상대하는 것은 훨씬 쉬워졌다.

"우리는 우아한 라미아다."

"우리의 매력에 빠져 보거라."

"유클라의 독!"

"독침을 쏴서 저 녀석들을 떨어뜨려!"

라미아들은 소란을 피우면서 싸우고 있었다.

빙판 위를 뱀의 몸뚱어리로 미끄러지면서 재빠르게 이동하는 라미아들.

그녀들의 저항도 만만치는 않았지만, 와이번들은 하늘을 날면서 빠르게 공격을 하고 빠졌다. 빙룡은 큰 날개를 이용해 풍압을 일으키거나 아니면 앞발과 뒷발을 이용해서 공격했다.

"크워어어어. 내 발은 왜 이렇게 짧은 것인가!"

그러면서 끊임없이 불평을 쏟아 내고 또 원망했다.

거대한 몸에 비해 발이 비정상적으로 짧았던 것. 그 때문에 걸을 때도 엉거주춤, 싸움에도 마땅치 않은 경우가 많았다.

"훌륭한 예술 작품이 활동하기에 편리하라는 법은 없지."

위드는 그렇게 변명했지만 사실은 얼음의 특성 때문이었다.

적절하게 하중을 분산시키려면 긴 다리보다는 짧고 굵은 것이 좋다. 그 덕분에 거대한 빙룡의 다리는 유독 짧은 편이었다.

어쨌거나 빙룡과 와이번들은 라미아를 무섭게 몰아붙이고 있었다. 아이스 트롤의 보호를 전혀 받지 못하는 라미아들의 몰락이 머지않아 보였다.

일방적인 도륙!

레벨이 200대에 불과한 라미아들은 빠르게 죽어 나갔다. 뭉쳐 있는 아이스 트롤들이 무섭지 라미아들은 애초에 위협적인 적은 아니었던 것이다. 라미아들은 뱀 가죽과 약간의 골드, 실버, 독침, 광석들을 전리품으로 남기고 죽어 갔다.

"다 해치웠다."

크라롸롸롸!

와이번들과 빙룡이 하늘을 날며 포효를 터트렸다.

위드의 눈은 이제 반대쪽 절벽으로 향했다. 골짜기를 사이에 두고 뭉쳐 있는 몬스터의 무리.

리저드 킹, 악령 병사, 디베스의 사제, 악령의 추종자, 하수인.

다양한 종류의 몬스터 대군이 밀집해 있었다.

척!

위드가 손을 들어서 빙룡과 와이번들을 불러들였다.

"알베론, 치료부터 해 주고, 전투를 계속해야 하니 다시 축복을 걸어라."

"예, 지친 이들에게 활력을 부여하겠습니다."

빙룡과 와이번들은 이제 다시 출동했다.

쿠오오오!

빙룡과 와이번들이 분주하게 하늘을 날아다니며 라미아와 죽음의 계곡 몬스터들과 싸운다.

리저드 킹이 도끼를 휘두르고, 악령 병사들이 창과 검을 찔렀다.

"거칠게 흐르는 핏물, 어둡고 습한 힘으로 육체를 강화하라. 블러드 러스트!"

디베스의 사제들은 몬스터들에게 축복 마법을 걸었다. 알베론처럼 부작용이 없는 신성 마법이 아니라서, 그다음의 후유증이 막대하다. 일시적으로 전투력을 끌어 올리는 저주 마법에 가까운 것이었다.

"디베스께서는 큰 얼음덩어리에 화염 마법을 선사하라고 하셨다."

"디베스께서는 악령 병사들이 지체 없이 와이번들을 공격하라고 하셨다."

"디베스께서는 하수인들에게 명령하셨다. 보아라, 감히 우리를 건드리는 놈들에게 따끔한 맛을 보여 주어라!"

디베스의 사제들이 몬스터 군단에 명령을 내렸다. 신앙심이라고 할 수는 없고, 사악하고 탐욕으로 넘치는 사제들을 몬스터들은 적극 따르고 있었다.

철저한 지휘 체계로 뭉쳐서 싸우는 몬스터 군단은 와이번들의 공격을 잘 막아 내고 있었다.

빙룡의 공격도 큰 피해를 주지는 못했다. 일단 지상으로 내려오면 수십 마리의 몬스터들이 겁 없이 덤벼든다. 디베스의 사제가 지휘하는 몬스터들은 전혀 움츠러들지 않았던 것.

"아이스 볼트!"

빙룡이 하늘에서 막대한 위력을 자랑하는 빙계 마법을 날려도 사제들이 신성 마법으로 방어를 해내는 모습이었다.

와이번들은 제대로 공격도 하지 못하고 하늘을 빙빙 돌았다. 그러자 빙룡은 겁을 집어먹고 싸우려고 하지 않았다.

"귀찮게 됐군. 그렇지만 이것이 끝이 아니지."

위드의 눈이 차갑게 빛났다.

벌써 베르사 대륙의 시간으로 오십 일이 넘는 나날들을 보냈다. 북부에 도착하여 죽음의 계곡까지 이동한 날짜를 감안하면 그 시간은 훨씬 더 늘어난다.

꾸준히 돈을 벌어야 하는 위드의 입장에서는 언제까지 죽음의 계곡에서 고전만 하고 있을 수는 없었다.

"콜 데스 나이트 반 호크. 콜 뱀파이어 토리도!"

위드는 다른 부하들도 불러들였다.

데스 나이트와 토리도의 소환!

검은 빛의 소용돌이가 일어나며 건장한 체격의 반 호크가 검을 들고 나타났다.

"주, 주, 주, 주인! 부, 불렀는가!"

그런데 심하게 말을 더듬었다.

언데드라고 하여서 온도의 변화에 대해서 무관하리라는 생각은 착각이었다. 이곳의 추위는 말 그대로 뼈를 시리게 만드는 것!

딱. 딱. 딱. 딱!

데스 나이트의 얼굴 부위에서 이빨 부딪는 소리가 연방 나고 있었다.

그에 비해서 희고 창백한 피부에 붉은 입술! 붉은색과 검은색이 조금씩 섞인 망토를 두른 뱀파이어 토리도는 여유로웠다.

"이곳은 나의 고향과도 멀지 않군. 모라타! 그곳이 그립다. 차가운 삭풍의 눈, 빙설의 폭풍. 고독과 뜨거운 열정이 살아 숨 쉬는 곳. 찬란한 빛의 아름다움이 살아 있는 땅이지. 이런 때에 내 곁에 어여쁜 여자가 있다면 참 좋을 텐데 아쉽구나."

뱀파이어 로드 토리도는 추위를 즐기면서 여전히 예술 타령을 늘어놓는 한편 여자를 찾고 있었다.

위드는 힐끗 서윤을 보았다.

지상에서 본 가장 예쁜 얼굴의 그녀.

수없이 조각품으로도 만들었던 서윤을 보면서도 토리도는 아무런 반응이 없었다.

'역시 나와 같은 파티이기 때문인가?'

위드는 서윤과 파티를 맺고 있었다. 그 덕분에 토리도는 서윤에 대해서 어떠한 흑심도 가지지 않는 것이었다.

어쨌든 위드에게는 귀찮은 일을 덜었다고 할 수 있었다.

토리도가 코를 킁킁거렸다.

"이 냄새는 무엇이지? 매우 천박하지만 달콤하고 입맛을 돋우는 향기가 나는구나."

역시 피에 관해서만큼은 토리도가 전문가였다. 아이스 트롤의 피가 남긴 미세한 냄새를 맡고 킁킁대는 것이었다.

토리도를 진작 소환할 수도 있었다. 그렇게 했더라면 훨씬 빨리 아이스 트롤들을 처리할 수 있었으리라. 하지만 그 대가로 아이스 트롤의 피를 얻어 내는 것도 포기해야 했을 것이다.

그 때문에 위드는 토리도를 부르지 않았던 것.

이제 아이스 트롤들이 다 잡혔으니 얼마든지 전투에 동원할 수 있었다.

"토리도, 이제 너도 나가서 싸워라."

"감히 나에게 명령을 하는 것인가?"

토리도가 거만하게 반문했다.

오랜만에 소환이 되었으니 주인도 몰라보는 것이었다.

불사의 군단과 싸울 때에는 와이번들과 마찬가지로 대활약을 한 토리도!

능력과 레벨이 상승한 것에 비하여 자존심도 높아졌다.

위드가 이마를 찌푸렸다.

"명령을 하는 거다. 나가서 싸우도록 해."

"그럼 나도 한 가지 말해 주지. 귀찮으니 이런 시시한 일에는 안 불러 주었으면 좋겠군."

토리도는 능력만큼이나 다루기 까다로운 고위 몬스터! 하지만 여전히 위드에게는 사용할 수 있는 수단이 많았다.

"네가 아직 좀 덜 맞은 것 같구나."

"……."

"한 열흘쯤 처음부터 제대로 맞고 다시 이야기할까?"

회유와 아부가 통하지 않을 때에 위드가 쓰는 것은 무자비한 폭력!

스릉.

근처에서 서윤도 은근한 위협을 가했다. 위드가 소환한 뱀파이어가 말을 안 듣는 것 같으니 도와주려고 나서는 것이다. 마지막으로 알베론도 신성 마법을 준비하니 토리도는 어쩔 수 없이 내키지 않는 걸음을 나서야 했다.

그런데 몇 걸음 걷지 않아서 토리도가 뒤를 돌아보며 진지한 얼굴로 말했다.

"주인이여, 꼭 해야 할 말이 있다."

"뭐지?"

"우리 뱀파이어들의 왕국에 대해서 알고 있는가?"

"그런 것이 있었어?"

금시초문이었다.

베르사 대륙의 역사서에도 뱀파이어에 대해서는 종족에 관한 설명만 나와 있을 뿐이었다.

"뱀파이어의 왕국 토둠! 지상이 아닌 영원한 어둠 속에 존재하는 왕국이다. 주인 덕분에 나는 더 강한 힘에 눈을 떴으니 이제 그곳으로 돌아가야 한다."

"…돌아가?"

"나에게는 뱀파이어의 의무가 있다. 그것을 이루기 위해 베르사 대륙의 달이 앞으로 여든아홉 번 뜨고 지면 떠나야 된다."

"그럼 나와의 주종 계약은……."

"끝나는 것이다. 하지만 이름을 걸고 약속한 것이니, 원한다면 나의 불사의 생명을 내주겠다."

토리도를 다루는 데에는 제약이 있었다. 더 강한 힘에 눈을 떴다는 말로 추측할 수 있었다.

'토리도를 이용해서 사냥을 어느 정도 하다 보면 이렇게 되는 것인가 보군.'

레벨 400이 넘는 고위급 보스 몬스터. 뱀파이어의 특성 덕분에 더욱 쓸모가 많았다. 하지만 언제까지나 이용해 먹을 수는 없는 부하였다.

'처음부터 제한이 있었던 거야.'

위드는 고개를 저었다.

"생명은 필요하지 않다."

토리도를 소멸시키고 싶지는 않았다.

사실 아이템이나 장비를 얻을 수 있다면 그것도 심각하게 고려를 해 보았으리라.

하지만 토리도의 장비는 쓸모가 없다.

모조리 뱀파이어 로드 전용 아이템들이었고, 오크나 엘프, 흑마법사와는 달리 몬스터 전용 아이템은 판매가 되지도 않기 때문이었다.

"고맙다. 훗날 토둠으로 떠날 때, 원한다면 그곳으로 안내해 주겠다. 인간들 중에서는 아마도 최초일 것이며, 우리 밤의 귀족인 뱀파이어의 무덤으로 들어갈 수 있는 인간은 차후로도 없을 것이다."

띠링!

위드는 미미하게 고개를 끄덕였다.

'역시 예상이 맞았군.'

데스 나이트와 뱀파이어 로드의 성장.

그들은 단순히 언제까지고 부하로만 존재하는 것이 아니었
다. 일정 수준 이상 성장시키면 특수한 퀘스트나 지역으로의
진입과 관련되는 것이다.

토리도는 죽음의 계곡으로 다가갔다.

"나의 권속들이여, 모습을 드러내라."

"부르셨습니까, 로드."

어여쁜 뱀파이어 퀸들, 어린 뱀파이어들이 망토를 두르고 허
공에서 우수수 나타냈다.

"피를 가진 적들이 저곳에 있구나."

"갈증이 일어납니다, 로드."

"아직 우리의 식구를 늘릴 수는 없겠지만, 피를 마실 수 있는
좋은 기회다. 가자!"

"예, 로드."

"어둠의 장막!"

토리도와 뱀파이어들은 자신의 몸을 어둠 속에 감추었다. 그

러면서 순식간에 계곡 위에 있는 디베스의 사제들과 악령의 추종자 주변에서 나타났다.

"밤의 귀족!"

"사악한 흡혈귀가 나타났다!"

토리도는 손톱을 길게 뽑아내서 디베스의 사제와 하수인들 사이를 넘나들며 큰 피해를 안겨 주었다. 어린 뱀파이어들도 부지런히 움직이고, 뱀파이어 퀸들은 주술을 사용하여 악령 병사들의 발을 묶었다.

하지만 어린 뱀파이어들은 악령 병사들의 상대가 되지 못했다. 피와 생명을 가진 인간이 상대라면 뱀파이어의 권능을 마음껏 발휘하겠지만, 적들은 악념에 사로잡힌 몬스터다. 타락한 악령 병사들이니 뱀파이어들의 마력에 흔들리지 않았다.

"블레이드 토네이도!"

콰르르릉!

적들이 밀집한 곳에서 토리도가 수인을 맺으니 엄청난 폭풍이 일어났다.

주변을 휩쓸어 버리는 강대한 칼날 폭풍에 디베스의 사제들의 몸이 만신창이가 되어 찢겨 나갔다. 눈과 얼음이 사방에 날리고, 폭풍의 위력이 얼마나 강했는지 와이번들도 영향을 받아서 휘청거릴 정도였다.

"블러드 드레인!"

모든 공격에 막대한 마나를 소모하는 토리도.

유일한 약점은 마나를 다 쓴 후에는 약해진다는 것이지만, 디베스의 사제들을 잡아먹으며 힘을 보충했다.

토리도의 눈이 회색으로 빛났다.

"나를 받아들이지 않는 족속들이여, 나와 피가 섞이지 않은 자들은 돌로 변하라."

쩌저적!

뭉쳐 있던 악령 병사의 몸이 돌이 되어 굳어 갔다. 뱀파이어의 저주였다.

반 호크도 부하 데스 나이트들을 이끌고 칼을 휘둘렀다. 빙룡과 와이번, 금인이가 하늘을 담당했다.

위드와 서윤도 나섰다. 절벽을 역으로 기어 올라가서 몬스터들과 싸우는 것.

"달빛 조각 검술!"

믿음직스러운 탈로크의 갑옷의 방어력에 의존하며, 절벽 위에서 검을 휘두른다. 그러면서 냉철한 눈으로 사방을 살핀다.

난전이 벌어지고 있을 때 시야는 어느 한 곳에 고정되어 있으면 안 된다. 아군과 적군의 상황을 철저히 살펴야 한다. 특히 지금처럼 많은 몬스터들과 싸울 때에는 더 필요한 기술이었다.

뱀파이어들의 협공에 디베스의 사제가 죽기 일보 직전.

"칠성보!"

상당히 오랜만에 써 보는 보법!

총 일곱 번의 변화를 줄 수 있으며, 전력으로 질주하던 와중에 전혀 반대 방향으로 달릴 수도 있다.

물리적인 상식이 완전히 무시되는 이러한 스킬들의 존재가 전투를 더욱 어렵게 만드는 요인이 되기도 한다. 하지만 이를 잘 활용할 수만 있다면 같은 스킬을 가지고도 남들보다 훨씬 뛰어난 전투력을 보이기도 한다.

위드는 뱀파이어들의 사이를 스쳐서 달렸다.

현란한 보법으로 몬스터들을 피하면서 죽기 직전의 디베스의 사제에게 다가갔다.

"죽어랏!"

위드는 움직이는 방향을 따라 검을 휘둘렀다. 먼저 목을 스치듯이 베고 지나친 검은, 돌아오면서 가슴을 갈랐다.

치명적인 일격이 터졌습니다!

피를 줄줄 흘리면서 죽음을 앞두고 있던 디베스의 사제는 그것으로 생명을 잃었다.

경험치를 습득하였습니다.

일반 몬스터가 아닌 사제들은 비슷한 레벨과 비교해서 30% 이상의 경험치를 더 준다. 하지만 그 경험치를 확인하기도 전이었다.

철퇴를 들고 있던 악령의 추종자가 뒤로 바싹 달라붙었다.

끼야아앗!

그리고 괴성을 지르며 철퇴를 휘두른다.

위드는 뒤를 돌아보지도 않고 정면으로 몸을 날렸다.

바닥을 한 바퀴 구른 다음에 일어난 위드의 손에는 금화들이 잔뜩 들어 있는 주머니가 들려 있었다. 어느새 전리품을 습득한 것이다.

'역시 두둑하군.'

디베스는 부자를 상징하는 신. 그러므로 디베스의 사제들도 가지고 있는 돈이 많았다.

그것은 뱀파이어들과 싸우고 있는 사제들의 말에서도 알 수 있었다.

"나를 따라오면 많은 돈을 주겠다."

"이 보석을 줄 테니 우리를 믿어라."

"가진 건 돈밖에……."

돈으로 회유하고, 돈으로 유혹한다.

뱀파이어들은 밤의 귀족으로 긍지가 높았기에 통하지 않았지만, 돈을 좋아하는 오크였다면 여지없이 디베스의 사제들의 편에 섰으리라.

위드는 다시 날카로운 눈으로 주위를 살폈다.

잡템밖에 안 주는 악령의 추종자들에는 관심이 없었다. 디베스의 사제들이 위치한 곳을 파악하고, 이들의 생명력 정도를 감안해서 동선을 짠다.

"칠성보!"

몬스터들 사이를 빠르게 이동하면서 디베스의 사제만 이리저리 노려 먹는 위드! 그는 어떤 몬스터에게서도 최대한의 아이템을 습득할 수 있도록 단련되어 있었다.

레이드

쏴아아아아!

폭포수가 흘러내리는 절경 아래에서 5명의 남자가 검을 휘두르고 있었다.

"일천사백구십삼만 육백사십일 번!"

"일천사백구십삼만 육백사십이 번!"

"일천사백구십삼만 육백사십삼 번!"

천문학적인 숫자를 외치면서 검을 휘두르는 남자들!

검치 들이었다.

검치, 검둘치, 검삼치, 검사치, 검오치! 그들은 페일 일행과 헤어져서 유로키나 산맥 깊은 곳에 틀어박혔다.

검삼치는 희열에 빠져들었다.

"강한 남자가 인기를 끄는 세상! 근육질의 남자도 더 이상 괴물 취급을 당하지 않아도 돼."

현실에서 지나친 수련으로 인하여 여자들과 이야기를 나누어 본 지도 너무나 오래되었다. 또래의 여성들은 물론이고, 심지어는 엄마나 여동생마저도 그를 두려워한다.

검술을 본격적으로, 그야말로 매일 극한까지 수련하던 시기의 일이었다.

"엄마, 밥 좀 주세요!"

검삼치는 소리를 질렀다. 너무나도 배가 고팠기 때문.

"아, 알았어. 만들어 줄게. 조, 조금만 기다리면……."

그런데 엄마가 무서워 떨면서 요리를 하는 것이었다.

검을 익힌 것은 육체와 정신을 바르게 하고, 정의롭게 살기 위함이었다. 가족들에게의 행동은 절대로 심한 경우가 없었지만 그 눈빛과 목소리에 배를 불러서 낳은 엄마가 아들을 두려워한다. 이것은 단지 시작에 불과했다.

어느 날은 무심코 소리를 질렀다.

"배고파!"

"꺄아아아악!"

쨍그랑!

그릇을 떨어뜨리며 비명을 지르는 엄마!

고슴도치도 자기 새끼는 예뻐한다지만 매일 점점 험악해지는 자식의 모습을 보면서 공포에 시달렸다.

그 때문에 검삼치는 어느 날 검을 포기하는 것을 적극적으로 고려하며 아버지와 한자리에 앉았다.

"아빠."

"응? 응. 말하거라. 편하게 뭐든 말하려무나."

"나 검을 그만 배울까?"

"정말이냐? 아버지는 찬성……."

"검을 그만 배우고 아버지 따라서 일이나 하려고 하는데."

"커헉! 나를 따라다니겠다고?"

검삼치의 아버지는 쌀가게를 크게 운영하고 있었다. 대형 마트나 인터넷으로도 주문이 다수 들어왔다. 일감이 많은 편이라 인력시장에서 인부를 많이 고용하곤 했다. 검삼치의 판단으로는 그 가업을 잇는 것도 괜찮아 보였던 것.

그러나 아버지는 고개를 저었다.

"아니야. 하고 싶은 건 해야지. 검을 배우거라. 혹시 유학을 가 볼 생각은 없느냐? 한 10년 정도면……."

어린 시절 검삼치의 정신적인 충격은 이만저만이 아니었다. 세수를 하고 거울을 보는 것도 힘든데 가족들마저 슬슬 피하니 마음이 아팠다.

검사치라고 다르지 않았다.

중학 시절, 골목길을 걷고 있을 때였다.

"야! 너 이리 좀 와 봐라."

동네 불량배들이 불렀다. 폭력 조직에도 한쪽 발을 담그고 있는 고등학생들이었다. 그들은 담배를 피우며 질겅질겅 껌을 씹고 있었다.

검사치는 천천히 고개를 돌렸다. 그리고 그들과 눈이 마주쳤다.

"죄송합니다."

"저희가 큰 실수를 했습니다."

"목숨만……."

불량배들은 담배를 비벼 끄고 서둘러 사과를 했다.

검사치는 어린 시절부터 주위에 건드려서는 안 되는 독종으로 소문이 나 있었던 것.

검오치도 사연이 있었다.

주민등록증이 나오기도 훨씬 전인 고등학교 2학년 시절. 정부에서는 폭력배들을 상대로 대규모 소탕 작전에 나섰다. 그때 길을 걷던 도중에 험악한 인상 때문에 용의자로 몰려서 경찰서까지 끌려간 적이 있었던 것이다.

당연히 화를 내야 할 상황이었는데 그럴 수가 없었다. 경찰서에 끌려온 폭력배들 중에는 평소 검오치에게 맞고 다니던 인물들이 수두룩했으므로!

그런 가슴 아픈 사연들을 하나씩 달고 있는 검치 들은 베르사 대륙에서 희망을 보았다.

검둘치가 말했다.

"여긴 우리의 천국이라고도 할 수 있지."

"맞습니다, 사형."

"우리도 레벨만 높다면 여자를 만날 수 있는 겁니다!"

검삼치와 검사치가 처절하게 부르짖었다.

현대에는 독신으로 살겠다는 남성들도 대단히 많다. 그러나 정상적인 연애 한 번 못 해 본 이들에게는 '여자'가 굉장히 절박한 문제였다.

여자라고는 엄마와 가족들밖에 모르고 살아온 순수한 남자들! 아직 뽀뽀도 못 해 본 순박한 사내들이었다.

검둘치가 눈을 부릅떴다.

"그러므로 다들 노력하자. 시간을 허투루 보내선 안 된다."

"옛. 명심하겠습니다!"

검치 들은 심산유곡에서 수련을 실시했다.

몬스터를 사냥하고 레벨을 올릴 수도 있었다. 하지만 강해지는 데에는 위드의 조언을 적극 받아들였다.

어떻게 하면 고수가 될 수 있냐는 질문에 위드는 말했다.

"노가다면 됩니다."

무척 단순한 말.

검둘치가 나서서 직접 물었다. 한참 나이 어린 사제에게 묻는 셈이니 자존심이 상하기도 했지만, 그보다는 훨씬 절박한 바람이 있었다.

하루빨리 장가를 가고 싶은 노총각의 희망!

"좀 더 빨리 명성과 레벨을 올릴 수 있는 방법이 없겠느냐?"

"음, 그런 방법이라면 역시 노가다뿐입니다. 남들보다 더 엄청난 노가다를 해야죠."

"어떤 노가다를 하면 되는 것이냐? 몬스터를 사냥하는 것이라면 자신이 있다."

검둘치에게 전투는 잠을 자고 음식을 먹는 것처럼 익숙했다.

〈로열 로드〉의 몬스터들에게는 일정한 패턴이 있다. 늑대들은 정면공격을 좋아하고, 도둑들은 독을 바른 단검을 애용한다. 도끼를 이용하는 몬스터들의 경우에는 빠르고 직선적인 공격을 주의해야 했다.

검치 들은 각 무기의 간격이나 상대의 움직임을 꿰고 있었으므로 훨씬 효율적인 사냥이 가능했다.

위드는 자신만의 비법을 말했다.

"진정한 노가다를 해야 합니다. 스승님이나 사형들의 경우, 방어력은 장비로 어느 정도 맞추실 수 있습니다."

검둘치는 고개를 끄덕였다. 방어구들을 착용한 이후로 몬스터들로부터 받는 피해의 정도가 훨씬 줄어들었다.

"맞다. 갑옷을 입으니 정말 훨씬 낫더구나."

"무거워서 동작이 둔해지겠지만 방어력을 위해서라면 어쩔 수 없는 희생이죠. 그리고 가끔씩 많이 맞아 주면서 인내력과 맷집을 올리는 게 도움이 될 겁니다. 좀 아프실 테지만요."

"많이 맞는다……. 그거야 검을 익히려면 늘 해 온 일이지. 그리고 또?"

"단점은 이 정도로 보충하면 되겠죠. 하지만 진짜 레벨을 빨리 올리려면 공격력이 높아야 됩니다."

"음, 맞다. 공격력이 높아야 신속한 사냥을 할 수 있겠지. 그러자면 어떻게 해야 되지?"

"검술 스킬을 올리시면 됩니다."

〈로열 로드〉에서 스킬의 중요성은 아무리 강조하더라도 지나치지 않다. 현재 최고 레벨인 바드레이조차도 검술 스킬이 고급 4레벨밖에 되지 않는다고 알려져 있다.

그 이유야 여러 가지가 있을 것이다.

대규모 파티를 이끌고 경험치를 많이 주는 몬스터들을 위주로 사냥을 하다 보니 검을 휘두를 일이 많지 않다. 기초적인 검술보다는 강력한 스킬 위주의 전투를 펼치므로, 스킬의 숙련도가 낮은 편이었다.

하지만 검술 스킬은 전투의 기본이 된다.

검술 스킬에 따라서 막대한 공격력을 발휘할 수도 있다.

검치 들의 목표는 단 하나였다.

검술 스킬의 마스터!

누구도 이루어 본 적이 없는 신기원.

상상도 할 수 없는 목표에 도전하는 것이다.

계획은 단순했다. 검술 스킬을 마스터한 후에, 레벨은 단숨에 올린다. 어차피 사냥하는 건 자신보다 약간 높거나 비슷한 레벨의 몬스터들. 검술 스킬을 마스터하게 된다면 압도적인 공격력으로 사냥을 할 수 있다. 그러면 레벨도 훨씬 빨리 올릴 수 있으리라.

위드가 잡다한 스킬들을 익히면서 시간을 보내지만 남들보다 레벨이 뒤처지지 않는 것은 바로 이 때문이었다.

위드는 이것을 조언해 주었다. 특별할 것도 없는 조언이었다. 〈로열 로드〉를 하는 유저라면 모두들 알고 있는 사실이었으므로. 하지만 아무나 할 수 없는 일이기도 했다.

대다수의 사람들은 즐기기 위하여 〈로열 로드〉를 한다. 사냥을 목적으로 하는 사람들은 전체의 10% 이하. 물론 이 또한 무시할 수 없는 숫자지만, 노력의 정도가 달랐다.

하루에 18시간 이상을 검만 휘두를 수 있는 사람이 몇이나 될까. 그것을 1달, 2달, 3달 이상 할 수 있는 사람은?

아마도 거의 없을 것이다.

하지만 검치 들은 가능했다.

"우리가 제일 좋아하는 일인데 새삼스러울 것도 없지."

"일곱 살 때부터 서른다섯인 지금까지 매일 검을 휘둘렀어."

검치 들은 폭포와 나무, 가끔씩 나오는 몬스터들을 상대로 검을 휘둘렀다. 진정한 고수가 되기 위하여 노가다의 길에 성큼 발을 내디딘 것이다.

그 와중에 검둘치나 검삼치는 가끔 의문 어린 시선으로 그들의 스승을 보았다.

검치! 그가 오히려 제자들보다 더 열성적으로 검을 휘두르고 있었던 것이다.

제자들의 시선을 느낀 검치가 얼굴을 붉히며 수줍게 답했다.

"〈로열 로드〉에 젊은 애들만 있으리라는 법은 없지 않으냐? 그러니 늦장가라도……."

⁂

위드는 밤낮을 가리지 않고 사냥했다.

〈따뜻한 연인들〉상이 완성된 이후로는 추위에 그다지 영향을 받지 않아 몬스터를 잡는 속도도 훨씬 빨라졌다.

아이스 트롤과 라미아를 싹쓸이하고, 맞은편 절벽 위에서 몬스터와 싸운 지도 나흘 정도가 지났다. 뱀파이어들과 데스 나이트들의 도움이 있었기에 디베스의 사제들이나 악령의 추종자들은 거의 절반 이상 줄어든 상태였다.

몬스터의 위협이 훨씬 줄어든 상황!

"이제 자라나는 식물들을 짓밟을 녀석들이 거의 사라졌군."

위드는 새벽 일찍, 죽음의 계곡에 올라가서 여태까지 가지고 다니던 포대를 열었다.

"감정!"

우드 엘프의 씨앗들

다양한 꽃과 나무, 약초의 씨앗이다. 희귀 품종들의 씨앗도 꽤 있지만, 대다수는 번식력이 왕성한 싱싱하고 건강한 씨앗이다. 엘프의 축복으로 인해 어떤 환경에서도 자라지만, 기름진 곳에 뿌려 두면 발육 속도가 더욱 빨라진다.

내구력 1/1
수량: 100,000

무려 10만 개의 다양한 씨앗들.

위드는 자하브의 조각칼을 꺼냈다. 그리고 잠시 하늘을 보았다. 무수히 많은 별들이 반짝이고 있었다.

맑은 공기와 선선한 바람.

이 정도면 북부에서는 굉장히 따뜻한 날이다.

"씨를 뿌리기에는 좋은 날씨야."

위드는 바닥에 쪼그려 앉아 조각칼로 땅을 팠다. 자하브의 조각칼을 모종삽처럼 사용하면서 땅을 파내는 것이었다.

얼음을 깨고 흙을 파서 씨앗을 심었다.

"잘 자라거라."

다양한 색깔의 씨앗들을 적당히 나눠서 심었다.

대추처럼 큰 씨앗들은 띄엄띄엄 심고, 먼지처럼 가볍게 날리는 꽃씨들은 조금 모아서 심었다.

위드는 한때 웬만큼 식물들을 길러 본 경험이 있었다.

반찬 재료를 사 먹는 것은 상상도 못 하던 시절!

상추나 콩나물, 새싹 채소들을 작은 마당에 직접 길러서 먹었던 것이다.

새싹 채소들은 기르기도 그리 어렵지 않다. 금세 발아해서 쑥쑥 자란다. 그 채소들을 모아서 밥과 함께 고추장에 비벼 먹으면 맛이 일품이었다. 구태여 레스토랑에서 몇 만 원짜리 식사를 하지 않더라도 얼마든지 돈을 절약할 수 있다.

사과나무도 두 그루 직접 키워서 열매를 따 먹었다.

그런 생활을 해 왔으니 씨를 뿌리고 흙으로 덮는 작업은 익숙한 일이었다. 사람이 하는 웬만한 작업이나 노동에는 단련이 되어 있었던 것!

위드가 씨앗을 뿌려 놓은 곳에서는 1시간도 되지 않아서 줄기가 지면 위로 올라왔다. 씨앗이 발아해서 주변의 양분을 흡수하면서 놀라운 속도로 자라기 시작한 것이다.

하루, 이틀, 사흘!

시간이 지날수록 죽음의 계곡의 몬스터들이 줄어들면서 씨앗을 심은 구역들이 차츰 늘어났다. 잡초처럼 여기저기 어지럽게 자라난 녹색 식물들. 화초류들이 다수였지만 일부는 나무들도 있었다.

위드는 그 나무들이 자라기만을 기다리면서 몬스터들을 퇴치했다. 몬스터들을 전멸시킬 필요는 없다. 하지만 몬스터들이 식물들을 밟지 않도록 각별한 보살핌을 베풀어야 한다.

위드는 뱀파이어들과 데스 나이트들, 빙룡과 와이번들을 데리고 씨앗을 뿌려 놓은 지역을 지켰다. 몬스터들에게서 식물들을 지켜야 하는 방어전을 펼쳐야 했던 것이다. 이때 알베론이 상당한 도움이 되었다.

씨앗을 뿌리고 난 후에 알베론이 조심스럽게 말했다.

"위드 님."

"응?"

"프레야 여신께서는 새로운 생명의 탄생을 좋아하십니다. 풍성한 수확을 위해서 제가 기도를 해도 되겠습니까?"

여신 프레야는 풍요를 상징한다. 그러므로 사제인 알베론이 기도를 해 준다면 식물들의 성장이 2배, 3배로 촉진되는 효과를 낳을 것이다.

"어서 하도록 해."

"예. 자비로우신 프레야 여신이여, 여기 대지의 힘으로 성장하는 작물들에게 축복을 내려 주소서."

알베론의 기도까지 받은 나무들은 쑥쑥 성장했다. 햇볕을 받으면 주변의 양분들을 빨아들여서 놀랄 만한 속도로 자란다. 엘프의 축복이 있는 씨앗이 아니라면 불가능한 성장이었다.

그렇게 나무가 자라자 풍성한 열매들이 열렸다. 사과나 배, 포도처럼 흔한 과일들에서부터 복숭아, 매실, 은행, 호두, 도토리, 밤, 산수유. 다양한 과일들이 나왔다.

밀이나 쌀도 수확할 수 있었다.

"드디어 먹을 것이구나."

위드는 과일들을 따서 먹었다.

얼음 사과, 얼음 복숭아!

조각칼로 껍질을 까서 먹는 맛은 일품이었다.

땅을 파면 감자나 고구마를 캘 수 있고, 약초들도 자랐다.

외상 회복에 좋은 붉은 약초들. 정력 회복에 최고라는 노란색 약초들도 다수 수확할 수 있었다.

"과일 샐러드! 매실차, 밤으로 만든 빵."

요리사로서 만들 수 있는 여러 음식들을 요리했다. 후식을 먹고 음료까지 마시면서 능력치를 더욱 올릴 수 있었다. 나무들이 차가운 바람도 막아 주니 활동하기가 더욱 편해졌다.

프리나의 소망대로 죽음의 계곡이 꽃과 나무들로 우거진 땅이 되어 가고 있는 것이었다.

몬스터들을 처리하면서 녹색 식물들이 자라는 영역이 훨씬 넓어진다. 하지만 풀과 약초, 나무들은 일정한 경계선을 넘어서면 자라지 않았다.

죽음의 계곡 내에서 불어오는 알 수 없는 강한 한기가, 식물들이 자랄 수 없게 봉쇄하는 것이었다.

"무언가 있어."

위드는 죽음의 계곡의 절벽 위에서 아래를 내려다보았다.

얼음으로 가려진 지역. 골짜기의 안쪽 깊은 부분에서 엄청난 찬 바람이 불어오고 있었다.

절벽을 통해서는 더 이상 접근할 수 없게 되어 있었다. 그 차가운 바람의 대부분이 하늘을 향하여 불고 있었던 것이다.

아무리 조각상의 효과가 있고 음식을 먹는다고 해도, 참을 수 없을 정도의 냉기가 불어오는 지역이었다.

"퀘스트를 완수하려면 저곳으로 가야 되는데……."

절벽을 통해서는 갈 수 없다. 계곡의 골짜기를 따라서 정면으로 들어가야 한다.

두 가지의 퀘스트가 한꺼번에 걸려 있었다. 죽음의 계곡을 식물들로 뒤덮고, 니플하임 제국의 숨겨진 비밀을 조사하기 위해서는 저 안으로 들어가야만 했다.

"문제는 몬스터인데……."

골짜기의 몬스터들은 지역 토종들!

레벨도 300대 중반 정도로, 충분히 감당할 수 있다. 하지만 보스 몬스터가 나온다면 이야기는 달라진다.

이 정도로 고위 몬스터들이 많은 곳의 보스 몬스터는 그만큼 강할 수밖에 없다. 어떤 몬스터가 나오느냐에 따라서 다르겠지만, 현재로써는 짐작조차 할 수 없다는 점이 문제였다.

"니플하임 제국이 몰락한 역사로 볼 때 이곳은 매우 특별한 지역이라고 할 수 있지. 그렇다면 상당히 범상치 않은 몬스터가 나올 것임에 틀림이 없는데."

위드의 감각이 경종을 울리고 있었다.

최소한 저 안에는 토리도 이상의, 리치 샤이어 이상의 몬스터가 있을 것이라고!

⚜

차가운장미 길드가 결성한 북부 원정대는 무수한 시행착오를 겪으면서 움직였다. 그러던 와중에 정찰대의 역할을 맡은 레인저들이 북부의 대략적인 지형을 탐색해 냈다.

"일단 큰 성이나 마을들의 위치는 어느 정도 파악되었습니다. 하지만 목표에 대한 실마리는 아직 얻지 못했습니다. 마을이나 성을 돌아다니면서 정보를 캐낸다면 언젠가는 알아낼 수 있을 것입니다."

도르문이 자신 없는 목소리로 보고했다. 듣고 있는 길드 마스터 오베론이나 마법사 드럼에게는 복장이 터지는 말이었다.

"그런 식으로 탐험을 할 수는 없어. 벌써 원성이 자자하단 말일세."

오베론의 명성과 길드의 힘이 아니었더라면 폭발하고도 남았을 정도로, 원정대의 불만은 포화 상태에 이르렀다.

도르문은 고개를 끄덕였다.

"그러면 방법은 하나뿐입니다."

"하나뿐?"

"제일 가능성이 높은 지역으로 움직이는 것입니다. 센데임 계곡. 북부의 주민들은 죽음의 계곡으로 부르는 그곳으로 가는 겁니다."

사람들의 시선은 넓게 펼쳐진 지도로 향했다.

레인저들이 직접 정찰을 해서 완성한 북부 지형의 지도였다. 성과 마을들이 나와 있지만 시간이 부족하여 내부까진 들어가 볼 수가 없었다. 그야말로 이름과 위치 정도만이 표시된 기초적인 지도라고 할 수 있었다.

베로스가 거기서 죽음의 계곡을 찾아냈다. 북부 대륙에서도 상당히 북쪽으로 치우쳐진 외진 곳이었다.

"니플하임 제국의 수도에서 그리 멀지 않은 곳이군. 벤트 성과 가깝고. 그곳으로 가야 되는 이유는?"

레인저 도르문은 간단히 답했다.

"그곳이 유독 춥기 때문입니다."

"춥다고?"

"예. 북부에서 가장 추운 곳이니, 대륙의 온도를 낮출 수 있는 무언가가 있으리라 봅니다. 들리는 풍문으로 추정해 보건대 마녀 세르비안의 깨진 구슬이 아마도 그곳에 있지 않을까 싶습니다."

"세르비안의 깨진 구슬!"

베르사 대륙의 역사서에 나온 마녀 세르비안.

그녀는 다양한 물건들을 만들어 냈다. 그중에서도 세르비안의 깨진 구슬은 최고 등급의 유니크 아이템으로 기록되었다.

"확실하진 않지만 여행객들이나 주민들을 통해서 얻어 낸 정보들을 토대로 보아도, 북부 대륙이 원래 이 정도로 추운 동네는 아니었다는 사실을 말해 주고 있습니다."

"북부가 이렇게 추워진 것이 세르비안의 깨진 구슬 때문이라는 말이지."

"그럴 가능성이 높습니다."

오베론과 드럼, 베로스는 눈을 마주쳤다.

더 이상 시간도, 선택권도 없다.

오베론은 결정했다.

"좋아. 그 죽음의 계곡으로 가도록 하지."

원정대는 주린 배를 움켜쥐고 행군했다.

남아 있는 식량이 많지 않은 탓에 아껴 먹어야만 했다.

길을 나누어서 떠난다면 이동을 하는 와중에 사냥을 할 수 있었으리라. 하지만 죽음의 계곡의 상세한 위치를 아는 사람들이 정찰대원들 외에는 없었고, 또한 위험이 증가하기 때문에 뭉쳐서 다녀야 했다.

휘이잉!

찬 바람이 불 때마다 원정대원들의 몸이 움츠러든다. 특히나 고라스 언덕에서 빙설의 폭풍을 경험해 봤던 1차 원정대원들은 공포에 몸을 떨었다.

"이러다가 전멸하는 건 아닌가 몰라."

"괜찮겠지. 폭풍이 오는가만 확실히 봐 두게."

"암! 내가 두 눈으로 똑똑히 지켜보고 있으니 염려하지 말게나."

가스톤은 파보의 곁에 꼭 붙어 다녔다.

건축가인 파보는 유사시에 땅을 팔 수 있다. 그러므로 그 옆에 있으면 빙설의 폭풍이 또다시 닥쳐와도 안전한 편이다.

파보의 주변에는 다른 생산직 캐릭터들, 대장장이 트루만과 재봉사 카드모스를 위시하여 많은 사람들이 있었다.

"휴, 건축가가 사람을 살릴 수 있는 직업이 될 줄이야."

파보는 미처 생각도 못 해 본 일에 고개를 저었다.

짜릿한 모험을 꿈꾸어 본 적은 없다. 튼튼하고 좋은 건물들을 짓고 싶어서 택한 직업이었다. 그런데 사람들이 그에게 의지하고 도움을 원하는 기분이 그리 나쁘지는 않았다.

파보의 주변에는 모두의 따가운 눈총을 받는 요리사들도 몰려 있었다.

'음식을 조금만 아꼈어도…….'

'무책임하게 그 아까운 재료들을 다 써 버리다니.'

요리사들도 할 말은 많았다.

'우리가 요리할 때 맛있게 먹었던 놈들은 다 어디로 간 거야.'

'더 맛있는 걸 만들라고 하더니.'

'우린 그저 요리한 죄밖에 없다고!'

그럼에도 지금은 변명이 통할 시기가 아니라서, 요리사들은 입을 꾹 다물고 있어야만 했다.

원정대는 굶주림을 억지로 참으며 죽음의 계곡으로 이동했다. 그동안 많은 역경이 있었지만 다행히도 이번만큼은 빙설의 폭풍도 만나지 않았다.

그러나 죽음의 계곡으로 움직일수록 엄청난 냉기를 머금은 바람이 불었다.

"콜록."

"에취!"

피난민을 방불케 하는 원정대는 천신만고 끝에 목적지에 도착할 수 있었다. 하지만 그들은 다시금 놀랄 수밖에 없었다.

"이렇게 추운 땅에 꽃이 피다니."

"나무들이 자라고 있다."

어울리지 않게 붉고 노란 꽃들이 피어 있었다. 찬 바람에도 꿋꿋한 기상을 뽐내는 나무들이 자라고 있다.

정찰대원들은 더욱 경악을 금치 못했다.

"예전에 왔을 때에는 이런 곳이 아니었는데……."

"삭막하기 짝이 없고 각진 얼음으로 가득하던 곳이 왜 이렇게 변했지?"

오베론이 침중하게 물었다.

"어떻게 된 일인가?"

도르문은 고개를 저었다.

"죄송합니다. 저도 잘 모르겠습니다."

눈과 빙판 길만을 지겹게 보다가 꽃과 나무들을 보게 되어서 기쁜 마음이 들었다. 하지만 그런 마음이 든 것은 잠시였다. 막다른 장소까지 몰린 그들에게 변화란 어떤 식이든 그리 달가운 것이 아니었으므로.

그때 원정대가 진정으로 놀랄 수밖에 없는 일이 벌어지고 말았다.

죽음의 계곡의 입구에 서 있는 사람!

위드를 발견한 것이다.

위드는 서윤, 알베론과 함께 바람을 등지고 서 있었다.

오베론과 원정대는 눈바람을 헤치며 천천히 다가왔다. 위드에 대해서는 정찰대를 보내서 정체를 파악하려고 했다.

하지만 먼저 위드를 보고 놀란 눈을 하는 사람들이 있었다.

"저 사람, 위드가 아닌가?"

"맞아. 로디움에서 봤던 그 조각사 위드야."

가스톤과 파보가 위드를 알아본 것이다.

다크 게이머 볼크와 데어린도 그 소리를 들었다.

"조각사 위드라고?"

"여보! 당신이 말했던 그 로자임 왕국의 조각사와 이름이 같지 않아요?"

"위드라는 이름이 흔한 편이긴 하지. 하지만 저 얼굴은… 맞아! 위드다. 당신에게 고백할 때 바친 꽃다발을 조각해 준 위드야!"

볼크가 눈을 휘둥그렇게 떴다.

옷차림이 바뀌어서 로디움에서는 못 알아봤다. 처음 볼크가 만났을 때에는 거지 중에도 상거지가 따로 없었던 것!

누더기를 입고 있는 위드만을 기억하고 있었기 때문에 비슷한 얼굴을 보면서도 설마 했다. 하지만 이름까지 들으니 확실히 알 수 있었다.

"그 위드를 이렇게 만나게 되다니."

볼크는 위드를 꼭 만나고 싶었다. 하지만 설마하니 인간을 찾아보기 힘든 북부에서 만날 줄이야 꿈에도 몰랐다.

그때 위드를 향해 달려가는 일단의 무리가 있었다.

"위드야아!"

"나다, 검삼백이십치!"

"얼른 밥 좀 해 다오. 배고파 죽겠다. 네가 만들어 주는 밥이 그립구나."

"으허허헝!"

굶주린 검치 들이 일제히 위드를 향해 달려간 것이었다.

오베론은 드럼, 베로스와 같이 볼크와 데어린의 대화를 들었다.

"조각사?"

드럼도 솔깃했다.

"저도 그렇게 들은 것 같았습니다."

오베론이 고개를 끄덕였다.

"스핑크스를 조각했던 조각사 위드가 저 사람이란 말인가?"

스핑크스를 조각한 이후로 모든 길드에서 그를 찾았다. 물론 오베론도 사람을 보냈다. 하지만 그는 로자임 왕국을 떠나고 난 다음이었다. 어떻게 해서든 만나고 싶어 했는데, 예상치 못하게 이런 자리에서 보게 된 것이다.

베로스가 환하게 웃었다.

"조각사 위드가 있다면 우리에겐 행운입니다."

드럼도 선뜻 동의했다.

"그가 여기 어딘가에 조각품을 만들어 놓았다면 우리 원정대에는 큰 도움이 되겠군요."

평소라면 이 정도로 기뻐하진 않았을지도 모른다. 하지만 이미 원정대에는 생산직 계열과 예술 계열 직업에 대해 새로운 인식이 싹튼 후였다.

극한의 환경에 처하게 되니 각자 살기 위해서 발버둥을 칠 수밖에 없다. 그러면서 드러나게 된 직업들의 진가!

생산직과 예술 계열의 직업들은 기회가 없었을 뿐이었다.

일반 파티 사냥에 적응하지 못했다고 해서 지나치게 무시 당해 왔다. 그런데 정작 생존조차 어려운 북부에서는 눈부신 능력을 발휘한 것이다.

초보 조각사인 뎁스가 만든 대륙의 불!

조각품 하나 덕분에 다수의 사람들이 혜택을 입었던 만큼 조각사에 대한 인식은 매우 좋은 편이었다.

위드는 일단 원정대를 조각상이 있는 곳으로 데려갔다.

"따뜻하다."

"이제 정말 살 것 같구나."

검치 들은 다리를 쭉 펴고 누워서 쉴 수 있었다.

오베론이나 다른 원정대원들도 검치 들을 따라서 조각상을 보았다.

"조각상에 이런 효과가 있다니?"

오베론은 해연히 놀랐다. 주변의 공기가 달라진 느낌이었다. 훨씬 따뜻하고, 숨을 쉬는 데 장애가 사라졌다.

과거에는 추위 때문에 본신의 실력을 2할 정도 발휘하지 못하였지만 이제는 그런 페널티가 사라진 셈이었다.

"조각사란 정말 놀라운 직업이군."

그런데 원정대의 놀람은 이걸로 끝나지 않았다. 위드가 검치 들에게 해 주는 음식을 조금 얻어먹고 나서는 요리 솜씨도 절대로 떨어지지 않는다는 것을 알게 되었다.

대장장이 트루만이 위드에게 슬그머니 다가갔다. 그는 흰 수염까지 기른 노인이었다.

　"조각사가 대단하군. 이런 훌륭한 솜씨를 가지고 있다니, 손재주의 힘인가?"

　트루만은 생산 계열의 직업을 가진 덕에 대충은 예술 계열에 대한 지식도 가지고 있었다.

　조각사처럼 근원적인 직업은 키우기가 매우 어렵다. 하지만 대성한다면 여러 분야에 걸쳐서 두각을 드러내는 직업이었다.

　위드는 날카로운 시선으로 트루만의 위아래를 훑어보았다.

　'팔모루의 망치. 두들김을 강화해서 재련을 할 때 대장장이 스킬의 효과를 20% 늘려 주는 물건이지.'

　현금 거래가로도 무려 1,000만 원이 넘는 유니크 아이템이었다. 조각사의 조각칼과는 달리 대장장이 용품은 탐을 내는 사람들이 상당히 많았기 때문이다.

　'그리고 지금 입고 있는 복장은 기사 전용 센투크 갑옷. 대장장이라서 직업과 관련 없이 입을 수 있는 거야. 원정대에 속한 사람 중에 이 정도의 인물은? 트루만 할아범이군.'

　위드는 상대방의 정체를 눈치채고는 쉽게 이를 긍정했다.

　"바로 보셨습니다."

　"호오, 정말 놀랍군. 아마 자네가 조각사 중에서는 제일 선두에 있을 거야."

　재봉사 카드모스도 다가왔다.

　"참 대단한 조각품일세. 이런 조각품을 감상하게 될 줄은 몰랐어."

위드는 그들에게 받을 것이 있으므로 호의를 아끼지 않았다.

"약소하지만 제 선물입니다."

트루만과 카드모스에게 기념품으로 작은 조각품을 주었다.

나베목으로 만든 예쁜 장신구들.

비싼 가격으로 판매되는 물품은 물론 아니다. 간단한 물건이지만 상대의 환심을 사기에는 충분했다. 조각사 위드의 작품이라면 하찮은 물건이라도 이름값이 있어 소장할 가치가 있었다.

위드는 파보와 가스톤과 인사를 나누고, 원정대에 속한 생산직들과 친분을 나누었다.

그때 오베론이 차가운장미 길드의 정예들을 이끌고 와서 말했다.

"저희가 부탁할 것이 있습니다."

"뭡니까?"

위드는 우선 정중하게 물었다.

상대의 목적을 파악하기 전까지는 친구로도 적으로도 두지 않는 것이 원칙이었으니까!

다만 원정대의 목적에 대해서는 짐작을 하고 있었다.

오베론이 말했다.

"우리는 죽음의 계곡을 무력으로 점령할 작정입니다. 솔직히 말해서 쉬운 일이라고는 생각하지 않아요. 그러니 우릴 조금 도와주셨으면 좋겠습니다."

"뭘 도와드리면 됩니까?"

"많은 것은 아닙니다. 일단 어떤 대가라도 치를 테니, 이 조각상의 효과를 우리가 공유할 수 있게 해 주면 좋겠습니다. 우리에게는 매우 필요한 조각상입니다."

오베론의 시선이 〈따뜻한 연인들〉상으로 향했다.

차가운장미 길드원들의 눈빛에는 부러움과 경탄이 반쯤 섞여 있었다. 레벨이 높은 그들은 오만 고생을 다했는데, 신경도 쓰지 않았던 조각사는 환경을 극복할 수 있는 작품을 만들어 낸 것이다.

실제로 위드는 추위 때문에 반쯤 죽을 뻔하였지만, 원정대원들이 보기에는 대단한 예술인으로 보일 뿐이었다.

자신이 좋아하는 길을 걷는 조각사.

대륙에 멋진 조각품들을 만들기 위하여 사는 예술인으로 존중을 받고 있었다.

위드는 흔쾌히 이를 허락했다.

"좋습니다. 얼마든지 조각상을 이용하셔도 됩니다."

"대가는… 무엇을 드리면 되겠습니까?"

"제가 바라는 것은 없습니다. 이런 곳에서 만난 것도 인연인데요. 충분히 협조하겠습니다."

"그럴 수는 없습니다. 바라는 게 있다면 말씀해 보십시오."

"아닙니다. 돈을 바라고 만든 작품이 아닌데 어떻게 대가를 받겠습니까?"

"그래도……."

평소에 위드를 아는 사람들이라면 믿을 수 없는 일이 이곳에서 벌어지고 있었다.

가스톤과 파보가 곁에서 눈짓으로 이 기회에 한몫 챙기라는 신호를 보냈지만 위드는 이를 무시했다. 진지하게 오베론만을 보고 있을 뿐이었다.

결국 오베론이 고개를 끄덕였다.

"그래도 공짜로 얻을 수는 없지요. 우리에게는 큰 도움이 되는 것이니까요. 그러면 이렇게 하지요. 마침 조각사님은 팔목 보호대가 없으시군요. 제 것을 드리겠습니다."

위드는 못 이기는 척 팔목 보호대를 받아 들었다. 사람들의 눈이 있기에 당장 아이템의 정보를 확인해 볼 수는 없었지만, 화려한 색감이나 재질이 레어급 이상의 물건이었다.

위드는 넌지시 물었다.

"제가 착용하기에는 직업이나 레벨이 안 되지 않을까요?"

오베론은 친절하게 대답해 주었다.

"레벨 200만 넘으면 어떤 직업이나 착용할 수 있는 아이템입니다. 방어력이 좋고 마법 속성도 2개 붙어 있어서 괜찮은 아이템이죠. 홀든 던전의 보스 몬스터를 잡고 겨우 얻은 물건이었습니다."

급호감!

위드는 활짝 웃었다.

"이렇게 좋은 선물을 주시니 고맙습니다."

레어나 유니크 급은 부여된 속성에 따라 그 차이가 엄청나다. 하지만 오베론 정도 되는 유저가 착용하던 물품이라면 고급 아이템임에 틀림이 없다.

'홀든 던전의 보스 몬스터라면 바레튜스? 1달에 하루 정도만 출현하는 희귀 몬스터! 그리고 웬만해서는 아이템을 떨어뜨리지 않는 몬스터다.'

아마도 초창기에 던전을 발견하자마자 바로 사냥해서 얻었을 가능성이 높은 물건이었다. 오베론은 그런 귀한 물건을 보답으로 내놓은 것이다.

'역시 내가 사람은 제대로 봤어.'

위드는 매우 빠르게 오베론에 대하여 분석했다.

'정의로운 워리어.'

세상에 알려진 평판은 대단히 좋았다. 하지만 동전의 이면과도 같이, 꼭 평판과 같은 사람만 있지는 않다. 그래도 오베론은 드물게 소문과 일치하는 사람이었다.

정중한 요청!

베르사 대륙에서는 힘이 곧 법이다.

무력으로 얻을 수 있는데도, 조각사에게 먼저 협조를 구했다.

의리와 신망이 높은 워리어.

그런 사람에게는 구차하게 뭘 달라고 하는 쪽이 오히려 역효과를 낼 수 있다. 어차피 달라고 하지 않아도 알아서 퍼 준다. 억지로 요구를 한다면 은혜를 입은 만큼은 내놓겠지만, 쩨쩨한 인간이라고 얕볼 수 있다.

위드는 모든 분석을 마치고 그에 맞춰서 대응한 것이다.

조각사로서 무조건 획득해야 하는 스킬!

손님에 맞춰 물건을 팔면서 1쿠퍼 더 받기의 도움이 컸다.

위드는 밝게 웃으며 팔목 보호대를 착용했다.

"착용감이 좋군요. 정말 고맙습니다."

"아닙니다. 그리고 한 가지의 질문이 있는데요, 이곳에서 대체 무엇을 하고 계셨습니까?"

"그건⋯⋯."

오베론과 원정대원으로서는 대륙에서 명성을 날리고 있는 조각사가 이런 북부에 나와 있는 것이 신기한 모양이었다.

"조각사란 대륙을 떠돌면서 아름다움을 깨우는 직업입니다. 그러던 와중에 어떤 소녀로부터 의뢰를 받았습니다."

"의뢰요?"

"이 죽음의 계곡에 꽃과 나무들을 심어 달라는 것이었죠."

"아아!"

오베론과 드럼, 베로스 그리고 뒤에 있던 도르문은 비로소 죽음의 계곡의 변화를 이해했다.

'이분이 퀘스트를 진행하고 있었구나.'

북부에서 퀘스트를 하는 조각사!

척박한 대지에서 퀘스트를 진행한다는 것에 대한 경이로움.

오베론은 약간 곤란하다는 듯이 물었다.

"일이 그렇게 된 것이었군요. 우리는 이 죽음의 계곡을 탐험하려고 합니다. 우리 원정대의 행동이 그쪽에 폐가 되지는 않겠지요?"

정중한 물음에 위드는 부드러운 미소로 화답했다.

"저는 조각사라는 직업에 대해서 늘 자부심을 가지고 있습니다. 하지만 저의 행동이 자연을 파괴한다는 부분에 대해서는 죄책감이 들었습니다."

멀쩡한 나무를 부러뜨리고, 가지를 꺾어 조각품을 만들어 왔다. 재료비를 한 푼이라도 더 아끼기 위해서 큰 나무의 밑동을 조각칼로 야금야금 잘라 냈던 위드!

위드는 자연을 사랑하는 예술가의 안타까운 심정을 보여 주었다.

"이제 제가 할 일은 꽃과 나무들을 심는 것입니다. 몬스터들을 퇴치해 주시면 저의 작업이 훨씬 용이해질 것 같습니다. 그리고… 저도 원정대를 따라갈 수 있을까요?"

"저희를요?"

"예. 원정대는 이 죽음의 계곡 안쪽을 탐험하시겠지요?"

"그러려고 합니다만."

"원정대를 따라가서 용감하게 싸우시는 장면을 보고 싶습니다."

"위험하실 터라 권해 드리고 싶지는 않군요. 유사시에는 지켜 드릴 수 없을지도……."

오베론이 만류하는데, 드럼이 팔꿈치로 옆구리를 치며 귓속말을 했다.

─대장, 본인이 원해서 가겠다는데 데려가죠. 아직 어떤 길드에도 가입하지 않은 걸로 아는데, 우리 원정대의 힘을 보여 준다면 추후 우리 길드로 영입할 수도 있을 겁니다.
─하지만 어떤 위험이 기다리고 있을지 모르지 않나. 지켜 주지 못할 수도 있다.
─뭐 어때요. 어린아이도 아니고, 저 정도 레벨에 오를 때까지 한두 번 죽은 것도 아닐 텐데요.
─그렇기야 하겠지만…….
─대장은 너무 책임감이 강해서 탈이야. 본인이 원하는데 거절할 필요는 없지 않소?

마법사 베로스도 눈치를 채고 슬그머니 귓속말을 보냈다.

―대장, 이미 북부에서 퀘스트를 하고 있는 사람입니다. 위험하다는 말로 돌려보낼 필요가 없는 거죠.

그 말이 결국 오베론을 움직이게 되었다.

오베론은 고개를 끄덕였다.

"하지만 정 원하신다면 원정대를 따라오셔도 좋습니다. 다만 위급 상황이 생겨도 신변 보장은 해 드릴 수 없습니다."

"고맙습니다."

위드는 이것으로 원정대를 졸졸 따라다닐 수 있게 되었다.

원정대가 죽음의 계곡 중앙으로 밀고 들어가면 그들을 따라가서 씨앗을 뿌릴 수 있고, 니플하임 제국의 비밀에 대해서도 캐낼 수 있을 것이다.

⁂

위드는 알베론, 서윤과 함께 후방에 있는 지원부대에 속해서 원정대를 따라갔다.

원정대는 서두르고 있었다.

"움직여! 해가 떨어지기 전에 계곡을 공략한다!"

"지원부대는 진형의 후방으로. 정찰대는 선두로 가서 길을 뚫어라!"

"신관들은 보호 마법을 준비하고, 기사들은 핵심지역을 장악해. 몬스터들을 몰아붙여라. 검사들은 궁수들을 보호하라! 마법사들은 마법을 캐스팅한 채로 이동한다."

원정대는 민첩하게 진을 형성하고 이동했다. 북부에서 많은 시간을 보내서 상당히 호흡이 잘 맞는 편이다.

어쌔신과 도둑, 레인저들이 선두에서 길을 열었다. 이들의 임무는 함정 발견과 몬스터 살육이었다.

"하수인 40마리. 처리 완료."

"다음 지역으로 이동."

"빨리빨리 가자."

웬만한 몬스터들은 도르문이 이끄는 정찰대만로도 충분히 처리가 가능하지만, 상대하기 까다로운 대규모 몬스터들은 본진에 맡겨 두고 지나친다.

저주나 마법을 사용할 수 있는 몬스터들은 암살대가 남겨져 처리를 했다.

"공격해라!"

"적들은 악령 병사와 리저드맨들, 리저드 킹도 있다."

"마법사 부대 제압사격. 기사들은 돌격하라!"

"우오오오오!"

본진에서는 기사들이 선두에 섰다.

그들은 검과 방패를 들고 몬스터를 향해 전력 질주를 했다. 말이 있었다면 이들의 차징은 더욱 위력을 발휘했겠지만 지금도 대단히 강력했다.

콰과광!

궁수와 마법사 부대는 막강한 화력으로 사전에 기사들을 지원해 주었다.

대규모 폭발 마법, 저주 마법.

오베론이 이끄는 중앙군은 특히 상당 규모의 마법사 병단을 보유하고 있었다.

다크 게이머들이나 차가운장미 길드에 참여한 원정대원은 지원부대에 속해 후미에 있었다. 하지만 거의 이들이 나설 겨를도 없을 정도였다.

죽음의 계곡 몬스터들은 순식간에 도륙을 당했다.

그러는 사이 위드의 카리스마는 어느새 후방 대원들을 휘어잡았다.

"적당히 간격을 두고 파야 됩니다. 새로운 생명을 움트게 만드는 일이니 조심스럽게 해 주세요!"

파보는 건축가로서 건물을 세우고 땅을 파는 데에는 전문가였다. 그에게 삽질을 부탁해서 씨앗을 심었다. 딱히 하는 일이 없던 요리사들도 땅을 파고, 검치 들도 땅을 팠다.

대륙에 이름을 떨치는 재봉사 카드모스나 대장장이 트루만도 땅을 파는 데에는 동참해야 했다. 위드로부터 기념품을 받았으니 차마 놀고만 있을 수는 없었던 것.

"저게 뭐 하는 짓이야?"

중앙에 있는 원정대원들이 가끔 한심스럽다는 듯이 뒤를 돌아보았다. 하지만 생산직 직업들은 전투에서는 다들 찬밥 신세라서 관심을 두지 않았다.

그렇게 위드는 원정대를 따라가면서 씨앗을 심을 수 있었다. 심어 놓은 씨앗들은 무럭무럭 자라서 새싹을 틔웠다.

위드가 가진 모든 씨앗을 다 심은 직후였다.

띠링!

퀘스트 성공!

이제 남은 것은 니플하임 제국의 명예와 관련된 퀘스트뿐이었다.

위드는 긴장을 풀지 않았다.

'몬스터들을 처리해야 하기 때문에 시간은 좀 걸렸지만 그리 어려운 퀘스트는 아니었어.'

지독한 감기에 걸려 죽을 고비는 넘겼다. 하지만 토리도나 서윤, 알베론 등의 도움을 받아 차근차근 해결할 수 있었다.

원정대의 뒤를 따라가게 된 것도 행운이었다.

그럼에도 불안감이 싹 텄다.

'벌써 대규모 몬스터들이 수십 번은 나왔다. 원정대가 아니었다면 대략 사십 일은 더 고생을 했을지도 몰라. 이렇게 몬스터가 많은 지역이라니?'

원정대는 죽음의 계곡 중심부로 접어들었다.

위드가 가 본 계곡의 양쪽에 있는 절벽 윗부분! 그곳으로 들어올 수 없는 전혀 다른 지역이었다.

"인간들. 감히 이곳으로 들어오다니 용감하구나."

"발칙한 니플하임 제국을 지도에서 지워 버린 우리다."

"캬르르르! 침입자들을 죽여라!"

"저주를. 피를. 이 계곡을 저들의 피로 붉게 물들이자."

이곳에서부터는 검은 옷을 입은 인간 사제들이 몬스터들과 같이 나타났다. 마법으로 몬스터 무리를 지휘하는 사제들.

알베론이 그들을 보며 이를 갈았다. 순박하던 알베론이 이런 반응을 보이는 것은 처음이었다.

"엠비뉴 교단!"

"응?"

"악신을 숭배하는 광신도 무리입니다! 독실한 신앙심과 헌신이 아닌 파괴와 살육에서 힘을 얻는 악의 사제들. 대륙의 각 교단들은 이들을 공적으로 지정한 지 오래입니다. 대륙의 혼란과 전쟁에는 이 엠비뉴 교단의 손길이 미치지 않은 곳이 없다고 합니다. 설마하니 이들이 이곳에 웅크리고 있었을 줄이야."

위드는 주위를 둘러보았다.

다행스럽게도 원정대원들은 전투에 집중하느라 알베론의 이야기를 듣지 못한 듯싶었다. 엠비뉴 교단의 사제들이 몰려나오면서 전투가 격화되었기 때문이다.

다만 바로 옆에 서윤이 있었다. 충분히 알베론의 이야기를 들을 수 있는 위치였다.

"……."

하지만 위드는 걱정하지 않았다. 어디서든 함부로 입을 놀릴 만한 사람은 아니었으므로!

사실 말을 하는 것 자체를 못 보다 보니 혹시나 아예 입을 열지 못하는 건 아닌지 의심이 가고 있었다.

위드는 과거에 불사의 군단을 처리하면서 들었던 네크로맨서 바라볼의 말을 떠올렸다.

"우리 네크로맨서들은 그동안 많은 고생을 겪었지. 그러나 이제 오해가 풀리게 될 테니, 정식으로 제자들을 받아들이면서 흑마법을 발전시킬 수 있을 것이야."

"성공하시기를 빕니다."

"억지스러운 우리의 부탁에 많은 고생을 하였네. 그 보답으로 한 가지 사실을 알려 주지. 베르사 대륙은 과연 평화롭다고 생각하는가?"

"예?"

"알려지지 않은 어둠 깊은 곳에서 자신들만의 악을 구축한 이들이 있지. 엠비뉴 교단. 거기서 인정받는 12인의 교주들."

"교주?"

"프레야 교단이나 루의 교단, 발할라의 신전과는 다르게 음지에 숨어 있는 집단. 악신을 신봉하며 암흑으로 세상을 물들이려는 이들이지. 이들 중에서 열두 번째의 교주가 바스린 땅에 웅크리고 있어. 낮에는 평화로우나 밤이 되면 광신도들이 축제를 펼치는 곳. 성과 마을 전체가 그들의 손아귀에 떨어져 있지."

이곳은 바스린 지역이 아니다. 그렇지만 불사의 군단 이상으로 베르사 대륙의 평화를 위협하는 엠비뉴 교단의 사제들이 있었다.

'그렇다는 것은 바스린 지역도 이곳 못지않은 위험지역이라는 이야기.'

중대한 퀘스트에 대한 실마리였다. 최소한 A급 이상의 퀘스트가 숨어 있을 테니까.

'지금까지의 정보 습득 등으로 보아 어쩌면 한 번도 나온 적이 없었던 S급 퀘스트일 수도 있겠어.'

일반적으로 친밀도로 얻을 수 있는 퀘스트와는 달랐다. 중대한 실마리를 얻어서 하는 퀘스트는 그 난이도도 훨씬 높을뿐더러 보상도 더욱 크다.

'바스린 지역이라⋯⋯.'

위드는 기억 속에 잘 갈무리해 두었다.

그때 원정대의 전투는 훨씬 어려워지고 있었다. 엠비뉴 교단 사제들의 마법에 의하여 피해가 속출했다.

"젠장. 어디서 저런 놈들이⋯⋯."

"막아! 무조건 막아라!"

여기까지 오면서 거의 피해를 입지 않았던 원정대에서 1할 정도의 사람들이 죽어 나갔다. 정찰대에 있던 도르문을 비롯하여 암살자들이 전멸하고, 마법사들도 상당수 목숨을 잃었다. 엠비뉴 교단의 사제들이 주로 생명력이 낮은 마법사들을 노렸기 때문이다.

"지옥의 겁화를 지키는 파수꾼이여, 이곳에 강림하라. 죄 많은 저들을 물어뜯으라!"

엠비뉴 교단 사제들은 소환술도 펼쳤다. 케르베로스를 비롯하여 다수의 마물들을 불러내어 원정대에 피해를 입혔다.

원정대는 난처한 지경에 빠졌다.

초기의 전투라면 마법사를 동원하여 단숨에 막강한 화력으로 적들에게 치명타를 입힐 수 있다. 하지만 밤이 되기 전에 전투를 끝맺기 위해 무리하게 전진을 하다 보니 마법사들의 마나가 얼마 남지 않았다.

전투 초기처럼 압도적인 위력을 보여 주긴 무리였다.

기사들이나 성직자들도 상당히 지쳤다.

"포기하지 마라!"

"이제 저놈들만 해치우면 된다!"

오베론이 앞장서서 용기를 북돋아 주었다. 신망 높은 지휘관이란 이런 것이라고 보여 주는 것처럼, 원정대는 그 말에 따라 목숨을 돌보지 않고 싸웠다.

후방 부대에서 전투를 지켜보던 다크 게이머들과 동맹 길드의 인원들도 드디어 전투에 참여했다. 보급대에 속한 상인들을 제외하고는, 바드와 같은 전투 인원들도 모두 동원되었다.

그 결과 서서히 엠비뉴 교단의 사제들도 숫자가 줄어들기 시작했다. 기사들의 물불을 가리지 않는 육탄 돌격과 레인저, 궁수들의 집중사격으로 하나둘 목숨을 잃었던 것이다.

하지만 위드의 구겨진 얼굴은 여전히 펴지지 않았다.

'이걸로 끝이 아니야. 저들은 이곳의 보스 몬스터로 보기에는 많이 약해.'

엠비뉴의 사제들이 전부가 아니다. 위드에게는 다른 무언가가 나타날 것이라는 확신이 들었다.

그때였다.

죽음의 계곡 뒤편에서 일어나는 거대한 형체!

뼈 무더기가 일어나고 있었다.

원정대원들은 그 광경을 보며 입을 다물지 못했다. 상상도 못 한 생명체가 모습을 드러낸 것이다.

본 드래곤.

지상 최강의 생명체인 드래곤이, 죽은 후에 흑마법에 의해 되살아난 극강의 언데드 몬스터.

"이럴 수가!"

"이런 곳에 본 드래곤이 있었을 줄이야."

본 드래곤은 어디까지나 언데드 몬스터다. 진짜 드래곤과는 비교가 안 된다. 그럼에도 아직까지 본 드래곤을 잡았다고 한 무리는 어디에도 없었다.

파다다닥!

본 드래곤이 뼈로 된 날개를 파닥거렸다. 경박하기까지 한 행동이었다. 하지만 몸집이 400미터도 넘는 뼈로 된 드래곤이 날개를 펄럭거리니 그 여파가 사뭇 대단했다.

휘리리리리, 휘리리!

뼈 사이로 바람이 통하면서 묘한 소리를 낸다.

위협적이고 피를 차갑게 만드는 소리!

> 공포 상태에 빠집니다.
> 육체가 일시적으로 경직됩니다. 민첩이 15% 저하됩니다. 지혜가 30% 줄어듭니다.

투지가 낮은 이들은 대번에 본 드래곤에 의해 약화되었다.

"으아아아!"

뒤돌아서서 도망치려고 하는 사람들도 있었다.

본 드래곤과 싸우다가 죽고 싶지는 않았던 것.

충분히 이해할 수도 있는 일이었다. 하지만 본 드래곤은 그런 자들에게 자비를 베풀지 않았다.

본 드래곤이 뼈로 된 날개를 활짝 펼쳤다. 그렇게 날아오르더니 거침없이 원정대를 공격했다. 썩은 이빨로, 뼈로 된 머리통과 목을 움직여서 원정대원들을 집어삼켰다.

"끄아악!"

오베론은 진형이 무너지는 것을 보며 고함을 질렀다.

"동요하지 마라! 이제 저놈만 해치우면 된다! 비겁자가 되고 싶다면 도망쳐라! 그러나 영웅이 되고 싶다면 검을 들고 맞서 싸워라!"

그러면서 오베론은 선두에서 본 드래곤을 향해 돌격했다. 아직도 몬스터들이나 엠비뉴의 사제들이 다수 남아 있었지만, 그들을 상대하는 것보다는 원정대의 사기를 회복하는 것이 급선무라고 생각한 것이다.

"길드장님을 따르자!"

"죽어도 오베론 대장과 함께 죽는다!"

원정대의 주력이 그대로 이탈하여 오베론과 함께 본 드래곤을 공격했다.

본 드래곤은 그들을 맞아 마주 돌격했다.

뼈로 된 드래곤이 쿵쾅거리며 달려오는 것!

대지가 흔들리고, 땅이 깊게 파일 정도의 박력이 있었다.

큰 발에 짓밟힐 때마다 원정대의 비명이 터져 나왔다.

본 드래곤의 전투법은 단순하기 짝이 없었지만 밟힌 이들은 죽음을 면치 못했다.

어느 정도는 호각으로, 원정대와 본 드래곤 그리고 몬스터 군단이 싸우고 있었다.

그러다가 본 드래곤이 입을 크게 벌렸다.

위드는 그 행동을 보며 뭘 하려는지 눈치챘다.

'브레스다! 브레스를 내뿜으려고 하는 것이다.'

빙룡을 통해서 무슨 일이 벌어질지를 짐작할 수 있었다. 그런데 하필이면 본 드래곤이 선택한 것은 원정대의 후미였다.

푸화하학!

본 드래곤의 강력한 산성 브레스가 마치 물줄기처럼 뿜어져 나왔다.

모든 걸 녹여 버리는 독액!

브레스는 위드와 생산직 직업들이 속한 보급대를 깨끗이 쓸어버렸다. 그러고 나서 살아남은 사람은 아무도 없었다. 본 드래곤의 브레스에 죽음을 맞이한 것이다.

건축가 파보 또한 땅을 팔 생각도 하지 못할 정도로 찰나의 죽음이었다.

"공격하자!"

"동료의 복수를 갚아 주자."

원정대는 공격에 더욱 열을 올렸다. 그러면서 본 드래곤에게는 막대한 피해를 입었지만, 몬스터 군단과는 그럭저럭 호각으로 싸울 수 있었다.

그렇게 10여 분 정도가 흘렀을 때였다.

퍼스슥. 퍼스슥.

보급대가 목숨을 잃은 그곳에서 형체를 갖춘 뼈다귀가 일어났다.

해골 병사!

죽음을 거부할 수 있는 힘 덕분에 위드가 해골 병사로 재탄생한 것이다.

전신戰神 위드

KMC미디어의 최고 인기 프로그램, 〈베르사 대륙 이야기〉.

신혜민이 진행하는 이 프로그램에 〈로열 로드〉 유저들의 관심이 집중되고 있었다.

"네, 그럼 오늘은 각 왕국들에서 판매하는 기본적인 물품들의 시세에 대해서 알려 드리는 것으로 프로그램을 시작하겠습니다. 오주완 씨, 그런데 오늘은 중요한 사실을 알려 드려야 될 것 같다면서요?"

"맞습니다. 비케이즈 왕국의 유저 분들께서는 모쪼록 주의하셔야 될 것 같습니다."

"왜죠? 무슨 일이 있나요?"

"예, 대규모 몬스터 군단이 비케이즈 왕국으로 이동하고 있다고 합니다. 브루케이드 산맥에서 내려온 몬스터 무리인데요, 이 몬스터 군단의 상세한 이동 경로는, 현재 급박하게 정보를 입수하고 있으므로 잠시 후에 알려 드리겠습니다."

〈베르사 대륙 이야기〉에서는 정보를 제공한다는 기본 원칙에 걸맞게 상거래를 위한 시세와 몬스터 군단의 이동 등에 대한 정보들을 전해 주고 있었다.

초보들에게 몬스터 군단의 이동은 살 떨리는 일이었다.

수천수만 마리의 몬스터가 줄지어 움직이면서 약탈과 살육을 일삼는다.

상인들에게는 지옥과도 같은 일이지만, 용병들에게는 반가운 소식이었다. 왕실과 각 영주들에 의하여 퀘스트가 발생하는데, 몬스터 토벌에 참여하면 많은 공헌도와 보상을 얻을 수 있기 때문이다.

굳이 용병으로 참여하지 않더라도 구경을 위하여 찾아가는 사람들도 많았다. 멀리 떨어져서 몬스터들의 이동과 전투를 지켜보는 것도 색다른 경험이 된다.

그리하여 몬스터 군단의 이동은 초미의 관심사가 되곤 했다.

하지만 오늘만큼은 시청자들도 비케이즈 왕국의 몬스터들에 대해서는 큰 관심을 갖지 않았다.

"비케이즈 왕국에 대한 소식은 여기까지로 하겠습니다."

신혜민은 방송을 빨리빨리 진행했다. 시청자들이 바라고 있는 것이 무엇인지 잘 알고 있었기 때문이다.

진행자인 그녀가 보고 있는 모니터에는 무수히 많은 시청자들의 의견이 올라오고 있었다.

— 그분은 언제 출연하나요?
— 그분이 나오면 최근의 근황에 대해서 꼭 물어보세요.

시청자 의견란이 들끓어 오르고 있었다.

며칠 전부터 KMC미디어에서는 예고편까지 내보내면서 특집을 예고해 왔다. 그것은 바로 〈마법의 대륙〉과 〈로열 로드〉 유저들 사이에서는 절대적인 명성을 가지고 있는 한 사람과의 직접 전화 인터뷰였다.

그 때문에 사람들의 관심이 몰리고 있는 것은 물론이고, 시청률도 평상시의 2배 가까이 올랐다.

능숙한 진행자인 신혜민이라고 해도 입안이 바짝 마르지 않을 수가 없는 일이었다.

"오늘은 그러면, 미리 예고해 드린 대로 캐릭터 이름 위드 님의 인터뷰를 실시간으로 방송하도록 하겠습니다. 다시 말씀드리자면 같은 이름을 가진 수많은 위드 중의 한 사람이 아니라, 〈마법의 대륙〉의 최강자! 불사의 군단을 물리친 위드 님과의 인터뷰가 준비되어 있습니다."

"정말인가요, 신혜민 씨? 방송을 한다고 했을 때는 반신반의했는데, 이제 곧 위드 님이 나오시는 것이 맞습니까?"

오주완은 흥분을 감추지 않았다.

"네, 사실입니다. 전화 연결을 할 수 있도록 준비가 되어 있습니다. 그런데 무척 좋아하시네요."

"그럼요. 위드 님이라면 제 영웅과도 다름이 없는 분입니다."

오주완은 위드에 대한 이야기를 무수히 많이 들었다. 〈마법의 대륙〉의 각 던전들, 난공불락으로 알려져 있던 던전들을 클리어하고 보스급 몬스터들을 잡아낸 일들은 이제 전설이었다.

그런 위드와의 인터뷰를 한다고 하니 오주완으로서는 기쁠 수밖에 없는 일이었다.

신혜민의 앞 모니터에 PD가 직접 타이핑한 글이 떴다.

전화 연결 완료

"네, 그럼 위드 님과 통화를 시작하겠습니다."

신혜민은 시간을 오래 끌지 않았다. 너무 많은 사람들이 기다리고 있다.

그녀는 〈로열 로드〉에서 위드와 가끔 귓속말도 주고받는 사이였다. 누구나 입에 올리는 그 위드와 알고 지낸다는 사실에 아직도 떨릴 때가 있는데, 다른 사람들에게는 얼마나 기대되는 일이겠는가.

─여보세요.

이현의 목소리가 스튜디오에 울리는 순간, 시청자 의견란은 폭주했다.

─ 드디어 왔다!
─ 위드가 말한다.
─ 위드와 전화 연결이 되었어!

불과 10초도 안 되는 사이에 백 건이 넘는 글들이 빠르게 올라왔다. 그만큼 많은 사람들이 이 방송에 집중하고 있다는 뜻이었다.

신혜민은 자연스럽게 대화를 이어 나가려고 했다.

"안녕하세요, 위드 님. 진행 편의상 캐릭터 이름으로 부르도록 하겠습니다. 괜찮죠?"

—예.

이현은 간단히 답했다. 그로서도 본명을 밝히는 것보다는 캐릭터 이름으로 불리는 것이 훨씬 나았다. 프린세스 나이트로 방송을 탄 이후로 얼마나 귀찮았는지 기억하고 있기 때문이다.

"스튜디오에는 오주완 씨가 나와 계세요. 인사 나누세요."

"오주완입니다. 명성이 자자한 위드 님과 이야기할 수 있게 되어서 영광입니다."

—만나서 반갑습니다.

"시청자들에게도 인사를 해 주세요."

—안녕하세요.

이현은 매우 간결하게 대답하고 있었다.

신혜민은 속이 탔다.

'이렇게 짧게 말하시면 안 되는데.'

지금은 방송이다. 시청자들이 보고 있으니 매끄럽게 이어 나가야 하는데 대화가 툭툭 끊기는 것이다.

작가들이 미리 써 준 대본을 읽는 방식이라면 이런 경우가 없겠지만, 그러면 극적인 효과가 떨어진다. 생방송 리얼리티를 강조하는 인터뷰이기 때문에 아무런 사전 각본 없이 진행되는 것이다.

신혜민이 웃으며 물었다.

"위드 님, 뭐 기분 안 좋은 일이라도 있으세요?"

―약간요.

"네? 저희 때문인가요?"

―예.

뜻밖의 대답에 신혜민과 오주완은 당황했다.

보통 인터뷰를 하면서 당사자가 직접 불만을 토로하는 경우는 없다. 그래서 혹시나 싶었는데 이현이 그렇다고 대답을 한 것이다.

'방송 사고다!'

신혜민은 손바닥에 땀이 고이는 것을 느꼈다. 그러나 어쨌건 방송은 해야 했다.

"무슨 일인지 말씀해 주시면 좋겠는데요. 사과할 게 있다면 사과하고, 고칠 수 있는 일이라면 고치도록 할게요."

―그게, 이래도 되는 겁니까?

"네?"

―오후 7시에 저더러 전화하라더니, 이렇게 인터뷰를 할 줄 알았으면 그쪽에서 걸어야 되잖아요. 전화 요금이 얼마인데…….

능숙한 진행자인 신혜민은 할 말을 잃고 말았다. 오주완도 도와줄 수 있는 말이 떠오르지 않았다. 방송 사고를 염려할 정도로, 무슨 대단한 일이라도 벌어진 줄 알았다. 그런데 단지 전화를 걸었다는 이유로 어린아이처럼 구시렁대고 있다니!

'무지 쫀쫀해!'

이현의 상상하기 힘든 짠돌이 정신에 그저 다시 한 번 놀랄 뿐이다.

이윽고 신혜민은 정신을 추슬렀다.

"네, 그 점은 저희가 잘못을 한 것 같네요. 그보다도, 위드 님에게는 참 궁금한 일이 많아요. 먼저 〈마법의 대륙〉의 계정을 판매한 것인데요. 그때의 사건이 인터넷상에서 큰 이슈가 되기도 했잖아요."

〈마법의 대륙〉 이현의 계정이 판매된 일은 이제 거의 모르는 사람이 없을 정도다.

당시에는 〈로열 로드〉가 현재만큼의 대박 게임은 아니었다. 〈마법의 대륙〉이 수십 년간 독점적인 인기를 끌고 있었고, 조금씩 쇠락하던 중이었다. 그 후로 〈로열 로드〉가 최고의 대박을 터트린 것이다.

그 당시에는 온라인 게임이 가상현실로 넘어가는 중간 단계에 있었는데, CTS미디어에서는 계정을 구입한 후에 대규모 행사를 진행했다.

캐릭터 위드가 가지고 있는 아이템을 분석하고, 난공불락인 성과 던전들을 클리어한다!

〈마법의 대륙〉 출신의 유저들이 다수 있었으므로 꽤나 높은 시청률이 나왔다.

또한 〈마법의 대륙〉을 운영하던 회사 측에서도 〈로열 로드〉에 주도권을 빼앗기지 않게 하기 위해 막대한 후원을 했다.

〈마법의 대륙〉을 할 당시에도 굉장히 유명했지만, 계정이 판매된 이후로 방송사에서의 집중적인 홍보를 통해 더더욱 알려진 것이다.

신혜민은 부럽다는 듯이 말했다.

"무려 30억 원이 넘는 거액에 계정을 판매하셨잖아요. 정말 많은 돈인데, 그렇게 많은 돈을 버셔서 기뻤겠어요. 외제 차를 사고 싶거나 과소비를 하고 싶진 않으셨어요?"

이현의 대답은 간결했다.

―돈은 있다가도 없고, 없다가도 있는 것입니다.

"네?"

―오늘 30억을 벌었다고 해서 내일 그 30억을 가지고 있으란 법은 없으니, 사람은 열심히 일해야 한다는 말입니다.

"아아, 정말 좋은 말씀이세요."

옆에서 오주완도 한마디 거들었다.

"아무리 돈이 많아도 일을 통하여 얻는 성취감과 비교할 수는 없죠. 위드 님은 참 생각이 깊은 분이시군요."

이현이 30억이 넘는 돈을 번 것은 사실이다. 하지만 그 대부분을 사채업자들에게 빼앗겼다.

그렇기 때문에 사치를 할 여유 따위는 전혀 없었는데, 사정을 알 리 없는 사람들은 이렇듯 오해를 하고 있었다.

"네, 그러면 위드 님께 두 번째 질문을 드리겠습니다."

신혜민은 짧은 환담을 끝내고 다시 준비해 온 질문을 시작했다.

"〈마법의 대륙〉에서 누구보다 빠른 속도로 성장을 하셨습니다. 그렇죠?"

―예.

"그 비결을 알 수 있을까요?"

ㅡ어떤 몬스터든 도전했습니다. 사냥터란 사냥터는 다 찾아다니면서 직접 몬스터들을 잡았습니다.

오주완이 지켜볼 수만은 없다는 듯이 끼어들었다.

"위드 님, 저도 〈마법의 대륙〉은 꽤 많이 했습니다. 그럼에도 위드 님의 빠른 성장은 경이로울 정도인데, 정말 다른 특별한 비법이 없었습니까?"

ㅡ그저 매일 사냥을 한 게 전부입니다.

"사냥을 하더라도 지겨웠던 적이 있었을 텐데요? 서너 시간 동안 같은 몬스터만 잡으면 질리지 않습니까?"

ㅡ그런 걸 느껴 본 적이 없습니다.

이현이 안 지겨웠다는데 어쩌겠는가. 오주완에게는 대꾸할 말이 떠오르지 않았다.

신혜민이 질문을 이어 나갔다.

"하루 종일 〈마법의 대륙〉을 하셨나요?"

ㅡ시간이 남을 때에는 거의 늘 했습니다.

"한번 앉아서 최대한 오래 플레이하신 게 몇 시간인가요?"

ㅡ204시간입니다.

"네? 아, 지금 질문은 한번 접속해서 얼마나 많은 시간을 플레이하신 건지 물어본 건데요."

신혜민과 오주완은 이현이 질문을 잘못 들은 줄로만 알았다. 하지만 이현은 제대로 듣고 답한 것이었다.

ㅡ연속으로 플레이한 시간을 물어본 것 아닌가요?

"맞아요."

―그게 204시간입니다.

〈베르사 대륙 이야기〉 시청자 게시판은 난리가 났다.

> ― 말도 안 돼!
> ― 거짓말을 하는 거다.
> ― 아무리 게임에 빠졌다고 해도 어떻게 204시간을 할 수 있나?
> ― 여러분, 저는 마법의 대륙에서부터 위드의 팬이었습니다. 그때 위드는 한
>   번 접속하면 던전의 끝을 보기 전에는 접속을 종료하지 않았습니다.
> ― 그렇다고 해도 200시간 넘게 플레이했다는 건 믿을 수가 없어요!
> ― 말이 안 되잖아요, 말이.
> ― 그러게요!

신혜민과 오주완은 난처해지고 말았다.

웬만하면 출연자의 말에 동의를 해 주면서 넘어가는 것이 진행자의 필수 요건. 그러나 너무나도 믿기 힘든 말을 듣는 바람에 표정 관리가 잘되지 않았다. 애써 지나치려고 해도 실시간으로 시청자 게시판이 뜨겁게 달아오르고 있으니 이를 무시할 수도 없는 노릇이었다.

결국 신혜민이 어색함을 바꾸기 위해 말했다.

"위드 님, 시간을 잘못 계산하신 게 아닐까요?"

―아닙니다. 접속을 종료할 때 204시간 동안 접속해 있었다는 메시지를 보았거든요.

"아, 중간에 자리를 비우셨던 모양이죠? 그냥 컴퓨터를 켜 놓고 접속했던 게 204시간이었다는 말씀이시죠?"

신혜민은 탈출구를 만들어 주려고 했지만 이현은 전혀 그리로 빠져나갈 생각이 없었다.

―아뇨. 게임을 한 게 204시간입니다.

결국 신혜민은 할 말을 잃어버렸다. 오주완이 마침내 참을 수 없다는 듯이 물었다.

　"어떻게 사람이 잠도 안 자고 204시간 동안 게임을 할 수 있단 말입니까?"

　식사는 모니터 앞에서도 할 수 있다. 하지만 잠은 자야 하지 않는가.

　이현은 당시의 경험을 떠올리며 답했다.

　─게임을 하다 보면 잠은 극복할 수 있습니다.

　"어떻게요?"

　─게임에 완전히 몰입해서, 사냥을 하고 중요한 퀘스트를 완수하다 보면 졸리지 않습니다.

　"예?"

　─처음에는 조금 졸릴 수도 있겠지만, 50시간이 넘으면 이때부터는 잠이 잘 안 옵니다. 그러다가 100시간을 넘으면 눈을 떴는지 감았는지도 모르지만, 분명히 사냥은 계속하고 있죠.

　"……."

　─잠을 자는 건지 게임을 하는 건지 구분도 안 되는 상황! 하지만 졸리거나 피곤하지도 않고 계속 이 상태를 이어 나갈 수 있습니다.

　"그래서 204시간이나 게임을 하실 수 있었군요. 그게 플레이하실 수 있는 최대치인가 보죠?"

　─아니요. 그때 하필이면 마우스가 고장 나서…….

　신혜민과 오주완은 안도의 숨을 내쉬었다.

　'우리는 정상이야.'

　스스로에 대한 자부심이 피어났다. 이현 앞에서는 하루나 이틀 꼬박 날밤을 새우는 정도는 아무것도 아닌 셈이다.

신혜민이 걱정을 가득 담아 물었다.

"그렇게 게임을 하실 때에 밥은 제대로 챙겨 드셨어요?"

─아뇨. 집에 먹을 게 없어서…….

실제로 집에 음식이 얼마 없었다.

하지만 신혜민이나 오주완은 다르게 판단했다.

'게임을 열심히 하다 보니 챙겨 먹지 못했나 보구나.'

오주완이 우려 섞인 음성으로 말했다.

"얼마 동안이나 그렇게 잠을 안 자고 게임을 하셨습니까?"

─거의 3년 정도. 쭉 게임만 한 건 아닙니다. 여러 가지 일도 하고, 게임은 시간이 나는 대로 했죠.

신혜민이 조심스럽게 물었다.

"몸이 축나진 않으셨어요?"

─안 먹고 너무 오래 의자에만 앉아 있었더니 걸어 다니는 것이 어색하게 느껴졌죠. 다리 근육들이 퇴화되었다고 하나요? 그때 몸이 참 많이 상한 경험이 있다 보니 이제는 틈틈이 운동을 하고 있습니다. 체력 관리가 정말 중요하거든요.

"병원에 오래 입원한 중환자들에게 그런 증상이 있다고 하던데…….."

─아마 비슷했을 겁니다.

"……."

─그 외의 증상은 세수를 하면 나타났습니다.

"세수요?"

─예. 세수를 할 때마다 코피가…….

"……."

―어쩔 수 없이 돈을 들여서 병원에도 가 봤습니다. 그랬더니 의사 선생님이 말씀하시더군요. 게임을 너무 많이 해서 선풍기 바람도 위험할 수 있다고…….

신혜민과 오주완은 얼굴이 파리하게 질렸다.

전쟁의 신이라고 불리던 위드!

진정한 폐인의 모습을 조금이나마 엿보게 된 것이다.

해골 병사 위드

〈로열 로드〉의 홈페이지는 다시금 달아오르고 있었다.

최초는 차가운장미 길드에서 명예의 전당에 올려놓은 동영상으로 시작되었다.

보십시오! 이것이 북부 원정대의 싸움입니다.

흰 설원에서 시작하여 죽음의 계곡으로 이어지는 전투!

악령 병사나 하수인, 리저드 킹 들과 원정대가 싸우고 있었다.

실시간으로 벌어지는 〈로열 로드〉 내의 전투가 오베론 명의로 명예의 전당에 등록되는 중이었다. 하지만 그에 대한 반응은 시시했다.

ㄴ 이번에는 어떤 계곡에서 전투를 벌이고 있나 보죠?
ㄴ 또 무슨 허탕을 치려고 저러지?

사람들은 원정대에 미련을 버렸다. 베르사 대륙의 시간으로

2달이 넘게 헤매고 있는 원정대는 비웃음의 대상일 뿐이었다.

그런데 사람들의 반응이 바뀌게 된 것은 동영상이 좀 더 진행되고 난 이후였다.

죽음의 계곡으로 깊숙하게 들어가게 되면서부터 나타나는 몬스터의 숫자가 대폭 늘어났다. 정체가 알려지지 않은 엠비뉴의 사제들이 뿌려 대는 마법과 원정대의 분전!

ㄴ 볼만한데…….
ㄴ 역시 명문 길드가 이끄는 원정대답네요. 저런 몬스터들과 호각으로 싸우고 있잖아요.
ㄴ 굉장한 전투네.

흰 눈과 얼음으로 둘러싸인 죽음의 계곡에서 펼치는 원정대의 사력을 다한 돌파는 흥미진진했다. 박진감 넘치는 액션 영화를 보는 것처럼, 실제 그들 중의 한 사람이 되어서 싸우는 느낌을 주었다.

소문을 듣고 동영상을 시청하는 사람들이 급속도로 늘었다. 명예의 전당은 늘 사람들의 관심을 받고 있었기 때문에 시청자들이 늘어나는 것은 한순간이었다.

ㄴ 분위기가 뭔가 해낼 것 같기도 한데요?
ㄴ 에이, 설마요.
ㄴ 등장하는 몬스터들의 수준이 상당히 높아요. 북부라고 해도 저렇게 강한 몬스터들이 떼를 지어서 나오는 곳이 흔하진 않을 텐데…….
ㄴ 이번엔 제대로 찾아간 걸까요?

사람들은 반신반의했다. 그러면서 원정대에 기대를 거는 이들도 생겨났다.

베르사 대륙이 더워진 이후로 사람들은 저마다 힘들어하고 있었다.

던전이나 산에 있는 사냥터의 가치가 폭등했다. 체력 소모가 심해져서 사냥도 훨씬 어려워졌고, 각 길드들은 영역을 확장하기 위하여 더욱 치열하게 전쟁을 벌였다.

다만 그러는 와중에도 즐거움을 누리는 이들은 물론 있었다.

재봉사들에게는 그동안 만들어 본 적이 없는 비키니의 주문이 쇄도했다. 몸을 검게 태운다면서 갑옷과 옷을 벗고 선탠을 즐기는 글래머 여성들, 근육질 남성들이 출현한 것이다.

이는 〈로열 로드〉에 나타난 또 하나의 변화였다.

강에는 수영을 하는 사람들이 대폭 늘어나고, 축제가 끊이지 않았다. 한여름의 바닷가처럼 더위를 잊기 위해 몸부림을 치는 사람들!

여유로운 마음만 있다면 어디서든 즐거움을 찾을 수 있었다. 강가나 바닷가의 마을과 성 들은 눈요기를 하기 위해 모여든 인파로 붐볐다.

하지만 그래도 더위를 미친 듯이 좋아하는 사람들은 드물었다. 한낮에는 강물마저도 미지근할 정도라서 수영을 즐기기는 어렵다. 게다가 언제까지 피서만 즐길 수도 없는 노릇이다.

대부분의 사람들은 억지로 더위를 참으면서 활동하고 있었으니 조금씩 짜증이 날 수밖에 없다.

> ㄴ 원정대가 성공을 해 주었으면 좋겠어요.
> ㄴ 이번에야말로 잘해야 할 텐데…….
> ㄴ 부디 잘 해내기를…….

사람들은 응원을 하기 시작했다. 원정대가 성공하고 돌아오기를 기원하고 있었다.

> ㄴ 그런데 만약에 정말로 성공한다면 어떻게 될까요?
> ㄴ 그야 차가운장미 길드는 엄청난 명성을 얻겠죠. 신규 유저를 대거 받아들이면서 부와 세력까지 형성할 수 있을지도 몰라요.
> ㄴ 과연 그걸로 끝날까요? 오베론의 신망과 인덕, 거기에 이런 무모한 도전까지 하는 길드라면 상상 이상으로 커질 수도 있을 것 같은데…….
> ㄴ 최소한 서열 5위권 내로 도약할 수 있을지도 모르죠.

명예의 전당에 올라오는 동영상을 보는 유저들은 그러한 전망을 내리고 있었다.

그때 누군가가 글을 올렸다. 체이스라는 유저였다. 모르는 사람보다는 아는 사람이 훨씬 많은 〈로열 로드〉의 유명인이다.

> 1달쯤 전 퀘스트를 하던 도중에, 주점의 주인으로부터 들은 이야기가 있습니다.

체이스가 글을 올리니 모든 사람들이 집중했다.

> ㄴ 체이스 님이다.
> ㄴ 서열 100위 안에 들어간다는 고레벨 유저?
> ㄴ 평소에 글을 잘 쓰지 않는 분인데 도대체 무슨 일일까?

호기심을 자극한 후에 체이스는 느긋하게 다음 글을 올렸다.

> 제가 들은 이야기는 간단합니다.
> '대륙의 날씨를 다시 시원하게 만들려면 어떤 마녀가 가지고 있던 물건을 신의 제단에 바쳐야 된다.'
> 신의 제단은 에데른에 있죠. 그래서 베르사 대륙의 역사서를 보며 마녀들에 대해서 정보를 조사해 왔습니다. 그 결과 얼음의 마녀 세르비안에 대한 기록을 찾아냈죠.
> 마녀 세르비안의 깨진 구슬.
> 베르사 대륙의 역사서를 통해서 알아낸 정보입니다. 그 물건은 위치를 알 수 없는 어떤 계곡에 있다던데… 아마도 원정대가 전투를 벌이고 있는 장소가 바로 그곳인 것 같습니다.

체이스의 글은 활활 타오르던 곳에 기름을 부은 격이었다.

> ㄴ 원정대가 마녀 세르비안의 깨진 구슬이 있는 곳을 찾아냈다!
> ㄴ 원정대가 하는 전투가 베르사 대륙의 더위와 관련이 있을 거래!
> ㄴ 드디어 베르사 대륙의 더위를 날려 버릴 퀘스트가 진행되고 있는 건가?

마녀 세르비안의 깨진 구슬은 일종의 액세서리에 해당이 되는 물품이었다. 특별한 힘은 없지만 주변의 기후를 조종할 수 있다고 알려져 있다.

다만 끊임없이 사용자의 생명력을 갉아먹으며, 빙계 마법을 전문적으로 익힌 마법사가 아니라면 건드리는 것만으로 몸이 얼어 버린다는 저주받은 아이템이었다.

사람들의 이목은 명예의 전당에 올라오는 동영상에 집중되었다.

KMC미디어, CTS미디어를 비롯한 게임 전문 방송국에서도 정규 방송을 중단하고 속보를 내보내기로 결정했다. 베르사 대륙의 소식들을 실시간으로, 정확히 알려 주는 것이 목적이기 때문에 이러한 큰 이슈를 놓칠 수 없었다.

방송 화면이 죽음의 계곡 전투를 보여 주는 가운데, 원정대는 마침내 죽음의 계곡 깊숙한 곳까지 다다랐다. 그리고 그곳에서 거대한 무언가가 떠올랐다.

본 드래곤!

언데드 최강의 생명체였다.

본 드래곤이 포효하며 발을 구를 때마다 지축이 뒤흔들렸다.

쿠아아앙!

"으악! 피해!"

"땅이 갈라진다!"

"벽에 가까이 붙지 마라! 위에서 얼음덩어리들이 굴러떨어지고 있어!"

원정대원들은 혼란에 빠졌다.

단 한 번도 잡힌 적은커녕 나타난 적도 없는 본 드래곤.

이곳이 보통의 평원이라면 훨씬 쉽게 싸울 수 있었으리라. 대지에 발을 붙이고 생명력이 다할 때까지 시원하게 적과 붙으면 된다.

그런데 이곳의 땅바닥은 얼음이다. 굉장히 미끄럽고 불안정하다. 설상가상으로 본 드래곤이 움직일 때마다 지진이라도 난 것처럼 흔들렸다.

"기사들은 돌진하라!"

"망할. 균형을 잡기가 힘들어!"

검을 들고 달려가던 기사나 검사, 워리어 들은 얼음에 흔들릴 때마다 미끄러져 넘어지기 일쑤였다. 아무리 강력한 돌격이라 하여도 발이 꼬이는 것은 막을 수 없었던 것.

원정대 사이에서 불평이 터져 나왔다.

"이대로라면 뭉쳐 있다가 개죽음을 당한다. 마법사들은 뭣 하나. 공격 마법을 사용해!"

"마법을 쓰려고 해도… 빌어먹을! 본 드래곤의 포효 때문에 몸이 말을 안 듣는다."

본 드래곤의 포효. 일종의 드래곤 피어였다.

열등한 생명체에게 가하는 정신적인 압박!

멧돼지나 여우 같은 짐승들은 수천 마리가 모여 있다고 해도 모두 쓰러져 죽어 버린다. 그런 가공할 본 드래곤의 정신적인 공포에 마법사들은 몸을 떨었다.

> 마법이 실패하였습니다.
> 마나가 역류합니다.

수인을 맺는 손이 떨리고, 말이 제대로 나오지 않는다. 애써 성공한 주문들도 열에 아홉 이상이 실패하고 있었다.

"파, 파이어… 윌. 크아아악!"

공격을 하려던 마법이 실패하여 오히려 마법사의 몸에 불이 붙어 활활 타올랐다.

그런 광경들은 마법사들의 입을 얼게 만들었다.

"맙소사. 세상에……."

"이런 몬스터는 처음 봐."

본 드래곤의 레벨은 400대 후반 정도로 알려져 있다.

원정대에는 레벨이 300대 후반인 유저들도 상당수 있었다. 하지만 레벨 100개 정도의 차이라고 말하기에는 믿기 힘들 정도의 강함이었다.

레벨은 높아질수록 그 격차를 더욱 현격하게 드러낸다. 더군다나 본 드래곤은 대형에 마법과 비행이 가능한 보스 몬스터! 더욱 상대를 하기 힘든 이유였다.

"어, 리, 석, 은, 인, 간, 들, 이, 여!"

본 드래곤이 의사를 전달했다.

뼈로만 만들어진 몸.

눈이 있어야 할 부위에 검푸른 광채가 빛나고 있었다.

"이, 곳, 은, 모, 든, 이, 들, 의, 무, 덤."

본 드래곤이 말을 할 때마다 얼음들이 저절로 파열됐다.

"너, 희, 들, 의, 안, 식, 처, 가, 될, 장, 소, 이, 다."

본 드래곤은 뼈로 된 날개를 펼쳤다.

파라라락!

몸에 접고 있을 때도 컸던 날개가 활짝 펼쳐졌다.

죽음의 계곡을 가득 덮을 정도로 넓은 날개.

본 드래곤은 웅장하게 하늘로 치솟았다. 그리고 거꾸로 하강하며 발과 머리를 이용해서 사람들을 집어삼켰다.

"젠장."

"제대로 걸렸구나. 여기가 우리의 무덤이 되고 말 거야!"

차가운장미 길드만 믿고 따라온 일부 원정대원들의 눈가에 절망이 어렸다.

본 드래곤, 신화에나 나오던 몬스터와 싸워야 하다니!

하지만 차가운장미 길드는 오히려 더욱 의욕에 불타올랐다. 동맹 길드들 또한 조금도 투지를 잃지 않았다.

"본 드래곤이다."

"놈을 사냥할 수 있는 절호의 기회다."

본 드래곤이 아직까지 단 한 번도 사냥당한 적이 없는 몬스터임에는 틀림이 없다. 하지만 그 이유가 본 드래곤이 무적이기 때문은 아니었다.

지금까지 대륙에서는 본 드래곤이 발견된 적이 없다. 즉 대단히 희귀하다는 특성상, 단지 만날 수가 없었을 뿐이다.

레벨 400이 넘는 보스급 몬스터들은 출현하자마자 던전을 장악하고 있는 길드들이 힘을 모아 집단 사냥에 나선다.

본 드래곤이라고 해도 결국은 몬스터!

"공격해라!"

"희생을 감수하고서라도 놈을 처치해야 한다! 그러지 않으면 여기까지 온 것이 무의미한 일이 될 거야."

오베론이 이끄는 원정대는 본 드래곤을 향해 달려들었다.

쿠르르릉, 쾅쾅!

본 드래곤이 사용하는 화염 마법, 빙계 마법이 작렬했다. 검사, 기사, 워리어, 팔라딘 들이 그 사이로 용감하게 돌진했다.

"크, 아, 아, 아, 아!"

본 드래곤의 절규.

죽음의 계곡의 언덕에서 산사태가 일어난다. 눈과 얼음들이 거침없이 흘러내렸다.

"마법사 부대는 공격 마법을! 뭐든 써서 본 드래곤을 격추하라!"

오베론의 지휘에, 마법사들은 목숨을 걸고 따랐다.

"내 모든 마나를 이곳에 모아……."

"환하게 불태우리니……."

"적을 향한 분노의 일격이 되어라."

"마나 번!"

마법사들이 가진 마나를 한꺼번에 사용하는 공격 마법. 그후에는 마나가 소진되어 장시간의 휴식이 필요하기에 잘 사용하지 않는 마법이었다.

하지만 상황이 너무나 급박했다. 땅바닥의 얼음들이 쩍쩍 갈라지고, 양옆의 절벽에서는 눈과 얼음들이 쏟아진다. 이러한 혼란 상황에서는 본 드래곤에게 강력한 일격을 먹여 줄 필요가 있었던 것.

마법사들로부터 생성되어 일제히 날아간 빛의 기둥들이 본 드래곤에게 작렬했다.

상당수 마법사들은 마법 실패로 인하여 목숨을 잃었지만, 그러한 희생마저도 감수했다.

꽈아아앙!

하늘을 날아다니던 본 드래곤은 그대로 지상으로 추락했다. 얼음이 크게 부서지면서 바닥에 거꾸로 처박힌 것이다.

"이때다."

"지금이 기회야."

"다시 날 수 없게 만들자."

"공격하라!"

원정대의 전사들은 추락한 본 드래곤을 향해 쇄도했다.

"크, 오, 오, 오……!"

본 드래곤은 뼈마디로 이루어진 꼬리를 채찍처럼 휘두르며 스스로를 보호하려고 했다.

"쳐라!"

오베론이 용감하게 부르짖으며 땅딸막한 몸으로 뛰어올랐다. 공중에서 날렵하게 2회전을 하며 망치로 본 드래곤의 몸통을 두들겼다. 강하게 두들긴 그 공격에는 오베론의 전력이 다 들어 있었다.

"윙 스매시!"

일정 확률에 따라 상대방을 스턴 상태에 빠지게 만들며, 그 자체의 대미지도 굉장한 워리어 전용 스킬!

본 드래곤은 대형 몬스터라서 물리적인 스턴 공격에는 면역이 되어 있었다. 그럼에도 그 대미지는 여지없이 들어갔다.

다른 워리어나 팔라딘, 검사, 기사 들도 본 드래곤에게 다가

가서 칼질을 개시했다.

"연속 베기!"

"스마이트!"

"홀리 어택!"

무려 200여 명의 고레벨 유저들이 붙어서 공격을 한다. 가랑비에 옷 젖는다는 말처럼 차곡차곡 본 드래곤을 두들기고 있었다.

본 드래곤이 거대한 육체를 움직이며 저항했지만, 워리어들이 선두에 서서 그러한 공격들을 몸으로 받아 냈다.

성직자들은 그들의 떨어지는 체력과 생명력을 회복시켜 주었다.

다른 원정대원들도 정신을 차렸다.

차가운장미 길드나, 그들과 어깨를 나란히 하는 동맹 길드 소속은 아니었다. 그럼에도 북부까지 따라올 정도로 용기 있는 자들인 만큼 힘을 내서 싸웠다.

"우리가 본 드래곤을 죽이는 건 힘들겠지만, 나머지 몬스터라도 처리하자."

"사제들 그리고 악령 병사, 추종자 들이 우리의 몫이다."

원정대원들 일부는 몬스터 소탕전에 나섰다. 그러면서 죽음의 계곡 안은 난전에 접어들었다.

오베론이 소리쳤다.

"드럼!"

"예, 대장!"

"얼마나 더 쳐야 되지?"

"지금 확인해 보겠습니다."

드럼은 로브를 휘날리면서 민첩하게 얼음 바닥을 쭉 미끄러져 왔다. 그가 사용하려는 마법은 일정한 간격 안에서만 통하기 때문이다.

"움트고 있는 생명력. 그 전부를 보여 다오. 뷰 라이프 포스!"

몬스터의 상태와 잔여 생명력을 확인할 수 있는 마법.

드럼의 눈앞에 본 드래곤의 상태가 떴다.

띠링!

본 드래곤 쿠렌베르크

사악한 악룡이 증오의 힘을 버리지 않아 언데드로 되살아났다. 본래 포악한 레드 드래곤이었지만 언데드로 변한 이후 더욱 광폭해졌다.

생명력	74%
마나	12%

"커억!"

드럼은 숨이 멎을 것처럼 놀랐다.

신나게 본 드래곤을 때리고 있던 오베론이 물었다.

"얼마나 남았지?"

"아직도 74%나 남았습니다."

"뭐라고?"

"본 드래곤의 생명력이 어마어마합니다. 죽으려면 아직 한참이나 남았다는 얘깁니다."

지금까지 때려 놓은 것이 겨우 사분의 일 정도!

대형 몬스터 본 드래곤답게 무지막지한 생명력을 자랑했다.

위드는 자리에서 일어나려고 했지만 마음대로 되지 않았다. 팔다리에는 힘이 넘치고 몸은 너무나도 가볍다.

"이것은?"

위드는 자신의 몸을 내려다보고는 깜짝 놀랐다.

앙상한 해골에 갈비뼈, 근육과 살이라고는 전혀 붙어 있지 않았다.

"내가 스켈레톤으로 변한 건가?"

해골 병사. 그것도 보스급이라고 할 수 있는 근원의 스켈레톤으로 변하고 말았다.

위드는 과거를 떠올렸다.

불사의 군단 퀘스트를 해결했을 때였다. 그때 바라볼로부터 죽음을 거부할 수 있는 힘을 얻었다. 본 드래곤의 브레스에 의하여 생명력이 다 떨어진 이후, 스켈레톤으로 재탄생하게 된 것이다.

"그보다, 급한 일이 있지."

위드는 서윤과 알베론의 안위부터 확인했다.

본 드래곤의 브레스가 보급대를 쓸어버렸지만 서윤은 그 전부터 몬스터들과 싸우고 있었기에 화를 면했다.

알베론도 다행히 아직 무사했다.

사제가 상인들이나 생산직 직업들이 모여 있는 보급대에 붙어 있어 봐야 득 될 건 하나도 없다. 알베론의 레벨과 스킬이 상승될 때마다 프레야 교단의 공적치가 오른다. 축복과 치료를 통해 레벨을 올리라고 원정대의 성직자들이 모여 있는 장소로 파견했는데, 그 덕에 살 수 있었던 것이다.

위드는 파티가 설정되어 있는 알베론에게 귓속말을 보냈다.

> ─알베론.

알베론은 주변의 다친 사람을 바쁘게 치료하던 중에도 즉시 반응했다. 위드와의 친밀도가 있으니 어떤 경우라도 말을 잘 듣는 편이었다.

> ─위드 님, 살아 계셨군요. 돌아가신 줄 알았습니다.
> ─프레야 여신님의 가호 덕분에 다시 살아날 수 있었다. 정확히 말하자면 네크로맨서들의 능력에 의한 것이지만, 이 또한 여신님의 축복이 있기에 가능했을 테니.
> ─모든 조화가 여신님의 뜻대로!
> ─모든 조화가 여신님의 뜻대로!

상대방을 치켜세우는 것만이 아부가 아니다. 상대방이 존중하는 대상도 아부의 수단으로 유용하게 사용할 수 있다.

위드의 아부는 조금이라도 불리한 상황에 처하면 저절로 튀어나왔다. 언데드로 변한 것을 프레야 교단의 사제인 알베론에게 지적당하여 친밀도가 하락하지 않게 하기 위해서였다. 친밀도가 수준 이하, 신뢰도마저 낮다면 언데드로 변한 것 때문에 알베론이 변절할 수도 있었다.

하지만 착한 알베론은 위드를 있는 그대로 받아들여 주었다.

> ─그보다 알베론, 명령이다. 당장 치료와 지원 행위를 중단해.

알베론은 전투의 와중에 몸을 뒤로 뺐다.

성직자들이나 마법사들은 마나의 보충을 위해서 명상 등의 방식으로 별도의 휴식을 취하는 경우가 많았으니 의심을 사진 않았다.

위드는 금인이에게도 귓속말을 보냈다.

위드는 금인이와 와이번까지 동원해서 알베론을 피신시키도록 했다.

'어차피 내가 스켈레톤으로 변해 버려서 신성력이 통하지도 않으니까.'

게다가 알베론을 그대로 내버려두어도 될 만큼 전투가 안전하질 못했다.

"크악!"

"놈들의 저주 마법을 막아!"

"사제들부터 처리해야 된다."

엠비뉴 교단의 사제들과 몬스터들!

본 드래곤으로 인하여 죽음의 계곡은 아비규환이나 다를 바가 없었다.

어떤 눈먼 공격이 알베론을 위태롭게 만들지 모른다. 알베론이 죽으면 퀘스트는 물론이고, 프레야 교단과의 우호도도 최악으로 떨어진다.

경험치와 스킬 숙련도를 위하여 위험을 감수하기에는 부담이 너무 컸다.

알베론을 후방으로 돌리고 나서야 위드도 약간 숨을 돌릴 여유가 생겼다.

"스탯 창!"

캐릭터 이름: 위드
성향: 언데드　　　　　　레벨: 319
직업: 근원의 스켈레톤

생명력: 35,080　　　마나: 28,210　　　힘: 1,050
민첩: 969　　　　　체력: 713　　　　　지혜: 663
지력: 655　　　　　투지: 598　　　　　지구력: 406
인내력: 497　　　　맷집: 387

죽음을 거부할 수 있는 힘이 발휘되고 있다.
언데드 상태에서 사용하는 스킬들의 레벨은 죽음을 거부할 수 있는 힘의 숙련도에 좌우된다. 다만 최초에도 초급 8레벨의 스킬 레벨이 부여된다.

스탯들이 변화해 있었다.

생명력과 마나, 힘, 민첩 등이 비정상적으로 증가했다.

"직업의 특성인 것이군."

위드는 턱뼈를 들썩이며 말했다.

예술이나 통솔력, 행운, 신앙 등이 사라진 대신에 기본적인 전투 계열 스탯들은 큰 폭으로 올라 있었다.

> 프레야의 교단에서 축복을 내린 탈로크의 갑옷은 언데드 상태에서는 착용하지 않는 편이 좋습니다. 오히려 육체를 약하게 만들 것입니다.

"아이템 해제."

위드는 탈로크의 갑옷을 벗어서 배낭에 넣었다. 다른 장비들도 언데드 상태에서 착용하기 껄끄러운 것들은 모조리 벗어 버렸다.

대장장이 스킬이 중급에 올라서 직업의 제한을 덜 받더라도, 애초에 성향이 다른 물건들이었다.

"조금이라도 괜찮은 물건들은 전부 속성이 좋은 쪽으로 붙어 있으니까."

프레야 교단의 일을 상당수 맡아 하면서 딱히 입을 만한 방어구들이 없었다.

그 대신 위드는 배낭을 주섬주섬 뒤적여서 다른 물건들을 꺼냈다.

성자의 지팡이!

리치 샤이어를 잡고 얻은 물건이었다.

띠링!

> 성자의 지팡이를 착용하였습니다.
> 언데드의 속성에 맞춰 지팡이의 속성도 변합니다. 지팡이의 진정한 힘이 깨어납니다. 흑마법을 사용할 수 있습니다.

성자의 지팡이를 착용했다.

그러자 뼈밖에 남지 않은 위드의 전신에서 무럭무럭 시커먼
기운들이 퍼져 나왔다.

"감정!"

타락한 성자의 지팡이

인간들에게 위대한 성자로 추앙받던 고리안에게는 숨겨진 비밀이 있었다. 그는
인면수심의 악마였다. 피와 살육, 뇌물을 즐기던 부패하고 타락한 성자! 지팡이
에는 강력한 마력이 깃들어 있다.

내구력: 90/90

공격력: 79~98

제한: 어둠의 계열의 직업. 성직자나 성기사들이 착용할 경우 지팡이의 속성이
변한다.

옵션: 신앙 -600. 매력 -20. 지구력 +100. 지능 +80. 지혜 +100. 마법 공격
력 35% 증가. 험난한 지형에서의 체력 소모 감소. 인간을 죽일 때 악명
30 상승. 살아 있는 제물을 바쳐 생명력과 마나를 회복할 수 있다. 흑마법
사용 가능. 악인의 손에 들어가면, 추가적으로 나쁜 힘을 상승시킨다.

언데드 상태에서 진정한 힘에 눈을 뜨게 된 타락한 성자의
지팡이!

위드는 크게 만족스러웠다.

"역시 나쁜 짓을 해야 잘 먹고 잘 사는 세상이야. 어리바리하
고 착하기만 하면 남들에게 이용이나 당하고, 서러움만 쌓이기
마련이지."

먼저 때린 놈이 이긴다.

한 대라도 더 때려야 속이 시원하다.

맞으면 잠이 안 온다.

돈 많은 놈이 장땡이다!

이런 주옥같은 명언들도 있지 않은가.

역시 세상은 바르고 곧게 살 필요가 없는 것이다.

위드가 착용할 수 있는 물품은 몇 가지가 더 있었다.

"감정!"

바르칸이 직접 저술한 네크로맨서의 마법서

흑마법에서 두 번째로 어려운 학문인 언데드의 제조에 대해 적혀 있는 마법서. 기초 수준에서부터 고급 단계에 이르기까지 언데드에 대한 모든 제조법이 적혀 있다. 천재적인 마법사 바르칸 데모프가 직접 저술하여, 이해하기는 어렵지 않다. 다만 언데드를 생성하고 다루는 데에는 막대한 마나가 필요하므로 함부로 사용할 수는 없을 것 같다.

내구력 30/30

제한: 직업 마법사. 레벨 300. 지혜 500. 마나 8,000. 네크로맨서로의 전직이 가능하다.

옵션: 흑마법에 대한 저항력 +25. 언데드를 제조하는 능력 +2. 지성을 갖춘 보스 언데드를 만들 수 있다. 언데드의 생명력이 향상되며, 신성력에 대한 저항력이 생긴다.

"나쁘지 않군."

근원의 스켈레톤.

스켈레톤 메이지와 스켈레톤 워리어의 특성을 골고루 갖추고 있는 덕분에 네크로맨서의 마법서를 읽을 수 있었다.

붉은색으로 쓰여 있는 수많은 주문들.

네크로맨서의 마법들이 잔뜩 수록되어 있다.

언데드를 제조하는 마법들도 있지만, 공격 마법들도 상당수 적혀 있었다.

위드는 우선 본 드래곤을 제조하는 마법부터 읽었다.

바르칸이 직접 저술한 쉬운 언데드 제조법

본 드래곤

모든 마법사들이 만들어 보고 싶어 하는 최강의 언데드. 드래곤의 사체가 반드시 필요하며, 다수의 마법 시약들을 투입해야 한다.

좀비나 구울처럼 즉시 일으킬 수 있는 몬스터와는 달리, 생성하는 데 최대 백 일의 시간이 걸린다.

마법 방어력과 지적인 능력은 정상적인 드래곤에 비하여 현저하게 떨어지지만 생명력과 육체를 활용하는 능력은 증가한다.

본 드래곤의 약점으로는······.

위드는 마법 책을 열심히 읽었다.

근원의 스켈레톤

CTS미디어의 〈베르사 대륙 이야기〉.

신혜민과 오주완이 방송하는 이 프로그램에서는 오늘 직업에 대한 최신 정보를 알려 주기로 되어 있었다.

"오주완 씨, 특정한 조건을 충족시키면 특수 퀘스트가 발동된다던데, 구체적으로 어떤 것인가요?"

"네. 유니콘 사에서 밝힌 바에 의하면, 생산직의 경우에 각 직업 스킬들이 일정한 경지에 오르면 고유한 퀘스트가 생성된다고 합니다."

"3차 전직 퀘스트인가요?"

"그것과는 조금 다른데요, 예를 들어서 대장장이의 경우에는 자신만의 공방을 운영할 수 있습니다."

"공방이라면… 대장간요?"

"그렇습니다. 축적한 기술력을 바탕으로 공방을 개설할 수 있는 것이죠. 직원을 두고 운영하는 것도 가능합니다."

지금까지 대장간은 왕이나 귀족, 성주들만이 건립할 수 있었다. 그러면 대장장이들이 취직을 해서 운영되는 형태였다.

　하지만 어느 정도 실력을 쌓은 대장장이들은 스스로의 이름을 걸고 대장간을 차릴 수 있다는 이야기다.

　"향후 국가나 마을의 경우에는, 이러한 공방이 많을수록 기술력의 발전 속도가 향상된다는 정보가 들어와 있습니다. 앞으로 생산직들은 희망을 가져도 될 것 같습니다."

　"긍정적인 일이네요. 많은 생산직 분들이 꿈을 키워 나가실 수 있겠어요."

　"다시 직업 퀘스트에 대한 이야기로 돌아와서… 하지만 각자 구체적으로 어떤 퀘스트가 생성될지는 모릅니다. 대장장이의 예를 들었지만, 확실히 공방을 만들 수 있는 퀘스트도 있습니다. 그러나 그것은 수많은 갈림길의 하나일 뿐, 직업과 관련된 퀘스트는 많이 있으니 절대 포기하지 마시길 바랍니다."

　오주완은 땀을 흘리며 계속 설명했다. 빼곡한 대본을 들여다보면서 무려 2시간째 방송을 하고 있었다.

　"그런데 직업 스킬을 마스터하면 어떻게 되는 거죠?"

　"아직 그런 사람은 1명도 없습니다. 유니콘 사에서 비공개적으로 밝힌 바에 의하면 근처에 간 사람도 없다고 합니다. 〈로열 로드〉는 매우 방대한 게임이니까요. 더군다나 현실을 기반으로 했기에, 스킬을 마스터하기란 굉장히 힘든 일입니다."

　"그렇다고 해도 직업 스킬을 마스터하면 뭔가 얻는 게 있지 않을까요?"

　"대단한 명성과, 만약에 왕국에 소속되어 있다면 작위를 얻을 수 있겠죠."

오주완은 누구나 예상할 수 있는 발언을 하면서 넘어가려고 했다. 하지만 신혜민은 그의 표정 변화를 놓치지 않았다.

"1년 넘게 같이 방송을 하고 있어서 아는데요, 오주완 씨는 뭔가 숨길 때마다 눈을 깜박이는 버릇이 있어요."

"하하, 그런가요?"

"뭘 알고 계신지 말씀해 주세요."

"이거야 원. 안 되는데……."

오주완은 난처한 미소를 지었다. 그렇지만 순순히 얘기했다.

"직업의 마스터가 되면 그것이 끝이 아닙니다."

"끝이 아니다? 스킬을 다 마스터하면 생산직들은 마지막 과정에 도달한 게 아닌가요?"

"아닙니다. 그때부터 새로운 시작이 이루어진다고 합니다. 자신들에게 주어진 스킬을 이용해서 대륙을 위해 무언가를 해내야 한다고 들었습니다. 베르사 대륙의 메인 스토리들이 하나씩 떠오르게 되면, 퀘스트들을 수행하는 당사자들은 그 직업을 마스터해야만 깰 수 있다는 정보입니다. 이것은 각 종족의 퀘스트와도 연관이… 여기까지만 말하겠습니다. 더 이상은 정말 저도 잘 알지 못하는 부분이거든요."

"더 재밌는 일들이 많이 벌어지겠네요."

"그러리라 확신합니다. 막상 저는 아직 직업의 마스터와는 거리가 한참이나 남아 있어서 아쉬울 뿐이죠."

"직업 스킬들이 고급의 경지에 오르면 성장이 굉장히 어려우니까요. 말씀 고맙습니다."

"저야말로 오늘도 아리따운 신혜민 씨와 이야기를 할 수 있어서 영광이었습니다."

"어머, 칭찬 감사드려요. 요즘 과일을 많이 먹은 덕분인 것 같네요."

"저도 오늘 과일을 사서 집에 들어가야겠군요."

신혜민과 오주완은 슬슬 방송을 종료할 준비를 했다.

1부에서는 패널들을 초대하여 이야기를 나누었고, 2부에서는 정보들을 전해 주었다. 이제야말로 2시간에 걸친 방송을 마치고 쉴 시간이었다.

'페일 님과 신나게 데이트를 해야지.'

신혜민이 대본을 정리하며 방송 종료를 위한 멘트를 준비할 때였다. 갑작스럽게 PD로부터 방송 연장 사인이 떴다.

'에, 이제 끝낼 시간인데?'

〈베르사 대륙 이야기〉의 방송 화면도, 느닷없이 죽음의 계곡에서 싸우고 있는 원정대의 모습을 비췄다. 북부 원정대의 전투가 실시간으로 연결된 것이다.

오주완이 당황하고 있는 사이에, 신혜민은 재빨리 대응했다.

"네, 시청자 여러분. 〈베르사 대륙 이야기〉는 언제나 시청자 여러분에게 즐거움을 주기 위해 노력하고 있습니다. 신속하고 정확한 방송! 방송을 종료하지 않고 최근에 들어온 속보를 연속해서 보내 드리도록 하겠습니다."

오주완도 돌아가는 상황을 파악했다. 방송 화면을 보고 원정대의 일임을 짐작한 것이다. 바로 해설에 들어갔다.

"얼마 전에 북부 원정대에 대한 내용을 알려 드렸죠. 드디어 오베론 대장이 이끄는 원정대가 죽음의 계곡으로 진입한 것 같습니다."

오주완은 〈로열 로드〉 내에서 폭넓은 인맥을 자랑한다. 신망이 두터운 오베론과도 안면이 있는 처지라서, 원정대에 대한 소식들을 그로부터 직접 들을 수 있었다.

그때 PD가 신혜민과 오주완이 쓰고 있는 헤드폰을 통해 이야기를 전했다.

—체이스가 알려 준 소식입니다. 현재 원정대가 진입하는 계곡에 마녀 세르비안의 깨진 구슬이 있을 확률이 대단히 높답니다! 세르비안의 깨진 구슬은 현재 대륙의 더위를 날려 버릴 수 있는 주요한 아이템입니다!

2시간에 걸친 방송으로 인한 신혜민과 오주완의 피로가 싹 날아갔다. 누구보다 〈로열 로드〉를 좋아하고, 시청자들에게 새로운 정보를 준다는 데 자긍심을 가지고 있는 두 사람이었다.

신혜민이 먼저 포문을 열었다.

"마녀 세르비안의 구슬을 찾기 위한 원정대의 모험! 현재 실시간으로 보내 드리고 있습니다. 본 〈베르사 대륙 이야기〉 방송 시간과 관계없이, 원정대가 모험을 마칠 때까지 계속해서 보내 드릴 것을 시청자분들에게 약속드립니다."

새벽까지라도 방송을 하면서 시청자들이 원하는 것을 보여 주어야 했다.

이미 〈베르사 대륙 이야기〉는 방송국 시간표에 황금색으로 변해 있었다. 그것은 다른 어떤 프로그램보다 우선해서, 필요하다면 시간을 늘려도 된다는 허락의 표시!

신혜민과 오주완이 보는 화면은 오베론을 기준으로 해서 만들어져 있었다.

땅딸막한 키를 가진 드워프가 보는 죽음의 계곡.

원정대의 혈투.

악신 엠비뉴 교단의 사제들과 몬스터 무리와의 전투.

아울러서 본 드래곤이 하늘을 날아다니며 원정대를 먹어 치우고 있다.

신혜민은 속으로 생각했다.

'페일 님도 이걸 보고 있겠구나.'

〈로열 로드〉 유저들이라면 정보에 민감했다. 매우 희귀한 퀘스트의 발생이나 전쟁의 발발 같은 경우, 순식간에 수백만 명이 시청을 하기도 한다. 불과 몇 분 사이에 시청률이 폭발적으로 증가하고, 길거리에 있는 대형 멀티비전 앞에 몰려드는 인파도 수만 명에 달할 정도였다.

사실 신혜민과 오주완은 방송이 얼마큼 길어져도 상관없었다. 그들 스스로 〈로열 로드〉를 너무나도 즐기고 있었으므로!

신혜민이 기대를 담아 말했다.

"자, 그러면 원정대가 꼭 본 드래곤을 해치우고 마녀 세르비안의 깨진 구슬을 획득할 수 있었으면 좋겠네요."

오주완은 고개를 끄덕였다.

"가능할 수도 있을 것 같습니다. 차가운장미 길드 혼자서는 무리겠지만, 원정대에는 뛰어난 유저들이 많이 있으니까요."

"원정대가 대규모로 결성된 보람을 느낄 수 있겠네요. 그런데 오주완 씨."

"예?"

"본 드래곤의 위력은 어느 정도나 되나요?"

"일단 본 드래곤 정도의 몬스터라면 굉장히 강력합니다. 웬만한 길드들이라면 엄두도 못 낼 위험한 몬스터. 혼자서 밤길을 걷다가 만나면 오금이 저리는 그런 녀석이죠."

"밤에 본 드래곤을 만나다니, 정말 상상만 해도 끔찍한데요."

베르사 대륙에서는, 밤에는 몬스터들의 능력이 50%나 증가한다. 단지 밤에는 몬스터들도 대체로 휴식을 취하는 편이다. 그러므로 출현하는 몬스터들의 숫자가 줄어들어서 사냥은 가능했다.

하지만 애초에 1마리밖에 없는 보스급 몬스터라면 밤에 사냥하는 것은 자살행위나 다름이 없었다. 아이템이나 경험치의 보상은 커도, 웬만하면 다들 그런 행동은 하지 않았다.

그때 화면에, 오베론이 땅에 처박힌 본 드래곤의 몸통에 용감무쌍하게 도끼질을 하는 것이 보였다.

장작을 패듯이 가차 없는 드워프의 손길!

신혜민은 두 주먹을 불끈 쥐었다.

"모쪼록 많은 고생을 하신 원정대 분들의 노고를 생각해서라도 꼭 성공하시길 바랍니다."

"예. 마법사들이 다시금 대형 마법을 준비하고 있네요. 지금 막 본 드래곤의 몸통을 조준한 것 같습니다."

"파이어 필드 마법인 것 같은데요."

"드럼이 이끄는 마법사 부대의 일제 공격입니다!"

신혜민과 오주완은 축구 경기를 중계하듯이 그렇게 전투를 설명하고 있었다.

위드도 본 드래곤과 원정대가 싸우는 것을 보고 있었다.

'본 드래곤. 확실히 토리도보다는 강하군.'

토리도는 뱀파이어 로드다. 흡혈과 석상화의 권능, 상당히 파괴력이 강한 공격 마법들을 사용한다.

하지만 본 드래곤은 대형 몬스터로서, 수많은 원정대원을 말그대로 짓밟고 있었다. 코끼리가 개미 떼를 상대하는 것처럼!

"시원하군. 클클클."

위드는 사악한 미소를 터트렸다.

조각사라고 직업을 밝혔을 때, 저 원정대원들이 얼마나 무시를 했던가!

타인의 불행은 나의 행복!

물론 오베론을 비롯하여 몇 명은 길드로 영입하기 위하여 위드를 우대해 주었다. 하지만 대부분의 전투 계열 원정대원들은 조각사라고 무시하는 형편이었다.

생산직 직업들은 이미 무기나 방어구를 만드는 인부처럼 무시당하는 것이 일반화되어 버렸다. 그나마 스킬 경지가 높으면 약간은 존중해 주지만, 근본적으로 필요할 때만 찾는 사람이라는 점에는 변함이 없다. 돈만 주면 언제든지 부려 먹을 수 있는 일꾼 정도에 불과한 것이다.

그나마 가끔 쓸모가 있는 생산직 직업들이 이러한 대우를 받고 있는데, 예술 계열 직업들은 말할 필요도 없다. 원정대원들이 그동안 요리사, 조각사, 건축가 들의 도움을 받기는 했지만,

그 근본적인 인식이 바뀔 정도는 아니었다.

그것은 현재 생산직 계열의 직업들과 예술 계열 직업들이 죽임을 당한 것으로도 드러나는 사실이었다.

위드는 본 드래곤의 브레스가 뿜어졌을 때를 떠올렸다.

"충분히 보호해 줄 수도 있었어."

성직자들이나 마법사들이 방어 마법을 펼쳐 줄 수 있는 시간이 있었다. 만약에 그랬더라면 상인이나 요리사를 비롯한 생산직 계열의 직업들이 몇 명은 살았으리라. 남달리 생명력이 강한 위드도 어떤 방식으로든 살 수 있었을 것이다.

하지만 누구도 보호 마법을 써 주지 않았다.

"살릴 가치가 없었다는 거지."

마나를 소모해서 살려 봤자 싸움에 직접적인 도움이 되지도 않을 보급대는 그냥 전멸시킨다. 지켜 주기 위하여 전력을 분산시키지 않아도 되고, 좀 더 전투에만 집중할 수 있다.

오베론의 결정은 아니었겠지만 성직자나 마법사들의 순간적인 판단에 의한 것이었다.

그렇다고 위드가 그들을 원망하는 것은 아니었다.

애초에 세상이 그런 것이다.

"역시 본 드래곤이 제법 강하긴 하군."

땅에 처박혔던 본 드래곤이 일어나면서부터 원정대의 희생도 늘어나고 있다.

대혼전의 상황!

다크 게이머와 검치 들이 의외의 활약을 하고 있었다.

"여보! 나 아파 죽겠어!"

볼크는 엠비뉴 사제들의 틈으로 들어가서 무자비하게 양손 검을 휘두르고 있었다.

"조금만 참아요. 만날 엄살이나 부리고 있어. 힐!"

데어린은 남편과 다른 다크 게이머들을 치료해 주었다.

다크 게이머들은 무모하게 본 드래곤에 달려들기보다는 몬스터들을 처리하면서 착실하게 적들을 줄여 나갔다.

검치 들도 각자 흩어졌다.

"이놈들!"

"맛 좀 봐라!"

이미 위드의 검 갈기 스킬과 방어구 닦기를 통하여 공격력과 방어력을 향상시켰다. 그 덕에 검치 들은 몬스터와 충분히 자웅을 겨룰 수 있었다.

또한 그들은 눈치가 보통이 아니었다.

"위험해, 검삼백오십구치!"

"이크!"

검치 들은 몬스터들에게 둘러싸이지 않았다. 철저하게 주변의 상황을 인지하고 최적의 움직임만을 보여 준다. 각자 따로 흩어져 있는 몬스터만을 하나씩 제압하고 다녔다.

성직자나 마법사 들의 지원을 받지 않고서도 각개전투를 벌이는 검치 들!

위드는 고개를 끄덕였다.

"어쨌든 본 드래곤은 무난히 잡을 수 있겠어."

아무리 강한 몬스터라고 해도 원정대의 세력을 이기지는 못할 듯싶었다.

얼어붙은 북부의 대륙. 피가 흘러 계곡을 적시네
본 드래곤이여, 영웅들의 발걸음을 멈추게 하진 못하네

바드들이 목청을 드높여 열창을 한다.

댄서들은 그에 맞춰서 춤을 추었다. 얼음판 위에서 미끄러져 넘어지는 경우도 있었지만, 춤을 멈추지 않았다.

바드와 댄서 들의 도움.

샤먼이나 소환술사, 정령사 들도 각자 자신의 맡은바 임무를 다하고 있다.

원정대도 막대한 피해를 입겠지만 전투 자체는 이길 것으로 보였다.

"몬스터들이 다 처리되면 본 드래곤만 남으니까. 대충 절반 정도는 죽겠지만 그래도 승리는 어렵지 않을 거야."

위드는 전투가 끝날 때까지 나서지 않을 작정이었다.

검치 들이야 이런 전투에서 죽을 사람들이 아니었다. 자신의 목숨은 알아서 챙기리라. 그러므로 위드가 나설 필요는 전혀 없었다.

"어차피 이 몸을 하고 나설 수도 없지."

현재는 스켈레톤의 모습으로 변했다.

몬스터라고 오인해도 전혀 이상하지 않을 것만 같은 상황!

성직자들의 치료 마법도 역효과를 발휘하게 된다. 그러므로 원정대의 눈에 띄어 좋을 것이 하나도 없었다.

위드는 숨어서 상황만 살폈다.

"그런데 저 여자는 뭘 하는 거야?"

이상하게 서윤이 눈에 띄었다.

본 드래곤이 일생의 대적이라도 되는 것처럼 원정대의 선두에서 검을 휘둘렀다. 그 흉흉한 기세에 오베론이 물러날 정도로, 서윤의 공격은 맹렬했다.

버서커. 광전사의 특성대로 본 드래곤에게 끊임없는 공격을 가한다. 수많은 상처를 입으면서도 선두에서 싸우는 그녀 때문에 전투가 더욱 치열해지고 있었다.

전황이 뒤바뀐 것은 그때였다.

몬스터들이 어느 정도 줄어들었을 때에 원정대 내에서 큰 소란이 일어났다. 일부 원정대원들이 동료의 등에 대고 검을 휘두른 것.

"크억!"

"갑자기 왜……."

"우린 같은 편이다. 공격을 멈춰!"

"성직자들은 현혹 상태를 해제하는 신성 마법을 펼쳐라. 어서 빨리!"

성직자들은 동료들이 엠비뉴의 사제들이 쓰는 현혹 마법에 사로잡힌 줄 알고 신성 마법을 사용했다.

그러는 사이에도 일부 원정대원들은 공격을 그치지 않았다. 방어에 급급하던 이들이 속절없이 죽어 갔다.

그리고 터져 나온 성직자들의 비명!

"해제 마법이 통하지 않는다!"

"이놈들이 아군을 공격한다!"

몬스터들에게 현혹된 것이 아니었다.

결정적인 순간의 배신!

테로스와 진홍의날개 길드에서 검을 거꾸로 쥔 것이었다.

진홍의날개 길드는 이때만을 기다리고 참아 왔다. 특수한 아이템으로 얼굴을 바꾸고, 갑옷과 검도 적당한 것을 구입해서 장비했다.

그리고 결정적인 순간 마각을 드러냈다.

테로스는 위장하고 있던 갑옷을 본래 자신의 것으로 바꿔 입고, 얼굴에 그려 놓았던 그림들도 지웠다.

"다 쓸어버려라! 본 드래곤은 우리의 차지다!"

바바리안 워리어 플라인은 곁에 있던 오베론을 요격했다.

"크윽! 어째서……."

"우리 진홍의날개를 위해서는 어쩔 수 없소. 그래도 본 드래곤은 우리가 처치할 테니, 당신의 역할이 헛된 것만은 아니오."

플라인은 오베론의 등을 길게 베었다.

치명적인 일격!

오베론은 본 드래곤과의 전투 중에 갑작스럽게 원정대원들끼리 내전이 벌어져서, 그쪽에 신경을 쓰느라 전혀 대비를 하지 못했다. 결국 완벽한 무방비 상태에서 동료에게 상처를 입은 것이다.

오베론은 평소의 그답지 않게 진심으로 분노했다.

"지금까지 우리를 속인 것이냐!"

"속은 사람이 잘못이지. 우리도 원정대에 속해서 나름대로 헌신했소. 이제 우리의 몫을 찾을 뿐이지."

"비겁한! 나는 이대로 쓰러지지 않……."

오베론은 워리어답게 꿋꿋하게 일어서려고 했다. 하지만 그 때 그의 뒤에 떠오르는 그림자가 있었다.

"그러면 확실히 죽여 주지."

공포의 암살자 데인이 시퍼런 단검을 휘둘렀다.

> 암살자의 치명적인 일격이 터졌습니다!
> 육체의 마비! 독이 빠른 속도로 전신으로 퍼집니다. 상처 부위를 지혈하지 않으면 생명력이 계속 하락하게 됩니다.

데인의 단검에는 극독이 묻어 있었다. 오베론의 몸은 마비되어 움직여지지 않았다.

플라인과 데인의 눈이 마주쳤다.

"괜히 회복하기라도 하면 곤란해."

"바로 처리해 버리지."

플라인과 데인은 무기를 휘둘렀다. 본 드래곤이 날뛰는 근처에서 오베론에게 합공을 퍼붓는 것이다.

아무리 오베론이라고 해도 몸이 마비된 채로 두 사람의 공격을 견딜 수는 없었다.

"비겁한 놈들! 이 복수는 언제고……."

오베론이 복수를 다짐하며 죽었다.

원정대에서도 오베론의 죽음을 눈치챘다.

"대장님이 죽었다."

"배신자들이 우리 대장을 죽였다. 놈들이 대가를 치르게 해!"

원정대는 자중지란에 빠지고 말았다. 오베론의 세력과 동맹 길드, 테로스가 데려온 사람들 사이에 격렬한 전투가 빚어진 것이다.

테로스는 직접 전투에 참여하는 대신 다크 게이머들이 모여 있는 곳으로 갔다.

'어차피 돈에 움직이는 이들이다. 차가운장미 길드보다 더 많은 돈을 준다고 하면 되겠지.'

진홍의날개 길드는 공식적으로는 사라졌다. 하지만 그들이 챙겨 놓은 재산은 상당히 남아 있었다.

"볼크, 계약을 하고 싶다."

테로스는 다크 게이머들 중에 볼크를 찾았다.

벨소스 왕의 무덤. 그들이 했던 난이도 A급 퀘스트에서 참여했던 인연으로 안면이 있었다.

"우리와 뜻을 함께하자. 원정대를 나와서 우리를 돕는다면 돈은 달라는 대로 주겠다. 원한다면 본 드래곤에게서 나온 아이템도 절반 정도 분배해 줄 용의가 있다."

테로스는 볼크와 다크 게이머들이 제안을 받아들이리라고 믿어 의심치 않았다. 돈에 살고 돈에 죽는 인간들이니 언제든 포섭할 수 있다고 여긴 것이다.

의리나 우정 따위의 막연한 감정보다 현실에 충실한 용병들!

하지만 볼크는 고개를 저었다.

"그렇게 할 수는 없을 것 같군."

"왜? 내 제안에 무슨 문제가 있기라도 한 건가? 오베론보다 더 좋은 조건으로 우리와 계약하자는 이야기야."

"미안해. 선금을 받았어."

"그런……."

다크 게이머들의 제4 법칙!

돈을 받은 만큼 약속을 지킨다. 아무리 많은 이득을 거둘 수 있다고 해도 이행하고 있는 계약만큼은 절대적으로 수행한다.

대부분의 사람들은 모르고 있지만, 다크 게이머들은 돈이 걸린 계약을 어기지는 않았다.

믿을 수 없는 무리로 평판이 낮아지게 되면 돈을 벌 수 없다. 그러므로 다크 게이머들은 때때로 순간의 이득을 포기하면서라도 약속된 계약을 이행했다.

돈밖에 모르는 철면피 소리를 듣더라도 그에 맞는 행동을 보여 주는 것을, 테로스는 모르고 있었던 것이다.

테로스의 얼굴이 굳었다.

"더 많은 돈을 줄 수 있다. 저들이 약속한 금액의 2배… 아니, 3배를 지급하지."

"그래도 할 수 없어. 계약은 반드시 지킨다. 그 계약이 종료된 후라면 몰라도 지금은 안 돼."

테로스는 다크 게이머들을 자신의 세력으로 받아들이지 못하고 돌아서야 했다.

"크, 오, 오, 오!"

그러는 사이에 본 드래곤과 몬스터들은 더욱 활개를 치고 있었다.

원정대의 주력이라고 할 수 있는 고위 유저들은 그들끼리의 전투에 바쁘다. 다크 게이머들은 자중지란과는 상관없이 중립을 지키며 몬스터와 싸우고 있었지만, 그들이 전부를 막아 낼 수는 없었다.

"키요오! 인간들을 죽여라!"

"악을 믿어라. 악을 따르라!"

상처 입은 본 드래곤과 몬스터들이 우리에서 풀려난 맹수처럼 날뛰었다.

죽음의 계곡은 말 그대로 많은 이들의 무덤이 되어 가고 있었다.

어느 순간부터는 균형이 무너졌다. 인간들에게 우세하던 힘의 축은 몬스터와 본 드래곤에게로 넘어가고 말았다.

"이런 망할!"

"저놈의 배신자들 때문에."

서로 간의 싸움을 중단하고 다시금 몬스터에게 집중했지만 이미 때가 늦었다.

설상가상으로 아직도 서로를 믿을 수 없는 상황!

차가운장미 길드가 주력인 원정대는 테로스나 그 부하들을 신뢰하기 어려웠다. 다시금 완전하게 힘을 합한다면 기회가 있겠지만 그러지를 못하니 갈수록 피해만 누적되고 있었다.

마침내 본 드래곤을 억제하던 방어선이 돌파당했다.

본 드래곤을 잡기 위해서는 끊임없는 공격으로 움직임을 봉쇄해야 하는데, 공격하는 이들이 부족하여 여유를 주고 만 것이었다.

"크, 어, 어, 어, 어!"

본 드래곤이 날개를 활짝 펼쳤다.

그 풍압에, 테로스와 그 부하들이 원정대의 전사들과 함께 멀리 날아 떨어졌다.

"젠장!"

테로스는 서둘러 일어서려고 했다.

번뜩!

순간 본 드래곤의 눈에서 빛이 일렁였다.

본 드래곤은 숨을 크게 들이쉬기라도 하는 것처럼 입을 쩌억 벌렸다.

푸화학!

강력한 브레스가 테로스와 원정대 전사들을 뒤덮었다.

"으아악!"

"제발 살려 줘!"

"몸이… 몸이 녹아내린다."

본 드래곤의 브레스는 전사들 수십 명을 녹여 버리는 것으로 끝나지 않았다.

본 드래곤의 가장 강력한 무기인 브레스!

한자리에 몰려 있던 성직자, 정령사, 마법사 등 체력이 약한 이들에게 그대로 밀려들었다.

"막앗!"

"피해라!"

놀란 날파리 떼처럼 도망치려는 자들과, 방어 마법을 펼치는 이들이 뒤섞였다.

브레스는 그곳을 휩쓸고 지나가 버렸다.

발 빠르게 피한 자들은 살아남았지만 애써 막으려던 자들은 큰 피해를 입었다. 몸이 새카맣게 변해서 생명력이 기하급수적으로 떨어지고 있는 것이다.

맹독을 품고 있는 브레스에 당한 결과였다.

애초에 합심해서 방어 마법을 펼쳤더라면 전사들을 삼키고 조금씩 약화된 브레스를 막아 낼 수도 있었겠지만, 그러지를 못했다.

"치료의 손길!"

"힐!"

"리커버리!"

성직자들이 서둘러서 회복 마법을 펼쳤다.

독으로 줄어드는 생명력을 보충해 주는 것!

"안티 포이즌!"

"포이즌 큐어!"

일부 성직자들은 해독 마법을 적극적으로 펼쳤다.

부지런히 노력한 덕분에, 브레스에 적중되어 바둥거리던 동료들을 살려 낼 수 있었다.

하지만 상황은 이미 절망적으로 변해 버렸다.

남아 있는 원정대의 숫자는 400여 명 정도였다.

아직도 상당히 많은 숫자가 남아 있기는 했다. 그럼에도 더 이상 본 드래곤과 싸울 수는 없었다.

직접 전투를 담당할 전사들이 부족했다. 궁수, 바드를 비롯하여 댄서, 성직자나 마법사, 정령사 들처럼 물리력에는 취약한 직업들만이 남은 것이다.

"젠장! 역시 이번 일도 맡는 게 아니었나."

볼크가 불평을 터트렸다.

지난번 퀘스트에 이어서 다시 목숨을 잃게 생겼다. 죽을 경우에는 많은 보상금을 받기로 약속이 되어 있다지만, 다크 게이머에게 죽음이란 그 자체로 큰 손실이다.

볼크와 데어린을 비롯한 다크 게이머들이 한곳에 뭉쳤다.

"어떻게 하지?"

"계약상 도망칠 수는 없다."

"그렇다면……."

"시원하게 싸워 보자!"

다크 게이머들은 오랜만에 피가 끓어올랐다.

〈로열 로드〉로 돈벌이를 하고 있지만, 근본적으로 이 대륙을 사랑한다. 그러지 않았더라면 굳이 다크 게이머라는 직업을 택하진 않았으리라.

몬스터와 싸우면서 가정을 돌보아야 할 가장이 된 탓에 소극적이 될 수밖에 없었다.

하지만 불가항력으로밖에 보이지 않는 본 드래곤과 몬스터들을 맞아 싸우면서 가슴이 뜨거워진 것이다.

"으아아아!"

"저놈을 죽여 버려라!"

"토막 내! 토막 내!"

광분한 다크 게이머들은 하찮은 몬스터들은 그대로 무시하고 오로지 본 드래곤을 향해서만 돌격했다.

"우히히히힛!"

"좋아! 아주 화끈한데!"

본 드래곤에게 걷어차여도 웃는다.

좀비처럼 다시 일어나서 돌격하는 다크 게이머들!

검치 들은 그사이에 몬스터들을 감당하고 있었다. 마법사들과 성직자들의 주변을 지켜 주면서 싸웠다.

하지만 검치 들은 자신들의 최대 장점을 발휘하지 못했다. 수십 명이 하나처럼 자리를 바꿔 가면서 싸우는 방식을 취할 수 없게 된 것이다.

"크윽!"

부상을 당해 쓰러지고 죽어 가는 검치 들이 생겨났다.

이를 보고 위드는 전투에 개입하고자 결심했다.

"내가 나설 수밖에 없겠군."

검치 들의 죽음을 간과할 수는 없다. 그리하여 우선 귓속말을 보냈다.

> —검십육치 형.
> —어? 위드냐?

비장한 얼굴로 싸우고 있는 것에 반해 검십육치는 매우 평온한 어조로 답했다.

그는 이곳에 있는 검치 들 중 가장 연장자였다. 상당히 많은 아수라장을 현실에서 겪어 왔던 그였기에 평상심을 잃지 않았던 것이다.

> —아까 브레스 맞던데. 죽은 거 아니었어?
> —죽었습니다. 조금 사정이 긴데, 다시 살아났습니다. 아무튼 지금 도와드릴게요. 일단 뒤로 피하시죠.
> —아니야. 그럴 필요 없어.

검십육치의 말은 다소 뜻밖이었다.

> ─우선 내가 죽을 때까지 기다려 줘.
> ─예?
> ─이 기회가 아니라면 내가 언제 여자 앞에서 이렇게 멋진 모습을 보여 줄
>   수 있겠느냐.

검십육치의 뒤에는 예쁜 성직자가 바들바들 떨며 치료 마법을 펼치고 있었다.

춥고, 배고프고, 위험하기 짝이 없는 몬스터들이 도사리고 있는 장소에서 목숨을 걸고 지켜 주는 남자!

검십육치는 그것을 위하여 한 몸 희생하기로 한 것이다.

현실에서는 절대 일어나지 않을 상황이었다. 불량배들도 검십육치를 보는 순간 줄행랑을 치는 것이 보통이었으니 말이다.

마침내 검십육치는 악령 병사들과 싸우던 도중에 장렬하게 쓰러졌다. 생명력이 경각에 달해서, 치료 마법도 소용이 없는 수준에 이르고 말았다.

"미안합니다. 저의 능력이 이것밖에 안 되는군요. 제가 죽는 것은 괜찮지만……."

"…괜찮아요. 최선을 다하셨어요."

예쁜 여자 성직자의 큰 눈망울에 눈물이 가득 고였다.

그녀는 검십육치의 시선을 느끼고 있었다. 전장에서 언제나 보살펴 주던 든든한 존재. 그 사람이 목숨을 잃어 간다.

"다시, 떨어져 있어도 언젠가는 꼭 다시 만날 수 있겠지요. 그때에도 지켜 드리고 싶습니다. 허락해 주시겠습니까?"

검십육치는 며칠간 준비해 왔던 멘트를 날렸다. 바람둥이 제

피에게 특별히 따로 교육을 받은 대사들이었다. 여자를 밝힌다는 느낌이 아니라, 끝까지 지켜 주지 못한 것을 무척이나 슬퍼하고 안타까워하는 음성으로 해야 효과가 높다고 했다.

"네. 제 이름은 리비안이에요."

"검십육치입니다."

친구 등록!

검십육치는 목적을 달성하고 죽을 수 있었다.

'성공했군.'

위드는 자리에서 일어났다.

뼈로만 이루어진 육체!

스켈레톤의 형상으로 원정대에 다가간 것이다.

언데드 라이즈

위드는 한 손에는 타락한 성자의 지팡이를, 다른 한 손에는 바르칸의 마법서를 들었다.

"와이번들은 나타나라!"

와일이, 와둘이, 와삼이, 와오이, 와육이, 와칠이.

자랑스러운 와이번들이 날개를 활짝 펼치며 날아왔다.

에취!

"추워 죽겠네."

"주인을 잘못 만난 죄로 고생이다, 고생!"

죽음의 계곡 상층부에는 얼음 알갱이들이 날릴 정도의 차가운 바람이 불었다. 위드마저 감기에 걸릴 것이 두려워서 접근하지 못할 정도!

와이번들은 추위에 떨면서 날아왔다. 늑대 가죽으로 만들어서 알록달록하게 염색해 준 옷이 없었다면 근처에도 올 수 없었으리라.

살아남은 원정대원들은 새로 나타난 와이번들을 보며 절망에 빠졌다.

"하필이면 와이번까지 나오다니."

"이젠 도망갈 수도 없게 되어 버렸어."

　하지만 그들의 얼굴빛이 환하게 바뀐 것은 한순간이었다.

"저게 뭐야. 와이번들이 옷을 입고 있는 것 같은데. 무슨 와이번이 옷을 입고 있지?"

"그보다도 저 와이번들, 생김새가 조금 이상해 보이지 않아?"

"저 각진 얼굴이나 짧은 목, 유난히 튀어나온 배를 분명 어디선가 보았는데……."

"절망의 평원!"

"오크와 불사의 군단과의 전투에서 본 와이번들이잖아."

"그렇다면……."

"위드다! 위드가 이곳에 나타난 거야!"

　원정대원들은 환희에 빠졌다.

　그들이 꿈꾸고 있던 영웅!

　대륙의 모험가로서 그리고 전사로서 이름을 날리고 있는 위드가 이곳에 나타난 것이다.

"와이번들아, 너희의 먹이를 놓치지 말라!"

　위드가 명령을 내리자, 와이번들이 세차게 날개를 치며 날아올랐다.

　와이번들은 원정대가 모여 있는 곳을 아슬아슬하게 비껴가서 몬스터들을 공격했다. 그 위에 올라탄 금인이도 맹렬하게 화살을 날렸다.

검치와 성직자, 마법사 들이 모여 있는 곳 주변의 몬스터들과 전투를 개시한 것이다.

하지만 이 정도의 도움으로 어떤 결정적인 반전의 계기를 마련하였다고 보기란 어렵다.

위드는 바르칸의 마법서를 펼쳤다.

몬스터들을 상대하기 위해서는 다수의 아군이 필요하다. 그리고 이곳에는 쓸 만한 아군들이 매우 많았다.

"일어나라, 눈 감지 못한 원혼들이여! 여기 살아 있는 그리고 너희를 죽인 자들에게 복수하라! 데드 라이즈."

원정대가 서 있는 얼음으로 된 대지가 검게 물들었다.

땅에서부터 일어난 좀비와 구울, 스켈레톤 병사 들!

키야호오!

크헤헬.

언데드 군단은 흐느적거리면서 움직였다.

위드는 몬스터들을 가리키며 명령했다.

"싸워라. 저들을 죽여라. 너희의 원수다!"

크레레렐!

언데드들은 위드의 명령을 따라서 엠비뉴의 사제나 몬스터들을 향해 어슬렁어슬렁 걸어갔다.

철퍼덕.

부자연스러운 움직임 탓에, 얼음에 미끄러져서 일어나지 못하기도 했다.

그럼에도 불구하고 좀비나 구울 들이 휘두르는 손톱에는 엄청난 힘이 담겨 있었다.

속도는 느려도 강한 몬스터들.

"위드 님이 언데드들을 일으켰다!"

"언데드들이 몬스터와 싸운다."

원정대원들은 혼란에 빠지고 말았다.

언데드들은 살아 있는 이들의 적! 없애 버려야 할 몬스터에 불과하였다.

네크로맨서라는 직업이 공개되긴 했지만 아직까지는 전직을 마친 사람도 별로 없다. 그런데 언데드 소환 스킬을 직접 눈으로 보니 신기하기만 했다.

위드는 다른 아군들도 불러들였다.

"콜 데스 나이트 반 호크. 콜 뱀파이어 토리도!"

데스 나이트와 뱀파이어 로드의 소환!

죽음을 몰고 다니는 기사와, 창백한 얼굴의 뱀파이어가 나타났다.

"주인, 오늘따라 무척 마음에 드는군."

데스 나이트는 나오자마자 아부를 했다. 언데드인 그인지라 근원의 스켈레톤이 된 위드에게 친밀감이 생긴 것이다.

하지만 위드는 인정 따위는 메말라 비틀어진 지 오래였다.

"데스 나이트!"

"주인, 뭐든 명령해라. 저들과 싸우면 되는가? 저들의 수급을 취하여 그대의 앞에 바치겠다."

승부를 좋아하는 데스 나이트는 자신 있게 대답했다.

하지만 위드는 고개를 저었다.

"그게 아니다. 네 투구를 벗어 내게 다오."

"……."

"내 말이 들리지 않느냐? 네 투구를 줘. 내가 쓸 거야."

세상에서 최소한 다섯 번째 안에 드는 치사한 행동!

준 것 다시 뺏기!

그것도 원래 데스 나이트의 소유였던 것을 위드는 뺏으려고
했다.

"이건 내 물건이다."

데스 나이트는 강직하게 자신의 마법 헬름을 지키려고 했다.

위드는 주먹을 쥐었다.

"맞고 줄래, 그냥 줄래?"

강압과 폭력으로 어우러진 선택!

위드는 그나마 인내심도 발휘하지 않았다.

"같은 말 두 번 안 한다."

"…그냥 주겠다."

데스 나이트는 얌전히 마법 헬름을 벗어서 내밀었다.

다른 이들은 공포 분위기 조성을 위한 협박이라고 생각할 수
도 있다. 하지만 위드는 한다면 했다.

더구나 노가다는 달인의 경지에 이르렀다. 스킬 숙련도를 향
상시킨다면서 몇 날 며칠을 패고도 남을 인간!

그런 인간의 비위를 거슬러 봐야 좋을 것이 하나도 없는 것
이다.

"걱정 마. 잘 사용하고 나중에 다시 돌려줄 테니. 가서 싸워라."

"알겠다, 주인!"

데스 나이트가 엠비뉴의 사제들을 목표로 달려들었다.

위드는 토리도를 돌아보았다.

"넌 본 드래곤을 맡아라."

"알겠다."

"공격보다 방어에 치중하도록 해. 무리할 필요 없으니까."

토리도는 그 말에 따라 수하들에게 본 드래곤과 싸우도록 명령했다.

"뱀파이어 퀸, 어린 뱀파이어 들아. 정면 승부를 고집하지 마라. 우리는 밤의 귀족들이다."

"알겠습니다, 로드!"

토리도는 부하들과 함께 박쥐로 변했다.

이빨이 뾰족한 흡혈박쥐!

검은 날개를 펄럭이며 거대한 본 드래곤에게 달라붙어 공격을 가했다.

이길 수 있는 상대는 아니다. 하지만 최소한 시간은 벌 수 있으리라.

위드는 그사이에 마법 헬름을 착용했다.

"오랜만에 써 보는 것이로군."

저주받은 철로 만들어진 마법 헬름.

눈 부위가 둥글게 뚫려 있어서 그 사이로 음험한 광채가 뿜어져 나온다.

지옥의 불길처럼 이글거리는 눈빛!

반 호크의 마법 헬름은 라비아스에서 데스 나이트를 잡았을 때 얻은 물품이었다. 한때는 늘 착용하던 물품이지만, 얼마 전에 미스릴과 흑철을 이용하여 고귀한 기품의 헬멧을 만들어 냈다. 그래서 데스 나이트에게 돌려주었지만, 필요하니 다시 되찾은 것이다.

> 암흑 계열 마법의 저항력이 늘어납니다.

> 언데드와의 친화도가 10 상승합니다.

마법 헬름이 주는 옵션들이 부여되었다.

위드는 다시금 언데드 소환 마법을 펼치기로 했다.

'마나가 상당히 많이 남았어.'

1단계의 기초적인 언데드 소환 마법.

백여 구의 시체들을 일으켰는데 마나 소모는 4,000 정도에 불과했다.

타락한 성자의 지팡이!

이 무기가 주는 엄청난 효과 덕분이었다.

위드는 남아 있는 마나를 우선 다 쓰기로 했다.

'근원의 스켈레톤은 육체적인 힘이 더 강한 편이다.'

마나가 없더라도 육탄전을 벌일 수 있다.

위드는 바르칸의 마법서를 열어 2단계의 언데드 소환 마법을 사용했다.

"너희가 살아서 움직이던 땅으로 돌아오라. 이곳은 어두운 곳. 검고 부패한 땅. 영영 사라지지 않을 암흑의 율법을, 모든 이들에게 새길 수 있도록 하라. 언데드 라이즈!"

부르르.

타락한 성자의 지팡이에서 진동이 일어났다.

위드가 보고 있는 곳에서 수많은 시체들이 일어난다.

그들은 목을 가지고 있지 않았다.

듀라한!

전투를 좋아하는 전사들.

그 외에도 스켈레톤 메이지들이 다수 일어났다.

수백, 수천에 달하는 언데드들이다.

주체할 수 없을 정도로 큰 규모였다.

마나를 대부분 사용하고, 지팡이와 마법 헬름에 힘입어 보통의 지휘력으로는 감당할 수도 없는 언데드들을 일으켜 세웠다.

남아 있는 마나는 불과 200 정도!

위드가 착용하고 있는 마법 헬름에서 빛이 번뜩였다.

"싸우고, 투쟁하라! 너, 희, 들, 의, 증, 오, 를, 나, 의, 적, 을, 향, 해, 펼, 쳐, 라."

위드가 광량한 사자후를 터트렸다. 고급 스킬에 오른 사자후를, 마나를 다 소진해서 사용해 버렸다.

그러자 언데드들이 몬스터와 본 드래곤을 향하여 주눅 들지 않고 덤벼들었다.

좀비들은 뼈가 부러져도 싸우고, 팔다리가 날아가도 개의치 않는다. 구울이 몸통으로 끌어안고, 듀라한이 머리를 들고 있지 않은 팔로 대검을 휘둘렀다.

"싸, 우, 자."

"적, 들, 이, 다."

위드가 탄생시킨 몇몇 보스급 몬스터들!

보스급 듀라한이나 스켈레톤 메이지, 구울 들은 눈부신 활약을 하고 있었다.

원정대는 이런 전투는 처음이라 얼어붙고 말았다. 네크로맨서 마법의 진정한 위력을 보게 된 것이다.

"말도 안 돼!"

"언데드들이 이렇게 많다니."

언데드들은 웬만해서는 기피하는 사냥감!

원정대 중에는 거의 처음으로 언데드를 본 사람들도 있었다. 그런데 몇 명이, 믿을 수 없다는 듯이 눈을 크게 떴다.

"그런데 언데드들의 모습이 어딘가 익숙한 것 같지 않아?"

"어? 그런 것 같기도 한데."

"저기 있는 것은 오베론 님 아닌가?"

유난히 키가 작은 듀라한이 있었다. 그 작은 체구의 듀라한은 적을 피하지 않고 잘 싸웠다.

네크로맨서 마법은 그 장소에 있는 시체를 이용한다. 즉, 시체가 없다면 네크로맨서 마법의 위력도 감소할 수밖에 없다.

몬스터와 싸우던 도중에 죽었던 원정대원들의 육체가 언데드가 되어 일어나 버린 것.

파보나 가스톤도 좀비가 되어 적들을 향해 달려가서 팔다리를 허우적거렸다. 이미 죽은 시체이기에 과거에 보유했던 스킬을 쓰는 것은 아니었지만, 모양만큼은 상당히 흡사했다.

"그런데 저들은 무엇이지?"

녹슨 갑옷을 입고 있는 전사들. 오래된 문양을 가진 갑옷의 병사들도 듀라한이 되었다.

이들은 니플하임 제국의 병사와 기사들이었다.

지금까지 이 죽음의 계곡에 잠들어 있다가 위드의 부름에 의하여 깨어난 것이다.

캬오오!

언데드들은 무섭게 몬스터들을 몰아붙였다.

위드가 보는 메시지 창에는 숨 가쁘게 정보들이 떠올랐다.

경험치를 습득하였습니다.

듀라한이 놀라운 힘으로 엠비뉴의 사제를 처단하였습니다.
믿기 힘든 승리로 인하여 명성이 1 오릅니다.

구울이 죽었습니다.

스켈레톤 병사가 적의 공격에 파괴당했습니다.
다시 데드 라이즈 마법을 사용할 경우 절반의 마나로 일으킬 수 있습니다.

스켈레톤 메이지들의 남은 마나 35%.

언데드들은 조각품과는 달랐다.

조각품은 마나를 소모하지도 않고, 만들어 내면 자신들이 알아서 싸운다. 또한 대체로 일반적인 수준에 비해 굉장히 강한 편이다.

하지만 언데드들은 그리 강하지는 못했다. 대신 숫자가 상당히 많으며, 시체만 있다면 언제든지 일으킬 수 있다.

언데드가 해치운 명성과 경험치가 일정 비율로 들어온다는 점에서도 차이가 있었다.

네크로맨서는 그 어떤 직업보다 빠른 상황 판단으로 몬스터 대군을 부릴 줄 알아야 한다. 상당한 통솔력을 필요로 하는 직업이었다.

위드가 만들어 낸 몇몇 보스급 언데드들!

"키워윌!"

"커프스 익스플로전!"

"본 쉴드!"

스켈레톤 메이지들이 일부 언데드들을 폭발시켰다.

적들의 앞에서 사정없이 비산하는 시체 무리.

듀라한들, 강화 구울들도 거칠게 날뛰었다.

인간과는 다르다. 넘어져도 굳이 애써 일어나려고 하지 않는다. 쓰러진 채로 발목을 물어뜯고, 배를 낮게 깔고 땅바닥을 엉금엉금 기어서 목표를 노린다!

언데드 군단의 무서움은 무자비함에 있었다.

도무지 종잡을 수 없는 공격 방식. 오로지 살의만을 가지고 덤벼들기 때문이다.

⚜

〈로열 로드〉 명예의 전당!

벌써 소문이 퍼져서 인터넷을 통해 수십만의 시청자들이 보고 있었다. 각 방송사들의 중계를 보고 있는 사람들까지 감안한다면 수백만, 수천만이 넘을 수도 있다.

희열과 쾌감!

짜릿한 승부를 보면서 사람들은 즐거워하고 있었다.

그러던 차에 테로스와 그 부하들이 배신을 하는 것을 보게
되었다. 단순한 배신이라면 그렇게까지 격앙될 필요는 없으리
라. 하지만 그들의 배신으로 인하여 전황이 극도로 불리하게
돌아갔다. 오베론도 목숨을 잃었다.

그리하여 아직 살아 있는 드림에 의하여 동영상이 전송되고
있었다.

원정대원들이 죽어 갈 때마다 분노가 치밀었다.

아무리 힘이 지배하는 세상이라지만, 도덕적인 면에서도 배
신은 욕을 먹어 마땅한 행위다. 게다가 저들이 실패한다면 그
만큼 더 오래 더위를 견뎌야만 했기에!

마구 퍼부어지는 욕설.

수십만 건의 욕들이 게시판을 가득 뒤덮었다. 몇 명은 짜증
을 내며 동영상을 보는 것을 종료하기도 했다.

그때에 그가 나타났다.

위드!

ㄴ 마, 마, 마법의 대륙의 위드다!
ㄴ 위드가 언데드들을 이끌고 왔다.
ㄴ 아니, 뭔가 이상한데……
ㄴ 위드가 언데드들을 일으키고 있어!

사람들은 흥분했다.

어디서나 들을 수 있는 이름. 위드!

워낙 유명하기에 많은 사람들이 위드라는 이름을 달았다.

그러나 진정한 위드는 하나뿐이다.

〈마법의 대륙〉 최고 고수이며, 진혈의 뱀파이어족과 불사의 군단을 물리친 사내.

위드는 이미 유명인이었다.

계정이 고가에 팔리고 난 이후 각종 언론들의 난리법석 덕분에 과대 포장된 면도 없지는 않지만, 위드가 나타났다는 자체만으로도 사람들을 감격시키기에는 충분했다.

＊＊＊

위드가 만들어 낸 언데드들이 엠비뉴의 사제들과 추종자, 악령 병사 들을 할퀴고 물어뜯었다.

"공격해라. 싸워라. 먹어 치워라!"

위드는 언데드 군단으로 하여금 철저하게 몬스터들만 상대하도록 지시했다.

경험치를 습득하였습니다.

구울이 추종자가 떨어뜨린 3골드 15실버를 주웠습니다.

듀라한이 늘어진 천을 획득했습니다.

스켈레톤 메이지가 붉은 약초 꾸러미를 주웠습니다.

몬스터들이 죽을 때마다 얻는 소득이 짭짤했던 것.

경험치도 상당히 빨리 올라가는 편이었다. 언데드들이 싸울 때마다 일정 비율의 경험치를 받고 있으니, 직접 전투를 하는 것과는 비교가 안 될 지경이었다.

'역시 전투 계열의 직업이야!'

사냥이 원활하게 진행될수록 위드는 안타까움에 눈물이 흐를 것만 같았다.

진정한 전투 계열 직업! 그것도 최고의 성장 속도를 자랑한다고 알려져 있는 네크로맨서 계열의 맛을 보고 말았다.

네크로맨서의 경험치 축적 속도는 다른 직업들의 4배 정도나 빠르다. 물론 이것은 사냥을 하는 순간에 한정된 것이다. 대부분 파티가 아닌 솔로로 돌아다니는 네크로맨서들은 결코 편하지 않다.

네크로맨서는 시체를 언데드로 만드는 직업이다. 그러므로 그들의 기술을 발휘하기 위해서는 시체가 필요하다.

최초의 언데드!

그 1마리를 만들기 위하여 빈약한 공격 마법을 가지고 죽기 살기로 몬스터를 잡아야 했다. 언데드들을 늘려 나가면 일은 훨씬 쉬워지겠지만, 나름대로 초반의 고충은 있었던 것이다.

성직자나 성기사들에게 취약하다는 약점도 가진다.

게다가 정해진 시간이 지나면 언데드들을 유지하지 못해, 시체로 돌아가 버린다. 그렇게 돌아간 시체를 다시 일으키려면 막대한 양의 마나가 필요하다.

언데드 군단을 거느리며 전투를 벌일 때에는 화끈하기 짝이 없어도, 마나를 채우기 위해서는 지루한 시간을 보내야 했다.

게다가 언데드들은 마법의 스킬뿐만이 아니라 재료의 질도 중요했다. 어떤 시체를 사용하느냐에 따라서 그 위력이 천양지차로 달라진다.

레벨 300이 넘는 시체를 사용하면 마법 스킬이 낮아도 제법 강한 언데드를 일으켜 세울 수 있다.

"데스 나이트나 밴시, 레이스, 와이트, 스펙터. 이런 몬스터들을 부를 수 있다면 좋겠지만……."

그러한 3단계 이상의 언데드 소환 마법들은 네크로맨서 전용 마법이라는 제한이 있었다.

근원의 스켈레톤은 마법사의 성향을 갖고 있는 덕에 1차, 2차의 간단한 언데드 소환 마법은 사용할 수 있어도 네크로맨서 전용 마법의 사용까지는 무리!

그럼에도 재료들이 워낙 뛰어난 덕분에 발군의 활약을 보이고 있었다.

원정대의 시체나 니플하임 제국 병사들의 시체, 심지어는 적 몬스터들의 사체들이 언데드가 되어 일어났다. 상대 몬스터 1마리에 서넛씩 달라붙어야 했지만 이 정도로도 충분했다.

"죽으면 또 일으키면 되니까."

전투가 지속될수록 언데드들은 무조건 늘어날 수밖에 없다. 네크로맨서는 실로 엄청난 장점을 가진 직업인 것이다.

"대단하다!"

"저 사람이 위드 님이구나."

원정대원들은 선망의 눈빛으로 바라보고 있었다.

베르사 대륙의 진정한 모험가.

어떤 퀘스트에도 불가능을 보여 주지 않은 절대적인 존재.

원정대원들이 추앙할 수밖에 없는 인물이었다.

"흠."

위드도 그 시선을 느끼고는 팔짱을 낀 채로 전장을 주시했다. 훤하게 전신의 뼈를 드러내 놓은 채로 근엄하게 전투를 구경했다.

"후후, 나의 언데드 군단이 잘 싸우고 있군."

위드는 오만하고, 절도 있게 서 있었다.

물론 원정대원들에게 이목은 집중시켜 놓은 상태. 타인이 자신을 어떻게 여기고 있는지가 매우 궁금했으니까!

그런 위드의 귓가에 원정대원들이 떠드는 소리가 들렸다.

"그런데 왜 해골이지?"

"몰라. 어디서 못된 짓을 하다가 저주라도 받았나?"

"아닐 거야. 저주치고는 너무 멀쩡하잖아."

"그나저나 이제 본격적인 흑마법을 보여 주지 않을까?"

"그러게. 진정한 네크로맨서의 위력을 보여 주실 테니 기다리자."

"위드 님이라면 뭔가 굉장한 장면을 보여 줄 거야."

위드의 귓가가 간지러웠다. 그렇다고 해서 체면이 있지, 마나가 떨어졌다는 것을 공개할 수도 없는 노릇!

'네크로맨서 전용 스킬을 쓸 수도 없고.'

불끈.

지팡이를 쥔 손에 힘을 더했다.

언제나 그렇듯이 머리가 나쁘면 몸이 고생하면 된다.

위드는 지팡이를 든 채로 몬스터들을 향해 몸을 날렸다.

파바바박!

지팡이가 영활한 움직임을 보였다. 손바닥 아래에서 자유자재로 움직이면서 몬스터들을 쓰러뜨린다. 환상적이라고도 말할 수 있는 검술이, 지팡이를 통해 사람들 앞에 선을 보였다.

검과 지팡이는 큰 차이가 있다.

검이 상대를 베어 버리는 날카로운 무기라면, 지팡이는 그야 말로 상대를 부숴 버린다.

타락한 성자의 지팡이의 공격력은 웬만한 검보다도 훨씬 좋을 정도!

몬스터들이 위드 앞에서 마구 박살이 났다.

'경험치! 경험치가 나를 부르는구나.'

언데드들이 줍는 아이템이나 돈은 모두 위드에게로 돌아온다. 하지만 경험치는, 언데드들을 통할 경우에는 절반 이상의 손실이 생겼다. 그러므로 위드는 철저하게 목숨이 경각에 달한 몬스터들을 골라서 잡았다.

넓은 시야와 발군의 눈치!

위드가 때리는 몬스터들은 불과 두세 대를 감당하지 못하고 죽었다.

그가 지나가는 곳마다 몬스터들이 사체로 변한다.

마치 폭풍처럼 진영을 휩쓸고 가는 위드였다.

'어쨌든 본 드래곤 때문에 한번 죽었으니, 잃어버린 경험치를 보충하기 위해서라도 부지런히 싸워야지.'

여러 소중한 스킬의 숙련도들 또한 말할 것도 없이 큰 손실이었다.

위드는 피해를 만회하기 위하여 생명력이 얼마 남지 않은 몬스터들만 골라서 때려잡기로 한 것이다.

"과연 위드 님이야!"

"마법을 쓰는 걸로는 부족했던 것이지."

"암! 역시 몸을 움직여서 몬스터를 때려잡고 싶었던 거야."

"마법 실력이 그 정도였는데, 대체 저런 공격력이란……."

"레벨이 얼마일까?"

원정대원들의 흠모의 눈빛이 더욱 깊어졌다.

어쩔 수 없는 것이, 그들이 보기에는 위드가 지나간 곳마다 몬스터들이 확연하게 줄어 있었다. 한 줄기 바람처럼 몬스터들을 휩쓸어 버리고 있다고 착각할 수밖에 없는 상황이었다.

그들의 눈에는 위드밖에 들어오지 않았다.

언데드들이 지지부진하게 싸우고 있는 장소에도, 위드가 뛰어들면 순식간에 적의 숫자가 줄어들고 만다.

신묘한 지팡이의 움직임.

놀라운 몸놀림과 부드러운 연결 동작들.

지금까지 난전을 거듭했던 것이 마치 거짓말이었던 것처럼, 전장은 깨끗하게 정리되어 갔다.

실제로는 언데드들이 거의 죽여 놓으면 위드가 마무리만 하고 있었지만 사람들이 보기에는 그 반대로만 느껴지는 것.

"정말 강하구나!"

"전투가 저렇게 멋질 수가 있다니!"

원정대원들은 연방 찬사를 내뱉었다.

위드의 예술적인 움직임들은 그 하나하나가 감탄을 자아내기에 충분했다.

근원의 스켈레톤은 철저한 전투형 직업으로, 상당히 강했다. 거기에 최상급의 무기인 타락한 성자의 지팡이의 조합은 위드의 공격력이 더욱 빛을 발하게 만들어 주었다.

위드는 때로 보통 사람들로서는 상상하기 힘든 과격한 스킬도 보여 주었다.

멀리 30미터쯤 떨어진 곳에서 엠비뉴의 사제가 죽어 가고 있었다.

쓰러지기 일보 직전!

그런데 듀라한들이 위에서 검을 내려칠 준비를 하고 있었다.

위드는 자신의 갈비뼈를 뚝 분질렀다.

"뼈 투척!"

부러뜨린 갈비뼈를 목표를 향해 던졌다.

뾰족하게 갈린 뼈다귀를 날린다! 근원의 스켈레톤만이 가지고 있는 독창적인 기술이었다.

뼈다귀는 강한 기세를 품고 날아가서 죽기 직전이던 목표의 생명을 앗아 갔다.

> 육체의 일부를 사용하였습니다.
> 뼈를 회수하기 전까지 공격력이 1.3%, 방어력이 2% 저하됩니다.

위드는 굉장히 바쁘게 움직였다.

싸우고, 아이템을 습득하고, 뼈를 던진다. 언데드 군단을 지휘하기도 했다. 한시도 쉬지 않고 움직이면서 질풍처럼 몬스터들을 몰아쳤다.

검치 들과 원정대원들도 정신을 차리고 싸웠다.

그 결과 엠비뉴의 사제들과 악령 병사, 추종자 들을 해치울 수가 있었다.

"쿠, 아, 아, 아!"

포효하고 있는 본 드래곤!

몬스터들은 처리했지만 보스급 몬스터인 본 드래곤이 남아 있었다.

토리도가 뱀파이어들을 데리고 싸우고 있었지만 피해가 막심했다. 휘하 뱀파이어들이 절반도 남지 않은 상태!

무수히 많은 언데드들이 땅바닥에서 시위를 하고 있었지만, 본 드래곤과의 전투에는 그다지 도움이 되지 않는다. 원정대도 다들 지쳐서 더 이상 싸울 힘이 남아 있지 않았다.

위드는 갈등했다.

'지금이라도 후퇴하는 편이 나을까?'

도주로는 이미 확보되어 있다. 토리도를 희생양 삼아 도망친다면 생명은 건질 수 있다.

'하지만 그러면 죽음의 계곡에서 벌어진 니플하임 제국의 역사의 진실을 알 수는 없어.'

퀘스트가 발목을 잡았다.

한 가지 남은 퀘스트를 위해서라면 어떤 식으로든 장내를 정리해야 할 상황!

본 드래곤이 등장했던 곳 뒤에는 큰 동굴이 있었다. 아마도 저곳에 니플하임 제국의 비밀이 담겨 있으리라.

하지만 본 드래곤의 눈을 피해서 동굴로 들어가는 것은 만만찮은 일이다. 본 드래곤은 전투를 하면서도 그 동굴의 주변을 크게 벗어나지는 않았던 것.

설혹 들어갈 수 있다고 하더라도 나올 때가 더 큰 문제다.

'여기서 물러서면 다음 기회를 노리는 것은 더 어렵다. 지금 본 드래곤을 잡는다!'

위드는 결단을 내렸다.

여태까지 몬스터와 싸우면서 물러섰던 적은 없다. 치밀하게, 때론 오랜 시간 공들여서 노력했던 적은 있지만, 도전도 해 보지 않고 꼬리를 말았던 적은 없다.

〈마법의 대륙〉시절 불굴의 싸움꾼이었던 위드의 정신이 되살아났다.

'부딪쳐 본다.'

위드는 전투를 하는 도중에 모인 마나를 확인했다. 마나를 아끼면서 육체만을 이용해서 싸운 덕분에 43% 정도가 회복되었다.

"음침한 어둠이 내린 창. 암흑 속에서 탄생하여 적의 심장을 꿰뚫는 창이여. 이곳에 나타나라. 다크 스피어!"

위드가 한쪽 팔을 옆으로 벌렸다. 흑색의 창이 손에 잡혔다.

음험한 안개가 흐르는 창.

흑마법을 통해 만든 창이었다.

현재 사용할 수 있는 공격 마법 중에서는 가장 강하고, 많은 마나를 소모하는 기술이다. 남아 있던 마나 중의 절반 이상이 소모되었다.

"가라!"

위드는 혼신의 힘을 다해서 본 드래곤을 향해 다크 스피어를 날렸다.

토리도와 서윤, 아직까지 살아남은 몇 안 되는 다크 게이머와 싸우고 있는 본 드래곤을 향해서.

선전포고.

본 드래곤을 사냥감으로 여기고, 놈을 해치우겠다는 확고한 의지의 표현이었다.

일점공격술

쐐애애액!

공기를 날카롭게 찢으며 직선으로 쇄도한 다크 스피어는 본 드래곤의 날개 뼈를 관통했다.

"끄, 어, 어, 어!"

본 드래곤은 크게 울부짖었다. 고통스러운 신음을 내질렀다.

"이제 시작일 뿐."

반면 위드는 미소를 지었다. 전의를 다잡으면서 본 드래곤이 아파하는 것을 즐기는 것이다.

상대의 절망은 나의 행복!

보통 때라면 썩은 미소를 여지없이 날려 주었으리라. 하지만 지금은 스켈레톤이라서 그렇게 비열하게 웃을 수가 없었다. 그렇기에 턱관절을 크게 벌리면서 웃었다.

누구보다도 비겁하게!

"<u>크흐흐흐흐!</u>"

웃음을 날리고 있는 위드였다.

그러면서 배낭에서는 붉은 포션을 대량으로 꺼냈다.

급속 회복 포션.

외상을 빨리 낫게 하는 데에는 그만인 물건이고, 없어서 못 사는 아이템이었다.

"사형들, 이쪽으로 좀 모여 보십시오."

검치 들이 아직도 55명이나 살아 있었다. 바퀴 벌레를 능가하는 생명력으로 몬스터와의 교전에서 살아남았던 것이다.

"왜 그러냐?"

"무슨 일인데?"

검치 들은 어슬렁거리며 모여들었다.

"위험해지면 이걸 드십시오."

위드는 붉은 포션을 1인당 9개씩 나눠 줬다. 그러면서 약간의 말을 덧붙이는 걸 잊지 않았다.

"맛있을 겁니다."

"오오오!"

검치 들은 환호했다.

새벽부터 고된 훈련에, 하루 종일 정해진 음식만 먹는다.

그들에게 이러한 별미는 꿀맛과도 같은 것!

"어디 냄새나 맡아 볼까?"

검삼십구치는 포션의 뚜껑을 열었다.

"오, 이 은은한 향기!"

포션의 생명은 청량함과 산뜻함. 트롤의 피로 만든 포션은 더할 나위 없이 훌륭한 음료수였다.

검치 들이 언제 이런 고급 음식을 먹어 볼 수 있겠는가.

"맛있겠다."

검삼십구치가 당장 필요도 없는 포션을 들이켜려고 할 때, 위드가 넌지시 말했다.

"그런데……."

"응?"

"검십육치 사형이 장렬하게 전사했습니다."

"어, 그랬냐?"

검삼십구치는 의외라는 듯이 눈을 부릅떴다. 용의주도하게 위험은 빠져나가기 때문에 웬만해서는 죽을 사람이 아니었다.

"대체 무슨 일로?"

"그게… 사실은 원정대에 사형이 마음에 들어 했던 여자가 있었던 모양입니다."

"여자가 마음에 든 것과 죽은 게 무슨 상관인데?"

"그 여자분을 지키기 위하여 용감하게 몬스터와 싸우다가 죽었습니다. 그래서 그 여자분과 친구 등록을 하셨습니다."

친구 등록!

검삼십구치의 눈이 번쩍 뜨일 만한 사건이었다. 포션을 받기 위해 주변에 모여 있던 검치 들도 웅성거렸다.

"친구 등록이라니……."

"그런 걸 했단 말이야?"

"지금까지 남자들끼리만 등록되는 기능인 줄 알고 있었는데."

검삼십구치가 반신반의하며 물었다.

"정말로 여자와 친구 등록을 했단 말이냐?"

"틀림없습니다."

"네 눈으로 똑똑히 보았겠지? 어디 꿈에서 보았거나, 말도 안 되는 헛소문을 듣고 하는 이야기는 아니겠지?"

"제가 방금 직접 보고 들었습니다. 여자들은 강한 남자를 좋아합니다. 본 드래곤과 싸워서 멋진 모습을 보여 준다면, 원정대의 여자들은 사형들의 매력에 흠뻑 빠지게 될 겁니다. 실패하더라도 용기를 보여 준다면 분명 긍정적인 생각을 갖게 되겠지요."

검삼십구치는 무기를 잡았다.

"위드야."

"예, 사형."

"좋은 정보 알려 줘서 고맙다. 으아아아! 나도 노총각 신세 좀 면해 보자!"

검삼십구치는 본 드래곤을 향해서 전력을 다해 달렸다.

아무리 강한 몬스터라고 해도 혼자 하는 설거지만큼 두렵진 않다!

고독한 검삼십구치의 울부짖음.

그 뒤를 이어서 다른 검치 들도 맹렬하게 돌진했다.

"저놈을 죽여라!"

"아니면 최대한 멋지게, 우아하게 죽어야 해!"

위드는 몇 마디 말로써 검치 들의 가슴에 불을 지르는 데 성공했다.

'어차피 물러설 마음도 없었겠지만.'

누구보다도 전투를 즐기는 검치 들이, 상대가 부담스럽다고 해서 꼬리를 말았을 리가 없다.

지금까지 묵묵히 휴식만 취하고 있던 원정대의 마법사와 성직자 군단에서도 변화가 일어났다.

"내 모든 마나를 이곳에 모아… 환하게 불태우리니 적을 향한 분노의 일격이 되어라. 마나 번!"

마법사들의 마나 번 공격!

낮은 하늘을 날고 있던 본 드래곤은 마나 번 공격에 의해 다시금 지상으로 추락했다.

성직자들도 힘을 모았다.

"진리의 힘이여. 어긋나 있는 것들을 바로잡을 힘을 우리에게 내려 주소서. 그대의 종으로서, 밝음을 되찾을 수 있는 힘을 주소서. 어떠한 희생도 두렵지 않사옵니다."

2차 전직을 마친 성직자들만이 사용 가능한 궁극의 신성 마법.

숭고한 희생!

모든 생명력과 마나를 희생시키는 대신에 적을 공격하는 수법이었다.

마법사들의 마나 번 이상의 공격력을 가지고 있지만, 성직자들은 웬만해서는 사용하지 않는다. 한 번의 사용으로 인해 목숨을 잃을뿐더러, 성직자들이 죽고 나면 어떤 파티나 원정대라도 전투를 지속하기 어렵기 때문이다.

그야말로 최후의 수단!

"캬, 오, 오! 떳, 떳, 하, 지, 못, 하, 고, 비, 겁, 한, 인, 간, 들! 당, 당, 하, 게, 하, 나, 씩, 덤, 빌, 줄, 모, 르, 느, 냐!"

본 드래곤의 몸이 타올랐다. 육체의 내부에서부터 뜨거운 화염이 피어올랐다.

성직자들의 숭고한 희생 덕분이었다.

본 드래곤은 지상에서 괴로움으로 몸부림을 쳤다.

"역겹고 뜨거운 불빛이 비치는군. 우리 밤의 귀족들의 힘을 빼앗아 가 버리고 있다."

숭고한 희생은 토리도에게도 불리하게 작용했다.

지금까지 박쥐로 변해서 싸우던 토리도와 뱀파이어들은 성직자들의 숭고한 희생에 의해서 잿더미로 변했다. 완전한 죽음은 아니었으나 강한 타격을 받아서 역소환이 되어 버린 것!

성직자들의 희생은 불행히도 언데드나 뱀파이어들에게도 치명적인 위력을 발휘했다.

어쨌든 이때가 기회였다.

검치 들과 다크 게이머들이 난동을 피우고 있는 본 드래곤에게 다가가서 검과 무기를 휘둘렀다.

본 드래곤을 죽이기 위하여!

하지만 본 드래곤은 굴복하지 않았다.

"어, 리, 석, 은, 인, 간, 들! 더, 러, 운, 발, 길, 을, 들, 인, 대, 가, 를, 치, 르, 라!"

수십 미터나 되는 꼬리를 채찍처럼 휘두르며 인간들을 공격했다.

"아, 이, 스, 볼, 트!"

얼음 화살들이 하늘에서 비처럼 내렸다.

검치나 다크 게이머 들, 서윤은 그 얼음 화살을 수도 없이 맞아야 했다. 본 드래곤이 스스로도 피해를 입는 것을 감수하면서 지역 전체에 마법을 썼던 것이다.

무작위로 내리꽂히는 얼음 화살!

"꺄아악!"

"살려 주세요!"

힘을 잃은 마법사와 정령사, 성직자 들이 가장 먼저 목숨을 잃었다.

죽음의 계곡 전역에 내리는 얼음 화살은 피할 장소도 없었다. 오로지 몸으로 받아 낼 뿐!

"거룩한 어둠이 내린 창. 암흑 속에서 탄생하여 적의 심장을 꿰뚫는 창이여. 이곳에 나타나라. 다크 스피어!"

위드는 마나가 회복되자마자 다시 흑색 창을 소환했다. 그러고는 미끄러지듯이 본 드래곤에게 다가갔다.

'가까이서 보니 더욱 거대한 몸이군.'

위드는 창으로 본 드래곤을 마구 찔렀다.

특별한 공격 스킬이 필요한 상황이 아니다.

난도질!

웅장한 거체가 드러누워 있을 때 최대한 많은 공격을 가해야 했다.

검치 들도 눈부신 속도로 이동해 와서, 마법을 쓰느라 순간 저항을 하지 못하는 본 드래곤을 베었다. 레벨이나 스킬이 아닌, 본능적인 동작들.

민첩한 움직임으로 본 드래곤을 베어 버린다.

"죽여 버려!"

"이대로라면 승리할 수 있다."

마법사와 성직자의 희생 덕분에 본 드래곤의 거체를 지상에 가두어 두고 공격을 퍼부을 수 있었다. 그럼에도 막대한 본 드래곤의 생명력은 20% 넘게 남았다.

　문득 본 드래곤의 눈이 광채로 빛났다. 그리고 숨을 크게 들이마시려는 것처럼 입이 쩌억 벌어졌다.

　"젠장!"

　"모두 피해!"

　열심히 무기를 휘두르던 위드와 검치, 다크 게이머 들은 불에 덴 듯이 물러섰다.

　브레스!

　본 드래곤이 가진 최강의 공격 기술 브레스가 주둥이에서 터져 나오려는 조짐이다.

　'도대체 몇 번이나 브레스를 쓸 수 있는 거야?'

　위드는 내심 속이 탔지만 피하는 것이 우선이었다.

　본 드래곤은 버둥거리면서 고개를 땅에 처박은 채로 브레스를 발사했다.

　푸화화화확!

　지면을 향해 발사된 브레스!

　얼음으로 된 땅이 녹아내린다.

　브레스를 사용한 반동으로 본 드래곤이 공중으로 솟구쳐 올랐다. 그리고 공중에서 브레스를 사방으로 뿜어내기 시작했다.

　처음보다는 굉장히 많이 약화된 브레스였다. 그럼에도 그 위력은 충분하고도 남았다.

　여태까지 간신히 버틴 다크 게이머나 검치 들이 그대로 녹아

갔다.

검치 들은 궁여지책으로 포션을 마셔 보기도 하였으나, 근본적으로 포션이란 짧은 순간 생명력의 회복을 촉진시켜 주는 것! 포션으로 회복되는 양으로는 공격으로 줄어드는 생명력을 감당할 수가 없었다.

결국 강한 공격에는 약할 수밖에 없는 검치 들이 브레스를 감당하지 못하고 생명을 잃었다.

다크 게이머와 검치 들. 직접 전투를 담당할 수 있는 전사들이 이제는 남지 않은 것이다.

눈치 빠르게 제일 먼저 도망친 위드와 서윤, 스스로 치료가 가능한 성기사들 몇 명만이 살았다.

그런데 공중에 둥둥 떠 있는 본 드래곤은 아직도 여력이 남은 모양이었다.

"너, 를, 벌, 하, 겠, 다, 데, 몬, 스, 피, 어."

본 드래곤의 정면에 거대한 창이 생겨났다.

위드가 만들었던 다크 스피어보다 한 단계 더 높은 흑마법!

최소한 3차 전직을 마친 흑마법사나 쓸 수 있는 고위 공격 마법이었다.

아마도 브레스까지 사용하여 마나가 거의 고갈된 본 드래곤으로서는 최선을 다한 기술이리라.

본 드래곤은 위드가 빈틈을 노려 날개와 옆구리를 때렸던 것을 잊지 않았다. 받은 만큼은 돌려주는 아주 착실한 몬스터였던 것이다.

쐐애애액!

발출된 데몬 스피어가 사나운 소리를 내면서 위드를 향해 쏘여 왔다.

흑색 투기가 회오리치는 거대한 창.

본 드래곤이 조종을 하므로 그 위력이 다하지 않는 한 절대로 목표를 놓치지 않는다.

"빌어먹을!"

위드는 뒷걸음질 쳤다.

"데스 나이트! 언데드들은 내 앞을 막아라!"

이제 쓸모가 많지 않은 언데드들이 몰려들었다.

데몬 스피어의 힘을 어떻게든 상쇄시켜 살아남기 위한 노력!

그러나 데몬 스피어는 언데드의 몸을 그대로 뚫고 들어왔다.

데스 나이트나 언데드나 방어력이 그리 높진 않았던 것.

몸이 꿰뚫린 언데드들이 먼지처럼 사라져 갔다.

"미안하다, 주인!"

데스 나이트 반 호크조차도 역소환되었다.

이제 데몬 스피어는 거의 위드의 코앞까지 다가왔다.

'하루에 두 번이나 죽다니! 오늘은 정말 최악의 날이로군.'

블러드 네크로맨서들의 권능. 죽음을 거부하는 힘!

그 최대의 약점이 부각되고 있었다.

"눈 질끈 감기!"

위드는 눈을 감았다.

마지막으로 할 수 있는 모든 것을 다한 것이다.

'운이 좋다면 살 수도 있겠지.'

하지만 몇 초가 지나도 고통이 느껴지지 않았다.

"빗나갔나? 그럴 리가 없는데."

위드가 눈을 떴다.

그러자 그 앞을 막아 준 여인이 보였다.

서윤!

그녀가 몸으로 데몬 스피어를 막아 주었던 것. 하지만 그 대가로 서윤은 죽어 가고 있었다.

위드는 서둘러 붕대를 꺼내 보았지만 이미 그녀의 생명력은 거의 소진된 후였다. 아무리 서윤이라고 해도 본 드래곤에게 여태까지 버틴 것이 용할 정도였다.

그런데 서윤이 간절하고 조급한 얼굴로 입을 벌렸다.

"친구……."

상상도 하지 못한 일!

위드는 그녀가 말을 할 줄은 꿈에도 몰랐다.

'벙어리가 아니었던가?'

말을 한 서윤조차도 스스로 깜짝 놀란 얼굴이었다.

천상에서 들려오는 것처럼 맑고 영롱한 목소리.

위드가 들어 본 사람의 목소리 중에서 가장 예뻤다.

서윤 님이 친구 등록을 요청하였습니다.
친구 등록을 받아들이겠습니까?

위드는 경황 중에 고개를 끄덕였다.

"예."

서윤 님과 친구로 등록되었습니다.

아주 짧은 순간이었지만, 서윤은 다소 안심한 얼굴로 목숨을 잃었다.

본 드래곤이 최초의 브레스를 뿜어냈을 때였다.

서윤은 마음 한구석이 무너지는 것만 같았다.

'위드. 그가 죽었어.'

사실 함께한 시간이 그리 오래되지는 않았다. 하지만 은근히 정이 많이 들었다.

그가 만든 조각상을 보면서 얼마나 따뜻한 사람인지를 알게 되었고, 그가 만든 음식을 먹으면서 소박한 행복이 무엇인지를 배웠다.

어디서든 같이 있으면서 편안함을 느낄 수 있는 것.

그게 바로 친구였다.

서윤은 본 드래곤에 의해 위드가 죽은 것을 알고 까닭 모를 화가 치밀었다.

광전사답게, 처음으로 분노에 몸을 맡겼다.

몸을 돌보지 않고 본 드래곤을 공격했던 것!

하지만 어느 순간 위드가 되살아났다.

그 형상은 많이 바뀌었지만, 와이번들과 금인이를 데리고 나타난 것은 틀림없는 위드였다.

원정대원들이 이야기하는 소리도 들었다.

'살아 있었구나.'

서윤은 스스로 작은 기쁨을 느꼈다. 가슴 한구석이 따뜻해진 것처럼, 안도감이 들었다.

'쓸데없는 걱정을 했잖아.'

괜히 혼자서 얼굴을 붉히고, 묵묵히 전투에만 전념했다.

의도적으로 위드와는 더욱 거리를 두기도 했다.

'어차피 나는 누구에게도 사랑받을 수 없어. 다시는 다른 사람과 함께 퀘스트를 하지 않을 거야.'

마음 한구석에는 경계심이 남아 있었기에, 위드와도 이번 퀘스트를 끝으로 이별할 작정이었다.

애초부터 누군가와 같이 어울려 다니는 것이 익숙하지 않았던 그녀였기에 자연스러운 선택. 이미 그러한 결론을 내리고 있었다.

하지만 위드에게 데몬 스피어가 날아갈 때였다.

머릿속으로 생각하는 것과는 달리 몸이 먼저 움직였다.

'안 돼!'

서윤은 위드의 앞을 막았다.

지속적인 전투로 정상이 아니던 그녀에게 데몬 스피어는 결정적이었다.

'죽는다.'

죽음을 예감한 서윤.

레벨이나 숙련도에 대한 아쉬움은 없었다. 어차피 그런 것을 목적으로 사냥을 한 것도 아니었기에.

혼자서 사냥을 하면서 무수히 많은 죽음을 겪어 보았다.

하루의 접속 제한. 그 무료한 시간 때문에 가급적이면 죽지 않으려고 했을 뿐, 죽음 자체에 대한 두려움은 그리 없었다.

하지만 죽으면 근처의 마을이나 동굴 같은 안전지대에서 되살아나게 된다. 문제는 그곳이 어디가 될지, 그 후에 어디로 가야 위드를 만날 수 있을지 모른다는 점이다.

'이제 다시는 이 사람을 만날 리 없겠구나. 이 넓은 땅에서 우연이라도 겹치지 않는다면 볼 수가 없게 되는 거야. 영원한 이별……'

서윤은 갑자기 가슴이 미어질 듯 괴로웠다.

누군가와의 이별.

사랑받지 못했던 만큼, 얼마 되지 않는 아는 사람과 영영 헤어진다는 것은 여린 마음을 아프게 만들었다.

서윤은 애가 탔다. 그리고 자신도 모르게 말했다.

"친구……."

> 위드 님과 친구로 등록되었습니다.

⁂

위드는 엄습해 오는 공포에 치를 떨었다.

"세상에 이렇게 잔인한 여자가 있을 수가 있다니! 정말 지독하구나."

본래 아름다운 장미에는 가시가 있다고 했다.

서윤의 미모는 세기의 예술품 수준이다. 피부와 몸매, 얼굴. 어디 한 군데도 흠을 잡을 수 없을 지경. 대충 늘어뜨린 흑단 같은 머리카락마저도 절묘하게 어울려서 환상의 자태를 보여 주었다.

아무리 미를 잘 표현하는 화가라고 하더라도, 혹은 시인이라고 해도 그녀가 뿜어내는 분위기와 아름다움을 제대로 표현하기는 힘들리라.

어깨 밑으로 하늘하늘 늘어진 머리카락과 맑은 눈망울, 피부 등은 얼굴에서 도저히 눈을 뗄 수 없게 만든다.

하지만 그 마음 씀씀이만큼은 독하기 짝이 없었다.

"말을 할 수 있었는데도 지금까지 안 하고 있었어!"

수없이 많은 기회가 있었다.

요리를 할 때도, 사냥을 할 때도 말을 하면 되었다. 그런데 지금까지 말을 했던 적이 없다. 상대방으로 하여금 벙어리인 줄 착각하게 만든 것이다.

"그걸로 말을 못한다고 무시했더라면 트집을 잡아서 어떤 잔인한 짓을 했을지 몰라. 악취미야, 악취미. 어떻게 이런 악취미를 가진 여자가 다 있을까."

위드는 서윤에 대한 경계심을 더욱 높였다.

"그런데 왜 갑자기 친구 등록을 하자고 한 거지? 지금까지 아무런 제의도 하지 않더니 말이지."

위드로서는 그녀의 의도를 순수하게 여길 수가 없으니 의혹이 무럭무럭 자라났다. 흑심, 모략, 음모, 귀계, 협잡이라면 위드를 빼놓고는 절대로 얘기할 수 없다.

문득 머릿속에서 스쳐 지나가는 사악한 술수!

"설마… 맞아! 역시 그랬구나."

위드는 손바닥을 쳤다. 확실한 이유가 떠올랐다.

"이제 죽기 직전이 되니까 말한 거야. 친구 등록! 암, 그렇게 해야 나를 찾을 수 있으니까."

죽으면 누구나 아이템을 흘리게 된다.

서윤은 자신이 죽게 되면 떨어뜨릴 아이템이 걱정되었으리라. 친구 등록으로 위드를 붙잡아 두고, 자신의 물건을 절대 잃어버리지 않겠다는 판단!

"역시 그랬던 게 틀림없어. 정말 사악한 여자로구나."

위드는 다시금 치를 떨었다.

인간으로서 어찌 이토록 계산적으로 살 수 있단 말인가.

어쩌면 데몬 스피어를 맞아 준 것도 우연일지 모른다.

이곳의 땅은 얼음으로 되어 있다. 혹시라도 운이 나빠서 쭉 미끄러졌을지 누가 알겠는가!

위드는 마침 눈을 감고 있었으니 더욱 알 수 없는 일이었다.

"나를 살려 주기 위해서 일부러 죽음을 감당했다고는 믿을 수 없으니까. 맞아. 미끄러졌을 거야."

서윤이 위드를 살리기로 한 것은 다분히 충동적인 결정.

그것을 알 리 없는 위드는 그렇게 생각하면서 서윤이 죽은 자리를 살펴보았다. 일단 어떤 아이템이 떨어져 있는지를 살펴야 했으니까!

"이게 대체 뭐야."

서윤이 죽은 장소에는 흑돼지의 가죽으로 만든 두꺼운 가죽옷이 떨어져 있었다.

위드가 만들어 준 방한용 옷. 겨우 이것을 떨어뜨린 것이다.

"유니크 아이템이라도 떨어뜨리면 구경이나 좀 하려고 했더니 정말 재수도 지지리도 없구나."

위드는 푸념을 하면서 가죽옷을 집어 들었다. 그때 본 드래곤이 의사를 전달해 왔다.

"어, 리, 석, 고, 주, 제, 넘, 은, 인, 간, 들, 아! 이, 것, 이, 너, 희, 들, 의, 한, 계, 이, 다."

뼈로 이루어진 거대한 날개를 움직이면서 하늘에 떠 있는 본 드래곤!

거센 풍압에 주변의 눈이 위로 솟구쳤다. 얼음들이 쩍쩍 갈라지기도 했다.

위드뿐만이 아니라, 얼마 살아남지도 않은 원정대 전원의 기를 꺾어 놓기 위하여 위세를 보이는 것이다.

원정대원들은 좌절했다.

"이제 끝났구나."

"마법사들이나 성직자들이 거의 죽었어. 하늘을 날아다니는 본 드래곤을 감당할 방법이 없다니."

철저하게 무력감을 느껴야만 했다.

"배신만 없었더라도……."

뒤늦게 통탄해도 어쩔 수 없는 일!

지상에는 위드가 일으킨 언데드들이 바글거렸다.

듀라한, 데스 나이트, 좀비, 구울 등!

하지만 일반적인 몬스터라면 몰라도 하늘을 날아다니는 본 드래곤과 싸울 때에는 별다른 도움이 되지 않는다. 스켈레톤 메이지들이 마법을 쓸 수는 있었으나, 상성 때문에 본 드래곤에게는 아무런 피해를 입히지 못한다.

원정대원들은 절망 어린 심정으로 위드를 보았다. 그나마 싸울 수 있는 사람은 그밖에 없었다.

"너희가 태어났던 곳으로 되돌아가라. 리턴 언데드!"

위드가 주문을 외웠다. 그러자 기세등등하게 땅 위에서 허우적거리던 언데드들이 모두 힘을 잃고 쓰러졌다. 마력의 원천을 회수한 탓이었다.

위드가 포기한 줄 알고 원정대원의 어깨들이 축 늘어졌다.

"아아, 역시!"

"죽는 것밖에 남지 않았구나."

본 드래곤은 인간들이 가소롭다는 듯이 웃었다.

"우, 매, 한, 인, 간, 들, 이, 여! 너, 희, 들, 이, 저, 지, 른, 죄, 의, 대, 가, 를, 받, 을, 시, 간, 이, 돌, 아, 왔, 다."

하지만 그때였다.

"본 드래곤, 여전히 정신을 못 차렸구나. 아직도 상황 파악이 안 돼?"

조금도 위축되지 않은 위드가 나서서 비아냥거렸다.

"설, 마, 나, 에, 게, 한, 말, 은, 아, 니, 겠, 지?"

"너야, 이 멍청아!"

위드는 본 드래곤을 윽박질렀다.

본 드래곤에게 겁을 집어먹을 필요는 없다.

물론 놈이 잡기 힘든 몬스터라는 것은 인정한다. 정상적인 상태라면 계란으로 바위 치기. 싸움 자체가 성립될 수 없을 테니까!

하지만 지금은 상황이 많이 달라졌다.

'지금까지의 전투로 인해 생명력이 20% 이하로 떨어졌을 거야. 그리고 무리해서 브레스와 마법을 썼으니, 남은 마나도 없겠지.'

겁먹을 이유가 조금도 없었다.

지나친 생명력의 상실로 인하여 힘과 체력도 상당수 줄어 있으리라. 외관상으로는 무지막지한 위용을 자랑하고 있지만, 사실은 약해질 대로 약해졌다. 그렇다면 싸워 볼 만하다.

위드는 외쳤다.

"전투다, 빙룡!"

사자후를 응용한 위드의 울부짖음이 죽음의 계곡을 뒤흔들었다.

와르르르!

얼음들이 다시금 깨어지고 계곡 위의 눈이 아래로 쏟아졌다.

크롸롸롸롸롸!

그리고 이에 호응이라도 하듯이, 멀리서부터 하늘을 찢는 괴성이 들렸다.

무언가가 다가오고 있었다.

처음에는 작은 새인 줄 알았지만 점점 커져 가는 형체!

빙룡!

거대한, 크기가 수백 미터에 달하는 빙룡이 모습을 드러냈다. 거의 본 드래곤과 비슷한 크기였다.

"공격해라! 놈을 부숴 버려라!"

위드의 명령에, 빙룡은 날아오던 속력 그대로 본 드래곤에게 돌진했다.

쾌아아아앙!

본 드래곤과 빙룡의 격돌!

공중에 떠 있던 본 드래곤은 다시금 지상으로 추락했다.

좋은 기회를 맞이한 빙룡!

하지만 빙룡도 땅바닥을 굴렀다.

워낙 큰 충격에 자신도 약해져 버린 상황!

"죽, 이, 겠, 다."

"주인이 싸우라고 명령했다. 죽어라!"

본 드래곤과 빙룡은 서로를 증오하면서 맹렬하게 맞붙었다.

이번에 먼저 공격한 것은 본 드래곤이었다. 해골로 된 큰 머리로 빙룡의 옆구리를 물어뜯었다. 얼음 부스러기들이 마구 깨어지고, 부상당한 날갯죽지가 축 늘어졌다.

막강한 본 드래곤의 공격력!

하지만 빙룡도 당하고 있지만은 않았다. 뒷발과 꼬리로 본 드래곤의 몸을 칭칭 감고 앞발로 마구 할퀴었다.

"크, 아, 악!"

"아프다. 아파!"

본 드래곤과 빙룡은 비명을 질러 댔다. 그러면서도 육중한 몸으로 공중을 날며 상대를 물어뜯고 할퀸다.

두 드래곤들이 전투를 벌이자, 지상은 태풍을 맞은 것처럼 엉망으로 변했다. 엄청난 바람에 눈과 얼음들이 날리고, 지진이 일어나서 서 있을 수도 없었다.

위드는 냉정하게 빙룡과 본 드래곤의 전투를 살폈다.

'본 드래곤이 약해졌다.'

빙룡의 힘은 그리 강하지 못하다. 그럼에도 어느 정도 비등하게 싸울 수 있는 것은 본 드래곤이 지쳤기 때문!

멀쩡한 상태의 본 드래곤이었더라면 빙룡을 제압하고 단숨에 목덜미를 물어뜯었으리라.

'이건 어느 쪽이 먼저 죽느냐의 싸움이야.'

위드도 그대로 구경만 하고 있진 않았다.

"와삼아! 이리 와라."

"알았다, 주인!"

와이번들은 본 드래곤에게는 감히 덤비지 못하고 주변을 경계만 하고 있었다. 그러던 차에 부르니 와서 넙죽 엎드렸다.

위드는 와이번 위에 올라탔다.

"날아라. 우리도 싸운다."

"알겠다, 주인!"

와이번들은 날개를 활짝 펼치고 비상했다.

위드는 이를 악물었다.

추위로 인하여 힘이 저하됩니다.

북부의 추위는 도저히 하늘을 이용할 엄두가 나지 않게 만든다. 과거에도 한차례 하늘을 날면서 혹독한 감기를 겪어 본 바가 있었다.

하지만 이대로 기다리고만 있어서는 본 드래곤을 죽일 수 있을지 확신할 수 없다.

'행운을 바라지는 않는다. 직접 싸운다!'

위드는 와이번을 타고 다크 스피어를 소환했다. 본 드래곤의 목숨을 확실하게 끊기 위하여 직접 전투에 참여한 것이다.

　"전속력으로 날아라!"

　위드의 명령에 와이번이 날갯짓을 더욱 세차게 했다.

　미칠 듯한 바람!

　그 바람을 뚫고 빙룡과 본 드래곤이 어우러진 전장을 스쳐 지나간다.

　위드는 본 드래곤의 갈비뼈를 향해 강하게 다크 스피어를 내질렀다.

　파카칵!

　엄청난 반발력이 일어나면서 불똥이 튀었다.

　'본 드래곤의 생명력의 원천은 방어력이다. 그 방어력과 막대한 생명력 때문에 이토록 죽지 않는 거야. 그렇다면 놈을 죽일 수 있는 방법은?'

　위드는 얼마 전의 기억을 떠올렸다.

　도장에서 검을 배울 때의 일이었다.

✦✦✦

　"현아, 너는 두 팔로도 감쌀 수 없는 큰 나무를 검으로 벨 수 있겠느냐?"

　안현도의 물음에 이현은 고개를 저었다.

　불가능한 일이었다.

　아무리 진검이라고 하더라도 예리함에는 한계가 있어서 그렇게 굵은 나무를 베지는 못한다. 특히 살아 있는 거목의 경우에는 수십 번의 도끼질도 견뎌 내는 법. 상대적으로 가벼운 무기인 검은, 나무를 베기에 적합하지 않다.

"검으로 베기는… 무리일 것 같습니다."

"그래? 어렵다고 하면 어려운 일이겠지. 하지만 너의 사형들은 할 수 있는 일이란다. 거목을 일 검에 베어 버리는 것. 수련생들 중에서도 절반 정도는 가능하지 않을까?"

이현은 고개를 갸웃했다.

"어떻게 하면 그런 일이 가능합니까? 아무리 좋은 검을 들고 있다 하더라도, 사람의 힘으로 해내기는 무리일 것 같은데요."

"나무의 결을 베는 것이란다."

"결요?"

"천지 만물에는 모두 결이 있지. 그 흐름을 따라서 벤다. 그러면 큰 힘을 들이지 않고도 검의 날을 상하지 않고 원하는 것을 베어 버릴 수 있다. 바위나 쇠라고 하더라도 그 결을 따라서 벤다면 어렵지 않다."

"저도 할 수 있을까요?"

"노력을 한다면. 명검은 수십 번의 담금질로 탄생하는 것이지. 검뿐만이 아니라 그 검을 쓰는 사람도, 수십 년의 고련이 있다면 이 세상에 베지 못할 것이 없다."

안현도는 어려서 검을 익히던 시절이나, 직접 전장에서 활약했던 과거도 많이 들려주었다.

그러던 차에 〈로열 로드〉에 대한 이야기도 우연히 나오게되었다.

안현도가 빙긋 웃었다.

"〈로열 로드〉. 그 베르사 대륙에도 상당히 재미있는 요소가 많더구나. 우리가 보는 결과 비슷한 것을 발견했어."

"결을 따른다면 무엇이든 벨 수 있다는 말씀이십니까?"

"그래. 상당히 많이 다르기는 하다만, 근본적으로 힘을 집중하는 것에는 다를 바가 없지."

"무엇인지 알고 싶습니다."

안현도는 이현에게 〈로열 로드〉에 대해서 알려 주는 데 주저함이 없었다. 어디든 검을 휘두를 수 있는 장소다. 가상현실 게임이라는 이유로 무시하지도 않았다.

검이란 스스로를 지키고 수양하며, 가족을 돌보는 데 쓰는 것. 이현이 어떤 의미로 〈로열 로드〉를 하고 있는지 알기에 비난할 까닭이 없었다.

"말해 주마. 우리가 검을 휘두를 때마다 몬스터가 받는 피해는 늘 다르다. 이건 너도 알고 있겠지?"

"예. 베는 부위가 다르고, 검에 실린 힘이 다르니까요."

〈로열 로드〉에서는 직접 육체를 움직여야 한다.

몸을 움직여서 검을 휘두르기 때문에 여러 가지 요인에 따라서 공격력이 결정되었다.

균형 잡힌 자세와 상황, 검을 휘두르는 힘과 속도, 스킬, 몬스터의 방어력 등이 공격력을 결정하는 큰 요소들이었지만 그 외에 자잘한 부분들도 수없이 많았다.

"일차적인 이유는 그것이지. 그래서 스탯과 레벨이 중요한 것이고. 그런데 최대한의 공격력을 집중시키는 방법이 있다."

"급소를 공격하는 것입니까?"

"그것도 괜찮은 방법이겠지. 하지만 그 급소마저도 튼튼하기 짝이 없을 때, 아무리 강대한 몬스터라고 해도 굴복시킬 수밖에 없는 공격법. 하지만 알아도 쉽게 쓸 수는 없는 방법이다."

이현은 검치 들의 무지막지한 공격력에 항상 의문을 가졌다. 아무리 무예인이라고 하더라도 보통 비슷한 직업에 비해서 공격력이 너무나도 강하다.

레벨 차이가 50개 정도씩 나는 전투 계열 직업보다도 몬스터를 빨리 잡으니 궁금할 수밖에 없었다.

이현은 물었다.

"어떤 공격법입니까?"

"때렸던 곳을 다시 때리는 것이다."

"그건 저도 알고 있습니다. 한 부위만 계속해서 때리면 약간이나마 더 큰 피해를 입힐 수 있다는 정도는요."

사냥법에 대한 정보는 〈로열 로드〉를 시작하기 전부터 입수해 왔다. 안현도가 말하는 것은 그 기본이 되는 이야기였다.

즉, 그것은 이현도 곧잘 사용하는 전투 방식으로, 특별한 비결이라고 할 수 없는 것이다.

안현도가 웃었다.

"어느 한 점만을 집중해서 때려 본 적이 있느냐?"

"있지만 그렇게 큰 효과는 거두지 못했습니다. 그런데 설마 그 말씀의 뜻이, 때렸던 바로 그곳을 정확하게 다시 때려야 한단 말씀이십니까?"

"이해가 빠르구나. 한번 공격당한 곳은 재차 공격당했을 때에 훨씬 약해져 있다. 손톱보다 작은, 좁쌀보다도 더 작은 지점에 모든 공격을 집중시켜라. 그러면 부족한 힘으로도 몬스터를 제압할 수 있단다."

안현도가 가르쳐 준 방법은 안다고 해서 아무나 쓸 수 있는 것이 아니었다.

전력을 다해서 무기를 휘두른다. 그런데 그 공격을 좁쌀처럼 작은 점에 다시 적중시켜야 한다. 움직이지 않는 목표를 상대로 할 때도 성공을 자신할 수 없는 일이다.

한데 왕성하게 활동하는 몬스터가 대상이다. 상대의 움직임을 사전에 예측하고 파악해야 한다. 그리고 결정적인 순간, 모든 동작을 일치시키고 찰나의 순간에 폭발시킨다.

웬만한 인간이라면 꿈에도 상상하기 힘든 경지.

안현도는 아무렇지도 않게 말했다.

"수천만 분의 일 초. 검을 겨루는 실전에서 생명이 사라지는 것이 결정되는 시간이다. 그 찰나의 순간을 너의 것으로 만들 수만 있다면 불가능한 일은 아닐 것이다. 기계가 아닌 인간이기 때문에 가능하다."

니플하임 제국의 보물

카아아앙!

위드는 다크 스피어로 본 드래곤의 갈비뼈를 두들겼다.

통렬한 찌르기! 다크 스피어가 갈비뼈에 완벽하게 꽂혔지만 본 드래곤의 몸뚱이는 그대로 건재했다. 생명력이 조금쯤은 줄어들었겠지만 최소한 겉모습에는 큰 변함이 없었다.

위드는 다크 스피어를 다시 찔렀다. 조금 전에 공격했던 곳을 정확하게 다시 노리면서!

'호흡을 일치시킨다. 근육을 이완한다. 다른 모든 것들은 잊어버린다. 보이는 것은 오직 한 지점. 넓다. 한없이 넓은 장소다.'

카아아아앙!

이번에는 더욱 큰 울림이 있었다.

치명적인 일격이 터졌습니다!
29%의 피해를 추가합니다.

성공이었다.

위드의 손에서 다크 스피어가 자유자재로 놀았다.

'부숴 버릴 때까지 한다!'

휘두르고, 베고, 찌르고.

할 수 있는 모든 공격을 한곳에만 집중시켰다.

단 하나의 집중.

퍼서석!

다섯 번의 공격 끝에 본 드래곤의 갈비뼈가 산산조각이 나서 깨져 나갔다.

"크, 아, 아, 악!"

빙룡과 싸우고 있던 본 드래곤이 고통에 찬 비명을 질러 댔다.

"비, 겁, 한, 놈! 죽, 어, 라!"

뒤늦게 본 드래곤이 꼬리를 휘둘렀지만, 위드는 이미 와이번과 함께 빠져나간 후였다.

"내 공격은 이제부터 시작이다."

위드는 와이번을 타고 빠르게 날았다.

빙룡과 본 드래곤이 뒤엉켜 싸우는 곳에서 하늘을 날며 공격을 가했다.

와이번과 하나가 되어서 하늘을 날 때마다 본 드래곤의 뼈마디가 박살이 난다. 지상에서도 하기 어려운 동작을, 공중에서 균형을 잡으면서 짧은 틈을 노려 퍼부었다.

신기에 가까운 컨트롤!

본 드래곤에게는 악몽의 시간이었다.

하지만 위드도 상황이 만만한 것은 아니었다.

추위로 인하여 체력이 16% 저하됩니다.

죽음의 계곡 상부에서 부는 차가운 바람이 몸을 제약했다. 언데드 상태라서 감기는 걸리지 않았지만, 추위로 인하여 갈수록 힘과 체력이 빠른 속도로 줄어드는 것.

와이번에서 미끄러져서 아찔했던 적도 여러 차례!

얼음으로 된 땅바닥에 떨어지면 목숨을 장담할 수 없다.

'그래도 이제 끝이 얼마 남지 않았다.'

위드는 본 드래곤의 움직임을 읽었다.

놈도 한계에 다다랐다.

원정대로 인하여 많은 피해를 받았을뿐더러, 위드로 인하여 육체를 구성하는 뼈들이 상당수 부러져 있다. 외관상으로만 보아도 본 드래곤의 종말이 얼마 남지 않았다.

다른 와이번들과 금인이도 본 드래곤을 여기저기서 쪼아 대고 있었다.

"이, 런, 날, 파, 리, 같, 은, 놈, 들!"

본 드래곤이 거세게 몸부림을 쳤다. 그럼에도 와이번들이나 위드, 결정적으로 빙룡은 공격을 그치지 않았다.

빙룡이 몸에 매달려 있었기에 도망치는 것도 불가능했다.

위엄을 갖추고 근엄하게 나타났던 본 드래곤이지만, 마법사들에 의해 지상에 처박히고 원정대에 무참히 밟혔다.

그럼에도 대활약을 보여 주었지만, 이제는 죽음 직전에 이른 것이다.

"가자!"

위드는 와이번을 조종하여 본 드래곤의 머리 위에 착지했다.

"부서져라!"

거칠게 몸부림을 치는 본 드래곤의 뼈로 된 머리. 그 위에서 다크 스피어를 내려찍었다. 오로지 한 지점만을 연거푸 공격하면서!

콱! 콰직! 콰과곽!

치명적인 일격이 터졌습니다!
46%의 피해를 추가합니다.

치명적인 일격이 터졌습니다!
95%의 피해를 추가합니다.

치명적인 일격이 터졌습니다!
129%의 피해를 추가합니다.

치명적인 일격이 터졌습니다!
167%의 피해를 추가합니다.

치명적인 일격이 터졌습니다!
215%의 피해를 추가합니다.

하나의 작은 지점만 연달아 때리면서 기하급수적으로 늘어나는 대미지!

"크, 어, 어, 어."

본 드래곤의 저항이 거의 사라졌다.

생명력이 10% 밑으로 떨어져서 운신을 하기도 힘들게 된 것이었다.

그럼에도 본 드래곤의 최후까지는 한참이나 남았다.

웬만한 몬스터라면 진작 전투 능력을 상실했겠지만 대형 몬스터, 그것도 이름까지 가진 한 지역의 보스 몬스터답게 끈질기게 버텼다.

'이대로라면 내가 먼저 지치겠다.'

차가운 바람을 맞으면서 싸우고 있으니 위드의 체력도 급속도로 줄어들었다.

지나친 장기전으로 몰아가거나 본 드래곤에게 시간을 주면, 어떤 변수가 생길지 모른다.

위드는 허공으로 몸을 띄우며 소리쳤다.

"빙룡아, 브레스를 쏴라!"

"알겠다, 주인!"

빙룡은 크게 숨을 들이마셨다.

모든 것을 얼려 버리는 아이스 브레스!

피할 곳도 없이, 본 드래곤의 벌어진 주둥이를 향해 브레스가 발출되었다.

쩌저저적!

본 드래곤의 몸뚱이가 얼음이 되어 굳어 버리는 것은 순식간의 일!

멀쩡한 상태였다면 마법 저항력 덕분에 어느 정도는 버텼을 테지만 지금은 정상이 아니었기에 본 드래곤의 몸은 아이스 브레스에 그대로 얼어붙었다.

그때였다.

공중으로 뛰어올랐던 위드가 아래로 착지하면서 창을 힘껏 내리찍었다.

> 치명적인 일격이 터졌습니다!
> 122%의 피해를 추가합니다.

정확하게 예전에 때렸던 그 점을, 다시금 적중시켰다.

"크, 어, 어, 어!"

본 드래곤의 해골에 금이 갔다.

그 금들은 점점 영역을 넓혀 나가더니 얼음들과 같이 산산이 부서져 내렸다.

> 레벨이 올랐습니다.

> 레벨이 올랐습니다.

> 레벨이 올랐습니다.

> 레벨이 올랐습니다.

> 레벨이 올랐…….

> 죽음의 계곡을 장악하고 있던 본 드래곤 쿠렌베르크가 영원한 안식에 들어갔습니다.

위대한 업적으로 인하여 명성이 230 올랐습니다.

카리스마가 3 상승하였습니다.

투지가 2 상승하였습니다.

위드의 머릿속으로 수많은 메시지 창들이 떠올랐다. 일부는 레벨 상승을 알리는 것이었다.

정상적으로 본 드래곤을 사냥했더라면 막대한 경험치를 획득했으리라. 현재 위드의 레벨이 300이 넘는다고는 해도, 최소한 10개 이상의 레벨이 오를 수 있었을 것이다.

하지만 원정대가 함께 잡았다. 그 때문에 경험치를 나누어 받게 되어 총 7개의 레벨이 올랐다.

그보다 더 시급한 것이 있었다.

아이템 습득!

위드는 지상으로 내려와서 본 드래곤이 추락했던 자리로 날듯이 뛰어갔다.

죽음의 계곡 언덕 위에 아이템들이 널려 있었다.

어떤 문장 하나와 책 한 권 그리고 뼈 한 뭉치와 방패!

샤샤샥!

전투를 벌일 때만큼이나 빠른 손놀림이었다.

현재 가진 힘으로 들 수 있는 무게를 초과하였습니다.
페널티로 이동속도가 35% 하락하며 체력 소모가 커집니다

근원의 스켈레톤으로 변해 있음에도 불구하고 아이템을 습득하니 힘이 부족하다고 나왔다.

"이제 니플하임 제국의 진실에 대해서만 찾아보면 되겠군."

위드는 마지막으로 해야만 하는 일을 하기 위해 언덕을 내려왔다.

느릿느릿.

거북이가 기어가는 것처럼.

너무나도 무거운 무게 때문에 발걸음이 조심스럽기 짝이 없었다.

힘이 부족해서 다리가 후들거렸던 것.

'이런 고생이라면 언제 해도 좋지.'

얻은 소득이 너무나도 짭짤하였기에!

위드는 언덕을 내려오면서 얻은 아이템들을 확인했다.

"감정!"

니플하임 제국의 문장

황실 기사를 뜻하는 문장. 한때 고귀하고 충성심 높은 니플하임 제국의 황실 기사는 모든 이들의 존경을 받았다. 무기나 방어구에 붙일 수 있다.

내구력: 5

옵션: 기품 +100. 매력 +50. 명성 +200.

《니플하임의 귀족들 #2》

제국 귀족들의 서열과 그들의 영지에 대해서 설명된 책. 다만 너무 오랜 세월이 흘러서, 어디에 쓸 수 있을지는 알 수 없다.

썩은 드래곤 본

대량의 드래곤 뼈이다. 과거에는 미스릴보다도 단단하며 자체적으로 마나를 가지고 있었을 것으로 추측되지만, 현재는 상당히 부식되어 있다. 그렇다고 해도 보통의 광석과는 비교할 수 없을 정도로 귀한 재료이다. 대장장이들이 드래곤의 뼈를 다루어 본다면 좋은 경험이 될 것 같다. 1등급 대장장이 아이템.

내구력: 250/250.

옵션: 대장장이 숙련도의 상승에 도움을 준다. 무기로 만들게 되면 독 공격이 추가된다. 마법 저항력에 특화된 방어구를 제작할 수 있다. 약간의 악취를 풍긴다.

고대의 방패

드워프의 섬세한 손길이 묻어나 있는 방패. 아직 한 번도 사용된 적이 없다. 미스릴과 알 수 없는 동물의 뼈로 만들어져 있다. 원래는 거울처럼 표면이 반짝반짝 빛났을 것 같지만 현재는 세월의 흔적으로 인해 때가 잔뜩 끼었다. 너무 오래 보관된 탓에 부식이 심해 더 이상 수리가 불가능할 것 같다.

내구력: 300/300

방어력: 86

제한: 성직자 사용 금지. 레벨 400. 스킬 방패 활용술 필요.

옵션: 물리 방어력 40%. 마법 저항력 35%. 민첩 -30. 투지 +45. 전투와 관련된 모든 스탯 7 상승. 전투 스킬의 효과를 20% 증가시킨다. 일정 확률로 적을 혼란에 빠뜨릴 수 있다. 언데드에 대한 지배력 강화 +25. 내구력이 줄어들어도 수리를 할 수 없다.

본 드래곤이 남긴 아이템은 네 종류나 되었다.

어느 것 하나도 버릴 것이 없는 아이템!

특히 고대의 방패는 웬만한 유니크급 이상의 물품이었다.

엄청난 방어력을 가지고 있어서 전투에는 크게 도움이 되는 물품.

하지만 수리가 되지 않기 때문에 내구력이 다 떨어지면 버려야 했다.

"그래도 내구력이 굉장히 높은 편이니 최소한 몇 달은 쓸 수 있겠군."

일반 사냥을 할 때에는 사용하지 않는다면 더 장시간 쓸 수도 있으리라.

수리가 안 되는 물품은 다루기도 까다롭고, 내구력이 깎일 때마다 이만저만 신경이 쓰이는 것이 아니다. 따로 찾는 사람이 드물어서 아이템 판매 시세도 비교적 저렴한 편!

그래도 고대의 방패 정도 되는 방어력과 옵션이라면, 주인만 잘 만난다면 비싼 값에 팔아먹을 수 있다.

"썩은 드래곤 본이 있으니 대장장이 숙련도도 상당히 올릴 수 있겠고, 필요한 장비들도 많이 만들어서 착용하거나 팔 수 있겠어."

위드는 흐뭇하게 웃으면서 천천히 언덕을 내려와서 본 드래곤이 나왔던 동굴 안으로 들어갔다.

으스스한 동굴 안!

유리처럼 맑은 얼음으로 이루어진 동굴이었다.

"이곳이 추위의 원천이로군."

그동안 북부에서 꽤나 오랜 시간을 보내었지만 이곳처럼 추운 곳은 접해 보지를 못했다.

"여기서 시간을 오래 끌면 얼어 죽겠다."

위드는 잰걸음으로 동굴의 안으로 향했다. 내부로 들어갈수록 더욱 온도가 낮아졌다.

벽에는 그림들이 그려져 있었다.

니플하임 제국의 기사들이 몬스터와 싸우는 모습, 기사와 마법사 들을 뚫고 몬스터 무리가 공격하는 장면들이 생생하기 이를 데 없었다.

마지막 그림은 푸른 로브를 입은 마법사가 어떤 구슬이 담긴 상자를 여는 장면이었다. 그러자 몬스터들이 얼어붙고, 인간들도 모두 얼어붙었다.

"니플하임 제국 최후의 전투에 대한 이야기인가?"

위드는 그림들을 보면서 나름대로 추측했다.

그리 길지 않은 동굴의 끝 부분에는 상자들이 나란히 놓여 있었다.

묵직한 철로 된 상자!

고귀한 문양이 그려져 있고 니플하임 제국의 보물이라고 적혀 있다.

'대박이다.'

위드는 손을 뻗었다.

> 상자가 잠겨 있습니다.
> 열쇠가 필요합니다.

위드의 해골 턱뼈에 심한 떨림이 일었다.

'설마… 그럴 리가 없어. 아닐 거야.'

위드는 다시금 상자를 강제로 열어젖히려고 했다. 그러나 뜻대로 되지 않았다.

> 상자가 잠겨 있습니다.
> 열쇠가 필요합니다.

모험가나 도둑들이 가진 잠금 해제 스킬!

닫힌 문이나 상자를 열기 위해서는 필수적인 스킬이었다.

하지만 위드에게는 그런 스킬들이 없었다.

이 저주받을 달빛 조각사라는 직업에는 그러한 모험 계열 스킬들이 없었던 것!

'역시 이놈의 직업은 아무짝에도 쓸모가 없잖아!'

위드는 안타까움에 몸부림을 쳤다. 하지만 상자의 근처에 작은 종이가 있었다.

위드는 그 종이를 읽었다.

이벤 니플하임 6세가 마지막으로 남긴다.

우리 니플하임 제국은 대규모 몬스터 무리의 침공을 당했다. 북쪽 숲, 어둠의 숲에서 나온 몬스터들이 틀림없으리라.

수도가 불타고 황성이 무너졌다.

충성스러운 기사들과 목숨을 아끼지 않는 병사들이 있지만, 이 많은 몬스터들을 감당하기에는 역부족이다.

최후의 수단으로 우리는 몬스터들을 이끌고 센데임 계곡으로 향한다.

마녀 세르비안의 깨진 구슬.

제국의 황실에 대대로 내려온 이 저주받은 물건을 사용하여 몬스터들과 싸울 것이다.

그리고 종이에 곱게 싸여 있는 황금빛 열쇠!

위드는 열쇠를 가지고 상자를 열었다.

첫 번째 상자에는 금은보화들이 가득 담겨 있었다. 반짝이는 황금들, 보석들에 눈이 부셨다.

'최소한 15만 골드는 되겠구나.'

아무리 힘이 없다고 해도 어찌 보물들을 그냥 지나칠 수 있겠는가.

위드는 상자 안에 든 보물들을 남김없이 챙겼다.

> 현재 가진 힘으로 들 수 있는 무게를 초과하였습니다.
> 페널티로 이동속도가 59% 하락하며 체력 소모가 커집니다.

두 번째 상자에는 각종 재료들이 모여 있었다.

대장장이들이 다루는 광석들과 재봉을 할 때 쓰는 가죽과 천들. 인챈터들이 다루는 마법 광석들도 상당수 있었다.

'남김없이 챙겨야지.'

> 현재 가진 힘으로 들 수 있는 무게를 초과하였습니다.
> 페널티로 이동속도가 78% 하락하며 체력 소모가 커집니다.

세 번째 상자에는 갑옷과 무기류들이 다수 들어 있었다.

니플하임 제국의 무기류들.

고풍스러운 무기들은 오랜 흙먼지를 뒤집어썼다. 검신에는 녹이 슬어 있어 제 성능을 발휘하기는 힘들어 보였다.

옷가지들 역시 너무 오래되어서 건드리기만 하면 부서질 듯이 보였다.

"헌 옷이라도 아껴서 잘 쓰면 되는 법!"

위드는 이것들도 골고루 챙겼다.

마지막 남은 하나의 상자에는 마녀 세르비안의 깨진 구슬이 담겨 있었다.

원정대의 목표!

마녀 세르비안의 깨진 구슬에서는 상상을 초월하는 한기가 흘러나온다.

이 구슬은 포기해야 한다는 사실을 위드는 잘 알고 있었다. 팔 수 있다면 제법 큰돈을 받을 수 있을 테지만, 그보다는 목숨이 더욱 소중했다.

"저걸 건드리는 순간 나는 죽는다."

마녀 세르비안의 깨진 구슬은, 빙계 마법을 익히지 않은 자가 갖는다면 몸이 얼음으로 변해 버리는 부작용이 있다.

그런 최악의 사태를 방지하기 위해서라도 무리한 욕심은 버려야 했다.

"그래도 아쉽군."

위드는 한동안 마녀 세르비안의 구슬을 노려보았다.

특별한 전투 기능은 없어 잡템으로나 분류될 물건이었지만, 원정대를 비롯하여 모두가 노리고 있는 물품이었다.

어쩔 수 없는 아쉬움과 미련!

"최소한 유니크 아이템일 텐데… 혹시 소문과는 달리 무슨 능력이라도 있을지 모를 일이지."

하지만 목숨을 걸고 집는다고 하더라도 어찌 옮길 방법이 없었다.

매번 죽으면서 한 발자국씩 움직일 수도 없는 노릇.

"그래도 일단 주워 볼까?"

위드는 욕심을 부렸다.

먹고 죽은 귀신이 때깔도 좋다고 하지 않던가.

조금씩 구슬로 손을 가까이 가져갔다. 매우 느릿느릿한 속도로.

화아아악!

그때 마녀 세르비안의 깨진 구슬에서 한기가 뿜어져 나왔다.

추위로 인하여 13초간 몸이 마비됩니다.
마비가 풀린 이후에도 감기에 걸릴 확률이 25% 증가합니다.

극도의 추위!

"에취!"

위드는 그제야 구슬을 포기할 수 있었다.

사실 갖는다고 해도 대륙의 더위를 물리치기 위하여 신의 제단에 바칠 수밖에 없는 물건이었다. 어차피 누가 바치더라도 원정대에 잠시나마 소속되어 있던 위드에게는 그만한 공헌도가 돌아오게 되리라.

위드는 마비가 풀릴 때까지 기다린 후, 더는 버티지 못하고 동굴을 빠져나왔다. 상당히 많은 짐을 지고 있는 그의 발걸음은 묵직하기 짝이 없었다.

명예의 전당!

기하급수적으로 늘어난 시청자들의 숫자는 100만을 넘어섰다. 각 방송사들의 실시간 중계까지 감안한다면 최소한 2,000만은 넘으리라.

—후겔겔겔!

—내 머리가 어디 있지?

—인간. 살아 있는 인간을 먹고 싶어.

믿기 힘든 언데드들의 전투!

> ㄴ 저게 바로 네크로맨서의 마법인가요?
> ㄴ 언데드는 소름 끼치기만 했는데 전투에 참 많이 활용되겠어요.
> ㄴ 시체들을 계속 일으켜서 부하로 만들 수 있다니…….

동영상을 통해 네크로맨서의 인기가 폭발적으로 증가하고 있었다.

위드가 이끄는 언데드 군단이 몬스터들을 제압할 때마다 게시판에서는 환호가 터져 나왔다.

하지만 몬스터들이 다 제압당했을 때에는, 원정대에서 전투를 지속할 수 있는 사람들이 남아 있지를 않았다.

> ㄴ 아무래도 어려울 것 같군요.
> ㄴ 위드라고 해도 너무 무리예요. 본 드래곤은 정말 강하네요.
> ㄴ 젠장. 그놈들이 배신만 안 했어도!
> ㄴ 그래도 참 멋진 전투였습니다.

그나마 위드가 있었기에 조금이나마 기대를 해 봤지만, 너무 무리한 일이었다. 언데드 군단에 검치 들의 대활약, 오랜만에 좋은 구경을 한 것으로 만족했다.

하지만 그들이 예상한 대로는 흘러가지 않았다.

어디선가 날아온 얼음으로 된 드래곤! 그 드래곤이 본 드래곤과 뒤엉켜서 싸우는 장면은 평생 잊지 못할 장관이었다.

"제발. 제발!"

명예의 전당에 있는 동영상에는 드럼과 마법사들이 간절히 기도하는 것이 보였다. 원정을 성공시키기 위하여 어떻게든 저 본 드래곤을 잡아야 하는 것.

그리고 곧 경악을 금치 못할 일이 벌어지고 말았다.

위드가 다크 스피어를 쥐고 와이번을 탄 채 하늘을 날았다.

조종하기 까다로운 와이번을 타고 하늘을 나는 것은 대단히 어려운 일이었다. 그런데 이것은 일부에 지나지 않았다.

아무리 공격을 해도 끄떡도 없던 본 드래곤의 뼈들이 박살난다.

게시판에서는 대번에 지금까지의 어떤 소동보다도 더 큰 난리가 났다.

┗ 오베론이나 다른 전사들이 그렇게 때려도 멀쩡하던 본 드래곤이 맥을 못 추고 있잖아. 도대체 레벨이 얼마인 거야?
┗ 최소한 400은 넘을 거라고 봐.
┗ 어떻게 저럴 수 있지? 마법을 사용하면서 물리 공격력까지 저렇게 강하다니, 믿을 수 없어!
┗ 지금까지의 전투로 본 드래곤도 많이 약해졌다지만 그래도 피해가 거의 없던 몸이 부서지고 있다니……

스탯과 레벨, 스킬의 숙련도.

보통 어느 정도의 기준점은 있기 마련이다.

그런데 위드가 보여 주는 믿기지 않는 광경은, 동영상과 방송을 보는 시청자들의 입이 다물어지지 않게 만들 정도였다.

하지만 곧 이유를 밝혀낸 사람들이 나타났다. 위드가 반복적으로 특정 부위만을 연속으로 때리는 것을 본 이후였다.

> ㄴ 같은 지점 공격! 그것으로 공격력을 증가시키고 있는 겁니다.
> ㄴ 상대방의 방어력을 철저하게 무력화시키고, 피해는 늘리기 위한 공격법이죠. 이론상으로는 충분히 가능하지만 설마 저런 방법을 실전에서 쓸 줄이야!
> ㄴ 한곳만 때리면 정말 공격력이 강해지나요?
> ㄴ 저도 한곳만 때려 봤는데 저렇지는 않던데요?

의문을 해결해 주는 사람들도 나타났다.

> ㄴ 제 경험입니다. 어쩌다 동일한 곳을 공격한 적이 있는데 추가적인 피해를 입혔죠. 신기해서 다시 시도를 해 봤지만, 그 이후로는 잘 안 되었습니다.
> ㄴ 저걸 하려면 때렸던 지점을 완벽하게 다시 가격해야 합니다. 조금의 오차라도 있다면 실패할 가능성이 더 높습니다.
> ㄴ 몸집이 작은 몬스터들은 해당되지 않는 경우가 많습니다. 동작이 크고 둔한 대형 몬스터일수록 특정 부위, 동일한 공격으로 약화시키기 쉬운 편입니다.

사람들은 위드의 행동을 유심히 살펴보았다. 정말로, 조금도 틀리지 않고 한 지점만을 반복해서 때리고 있었다.

와이번을 탄 채로 빠르게 하늘을 날며 무기를 휘둘러서 정확하게 같은 위치를 가격한다! 결코 쉬운 일이 아니었다.

전력을 다해서 휘두르는 무기를 어찌 한 점에만 정확하게 때릴 수 있단 말인가. 그것도 베고, 휘두르고, 찌르는 연속 동작마저도 완벽하게!

전광석화 같은 공격!

놀라운 정밀도!

발군의 유연성과 움직임까지, 가히 신기에 가까운 기술이었다.

┗ 과연!
┗ 역시 위드 님이다!
┗ 대단하십니다!

본 드래곤의 뼈가 부서질 때마다 감탄밖에 나오지 않았다.

그리고 사투 끝에 마침내 본 드래곤이 죽었을 때에는 뜨거운 전율이 흘렀다.

그렇게 거대하고, 위험했던 몬스터가 거짓말처럼 죽었다.

원정대와 빙룡, 와이번, 뱀파이어 토리도 등이 달려들었지만 어쨌든 마무리는 위드가 했다.

살아남은 원정대원들은 믿을 수 없는 현실에 멍하니 서 있었다. 그사이에 위드는 천천히 움직였다. 죽음의 계곡 안쪽에 있는 동굴에 들어갔다가 한참 후에 나와서, 멀리 눈 덮인 대지를 천천히 걸어갔다.

고독하고 쓸쓸한 모험가의 어깨!

묵직한 발걸음을 남기면서 멀리 떠나갔다.

살아 있던 원정대원들은 그제야 잠에서 깨어난 듯이 움직였다. 위드가 들어갔던 동굴로 가 본 그들은 활짝 열린 상자와, 마녀 세르비안의 깨진 구슬을 발견할 수 있었다.

베르사 대륙에서 누구나 최고로 손꼽는 모험가 파티.

대지의그림자.

그들은 〈로열 로드〉가 탄생되었을 때부터 모험을 즐겼다.

무수히 많은 도시와 마을들을 발견하고 몬스터들을 조사했으며, 사라졌던 무기나 고대 마법들을 찾아내 왔다.

그러면서 죽었던 것도 수십 차례.

최초로 로자임 왕국을 발견한 것도, 절망의 평원에 진입했던 것도 그들이다. 대륙의 몇몇 금지들을 지정한 것도 그들의 업적이라고 할 수 있었다.

상석에 앉아 있던 도굴꾼 엘릭스가 말했다.

"제법 이름을 날리는 모험가들은 많지. 하지만 이 정도로 유명세를 타고 있는 모험가란 몇 안 돼. 드디어 우리의 아성에 도전하는 자가 나타난 것 같군."

여도둑 은링도 고개를 끄덕였다.

"요즘 위드라는 이름을 자주 듣게 되네요. 한동안 듣지 않았던 이름인데."

"〈마법의 대륙〉. 그곳에서 들었던 걸로 충분한데."

잠입술이 뛰어난 침입자 벤이 푸념했다.

그들은 어떤 중요한 퀘스트를 수행하고 있었다. 거의 1년간을 외딴곳의 던전에 틀어박혀 살다 보니 베르사 대륙이 요즘 돌아가는 물정에 대해서는 잘 몰랐다.

엘릭스가 아쉬운 듯이 중얼거렸다.

"너무 많은 시간을 쓰고 있어. 퀘스트를 하면서 본 손해도 막대하고 말이야. 많은 퀘스트를 해 봤지만, 이렇게 우리를 애먹인 경우는 처음이로군."

"그렇다고 해서 포기해서는 안 되죠. 여기까지 어떻게 찾아온 퀘스트인데요."

"은링의 말이 맞습니다. 시간이 많이 든다고 해서 끝내기에는 너무 아까운 퀘스트예요."

은링과 벤은 미련을 떨쳐 버릴 수 없었다.

현재 그들이 수행하고 있는 퀘스트는 무려 7단계나 되는 연계 퀘스트. 지금까지 얻은 보상도 상당하였지만, 이 퀘스트의 끝이 궁금해서라도 물러설 수 없다.

엘릭스도 결코 포기하고 싶은 마음은 없었다.

모험가란 보통의 자질만 가지고는 택할 수 없는 직업이다.

어떤 마을 주민들과도 친해질 수 있는 넉살! 몇 마디 말을 듣기 위해, 퀘스트를 얻기 위해 때론 간도 쓸개도 빼 줄 수 있어야 한다.

그뿐이 아니었다.

퀘스트가 진행되면서부터는 아주 작은 실마리들을 차근차근 모아야 했다. 1달 이상을 던전의 미로에서 헤매기도 하고, 몇 날 며칠이 걸리는 거리를 달려가기도 한다.

모험가란 열정과 끈기가 없으면 불가능한 직업인 것이다.

퀘스트를 완료하였을 때의 마지막 성취감이 없다면 절대로 모험가를 택하지 않았으리라.

엘릭스의 눈이 날카롭게 빛났다.

"지금 하는 퀘스트를 잠시 미루어 두고 중앙 대륙에 다녀오는 건 어떨까?"

은링과 벤은 귀를 기울였다.

"중앙 대륙에요?"

"그곳에는 왜요?"

"바스너의 유적지의 실마리가 풀리지 않아서. 이럴 때에는 잠시 외도를 해 보는 것도 괜찮지 않겠나?"

"대도시에 가서 놀고먹자는 말이에요?"

은링의 눈썹이 보기 좋게 올라갔다. 벤도 썩 내키는 얼굴은 아니었다.

물론 간절하게 휴식이 필요하기는 했다. 기나긴 퀘스트로 인하여 사람들의 얼굴이 그립다. 오랜만에 흥청망청 술과 음식을 먹어 보고도 싶었다.

하지만 좀 더 연구하면 무언가 실마리를 잡을 수 있을 것 같은 지금, 대도시에 간다고 해서 편히 쉴 수는 없을 것이 분명하다.

엘릭스는 서둘러 고개를 저었다.

"그런 뜻이 아니라 다른 퀘스트도 해 보자는 거야. 우린 그동안 하나에만 집착하느라 어쩌면 시선이 좁아졌을지도 몰라."

"다른 퀘스트들을 수행하면서 조금 여유를 갖자는 말씀이로군요."

벤이 수긍했다.

"어려운 길일수록 돌아가라는 말이 있잖아. 그리고 우리의 잃어버린 명성도 되찾도록 하지."

요즘 들어 사람들의 입에 오르내리지 않아 속이 타던 은링에게는 솔깃한 말이었다.

"명성이라면요?"

"위드! 그에게 도전장을 내미는 거야! 모험가로서 진정한 퀘스트를 겨루어 보자는 도전. 아직 해결되지 않은 퀘스트를 하나 정해서, 누가 더 빨리 목표를 달성할 수 있느냐를 놓고 겨루면 되겠지."

"그가 받아들일까요?"

"사내라면 결코 피하지 않을 것이야."

생일 파티

이현은 인터넷에 접속했다.

〈로열 로드〉의 홈페이지를 비롯하여 사람들의 반응들을 살펴기 위해서였다.

"역시 난리가 났군."

명예의 전당을 비롯해서 여러 게시판에 평소보다 부쩍 글들이 늘어 있다.

그중 절반은 위드에 대한 이야기였다.

—위드! 위드가 다시 나타났다!
—저는 마법의 대륙 유저입니다. 로열 로드에서 다시 한 번 위드의 전설이 쓰이는 것일까요? 기대가 되는군요.
—전쟁의 신. 위드!
—아마도 그 정도까진 아닐 거예요. 몬스터 1~2마리 잡았다고 해도 대륙에 미치는 영향력은, 주로 많이 거론되는 상위 랭커들과는 비교하기 힘드니까요.
—그래도 위드 님이기에 저는 믿습니다.

—위드 님의 퀘스트를 이렇게 볼 수 있다니, 꿈만 같더군요.
—위드 님이 아니었다면 누가 나섰다고 해도 본 드래곤을 잡기는 어려웠을 걸요?
—방송사들 재방송은 언제 하나요?

추앙의 글들이 상당히 많았다.

—오랜만에 위드 님의 전투를 보았습니다. 그런 공격법은 어떻게 하면 배울 수 있나요?
—제 생각에는 무예의 달인이거나 무술 도장에 다녀야 배울 수 있을 것 같습니다.
—전투에 집중을 해야만 가능한 방법일 것 같아요.
—저도 코끼리를 상대로 해서 성공했습니다!
—이론상 같은 지점을 10회 이상 때린다면 그때부터는 공격력을 2배, 3배까지도 늘릴 수 있는 것 같습니다.
—무기의 종류에 따라 추가적으로 입히는 대미지에 차이가 있을 것으로 보입니다.
—그래도 일반적인 사냥에는 필요하지 않은 방식이 아닐까요?
—너무 까다롭고 힘든 방법이에요. 무리한 공격을 하다가 사냥 시간만 길어지게 될 것 같네요.

이현이 보였던 공격법에 대한 논쟁도 활발하게 벌어졌다.
긴박한 전투 중에 한 점만을 노려서 공격하기란 쉬운 일이아니다. 욕심을 내다가는 오히려 손해를 보기 쉬운 상황!

—위드 님이 네크로맨서로 전직했으니, 저도 전직합니다.
—네크로맨서의 마법에는 어떤 것들이 있나요?
—찾아보면 어디 나오겠죠.

네크로맨서도 덩달아 인기를 끌고 있었다.

이현에게는 나쁘지 않은 일이다.

"네크로맨서로 전직하는 사람들이 많아진다면 바르칸의 마법서와 성자의 지팡이를 비싸게 팔아먹을 수 있겠지."

마법사 계열의 직업들이 쓰는 무기나 도구들은 값이 굉장히 비싼 편이다. 몬스터를 사냥하고 나서 흔하게 얻을 수 있는 전사들의 무기류들과는 그 희소성에서 차원이 다를 정도였다.

대장장이라고 해도 마법사들의 무기를 만들기란 쉽지 않다. 최소한 중급 대장장이 스킬을 터득한 상태에서, 축복받은 싸리나무와 같은 특수한 재료를 이용해야 가능했다.

그러므로 수요에 비하여 공급이 현저히 달렸다.

즉, 워낙 고가의 물건들이라 거래가 활발하지 않고, 자신이 익힌 계열에 맞는 물품들을 구입하려고 하기에 거래가 용이하지 않다는 문제가 있다.

"한 5개월쯤 뒤에 팔면 괜찮은 값을 받을 수 있겠군."

이현은 우선 직접 사용하면서 기다리기로 했다.

고대의 방패도 아직은 팔 시기가 아니다. 시간이 지날수록 내구력이 하락하기에 빨리 파는 것이 좋지만, 쓸 만한 사람이 없다. 고대의 방패에 붙는 제한 때문이었다.

경매에 올려놓는다고 해도 레벨 400 이상인 유저들은 극소수에 불과하니 경쟁이 붙을 리 없다.

"돈은 드래곤 본으로 만든 물품들을 팔아 벌면 되는 것이니까."

그럼에도 이현은 아쉬움을 감추지 못했다.

"고대의 방패에 하필 수리가 안 되는 옵션이 붙어서……."

수리만 가능하다면 지금 팔아도 미리 사 두려고 하는 사람이 많으리라.

그나마 니플하임 제국의 오래된 보물들을 습득한 것으로 아쉬움을 달랠 수 있었다.

"대도시나 수도의 골동품 상점, 아니면 잘 수리해서 판매하면 그럭저럭 팔리겠지."

이현은 명예의 전당에 있는 나머지 게시 글들을 대충 훑어보았다.

그런데 대지의그림자라는 명망 높은 모험가 파티의 도전장이 보였다.

> 트리커라는 마을을 알고 있겠지? 그곳에 아직 누구도 해결하지 못한 퀘스트가 있다. 어느 쪽이 먼저 퀘스트를 해결할 수 있는지 겨루자!

대지의그림자. 그들의 공개적인 선언!

그 외에도 도전을 하는 이들이 대단히 많았다.

소위 이름이 알려진 상위 랭커들이나 전사들이 도전장을 보내왔다. 메일 함에 쌓여 있는 도전장들만 해도 무려 300장이 넘을 지경이다.

"에휴, 이놈들은 밥 먹고 할 일도 없나?"

대부분의 도전장들은 일고의 가치도 두지 않고 무시해 버렸다. 하지만 몇몇 편지들은 상당히 쓸모가 있었다.

퀘스트를 구체적으로 설명하면서 해결 방법을 물어보거나, 아니면 모처에서 나오는 몬스터들에 대한 사냥 방법을 질문하는 것들이었다.

이제 퀘스트를 통해서도 돈을 벌 수 있는 이현은 그런 정보들을 소중히 여겼다. 물론 퀘스트에 대한 해결 방법은 따로 보내 주지 않았지만!

"노가다를 좀 더 하면 될 텐데……."

노가다야말로 모든 퀘스트의 기본이라고 생각했으므로.

몬스터에 대한 정보도 상당히 쓸모가 많았다.

인터넷을 통해 검색이 가능한 질문이라면 잘 하지 않는다. 사람들이 아직 많지 않은 곳들의 사냥터에 대한 싱싱한 정보들이었다.

아는 것이 힘!

그런 정보들은 따로 모아 두었다.

"언제고 쓸 날이 있겠지."

이현이 대충 메일들을 읽고 있을 때였다.

띠링!

새로운 메일이 가족으로부터 도착했습니다.

주소록에 별도로 지정되어 있던 할머니와 혜연. 그들 중 누군가가 메일을 보내왔다.

"누굴까?"

이현은 메일을 찾아보았다.

할머니가 보낸 메일이었다. 병원에서 치료를 받으면서 인터넷을 사용하는 방법도 배운 것이었다.

"무슨 일이지?"

이현은 메일을 클릭해 보았다.

현아.

나는 허리도 괜찮아졌고 이제 아프지 않단다.

이곳 병원은 아주 편안해.

그런데 너도 203호 병실에 있는 윤 할망구를 본 적이 있지? 그 할망구가 이번에 손자한테서 안마용 기구를 선물 받았더구나. 어깨 안마 기능도 있고, 저절로 뜨거워졌다가 차가워지기도 하더구나.

나도 한번 받아 본 적이 있는데, 어찌나 좋던지.

신경 쓰지 마라. 나는 괜찮다.

정일훈은 평소의 그답지 않게 차갑게 물었다.

"오늘이 그날이다. 계획대로 확실히 준비가 되어 있겠지?"

최종범은 무겁게 고개를 끄덕였다.

"사형, 우리의 준비는 완벽합니다. 두 번, 세 번 검토를 했던 사항입니다."

"만의 하나라도……."

"절대 계획에 차질은 없습니다."

정일훈의 눈가에 희미한 살기가 돌았다. 최종범의 말만 믿고 있다가 뒷감당이 안 되어서 고생했던 적이 몇 차례던가.

"확실하겠지?"

"필요하다면 제 목을 걸겠습니다."

최종범이 자신 있다는 듯이 가슴을 탕탕 쳤다. 옆에 있던 마상범과 이인도도 환하게 웃었다.

"사형, 우리가 다 같이 짰던 계획 아닙니까?"

"맞습니다. 완벽한 계획이니 성공할 수밖에 없습니다."

그럼에도 정일훈의 찌푸려진 안색은 펴지질 않았다.

"너희도 알겠지만, 이번 일의 중요성은 아무리 강조해도 지나치지 않다."

"암요."

마상범이 고개를 끄덕였다.

오늘은 바로 이현의 생일이다.

태어나서 한 번도 생일 파티를 해 본 적이 없는 그를 위하여 사형들이 나서서 최고의 생일 파티를 해 준다!

'얼마나 감동적이란 말인가?'

이인도는 몸을 떨었다. 뜻 깊은 우애를 나누는 장이 되리라 믿어 의심치 않았다.

그러면서 또한 그들이 얻는 소득도 있었다.

바로 여대생들과의 미팅!

꿈에서나 오매불망 바라던 일이었다.

때마침 안현도는 지방으로 출장을 나가 있어서 기회도 좋았다.

정일훈이 다시금 말했다.

"모두 최선을 다해라. 그리고 성공해야 한다. 종범아, 우리의 남아 있는 수명이 몇 년이나 될 것 같으냐?"

"50년은 되지 않겠습니까?"

"그래. 단 한 번뿐인 인생인데 그 시간 동안 혼자서 밥해 먹고, 피곤하면 혼자 자고… 그렇게 50년을 살 것인지 아니면 화목한 가정을 이룰 것인지는, 어쩌면 오늘의 일에 달려 있을지도 모른다."

"명심하겠습니다!"

최종범, 마상범, 이인도의 표정에는 비장함까지 흘렀다.

정일훈도 조금은 마음을 놓을 수 있었다.

'계획은 믿을 수 있다. 아이들도 도와준다고 하였으니 괜찮겠지!'

염치 불고하고 도움도 청했다.

〈로열 로드〉에서 페일이라는 닉네임을 쓰는 오동만을 비롯한 이들에게 원군 요청을 한 것이다. 이현의 생일이라는 것을 알게 된 그들은 적극적으로 나서 주기로 약속했다.

'특히 그 아가씨가 열심이었지.'

화령으로 불리는 정효린은 아예 도시락까지 싸 오겠다고 약속했다.

이리엔 김인영, 로뮤나 박희연, 수르카 박수연은 집안 사정 때문에 저녁에나 올 수 있다고 했지만, 모두가 자기 일처럼 도와주었다.

'아주 즐거운 생일이 되겠군.'

정일훈은 흡족하게 웃었다.

이현은 오늘도 오전 수련을 위하여 일찍 도장을 방문했다. 그런데 영문도 모르는 채로 사형들의 손에 붙잡혀서 어딘가로 끌려 나왔다.

"가자!"

도장의 사범들! 추가로 수련생들도 70명이나 합세해서 대대적으로 움직였다.

　딱딱하게 굳은 얼굴로, 비장함이 흐르는 눈빛으로!

　"사형, 대체 어디로 갑니까?"

　이현이 낮은 음성으로 물었다.

　이인도가 착 가라앉은 음성으로 답했다.

　"놀이공원에 간다."

　"무슨 일로 가는데요? 혹시 싸움이라도 하러 갑니까?"

　"아니다. 놀이기구도 타고… 놀러 가는 거다. 아무리 우리라고 해도 하루는 쉬어야 되지 않겠니? 관장님께서도 허락하신 일이야."

　"예."

　하지만 이현은 고개를 저었다.

　도저히 놀이공원에 가는 사람들의 표정이 아니었다. 이현의 눈치만 살살 살피면서 무거운 분위기가 흘렀던 것이다.

　'실패해서는 안 돼.'

　'즐거운 생일이다, 생일.'

　너무나도 막중한 책임감으로 얼굴이 펴지지를 않았다. 나름대로 신경을 써서 빼입은 검은색 정장이 왠지 불편하고 어색하게 느껴졌다.

　그렇게 단체로 지하철을 탔다. 도장에 소속된 차량이 없는 것은 아니지만, 일부러 지하철을 이용하기로 했다.

　'놀이공원은 역시 대중교통을 이용해 줘야 하는 것이지.'

　사실 수련생들이나 사범들도 놀이공원에 가 본 것은 어릴 때 이후로 없었다.

급하게 인터넷을 찾아보니 교통이 막힐 것을 대비하여 가능한 한 대중교통을 이용해 달라는 글귀가 보였다.

그 말을 철석같이 믿고서 단체로 지하철에 탑승하게 된 것이었다.

"야, 오늘 우리 한수네 집에 가서 게임이나 할까?"

"그러니까 어제 클럽에서 춤을 추고 있었는데 어떤 남자가… 꺅!"

시끌벅적하던 지하철 내에 깊은 침묵이 흘렀다.

어깨가 건장한 검은색 정장을 입은 사내들이 객차를 가득 메운 것.

"……."

방금까지 떠들던 학생들도, 어른들도 모두 입을 다물었다.

승객이 많은 지하철 안에서는 언제나 자리를 둘러싸고 치열한 전쟁이 벌어지기 마련이다.

좀 더 편안하게 앉아 가기 위한 투쟁!

하지만 몇 명이 슬그머니 자리에서 일어났다. 그러자 모두들 자리를 비워 주기 위해서 일어나는 것이었다.

"크흠. 역시 서서 가는 것이 편하지."

"암요. 운동 삼아서……."

40대, 50대 아저씨들도 자리에서 일어났다.

심지어 할아버지들마저 노약자석에서 초조해할 정도였다.

"어? 왜 일어서지?"

"그러게."

마상범과 이인도는 신기해하면서도 자리에 앉지는 않았다.

편안함에 익숙해지면, 몸은 점점 나약해진다. 어디서나 육체를 단련해야 한다. 그러므로 대중교통을 이용하면서는 서서 다니는 것이 익숙했다.

사범들이나 수련생들이 서서 가고, 일반인들도 서서 갔다.

'조직 폭력배들인가? 눈빛이…….'

'근육 때문에 양복이 찢어지겠구나.'

'흉악범들일 거야.'

'경찰. 경찰에 연락을 하는 편이 좋을 것 같은데…….'

그다음 역에 도착하여 지하철 문이 열렸다.

"어라, 자리들이 비어 있네?"

"이 시간에 흔한 일이 아닌데. 와, 이게 웬 행운이야."

새로 타는 승객들은 빈자리를 보곤 반색을 하며 빨리 앉으려고 했지만, 곧 수련생들과 눈이 마주쳤다.

"……."

승객들은 조용히 서서 갔다. 사범들과 수련생들의 굳은 얼굴을 보면서 감히 자리에 앉을 수는 없었던 것.

'도대체 얼마나 기분이 나쁘면 자리에 앉지도 않지?'

'차라리 앉아서들 가지. 그러면 우리도 좀 편할 텐데.'

승객들은 더욱 초조해할 수밖에 없었다. 하지만 수련생들에게는 그런 것까지 신경 써 줄 여유가 없었다.

어떻게든 이현을 즐겁게 해 줘야 된다!

사람들이 서 있는 것에 대해 약간의 의문이 들기도 했지만, 무심히 지나쳐 버렸다.

'요즘 지하철에서는 서서 가는 게 유행인가 본데?'

'하기야, 건강에는 좋으니까.'

아무도 앉지 않는 지하철은 목적지에 도착할 때까지 계속 달렸다.

"이현 님, 여기예요!"

"이쪽입니다!"

놀이공원의 정문 앞.

이혜연과 함께 오동만과 신혜민, 정효린과 최지훈이 기다리고 있었다.

"혜연아, 여기서 지금 뭐 하는 거야?"

이현이 이상하다는 듯이 물었다. 유별나게 빠른 눈치가 뭔가 이상함을 알려 주고 있었다.

사범들이나 수련생들의 행동, 거기에 오동만과 정효린, 최지훈 들까지 만나리라고는 미처 생각지 못했다.

이혜연은 활짝 웃으며 말했다.

"오늘이 오빠 생일이잖아!"

"생일?"

이현은 날짜를 계산해 보았다. 그랬더니 생일이 맞았다. 언제부터인지는 몰라도 생일을 제대로 챙겼던 적이 없으니 잊어버리고 있었다.

"생일인데 여긴 왜?"

"오빠, 놀이공원에 한 번도 안 와 봤잖아. 그래서 이렇게 온 거야."

"놀이공원이라니. 상류층의 전유물인 이곳을 어떻게……."

이현이 구시렁거리는 소리에 오동만과 신혜민은 고개를 갸웃했다.

'언제부터 놀이공원이 상류층의 전유물이 된 거지?'

하지만 사범들이나 수련생들은 이를 그대로 받아들였다.

"사실 놀이공원은 웬만큼 돈을 벌어서는 올 수 없는 곳이지. 큰 결심을 하지 않으면 못 오는 장소야."

"고독한 무술가에게 놀이공원이라니……."

"놀이기구 하나 타는 데 5,000원도 넘을걸."

사범들도 상당한 짠돌이였다. 숙식을 도장에서 하니 개인적으로 돈 쓸 일이 없다. 그러므로 1~2만 원 이상의 지출에 대해서는 굉장히 민감할 수밖에 없었던 것.

놀이기구를 탈 때마다 아까운 돈이 깨진다는 생각을 하니 이현의 가슴이 덜컥 내려앉았다.

"크흠! 나는 그냥 집에서 쉬는 편이……."

이혜연이 이현의 팔을 붙잡고 이끌었다.

"벌써 자유 이용권 끊어 놨어. 아무튼 이렇게 왔으니 놀이기구나 타러 가자."

이혜연은 이현을 잘 알고 있었다. 조금만 시간을 주면 돈과 시간이 아까워서라도 핑계를 대고 돌아갈 사람이었다.

그래서 다른 생각을 할 틈을 주지 않고 이현을 이끌었다.

오동만이 주변을 둘러보며 물었다.

"그럼 첫 번째로 어떤 놀이기구부터 탈까요?"

정효린이 설렌다는 듯이 말했다.

"바이킹? 아니면 롤러코스터?"

롤러코스터는 공중에서 빠른 속도로 레일을 따라 이동하는 기구. 가장 대중적인 놀이기구였다.

매일 방송을 하느라 정신적으로 피곤하던 신혜민도 은근히 스릴을 맛보고 싶어 했다.

"처음엔 역시 롤러코스터를 타야겠죠?"

결국 가장 먼저 타기로 한 건 롤러코스터!

놀이공원의 방문객들이 상당히 많았지만, 이른 시간이라서 금세 그들의 차례가 돌아왔다.

이현과 정효린이 제일 앞에 타고, 뒤에는 오동만과 신혜민, 최지훈과 이혜연이 짝을 이루어서 탔다.

남녀의 성비를 맞추기 위해서는 부득이한 조치였다.

'잘됐다.'

최지훈이 이현의 여동생을 만나 본 것은 오늘이 처음이었다.

〈로열 로드〉에서야 같이 사냥도 하고 탐험도 했다. 하지만 실제로 얼굴을 보니 느낌이 좋다. 한마디로 마음이 끌린다. 숱한 여자들을 만날 때에도 느끼지 못한 감정이 조금씩 싹텄다.

'이러면 오늘은 이 아가씨와 계속 같이 다니게 되겠군. 좋아. 나쁘지 않아.'

최지훈이 밝게 웃을 때였다.

마상범이 가볍게 어깨를 두들겼다.

"척추 조심해라."

"예?"

"뽑히기 전에……."

최지훈의 얼굴에 공포가 스쳤다.

"흐흐흐."

이인도가 음산하게 웃었다.

사범들이나 수련생들의 절대적인 사랑을 받는 이혜연과 가까이 지내는 것은 목숨을 걸어야 하는 일.

최지훈은 목뒤가 서늘했다.

이윽고 롤러코스터가 높은 곳으로 올라갔다. 하지만 내려올 때 열심히 비명을 지르는 것은 오동만과 신혜민, 정효린, 이혜연, 최지훈뿐이었다.

"꺄아아악!"

"야호!"

그에 비해서 완전히 무덤덤한 이현과 사범들, 수련생들!

'아찔함만 놓고 보면 빙룡을 조각할 때가 더 무서웠지.'

수백 미터 높이나 되는 얼음덩어리에서 외줄 타기를 하며 조각술을 펼쳤다. 바람 때문에 몸을 가누기도 힘든데 혼신의 힘을 다해서 버텨야 했다. 그때의 경험에 비하면 그대로 앉아 있기만 하면 되는 지금은 약과라고 할 수 있다.

사범들도 태연자약했다.

"이 정도 높이면……."

"낙법만 잘 쓴다면 떨어져도 살 수 있겠군. 최악의 상황에서도 다리 정도만 포기한다면 괜찮아."

"떨어지면서 몇 차례 몸을 회전하여 낙하 속도를 줄이면 돼."

"한번 뛰어내려 볼까?"

나름대로 살벌한 가정을 하면서 아무렇지도 않게 이야기를 나누고 있었다.

덕분에 몇 명만이 비명을 지르는 기묘한 롤러코스터!

'뭐 이런 것들이 다 있어?'

놀이기구의 관리원들이 이상하게 여길 정도였다.

그다음에 바이킹을 탔을 때에도 마찬가지였다.

사범이나 수련생, 이현은 아무렇지도 않게 앉아 있었다. 표정 하나 변하지 않으면서!

'아까운 내 돈! 내 돈을 쓰면서 이런 경험을 해야 하다니.'

이렇게 가끔 울상을 지을 뿐, 이현은 두려움과는 한참이나 거리가 먼 표정이었다.

결국 그들은 더 이상 놀이기구 타는 것을 포기했다.

"뭘 타도 무서워하지 않으시니, 의미가 없겠어요."

정효린이 아쉬운 듯이 말했다.

놀이공원에서는 스릴과 긴장감을 즐기는 경우가 많은데 이현이나 사범들, 수련생들은 그런 쪽과는 거리가 멀었다.

그때 오동만이 아이디어를 냈다.

"놀이기구가 시시하다면… 동물원은 어떻겠습니까?"

이혜연이 기대에 눈을 반짝였다.

"동물원요?"

"예. 여기에는 아주 큰 동물원도 같이 있거든요. 그러니 한 바퀴 돌면서 구경하는 것도 재미있지 않겠습니까?"

"호랑이나… 사자도 있나요?"

"틀림없이 있습니다."

그렇게 해서 목표를 바꾸어서, 이번엔 단체로 동물원으로 가기로 했다.

⁂

기린이 있는 우리 앞.

갓 여섯 살이 될까 말까 한 꼬마 아이들이 기린을 구경하고 있었다. 유치원에서 단체로 관람을 온 것이다.

작고 귀여운 남자 아이들이 소리쳤다.

"저것 봐. 기린이야!"

"와! 멋지게 생겼다."

눈이 예쁜 여자아이들도 환한 미소를 지었다.

"예쁘다."

"귀여운 동물이다. 우와! 저 긴 목 좀 봐!"

동심이 어우러지는 광경이었다.

기린들도 평화롭게 우리 안을 걸어 다니고 있었다.

그때 뒤에서 들려오는 음험한 목소리!

"기린. 저놈도 맛있겠는데?"

"길어서 요리하기는 좀 불편하겠는데 말입니다."

"그래도 소금만 있으면 제법 맛있게 먹을 수 있을 것 같다. 저번에 내가 아프리카 쪽에서 수련을 할 때, 너무 배가 고팠지. 그래서 사자를 잡아먹은 적이 있는데, 노린내가 심해서 코를 막고 먹었다니까."

"역시 초식동물들이 먹기는 편하지 않겠습니까?"

"사형, 언제 밤에 와서 한번……."

사범들과 수련생들!

그들이 기린을 보며 이야기를 나누고 있었던 것!

"우와아아앙!"

아이들이 울음을 터트렸다.

순진무구한 동심을 완벽하게 파괴해 버린 그들.

하지만 사범들과 수련생들은 이내 다른 쪽으로 이동했다.

낙타와 조랑말 들이 있었다.

"요놈들은 무슨 맛일까?"

"골라 먹는 재미가 있을 것 같은데 말입니다."

"구워 먹으면 좋을 것 같아."

백곰의 우리 앞에서는 아주 노골적으로 입맛을 다셨다.

"저, 저놈 좀 봐라."

"워메, 입가에 군침이 도네요."

"쓸개며, 발바닥이며… 뭐 하나 버릴 게 없는 놈이지. 저거 1
마리 먹으면 1년 치 몸보신은 완전 그만인데……."

사범들과 수련생들의 눈이 살벌하게 빛났다.

백곰마저 두려움에 멀찌감치 도망칠 정도.

수달이나 돌고래, 악어 들도 비슷한 운명이었다. 오죽 쳐다
보았으면 그들의 주변에는 새들도 가까이 오지 않았다.

하지만 예상 밖으로 잘 어울리는 동물들도 있었다.

원숭이, 고릴라, 돼지 들!

과자와 바나나를 줄 때마다 재롱을 떠는 녀석들을 보며 사범
들과 수련생들은 좋아했다.

"왠지 정이 가."

"그냥 지나칠 수가 없어."

이현도 동물원을 구경하는 게 즐거웠다.

얼마 만에 취하는 휴식이던가.

〈로열 로드〉를 시작하고 나서는 하루도 편하게 쉰 적이 없
다. 하루를 빠지면 그만큼 뒤처진다는 생각을 했고, 매달 나가
는 이용 요금도 아까웠기 때문이다.

하지만 여동생과 동료들 그리고 도장의 식구들과 동물원에
온 것을 후회하진 않았다.

"나도 가족을 이루고 이곳에 다시 방문하는 날이 있겠지."

10년, 어쩌면 20년 후의 일이 되리라.

그러나 지금도 여유롭고 행복하다는 느낌이 들었다.

정효린은 놀이기구를 탈 때가 아닌데도 계속 이현의 곁을 떠
나지 않았다. 북부의 퀘스트를 함께하지 못한 것을 보충이라도
하듯이 애인처럼 움직였다.

오동만과 신혜민, 최지훈은 최대한 사범들과 수련생들에게
서 멀어졌다.

"그나마 다들 좋아하니 다행이라고 해야 할지……."

"멀찌감치 떨어져서 걸어요."

"우리는 모르는 사람들입니다."

놀이공원으로 떠났던 일행은 해가 질 무렵에 대중교통을 이
용해서 다시 도장으로 돌아왔다.

이현의 생일 파티 마지막 계획이 완성되어 있었다.

삼겹살과 돼지갈비를 비롯한 고기 파티!

김인영과 박희연, 박수연도 와서 열심히 고기를 날랐다.

"많이 드세요."

"고맙습니다, 아가씨."

마상범이 기름기가 뚝뚝 떨어지는 고기를 상추에 싸서 입에 넣으며 말했다.

"생일에 먹는 고기는 그 맛이 각별한 법이지."

사범들이 세운 이현의 생일 파티의 끝은 역시 고기였다. 놀이공원에 이은 삼겹살! 그들의 계획이었던 것이다.

최종범은 부지런히 젓가락을 놀려서 채 익지도 않은 고기들을 집었다.

"고기는 역시 여럿이서 먹어야 맛있어."

이인도도 맞장구쳤다.

"사람이 많을수록, 언제 먹어도 맛있지요."

그들이 마련한 생일 파티는 레스토랑에서 거창하게 하는 것도 아니었고, 특별히 선물을 주고받지도 않았다. 하지만 그럼에도 따뜻한 정이 있었다.

정일훈이 소주를 들었다.

"여기 술도 한잔해라."

이현은 조심스럽게 두 손으로 잔을 들었다.

"사형, 술을 마셔도 되는 것입니까?"

"지금은 그냥 형이라고 해라. 아무리 우리가 육체를 수련한다고는 하지만 그래도 사람이다. 가끔씩 이런 자리까지 마련하지 않는 것은 아니지.”

　정일훈은 이현의 잔에 소주를 가득 따라 주었다.

　“그럼 우리의 인생을 위해!”

　“인생을 위해!”

　투박한 사나이들의 건배였다.

　그 모습을 보며, 이혜연은 사전에 약속한 것을 꼭 이루어 주
기로 결심했다.

　여대생과의 단체 미팅!

TO BE CONTINUED